LE DISPARU DE L'HÔTEL-DIEU

DU MÊME AUTEUR
AUX ÉDITIONS DU MASQUE :

Bayard et le crime d'Amboise, 2017

Le Piège de verre, 2018

www.lemasque.com

LE DISPARU DE L'HÔTEL-DIEU

Éric Fouassier

Éditions du Masque
17, rue Jacob 75006 Paris

Maquette de couverture : Julie Simoens

Photographie : © rodjulian / starblue / Artur - Adobe Stock

ISBN : 978-2-7024-4923-3

Né en 1963, Éric Fouassier, membre de l'Académie nationale de pharmacie, grand spécialiste de l'histoire de la pharmacie qu'il enseigne en faculté depuis plus de vingt ans, est un passionné de jeux de piste et d'énigmes. *Le Disparu de l'Hôtel-Dieu* est le troisième tome d'une série. Les premier et deuxième tomes, *Bayard ou le Crime d'Amboise* et *Le Piège de Verre* ont été publiés aux éditions du Masque en 2017 et 2018.

« Aucun ne fait certain dessein de sa vie, et n'en délibérons qu'à parcelles. »

Michel Eyquem de Montaigne,
Essais

« Un caractère moral s'attache aux scènes de l'automne : ces feuilles qui tombent comme nos ans, ces fleurs qui se fanent comme nos heures, ces nuages qui fuient comme nos illusions, cette lumière qui s'affaiblit comme notre intelligence, ce soleil qui se refroidit comme nos amours, ces fleuves qui se glacent comme notre vie, ont des rapports secrets avec nos destinées... »

François-René de Chateaubriand,
Les Mémoires d'Outre-Tombe

Prologue

Chaque matin, le miracle se reproduisait.

Tel un songe vaporeux échappé aux lèvres ensommeillées d'un ange, la cité émergeait peu à peu des brumes de la lagune. Le campanile de San Giorgio Maggiore perçait le premier, vigie solitaire et mélancolique. À sa suite, l'île tout entière dessinait sa nostalgie marine dans des dégradés de bleus et de gris. Puis, à mesure que les rayons du soleil dissipaient les nappes de brouillard, le rêve s'affermissait. La ville, à son tour, émergeait du néant. Abandonnant ses contours fantasmatiques, elle offrait aux regards les dômes de ses églises, la splendeur orgueilleuse de ses palais, les couleurs chatoyantes de ses façades. Un charme puissant et intemporel se dégageait de cette chimère qui triomphait du mouvement des eaux pour affirmer la suprématie de choses pourtant inanimées : la pierre et la brique, les ponts et les statues, l'or et le marbre. Toutes les nuits, la Sérénissime se rêvait maîtresse du monde et chaque aube éclose lui en offrait la promesse renouvelée.

Ce matin-là, cependant, à l'heure mauve où Venise renaissante se grisait de sa propre image au miroir inversé des canaux, un bruit insolite vint troubler la quiétude habituelle des alentours du couvent dei Frari. L'écho d'une course précipitée raturait le silence des lieux, pourtant propice d'ordinaire au recueillement. Amplifié par une voûte en pierre, le martèlement précéda la soudaine apparition d'un homme sur le quai bordant l'arrière de l'édifice religieux. Débouchant d'un passage couvert, l'individu, qui semblait aux abois, tourna la tête de droite et de gauche et lâcha un juron entre ses dents. La barque qui aurait dû l'attendre n'était pas au rendez-vous.

— La peste soit de ce maudit Génois ! Si je m'attarde dans les environs, les autres ne vont pas manquer de me tomber dessus !

L'homme portait un ample manteau de futaine au col relevé, ainsi qu'un chapeau à larges bords rabattu sur ses yeux. Cet accoutrement dérobait aux éventuels regards une physionomie par trop caractéristique. Ce n'étaient pas tant ses traits rudes, marqués par d'épais sourcils se rejoignant au milieu du front, que l'inconnu cherchait à dissimuler mais plutôt son absence totale d'oreille. L'amputation des deux pavillons laissait affleurer les conduits auditifs dans un bourgeonnement de chairs rosâtres et affreusement tuméfiées. Un châtiment peu répandu mais qui offrait l'avantage de permettre l'identification immédiate des espions démasqués auxquels on avait accordé la vie sauve.

L'inconnu hésitait encore sur la conduite à tenir lorsqu'une cloche, dangereusement proche, se mit à carillonner sur un rythme frénétique. Le tocsin, déjà ! Il n'était plus temps de tergiverser. Le vol dont il s'était rendu coupable venait d'être découvert. Les soldats chargés de protéger la retraite secrète de Giovanni Soro allaient se lancer à sa recherche. Il était tout simplement inconcevable qu'ils le laissent emporter le fruit de son larcin. Au regard des intérêts stratégiques de la République, ce dernier représentait un enjeu bien trop important !

Instinctivement, l'homme aux oreilles coupées porta la main à son col. Ses doigts se resserrèrent sur un lourd médaillon en or. C'était ni plus ni moins que le destin de l'Europe qu'il tenait au creux de sa paume !

La précarité de sa situation l'arracha à ses pensées. Faute d'embarcation, il lui était impossible de rejoindre rapidement le Grand Canal par le rio di Tomà. Quant à longer les quais, il n'y fallait pas songer. Leur exiguïté n'offrait ni cachette ni solution de repli si, par malheur, des gardes venaient à lui barrer la route. Non, décidément, sa seule chance était de se diriger au nord et d'emprunter le labyrinthe de galeries et de passages couverts qui, de placettes en ruelles étroites, reliait le couvent aux jardins Capelloni.

Le fugitif tourna les talons et s'enfonça de nouveau sous la voûte obscure par laquelle il était arrivé. Il progressait rapidement mais en prenant garde, cette fois, à ne pas trahir sa présence.

Lorsqu'il eut parcouru une trentaine de toises[1], l'écho de tintements métalliques et de pas précipités le fit tressaillir. Le bruit venait à sa rencontre. Dans la pénombre, encore invisible mais toute proche, une troupe armée progressait droit sur lui. L'homme ne céda pas à la panique. Lors de son premier passage, il avait repéré une sorte de corridor ménagé entre deux façades. Si ses repères étaient bons, il ne tarderait pas à l'atteindre.

L'issue se situait exactement à l'endroit où il le pensait. Quand il y parvint, les éclats de voix de ceux qui le traquaient étaient devenus presque distincts. Il n'aurait pas fallu poursuivre beaucoup plus longtemps dans la même direction, sinon il se serait précipité de lui-même dans les bras de ses ennemis.

Le boyau dans lequel il bifurqua était si étroit qu'il ne pouvait avancer de face et se trouvait contraint de progresser de biais, ses épaules et ses genoux raclant le crépi des murs. Une odeur nauséabonde de vase, d'urine et de chair en putréfaction lui agressait les narines. Ses bottes enfonçaient dans une fange visqueuse dont il préférait tout ignorer de la composition.

À l'autre extrémité, la trouée débouchait sur une courette pavée de galets. Un escalier en pierre d'Istrie menait à une loggia dissimulée sous les feuillages entrelacés d'un chèvrefeuille et d'une glycine. Le fuyard marqua une pause et prit le temps de s'assurer que la voie était libre avant de

1. Une toise vaut environ deux mètres.

s'élancer à découvert. À grandes enjambées, il traversa la cour en diagonale, contourna le puits central en marbre blanc et rose, avant de s'engouffrer sous une nouvelle galerie couverte.

Il venait à peine de disparaître qu'un soldat portant une livrée aux armes de la Sérénissime déboucha d'une venelle. L'espace d'une seconde, celui-ci parut sur le point de se précipiter aux trousses de l'inconnu aux oreilles coupées mais, se ravisant, il porta à sa bouche une corne de chasse. Il s'apprêtait à lancer un signal d'alerte lorsqu'une silhouette furtive se glissa dans son dos. Un bras vigoureux ceintura le torse du garde, tandis qu'une main armée d'un poignard dessinait un orbe sanglant au niveau de sa gorge. Sans avoir eu le temps de comprendre ce qui lui arrivait, le soldat s'affala au sol. Ses jambes s'agitaient encore dans d'ultimes convulsions, lorsque son assaillant regagna la pénombre d'où il avait surgi, tel un spectre implacable.

Ce fut seulement dix minutes plus tard qu'une patrouille parvint jusqu'à la petite cour et remarqua la flaque de sang sur les galets, devant l'entrée d'un étroit passage qui zigzaguait entre les façades. L'instant d'après, les gardes découvraient le cadavre de leur infortuné camarade. L'officier qui commandait l'escouade hésita sur la conduite à suivre. Celui qu'ils traquaient pouvait avoir trouvé refuge dans une des habitations jouxtant la cour. Toutefois, en entreprendre la fouille, c'était risquer de perdre un temps précieux. Il disposait par ailleurs d'un nombre d'hommes insuffisant pour boucler le quartier.

Conscient qu'il ne pouvait tergiverser plus longtemps, il envoya l'un de ses subordonnés chercher du renfort et, misant sur le fait que le fugitif n'avait pas pris le risque de se cacher dans les environs immédiats de son crime, il sépara sa troupe en deux. Une dizaine d'hommes foncèrent sans le savoir dans la ruelle par où s'était échappée l'ombre assassine, tandis que les soldats restants, la hallebarde pointée en avant, s'engageaient sous la voûte de pierre et se lançaient, avec retard, sur la piste de leur véritable gibier.

Durant l'heure qui suivit, ce paisible quartier de la ville fut le théâtre d'une fiévreuse chasse à l'homme. À maintes reprises, des soldats crurent apercevoir la silhouette du fugitif. Ils se ruèrent à sa poursuite, émettant des cris d'alarme pour rameuter leurs semblables. Leurs appels résonnaient dans l'atmosphère encore humide du petit matin. Certains habitants, tirés du sommeil à l'improviste, pointaient le nez à leurs fenêtres. Interrogés, ils désignaient du bras une direction ou secouaient négativement la tête avec un air ahuri. Ce charivari faillit porter ses fruits. Mais, telle une anguille, le mystérieux voleur réussissait au dernier moment à filer entre les pattes de ses poursuivants. À chaque fois que ceux-ci croyaient l'avoir cerné, des bruits de pas hâtés ou le passage d'une ombre se volatilisant au coin d'une venelle les incitaient à se précipiter dans une autre direction.

S'étant vu plusieurs fois sur le point d'être pris, l'espion aux oreilles coupées se demandait lui-même à quel ange gardien il devait ces diversions aussi incompréhensibles que salvatrices. Elles survenaient toujours à point nommé pour lui permettre de s'évanouir au détour d'une ruelle, de s'engouffrer sous un porche ou de disparaître à une intersection.

Louvoyant ainsi dans l'enchevêtrement des allées et des passages, il finit par échapper aux mailles du filet et rejoignit les limites nord du sestiere de Santa Croce. Les rues y étaient à la fois plus larges et moins nombreuses. Les prés salés et les bassins d'eaux saumâtres alternaient avec des maisons basses encore engourdies dans la torpeur de l'aube. De-ci, de-là, seuls quelques paysans ou domestiques vaquaient déjà à leurs occupations.

Même si les rares passants ne prenaient pas garde à lui, le fuyard adopta une allure plus tranquille afin de ne pas se faire remarquer. Parvenu en vue des quais, il rejoignit un embarcadère en bois, accessible par une passerelle branlante. Le Grand Canal étirait à ses pieds ses eaux qui scintillaient encore timidement dans le soleil levant. Sans perdre de temps, l'homme ôta ses bottes, les noua d'un lacet autour de son cou et, dissimulé aux éventuels regards par des filets de pêche en train de sécher, il se laissa glisser dans l'eau verte. Une fois l'autre rive atteinte, il ne risquerait plus rien. Ce serait un véritable jeu d'enfant que de se perdre dans les venelles du ghetto.

Tandis qu'il entamait ses premiers mouvements de brasse, son protecteur invisible gagnait quant à lui la terrasse d'une proche demeure qui bordait le Grand Canal. Un homme couvert d'un manteau rouge et d'un chapeau de cardinal se tenait là, en pleine observation, appuyé à une balustrade en pierre. Il semblait attendre son comparse car il ne se retourna pas en entendant les pas de celui-ci claquer sur le pavement.

— Je commençais à m'inquiéter, dit-il. Tous ces appels... Des difficultés ?

— Pas particulièrement, répondit le nouvel arrivant en s'approchant avec déférence. Vous aviez vu juste, Éminence, le dédale qui s'étend d'ici au couvent dei Frari offrait de multiples possibilités. Il a fallu malgré tout que j'intervienne pour favoriser la fuite de l'espion. Rien de grave. Un garde y a néanmoins perdu la vie.

Une main blanche s'agita à la hauteur du chapeau à pompons, mimant l'envol d'une feuille au vent.

— Ce sont les risques du métier. Un métier somme toute soumis à bien des aléas. Pour ma part, je déteste m'en remettre au hasard. Tenez, si nous n'avions pas été informés que les galères de la Sérénissime manœuvreraient ce matin au débouché du rio di Tomà, notre plan aurait pu échouer avant même d'avoir été réellement mis en œuvre. Notre homme se serait précipité droit dans la gueule du loup. Fort heureusement, nous avons pu intercepter à temps ce Génois qui devait lui servir de batelier. Que lui est-il arrivé au fait ?

— Que peut devenir un batelier imprudent, sinon un noyé des plus présentables ?

Un méchant sourire aux lèvres, l'ecclésiastique pivota sur ses talons et tendit à son interlocuteur sa main fine et racée. L'autre s'avança et s'inclina pour embrasser la bague qu'on lui présentait. Quand il se redressa, son vis-à-vis l'invita à jeter un regard en contrebas.

— Voyez ! À présent qu'il est hors de danger, notre ami se sent pousser des ailes. Ou plutôt des nageoires. Encore quelques toises et il aura rejoint la rive du Cannaregio. Il ne nous reste plus qu'à lui souhaiter bonne chance pour le long voyage qui l'attend.

— Fin du premier acte !

Le cardinal plissa les paupières. Une expression à la fois rusée et cruelle passa sur son visage.

— Le premier acte ! s'exclama-t-il. Comme vous y allez ! Nous en sommes à peine au lever de rideau. Mais il est déjà temps pour nous de regagner les coulisses. Aux autres désormais de jouer les premiers rôles. En particulier à ce jeune roi présomptueux, François, premier du nom, qui brûle de prouver au monde sa valeur.

— On le dit vaillant et prompt à s'enflammer. La salamandre est son emblème.

— Parfait ! Qu'il brûle donc en enfer ! Nous veillerons, avec l'aide de Dieu sans qui rien n'est possible en ce bas monde, à en attiser bellement les flammes !

À cet instant, comme pour souligner les propos des deux hommes, le soleil émergea définitivement de la brume matinale et darda ses rayons sur la cité et sa lagune. Les eaux calmes du Grand Canal se parèrent aussitôt d'une belle nuance dorée. On eût dit une coulée de métal en fusion qui divisait le monde en ce qui était lumière et ce qui était ténèbres. Et, si minuscule qu'il fût, immergé dans cette coulée incandescente, le corps en mouvement du nageur semblait tracer une ligne de fracture, une griffure imprévue qui détruisait la miroitante perfection de ce ruissellement d'or fin. Par cette écorchure, le monde menaçait de basculer dans l'abîme, et s'apercevait, pour peu qu'on y prît garde, tout un cortège de trahisons, de crimes, d'aberrations et de démons engendrés du chaos.

Mais les deux hommes sur la terrasse mis à part, il n'y avait personne ce matin-là pour déchiffrer, à la surface du Grand Canal, les prémices d'un avenir incertain. Venise s'éveillait, belle et indifférente... et aux âmes innocentes, le jour ne semblait se lever que pour en saluer l'impérissable beauté.

I

LE MÉDAILLON

Les dames de l'Hôtel-Dieu

Du dehors, parvenait le grondement des roues cerclées de fer d'une carriole de livraison. Des éclats de voix s'élevèrent. On se disputait sous les croisées de l'Hôtel-Dieu. Délaissant un instant son labeur, Héloïse se pencha à la fenêtre.

En ce début juin, la chaleur poissait l'atmosphère comme au plein été. Une odeur piquante de fumier, de fruits pourris et de graisse de mouton empuantissait la rue du Sablon. Cette dernière était une sorte de goulet qui séparait l'hôpital proprement dit des échoppes de ses principaux fournisseurs. Il y régnait, même en plein jour, une pénombre malsaine en raison de la disposition particulière des immeubles dont les étages en surplomb se rejoignaient jusqu'à se presque toucher.

Pour l'heure, la voie mal commode se trouvait entièrement bloquée par une charrette chargée de tonneaux et de ballots. Les deux percherons de l'attelage avaient pilé devant l'éventaire d'un marchand ambulant et le baquet débordant de linges ensanglantés qui servait d'enseigne au cabinet d'un chirurgien barbier. Le conducteur des chevaux, une sorte de brute mal embouchée, noire de poil, à la trogne comme découpée à la serpe, pestait sur son siège et menaçait de son fouet le malheureux colporteur qui avait commis l'irréparable outrage de lui obstruer le passage. L'autre, dont la mise de souris grise était en rapport avec le commerce de bondieuseries, ne se laissait pas faire. Refusant de céder à la menace et aux injures, il protestait de son bon droit et tardait à remballer sa marchandise. L'altercation avait fini par ameuter passants et habitants du quartier. Les gens se pressaient sur les pas de porte et commentaient le spectacle en apostrophant tour à tour chacun des deux protagonistes. Des gosses crasseux, en haillons et les pieds nus, s'étaient installés au premier rang. Après avoir un temps savouré les échanges de jurons, ils avaient entrepris de se courser autour de la carriole à l'arrêt. Inconscients du danger, certains se faufilaient même entre les jambes des chevaux, excitant les bêtes massives qui commençaient à piaffer d'impatience et secouaient furieusement la tête comme pour se débarrasser de mouches importunes.

Voyant cela, Héloïse fut sur le point de héler les enfants pour les alerter du risque qu'ils encouraient. Elle y renonça pourtant, consciente que le tapage était tel dans la ruelle que personne n'eût prêté attention à ses avertissements.

Depuis douze années qu'elle avait trouvé refuge à Paris, elle ne s'était toujours pas habituée au tumulte permanent et à la presse grouillante qui caractérisaient la grande ville. Comparée à Amboise où elle avait passé toute sa jeunesse, la capitale lui semblait un lieu de désordre et de perdition. Elle détestait toute cette crasse loqueteuse et cette promiscuité malsaine qui faisaient à ses yeux, de la plus noble cité du Royaume, un endroit insalubre où tout semblait promis, tôt ou tard, à la corruption, au délitement et à l'anéantissement le plus vil.

Soupirant avec lassitude, la femme se détourna de la fenêtre et revint à son ouvrage. Durant cette dernière décennie, l'apothicairerie de l'Hôtel-Dieu lui avait offert du moins un havre de paix. C'était un des rares endroits où elle se sentait pleinement à sa place, tout à la fois voué aux doctes travaux et propice à la méditation.

Héloïse laissa son regard errer sur les boiseries en noyer verni et sur les rayonnages où s'alignaient, soigneusement rangés, des dizaines de pots de grès et de faïence. Dans la paroi du fond était ménagée une niche d'honneur où trônait une statue polychrome du Rédempteur. De part et d'autre, deux grands vases de faïence à dessins bleus offraient aux regards leurs anses contournées en forme de serpent et leur couvercle où un dragon déployait ses ailes. Ils contenaient la *thériaque* et l'*aurea alexandrina*. Au centre de la pièce, un beau mortier de bronze ciselé magnifiait la lumière chiche qui venait du dehors. Des guirlandes de fleurs et de plantes décoraient les solives du plafond et le buffet central. Ce dernier était un meuble des plus remarquables. En chêne massif, merveilleusement travaillé, il était garni de placards aux portes ornées de bas-reliefs représentant les guérisons miraculeuses du Nouveau Testament, et de tablettes avec des châssis de verre, séparées par des cariatides sculptées. Sur le pourtour, un entablement était rehaussé d'albarelles, de chevrettes et de livres de médecine.

Héloïse retrouvait en ce lieu quelque chose de la boutique de son père qui avait servi de décor à ses primes années et dans laquelle celui-ci, faute d'un fils à qui transmettre son savoir, l'avait initiée aux arcanes de son art. Comme ce temps lui semblait lointain ! Perdu dans les brumes d'un passé à jamais évanoui. De son enfance et de sa jeunesse, il ne lui restait somme toute que très peu de souvenirs précis. Et cependant il en demeurait toujours quelque chose de vif en elle. Une sorte d'intime blessure, mais très profondément inscrite dans sa chair et comme recouverte de ce voile de deuil que jettent sur toutes choses les chagrins mal éteints.

Héloïse haussa les épaules comme pour s'alléger d'un trop pesant fardeau. Elle réajusta une mèche rousse derrière son oreille et vint s'installer à la table de chêne sur laquelle elle confectionnait, depuis plus de dix ans, la majeure partie des remèdes employés à l'hôpital. Elle réunit plusieurs brassées d'herbe aux abeilles[1], en détacha les sommités fleuries, puis entreprit de les broyer finement à l'aide d'un hachoir à double lame incurvée. Elle disposa ensuite un carré de lin dans un mortier

1. Il s'agit de la reine des prés, riche en salicyne, dont le nom latin *Spiraea ulmaria* a donné le mot Aspirine.

en buis et y versa en pluie la poudre de végétaux concassés. Une casserole à long manche faisait entendre, sur le fourneau, le gargouillis de deux pintes d'eau de pluie filtrée et portée à ébullition. En prenant garde à ne pas se brûler, Héloïse s'empara du récipient et versa délicatement le liquide dans le mortier. Il lui fallait à présent laisser infuser le tout pendant une quinzaine de minutes, avant d'y ajouter des pétales de coquelicot. Elle obtiendrait ainsi une tisane aux vertus fébrifuges dont elle n'espérait guère de miracle mais qui saurait apaiser les tourments de celle qui occupait, pour l'heure, le plus clair de ses pensées.

Alix était une servante de seize ans que sa famille, des bûcherons du Morvan, avait placée chez un aubergiste de la grand-rue de la Harpe. Une semaine plus tôt, elle avait été victime de violents maux de ventre, d'apparitions brutales, et apparemment inexplicables. Après un jour de repos forcé, voyant que son état ne s'améliorait pas, son patron l'avait priée d'aller traîner ailleurs sa fainéantise et fichue à la rue sans ménagement.

Faute de proches pour la recueillir et s'occuper d'elle, après une journée d'errance dans la Cité, elle avait fini par échouer à l'Hôtel-Dieu où les sœurs Augustines avaient pris soin d'elle. Malgré cela, l'état de la frêle adolescente n'avait arrêté, depuis lors, d'empirer et une méchante fièvre s'était emparée d'elle. Sensible à ses malheurs, Héloïse s'était prise de pitié pour la pauvresse et n'avait eu de cesse de la faire examiner par l'un des trois médecins qui assuraient la visitation des malades au sein de l'établissement. L'homme de l'art avait diagnostiqué, deux jours plus tôt, une infection vraisemblablement consécutive à un avortement clandestin.

Pressée de questions par les religieuses, la malheureuse enfant avait confessé sa « faute ». Forcée par son maître dès le premier soir, elle s'était retrouvée grosse de ses œuvres et, pour conserver sa place, s'était résolue à recourir aux médiocres services d'une matrone d'occasion. L'opération réalisée dans une masure située hors les murs avait été particulièrement sanglante. En empochant les modestes économies d'Alix, la vieille qui s'était chargée de la sale besogne avait affirmé que tout s'était bien déroulé et que les douleurs céderaient avec l'application quotidienne de compresses chaudes. Mais rien ne s'était passé comme annoncé.

Lorsqu'elles avaient appris que le mal dont souffrait l'infortunée servante n'était que la juste punition de ses péchés, les sœurs Augustines avaient décidé son transfert de la salle réservée aux femmes en couches à celle des incurables et s'étaient désintéressées de son sort. Seule Héloïse persistait à lui procurer des soins attentifs.

Pour l'heure, il lui tardait d'administrer à sa protégée le dernier remède de sa confection. Elle quitta le local de l'apothicairerie situé à proximité immédiate des bâtiments conventuels et traversa la salle Saint-Thomas édifiée sous la régence de Blanche de Castille. De là, elle gagna le plus ancien dortoir de l'Hôtel-Dieu, la salle Saint-Denis, qui se situait en retrait du parvis de Notre-Dame et jouxtait sur toute sa longueur le cours de la Seine. De part et d'autre d'une étroite allée centrale s'alignaient des dizaines de lits sur lesquels s'entassaient, dans une promiscuité malsaine, jusqu'à cinq ou six malades. L'air était rendu irrespirable par les rots, les pets et l'odeur douceâtre de la chair en putréfaction. Héloïse pressa le pas. Sur son passage s'élevait une cacophonie de plaintes, de toux et de gémissements à laquelle elle n'était jamais parvenue à s'habituer tout à fait et qui exprimait tout le désarroi d'une humanité dont la souffrance ne se berçait d'aucune illusion. L'une des portes de l'Hôtel-Dieu avait beau avoir pour inscription « C'est ici la maison de Dieu et la porte du ciel », ceux qui échouaient là savaient pertinemment que l'enfer n'était pas si éloigné.

Depuis des décennies, et malgré toutes les mesures prises pour lutter contre une mortalité galopante, près d'un patient sur quatre quittait l'hôpital les pieds devant. La faute en revenait à cette tradition de charité dont administrateurs et personnels étaient imprégnés. Son abandon aurait été assimilé à une trahison, à un péché envers Dieu. En conformité avec ses principes fondateurs, l'Hôtel-Dieu devait rester le refuge, l'asile, l'hospice de toutes les misères. Il devait ouvrir toutes grandes ses portes aux détresses physiques et morales, même s'il fallait pour cela sacrifier les notions les plus élémentaires d'hygiène et de salubrité. Plus il y avait de malades, plus il y avait de mérites gagnés auprès du Seigneur. Que leurs chances de guérison se réduisent comme peau de chagrin entrait finalement peu en ligne de compte.

À l'extrémité nord de la salle, se trouvaient regroupées les couches des malades réputés contagieux. Des paravents de toile isolaient chacun des lits, non pour préserver la pudeur des malheureux qui gisaient là dans le plus effroyable dénuement, mais pour masquer aux survivants la vue de ceux qui les précédaient, parfois de quelques heures seulement, dans les affres de l'agonie. C'était sur un de ces grabats misérables que la pauvre Alix reposait, entre deux femmes aux visages couverts de pustules qui ronflaient affreusement et lui envoyaient leurs coudes dans les côtes à chaque fois qu'elles se retournaient en grognant.

Un étroit fenestron diffusait une lumière grise sur les occupantes du lit. Héloïse se pencha en souriant vers l'adolescente et l'aida à caler son dos contre des coussins. La petite pesait moins qu'une plume et ses os saillaient sous la chemise de drap grossier. Elle avait le visage mince, des fossettes prononcées, encadrées par des cheveux blonds dont des boucles s'échappaient sous le rebord de sa coiffe. Ses yeux bleu clair, enfoncés dans les orbites et cernés de bistre, ne cessaient de darder des regards apeurés à la ronde, comme si elle craignait à tout moment d'être rabrouée ou violentée.

— Bonjour, Alix. Comment te sens-tu aujourd'hui ? Je t'ai apporté quelque chose à boire. De quoi apaiser tes mauvaises fièvres et t'aider à trouver le repos.

Elle versa un peu de tisane dans un bol en bois qu'elle porta ensuite à la bouche de la jeune servante. Mais celle-ci ne desserra pas les lèvres. Elle continuait de rouler des yeux effarés.

La femme posa le bol sur une tablette, au chevet du lit, et effleura de sa main le front de l'adolescente. Il était brûlant et moite.

— Alix? lui glissa-t-elle à l'oreille. C'est moi, Héloïse. Tu me reconnais?

Mais décidément, il y avait quelque chose d'anormal dans l'attitude de la jeune fille. Ce silence angoissé, cette pâleur mortelle, ces tremblements qui agitaient ses membres sous les draps. Prise d'une soudaine inspiration, Héloïse écarta l'échancrure de la chemise et ne put retenir une exclamation irritée. Elle venait de découvrir, accrochée par un lacet au cou de la malheureuse, une demi-coquille de noix. D'un geste rageur, elle arracha le collier improvisé qui laissa échapper, comme elle s'y attendait, une grosse araignée. Profitant de sa liberté retrouvée, l'animal velu escalada à toute vitesse l'un des montants du lit et disparut dans une anfractuosité du mur. Alix poussa un soupir de soulagement et remercia sa bienfaitrice d'un pâle sourire.

— Vous êtes si attentionnée pour moi. Je ne mérite pas tant de bonté, moi qui suis si mauvaise fille.

— Ne dis donc pas de sottise! la rabroua gentiment Héloïse. Répéter les inepties des autres n'en fait pas pour autant des vérités. Plutôt que de te blâmer, ces belles âmes feraient mieux de dénoncer l'attitude de celui qui t'a séduite puis jetée honteusement à la rue.

Au même instant, une voix autoritaire et haut perchée retentissait dans le dos d'Héloïse :

— Comment osez-vous, ma fille ? Ce traitement a été prescrit ce matin même par le docteur Mégissier !

La femme rousse sursauta et se retourna dans un même mouvement. À trois pas derrière elle, bras croisés et le regard sévère, se tenait la sœur Peruelle la Tache, responsable en titre de l'apothicairerie de l'Hôtel-Dieu. Dans sa robe noire retenue par une simple ceinture de cuir, avec son crâne chauve dissimulé sous un voile de même couleur, ses traits émaciés et son nez en forme de bec d'oiseau, la religieuse ressemblait à une vieille corneille déplumée.

— Comment osez-vous ? répéta-t-elle en détachant chaque syllabe pour bien marquer sa désapprobation. Le docteur Mégissier a insisté pour que le traitement soit maintenu jusqu'à la disparition totale de la fièvre.

— Votre docteur Mégissier est un bien grand ignorant s'il s'en remet à de vieilles lunes pour soigner ses malades. Voilà des années que tous les médecins dignes de ce nom ont renoncé aux araignées pour abaisser la température du corps !

Une lueur glaciale parcourut les yeux ronds de la religieuse.

— La faculté en recommande toujours l'emploi pour combattre la fièvre quarte.

— Précisément, répliqua Héloïse sans se laisser démonter. Si la faculté de Paris était à la pointe des progrès médicaux, la chose serait bien connue de tous. Or, il me semble qu'elle brille surtout par son obstination à repousser toute nouvelle théorie qui ne serait pas conforme aux écrits d'hommes ayant vécu il y a plus de mille ans. J'ajouterai, mais sans doute est-ce un détail pour le docteur Mégissier, que la patiente ne souffre pas d'une fièvre quarte mais d'un accès de température causé par une infection interne.

Sœur Peruelle leva les bras au ciel et haussa la voix comme pour prendre à témoin une assistance invisible de l'impudence de son interlocutrice.

— Mais voyez donc l'effrontée ! Voilà qu'elle en vient à médire des travaux d'Hippocrate ou de Galien et à se croire suffisamment savante pour poser elle-même des diagnostics !

— Loin de moi cette prétention, dit Héloïse qui sentit qu'elle s'était engagée sur un terrain dangereux et préféra battre en retraite. Mais comme j'avais cru comprendre que le sort de cette petite vous était indifférent, j'ai pris la liberté de la faire examiner hier par le docteur Geoffroy. Il a recommandé des tisanes fébrifuges et une décoction à base de marrube, de cannelle et de pouliot royal qu'il prétend souveraine pour soulager les douleurs de la matrice. C'est un remède qu'il est accoutumé à prescrire lors des accouchements difficiles.

Des trois médecins agréés par le Conseil des gouverneurs laïcs pour visiter les malades de l'Hôtel-Dieu, le docteur Geoffroy était le seul qui trouvât grâce aux yeux d'Héloïse. C'était un homme bon et pragmatique qui n'avait qu'une seule ligne de conduite : la sauvegarde de ses patients. À chacun de ses passages, il prenait plaisir à échanger avec

Héloïse au sujet de la thérapeutique et s'était extasié à de nombreuses reprises devant ses connaissances en la matière. Elle ne doutait pas qu'il confirmerait ses dires si d'aventure sœur Peruelle l'interrogeait au sujet d'Alix. Quand bien même n'avait-il pas encore eu l'occasion d'examiner l'adolescente !

— La liberté ! répéta sœur Peruelle avec une telle acrimonie qu'un filet de bave échappa de ses lèvres et vint couler sur son menton fripé. Voilà bien le problème, ma fille ! Vous vous arrogez des droits et des privilèges qui dépassent de beaucoup votre condition. Passe encore lorsque vous bénéficiiez des plus hautes protections ! Il nous fallait bien alors supporter votre arrogance et vos prétentions. Cependant, fort heureusement, ce temps est désormais révolu. Je vous aurais crue assez fine mouche pour vous en rendre compte par vous-même. Mais il faut croire que votre orgueil est si grand qu'il vous fait perdre tout à la fois lucidité et prudence. Qu'importe ! Je vous le répète : les temps ont changé. Comptez sur moi pour vous le faire assavoir sous peu !

Sur ces mots rageurs, la religieuse tourna les talons et s'éloigna en affichant un air de dignité outragé. Lorsqu'elle eut franchi le seuil de la salle, Héloïse reporta son attention sur la jeune fille alitée. La malheureuse semblait encore plus blafarde qu'à son arrivée. Et la crainte, encore plus solidement ancrée au fond de ses prunelles enfiévrées.

— Ne t'inquiète pas, Alix, chuchota la femme apothicaire d'une voix qu'elle s'efforça de rendre sereine. Sœur Peruelle fait montre parfois d'une agressivité surprenante, mais c'est juste une façon pour elle de masquer le profond amour que son prochain lui inspire. Chacun a droit à ses petites pudeurs, tu ne trouves pas ?

Glissant son bras dans le dos de l'adolescente, elle approcha de nouveau le bol de ses lèvres exsangues et la soutint pendant qu'elle absorbait le liquide salvateur. Et durant tout ce temps, en dépit du sourire qu'elle s'efforçait d'afficher, pas une seconde, ses pensées ne se détournèrent de la menace à peine voilée que recelaient les dernières paroles de la religieuse.

Étienne

L'adversaire demeurait tapi, bien à couvert.

Étienne ne pouvait le voir mais il sentait sa présence. Il imaginait la paire de moustaches frémissantes, les yeux brillants de convoitise. De temps à autre, il percevait un mouvement infime ou un léger bruit qui prouvait que l'autre était toujours à l'affût lui aussi. C'était une affaire de patience. Il fallait juste rester immobile assez longtemps pour que la notion de danger s'estompât dans le crâne de celui qu'il traquait. Juste cela. Mais c'était déjà un effort démesuré pour un garçonnet âgé d'à peine onze ans. Même pour un garçon plutôt du genre têtu et prêt à bien des sacrifices pour obtenir ce qu'il veut.

Aux aguets depuis de longues minutes, Étienne avait l'impression que son cœur cognait dans sa poitrine comme un tambour. Comment se faisait-il que l'autre n'eût pas déjà pris la fuite ? Comme pour compliquer encore plus sa tâche, il finit par sentir des fourmillements monter le long de ses jambes. Pourtant, le moment venu, il lui faudrait être prompt.

De sa capacité de réaction dépendrait le succès de son entreprise.

Lentement, avec d'infinies précautions, il glissa sa main gauche vers le bas et entreprit de masser ses mollets ankylosés.

Ce fut le moment précis que choisit l'autre pour s'élancer. Il surgit de son abri comme la pierre d'une fronde et se précipita droit sur l'objet de son désir. Étienne mit un quart de seconde à réagir mais ce délai, aussi infime soit-il, suffit à vouer sa tentative à l'échec. Quand il parvint à se redresser et à projeter le torchon alourdi de pierres à ses quatre coins, son adversaire s'était déjà emparé du butin et s'éloignait à l'abri d'une poutre. Le filet improvisé le manqua d'un rien.

Dépité, vexé d'avoir été joué une fois de plus, Étienne dut se résoudre à voir le gros rat gris regagner tranquillement son trou dans le mur, emportant avec lui le morceau de fromage dérobé à son intention dans les cuisines de l'Hôtel-Dieu. Il lui sembla qu'avant de disparaître, l'animal tournait la tête vers lui et plissait ses fines moustaches comme pour se moquer de sa maladresse.

Les poings sur les hanches, relevant sa tête aux cheveux bruns et frisés, Étienne lui lança sur un ton de défi :

— Tu peux faire le fanfaron, Melchior ! Vas-y, moque-toi de moi ! À malin, malin et demi. Je finirai bien par t'avoir !

C'était la troisième fois qu'il échouait à capturer le rongeur. À dire vrai, cette résistance n'était pas pour lui déplaire. Il aimait l'idée que son futur compagnon ne serait pas un rat ordinaire, mais le plus rapide et le plus rusé des quadrupèdes hantant les caves de l'Hôtel-Dieu. Ainsi augmenterait-il ses chances de ne pas finir comme son prédécesseur. Le pauvre Gaspard avait en effet péri déchiqueté sous les griffes d'un des nombreux chats que les sœurs Augustines se plaisaient à entretenir pour préserver les réserves de l'hôpital.

Réconforté par cette pensée, Étienne oublia bien vite sa déception et décida qu'il était encore trop tôt pour regagner la chambre qu'il partageait avec sa mère dans les locaux conventuels. Il avait le temps de fureter encore un peu dans les sous-sols du grand bâtiment. Après tout, c'était là son royaume et il était convaincu que nul n'en connaissait aussi bien que lui les moindres recoins.

Le garçonnet était le seul enfant à loger en permanence dans l'Hôtel-Dieu. Il n'y était pas né mais c'était tout comme. Héloïse, sa mère, avait trouvé à s'y faire employer alors qu'il n'avait pas encore un an. C'était dans la chapelle Sainte-Agnès qu'il avait effectué ses premiers pas, dans les codex de l'apothicairerie que, sous la férule maternelle, il avait appris à lire. Et depuis qu'il avait atteint sa huitième année, il s'était lancé dans une exploration systématique des bâtiments. Faute de camarade de son âge pour partager ses distractions, et sa mère lui interdisant l'accès aux salles des malades par peur de la contagion, il passait le plus clair de son temps à fureter dans les endroits les plus reculés. Les caves et les combles de l'hôpital étaient devenus ses terrains de jeu favoris. De là, il avait l'impression de régner sur un territoire immense et mystérieux.

Les jours de beau temps, il n'aimait rien tant que grimper sous la charpente où nichaient des passereaux, mais aussi des pigeons roucoulants et un vieil hibou déplumé qui hantait le beffroi de la salle de l'infirmerie. Les greniers renfermaient un incroyable bric-à-brac. Dans de vieux coffres à moitié pourris, sous des couches épaisses de poussière, on pouvait mettre la main sur des pots de pharmacie ébréchés, des robes de nonnes rapiécées et usées jusqu'à la trame, des ex-voto de cire illustrant l'incroyable variété des maux susceptibles d'accabler les hommes, des meubles auxquels manquaient le fond ou plusieurs pieds. Mais ce que préférait Étienne, c'était farfouiller parmi les affaires des patients décédés durant leur séjour à l'hôpital. Évidemment, on ne remisait là-haut que les choses dénuées de valeur. Le reste était vendu en ville, au bénéfice du bureau de l'Hôtel-Dieu. Cependant, de temps à autre, il était possible de faire d'intéressantes découvertes : morceau de bois sculpté, poupée de chiffon, boucle de cheveux enrubannée, dent de lait conservée dans un étui de cuir... Autant de petits trésors que le garçonnet conservait sous une latte du plancher qui lui servait de cachette.

Et puis les combles de l'hôpital offraient un autre avantage. Les ouvertures du toit permettaient à Étienne de profiter de la plus imprenable des vues sur la Cité : au nord, le parvis de Notre-Dame ; au sud, la Seine et le Petit Châtelet ; à l'est, la cathédrale et l'archevêché ; à l'ouest, le Petit pont, et la rue du Marché-Palu. Ces derniers mois, il s'était même enhardi à gagner la toiture en se faufilant par une lucarne située au-dessus de la salle Jaune. En se plaquant contre les ardoises, il parvenait à ramper sur plus d'une toise et à gagner la plus proche cheminée. S'agrippant solidement au conduit de pierre, il pouvait alors se redresser et se tenir debout dans le vent, à plus de soixante pieds du sol.

Là, c'était la ville tout entière qu'il dominait. Les gargouilles de Notre-Dame devenaient ses compagnes familières et il arrivait si bien à les distinguer les unes des autres, du moins pour ce qui concernait celles de la tour sud, qu'il avait affublé chacune d'un amical sobriquet. Sur la rive droite, il voyait la tour du Temple, celles du Grand Châtelet et l'impressionnant palais du Louvre aux allures de forteresse médiévale. Entre ces points de repères remarquables, l'enchevêtrement des rues et des habitations lui semblait un formidable labyrinthe qui grouillait d'activité et s'étirait à perte de vue. Par comparaison, la rive gauche paraissait presque délaissée ou endormie. Les habitations y étaient beaucoup plus resserrées mais surtout moins nombreuses. On distinguait sans peine le mur d'enceinte au-delà duquel se dressaient les abbayes de Sainte-Geneviève et de Saint-Germain-des-Prés. Cependant, pour l'avoir entendu maintes fois répéter par Mère, Étienne n'ignorait pas que cette quiétude était des plus trompeuses. La rive sud était le domaine de l'Université. Les étudiants se plaisaient à y mener grand tapage, et truands et ribaudes y exerçaient leurs talents au détriment des honnêtes gens. C'était un lieu de perdition. Sur ce point, tous les adultes que le jeune garçon était amené à côtoyer s'accordaient. Et défense lui avait été donc faite d'y jamais mettre les pieds.

D'ailleurs, ce n'était là que l'une des nombreuses interdictions que Mère lui imposait. Elle se montrait parfois à son égard d'une telle pusillanimité ! Contrairement aux autres gamins qui avaient toute liberté, passé leurs sept ans, de baguenauder dans les rues, il se voyait, lui, confiné aux environs immédiats de l'Hôtel-Dieu. Elle lui avait arraché la promesse de ne jamais s'aventurer seul en dehors des limites de la Cité. À croire vraiment que le danger le guettait à chaque coin de rue ! C'était ridicule. Cette surprotection dont elle l'entourait l'avait empêché de se faire des amis parmi les enfants de son âge et condamné à une solitude bien pesante. Parfois, et même s'il se reprochait de nourrir de telles pensées, il se disait qu'elle le faisait exprès, qu'elle avait imaginé ce moyen pour le garder toujours à ses côtés. Dans son jeune esprit, l'amour qu'elle lui portait prenait alors des allures de prison et il aurait donné ce qu'il possédait de plus précieux pour pouvoir, de temps à autre, s'en échapper.

C'était sans doute la principale raison pour laquelle, défiant le danger, il gagnait aussi souvent que possible les toits et leur fabuleux poste d'observation. Dressé contre sa cheminée, il avait l'impression d'être la vigie d'un grand vaisseau et de pouvoir larguer les amarres pour s'arracher aux limites naturelles de son univers étriqué, descendre le cours de la Seine et gagner la haute mer.

Il rêvait d'aventures et de voyages en des contrées lointaines et prenait plaisir à aspirer à pleins poumons un air pur, lavé de cette puanteur sordide qui stagnait à ras du sol, partout dans les rues.

Si elle l'avait su, Mère serait entrée dans une colère noire et l'aurait probablement cloîtré dans sa chambre pendant une semaine entière. Mais jamais il ne serait assez bête pour lui confier son secret et, même si elle semblait posséder une sorte de double-vue pour deviner ses pensées ou devancer certaines de ses bêtises avant même qu'il ne les ait commises, elle était loin d'imaginer qu'il se livrait, derrière son dos, à d'aussi périlleuses acrobaties.

Les jours de mauvais temps, quand l'humidité ou le vent rendaient l'escalade par trop périlleuse, Étienne se rabattait sur les caves de l'hôpital. Elles constituaient son deuxième refuge privilégié. Celliers, salles voûtées et corridors en enfilade couraient tout du long des bâtiments de l'Hôtel-Dieu. Humides en raison de la proximité du fleuve, malcommodes, ces lieux aménagés à l'origine pour le stockage des vivres et des divers approvisionnements de l'hôpital étaient en définitive peu utilisés et laissés dans un état de quasi-abandon. Les salles et les galeries étaient encombrées de pierres, de gravats et de madriers vermoulus. Il y régnait une atmosphère vaguement angoissante, avec ces clapotis si proches, ces innombrables toiles d'araignées, ces bêtes invisibles qui vous couraient entre les jambes dans la pénombre. Mais c'était précisément ce délicieux frisson d'inquiétude qu'Étienne recherchait. Il laissait courir son imagination et se voyait en chevalier intrépide fouillant les profondeurs d'un sombre donjon. Il rêvait alors de hauts faits d'armes qui lui permettraient d'égaler les plus fameux héros des temps passés. Il rejoignait au faîte de la gloire Achille terrassant ses ennemis sous les remparts de Troie ou Roland le Preux sonnant du cor à Roncevaux avant de fendre le crâne des Sarrasins de sa fière Durandal.

Plus ou moins consciemment, il cherchait, à travers ces prouesses fantasmées, à aviver le sang bouillonnant qu'il sentait battre dans ses veines et à se prouver qu'il était bien le digne fils de son père. Certes il n'avait jamais connu celui-ci et Mère ne semblait guère apprécier qu'il l'interrogeât à ce sujet. Elle-même n'en parlait quasiment jamais et, si ce n'était la prière qu'elle lui faisait prononcer chaque soir pour recommander l'absent à la Sainte Vierge, on aurait pu croire que celui-ci ne lui inspirait plus le moindre sentiment.

Au fil des années elle s'était pourtant laissée aller à quelques rares confidences. Elle avait ainsi fini par révéler à son fils que ce père était un chevalier et qu'il avait accompli de grands exploits au service de la Couronne. Cependant, à chaque fois qu'il insistait pour en savoir davantage, elle se refermait comme une huître. Il n'était donc jamais parvenu à apprendre d'elle si ce père énigmatique était encore vivant ou bien mort, ni même à obtenir confirmation de sa véritable identité. Et comme il sentait bien que ces silences puisaient leur origine dans quelque obscur chagrin, il s'était toujours gardé de la pousser dans ses retranchements.

Cependant Étienne n'était pas du genre à se résigner facilement. Puisque Mère se plaisait à cultiver le mystère, il lui avait bien fallu mener sa propre enquête. En fouillant leurs maigres possessions, il avait déniché, entre les pages du bréviaire d'Héloïse, l'ébauche d'une lettre adressée à un mystérieux Pierre ainsi qu'une cocarde du genre de celles que les chevaliers offrent à leur gente dame à l'occasion des tournois. En examinant de plus près cette dernière, il avait fini par déchiffrer une inscription à demi effacée par les ans. L'encre délavée mentionnait non seulement un lieu et une date – Amboise, an de grâce 1498 – mais surtout une dédicace en latin : « *Primum omnium, Pie. du Terail, caval. Bayard*[1]. »

Pour en apprendre davantage, il lui avait suffi de faire parler, dans le dos de Mère et sans avoir l'air d'y accorder plus d'importance que cela, le personnel de l'Hôtel-Dieu. Les servants laïcs et même certaines religieuses lui avaient appris que Pierre du Terrail, seigneur de Bayard, était l'un des plus illustres capitaines des armées royales. Ayant servi successivement Charles VIII et Louis XII, il s'était couvert de gloire au cours des campagnes que ces monarques avaient menées en Italie, afin d'y affirmer leurs droits légitimes sur le royaume de Naples et le duché de Milan. Le nouveau roi, François Ier, lui avait manifesté son estime en le nommant, aussitôt

1. Au premier de tous, Pierre du Terrail, chevalier Bayard.

après son couronnement, lieutenant général du Dauphiné.

En découvrant la vaillance de celui qu'il tenait désormais avec certitude pour son père, Étienne avait exulté. Du plus loin qu'il se souvienne, au fond de son cœur, il avait toujours nourri l'espoir qu'il n'était pas le rejeton d'un vulgaire boutiquier ou d'un médiocre artisan. La prestigieuse figure du chevalier Bayard, recomposée d'après les nombreux récits qu'il avait recueillis au fil du temps, le comblait au-delà de ses désirs les plus ardents. La seule ombre au tableau, c'était cette absence incompréhensible. Car les personnes qu'il avait interrogées étaient formelles : Bayard était bien vivant et, quand il ne guerroyait pas pour l'honneur des lis de France, il se retirait sur ses terres, dans la lointaine province du Dauphiné. Comment était-il possible qu'un aussi noble cœur abandonnât femme et enfant? Comment expliquer cette absence cruelle qui durait depuis de si nombreuses années? Étienne avait dû patienter jusqu'à son neuvième printemps pour obtenir une ébauche de réponse à ces lancinantes questions.

Au cours d'une des nombreuses et rébarbatives leçons que lui dispensait Mère, il avait découvert que les princes se mariaient non par amour mais pour augmenter la puissance de leur maison. Ils n'épousaient les filles du peuple que dans ces contes à dormir debout qui les voyaient aussi combattre chimères et dragons. En revanche, il leur arrivait parfois de leur faire des enfants illégitimes. Certains de ces bâtards avaient d'ailleurs connu un destin glorieux, tels Charles Martel, le vainqueur des musulmans à la bataille de Poitiers, ou bien encore le comte de Dunois dit le « Bâtard d'Orléans », ancien compagnon d'armes de Jeanne d'Arc.

En apprenant ces détails, Étienne avait eu l'impression de voir son avenir défiler dans son esprit avec l'évidence d'un lever de soleil. Un jour, quand il aurait l'âge de voler de ses propres ailes, lui aussi accomplirait de formidables exploits. Sa renommée serait telle que son père ne pourrait faire autrement que de le reconnaître et de les rappeler, Héloïse et lui, à ses côtés. Ils vivraient enfin heureux tous les trois et Mère retrouverait pour toujours le sourire.

Pour se consoler de son échec avec Melchior, Étienne caressait pour la énième fois ce rêve un peu fou, tandis qu'il quittait les caves et s'engageait dans l'escalier à vis menant à la surface. Il en atteignait l'avant-dernier palier lorsqu'un bruit de pas l'incita à se plaquer contre la paroi de pierre. À cette heure de la journée, quasiment personne ne se déplaçait dans les sous-sols de l'hôpital. Qui donc cela pouvait-il être ?

Craignant de se faire houspiller si on le surprenait, le garçon attendit que les pas l'eussent dépassé pour se couler jusqu'à la poterne et risquer un œil par l'ouverture. L'escalier débouchait sur un corridor aveugle qui desservait le premier niveau du sous-sol. C'était là que se situaient la buanderie, les réserves de vin de l'hôpital ainsi que le grand local où on entreposait le bois de chauffage. Une silhouette massive s'éloignait en clopinant, un lourd trousseau de clés cliquetant à sa ceinture.

Au premier coup d'œil, Étienne reconnut Guillaume, le portier de l'Hôtel-Dieu. Sous un aspect fruste et repoussant, c'était la crème des hommes. Cependant sa carrure herculéenne alliée à son bec-de-lièvre et à la déviation de sa colonne vertébrale l'avait confiné à un rôle d'épouvantail. C'était lui qui était notamment chargé d'écarter les importuns frappant à la porte de l'hôpital, de faire le tri parmi les nombreux solliciteurs, entre les vrais et les faux mendiants, les blessés ou les malades et les simulateurs cherchant juste un asile pour échapper aux sergents à verge[1]. Il y excellait et on pouvait compter sur les doigts d'une main les rares fois où il s'était laissé abuser. Mais son office n'aurait jamais dû le conduire à descendre dans les caves en plein après-midi. Voilà qui sortait de l'ordinaire et s'avérait digne d'exciter la curiosité, jamais totalement assoupie, d'un gamin aussi imaginatif qu'Étienne.

Sur la pointe des pieds, le garçon abandonna l'abri que représentait la cage d'escalier et s'engagea, à la suite de Guillaume, dans l'étroit corridor. Une pénombre épaisse y régnait car il n'était éclairé, de loin en loin, que par quelques torches fumeuses. Étienne se rapprocha jusqu'à une dizaine de toises de l'ombre gigantesque qui le précédait.

1. À l'époque, l'Hôtel-Dieu bénéficiait du droit d'asile au même titre que les enceintes religieuses. La justice du roi s'arrêtait à ses portes.

Une distance qu'il jugea suffisante pour ne rien perdre des faits et gestes du concierge, mais qui permettait de se fondre dans l'obscurité au moindre risque d'être surpris.

Ils parcoururent ainsi, l'un derrière l'autre, la quasi-totalité de la longueur de l'Hôtel-Dieu. Lorsque Guillaume finit par s'immobiliser devant une petite porte fermée par un antique cadenas, Étienne estima qu'ils se trouvaient à l'aplomb de la salle du Légat, encore en chantier, à l'extrémité ouest des bâtiments, celle donnant sur la rue du Marché-Palu et le Petit pont.

À l'instant où le colosse se mit à farfouiller parmi son trousseau de clés, une plainte se fit entendre. Elle venait à coup sûr de derrière la porte. Tapi contre la muraille, Étienne retint son souffle pour mieux entendre. C'était un gémissement douloureux qui s'élevait par intermittence et s'achevait en des sortes de halètements. Un animal blessé? Un chien? Le doux géant aurait-il pris le risque d'enfreindre le règlement de l'hôpital pour recueillir clandestinement un chien mal en point? Si tel était le cas, c'était une nouvelle enthousiasmante. Étienne se faisait fort en effet de convaincre le portier de l'aider à prendre soin de l'animal. Un chien! C'était tout de même autre chose comme compagnon de jeu qu'un vulgaire rat, aussi rusé soit-il!

Étienne en était là de ses réflexions lorsque Guillaume finit par trouver la clé qu'il cherchait. Il débloqua le cadenas, ouvrit la porte et prit la précaution, avant de disparaître, de tourner la tête des deux côtés. Le garçon qui s'était imprudemment écarté du mur se rejeta aussitôt dans l'ombre pour ne pas être découvert. Tout en effectuant ce mouvement, il eut le temps de remarquer la gourde que portait Guillaume sur son épaule et le jambon qui dépassait de son ample houppelande. Voilà qui semblait confirmer ses déductions. Afin d'en acquérir la certitude, il se promit de revenir le soir même, quand il serait certain de trouver les sous-sols déserts.

Et tout en rebroussant chemin, le cœur guilleret et l'imagination galopante, l'enfant aux boucles brunes échafaudait déjà dans sa tête un savant argumentaire destiné à convaincre Guillaume de la nécessité de le laisser s'occuper de son mystérieux protégé.

Les tourments d'Héloïse

Jusqu'au soir, Héloïse accomplit ses multiples tâches à l'apothicairerie de façon mécanique. Elle ne parvenait pas à distraire ses pensées des paroles menaçantes prononcées par sœur Peruelle. Non pas que l'agressivité de cette dernière l'eût prise complètement au dépourvu. À la vérité, depuis plusieurs mois, elle s'attendait à une attaque de ce genre. Elle était même étonnée que celle-ci ne fût pas intervenue plus tôt.

Dix ans auparavant, elle n'avait dû son entrée à l'Hôtel-Dieu qu'à l'intervention personnelle d'Anne de Bretagne. Après avoir tenté vainement de se débrouiller seule avec Étienne, la jeune femme avait dû se résoudre à solliciter l'aide de la reine. Touchée par sa mésaventure et par reconnaissance pour les services qu'Héloïse lui avait rendus[1], celle-ci l'avait imposée au sein de l'apothicairerie hospitalière et avait promis de garder secrète sa retraite. Cette

1. Voir, du même auteur et chez le même éditeur, *Le Piège de verre*.

arrivée d'un laïc, et qui plus est d'une femme, pour veiller à la qualité des remèdes s'était heurtée non seulement à l'hostilité du corps médical, mais aussi à celle des sœurs Augustines qui se voyaient ainsi désavouées dans leur gestion de l'apothicairerie.

Au fil des années, cependant, les remarquables connaissances d'Héloïse en matière de galénique avaient fini par être reconnues de quasiment toute la communauté hospitalière. Seuls lui étaient demeurés farouchement hostiles le docteur Mégissier, un praticien arrogant qui ne jurait que par la saignée et les purgations et finissait par tuer ses malades d'épuisement, et sœur Peruelle la Tache qui, même si elle conservait en titre la responsabilité de l'apothicairerie, s'était vue supplantée dans les faits par celle qui en maîtrisait à la perfection tous les arcanes.

Cette animosité n'avait guère inquiété Héloïse tant qu'elle bénéficiait de la royale protection. En janvier 1514, la mort d'Anne de Bretagne n'avait rien changé à la situation. Son époux le roi Louis XII, bien qu'affaibli physiquement et accablé par la disparition de sa moitié, avait continué, de loin, à tenir en respect les détracteurs d'Héloïse. Mais ce monarque chenu, à la santé si fragile, avait cru bon, quelques mois plus tard, de se remarier afin de donner un héritier mâle au Royaume. Son choix s'était porté sur une ravissante jeunette de seize ans, blonde et diaphane : la princesse Mary Tudor, sœur du roi Henry VIII d'Angleterre. Le mariage célébré à la hâte le 9 octobre, à Abbeville, n'avait pas duré plus de trois mois. Éreinté par les prouesses amoureuses que lui inspirait sa belle et juvénile épousée, le vieux souverain avait rendu les armes le 1er janvier 1515. Moins d'un an avait donc suffi pour qu'il rejoignît Anne dans la tombe, laissant sa couronne, faute de fils pour lui succéder, à son petit cousin et gendre, François d'Angoulême[1].

En apprenant la mort de Louis et l'avènement de François Ier, Héloïse avait compris qu'elle vivait ses derniers jours d'insouciance et de sécurité. Ayant perdu ses appuis à la cour, elle devait s'attendre à voir ses adversaires reprendre du poil de la bête. Ce qu'elle ignorait, c'était la façon dont ils agiraient pour s'en prendre à elle. Aurait-elle droit à une attaque frontale ou devrait-elle faire face à une hostilité plus larvée, sous la forme d'incessants reproches et de brimades mesquines ?

En définitive, à sa grande surprise, elle n'avait bénéficié d'aucun mauvais traitement particulier. Cinq mois s'étaient écoulés depuis le décès du roi Louis et, peu à peu, en dépit de ses craintes initiales, Héloïse avait envisagé que le temps pût avoir fait son œuvre. Ses années de bons et loyaux services avaient fini par imposer sa présence au sein de l'Hôtel-Dieu et vaincre les dernières réticences. Sans oser se réjouir trop tôt, elle avait quand même éprouvé un certain soulagement à l'idée qu'elle n'aurait peut-être pas à lutter pour préserver sa place et assurer la sauvegarde de son fils.

---

1. François avait en effet épousé le 18 mai 1514 la fille aînée du roi, Claude de France, duchesse de Bretagne.

C'était cette douce illusion que les menaces de sœur Peruelle avaient brutalement dissipée. À présent, Héloïse se demandait si les cinq mois de répit qu'elle venait de vivre ne représentaient pas une forme subtile de torture mentale. Ses adversaires l'avaient laissée se complaire dans un sentiment de fausse sécurité juste pour l'amener à abaisser ses défenses et pour l'accabler encore plus efficacement. Cette manière de faire s'accorderait d'ailleurs plutôt bien au caractère dissimulé et rancunier de sœur Peruelle. Mais si cette dernière s'imaginait qu'Héloïse allait se laisser faire sans résister, elle se trompait lourdement ! Pour l'évincer, il faudrait descendre dans l'arène et s'exposer à avaler une belle quantité de sable. Elle ne rendrait pas les armes sans combattre.

C'est forte de cette résolution que, la cloche du beffroi ayant sonné l'angélus, la femme apothicaire rangea son matériel et gagna sa chambre au premier étage du bâtiment principal. Cette pièce qu'elle occupait avec son fils était plutôt vaste et agréable. De la bruyère répandue à pleines brassées sur le sol exhalait une odeur sèche et plaisante. Les murs chaulés conservaient la fraîcheur. L'ameublement, rustique et sans fioriture, était toutefois en suffisance pour assurer un confort appréciable, avec son lit à quatre montants rehaussé de courtines bleu roi, ses tabourets de cuir, une armoire haute et profonde, un coffre recelant codex et livres de médecine. Un triptyque de facture grossière montrait, au mur, des scènes de la vie de sainte Agathe aux prises avec ses bourreaux romains. Il y avait même une cuvette enchâssée dans un plateau en noyer et supportée par un trépied de bronze pour faciliter les ablutions.

Héloïse se rapprocha de ce dernier meuble et versa une pleine cruche d'eau claire dans le bassin. Elle délaça le haut de son corselet et, autant pour nettoyer sa sueur que pour goûter un peu de fraîcheur, elle aspergea abondamment son visage et son décolleté. Penchée au-dessus du miroir d'eau, elle contempla son reflet se reformer à la surface, à mesure que les ondes du liquide s'apaisaient. En dépit de ses trente-six printemps, elle conservait une belle pureté de traits. Sa peau, qu'elle avait su entretenir par des applications quotidiennes d'une infusion de capitules de camomille et de feuilles de laurier, alliait tonicité et douceur ; sa chevelure, épargnée par la gale, les teignes ou les poux, était encore opulente et avait gardé cette belle teinte auburn qui chatoyait au moindre rayon de soleil. L'éclat de ses yeux verts n'était en rien déparé par les quelques ridules qui remontaient vers les tempes, ni par l'ombre qui cernait désormais ses paupières. Elle n'avait perdu que deux dents, tout au fond de la bouche, et son sourire possédait toujours le même charme enjôleur. Quand bien même elle ne souriait plus désormais que rarement et dans l'unique but de réconforter les malades dont elle avait la charge.

À cette pensée, un voile d'amertume vint ternir son regard. Le temps des jeux et de l'amour était bel et bien passé. Et il n'avait, pour elle, duré qu'une seule saison ! Même si elle s'était alourdie, sa silhouette demeurait avenante. Sa poitrine généreuse, préservée des grossesses et des allaitements à répétition qui étaient le lot de bien des femmes de sa condition, était toujours aussi ferme. Cependant, au fond d'elle-même, Héloïse sentait bien que sa jeunesse s'était à jamais enfuie. Elle éprouvait une lassitude insidieuse mais profonde. Sa solitude lui pesait de plus en plus souvent. Certes, elle avait bien son fils auprès d'elle. Mais il était encore si jeune ! Et il y avait tant de choses qu'elle ne pouvait partager avec lui !

Oui, elle souffrait de n'avoir pas à ses côtés un compagnon pour l'aider à affronter l'adversité. Elle, si courageuse, si indépendante, aurait voulu de temps à autre pouvoir s'abandonner contre une épaule protectrice, baisser la garde et retrouver l'insouciance de ces primes années. Alors, oui, bien sûr, si ses adversaires décidaient de ranimer les anciennes querelles, elle se défendrait bec et ongles. Mais si elle ne se voilait pas la face, elle était bien forcée, en son for intérieur, d'admettre que ce combat serait celui de trop et qu'elle finirait par le perdre. Cette sombre perspective la déprimait. Que deviendraient-ils, Étienne et elle, si on réussissait à les chasser de l'Hôtel-Dieu ? Comment assurerait-elle leur subsistance ? Quel avenir pourrait-elle offrir à son fils s'ils étaient contraints de prendre la route ? Aurait-elle la force, à son âge, de repartir de rien ?

Et parce que toutes ces questions l'angoissaient et ramenaient sans cesse ses pensées vers son enfant, elle prit conscience de l'heure tardive et s'étonna de l'absence de ce dernier. Où était-il donc passé, l'animal? Toujours à traînasser dans les recoins de l'hôpital plutôt que de s'adonner à l'étude ou de demeurer à ses côtés à l'apothicairerie pour l'observer et ainsi se familiariser avec les tours de main de son futur métier. Elle avait beau le rappeler régulièrement à l'ordre, il ne montrait guère de disposition pour l'apprentissage de la pharmacie. Contrairement à elle au même âge! Même lorsqu'elle l'entraînait, aux beaux jours, dans les champs et les bosquets du bourg Saint-Germain pour lui apprendre à reconnaître les plantes médicinales, il se révélait distrait, ne songeant qu'à jouer, à escalader les arbres ou à faire des ricochets à la surface de la rivière. La seule chose qui semblait le passionner, c'étaient les récits de chevalerie dont l'abreuvait Guillaume, le concierge de l'Hôtel-Dieu. Il pouvait demeurer des heures à l'écouter bouche bée, les yeux brillants, se passionnant surtout pour les exploits authentiques des plus fameux capitaines des armées royales. Après tout, c'était peut-être là chose normale pour un garçon de cet âge. Comment aurait-elle pu le savoir, elle qui n'avait pas eu de frère et manquait cruellement d'un mari à ses côtés pour prendre en main l'éducation d'Étienne?

Ce fut donc inquiète et irritée qu'Héloïse quitta la chambre et se mit à la recherche de son fils. À cette heure avancée, les salles conventuelles et les couloirs étaient vides et silencieux. Les sœurs qui n'étaient pas de service auprès des malades, dans les différentes salles, se trouvaient toutes réunies au réfectoire pour le souper. Elles rejoindraient ensuite la chapelle pour l'office des complies.

Héloïse eut rapidement fait le tour des quelques endroits où aurait pu normalement se cacher le garnement. Elle ne le vit nulle part et les rares personnes croisées ne purent lui fournir la moindre indication pour mettre la main sur lui. Nul ne l'avait aperçu de tout l'après-midi. Restait à fouiller les combles ou les sous-sols de l'hôpital. Car en dépit de ses interdictions renouvelées, elle n'était pas sans savoir qu'Étienne se livrait à de régulières explorations de ces lieux malsains. Toutefois, avant de s'y aventurer elle-même, elle résolut d'aller interroger Guillaume. Si le colosse débonnaire ignorait où se trouvait Étienne, elle n'aurait aucun mal à le convaincre de lui prêter assistance pour le débusquer. Et le mauvais sujet ne perdait rien pour attendre ! Elle lui ferait passer le goût de la désobéissance !

La loge de Guillaume se situait au niveau du portail principal, juste après la chapelle d'entrée donnant sur le parvis de la cathédrale. C'était une pièce de petites dimensions, au sol pavé avec des galets tirés du lit de la Seine, munie d'une simple table de bois brut et d'une litière de paille. Une porte équipée d'un guichet permettait au concierge de contrôler les allées et venues, en particulier l'accès à la cour centrale qui servait de salle d'attente à ciel ouvert pour les nombreux solliciteurs se présentant durant la journée.

Héloïse actionna le heurtoir afin de signaler sa présence. L'écho des coups se répercuta en déclinant sous les voûtes de pierre. Comme personne ne répondait à son appel, elle souleva le volet occultant le guichet afin de jeter un coup d'œil à l'intérieur de la loge. Aussitôt, elle comprit qu'il se passait quelque chose d'anormal. L'une des chaises étaient renversée dans un coin, un cruchon de vin avait répandu son contenu sur la table, tandis qu'une étagère fixée au mur pendait de guingois, la vaisselle en terre cuite qu'elle supportait d'ordinaire gisant brisée au sol.

Interloquée, Héloïse fit jouer le loquet et pénétra dans la loge où régnait un si surprenant désordre. Il lui fallut moins d'une minute pour comprendre que celui-ci trouvait son origine dans une lutte récente. Près de la paillasse, une flaque rouge attira son attention, qu'elle prit d'abord pour du vin projeté à distance de la table. Cependant, lorsqu'elle se rapprocha pour mieux l'examiner, la confusion ne fut plus possible. C'était du sang ! Et à en juger par la quantité versée, la blessure de celui ou celle qui l'avait perdu n'était pas de celle que l'on se fait en se cognant à un coin de table ou à un bord d'étagère.

Seule une blessure à l'arme blanche avait pu provoquer une telle hémorragie.

L'homme aux oreilles coupées

Les gémissements plaintifs se firent de nouveau entendre lorsque Étienne s'approcha de la porte cadenassée. En dépit d'une excitation croissante, il avait patiemment attendu le soir, que l'activité de l'hôpital diminuât et que la voie fût libre, pour retourner dans les caves. À présent, sa curiosité atteignait son paroxysme et il lui tardait de découvrir l'animal caché par Guillaume.

Il gratta doucement le panneau de bois du bout des ongles.

— Là ! Tout doux, mon beau ! Courage ! Je suis un ami. Je suis venu pour m'occuper de toi.

Les grognements qui traversaient le battant redoublèrent. Étienne en était certain à présent : ils exprimaient la souffrance et la crainte. L'animal était à coup sûr blessé. Il fallait lui venir en aide sans tarder. Car si Guillaume s'était laissé amadouer au point d'enfreindre la règle de l'hôpital en recueillant la pauvre bête, il n'était sans doute pas le mieux placé pour soigner une plaie ou poser une attelle à une patte cassée. Étienne, lui, était convaincu de pouvoir soulager le chien de ses tourments. Après tout, il fallait bien que les leçons de Mère servissent à quelque chose!

Le cadenas était d'une taille impressionnante mais rouillé. Il ne semblait pas représenter un véritable problème. Le garçon en vint à bout aisément au moyen d'un moellon ramassé au sol. Le métal oxydé céda à la troisième tentative. Un claquement sec accompagna la chute du verrou, tandis que les râles gagnaient encore en intensité et s'entrecoupaient de courtes aspirations sifflantes.

— Calme, mon beau, calme! Je suis là. J'arrive.

La cave ne possédait qu'un unique soupirail placé au ras du plafond. Elle était plongée dans un noir quasi total. Étienne avança prudemment de deux pas – le chien pouvait être rendu agressif par la peur – puis il laissa ses yeux s'habituer à l'obscurité. Il finit par distinguer un empilement de caisses, de barriques et de grands casiers le long des murs. Au centre, un amas de toiles et de paille qui dégageait une écœurante odeur d'urine et de moisi.

— Eh bien, le chien? Où te caches-tu?

Pour amadouer l'animal, le jeune garçon avait pris la précaution de se munir d'un morceau de lard. Il sortit la viande de sa poche et la brandit en avant, tout en continuant à progresser sur la pointe des pieds. La bête couinait doucement dans une plainte continue maintenant; elle devait être tapie derrière une caisse. Trop affaiblie ou bien trop apeurée pour venir à sa rencontre.

Guidé par le geignement, Étienne contourna une rangée de tonneaux et se figea. Brusquement, c'était à son tour d'avoir peur. Devant lui, une forme était rencognée contre le mur, mais ce n'était pas une bête. On aurait dit un homme.

Il y avait toujours ces gémissements mais il lui semblait à présent qu'ils recouvraient des bribes de mots incompréhensibles. Surmontant sa frayeur et sa surprise, le jeune garçon s'avança d'un pas, de deux, puis se pencha en prenant garde à demeurer hors de portée de l'inconnu. Maintenant que ses yeux s'étaient accoutumés au manque de lumière, il distinguait les jambes repliées, le pourpoint déchiré qui laissait voir un bandage sanglant, le visage blafard et couvert de sueur.

— Vous... Vous souffrez beaucoup ? Je peux vous aider, vous savez.

Comme l'homme ne bougeait pas, Étienne s'enhardit. Il s'approcha encore et fit mine de s'agenouiller. À cet instant précis, le blessé, adossé contre le mur, projeta en avant son bras droit qu'il avait jusqu'ici gardé dissimulé dans son dos. La lame acérée d'une dague émergeait de son poing fermé. Mais l'homme avait sans doute présumé de ses forces. Avant d'avoir pu achever son geste, il fut rattrapé par la douleur. Son bras retomba au sol, ses doigts s'ouvrirent et laissèrent échapper l'arme qui tinta sur le pavement. Un soupir éreinté échappa de la bouche crispée par la souffrance.

— Gui... Guillaume... Où est Guill... aume ?

Effaré, Étienne aurait volontiers pris ses jambes à son cou. Mais quelque chose le retint *in extremis*.

La tête de l'homme était à présent inclinée sur sa poitrine. Ses deux bras pendaient le long de son torse et ses mains reposaient inertes, paumes ouvertes sur le sol. Il avait l'air désormais tout à fait inoffensif. En outre, c'était le protégé de Guillaume, ce doux géant qui n'aurait pas fait de mal à une mouche. L'inconnu ne pouvait donc être réellement mauvais.

Pour plus de sécurité, le jeune garçon repoussa tout de même du pied la dague de façon à ce qu'elle fût hors d'atteinte. Puis il s'accroupit à une demi-toise du corps recroquevillé.

— Moi aussi je suis un ami de Guillaume, murmura-t-il d'une voix qu'il chercha vainement à rendre assurée. Vous n'avez rien à craindre. Je suis venu pour vous prêter assistance.

Au prix d'un effort manifeste, l'inconnu releva la tête et dévisagea l'enfant à travers les mèches de cheveux que la sueur collait sur son front. Ses yeux brillaient de fièvre et le linge qui débordait de son pourpoint au niveau du ventre était imbibé de sang. Mais davantage encore que ce dernier détail, ce qui impressionna Étienne, c'étaient les deux anciennes plaies que l'homme arborait aux tempes, là où auraient dû normalement se trouver ses oreilles.

— Vous... vous pouvez me faire confiance. Je... je vais aller chercher Guillaume.

Le blessé, sans doute trop faible pour parler, ne répondit pas, mais secoua la tête négativement. Du menton, il désigna la gourde apportée par le concierge, qui gisait sur le sol à deux pas de lui. Étienne hésita, mais l'autre avait l'air tellement mal en point qu'il estima ne pas courir grand risque. Tous ses sens aux aguets, prêt à parer la moindre tentative, il approcha, saisit la gourde et entreprit de faire couler un mince filet d'eau entre les lèvres desséchées.

L'inconnu poussa un nouveau soupir mais qui exprimait cette fois une forme de soulagement. Ses paupières clignèrent deux fois comme pour remercier silencieusement le jeune garçon.

— Votre blessure a l'air sérieuse, dit celui-ci qui prenait seulement pleine conscience de l'étrangeté et de la gravité de la situation. Il faut la panser mieux que ça. Je vais aller quérir ma mère. Elle est apothicaire. Elle saura...

— Non!

L'homme avait craché ce mot, tout en levant une main aux doigts écartés. Son corps s'était arqué comme sous le coup d'une violente convulsion, épaules maintenues contre le mur, jambes soulevées, en appui sur les talons.

— Il... ne faut pas! lâcha-t-il en se laissant retomber, comme épuisé par l'effort fourni. Juste... Juste Guillaume.

Étienne haussa les épaules.

— Comme vous voudrez. Mais vous avez perdu beaucoup de sang. Comment vous êtes-vous...

Le garçon n'eut pas le loisir d'achever sa question. Dans son dos venait de retentir le fracas d'une porte ouverte à la volée. Des éclats de voix se firent entendre à la suite. Un cri de douleur ou de colère se répercuta sous les voûtes. Étienne pirouetta et gagna prestement le seuil pour voir ce qui arrivait.

À l'autre bout du corridor, au débouché de l'escalier à vis, plusieurs silhouettes s'agitaient dans le halo vacillant d'un flambeau. Il y avait là Guillaume, reconnaissable à sa massive silhouette, et trois hommes en armes, vêtus de noir, qui l'encadraient. Un quatrième inconnu aux habits sombres gisait à terre. Tandis qu'il se relevait avec difficulté, Étienne vit distinctement que Guillaume cherchait à lui envoyer des coups de pied. Les autres l'en empêchèrent en le retenant par les bras. L'un d'entre eux profita de ce que le colosse était entravé pour le frapper deux fois en pleine face. Malgré la violence des coups, Guillaume ne broncha pas. Mais quand l'autre lui assena un nouveau coup à l'épaule droite, d'apparence pourtant anodine, il poussa un cri de douleur identique à celui entendu précédemment. Alors seulement Étienne réalisa que son ami était blessé. Du sang maculait toute la manche de sa chemise.

Frappé de stupeur, le jeune garçon se rejeta dans l'ombre de la cave. Par la Vierge ! Mais que signifiait tout ceci ? D'abord un moribond dissimulé dans les sous-sols, ensuite des inconnus molestant Guillaume, lui-même sérieusement navré. C'était trop pour un gamin de onze ans, même dégourdi et aventureux. Tout à coup, il se sentit aussi désemparé qu'un nourrisson. Il aurait tant voulu être ailleurs, en sécurité auprès de Mère !

— Psittt ! Petit ? Viens un peu ici.

L'homme aux oreilles coupées l'appelait. L'alarme semblait lui avoir rendu un semblant de vigueur. Il avait réussi à se traîner jusqu'à l'extrémité de la rangée de barriques. Son visage était toujours aussi blême, ses traits creusés, mais ses yeux fiévreux laissaient percer une surprenante détermination.

— Qu'as-tu vu, petit?

Étienne déglutit difficilement. Trop effrayé d'abord pour prononcer un mot, il revint en silence auprès du blessé. L'homme avait récupéré sa dague, mais le jeune garçon savait déjà par instinct que le vrai danger venait d'ailleurs.

— Des hommes, chuchota-t-il comme si on risquait de l'entendre à l'autre bout du corridor. Des hommes avec des armes tirées. Ils viennent ici avec Guillaume. Il... il a du sang sur sa chemise.

Les mâchoires de l'inconnu se crispèrent sur un juron étouffé. Il marqua une courte hésitation puis dégagea de son col un lourd médaillon qui était resté jusqu'ici caché sous son pourpoint. C'était un disque doré avec des lettres gravées en cercle sur le pourtour. Il le tendit à Étienne.

— Pour le roi... Il faut lui apporter.

Le jeune garçon était à la fois dépassé par les événements et terrorisé. Il ne comprenait rien à ce qui se passait. Son cerveau était comme paralysé et il lui était impossible d'aligner deux pensées cohérentes. Le roi? Quel roi? Lui apporter quoi? Il sentit des larmes lui monter aux yeux et quand il voulut les refouler, une sorte de hoquet lui échappa.

— Mais comment... pourquoi..., pleurnicha-t-il.

L'homme tira le pan de sa chemise pour le forcer à s'incliner jusqu'à lui. Il le fit avec une telle vigueur que l'étoffe se déchira. Les traits farouches du blessé se déformaient non plus seulement en raison de la douleur, mais aussi sous l'effet de la tension.

— Pas le temps ! lâcha-t-il, les lèvres collées à l'oreille du garçon (et son haleine puait l'angoisse et la mort). Le médaillon ! Emporte-le ! Il appartient au roi. À toi de le lui rendre !

Tout en prononçant ces étonnantes paroles, l'homme glissa le bijou dans la paume de l'enfant et lui referma les doigts dessus. Étienne tressaillit comme si on lui avait placé un charbon ardent au creux de la main.

Dehors, les bruits de pas se rapprochaient. On entendait aussi le cliquetis de fourreaux et d'épées qui raclaient la muraille. L'homme aux oreilles amputées repoussa fermement Étienne.

— Sauve-toi, maintenant. Que le Seigneur veille sur toi ! S'ils t'attrapent, tu es mort !

Sidéré, le jeune garçon se croyait incapable du moindre mouvement. Mais son instinct de survie se substitua à sa volonté et son corps se mit en branle sans qu'il l'eût décidé. En deux enjambées, il fut à la porte. Un rapide coup d'œil sur sa gauche lui apprit que Guillaume et ses tourmenteurs n'en étaient plus guère éloignés et lui interdisaient l'escalier menant à la surface. Il n'avait pas d'autre choix que de fuir sur la droite où un second escalier, plus loin, s'enfonçait dans les profondeurs.

Le sang battant violemment à ses tempes, il prit une grande inspiration et s'élança à toutes jambes. Une exclamation de surprise retentit dans son dos. Il ne se retourna pas et allongea encore la foulée. En arrière, un écho de bousculade. Des appels dans une langue étrangère. Et dominant le tout, la grosse voix de Guillaume qui le poussait en avant :

— File, Étienne ! File ! Je vais les retenir !

À partir de là, le jeune garçon s'efforça de ne plus rien écouter. Il ne devait penser qu'à une chose : sauver sa peau. Sans freiner sa course, il envoya valser sur son chemin les torches du mur, accentuant la noirceur du corridor. Grâce à sa parfaite connaissance des lieux, il parvint néanmoins à s'orienter sans difficulté et, après le premier coude rencontré, obliqua brusquement dans une ouverture à gauche. Un couloir plus court et plus étroit que le précédent descendait en pente douce. Il desservait plusieurs celliers. Étienne ignora les premières portes et poussa le battant qui se situait approximativement au centre du passage. Il venait de pénétrer dans une grande cave qu'il traversa en oblique pour rejoindre l'amorce de l'escalier dans l'angle opposé. Seules les premières marches étaient visibles. Les autres disparaissaient dans l'obscurité et donnaient la déplaisante sensation de s'enfoncer dans un puits sans fond. Mais Étienne chassa cette impression de son esprit. Il savait parfaitement où menait l'escalier : aux fameux cagnards de l'Hôtel-Dieu, de sinistre réputation !

Les cagnards étaient des quais voûtés, sombres et malsains, situés au bord de la Seine, sous les bâtiments de l'hôpital. Ils servaient à la fois de débarcadère depuis le fleuve, de déversoir des eaux usées et de lavoir pour le linge. On prétendait que certains étudiants en médecine utilisaient cette issue discrète, à la nuit tombée, pour dérober des cadavres afin de parfaire leurs connaissances en anatomie. Étienne ignorait si la rumeur était fondée, mais elle l'avait dissuadé de jamais s'aventurer en ces lieux sordides qui puaient l'égout et la crotte de rat.

En débouchant sous le premier arceau, le jeune garçon fut pris d'un frisson désagréable. Les quais en enfilade se présentaient chacun comme une salle souterraine située presque au niveau des basses eaux. Des ouvertures en arcades permettaient de passer de l'une à l'autre. Les murs étaient noirs, rongés de salpêtre et de mousse. Ils ne fermaient les salles que sur trois côtés. Le quatrième correspondait au quai proprement dit qui donnait directement sur le petit bras de la Seine. Cette partie encaissée du fleuve se prêtait mal à la navigation. Rares étaient les embarcations à s'y risquer dans la journée. Il n'y en avait aucune le soir venu.

Penché, les mains sur les genoux, Étienne s'efforça de calmer les battements de son cœur et de reprendre son souffle. Il y parvint non sans difficulté car les constructions qui s'élevaient sur chaque rive ne laissaient jamais pénétrer l'air ni le soleil dans cet endroit oppressant. Ayant retrouvé un semblant de lucidité, il décida de gagner l'ultime quai en aval, à la hauteur du Petit pont. Là, dans l'ombre épaisse, ce serait bien le diable s'il ne trouvait pas une cachette. Il doutait que ses poursuivants pussent le suivre jusqu'ici, à travers le labyrinthe des caves, mais il ne voulait pas prendre le moindre risque.

Ce ne fut qu'une fois dissimulé à croupetons derrière un gros ballot de linge que le jeune garçon tira de sous sa chemise le mystérieux médaillon. Il l'examina avec attention, palliant le manque de lumière en effleurant sa surface de la main. C'était un bijou étrange comportant un noyau central orné d'une Sainte Vierge en relief et de deux disques circulaires portant chacun des lettres gravées. En passant l'extrémité de ses doigts sur le métal, il s'aperçut que l'anneau intérieur était mobile. L'objet en tout cas devait posséder une grande valeur pour que l'on se l'arrachât en usant de la force.

Il en était là de ses observations lorsqu'un son funeste l'avertit que ceux qui le traquaient n'avaient point renoncé. Quelqu'un venait de rouvrir la grille qui donnait accès aux quais et qu'il avait pourtant pris la précaution de repousser derrière lui. Les hommes devaient être au moins deux car Étienne ne tarda pas à les entendre échanger quelques mots dans cette langue aux accents sonores qu'il ne comprenait pas. Son sang se glaça aussitôt dans ses veines. Il réalisait qu'il était pris au piège. Ne sachant pas nager, il n'avait plus la moindre possibilité d'échapper aux agresseurs de Guillaume. Pour lui, les quais constituaient un véritable cul-de-sac !

Les instants qui suivirent furent les plus éprouvants de sa jeune existence. Tremblant de peur, recroquevillé derrière son ballot de linge qui lui semblait désormais un bien piètre abri, il entendait les inconnus passer d'un quai à l'autre après en avoir soigneusement exploré le moindre recoin.

Lorsqu'ils atteignirent l'avant-dernier cagnard, Étienne était plus mort que vif. Des visions de corps ensanglantés et de blessures atroces l'assaillaient. Il se voyait rattrapé, passé au fil de l'épée, gisant dans une mare de sang. C'était plus qu'il n'en pouvait supporter. La tête à l'envers, désemparé, il se redressa. Il fallait fuir. Fuir encore, loin d'ici. N'importe où, n'importe comment. Ne surtout pas tomber entre leurs mains.

Un cri de triomphe s'éleva lorsque l'un des hommes en noir l'aperçut. Ce fut le signal qui acheva de décider Étienne. Sans prendre le temps de réfléchir aux conséquences de son acte, le jeune garçon fonça droit vers le bord du quai et se précipita, tête la première, dans le fleuve.

L'eau noire l'engloutit aussitôt.

Mère et fils

Il y avait d'autres traces de sang, moins importantes, à l'extérieur de la loge du concierge. Héloïse Sanglar n'y avait pas prêté attention en arrivant mais à présent, elle ne voyait plus qu'elles et il lui semblait que celles-ci dessinaient sur le sol une piste aussi évidente que sinistre. En la suivant, la femme rousse traversa la cour de l'Hôtel-Dieu et gagna un couloir situé derrière la salle Saint-Denis. Il s'agissait d'un passage emprunté uniquement par les portefaix et les fournisseurs. Il donnait accès aux réserves et aux souterrains de l'hôpital. Une nouvelle flaque écarlate stagnait devant la porte de l'escalier, comme si celui – ou celle – qui perdait son sang avait fait halte à cet endroit précis.

Héloïse hésita. À cette heure tardive, le personnel laïc de l'Hôtel-Dieu, en charge des tâches non médicales, avait regagné ses foyers. Le simple bon sens ou la plus élémentaire prudence commandait toutefois qu'elle alertât le représentant des gouverneurs ou qu'elle allât quérir quelque secours auprès des religieuses. Mais que dirait-elle exactement?

Qu'elle était inquiète parce qu'elle avait repéré des traces de sang? Quoi de plus normal dans un hôpital! C'était trop peu de chose pour déranger un haut responsable ou troubler l'office des complies. Surtout à un moment où les médisances avaient pu dresser certains esprits à son encontre. En outre, son instinct maternel lui soufflait que sa découverte n'était pas sans rapport avec la disparition de son fils. Avant de déclencher le branle-bas, elle tenait à en apprendre davantage.

Prudemment, elle ouvrit le lourd battant de bois clouté et s'engagea dans l'escalier à vis. Dès les premières marches, une haleine de moisissure et d'eau stagnante l'agressa au visage. Elle s'empara de la première torchère accrochée au mur et continua sa progression en maintenant la flamme au niveau du sol pour repérer de nouvelles traces. Il y en avait tout au long de la descente, mais il s'agissait à présent de simples gouttes qui s'étaient écrasées en étoiles en frappant la pierre des degrés.

Au bas des marches, à l'amorce du long corridor qui desservait le premier niveau du sous-sol, elle crut discerner dans la pénombre une forme allongée au sol. Au-delà, le passage était plongé dans une obscurité totale, ce qui l'intrigua car des flambeaux étaient censés éclairer en permanence cette partie des souterrains, encore utilisée pour stocker diverses fournitures.

Mue par un mauvais pressentiment, elle se dirigea vers l'amas indistinct qui obstruait le passage. Parvenue à sa hauteur, elle fut frappée de stupeur et faillit lâcher sa torche. Une exclamation horrifiée lui échappa. La masse encombrante correspondait en fait à deux cadavres étroitement enlacés. Le premier était celui d'un inconnu, tout de noir vêtu. Son visage congestionné était violacé. Tous les petits vaisseaux donnaient l'impression d'avoir éclaté sous la peau. Les yeux injectés de sang jaillissaient des orbites et la langue bleue pointait entre les lèvres. Le second corps, extraordinairement massif, écrasait le premier. Les mains puissantes étaient restées serrées autour du cou qu'elles avaient broyé comme dans un étau. Héloïse n'eut pas besoin de s'incliner davantage pour reconnaître Guillaume. Le malheureux colosse avait été transpercé de multiples coups. Ses agresseurs s'étaient à l'évidence acharnés sur lui mais ce déchaînement de sauvagerie ne leur avait pas permis de sauver leur comparse qui baignait dans le sang de leur propre victime.

Une folle angoisse étreignit la poitrine d'Héloïse. Étienne adorait Guillaume et pouvait passer des heures à écouter le bon géant lui raconter les exploits des chevaliers de jadis. Était-il auprès de lui lorsque les assassins avaient surgi ? Ceux-ci s'en étaient-ils pris aussi à son fils ? Mais pourquoi ? Qui étaient-ils ? Comment expliquer une telle violence ? Autant de questions sans réponse qui fouaillaient son crâne. Elle avait l'horrible sensation d'avoir basculé d'un coup au centre d'un maelström et d'avoir perdu ses facultés de raisonnement. Sans souci de prudence, elle résolut de suivre la seule idée claire qui lui restait : s'assurer le plus vite possible qu'Étienne était sain et sauf.

Sans songer cette fois à donner l'alarme bien que la situation l'exigeât, elle enjamba les deux dépouilles et continua d'avancer le long de l'étroit couloir. Elle n'avait pas parcouru plus de quelques pas qu'elle remarqua une porte entrouverte sur sa droite. Un cadenas brisé gisait à terre. Son cœur battant la chamade, elle poussa le battant, faisant une prière silencieuse pour ne pas y découvrir ce qu'elle redoutait d'y trouver, et entra.

Sa torchère suffit à éclairer entièrement la cave dans laquelle elle venait de pénétrer. Dès le seuil, elle comprit que le cauchemar ne faisait que commencer. Un troisième corps gisait dans une mare de sang. Sa gorge tranchée lui faisait comme une seconde bouche vermillon et cette mutilation ajoutée à celle de l'absence d'oreilles conférait à son visage un aspect à la fois poignant et grotesque. Mais ce ne fut pas ce détail qui frappa le plus Héloïse. Sur le pavement, à proximité immédiate du cadavre, elle remarqua un bout d'étoffe et une pierre bleue qui se mit à scintiller lorsqu'elle balaya le sol de son brandon. En voyant cette dernière, elle crut que son cœur s'arrêtait de battre.

Cette pierre, elle la connaissait. Aucun doute n'était, hélas, possible ! C'était une petite topaze qu'elle avait offerte à Étienne pour ses dix ans et dont l'enfant ne se séparait jamais.

*

En fendant la surface du fleuve, sa première pensée fut pour Mère. Elle serait anéantie si elle devait ne jamais le revoir. Puis l'eau l'enveloppa tel un linceul glacé. Étienne ne s'attendait pas à un froid aussi vif et commença aussitôt à paniquer. Il se mit à battre furieusement des bras et des jambes comme il avait vu faire des enfants se baignant dans la Seine. Mais ses mouvements désordonnés ne menaient à rien. Il s'était efforcé de bien retenir sa respiration à l'instant de plonger ; pourtant déjà l'air lui manquait et il s'enfonçait de plus en plus. La certitude qu'il allait mourir l'ébranla tout entier comme si on l'avait frappé. Il sentit ses entrailles se relâcher. Il vit alors son père, le chevalier Bayard, du moins la figure qu'il avait façonnée dans ses rêves, et cela lui donna le courage de lutter encore. Mais il était trop affolé pour s'opposer efficacement au courant.

À l'instant où sa poitrine menaçait d'exploser, son pied heurta quelque chose de dur. Avec l'énergie du désespoir, il prit appui contre ce qui se révéla être une pile du Petit pont et poussa vers le haut. Suffoquant et tremblant, il perça la surface et aspira l'air nocturne avec avidité. Tout autour de lui, il faisait un noir de sépulcre. Il leva les yeux au ciel. Mais celui-ci avait disparu, remplacé par un couvercle de pierre. Pas la moindre étoile, pas le plus petit reflet de lune. La pensée qu'il était déjà mort le saisit d'effroi. De nouveau, il tenta de remuer les membres pour se maintenir à flot, mais ce fut peine perdue. L'eau sombre l'aspira une seconde fois et il comprit qu'il n'aurait plus la force de la repousser. Ne valait-il pas mieux s'abandonner à son étreinte ? Il suffisait d'ouvrir grand la bouche et c'en serait fini. Il n'aurait plus peur. Il ne ressentirait plus cette brûlure ardente au fond de sa poitrine. Ce serait tellement plus facile de s'abandonner au mouvement du fleuve ! Il avait rêvé si souvent de se laisser emporter par lui jusqu'à la mer !

Le malheureux garçon allait succomber à la tentation du néant, lorsqu'une poigne vigoureuse le saisit par le col.

Juste avant de s'évanouir, vaincu par la fatigue et l'angoisse, il eut la sensation qu'on le halait par les épaules. Une voix nasillarde, sans rien de commun avec le chant de ces sirènes dont Guillaume lui avait autrefois conté la légende, accompagna sa chute dans l'inconscience :

— Tudieu, Jonas ! Vise un peu l'beau poisson que j'avons là ! T'avais-je point dit, moué, qu'on f'sait d'belles prises sous c'pont ?

Le Grand Châtelet

Héloïse n'avait pas fermé l'œil de la nuit.

Sans souci du danger mais rongée par l'angoisse, elle avait vainement arpenté les caves de l'Hôtel-Dieu, à la recherche de son fils. Ne doutant plus qu'il lui était arrivé malheur, elle avait fini par donner l'alerte. Les servants qui logeaient au sein même de l'hôpital s'étaient armés de gourdins et livrés pendant une couple d'heures à une fouille en règle de tous les bâtiments. Sans résultat. On n'avait pas retrouvé la moindre trace du ou des meurtriers de Guillaume, et encore moins d'Étienne qui semblait s'être proprement volatilisé. Abasourdie et rongée par l'inquiétude, Héloïse avait dû se résoudre à gagner seule sa chambre mais le sommeil s'était obstiné à la fuir.

C'est pourquoi le lendemain, à la première heure, la mère de l'enfant insista auprès de l'administrateur de l'hôpital, Pierre d'Aubigney, pour l'accompagner au Grand Châtelet où le vieil homme se faisait un devoir d'informer les autorités des événements de la nuit.

En dépit de l'horaire matinal, le soleil dardait déjà ses rayons blancs dans les venelles de la Cité. Au sein d'un espace resserré, celles-ci offraient un contraste saisissant entre des maisons au bord de l'effondrement – certaines maintenues dans un équilibre précaire à grand renfort d'étais –, des hôtels splendides, des tavernes et rôtisseries florissantes. Aux abords de l'hôpital et de la cathédrale, se pressait déjà la faune habituelle des mendiants, mutilés, pèlerins et camelots, tandis que dans les rues adjacentes, les commerçants et portefaix vaquaient à leurs occupations quotidiennes. Il fallait presque jouer des coudes pour se frayer un passage au milieu de toute cette presse.

Tout en avançant d'un pas résolu, Héloïse ne pouvait s'empêcher de déplorer le train de tortue adopté par d'Aubigney. Le représentant du conseil des gouverneurs de l'Hôtel-Dieu était un petit homme cacochyme, à l'allure souffreteuse, qui se voyait contraint de sautiller comme un cabri pour pouvoir la suivre dans la foule. La respiration sifflante, le rouge aux joues, il interrompait sa marche tous les trente pas pour tousser des glaires dans un mouchoir de batiste avec lequel il s'épongeait ensuite le front.

— Tout doux, ma bonne amie ! geignait-il quand il parvenait enfin à retrouver sa respiration. Vous voulez donc ma mort en me forçant à courir par cette chaleur ? N'est-ce point assez d'avoir à déplorer le décès de ce pauvre Guillaume ?

Héloïse, qui souffrait pourtant de naissance d'une légère claudication, devait refréner son impatience et s'arrêter à son tour pour permettre à l'autre de revenir à sa hauteur. Tout en maudissant d'Aubigney pour sa lenteur, elle mettait à profit ces pauses forcées pour fouiller du regard les rues étroites, à la recherche de son fils ou d'un improbable indice pouvant la mettre sur sa piste. En son for intérieur, elle savait fort bien que la disparition de celui-ci était liée aux funestes événements de la nuit. La présence de la topaze appartenant à Étienne auprès de la dépouille de l'un des inconnus ne laissait guère subsister de doute à ce sujet. Cependant, son cœur de mère ne pouvait admettre complètement cette évidence qui la plongeait en plein désarroi. Elle se prenait à espérer qu'il s'agisse d'une simple fugue. Elle se montrait parfois si sévère avec Étienne ! Le jeune garçon avait peut-être voulu tout simplement goûter à l'ivresse de la liberté et était passé outre ses interdictions. Il s'était aventuré hors de l'Hôtel-Dieu, la veille au soir en mettant à profit l'absence de Guillaume dans sa loge. Et puis, pris de remord ou craignant le juste courroux de sa mère, il n'avait pas osé rentrer et avait trouvé refuge, pour la nuit, dans quelque grange ou appentis de la Cité. Quant à la fameuse pierre, il avait pu, après tout, la perdre à un tout autre moment et ne pas songer à en faire état. Sa découverte à proximité immédiate des trois cadavres ne serait, dans ce cas, qu'une malheureuse coïncidence.

Nourrie de cet espoir qui ne la convainquait elle-même qu'à demi, Héloïse explorait avidement du regard les moindres recoins du quartier. Ce fut ainsi, alternant empressement et répits fiévreux, qu'elle et d'Aubigney finirent par atteindre le pont au Change. Ce dernier était l'un des trois ponts qui donnaient alors accès à la rive droite, avec le pont Notre-Dame en amont et le pont aux Meuniers en aval. Il devait son nom aux changeurs de monnaie lombards et cahorsins qui y avaient établi leurs officines sous le règne de Louis VII. Depuis lors, les avaient rejoints en nombre artisans joailliers et orfèvres, dont les boutiques et habitations, érigées sur toute la largeur du pont, interdisaient désormais toute vue sur le fleuve.

À l'extrémité de ce singulier goulet, se profilait, lugubre et noire, la silhouette massive du Grand Châtelet. En la voyant se dresser devant elle, Héloïse ne put réprimer un frisson. La solide forteresse médiévale, aux multiples tours et tourelles jadis entourées de douves, constituait le siège de la juridiction de la prévôté de Paris, chargée de la police et de la justice criminelle. Nul n'ignorait qu'elle abritait en son sein les plus redoutables cachots de la capitale. Certains portaient d'ailleurs des noms particulièrement évocateurs : *les Chaînes, les Boucheries, Barbarie, les Oubliettes, la Fosse* et *Fin d'aise*. Les basses geôles de la forteresse servaient tout à la fois de morgue et de salles de torture. Et il se murmurait volontiers que quiconque en franchissait l'imposant portail, seigneur ou manant, n'était point assuré de revoir jamais la lumière du jour.

La sinistre réputation du Châtelet n'était pas seulement due à sa vocation policière et judiciaire mais aussi à son environnement pestilentiel. Il y stagnait en permanence des remugles infâmes provenant à la fois des cadavres déposés à la morgue et de la proximité immédiate des triperies, boucheries et autres poissonneries. C'était encore pire lorsque, comme ce jour-là, la chaleur recouvrait la ville d'une véritable chape de plomb.

Franchissant la première enceinte de la bastille, d'Aubigney tamponna de son mouchoir son visage apoplectique et exprima un sentiment largement partagé par Héloïse en soupirant :

— Plût à Dieu que nous eussions pu nous dispenser d'une aussi pénible démarche ! Ces murs épais ne m'inspirent rien de bon. Je me sens déjà tout oppressé.

L'accueil plutôt tiède qu'on leur réserva ne contribua certes pas à dissiper cette mauvaise impression. On les fit d'abord patienter, en compagnie de nombreux autres plaideurs, dans une salle à peine plus large qu'une coursive et exposée à de méchants vents coulis. L'infortuné d'Aubigney ne cessait d'éternuer et de se plaindre de n'avoir pas de siège à sa disposition pour reposer ses jambes variqueuses. Enfin, après une bonne heure de cette attente pénible, un sergent à verge se présenta à eux et se mit en devoir de les accompagner jusqu'au donjon. Il les introduisit dans un cabinet où les attendait un Commissaire Examinateur dont le teint jaunâtre trahissait les embarras digestifs. L'homme, confortablement assis sur un fauteuil au dossier sculpté, derrière une table à tréteaux dressée sur une estrade, les laissa debout durant tout l'entretien. Son œil maussade trahissait un profond ennui.

Quelque peu décontenancé par l'attitude de l'homme de justice, d'Aubigney entreprit de faire maladroitement le récit des événements de la nuit. Irritée par les circonvolutions embarrassées du petit vieillard, Héloïse brûlait d'envie de se substituer à lui. Elle se retint cependant, consciente qu'une intervention de sa part pourrait être mal vue du Commissaire qui, entre deux traits d'écriture dans un grand registre, lui avait déjà jeté quelques coups d'œil dédaigneux.

— Si je comprends bien, récapitula-t-il d'une voix aigre lorsque d'Aubigney eut achevé sa pénible narration, vous prétendez que des individus inconnus se seraient introduits au sein de l'Hôtel-Dieu pour y assassiner un simple concierge.

— Le pauvre Guillaume a été tué, c'est un fait, opina d'Aubigney. Mais il est à peu près certain que ses meurtriers poursuivaient d'autres desseins.

Le Commissaire Examinateur qui trempait sa plume dans l'encrier figea son geste. Son regard se fit soudain plus acéré et vint se planter dans celui du chétif administrateur.

— Cela reste à voir. Je n'ai rien perçu dans le récit que vous venez de me faire qui permette d'être aussi péremptoire sur ce point. Avez-vous constaté quelque autre délit ? Un vol, par exemple ?

— Non, messire... C'est-à-dire que... nous n'avons pas songé à vérifier... Mais non, je ne crois pas... aucun autre délit... Trois cadavres, n'est-ce pas déjà bien suffisant ?

D'Aubigney perdait pied. Il bafouillait, fixant le bout de ses souliers afin de se dérober au regard scrutateur. C'en était trop pour Héloïse qui fit trois pas en avant pour se placer devant celui qu'elle n'était censée qu'accompagner.

— Je vous demande pardon, messire. Mais nous avons aussi à déplorer le rapt d'un enfant. Mon fils de onze ans a été enlevé cette même nuit.

Le Commissaire la considéra avec froideur.

— Je ne crois pas avoir bien saisi en quelle qualité vous comparaissez devant nous, madame.

— Je me nomme Héloïse Sanglar et suis en charge de l'apothicairerie au sein de l'hôpital. C'est moi qui ai découvert les trois corps.

— J'ignorais que la corporation des apothicaires eût pris la décision d'admettre en son sein des personnes du sexe faible, ne serait-ce qu'à titre de compagnon. La chose est pour le moins surprenante. C'est là un point qu'il nous faudra éclaircir tantôt, mais vous évoquiez le rapt d'un enfant…

Faisant un effort sur elle-même pour ignorer le ton déplaisant de leur interlocuteur, la jolie rousse entreprit de compléter le compte rendu brossé par d'Aubigney. Elle s'attarda sur les constatations opérées dans la loge de Guillaume, précisa la disposition des cadavres et acheva ses explications en signalant la découverte de la topaze égarée par Étienne.

— Comme vous pouvez le constater, il ne fait aucun doute qu'un affrontement a opposé notre concierge à plusieurs inconnus et que mon fils s'est trouvé, par le plus grand des hasards et pour son malheur, mêlé à ce drame.

Le Commissaire Examinateur l'interrompit en dressant l'index de sa main gauche dans un geste à la fois péremptoire et exagérément théâtral.

— Les faits, madame ! Tenons-nous-en aux faits, s'il vous plaît, et rien qu'aux faits ! Pour le reste, je vous prie de laisser aux gens de police le soin de tirer d'éventuelles conclusions. Quoique l'affaire pourrait être plus simple que vous ne semblez l'imaginer.

— Comment cela ? demanda Héloïse.

— Pour ma part, je ne vois là qu'une mauvaise coquinerie qui aura mal tourné. Votre Guillaume aura tout bonnement introduit dans les caves de l'Hôtel-Dieu quelques frappards[1] de sa connaissance. Leur but était de faire main basse sur une partie des réserves mais une dispute aura éclaté entre les comparses et ils se seront entretués. Quant à l'enfant qui faisait le guet à leur profit, il se sera ensauvé pour ne pas être mêlé au carnage.

Héloïse s'attendait si peu à une telle déclaration qu'elle en resta sur l'instant bouche bée. Cependant le rouge de l'indignation lui montait déjà aux pommettes. Voyant cela et connaissant son caractère fougueux, d'Aubigney voulut la saisir par le bras pour l'inviter à la modération. Elle se dégagea d'une brusque bourrade qui fit voltiger le vieillard à trois pas et se tourna, pleine de colère, vers l'odieux Commissaire.

1. Voyous.

— Comment osez-vous accuser mon fils ? Rien ne vous permet d'énoncer de pareilles calomnies ! Plutôt que de proférer des inepties, vous feriez mieux de diligenter au plus tôt une enquête sérieuse pour retrouver les ravisseurs d'Étienne !

Piqué au vif, le Commissaire Examinateur se dressa d'un si brusque mouvement qu'il fit basculer son fauteuil en arrière. L'attaque d'Héloïse avait réussi l'exploit de l'arracher à sa torpeur initiale. Ses yeux exorbités et son teint bilieux s'accordaient désormais avec ses cheveux de jais et la noirceur de son habit de drap pour exprimer ouvertement son hostilité.

— Il suffit, madame ! trancha-t-il avec autorité. C'est vous qui offensez par votre impertinence la charge que je tiens du prévôt. Vos déclarations sont enregistrées. À présent, je vous invite à vous retirer sans clabauder plus outre.

Il eût été imprudent de répliquer. Suffocante et cramoisie, Héloïse gagna la porte à contrecœur. D'Aubigney hésita entre lui emboîter immédiatement le pas et murmurer quelques paroles d'apaisement à l'intention du Commissaire du Châtelet. Échouant cependant à trouver ses mots, il dissimula son embarras derrière son mouchoir souillé, exécuta un salut grotesque et dut presque courir, évitant la chute de justesse, pour rattraper la jeune femme dans le couloir.

— Quel odieux personnage ! s'exclama celle-ci. Et quel incapable surtout ! Avez-vous entendu ce qu'il a osé prétendre au sujet d'Étienne ?

— Calmez-vous, ma bonne ! Ces gens de police ont des manières qui n'appartiennent qu'à eux. Je me suis laissé dire qu'il leur arrive souvent de prêcher le faux pour découvrir le vrai.

— Mais vous l'avez entendu à la parfin ! Pour lui, l'affaire est déjà classée. Guillaume et Étienne ne sont pas des victimes mais les complices d'une méchante filouterie. Par la Vierge ! Si je ne m'étais pas retenue, j'aurais pu l'étrangler de mes mains !

D'Aubigney la dévisagea d'un air horrifié. Comme s'il craignait qu'elle ne revînt sur ses pas pour mettre sa menace à exécution, le frêle administrateur s'empara cette fois d'autorité de son poignet et l'entraîna à sa suite vers la sortie.

— Folle que vous êtes ! souffla-t-il, éperdu. Mais vous voulez tout de bon nous faire jeter en prison !

Ils étaient déjà en vue du portail principal, lorsqu'un sergent les rattrapa et intima à Héloïse l'ordre de le suivre.

Le visage blafard, tremblant de tous ses membres, D'Aubigney tint à s'assurer qu'il n'était pas concerné par l'injonction et poussa un soupir de soulagement lorsque cela lui fut confirmé. Quant à Héloïse, elle tenta d'obtenir une ébauche d'explication mais le sergent prétendit ne rien savoir et conseilla fermement à ses deux interlocuteurs de prendre congé l'un de l'autre.

Ne se le faisant pas dire deux fois, le petit administrateur s'empressa de serrer les deux mains d'Héloïse dans les siennes. Non sans une sincère émotion. Puis, tandis qu'il franchissait seul l'enceinte du Châtelet, il se retourna et accorda à sa compagne ce regard apitoyé qu'on accorde d'ordinaire à une victime injustement condamnée aux pires tourments.

Soumise à la question

Silencieux, les traits impénétrables, le sergent guida la femme apothicaire jusqu'à un logis plutôt agréable si on le comparait au sinistre donjon attenant. Là, il la fit pénétrer dans une antichambre et l'invita à patienter avant de la laisser seule, sans la moindre explication. Un verrou claqua lorsqu'il rabattit la porte derrière lui.

Héloïse détailla la pièce où elle se trouvait. Les murs étaient recouverts, à mi-hauteur, d'un lambris de chêne à motif d'étoffe drapée. Les fenêtres garnies de carreaux en losange inondaient de lumière le sol pavé, les tapisseries aux couleurs chatoyantes et les meubles luisants de cire. L'endroit n'avait absolument rien qui pût évoquer les terribles geôles du Châtelet. En partie rassurée par cette constatation, Héloïse s'interrogeait tout de même sur ce qui pouvait bien justifier son enfermement et l'attente qu'on lui imposait. Son attitude face au Commissaire Examinateur lui semblait un motif bien dérisoire. Cependant elle ne parvenait pas à en imaginer un autre. Quelque peu décontenancée, elle s'assit dans l'embrasure d'une croisée et décida de prendre son mal en patience. D'une façon ou d'une autre, elle serait fixée sous peu.

Elle se trompait.

De longues minutes s'écoulèrent, interminables, qui finirent par constituer des heures. La lumière qui baignait la pièce variait insensiblement et devenait plus chaude. À mesure que la matinée avançait, Héloïse se perdait en conjectures et se sentait gagnée par une sourde inquiétude. Ce n'était pas tant son propre sort qui la souciait que celui d'Étienne. Elle songeait à tout ce temps perdu qu'elle aurait pu consacrer à la recherche de son enfant et une sorte de rage intérieure montait en elle.

Ce fut dans cet état de confusion et d'irritation que le bruit du loquet la fit sursauter. Un gentilhomme de haute taille, au visage sévère et au port altier, entra dans la pièce. Ses cheveux gris, sa moustache et sa barbe étaient taillés avec soin et peignés. Il était vêtu d'un pourpoint rouge serré à la taille, mettant en valeur son élégante minceur, d'un haut-de-chausses pourpre et portait des heuses noires à revers fauves et un bonnet de feutre gris rosé. Ayant fait quatre pas en avant, il s'inclina pour saluer Héloïse avec une politesse empreinte néanmoins d'une certaine raideur. Sa voix bien timbrée marquait une martiale assurance :

— Je vous dois, Madame, quelques excuses pour cette pénible attente. Mais les devoirs de ma charge ne m'ont pas permis de vous entendre aussi promptement que je l'aurais souhaité. Permettez, avant toute chose que je me présente. J'ai pour nom Jean de la Porte et exerce céans les fonctions de lieutenant criminel.

Héloïse ne parvint pas à masquer sa surprise. L'homme qui se tenait devant elle était rien moins que le premier policier du Royaume des lys. Aucune raison ne semblait *a priori* justifier son intervention personnelle dans l'affaire de l'Hôtel-Dieu. Les victimes n'étaient après tout que des gens du commun et les mobiles des agresseurs apparaissaient des plus obscurs. Le lieutenant criminel du Châtelet devait avoir à traiter nombre de dossiers plus sensibles ou plus importants.

Surmontant sa perplexité, Héloïse décida d'aller droit au but :

— Je suppose que votre seigneurie a été informée du drame qui s'est joué cette nuit dans les caves de l'Hôtel-Dieu.

L'homme au pourpoint rouge acquiesça avec une petite moue ironique.

— J'ai cru comprendre en effet que les médecins n'étaient plus les seuls à ôter la vie de leur prochain en l'hôpital de notre bonne ville. Mais je vous prie de me suivre dans mon cabinet, madame. Nous serons mieux pour évoquer les détails de ce drame.

Précédant Héloïse, le lieutenant criminel se dirigea vers l'une des tapisseries accrochées au mur, en écarta le pan inférieur et dévoila une porte dérobée. Ils débouchèrent dans un bureau qui tranchait par son austérité avec l'ameublement presque luxueux de l'antichambre. Jean de la Tour invita Héloïse à prendre un siège et s'installa lui-même derrière une table couverte de documents. Il s'empara de l'un d'entre eux et le parcourut rapidement avant de fixer de nouveau son attention sur son interlocutrice :

— Si j'en crois les notes que l'on m'a transmises, c'est vous-même qui avez découvert les trois corps. Puis-je savoir ce que vous faisiez dans les caves à une heure aussi incongrue ?

Sans se laisser démonter, Héloïse entreprit pour la deuxième fois le récit circonstancié des épisodes dramatiques de la nuit précédente. Le lieutenant criminel l'écoutait avec une attention soutenue. Une ou deux fois, il tressaillit comme s'il allait réagir à ses propos, mais il la laissa finalement achever sa relation sans l'interrompre.

— Un inconnu tout de noir vêtu et un autre aux oreilles tranchées, dit-il alors d'un air songeur. Voilà qui n'est pas banal. Vous n'avez aucune idée de leur identité ?

— C'était la première fois que je les voyais.

— Les avez-vous fouillés pour tenter d'en apprendre davantage sur eux ?

— L'idée ne m'en est point venue. La disparition de mon fils m'avait rendue folle d'inquiétude. Je ne songeais qu'à le retrouver. Mais il sera facile de réparer cela : les cadavres ont été placés à la morgue de l'Hôtel-Dieu. Vos hommes auront tout loisir de les y examiner.

Jean de la Porte hocha la tête et consulta de nouveau ses notes.

— On me rapporte que vous avez découvert sur place une pierre fine.

— Une topaze. Celle de mon fils. C'est ce qui m'a fait supposer qu'il s'était trouvé mêlé au drame.

— Rien d'autre?

— Ça et le fait qu'Étienne se plaisait en la compagnie de Guillaume et qu'il lui arrivait souvent de descendre dans les caves pour y jouer.

L'espace d'une seconde, son vis-à-vis laissa entrevoir une moue d'agacement. Sa main se crispa sur le vélin qu'il tenait. Mais il se reprit presque aussitôt. Lorsqu'il parla de nouveau, sa voix était toujours aussi calme et posée.

— Ce n'est pas ce que vous demandais. Avez-vous découvert autre chose près des cadavres? Un objet par exemple, que vous auriez pu conserver de par-devers vous et dont vous auriez omis de faire état?

— Absolument pas! Comme je vous l'ai dit, j'étais davantage préoccupée par le sort de mon enfant que par les circonstances du drame. Je ne me suis guère attardée sur place.

— Quelqu'un d'autre, à votre connaissance, aurait-il pu recueillir un tel objet?

— Je suppose que si une découverte de quelque importance avait été faite, messire d'Aubigney m'en eût informée. Ou bien qu'il l'aurait confié tout à l'heure au Commissaire qui a recueilli sa déposition.

— Cela vaudrait mieux en effet, conclut le lieutenant criminel en se levant de son siège. Il n'est guère recommandé de dissimuler la vérité à la justice royale. Bien! Je ne vois pas d'autre question à vous poser pour le moment et vais vous rendre votre liberté. Si les besoins de l'enquête l'exigent, nous saurons bien vous trouver à l'Hôtel-Dieu.

Héloïse était décontenancée. Ainsi on l'avait fait attendre toute une matinée juste pour lui poser quelques questions anodines ! Et par le lieutenant criminel en personne ! C'était incompréhensible ! Elle n'avait désormais qu'une hâte : quitter au plus vite cet endroit détestable où on lui avait fait perdre son temps. Cependant, elle ne voulut pas quitter la pièce sans aborder le seul sujet qui la préoccupât :

— Pensez-vous, messire, qu'il y ait une chance que mon enfant soit retrouvé vivant ?

Jean de la Tour s'était déjà replongé dans ses papiers. Il releva la tête et sembla étonné de constater qu'Héloïse se tenait toujours devant lui.

— Mes hommes vont s'y employer, soupira-t-il avec fatalité, mais la ville est grande. Vous n'avez pas idée du nombre de personnes qui y disparaissent chaque jour. Certaines sont retrouvées au bout d'un ou deux jours. Ivres mortes ou fort mal en point après avoir été agressées par des larrons. La Seine en restitue quelques autres qu'il est parfois bien malaisé d'identifier. Le plus grand nombre se volatilise. Nul ne les revoit jamais.

Ce fut sur ces paroles peu réconfortantes qu'Héloïse dut se résoudre à quitter le Grand Châtelet. Sur le chemin du retour, elle ne put s'empêcher de songer que son interrogatoire par le lieutenant criminel s'était déroulé de bien étrange façon. Même si elle n'en avait pas eu conscience sur le moment, il lui apparaissait après coup évident que l'auguste personnage devait en savoir plus qu'elle-même sur les événements de la nuit. Ses questions semblaient poursuivre un but caché. Comme s'il s'attendait à ce qu'un mystérieux objet fût découvert sur ou à proximité immédiate de l'un des deux inconnus. Quel objet ? Comment Jean de la Tour pouvait-il être au courant ? Et surtout pourquoi, s'il disposait de renseignements précis, n'en avait-il pas fait état ?

Incapable de répondre à ces questions pourtant cruciales, Héloïse pressa le pas pour regagner au plus vite l'Hôtel-Dieu. Il lui tardait de pouvoir examiner de plus près les cadavres de la morgue et de se livrer à une fouille minutieuse de leurs vêtements.

Elle débouchait à peine de la rue Neuve qu'elle eut la surprise de voir venir à sa rencontre la chétive silhouette de Pierre d'Aubigney. Selon toute apparence, l'administrateur avait guetté son arrivée avec impatience. Il avançait vers elle en tricotant de ses maigres jambes et en agitant les bras, l'air totalement chamboulé.

Parvenu à portée de voix, il donna libre cours à son affolement. Les syllabes se bousculaient pour franchir ses lèvres.

— Vous voilà enfin ! Je désespérais de jamais vous revoir ! C'est une affaire de fous ! Une chose tout à fait insensée !

— Mon Dieu ! Mais que se passe-t-il encore ?

Les mains sur les genoux, le visage cramoisi, le vieillard peinait à retrouver sa respiration.

— Vous n'allez pas me croire ! hoqueta-t-il.

Après ce qu'elle venait d'endurer, Héloïse n'était pas d'humeur à se montrer patiente. Elle le pressa sèchement :

— Mais parlez enfin ! Qu'est-il arrivé ?

— Les cadavres ! On a volé nos cadavres !

Au bras de gueules et trois rameaux d'amourettes

Une heure avant sexte[1], quatre hommes à cheval et une imposante litière s'étaient présentés à l'entrée latérale de l'Hôtel-Dieu, rue du Marché-Palu. Faisant sonner leurs éperons au long des corridors et apostrophant le personnel avec des voix de stentor, les cavaliers avaient exigé de parler sur-le-champ à l'administrateur. Une fois mis en sa présence, ils lui avaient exhibé sous le nez un parchemin portant la signature du prévôt de Paris et le sceau du Châtelet. Le document faisait ordonnance au représentant des gouverneurs laïcs de remettre au porteur les trois cadavres remisés à la morgue.

Apparemment, tout semblait en règle. D'Aubigney, encore sous le coup de son audition du matin et de la façon pour le moins inquiétante dont Héloïse avait été retenue au dernier moment, avait jugé bon de ne pas créer de difficultés. Renonçant à faire

1. Environ 11 heures.

preuve d'une curiosité légitime mais qui pouvait se révéler téméraire, il avait poussé le zèle jusqu'à ouvrir lui-même la marche jusqu'à la morgue. Les choses dès lors n'avaient pas traîné. En moins d'un quart d'heure, les trois corps étaient enlevés et placés dans la litière aux rideaux soigneusement tirés.

En regardant le farouche équipage s'éloigner en direction de la rive droite, dans le vacarme des sabots ferrés tintant sur les pavés, d'Aubigney avait laissé échapper un soupir d'aise. Au fond, il n'était pas mécontent d'être déchargé de ces cadavres encombrants et du mystère qui s'y trouvait associé. C'était comme si l'on avait ôté un poids de sa propre poitrine. L'affaire était désormais dans les mains de la prévôté. Avec un peu de chance, il n'en entendrait plus jamais parler. Et c'était tant mieux ! Pour rien au monde, il n'aurait souhaité remettre les pieds de sitôt dans le sinistre donjon du Châtelet !

Las ! Son soulagement s'était révélé en définitive de bien courte durée. À peine le temps de dire deux ou trois rosaires et un nouveau visiteur se présentait au portail de l'hôpital et exigeait d'être conduit auprès de d'Aubigney. En reconnaissant le Commissaire Examinateur auquel il avait eu affaire plus tôt dans la matinée, l'infortuné vieillard avait blêmi. Un mauvais pressentiment l'avait aussitôt envahi, lui faisant venir des suées froides par tout le corps. Pressentiment qui s'était malheureusement avéré fondé dès que le sbire du Châtelet avait ouvert la bouche. Il était en effet dépêché sur place par le lieutenant criminel, avec mission d'examiner les dépouilles de Guillaume et des deux inconnus.

La gorge nouée, comme s'il sentait déjà la corde du gibet lui brûler la chair du cou, d'Aubigney avait marqué son vif étonnement, invoqué un probable quiproquo, puis cherché à gagner du temps avant de conclure, à contrecœur, qu'il lui était impossible d'accéder à cette demande. Devant la mine offensée du Commissaire, il s'était vu contraint de narrer par le détail l'épisode de la litière. L'autre était entré alors dans une colère noire. À l'entendre, d'Aubigney s'était laissé abuser par des usurpateurs, à moins qu'il n'ait été le complice de ces vils scélérats. De toute façon, il aurait à répondre de ses actes. On ne bafouait pas impunément la justice du roi !

Le pauvre administrateur était accablé. Il avait tenté maladroitement de se défendre, mais le Commissaire, intraitable et considérant la chose comme un affront personnel, n'avait rien voulu entendre et avait finalement pris congé en menaçant son interlocuteur des pires représailles.

— Ces quatre cavaliers, à quoi ressemblaient-ils ? Portaient-ils des uniformes ?

La tension se lisait sur le beau visage d'Héloïse tandis qu'elle interrogeait le vieillard. De profondes rides marquaient son front et le vert de ses yeux virait au gris tourmenté d'un ciel d'orage. D'Aubigney l'ayant préalablement informée qu'Étienne n'était pas réapparu de la matinée, elle plaçait tous ses espoirs dans l'élucidation des meurtres de la nuit précédente. Pour elle, le vol des cadavres était une véritable catastrophe.

— Des uniformes ? répéta d'Aubigney en roulant des yeux effarés. Je ne saurais dire... Mais non, pas vraiment... ils avaient tous la même apparence... des baudriers de buffle, de grandes capes sombres, ça oui... mais un véritable uniforme, non !

— Il n'aurait donc pu s'agir de soldats du guet ou relevant d'une autre autorité ?

La question n'était pas de pure forme. La répartition des pouvoirs de garde et de police dans la capitale relevait d'un équilibre subtil et complexe. Il y avait la prévôté de Paris dont dépendaient les lieutenants civil et criminel. En charge de la justice royale ordinaire, elle avait pour bras armés les sergents à verge et à cheval. Le guet royal, formé par les bourgeois et maîtres des métiers, assurait quant à lui la surveillance de nuit dans les rues. Enfin, la garde bourgeoise, émanation du pouvoir municipal, intervenait pour réprimer les éventuelles émeutes, avec pour chefs seize commandants de quartiers ou quarteniers. Pour ajouter à la confusion, le chapitre de Notre-Dame, les abbés de Saint-Germain-des-Prés, de Sainte-Geneviève, de Saint-Martin-des-Champs, l'Université et plusieurs seigneurs avaient chacun sa justice particulière, sa prison et ses propres soldats. Toutes ces puissances mettaient leur orgueil non seulement à s'affranchir de l'autorité du prévôt, mais à la narguer ou à l'entraver.

— Cela non, je vous l'assure ! Au reste, je vous répète que le document qui m'a été présenté portait bien le grand sceau du Châtelet. J'ai parfaitement identifié la fleur de lys et les deux écus[1].

— Il nous faut alors admettre que nous avons été joués, conclut Héloïse, la mine lugubre. On aura voulu soustraire les corps à l'examen. Mon pauvre Étienne ! Comment vais-je pouvoir le retrouver à présent ?

D'Aubigney hocha la tête gravement mais la disparition de l'enfant représentait en réalité le cadet de ses soucis. Pour l'heure, seules lui importaient les conséquences qu'aurait pour lui cet incroyable rapt de cadavres. Et une peur panique s'emparait de lui lorsqu'il se remémorait les menaces proférées à son endroit par le Commissaire du Châtelet.

Abandonnant le vieillard à ses tourments, Héloïse regagna les locaux conventuels de l'Hôtel-Dieu. Elle avançait tel un automate, rongée par sa propre angoisse. Elle se trouvait d'ailleurs à ce point absorbée par ses pensées qu'elle faillit bien heurter, au détour d'un couloir, un petit homme brun venant en sens inverse.

— Héloïse ! Vous, enfin ! Je vous cherche à travers tout l'hôpital depuis une bonne heure !

Le crâne déjà dégarni, la barbiche en pointe sur un visage parcheminé avant l'âge, André Marie Geoffroy affichait un visage débonnaire, empreint de cette douce compassion qui caractérisait sa

1. Le Châtelet fut la première juridiction à se voir octroyer un sceau aux armes du roi. Il s'agissait d'une fleur de lys fleuronnée avec, à sa gauche, un écu aux armes de France et de Champagne et, à sa droite, une représentation du Châtelet.

pratique de la médecine. C'était la seule personne de l'Hôtel-Dieu en qui Héloïse plaçait une totale confiance.

— Je viens à peine d'arriver, expliqua-t-elle. On a dû vous dire que j'avais été retenue au Châtelet. J'espérais pouvoir y obtenir de l'aide au sujet de la disparition d'Étienne. Mais j'y songe, peut-être n'êtes-vous pas encore au courant des événements de cette nuit ?

Le médecin fronça les sourcils et son visage s'assombrit.

— Si fait ! Et aussi de ceux de ce matin. Cet enlèvement des corps dépasse l'entendement ! C'est précisément à ce sujet que je voulais vous entretenir. Mais ne restons pas ici, à la vue de tous. Nous serons mieux dans votre chambre pour parler.

Intriguée par le ton de conspirateur adopté par son ami, Héloïse obtempéra avec docilité. Toutefois, sitôt la porte de son appartement refermée, elle le questionna :

— Vous savez quelque chose ? Oh, parlez, je vous en prie ! Depuis hier soir, j'ai l'impression de me débattre en vain au fond d'un puits obscur.

— Je venais d'arriver à l'hôpital pour ma visite quotidienne quand ces fameux cavaliers se sont présentés. Ils ont fait un tel raffut que tout le monde s'est laissé impressionner. Pour ma part, j'ai d'abord trouvé bizarre que les enquêteurs veuillent déplacer les cadavres. Quel meilleur endroit qu'une morgue pour se livrer à un examen *post mortem* ? Et puis cette litière stationnée dans la rue et non au calme, dans la cour intérieure, a excité ma curiosité. Comme si on voulait se ménager la possibilité d'un départ précipité.

— Je reconnais bien là vos capacités d'observation et la sûreté de votre diagnostic.

Faisant mine d'ignorer le compliment, le docteur Geoffroy poursuivit :

— Profitant de ce que l'attention de tous était accaparée par nos quatre cavaliers, je me suis approché de la litière à l'insu de ses gardiens. Là, un détail a retenu mon attention. Sur l'arrière, à l'emplacement où certains seigneurs ont coutume de faire figurer leurs armoiries, une plaque de boue sombre laissait à peine entrevoir le contour d'un blason. Étonnant par un jour de si grand soleil !

Héloïse était à présent sur des charbons ardents.

— Ces armoiries, vous avez pu les voir en définitive ?

— Pas entièrement, hélas ! Mais j'ai discrètement gratté assez de boue pour distinguer un bras de gueules[1] portant trois rameaux d'amourettes.

— Pensez-vous que cela soit suffisant pour en identifier le propriétaire ?

— La chose est possible. L'un de mes bons confrères est médecin ordinaire du duc de Longueville. Il possède ses entrées à la cour et pourrait interroger à ma demande les secrétaires en charge de l'armorial.

— Oh, mon ami ! s'exclama Héloïse en joignant ses mains comme pour une prière. Faites cela sans

1. Le terme *gueules* désigne la couleur rouge en héraldique.

tarder ! Vous êtes peut-être mon dernier espoir de retrouver Étienne vivant !

L'avisé praticien promit qu'il allait faire diligence. Il se déclara disposé à se rendre sur-le-champ au domicile de son confrère en formulant des vœux pour que celui-ci ne soit pas déjà occupé à ses visites domiciliaires.

Lorsqu'il l'eut quittée, Héloïse s'avisa qu'elle n'avait rien avalé depuis la veille au soir. Il lui fallait pourtant prendre des forces si elle voulait conserver suffisamment d'énergie pour continuer à lutter contre l'adversité. Elle se rendit donc au réfectoire où la plupart des sœurs Augustines avaient déjà achevé leur dîner[1]. Mais une fois attablée, elle se rendit compte qu'elle n'avait pas faim. Il lui fallut se forcer pour avaler quelques bouchées d'un fondant de courge au safran et la moitié d'une poire.

De retour dans sa chambre, elle se mit à déambuler en repassant dans sa tête tous les événements qui s'étaient succédé depuis la veille au soir. Vainement, elle cherchait à y déceler une certaine logique, à comprendre comment son fils s'était trouvé mêlé à cet imbroglio et pourquoi une main anonyme avait eu intérêt à le faire disparaître. Au bout d'une heure de cet exercice aussi éprouvant que dérisoire, elle résolut de cesser de se torturer sans résultat. Puisqu'elle était contrainte d'attendre le retour de Geoffroy sans pouvoir de son côté rien faire pour percer le mystère, mieux valait tenter de s'occuper le corps et

1. Correspond à notre déjeuner.

l'esprit à des tâches utiles. Le temps passerait plus vite ainsi.

Son inclination naturelle l'aurait plutôt incitée à se réfugier dans l'apothicairerie, mais elle eut la mauvaise surprise d'y retrouver sœur Peruelle la Tache. La religieuse qui, d'habitude, se débrouillait pour ne pas côtoyer sa rivale au sein de la pharmacie, avait entrepris de dresser un inventaire des drogues et trônait derrière le comptoir principal. Pour installer ses registres et procéder aux écritures et pesées nécessaires, elle avait relégué dans un coin sombre le matériel du préparatoire. Héloïse eut le net sentiment que sœur Peruelle tenait par là à marquer son territoire. Elle y vit une conséquence de leur accrochage de la veille et la confirmation que les hostilités larvées étaient bel et bien rouvertes. Ne se sentant pas d'humeur à supporter tant de mauvaiseté et de mesquinerie, elle préféra tourner les talons sans un mot et gagner la salle Saint-Denis.

Perdue dans son grand lit, entre ses compagnes d'infortune, la frêle Alix semblait toujours aussi faible, mais sa fièvre du moins s'était apaisée. En voyant sa bienfaitrice se pencher à son chevet, elle parvint même à esquisser une ébauche de sourire.

Héloïse lui posa la paume sur le front et eut le plaisir de constater que la peau avait perdu cette moiteur malsaine qui l'avait fort inquiétée ces derniers jours. Lorsqu'elle l'interrogea pour savoir comment elle se sentait, l'adolescente confirma qu'il y avait du mieux. Avec fierté, elle annonça qu'elle avait même pu avaler la moitié d'un bol de gruau sans en rendre le contenu. Héloïse la félicita et l'assura que c'était le premier pas vers la guérison. Pour combattre l'infection, il fallait avant toute chose renforcer le corps. Comme l'avaient écrit tous les grands médecins, de Galien à Avicenne, un organisme affaibli était une proie facile pour les miasmes et les mauvaises fièvres.

Sous le ton rassurant, devait percer un soupçon d'inquiétude car Alix se rembrunit et dévisagea sa garde-malade de ses yeux clairs et naïfs.

— Vous avez l'air troublé, madame. Quelque chose vous tracasse ?

Héloïse tressaillit, surprise d'être percée à jour. L'espace d'un instant, ses pensées l'avaient ramenée au sort incertain de son fils. Lui aussi représentait une proie facile, mais lui venir en aide serait autrement plus ardu. Pourtant, tout au fond d'elle-même, sa mère persistait à garder espoir. Il lui semblait que si quelque chose d'irrémédiable était arrivé à Étienne, elle en aurait eu le pressentiment. Or, elle avait au contraire l'intime conviction qu'il était encore vivant. Privé de liberté sans doute, meurtri peut-être, mais vivant ! Et si elle ne voulait pas totalement s'écrouler, il lui fallait coûte que coûte s'accrocher à cette certitude quasi charnelle.

— Ce n'est rien, rassura-t-elle la jeune alitée. Je me fais du souci pour Étienne. Le chenapan a fait une fugue.

— Oh, je comprends ! Mais ne soyez pas trop inquiète. Vous êtes si bonne avec moi ! Je suis convaincue que la Vierge ne peut que veiller sur votre enfant comme vous veillez sur moi !

Héloïse sourit et, trop émue pour parler, remercia la jeune fille d'un battement de paupières. Puis, avec un linge abondamment mouillé, elle entreprit de l'aider à sa toilette. L'époque avait beau privilégier le décrassage à sec aux ablutions médiévales, la femme apothicaire restait adepte d'une hygiène faisant la part belle aux frictions à l'eau claire. C'était en fait la toute première médecine que son père lui avait enseignée.

Lorsqu'au bout d'une heure, Héloïse quitta sa protégée afin de la laisser reposer, elle fut la proie d'une affreuse sensation de vacuité. Pour la seconde fois de la journée, elle se voyait condamnée à la passivité et cette contrainte la mettait à la torture. Il lui fallut cependant supporter stoïquement l'horrible attente car ce n'est qu'après vêpres que le docteur Geoffroy fit sa réapparition. Le dévoué praticien avait passé une bonne partie de l'après-midi à courir après son collègue et finalement obtenu le renseignement si ardemment désiré.

— Il n'y a pas de doute possible ! jubila-t-il en retrouvant son amie. J'ai moi-même recopié la description du blason mot à mot. (Il sortit un billet de son pourpoint et lut à haute voix :) *Écartelé, aux 1 et 4 d'argent au bras de gueules sortant d'une nuée d'azur tenant une poignée d'amourettes en rameau de trois pièces de sinople*[1]*; au 2 palé de gueules et d'argent; au 3 palé de sinople et d'argent*. Cela correspond parfaitement à ce que j'ai pu entrevoir !

1. Le terme *sinople* désigne la couleur verte en héraldique.

Si elle n'avait été aussi impatiente d'en apprendre davantage, la belle rousse aurait sauté au cou du médecin pour l'embrasser.

— À qui appartiennent ces armes ? demanda-t-elle, le souffle coupé par l'émotion. C'est la seule chose qui importe ! Avez-vous ce nom ?

— Tout à plein ! Il s'agit d'un gentilhomme d'origine berrichonne, ancien maître d'hôtel du feu roi Charles le huitième. Il se nomme Philibert Babou, seigneur de Givray et de la Bourdaisière, et possède un petit hôtel ici même, à Paris.

— Philibert Babou, répéta Héloïse en détachant chaque syllabe comme si elle cherchait à incruster à jamais dans sa mémoire ce nom qui sonnait étrangement familier à ses oreilles.

Un observateur attentif eût pu comprendre aussitôt, à l'éclat dur de ses prunelles, au frémissement de ses narines, que cette femme avait enfin identifié son ennemi et qu'elle était résolue à ne plus connaître de repos avant de l'avoir vaincu.

— Que comptez-vous faire à présent ? demanda Geoffroy, vaguement inquiet.

— Le trouver. L'affronter. Lui arracher mon enfant.

Pris au piège

Il y eut d'abord un souffle dans l'obscurité.

Rien que cela.

Juste un souffle oppressé dans un univers clos et aussi noir que la robe de cette vieille corneille de sœur Peruelle. Ce souffle – il ne le comprit qu'après de longues minutes d'immobilité –, c'était tout bonnement le sien. L'air salvateur qui emplissait ses poumons au rythme d'une respiration encore difficile. Tout de suite après, vint la nausée qu'engendraient des remugles de vase et de bois humide ainsi qu'un imperceptible roulis. Étienne fit la grimace et, dans un effort qui lui arracha une courte plainte, il finit par ouvrir les yeux.

Il ignorait combien de temps il était demeuré inconscient. Une éternité s'il s'en remettait à la lourdeur de ses paupières et à l'ankylose de ses membres. Il ignorait l'endroit où il se trouvait allongé. Le plancher, les cloisons et le plafond étaient constitués de simples planches de bois brut. Une cabane ? Mais non, ce n'était pas cela. Il y avait cette résonance si particulière, comme à l'intérieur d'une coquille de noix.

Peu à peu, son esprit s'aiguisait, retrouvait toutes ses facultés. À la boue saumâtre se mêlait une odeur de goudron. Il percevait à présent des clapotis tout proches, le crissement des cordages et du bois, le claquement d'une toile gonflée par le vent.

Un bateau !

Il se trouvait à bord d'un bateau ! Alors tout lui revint d'un seul coup, aussi limpide que le regard de Mère quand elle consolait autrefois ses chagrins d'enfant. Sa plongée dans les eaux de la Seine, le manque d'air, les bras qui soudain le happaient… juste avant, ces voix aux accents étrangers, tout ce sang sur le bras de Guillaume, le médaillon…

Il se dressa soudain sur son séant et porta instinctivement la main à son cou. Le médaillon n'était plus là ! L'avait-il perdu au cours de son bain forcé ? Le lui avait-on repris ? Il aurait été bien incapable de le dire.

Tournant la tête avec précaution pour ne pas amplifier sa nausée, il entreprit d'inspecter l'endroit où il se trouvait. C'était un espace confiné. Pas une cabine. Plutôt une sorte de soute destinée à stocker du matériel. Dans la pénombre, il distinguait des rouleaux de cordages, des outils de charpentier, une ancre rongée par la rouille. Lui-même était allongé sur un tas de toiles rêches, roulées en boudins. Des anneaux de bois lui meurtrissaient les reins. Des voiles, probablement.

Il n'eut pas le temps de détailler davantage son environnement. Un pas pesant qui descendait des marches le tira de ses pensées. Une porte s'ouvrit et une inconnue apparut. C'était une vieille femme vêtue de hardes grises. Elle était énorme mais du bas seulement, à partir de la taille. Son visage était plutôt mince, ses épaules étroites ; les hanches, par contre, étaient larges, tellement larges qu'elles entravaient sa marche.

— 'lors, l'gamin ! T'v'là rev'nu parmi nous aut'es ! Ça, on peut l'dire qu't'en auras écrasé ! Un sacré p'tit somme qu't'viens de fai' ! J'dans l'idée qu't'as dû s'bir pas mal d'épreuves 'vant qu'de t'retrouver à l'baille. C'est-y pas vrai, mon agneau ?

Elle le regardait d'un œil presque affectueux, comme elle aurait contemplé un nourrisson dans son berceau. Son visage était pourtant affreux à voir, avec un œil à demi fermé, deux grosses verrues sur chaque joue et des touffes de poils au menton. Quand elle parlait, sa bouche laissait apercevoir des gencives sanguinolentes, et, planté tout au milieu, un unique chicot jaunâtre. Pareil au dernier créneau d'un donjon démantelé.

— Qui êtes-vous ? Où sommes-nous ?

La vieille branla du chef. Une sorte de rire caverneux monta de sa gorge, qui s'acheva en une succession de hoquets baveux.

— Sont m'deux fistons, Jonas et Job, qu't'ont sorti d'la flotte. 'n' fameuse prise qu'y z'ont fait là, c'deux bon' feignasses ! Ben l'première fois qu'leur pêche neu r'mène aut' chos' qu'd'la m'nue friture !

— Combien de temps suis-je resté endormi ?

— 'n' nuit et un jour tout entiers. Mêm' qu'Jacob v'lait t'refout' à l'baille, r'pport qu'y croyait qu'tu r'trouverais j'mais l'chemin pour r'venir dans c'monde ci. Moué, j'y avons dit d'pas faire ça. Ça c'est d'jà vu, t'sais, des plus solides qu'toué, qu'sont là tout en y étant pus et qu'f'nissent par crever dans leur sommeil Mais parfois aussi y en a qui r'ssuscitent comm' l'aut' su' sa croix. N'peut j'mais s'voir à l'avance. Au ciel qu'ça s'décide !

Elle pointa un index boudiné vers le haut. Puis se pencha autant que son embonpoint le lui permettait et lui souffla au visage une haleine de rat crevé :

— Jacob, c'mon homme. Un foutu batelier, p't êt' l'plus fameux d'ci à Rouen, et à c't'heure, t'es sur son rafiot. La *Marie Salope* qu'y l'a n'mmée, r'pport qu'Marie, c'est mon p'tit nom d'baptême.

— Je vous baille la grand merci, articula Étienne tout en s'efforçant de rassembler ses esprits. Vos fils m'ont sauvé d'une mort affreuse. J'étais en train de me noyer quand ils m'ont secouru. Mais il me faut retrouver sans tarder ma mère qui doit être morte d'inquiétude à l'heure qu'il est. Elle travaille à l'Hôtel-Dieu, dans la Cité. Si vous me ramenez à elle, je suis sûr qu'elle se montrera reconnaissante et trouvera le moyen de vous dédommager.

La grosse femme suçota ses gencives gonflées et explora de la langue sa dent ébréchée.

— Pour ça, mon ange, va f'lloir voir 'vec Jacob. C'lui seul qui c'mmande à bord... C'est-y qu'tu pourrais t'lever et marcher ?

Le jeune garçon parvint à se mettre debout mais une soudaine faiblesse le fit vaciller. Il dut se retenir au carénage des deux mains et attendre que le vertige s'estompe. Lorsqu'il se sentit mieux, il fit signe à la vieille qu'il était disposé à la suivre.

L'un derrière l'autre, ils gravirent des degrés qui tenaient davantage d'une échelle en bois que d'un véritable escalier. À chaque pas, Étienne redoutait de voir la vieille perdre l'équilibre et l'écrabouiller de toute son imposante masse. Au sommet, l'ombre monstrueuse qui le précédait s'écarta. Une douce lumière bleutée l'enveloppa, tandis qu'une brise tiède et parfumée lui caressait le visage. Il venait d'émerger à l'air libre.

Il se trouvait sur le pont d'une gabare marchande. En pleine campagne. Des roseaux se pressaient dans chaque creux des berges, des peupliers et des aulnes dressaient leurs silhouettes mauves dans la clarté du couchant. On entendait des oiseaux chanter et des dizaines de grenouilles invisibles coasser à l'approche de la nuit.

Sa voile gonflée par la brise du soir, le bateau descendait paisiblement le fleuve en se maintenant au milieu du lit. Il y avait un homme à la barre franche. Un noiraud, grand, au visage en lame de couteau. Avec des petits yeux rapprochés qui lui donnaient l'air vaguement sournois.

— C'ui-là, c'est Jonas. Mon second gars. Et là, v'là Job, l'aîné, qui t'a r'tiré d'l'eau.

Elle désignait, sur l'avant, un gaillard massif, au physique de taureau, aux cheveux raides comme du crin. Torse nu, le matelot était occupé à haler un filin pour assurer la prise au vent de l'unique voile carrée. Ses muscles noueux luisaient de sueur. On aurait dit autant de serpents inquiétants qui sinuaient à la surface de la peau.

Le troisième homme – le dénommé Jacob, selon toute vraisemblance – trônait sur un tabouret installé sur le pont, à l'abri d'un dais improvisé à l'aide d'une voile à la couleur délavée par plus d'un été. Il avait le crâne dégarni et portait de larges favoris blancs qui lui mangeaient entièrement les joues. Son teint rubicond trahissait un goût immodéré pour la boisson. Ce que confirmait le cruchon de bière croché à son doigt, qu'il laissait pendre nonchalamment au bout de son bras. Mais sur le coup, le premier détail auquel Étienne prêta attention, ce fut le précieux médaillon qui ornait la poitrine flasque du batelier.

Son premier mouvement fut de protestation. Le bijou lui appartenait. Il lui avait été confié par un homme sur le point d'être assassiné et les dernières volontés d'un mourant étaient sacrées. Rien ne justifiait que ses sauveurs, profitant de son inconscience, s'en fussent emparés.

Il ouvrait déjà la bouche pour réclamer son bien, lorsqu'un sursaut de prudence le retint au dernier instant. S'il voulait que ces gens se détournent de leur route pour le ramener auprès de sa mère, mieux valait se montrer accommodant et faire profil bas. Il serait toujours temps de reprendre le legs de Sans-Z'oreille quand il serait enfin en sécurité et que le rapport de forces se serait équilibré.

— Qu'j'sois pendu si m's yeux voient pas c'foutu miracle ! C'est-y pas not' noyé que v'là marchant sur s'deux pieds ?

Le chauve venait de l'apercevoir. Il arborait un grand sourire réjoui et brandissait sa chope en guise de bienvenue. Étienne s'avança jusqu'à lui et s'inclina pour saluer poliment, comme le lui avait enseigné sa mère.

— Je vous sais gré, à vous et à vos fils, de m'avoir porté assistance. Nul doute que Mère saura vous prouver sa reconnaissance quand vous m'aurez conduit auprès d'elle.

— Y veut qu'nous aut', on l'ramène l'plus tôt possib' en ville, expliqua l'énorme femme grise. L'dit qu'on s'ra réc'pensé p'not' peine.

Le regard du vieux alla lentement de sa femme à Étienne, en plusieurs allers-retours indécis. On eût dit qu'il éprouvait le besoin de peser la signification de chacun des mots prononcés. Au bout d'un long silence, il rota, se racla la gorge et expédia un crachat glaireux sur le pont.

— Pas question ! trancha-t-il. J'avons 'n' cargaison d'grains à livrer à Rouen. P't êt' ben qu'l'avorton chiale 'près les j'pons d'sa mère ! Seul'ment, moué, j'allons pas perdre toute c'te bonne cliquaille[1] promise pou' l'transport, caus' d'un chiot qui chouine. L'attendra ben not' retour pour r'trouver s'niche !

Le ton ironique du batelier fit oublier à Étienne toute prudence. Il se dressa sur la pointe des pieds, comme un jeune coq sur ses ergots, et pointa du doigt le pendentif en or.

— À ce que je vois, vous avez pourtant déjà recueilli le prix de mon voyage. Il y a là de quoi payer cent cargaisons comme la vôtre ! Ce médaillon est à moi ! Rendez-le-moi et, puisque vous ne

1. Pièces d'argent.

voulez pas revenir en arrière, laissez-moi débarquer. Je me débrouillerai tout seul !

Le dénommé Jacob se dressa d'un seul élan et laissa choir son cruchon qui se brisa en heurtant violemment le pont. Puis il se frappa la poitrine en toisant le garçon, exactement comme il l'eût fait d'un asticot qu'il s'apprêtait à écraser d'un coup de talon.

— L'est pas 'core né c'ui qui don'ra des ord' au vieux J'cob sur son rafiot ! éructa-t-il. L'foutu Bon Dieu lui-même, y pass' en s'cond à mon bord ! Quant à ça… (Il empoigna le médaillon et le brandit sous le nez d'Étienne.) Tout c'qui vient d'la rivière 'partient à c'ui qui l'en r'tire ! Poiscaille, affûtiau[1] et 'tit pisseux qui chiale 'près sa bonne mè'. Lors, pisque t'as pas un sou vaillant, comment qu'tu vas m'racheter ta liberté ?

Le jeune garçon était désarçonné par le tour que prenait la conversation. Il chercha du regard le soutien de la grosse femme chez qui il avait cru percevoir auparavant un semblant de compassion. Mais la vieille se contenta de hocher la tête stupidement pour appuyer les propos insensés de son mari.

— Je vous l'ai dit, tenta encore une fois Étienne. Ma mère vous récompensera sitôt que vous m'aurez ramené.

Jacob sourit à nouveau. Une lueur malicieuse au fond des yeux.

— À voir ta vesture, m'tonnerait que 'man roule su' l'or ! J'crois ben qu'c'est toi qu'y vas payer ton

---

1. Objet de parure dépourvu de réelle valeur.

passage ! F'rait beau voi' qu'j'nourrisse, moué, 'n' bouche inutile ! En attendant vous aut', foutez-moi ça à fond d'cale !

Le cœur d'Étienne se figea dans sa poitrine. Déjà les deux matelots, Job et Jonas, avaient délaissé leur tâche et faisaient mouvement dans sa direction. Sa retraite étant coupée sur trois côtés, le jeune garçon tordit le cou pour jeter un coup d'œil en arrière. Il pouvait toujours tenter d'enjamber le bordage, mais le bateau était bien trop éloigné de la berge. Il n'avait pas la moindre chance de l'atteindre. Qui plus est, il ne se sentait pas le courage d'affronter à nouveau les eaux profondes de la Seine.

Force lui était de se faire une raison : il était bel et bien pris au piège.

La victoire de sœur Peruelle

Le soleil du plein midi et la foule dense rendaient la puanteur des rues encore plus odieuse. Héloïse ramena le voile de sa coiffe devant son visage et quitta le porche qui lui avait servi d'abri pendant une bonne partie de la matinée. Difficile de dire ce qui lui était le plus insupportable, de la chaleur humide ou de l'odeur omniprésente des excréments. À moins que ce ne fût le vacarme incessant. La clameur des voix, les grognements, les caquetages, les aboiements et le bourdonnement des mouches lui mettaient les nerfs à vif.

Tandis qu'elle se frayait un passage parmi la cohue des hommes et des animaux de basse-cour, louvoyant entre les charrettes à bras et les tas d'immondices, elle se laissa aller à jeter un dernier regard en arrière. L'hôtel modeste occupé par Philibert Babou ne payait pas de mine et sa façade austère ne se distinguait guère des autres habitations de la rue des Juifs. De son poste de guet, elle avait pu observer l'endroit à loisir durant près de deux heures. Peu de mouvement. Un concierge aux allures de garde-chiourme qui inspectait longuement les fournisseurs avant de les laisser pénétrer à l'intérieur. Le seigneur de la Bourdaisière devait tenir à sa tranquillité et ne semblait guère enclin à ouvrir sa porte au premier venu.

Entendant les cloches de la proche église Saint-Antoine sonner douze coups, Héloïse pressa le pas et se dirigea vers la Vieille rue du Temple. Là, elle fit abstraction de la foule qui se pressait aux cabanes où l'on annonçait des monstres, des animaux savants ou des diseuses de bonne aventure et finit par identifier l'enseigne qu'elle cherchait : un panneau de bois représentant ce qui, dans l'esprit de son auteur, devait figurer un cygne aux ailes déployées. Vu le peu de ressemblance avec la réalité, le peintre anonyme qui avait commis cette horreur avait toutes les chances de le rester.

Héloïse pénétra dans une petite cour qu'un garçonnet aux cheveux bruns lavait à grande eau. Elle ne put s'empêcher de lui trouver une vague ressemblance avec Étienne et son cœur se serra.

— Bienvenue à l'auberge du Cygne furieux ! fit l'enfant en s'inclinant sur son passage. Ici, bon vin et bonne table vous font oublier tous vos soucis !

« Si seulement la chose était possible ! » songea tristement Héloïse en entrant dans la taverne qui sentait la bière et la poularde rôtie. Fouillant la pénombre du regard, elle repéra une table située dans un recoin, à l'écart de la salle principale, et auquel on accédait par une volée de marches.

Le crâne luisant, les traits creusés, André Marie Geoffroy y guettait les nouveaux arrivants, tout en laissant ses pieds nus reposer dans un baquet d'eau froide. En voyant s'approcher la femme rousse, le médecin se força à sourire, mais sa louable tentative échoua piteusement et le rictus étirant ses lèvres ne parvint pas à masquer sa fatigue.

— Quelle pitié que de ne plus pouvoir compter sur ses jambes ! soupira-t-il. Je suis éreinté ! Cette chaleur finira par avoir raison de ma vieille carcasse. Il faudrait un bon orage pour assainir l'air.

— Croyez bien, mon ami, que je suis sensible aux efforts que vous déployez pour m'aider. Et vous me voyez navrée de vous retrouver en si piètre état. Du moins avez-vous appris quelque chose d'intéressant ?

— J'ai passé la matinée à visiter toutes les personnes de ma connaissance susceptibles de pouvoir fournir des renseignements sur notre homme. La récolte malheureusement n'est pas aussi fructueuse que nous aurions pu l'espérer.

À cette annonce, une ombre ternit le regard d'Héloïse. Ne parvenant pas à cacher sa déception, elle se laissa choir sur une chaise, face au médecin, avec un abattement qui ne lui ressemblait pas. Geoffroy comprit qu'il n'avait pas choisi la bonne entrée en matière. Il voulut se reprendre mais dut attendre, pour poursuivre leur conversation, le départ d'une servante venue leur apporter une cruche de vin aux épices.

— Je n'ai pas dit que le bilan de mes démarches était nul, la rassura-t-il. Simplement, ce Philibert Babou vit de façon plutôt retirée. Il reçoit peu, se déplace rarement. On ne lui connaît aucun véritable ami et ses activités semblent on ne peut plus limitées.

— J'ai pu le constater moi-même ce matin. Mais encore ?

— Son seul luxe consisterait en une vaste bibliothèque privée. Il y consacre, prétend-on, le plus clair de son temps en s'absorbant dans l'étude de manuscrits anciens.

— Un lettré ? soupira une Héloïse désappointée. Voilà qui ne colle pas avec l'image que l'on peut se faire du commanditaire de meurtres et d'enlèvements. Que sait-on de ses origines, de ses éventuelles relations ?

— L'homme est originaire du Berry. Son père, notaire installé à Bourges, possédait quelque bien. Grâce à cet argent, notre Philibert a pu acheter une charge de maître d'hôtel du roi Charles VIII et s'est mis à fréquenter la cour. On ne sait trop pour quelle raison, il s'en est trouvé écarté à l'avènement de Louis XII et s'est fixé à Paris. Il y a cinq ans, désireux sans doute d'acquérir un titre, il a épousé une certaine Marie Gaudin, dame de la Bourdaisière, dont le château et les terres se trouvent en Touraine. La mariée possède une réputation de grande beauté qui n'aurait d'égale, selon les mauvaises langues, que son ambition dévorante. Le couple est donc demeuré dans la capitale, à proximité immédiate du pouvoir, mais sans grand succès et se contente d'un humble train de vie. Selon mes interlocuteurs, il ne semble pas que Philibert profite du moindre appui, ni même de simples relations, dans l'entourage du nouveau roi ou de ses ministres. Bref, un homme rangé, à l'existence apparemment tranquille. Toutefois...

Le médecin marqua une hésitation. Héloïse, qui avait craint de voir ses derniers espoirs s'envoler, le pressa de poursuivre :

— Oui ? Qu'étiez-vous sur le point de dire ?

— En venant vous attendre ici comme convenu, j'ai pris la liberté d'interroger le voisinage. Un boulanger, qui reste éveillé une partie de la nuit pour pétrir son pain, m'a confié qu'il ne fallait pas se fier aux apparences et que l'hôtel de Babou n'est sans doute pas aussi paisible qu'il en a l'air.

— Comment cela ?

— Il paraît que si la journée seuls quelques fournisseurs en passent la porte, la nuit il en irait tout autrement. Le bonhomme m'a affirmé que les visites nocturnes sont fréquentes. Des hommes uniquement, et qui s'efforceraient de ne pas se faire remarquer.

— Vous auriez dû commencer par là !

— Cela ne veut peut-être rien dire, la tempéra Geoffroy. Comme je vous l'ai rapporté, madame Babou passe pour l'une des plus belles femmes de son temps. Il pourrait s'agir d'admirateurs lui rendant visite en cachette du mari. Rien à voir avec d'obscurs complots.

Héloïse ouvrait déjà la bouche pour protester, mais le médecin l'interrompit du geste et de la voix :

— Comprenez-moi, ma chère, je ne cherche pas à refroidir vos ardeurs, mais je ne voudrais pas que vous échafaudiez trop vite d'aventureuses hypothèses.

— Je sais que vos conseils ne visent qu'à m'éviter de cruelles désillusions, dit Héloïse en s'essayant à un pâle sourire. Mais, voyez-vous, ce Philibert Babou représente pour l'heure le seul lien potentiel avec mon fils. Je dois m'y tenir ou alors je n'ai plus qu'à m'écrouler tout de bon.

Geoffroy reporta son attention sur les clients attablés dans la grande salle. Plusieurs marchands commentaient les dernières nouvelles en provenance de l'étranger : la levée, en avril dernier, de mercenaires suisses censés marcher sur Gênes, l'apaisement des tensions grâce au récent rapprochement du pape Léon X et du roi de France, la perspective d'une alliance garantissant à François Ier la souveraineté sur le duché de Milan. Les avis étaient partagés quant à la perspective d'une nouvelle campagne en Italie et ses possibles conséquences sur le commerce. Le médecin avisa trois chapons qui rôtissaient dans l'âtre.

— On a l'esprit plus délié quand le ventre est plein. Allons ! Laissez-moi vous inviter et reprenez des forces avant d'arrêter la moindre décision !

Héloïse protesta pour la forme, mais elle n'avait presque rien avalé depuis la veille et mourait de faim. On passa commande. Les deux convives furent rapidement servis. Le vin aidant, les joues blafardes de Geoffroy prirent une teinte rosée et son regard une brillance inaccoutumée.

— Où en étions-nous ? reprit-il en s'essuyant la bouche. Ah oui ! La conduite à tenir. Pour ma part, j'aurais tendance à vous recommander la plus extrême prudence. Confions tout ce que nous savons aux enquêteurs en charge de cette affaire. Si ce Philibert Babou est impliqué dans les meurtres de l'autre nuit et dans la disparition d'Étienne, ils sauront bien le faire avouer. Si ce n'est pas le cas, nous ne nous serons pas directement exposés à son ressentiment.

Les traits d'Héloïse se crispèrent sur une moue obstinée.

— Encore une fois, je vous suis reconnaissante pour vos avis et votre assistance, dit-elle. Mais nous n'avons qu'une seule carte dans notre jeu et ne pouvons l'abattre qu'à coup sûr. Avant d'alerter le Châtelet, je veux être certaine que ce Babou est bien impliqué dans l'enlèvement de mon fils.

— Que comptez-vous faire alors ?

— Épier l'hôtel la nuit prochaine et tenter d'en apprendre davantage sur ces mystérieux visiteurs.

Geoffroy secoua son crâne dégarni avant de saisir les mains d'Héloïse dans les siennes. Était-ce la fatigue ou l'abus de boisson, ses yeux larmoyaient et sa voix se faisait chevrotante.

— Depuis le décès de ma chère et regrettée épouse, il y a maintenant près de huit ans, mon cœur n'a guère eu l'occasion de s'émouvoir. Mais à cause de vous, le voilà qui s'affole comme un oisillon dans sa cage. Je vous conjure de montrer davantage de prudence. Les risques peuvent être majeurs. Il y a déjà eu trois morts dans cette affaire. Je ne pourrais supporter qu'il vous arrive malheur et, si cela devait se produire, je m'en ferais le reproche jusqu'à mon dernier jour.

Héloïse dégagea ses mains un peu trop brusquement. Son beau regard vert interrogeait la face amicale toute froncée de Geoffroy, redoutant d'y lire ce qu'elle avait cru percevoir dans ses derniers mots. Elle avait plus que jamais besoin d'un ami loyal mais sûrement pas le loisir de s'embarrasser des états d'âmes d'un vieil amoureux transi.

Geoffroy dut sentir qu'il s'était aventuré sur un terrain hasardeux car il eut la délicatesse de ne pas insister.

— Bien évidemment, quelle que soit votre décision et même si je la désapprouve, je continuerai à vous apporter mon soutien.

Elle le remercia mais une certaine gêne s'était installée entre eux, qui l'incita à prendre rapidement congé. Sur le chemin du retour vers l'Hôtel-Dieu, elle fut proche de céder au découragement. Qu'allait-il advenir d'elle si elle échouait à retrouver Étienne? Elle resterait seule, désespérément seule et son existence n'aurait plus aucun sens. Elle songea aux sages conseils prodigués par Geoffroy. N'encourait-elle pas de grands dangers en passant outre? Vouloir en apprendre davantage, c'était aussi prendre le risque d'intervenir trop tard. Elle avait beau se répéter que si l'on avait voulu la mort d'Étienne, elle aurait trouvé son cadavre en même temps que celui de Guillaume, persistait en elle la crainte de ne pas opter pour les bonnes décisions. Elle était lasse d'avoir à trancher, lasse de lutter, lasse de sa solitude. Elle aurait aimé avoir le droit d'être faible, pouvoir se laisser aller à pleurer. Elle aurait tant voulu pouvoir se décharger de son fardeau sur des épaules plus solides que les siennes !

L'espace de quelques secondes, l'image de Bayard s'imposa à son esprit. Elle le revit tel qu'il était dix-sept ans auparavant, lors de leur première rencontre, ou encore cinq ans plus tard, au temps de leurs accordailles. Grand, fort, intrépide. Lui aurait su la réconforter, la secourir. Même s'il avait fallu extirper Étienne du fin fond des enfers, il s'y serait précipité sans l'ombre d'une hésitation. Mais par sa faute, elle avait perdu ce recours, ce roc sur lequel elle avait cru jadis pouvoir bâtir son existence. Et maintenant c'était le tour de son fils… Son péché était-il si terrible qu'il justifiât cet acharnement du mauvais sort contre elle ?

Et comme elle connaissait parfaitement la réponse à cette question, elle serra les poings de rage et d'impuissance et hâta le pas pour regagner l'hôpital. Probablement eût-elle montré moins d'empressement si elle avait pu deviner ce qui l'attendait là-bas.

Ce fut d'abord, salle Saint-Denis, la disparition de la malheureuse Alix. En constatant qu'elle n'était plus sur sa couche, dans le coin réservé aux incurables, Héloïse se prit à espérer que l'amélioration constatée la veille avait convaincu les sœurs Augustines de revoir les conditions de son hospitalisation. Avisant une silhouette noire qui se mouvait d'un lit à l'autre, elle s'enquit du sort de sa petite protégée.

— Cette pauvresse qui s'est damnée en sacrifiant son fruit ? demanda la religieuse qui paraissait sincèrement affligée. Mais elle n'est plus ici! Elle nous a quittés ce matin.

— Quittés?

— Elle est morte. On vient juste d'enlever son corps.

Héloïse fixa, incrédule, la place vide sur le lit, entre les deux matrones aux visages ravagés. Il lui semblait revoir les traits pleins de bonté de l'adolescente lorsque, la veille, celle-ci l'avait assurée que la Vierge veillerait sur Étienne.

— Ce... Ce n'est pas possible. Je l'ai examinée hier encore. Il y avait du mieux. Co... Comment est-ce arrivé?

— Elle a été vue ce matin par le docteur Mégissier. Il a prescrit une saignée drastique pour expulser les mauvaises humeurs. L'opération semblait s'être bien déroulée, mais la petite a été prise d'un soudain accès de faiblesse. Son cœur a arrêté de battre.

— Mégissier? Une saignée? Je ne comprends pas. Alix était laissée quasiment sans soin. C'est moi-même qui ai insisté pour que le docteur Geoffroy accepte de la prendre en charge. Geoffroy et pas Mégissier!

— Sœur Peruelle est intervenue personnellement...

— Peruelle! rugit Héloïse sans laisser à la religieuse le loisir d'achever. Cette maudite vipère! Comment a-t-elle osé?

Cette nouvelle lui faisait l'effet d'un coup de poignard dans le dos. Elle ne doutait pas que l'intervention de sœur Peruelle n'avait eu pour seul but que de l'atteindre, elle. Comme si sa rivale avait précisément attendu qu'elle soit déjà à terre pour tenter de l'écraser. Sauf que c'était une autre qui avait fait les frais de cette lâcheté. Pauvre Alix ! L'adolescente sans défense, pourtant déjà tellement accablée par le sort, avait payé de sa vie l'amitié que lui portait Héloïse.

Mais les choses ne pouvaient en rester là ! Bien décidée à dénoncer le comportement inqualifiable d'une femme censée avoir voué sa vie à porter secours aux plus faibles, Héloïse, hors d'elle-même, se précipita dans le bureau de l'administrateur.

Ce fut là qu'elle subit un deuxième coup, presque aussi rude que le premier. D'Aubigney se trouvait précisément en compagnie de sœur Peruelle la Tache. Au bruit de la porte vivement repoussée, il leva les yeux.

— Héloïse. Vous tombez à pic. Je m'apprêtais justement à vous faire mander.

« Quelque chose cloche », comprit-elle instantanément. Le vieillard rabougri était assis derrière sa table de travail et achevait de relire un document. La religieuse se tenait debout derrière lui, foudroyant l'arrivante du regard, raide comme l'incarnation de la réprobation, une main sur le dossier du fauteuil de son supérieur afin de mieux affirmer sa propre autorité.

D'Aubigney se tortilla sur son siège, mal à l'aise.

— Cela me contrarie d'avoir à vous le dire, Héloïse, attaqua-t-il de sa voix geignarde, mais votre activité parmi nous ne suscite pas que des approbations. Pour parler net, on a à se plaindre de vous.

— Comme c'est cocasse ! répliqua Héloïse en défiant sœur Peruelle du regard. J'ai moi-même quelques doléances à présenter.

D'Aubigney ignora son intervention et joignit ses doigts en pointe sous son menton.

— La corporation des apothicaires proteste contre votre activité en nos murs. Leurs représentants font valoir que vous ne possédez aucun titre vous autorisant à façonner les remèdes ou à tenir ouverte une officine, n'étant ni compagnon, ni maître, ni même veuve d'un apothicaire[1].

— La belle affaire ! Voilà dix ans que l'on m'a confié céans la supervision des préparations médicinales. Et déjà, à l'époque, ces messieurs des corporations avaient élevé protestation.

Étouffant une toux gênée, d'Aubigney se retourna à demi sur son siège. Il donnait l'impression de ne pouvoir poursuivre sans quêter du regard l'appui de sœur Peruelle. Trop heureuse d'enfoncer son ennemie, la religieuse ne se priva pas d'intervenir :

— La situation est toute différente aujourd'hui. Les gardes de la corporation ont transmis une plainte officielle au conseil des gouverneurs de l'Hôtel-Dieu. Pour calmer le légitime courroux de ces messieurs, il a été décidé de vous interdire dorénavant de préparer quelque médecine entrant au corps humain.

---

1. Jusqu'à la Révolution, les règlements des corporations autorisaient les veuves des apothicaires à maintenir ouverte l'officine de leur époux, moyennant la présence en ses murs d'un compagnon dûment qualifié. Ce droit persistait tant que l'intéressée ne convolait pas en secondes noces.

— Je vois en tout cas combien cette nouvelle semble vous attrister. Tant de sollicitude me touche, vraiment !

— Il est inutile de railler, ma fille ! Voilà beau temps déjà qu'il aurait dû être mis un terme à une situation proprement scandaleuse. Si j'ai toléré votre présence au sein de l'apothicairerie de notre hôpital, ce fut contre mon gré et uniquement parce que vous avez su abuser par de sombres manœuvres certains hauts personnages qui se sont fourvoyés en vous faisant bénéficier d'un exorbitant passe-droit.

Héloïse grimaça. C'était plus qu'elle n'en pouvait supporter.

— Comment osez-vous parler de scandale et de manœuvre, vous qui n'avez eu de cesse de manigancer derrière mon dos ? Aujourd'hui encore, pour m'atteindre, vous n'avez pas hésité à sacrifier la vie d'une innocente en la confiant à cet âne bâté de Mégissier !

— Vous l'entendez ? protesta sœur Peruelle en prenant d'Aubigney à témoin. Vous entendez comment cette prétendue guérisseuse ose qualifier un éminent docteur de la Faculté ! Voilà à quoi aboutissent des années de laisser-aller et de mépris des règles ! Cette impertinente se croit tout permis !

— Sœur Peruelle n'a pas tort, Héloïse, dit sentencieusement d'Aubigney. Vous devriez modérer vos propos. Provoquer l'hostilité de la Faculté ne résoudra pas les problèmes que votre situation, disons délicate, engendre avec ces messieurs les apothicaires.

— Vous n'allez quand même pas lui donner raison ! plaida Héloïse. Cette femme n'est que méchanceté et incompétence !

La bouche de l'administrateur se durcit. Au diable ces querelles entre femelles ! Ne comprenaient-elles pas qu'avec cette fichue histoire de cadavres envolés, il avait bien d'autres chats à fouetter ?

— Il n'est pas question de mes propres volontés ! s'exclama le petit homme en agitant le document qu'il avait devant lui. J'ai ici une missive signée conjointement par le président de la Cour des Aides et le prévôt des Marchands. En leur qualité de membres du conseil de gouvernance, ils m'ordonnent de mettre fin sans délai au présent désordre.

— Ce qui signifie ?

— Qu'à mon grand regret, je me vois contraint de vous chasser de l'Hôtel-Dieu ! Vous avez jusqu'à ce soir pour mettre vos affaires en ordre. Par ailleurs, je vous prie de transmettre à sœur Peruelle toutes les clés des armoires à drogues que vous auriez conservées par-devers vous.

Le sourire triomphal de la sœur Augustine vint ponctuer cette sentence définitive.

Travaux forcés

— P'tain d'borgne ! T'vas t'mettre à brosser vraiment, maudit' fai'nant ! S'non c'est moué qu'j'allons t'frotter la couenne !

Pour donner davantage de poids à sa menace, Job, le plus massif des deux frères, balança la pointe de sa chaussure dans les côtes d'Étienne. Le gamin poussa un gémissement. Il avait pourtant assez largement anticipé le geste de la brute et évité le plus vif de la douleur. Depuis le matin, les trois hommes du bord l'avaient accablé d'ordres, de gnons, de quolibets et d'injures. Job était le plus violent et le plus imprévisible d'entre eux. Mais même lui, Étienne avait appris par la force des choses à le deviner et à esquiver la plupart de ses coups vicieux.

Surveillant le colosse du coin de l'œil, des fois que l'autre aurait la mauvaise idée de récidiver, le jeune garçon empoigna son racloir et son seau, et se remit à astiquer de plus belle le pont de la *Marie Salope*. Les mouches et les taons étaient insupportables. La sueur lui coulait dans le cou, le long des cuisses. Il avait des ampoules aux mains et ses tempes bourdonnaient de se tenir ainsi depuis des heures en plein soleil. Il n'était pourtant pas question d'espérer le moindre répit avant la tombée du jour. Il venait à l'instant d'apprendre à ses dépens ce qu'il en coûtait de seulement ralentir la cadence.

À croire que ses tortionnaires l'avaient attendu pour s'aviser de nettoyer et de remettre en ordre leur foutu rafiot ! De la crasse et de la merde, il y en avait partout à bord. On lui avait fait successivement traquer les rats crevés à fond de cale, récurer les marmites et les instruments de cuisine de la mère, puis transbahuter à l'air libre et épouiller les paillasses de toute la famille qui grouillaient de vermine. À présent, ses bras pesaient comme du plomb et chacun des muscles de son corps était un nœud de souffrance. Éreinté, découragé, il n'arrivait plus à penser. Il lui tardait juste que le soleil se couchât pour pouvoir retrouver son matelas improvisé et prendre enfin un semblant de repos.

Comme il nettoyait la plage arrière et passait devant le longiligne Jonas, toujours fidèle au poste de barreur, il sentit une main furtive lui flatter la tignasse.

— 'L'est pas facile hé, l'frérot. Gare tes miches, l'agnelet ! Trop bête qu'ce s'rait d'mocher un tout joli mignon comm' toué.

Étienne voulut se dégager, mais la poigne de l'autre s'affermit, lui enserrant le cou. Jonas s'inclina sur lui et, les lèvres quasiment contre son oreille, chuchota :

— Tout doux! T'rebéqu' donc point, qu'ça f'rait rien qu'me mettre d'mauvais poil, moué aussi. T'crois pas qu'un ami s'rait 'n' bonn' chose dans ta s'tuation?

Le garçon brun rua de nouveau pour échapper à cette étreinte qui lui répugnait. Le cadet des bateliers ricana méchamment et l'expédia à terre d'une poussée. Une pointe dépassait du pont, il s'y déchira le genou.

— T'fais pas, mon gars, j'a tout mon temps. Une nuit ou l'aut', j'te rendrai un'p'tite visite. F'ra bien d'pas faire ton délicat au moment que j't'encule, s'non c'ton œillet qu'j'm'en vas faire saigner.

La voix du père, Jacob, couvrit les derniers mots qui avaient été susurrés à voix très basse :

— Quoi tu fous, Jonas? Laisse tranquille l'mioche. L'aura j'mais f'ni à temps, sinon.

Le grand noiraud se pétrifia. Quelque chose passa dans son regard... De la crainte ou de la honte. Il ne tenait pas en tout cas à ce que son père soit au courant de ce qu'il mijotait. C'était toujours bon à savoir, ça. Étienne se dit qu'il pourrait peut-être en tirer profit un de ces jours prochains, s'il avait besoin de se sortir d'un mauvais pas.

En attendant, il prit ses distances et affecta un air indifférent lorsque Jonas lui adressa un clin d'œil, tout en formant un anneau avec les deux premiers doigts de sa main gauche et en y faisant coulisser son index droit. Mais c'était une parade bien dérisoire. Elle ne pouvait tromper personne. En lui-même, tout au fond, il était terrorisé. Et la peur se lisait dans ses yeux.

Ce soir-là, il se retrouva seul avec la grosse Marie. C'était la première fois depuis qu'il s'était éveillé, la veille, sur le bateau. Il venait d'avaler sa maigre pitance, un morceau de pain coriace avec une tranche de lard rance, et Jacob avait ordonné à sa compagne de le renfermer dans la soute pour la nuit. En dépit de son aspect repoussant, l'énorme bonne femme était la seule qui ne l'avait pas brutalisé et lui avait même témoigné un semblant d'attention désintéressée. Il résolut de tenter une approche, dans le but de l'amadouer.

— Vous n'avez pas l'air d'une méchante personne, dit-il au moment où ils achevaient tous deux de descendre dans la fournaise du navire. Et vous êtes une mère aussi. Vous devez bien imaginer ce que la mienne peut ressentir depuis que j'ai disparu.

— Possib'. Pourquoi qu'tu m'dis ça à moué, mon mignon ?

— Vous pourriez parler à votre mari. Le convaincre de me laisser rejoindre Mère. Il y aurait une bonne récompense pour vous.

Marie plissa le nez. Avec ses bouquets de poils au menton et sa trogne bestiale, elle ressemblait à une laie humant l'air au sortir de sa bauge, en quête d'un éventuel danger.

— Comment qu'c'est qu'on pourrait la toucher c'te fameuse récompense si qu'on t'renvoie chez toi ?

— Mère est une personne de parole. Vous pouvez avoir confiance.

— Sauf qu'c't à toi que j'cause. Ta mère, j'la connaissons point. L'a rien promis du tout.

— Alors, ramenez-moi auprès d'elle ! Je pourrai lui parler en votre présence.

La grosse se racla la gorge – un son de caillasse roulée au fond d'une rivière – et cracha sur le seuil de la soute. Un filet de bave resta accroché aux commissures de ses lèvres, qu'elle essuya d'un revers de main.

— T'fatigue don' pas, mon ange. Jacob, l'est persuadé qu't'as pus personne. Un orphelin qu'y dit. Un rapineur aux mains lestes, rapport au médaillon qu't'as dû faucher quéque part.

— Je vous jure bien que…

— Épargne ta salive, qu'j'te dis. D'tout' façon, mère ou pas, les murs d'Paris, t'es pas près d'les revoir, crois-moi !

Un frisson d'appréhension parcourut l'échine du garçon. Ses paupières se mirent à battre comme des papillons affolés.

— Et pourquoi non ? demanda-t-il, la voix chevrotante. Je croyais que vous deviez livrer votre grain et revenir ensuite dans la capitale.

— Tout à plein ! Mais l'voyage de r'tour, y s'f'ra sans toi. Mon Jacob, y dit comm' ça, qu'ça s'rait pas prudent d'te ramener 'vec nous. Sait jamais, si t'f'sais partie d'une bande d'galapiats, nous aut', on voudrait pas qu'tes p'tits compains n'cherchent des noises.

— Mais… mais alors ? Qu'allez-vous faire de moi ?

— Manque pas d'cap'taines à Rouen qu'cherchent à compléter leur équipage pou' aller su' la mé. M'est avis qu's'en trouvr'a ben un, prêt à lâcher quéques piécettes pou' un mousse au fin minois.

En apprenant le sort que ces scélérats lui réservaient, Étienne se sentit accablé par le découragement. Plus que jamais la soute vers laquelle, à présent, Marie le poussait sans trop de ménagement, évoquait pour lui le plus sombre des cachots.

La biche et le souverain

Le couple s'engagea en titubant dans la ruelle.

La femme dépoitraillée gloussait en minaudant, tandis que l'homme, manifestement aviné, faisait courir ses mains baladeuses un peu partout sur son corps. Quand ils vinrent buter contre une carriole remisée dans l'obscurité, il la souleva jusqu'au plateau et lui retroussa jupes et cotillons. Elle l'encourageait en poussant de petits soupirs qui traduisaient moins son plaisir qu'une solide expérience de bordelière. Lui, tout à son désir fruste, n'y prêtait même pas attention. Il dénoua ses chausses et se mit en devoir de la besogner, debout, dans l'odeur du purin et de la vinasse.

Dissimulée dans l'ombre, à quelques pas de là, Héloïse priait pour que l'ivrogne vînt rapidement à bout de son affaire. Elle fut exaucée. Après cinq ou six ruades désordonnées, l'homme s'abattit sur sa compagne en laissant entendre un grognement bestial. Celle-ci le repoussa aussitôt, avant de rajuster ses dessous et de faire disparaître ses imposantes mamelles blanches dans son corsage. Puis elle descendit de la charrette et s'apprêta à rejoindre tranquillement la rue des Juifs, à la recherche d'une nouvelle conquête. Mais l'homme ne l'entendait pas ainsi. Il se précipita à sa suite, les jambes pourtant entravées par ses chausses baissées, et lui mit la main au collet en vociférant :

— Pas si vite, maudite caigne ! Vaut pas c'que t'm'as d'mandé, c'branle de rien du tout. S'tu m'rends point mon argent, j'm'en vas gueuler après l'guet.

S'ensuivit une courte dispute ponctuée d'invectives incompréhensibles. Comme il tenait à peine debout, la prostituée n'eut aucun mal à se débarrasser de son client récalcitrant et l'envoya valser à terre d'une simple bourrade. L'ivrogne se mit à redoubler de cris, mais quelqu'un, d'une fenêtre située en étage, lui cloua le bec en renversant sur sa tête le contenu d'un pot d'aisance. La fille mit à profit cette diversion pour s'éclipser, non sans avoir auparavant balancé un coup de pied dans le bas-ventre du gisant.

L'instant d'après, alors que le rustre couvert de merde se résignait à cuver son vin dans la fange, au beau milieu de la venelle, une silhouette furtive se coulait auprès d'Héloïse.

— J'ai cru qu'ils n'en finiraient jamais, soupira le docteur Geoffroy. On devrait mettre un terme à ce commerce malsain, ou du moins en restreindre la pratique dans des lieux clos. Sans compter que du strict point de vue de l'hygiène…

— Si vous le voulez bien, remettons les considérations sanitaires à plus tard, le coupa Héloïse. Il me semble que nous avons des préoccupations plus urgentes. Où en est-on ?

— Vous avez raison, pardonnez-moi. Nos visiteurs sont arrivés. Deux hommes. Amples manteaux et bonnets de feutre, en dépit de la chaleur. Impossible de distinguer leurs traits. Ils sont entrés par un portillon qui donne sur un jardin situé à l'arrière de l'hôtel.

— Fermé à clé, je suppose ?

— Évidemment, mais j'ai fait comme nous étions convenus. Je me suis assuré qu'il n'était pas gardé avant de forcer, non sans mal, la serrure.

— Vous êtes merveilleux ! À mon tour maintenant d'entrer en action.

Le médecin fixa Héloïse. On pouvait lire de l'inquiétude dans son regard et, sans doute, affleurant timidement derrière, un sentiment plus profond que le simple attachement.

— Êtes-vous bien certaine de vouloir prendre un tel risque ? Si nos soupçons s'avèrent fondés, le danger peut être redoutable.

— Nous n'allons pas y revenir. Je vous suis reconnaissante de m'avoir offert aide et hospitalité. Mais, à présent, j'ai davantage besoin d'encouragements que de paroles pouvant refréner une hardiesse qui n'est, je vous l'assure, que de façade.

— Soyez prudente, malgré tout. S'il venait à vous arriver malheur, ce qu'à Dieu ne plaise, jamais je ne me le pardonnerais !

— Je vous le promets. Vous pouvez rentrer chez vous, mon bon ami. Il est inutile que nous soyons deux à nous exposer. Si je ne suis pas de retour dans les trois prochaines heures, il vous faudra alerter le lieutenant criminel et lui confier le peu que nous avons appris.

Sur ces mots qui firent passer un frisson désagréable dans le dos du médecin, Héloïse resserra sa large cape sur les habits masculins dont elle avait pris soin de se vêtir pour gagner en liberté de mouvement. Elle quitta l'ombre des maisons et s'éloigna vers l'entrée de la ruelle. Quand elle le croisa, l'ivrogne affalé dans la boue n'eut pas un mouvement. Recroquevillé sur une puanteur à peine imaginable, il ronflait comme un bienheureux.

Comme indiqué par Geoffroy, le portillon se découpait dans le mur encerclant la propriété de Philibert Babou. On y accédait par un passage exigu qui bordait, à l'opposé, l'enceinte aveugle d'un couvent. Nulle âme qui vive dans les parages. Pas même un chat ou un chien en maraude. Le seul bruit qui troublait le silence de la nuit provenait des frondaisons du jardin, qu'une brise de chaleur agitait doucement en un murmure continuel.

La porte en bois pivota sur ses gonds avec un léger grincement. Les sens aux aguets, Héloïse se plaqua contre la muraille en épiant un éventuel mouvement en provenance du jardin. Rien. Un calme profond régnait dans l'enchevêtrement des tonnelles, des charmilles et des massifs de roses parfumées. La plupart des plantes, faute d'un entretien régulier, étaient retournées à l'état sauvage et poussaient en tous sens, sans la moindre harmonie. Branches et tiges envahissaient les allées et transformaient le parc en un singulier et déroutant labyrinthe. Pas très rassurée, l'intruse s'enfonça prudemment dans ce fouillis végétal et s'efforça de diriger ses pas vers l'hôtel dont les cheminées se découpaient sur un ciel tourmenté, annonciateur d'un possible orage.

Au fur et à mesure qu'Héloïse se rapprochait de la demeure, l'impression d'abandon s'accentuait. Mal éclairée par quelques pauvres rayons de lune que masquaient par intermittence de lourds nuages violacés, la façade arrière offrait à la vue une masse vaguement hostile. Pas la moindre lueur aux fenêtres dont les volets, au rez-de-chaussée, étaient clos avec soin. Pas la moindre rumeur qui pût signaler à une oreille attentive un semblant de vie. En ce lieu étrange, les êtres et les choses paraissaient plongés dans un sommeil éternel ou sous l'emprise d'un charme puissant.

Héloïse n'avait pas arrêté de plan bien défini. Elle s'était dit qu'à défaut de réussir à pénétrer à l'intérieur de l'hôtel, elle pourrait peut-être se glisser jusqu'à une fenêtre ouverte et épier la conversation de ses occupants. Ou bien alors retrouver trace de la fameuse litière ayant servi à dérober les cadavres de l'Hôtel-Dieu. Mais l'absence de toute manifestation humaine et de dépendances pouvant tenir lieu d'écurie la laissait perplexe. Quelles que soient ses véritables activités, ce Philibert Babou adoptait un mode de vie des plus insolites et bien peu conforme à ce qu'on pouvait attendre d'un gentilhomme ayant fréquenté la cour.

Faute d'avoir vraiment le choix, la jeune femme se résolut à attendre de voir réapparaître les mystérieux visiteurs mentionnés par Geoffroy. Elle aurait toujours alors la possibilité de les suivre discrètement pour tenter d'en apprendre davantage à leur sujet.

Se félicitant d'avoir retrouvé au fond d'une malle transportée chez le médecin les effets masculins acquis du temps de ses fiançailles et de ses longues chevauchées avec Bayard, elle déroula sa cape à même la terre meuble et s'allongea à l'abri d'un bosquet. De là, elle pouvait surveiller en toute sécurité la seule porte donnant sur le jardin. Il était probable que les deux hommes emprunteraient au retour le même chemin qu'à l'aller. Elle ne pouvait les manquer. Il n'y avait donc plus qu'à prendre son mal en patience.

Héloïse aurait peut-être réussi à refréner son impétuosité naturelle et à s'en tenir à ses premières intentions si le ciel, au bout d'une heure d'attente, ne s'en était pas soudain mêlé. Cela commença par un grand souffle qui balaya les feuillages du parc, suivi aussitôt par un éclair lumineux. Une odeur de soufre se répandit dans l'air et occulta le parfum des fleurs. Il y eut alors comme un déchirement des cieux. Le tonnerre claqua avec une rare intensité et la pluie se déversa en cataractes, martelant le sol dans un roulement de canonnade.

Suffoquée par la soudaineté et la violence de l'orage, Héloïse s'enveloppa dans sa cape et tenta de se mieux protéger en se pelotonnant contre le tronc d'un charme. Mais les hallebardes de l'averse hachaient menu la végétation. En quelques minutes, ses vêtements furent réduits à l'état d'éponge et elle-même se retrouva trempée jusqu'aux os. Pour ajouter à son désarroi, la foudre s'abattit sur un des arbres centenaires du jardin, provoquant un départ de feu, heureusement vite éteint sous des trombes d'eau.

C'était plus que ne pouvait en supporter la femme embusquée. Renonçant à l'abri des arbres, elle prit le risque de s'avancer à découvert et gagna la terrasse qui prolongeait l'hôtel sur l'arrière. De là, elle comptait vérifier la fermeture de la porte et de chaque volet et, si la chose s'avérait possible, faisant fi du danger, s'introduire à l'intérieur de la ténébreuse demeure.

Elle n'eut cependant pas le temps d'aller jusqu'au bout de ses intentions. Alors qu'elle se trouvait à mi-distance entre les derniers arbres du jardin et le bâtiment, la flamme d'un falot balaya une fenêtre du premier étage. L'instant d'après, la croisée s'ouvrait largement et deux silhouettes, dont l'une lui parut gigantesque, se penchaient à la rambarde pour contempler le spectacle des éléments déchaînés.

Surprise par cette apparition, Héloïse marqua un temps d'arrêt. Il lui sembla entendre un vague appel, vite couvert par un nouveau coup de tonnerre, tandis qu'elle vit la plus petite des ombres pointer un bras dans sa direction. Le temps pour elle de calmer les battements de son cœur, l'inconnu enjambait déjà l'appui de la fenêtre dans l'intention manifeste de s'emparer d'elle. Consciente qu'il lui fallait réagir promptement si elle voulait lui échapper, elle se ressaisit, tourna les talons et se rua en direction du parc.

Les branches lui cinglèrent le visage lorsqu'elle plongea, sans ralentir l'allure, dans les plus proches buissons. Elle tendit alors les mains en avant, non seulement pour se protéger mais aussi pour tenter de se frayer un passage à travers l'épaisse végétation des massifs. En dépit de son pied malformé, la peur lui donnait des ailes. Elle avait un goût de bile dans la bouche et le sang battait fort à ses tempes. Mais elle fuyait sans se retourner. Bondissant à travers les bosquets, se faufilant entre les troncs, enjambant les obstacles. Le vacarme de l'orage l'empêchait d'évaluer précisément la distance la séparant de son poursuivant. Toutefois, elle avait la sensation que celui-ci gagnait inexorablement du terrain. Entre deux coups de tonnerre, le craquement d'une branche ou l'écho d'une course précipitée lui confirmait que l'inconnu se trouvait sur ses talons et qu'il était aussi déterminé qu'un limier lancé aux trousses d'une proie aux abois.

Comprenant qu'avant même de songer à quitter la propriété, elle devait absolument semer celui qui la traquait, elle renonça à s'orienter pour retrouver le portillon. Elle se mit au contraire à multiplier les changements impromptus de direction, tout en allongeant encore la foulée jusqu'à en perdre haleine. Au bout d'un moment, elle crut que sa ruse s'avérait gagnante. Le froissement du feuillage, dans son dos, se fit plus distant puis parut s'éloigner sur la gauche. Pour la première fois, elle prit le risque de se retourner, tout en continuant à fuir, mais l'obscurité était telle qu'elle l'empêcha de distinguer quoi que ce fût.

L'espoir en elle supplantait malgré tout la peur. Elle n'entendait plus à présent que le sifflement du vent dans les frondaisons, le tambourinement de la pluie sur le sol et les grondements, de plus en plus espacés, de l'orage. Elle pouvait enfin s'autoriser à relâcher son effort.

Les mains aux genoux, elle haleta, chercha à calmer les pulsations dans sa poitrine. Lorsqu'elle y parvint, elle regarda autour d'elle. Elle se trouvait engagée sous une charmille envahie par les ronces et les rosiers grimpants. Un sentier se devinait à main droite, qui lui parut pouvoir la mener jusqu'au mur d'enceinte. Elle s'y engagea précautionneusement.

Elle n'avait pas fait dix pas qu'une ombre imposante surgit de derrière un tronc et lui barra le passage. En même temps, une belle voix grave l'apostrophait sur un ton enjoué :

— Par ma foi, la chasse fut courte mais belle ! Et il sera dit que gibier à deux pattes se laisse rabattre de semblable façon que son pareil à quatre pattes !

Héloïse crut d'abord qu'elle allait défaillir tout à la fois de surprise et de frayeur. L'inconnu qui lui faisait face était un géant d'une toise, aux larges épaules, au torse puissant. Le manche ouvragé d'une dague dépassait de l'ouverture de son riche manteau. Toutefois, au second regard, elle dut admettre qu'il n'avait rien de menaçant et la contemplait même avec un certain amusement. Ses yeux vifs et rieurs n'étaient d'ailleurs pas le seul de ses charmes. C'était un homme jeune, d'une vingtaine d'années environ, dont la belle vigueur s'alliait à une prestance tout aussi remarquable. Il portait longs ses cheveux bruns, mais son menton et ses joues étaient glabres. Quant à son visage viril, il présentait, à l'exception de son nez un peu trop long, tous les atouts de la séduction.

— Voyons voir un peu la figure de qui se glisse à la nuit tombée dans la propriété d'autrui, dit l'homme en repoussant la capuche qui masquait les traits d'Héloïse.

En découvrant l'opulente chevelure auburn et le ravissant minois de son vis-à-vis, il ne put réprimer un mouvement de surprise. Ses yeux s'agrandirent et son sourire s'accentua.

— Croyant forcer un cerf, enchaîna-t-il en s'inclinant galamment, me voici en présence de la plus adorable des biches. Madame, vous me voyez navré si nos manières vous ont paru quelque peu cavalières, mais nous pensions avoir affaire à quelque ribaud cherchant à rapiner une maison fort mal choisie.

L'attitude du géant déconcertait Héloïse. Elle s'était attendue à ce qu'on la brutalisât ou pire encore, mais certainement pas à ce qu'on lui servît compliment si joliment troussé sur sa beauté. Elle fit trois pas en arrière, balbutiant un début d'explication confuse :

— L'orage... la pluie... Je cherchais un abri... Pardonnez-moi. Je m'en vais vous laisser aussitôt.

Elle esquissa deux pas en arrière. Toujours souriant, l'homme la rattrapa prestement par le bras et la contraignit à se rapprocher.

— Pas si vite, la belle ! Il serait par trop frustrant de vous voir disparaître aussi rapidement. Je gage que vous avez nombre de choses à me confier, à commencer par votre nom.

Passant son bras sous la cape pour mieux assurer sa prise, il remarqua le pourpoint, les hauts-de-chausses et les bottes à revers. Collant alors son corps à celui d'Héloïse, en homme qui aime les femmes et a l'habitude de s'en faire aimer, il inclina son visage pour rapprocher dangereusement ses lèvres de celles de sa captive.

— Je ne savais point qu'en le royaume des lys, la mode nouvelle voulût que les plus jolies femmes portent habits masculins. Mais qu'importe ! Il me suffira d'un baiser, Madame l'amazone, d'un seul petit baiser et je vous rends la liberté.

À cet instant précis, portant haut une lanterne, un autre homme surgit des broussailles. Il paraissait à peine plus âgé que le premier, mais était blond comme les blés et arborait une fine moustache. Son regard se posa sur Héloïse et une expression d'intense stupéfaction se peignit sur son visage parsemé de taches de rousseur.

— Sire, je vous déconseille d'exiger rançon. Car Madame pourrait demander à son promis de vous en demander raison et je doute fort que celui-ci se déroberait.

— Un duel d'amour ! s'exclama le géant sans desserrer son étreinte. Quelle merveilleuse idée ! C'est donc à la pointe de l'épée que je gagnerai mon baiser !

Le jeune homme blond secoua la tête en affectant un air navré :

— Quelle que soit l'issue du combat, Votre Majesté y perdrait. Car la femme qu'elle tient dans ses bras n'est autre qu'Héloïse Sanglar, la fiancée du plus valeureux capitaine de vos armées, le chevalier Pierre Terrail, seigneur de Bayard.

En entendant ses mots, Héloïse tressaillit. Son cœur s'arrêta de battre. Non pas tant parce qu'elle venait à l'instant de réaliser que celui qui l'enlaçait n'était autre que son souverain, le jeune roi François Ier, mais parce qu'elle venait de reconnaître les intonations et les traits du nouvel arrivant.

Une voix et un visage qui la ramenaient bien des années en arrière...

Une belle sauvageonne

Centimètre par centimètre, la chaîne puis le médaillon émergeaient du coussin placé sous la tête de Jacob.

À genoux sur le pont de la gabare, penché au-dessus de la paillasse que le patron de la *Marie Salope* partageait avec sa volumineuse moitié, Étienne s'appliquait à ramener lentement le bijou à lui. La langue tirée, il veillait surtout à ne pas brusquer ses gestes et à garder son calme. Si l'un ou l'autre des époux se réveillait, tout serait fichu et il n'aurait peut-être plus jamais d'autre opportunité.

Un roulement de tonnerre gronda sourdement dans le lointain. Le batelier lui fit écho en grognant, puis remua un instant sur sa couche avant de retrouver son immobilité initiale. Étienne, qui avait suspendu sa respiration aux mouvements du dormeur, poussa un soupir de soulagement et épongea la sueur sur son front. Plus qu'un petit effort et le précieux objet serait enfin libéré. Ayant récupéré son bien, il pourrait fuir sa prison flottante sans aucun regret et laisser derrière lui cet affreux cauchemar. C'était tout bonnement inespéré !

Deux heures plus tôt, à la tombée de la nuit, la *Marie Salope* avait accosté au creux d'un large méandre du fleuve. Enfermé dans la soute, Étienne avait nettement perçu les raclements de la coque contre un appontement en bois, puis les manœuvres d'amarrage. Des hennissements en provenance de la berge et le bruit caractéristique d'une barrique roulée sur le sol l'avaient convaincu de la présence d'une auberge.

Peu de temps après, une passerelle avait été installée pour relier le pont au quai. Le jeune garçon avait alors entendu le pas lourd de Job et la voix haut perchée de Jonas qui s'éloignaient du bord. Les deux frères avaient dû obtenir la permission de descendre à terre pour s'envoyer une chope à la taverne. C'était l'occasion ou jamais.

Fiévreusement, il s'était mis à fouiller les moindres recoins du réduit dans l'espoir de trouver un moyen d'en sortir. Sa persévérance avait fini par être récompensée. Dans un sac, au milieu de tout un bric-à-brac, il avait mis la main sur une planchette où se trouvait enfoncé un clou rouillé. Il avait attendu ensuite patiemment que Jacob et Marie, selon leur habitude, s'installent sur le pont pour passer la nuit à l'abri de la chaleur. Quand les derniers bruits s'étaient éteints sur le bateau, il avait utilisé la pointe métallique pour attaquer le montant de la porte. La chose s'était révélée plus aisée qu'il ne l'avait imaginé. Le bois était rongé par les moisissures et l'humidité. Il lui avait fallu moins d'une demi-heure pour en venir à bout et libérer la targette extérieure.

Sur le coup, il n'avait qu'une idée en tête : fuir au plus vite. Lorsqu'il avait risqué une tête par l'écoutille, aucune menace n'était perceptible. Sous la voile tendue à l'horizontale en travers du pont, il pouvait distinguer les corps allongés de Jacob et Marie. Un concert de ronflements lui avait confirmé que les deux affreux étaient profondément endormis.

Sur la berge, en dépit de l'obscurité, il avait repéré sans peine les bâtiments de l'auberge. Un corps principal d'habitation à un seul étage, en retrait du chemin de halage. La cheminée fumait et de la lumière brillait aux fenêtres du bas. De part et d'autre, quelques masses plus sombres qui devaient correspondre à diverses dépendances. Les alentours paraissaient calmes. En tendant l'oreille, Étienne avait cru percevoir des accords de musique et des bribes de chant. Tout allait pour le mieux. Si l'ambiance était bonne là-bas dedans, les deux frères ne seraient pas pressés de remonter à bord. Il aurait tout son temps pour prendre le large. Avec un peu de chance, on ne s'apercevrait peut-être même pas de sa fuite avant l'aube.

Rasséréné par cette pensée, il s'était faufilé en silence par l'écoutille avant de progresser à croupetons à l'abri du bastingage. Pour rejoindre la passerelle, il lui fallait longer la couche des deux époux. Ce fut au moment où il abordait cette phase délicate de son plan d'évasion, alors qu'il guettait le moindre signe de réveil du couple, qu'il avait remarqué la chaîne dépassant du coussin. Il n'avait pas résisté à la tentation. Si ce négrier de Jacob avait été assez idiot pour ôter le collier durant la nuit, c'était un signe du destin. Étienne avait songé aux dernières paroles prononcées par Sans-Z'oreille dans les caves de l'Hôtel-Dieu. Il lui avait confié une mission : rendre le médaillon au roi, son légitime propriétaire. Même si le jeune garçon n'avait pas la moindre idée de la façon dont il pourrait s'y prendre, il considérait qu'il s'agissait d'un devoir sacré. Lui, le fils de chevalier, ne pouvait se dérober à l'ultime volonté d'un mourant.

Une dernière secousse acheva de libérer le pendentif. Avant de le passer autour de son cou, Étienne l'examina à nouveau à la clarté de la lune. C'était décidément un objet des plus insolites. La partie centrale avec la figure de la Vierge offrait un luxe de détails et une précision de traits qui supposaient de véritables mains d'artiste. Seul, en effet, un prince ou un roi devait pouvoir s'offrir semblable bijou. La présence des deux disques circulaires, du même coup, déroutait. Compte tenu de la qualité du travail d'orfèvrerie, on se serait plutôt attendu à les voir ornés de pierres fines ou précieuses et non de simples lettres – quand bien même la ciselure de celles-ci se révélait d'une rare délicatesse. Si au moins, ces lettres assemblées avaient formé des mots et ceux-ci une devise ou un verset de la Bible. Mais non! Elles semblaient semées au hasard sur le pourtour du médaillon, comme si le graveur, en panne soudaine d'inspiration, n'avait éprouvé aucun scrupule à bâcler son œuvre. C'était incompréhensible.

Sans davantage s'attarder sur cette apparente anomalie, Étienne enjamba la rambarde et gagna la rive. Son instinct lui dictait de s'éloigner le plus vite possible de ses tourmenteurs, mais le temps passé dans la soute à se ménager une issue l'avait conduit à réfléchir. S'il voulait mettre toutes les chances de son côté, il fallait qu'il emporte de quoi boire et s'alimenter. Pour rejoindre Paris, il allait devoir marcher durant plusieurs jours et il valait mieux qu'il n'ait pas besoin de solliciter de l'aide. Si les autres se lançaient à sa poursuite, ils ne devaient trouver personne pour les renseigner.

Fort de cette conviction, le jeune garçon avança prudemment en direction de l'auberge. À mesure qu'il s'en approchait, il se faisait une plus juste idée de la disposition des lieux. Le bâtiment central se blottissait dans un repli de terrain. De pierre brune au rez-de-chaussée, de torchis à l'étage, il était couvert de chaume. Des clapiers et un poulailler, ainsi qu'un petit verger clos de murs, se discernaient sur la droite. De crainte d'alarmer les animaux et de provoquer un dangereux remue-ménage, Étienne préféra se diriger de l'autre côté où se devinaient des écuries, une grange et un four à pain.

En passant devant les fenêtres à croisillons, il ne put s'empêcher de jeter un coup d'œil à l'intérieur de l'auberge. La salle principale était basse de plafond, éclairée par de médiocres bougies de suif et un feu de cheminée sur lequel rôtissaient plusieurs lapins. L'eau à la bouche, Étienne colla son nez contre le verre parsemé de bulles pour mieux y voir. Il repéra Job et Jonas, installés sous l'escalier menant à l'étage.

Les deux frères jouaient aux dés avec un borgne qui riait aux éclats à chaque fois qu'il agitait son cornet. Deux ou trois autres tables étaient occupées par des hommes aux allures de marchands et de fermiers. Ceux-là battaient la mesure avec leurs chopes, tandis qu'un rhapsode, négligemment adossé à l'âtre, chantonnait en s'accompagnant d'un luth. Son teint basané et ses anneaux d'oreille trahissaient de probables origines bohémiennes.

Après un dernier regard aux viandes dégoulinantes de jus, Étienne abandonna à regret sa contemplation et se rejeta en arrière dans la nuit. Il n'aurait pas la chance de mordre ces chairs succulentes, mais ce serait bien le diable s'il ne parvenait pas à dénicher quelque nourriture en furetant du côté des dépendances.

Pour la même raison qui lui avait fait délaisser la basse-cour, il ne se risqua pas dans l'écurie et préféra se diriger directement vers la grange. La porte en était entrouverte, comme pour l'inviter à pénétrer à l'intérieur.

Sans se poser de question, il entra.

Au lieu de la noirceur de poix à laquelle il s'attendait, il eut la surprise de constater que l'endroit baignait dans une douce pénombre. Certaines lattes disjointes du plafond laissaient passer en effet une clarté mielleuse et tamisée. « Sûrement une sorte de grenier. Il doit y avoir une échelle quelque part. » Il finit par la dénicher tout au fond du bâtiment, derrière une antique carriole en partie disloquée. Il en amorçait l'escalade lorsqu'une voix hargneuse se fit entendre au-dessus de sa tête :

— J'sais qu't'es là. Tu perds rien pour attendre !

Se croyant découvert, Étienne faillit lâcher prise et dégringoler de l'échelle. Mais déjà la voix reprenait sur le même ton lourd de menace :

— Sors de d'ssous cett' paille. S'tu m'obliges à v'nir t'chercher, j'te promets qu'tu l'regretteras, sale petite morveuse !

N'importe quel autre garçon moins téméraire qu'Étienne se fût enfui sans demander son reste, mais la curiosité, chez lui, l'emporta sur la peur. Il acheva son ascension et, solidement accroché aux derniers barreaux, risqua la tête à travers une ouverture ménagée dans le plafond.

Comme il l'avait deviné, la grange possédait une vaste mansarde où l'on entreposait du foin et de la paille. L'espace était éclairé par une lanterne posée sur une solive. Un garçon de ferme, taillé dans une enclume, les mains comme des battoirs et la tête massive plantée à même les épaules, s'activait à fouiller le tas d'herbes sèches en y enfonçant au hasard l'extrémité d'une fourche.

Après quatre ou cinq tentatives infructueuses, une plainte aiguë s'éleva. Une forme humaine, aussi vive qu'une anguille, émergea de l'épaisse couche de fourrage et roula sur elle-même pour échapper aux pointes acérées.

Poussant un cri de triomphe, le gros garçon jeta sa fourche et se rua sur sa proie. Dans d'autres circonstances, celle-ci aurait sans doute pu lui échapper tant semblaient grands ses réflexes et son agilité. Mais l'exiguïté des lieux jouait par trop en sa défaveur et elle se retrouva vite acculée.

— Cette fois, j'te tiens ! Vas t'faire passer l'goût d'chaparder, moué !

— Bas les pattes, gros cochon ! T'es pas obligé d'en profiter pour me peloter les miches !

Le solide gaillard ramena sa prise en pleine lumière. Il s'agissait d'une adolescente de quatorze ou quinze ans. Des boucles noires comme le jais, avec des brins d'herbe collés un peu partout, la peau du visage brunie par le soleil, des yeux dorés qui jetaient des éclats farouches. Solidement cramponnée par son adversaire, elle ne se laissait pourtant nullement impressionner et ne cessait de se débattre et de lancer des ruades en tous sens.

L'un de ses coups de pied dut finir par atteindre un endroit sensible, car la brute poussa soudain un couinement de douleur. Il la gifla alors à toute volée avant de la projeter brutalement sur la paille. Un bref crissement accompagna la chute de la fille et son corsage se déchira, dévoilant une poitrine menue mais déjà joliment formée. À la vue de la chair délicate exposée jusqu'à la taille, le costaud marqua un temps d'hésitation avant de commencer à défaire les attaches de ses braies.

— Espèce de garce ! Pisque tu m'cherches, t'vas m'trouver. J'vas t'faire gueuler pour d'bon, p'tite salope.

Cramponné à son échelle, Étienne avait assisté à toute la scène sans oser bouger, partagé entre son envie de déguerpir et la soudaine fascination qu'il avait éprouvée au premier regard pour la jeune inconnue. Lorsqu'il comprit ce que la brute s'apprêtait à faire, il n'hésita plus. Se hissant dans la soupente, il saisit le premier objet à sa portée, à savoir la lanterne, et l'abattit de toutes ses forces sur le crâne de l'agresseur. Celui-ci vacilla et tomba à genoux en bégayant des mots indistincts, à la manière d'un homme ivre.

Stupéfait par sa propre audace, Étienne aurait pu rester pétrifié à fixer bêtement sa victime, si une main ne s'était pas prestement emparée de la sienne.

— Si tu tiens à tes noix, reste donc pas planté là comme un navet, filons !

Encore abasourdi, le jeune garçon se laissa entraîner vers l'échelle. L'adolescente le précéda à travers la trappe ouverte et, aussi intrépide que leste, se laissa glisser le long des montants de l'échelle sans prendre la peine d'utiliser les barreaux. Étienne entreprit de la rejoindre de façon plus orthodoxe. À peine avait-il touché terre que la piquante brunette le prit à l'improviste en lui plaquant un baiser sur la joue.

— Ça, c'est pour te remercier de m'avoir tirée des sales pattes de ce balourd. (Avant qu'il ait vraiment réalisé ce qui lui arrivait, elle l'attrapa par son médaillon, l'attira à elle et récidiva mais en l'embrassant cette fois sur les lèvres.) Et ça, mon prince, c'est parce que tu es vraiment trop mignon. Mais va pas croire que ça t'autorise à me reluquer les tétins. Si tu détournes pas les yeux, ils vont finir par te jaillir des orbites.

Étienne rougit jusqu'à la racine des cheveux et baissa la tête.

— Par... pardonnez-moi, balbutia-t-il. Je... je ne voulais pas...

La fille brune éclata d'un rire clair et gentiment moqueur. Elle ramena les pans déchirés de son corsage contre sa poitrine et les noua habilement pour les faire tenir en place.

— Tu sais, tu peux me dire « tu » ou bien m'appeler Mouette. C'est le petit nom que me donnent mes amis. Et toi ? Comment t'appelles-tu ?

— Étienne.

— Eh bien, Étienne, j'espère que tu as d'aussi bonnes jambes que tu es prompt à fendre la caboche des brutes épaisses. Parce que si on reste à parloter, l'autre andouille là-haut va finir par retrouver ses esprits. Et s'il nous tombe dessus, je donne pas cher de ta jolie tête d'ange. De la chair à pâté qu'il en fera !

Joignant le geste à la parole, elle l'entraîna de nouveau en avant.

Ils atteignaient la porte de la grange, lorsqu'un hurlement de bête enragée retentit dans leur dos. Par l'ouverture du plafond, rougeoyaient des lueurs d'incendie. La dénommée Mouette fit la grimace.

— Cet abruti va rameuter tout le monde après nous. Dépêchons-nous de déguerpir !

Ils plongèrent ensemble dans la nuit. Cependant, il n'avait pas parcouru plus de quelques toises qu'un rectangle de lumière se découpa en face d'eux, dans l'obscurité. Plusieurs silhouettes se pressaient sur le seuil de l'auberge. Des voix s'élevèrent :

— Le feu ! Y a le feu à la grange !

— Là ! Ce sont des mioches ! Je les aperçois droit devant !

Mouette obliqua brusquement du côté opposé à la rivière, entraînant toujours Étienne dans son sillage.

Elle pointa du doigt, à bonne distance, la masse sombre d'un roncier.

— Les buissons, là-bas ! Si on y parvient avec assez d'avance, ils pourront jamais nous retrouver !

Derrière eux, la situation évoluait rapidement. Le garçon de ferme avait fait une saisissante apparition, le visage tout ensanglanté, à la porte de la grange. Un épais nuage de fumée l'entourait, qui s'échappait par l'ouverture et les nombreux interstices des parois en planches. Du coup, les clients de l'auberge s'étaient scindés en deux groupes, le premier – de loin le plus important – se portant au secours du blessé et cherchant à juguler le début d'incendie, tandis que le second se lançait aux trousses des enfants.

Un coup d'œil par-dessus son épaule apprit à Étienne que Job et Jonas menaient la poignée de poursuivants. Il voulut allonger la foulée pour ne pas se faire distancer par sa nouvelle amie. Mais les ténèbres étaient si profondes qu'il ne vit pas la grosse racine qui lui barrait la route. Le choc fut si violent qu'il effectua un vol plané avant de s'étaler à plat ventre dans l'herbe tendre. Une douleur aiguë lui traversa la cheville. Sa tête se mit à tourner.

— Ça va ? Tu peux te relever ?

Mouette était revenue sur ses pas. Agenouillée auprès de lui, elle le dévisageait de ses grands yeux dorés où brillait une lueur inquiète. Il se fit la réflexion qu'elle était décidément bien jolie et qu'il aurait beaucoup aimé qu'elle lui donnât à nouveau un baiser. Puis il secoua la tête d'un air penaud.

— C'est ma cheville. J'crois bien qu'elle est foulée. Laisse-moi ou ils vont t'attraper toi aussi.

La brunette tordit le nez. Elle lui passa la main sur le front et c'était agréable et doux et consolateur et déroutant et dangereux. Presque aussi bon que si elle l'avait embrassé.

— T'es un p'tit gars sacrément courageux, Étienne ! Et j'm'y connais ! Peux être sûr que la Mouette t'oubliera pas de sitôt !

Sur ces mots, elle se releva, lui adressa un dernier adieu de la main et détala pour disparaître derrière une haie d'épines.

L'instant d'après, des silhouettes sombres entouraient Étienne et se mettaient à discuter ferme sur la conduite à tenir. De leurs échanges, par-dessus sa souffrance, le jeune garçon ne parvint pas à comprendre un traître mot. Les oreilles lui bourdonnaient. Un goût de sang remontait dans sa bouche, comme s'il s'était coupé les lèvres en tombant. À demi conscient seulement de ce qui se passait autour de lui, il ferma les yeux et laissa aller sa tête en arrière. Il devait absolument récupérer, puiser dans ses dernières forces pour tenter de s'expliquer, dénoncer les mauvais traitements que lui avait fait subir l'équipage de la *Marie Salope*.

Il en était là de ses pensées, lorsqu'une poigne de fer le saisit sans ménagements par la chemise et le contraignit à s'agenouiller. Relevant les paupières, il croisa le regard furibond de Job. Il n'eut pas le temps d'esquisser le moindre geste ni même de protester. Avant même qu'il n'ait ouvert la bouche, l'aîné des deux frères lui avait assené un terrible coup de poing sur le sommet du crâne.

Où l'on s'entretient d'amour et de vieux chagrins

Héloïse, pensive, regardait ses habits masculins sécher en fumant devant la cheminée. Elle se leva en soupirant, jeta dans l'âtre une brassée de petit bois sec et, plus odorante, une grosse bûche de cerisier. Puis elle pivota et contempla avec mélancolie le visage du jeune homme assis dans le salon du docteur Geoffroy.

Elle songeait qu'il avait à peine quatorze ans lors de leur première rencontre. Cela lui en faisait donc aujourd'hui vingt-six. Il était dès lors plus âgé qu'elle-même à l'époque. Si sa physionomie générale avait peu changé, au point qu'aidée par les inflexions gouailleuses de sa voix, elle l'avait aisément reconnu tantôt, force lui était de reconnaître qu'elle peinait à retrouver les traits adolescents qu'elle avait jadis connus. Ce n'était pas seulement à cause des cheveux plus courts ou de la moustache. Il y avait aussi un manque, quelque chose qui avait disparu dans l'expression et qui tenait sans doute à une certaine innocence enfuie. Elle eut la sensation cruelle que ce changement signait sa propre déroute.

Le jeune homme se méprit sur les raisons de son mutisme. Il fit mine de se lever pour se retirer.

— Excusez-moi, dit-il. Il est fort tard et je vois bien que vous êtes lasse. J'aurais dû décliner votre invitation et vous laisser reposer.

— Point du tout ! Je tentais juste de me remémorer un adolescent surnommé la Ficelle, fantasque et intrépide, tel que je le vis pour la première fois dans la cathédrale de Reims. Il y a une douzaine d'années de cela... Autant dire une éternité !

— Celui dont vous parlez n'a pas complètement disparu, madame. Il n'a pas oublié, de son côté, la première apparition de celle dont le chevalier Bayard lui avait tant vanté l'incomparable beauté.

Héloïse offrit à son vis-à-vis un pâle sourire. Presque douloureux.

— Celui dont je parle ne m'appelait point « madame » mais Héloïse. Tout simplement.

Un silence se fit, à peine troublé par les craquements du feu et le martèlement d'une nouvelle averse contre les volets.

Une heure plus tôt, ces deux êtres qui venaient à peine de se retrouver et de si étrange façon n'avaient pu se résoudre à une trop rapide séparation. La Ficelle – il avait mentionné, non sans fierté, qu'on le nommait désormais Nicolas du Pont en raison de l'aide apportée au chevalier sans peur et sans reproche lors de son exploit sur le Garigliano – avait obtenu du roi la permission de raccompagner la belle rousse jusqu'à son domicile.

En chemin, Héloïse avait instruit le jeune homme de ses récents malheurs. Celui-ci avait laissé transparaître sa surprise en apprenant qu'elle avait un grand fils de onze ans, mais il s'était gardé du moindre commentaire. En revanche, il lui avait affirmé que Philibert Babou ne pouvait être en rien responsable de l'enlèvement d'Étienne. À l'entendre, l'homme était d'une parfaite intégrité. Si François Ier lui en donnait l'autorisation, la Ficelle prétendait même faire à son sujet des révélations qui ôteraient à Héloïse toute velléité de l'accuser du moindre crime ou de la moindre bassesse.

Comprenant que le jeune homme ne pouvait, sans manquer à quelque devoir de réserve, en dire davantage, Héloïse avait dévié la conversation et cherché à étancher sa curiosité sur un autre point :

— Me diras-tu au moins comment il se fait que tu sois devenu un familier de notre nouveau souverain ?

— Le roi François est un solide gaillard qui se complaît à toutes sortes de chasses. Vous l'avez d'ailleurs pu constater par vous-même. Quand il s'agit de prouesses amoureuses, le gibier qu'il traque ne se limite pas aux seules dames de la cour. Loin s'en faut ! Depuis qu'il s'est installé à Paris, on ne compte plus ses conquêtes. Y compris parmi les conjointes de bourgeois, qu'il visite nuitamment.

— Tu veux dire que...

— L'épouse de Philibert Babou est une des plus jolies femmes de la capitale. Quand le service de la Couronne appelle le seigneur de la Bourdaisière au-dehors, notre Sire le supplée en ses autres devoirs et veille à ne point laisser refroidir la couche conjugale.

— Et il a besoin de toi pour lui tenir la chandelle ?

Le jeune homme avait adopté une mine faussement offusquée.

— Disons plutôt... pour protéger ses arrières. Les rues de Paris, la nuit, ne sont pas toujours des plus sûres.

Ils avaient poursuivi leur marche sans plus échanger une parole. Héloïse réfléchissait à ce qu'elle venait d'apprendre. La Ficelle – ou plutôt Nicolas – avait beau dire, la présence *incognito* du roi de France chez Philibert Babou avait de quoi intriguer. N'était-elle réellement motivée que par une quête effrénée de galipettes amoureuses ? Certes, cela était possible. Le monarque était jeune, beau, tout à l'ivresse de ce pouvoir dont il avait récemment hérité. Les femmes, qu'elles soient de noble naissance ou de plus basse extraction, devaient se disputer ses faveurs. Cependant, Héloïse ne pouvait s'empêcher de rapprocher cette présence royale du singulier interrogatoire mené par Jean de la Porte, le lieutenant criminel du Châtelet, et du vol des cadavres orchestré en plein jour et à la vue de tous. Mis bout à bout, tous ces faits conféraient à l'énigme de l'Hôtel-Dieu une coloration de plus en plus inquiétante. N'était la disparition d'Étienne, qui demeurait incompréhensible, l'affaire revêtait désormais tous les dehors d'un secret d'État. Si tel était bien le cas, Nicolas pouvait représenter sa seule et ultime chance de percer le mystère et de retrouver son fils vivant. Elle était déterminée à ne pas la laisser échapper.

Arrivé au domicile du docteur Geoffroy, rue du Séjour, à deux pas de l'église Saint-Eustache, le couple avait dû s'employer pour rassurer l'angoissé médecin. Depuis qu'il s'était séparé d'Héloïse, le brave homme était en effet aux quatre cents coups. Il se reprochait d'avoir manqué à l'honneur en laissant une faible femme affronter seule un danger inconnu. Apprendre que tout s'était finalement bien passé l'avait soulagé d'un poids considérable. Pour se remettre de ses émotions, il avait remonté de sa cave un flacon de vin de Porto et avait proposé de porter plusieurs toasts en l'honneur de celle qu'il n'appelait plus que « son héroïne ».

Moins d'un quart d'heure plus tard, il avait fallu le porter, ivre mort, sur son lit.

Nicolas avait ensuite tenté de prendre congé, mais Héloïse n'avait rien voulu entendre. Ils avaient – prétendait-elle – tant de choses à se raconter que la nuit entière n'y suffirait pas. Elle l'avait fait attendre un court moment, juste le temps d'ôter ses vêtements trempés et de revêtir une robe, puis l'avait rejoint au salon. Là, profitant de la douce chaleur du foyer, ils s'observaient et évoquaient le passé, sans parvenir à se départir d'une gêne de plus en plus perceptible.

Ce fut Héloïse, fidèle à elle-même et à son caractère entier, qui décida de rompre la glace et d'en finir avec les non-dits.

— Je suppose, dit-elle en battant des paupières, qu'il m'en a beaucoup voulu.

Nicolas du Pont devait s'attendre plus ou moins à une telle question, car il ne parut nullement surpris, ni n'éprouva le besoin de se faire préciser qui était cet « il ».

— La rancœur est un sentiment qui lui est, disons, des moins familiers. Je crois surtout qu'il n'a pas compris... Si vous le permettez, madame – pardonnez-moi, Héloïse –, j'oserais ajouter qu'il ne fut pas le seul, en cette occasion.

Une ombre, semblable au passage d'un nuage à la surface d'un étang, vint voiler le regard d'ordinaire si pur de la femme rousse. Elle releva la tête et soutint en face le regard de son jeune interlocuteur.

— S'il est une personne devant qui je puisse avoir à me justifier un jour, c'est lui et lui seul. Je te demande cependant de croire que je fus contrainte d'agir comme je le fis. Le quitter fut pour moi un déchirement. Cela m'a arraché le cœur.

Tout en prononçant ces mots, Héloïse ressentit une vive brûlure sous le sein gauche. Elle retrouvait, intacte, la douleur éprouvée des années auparavant. En même temps, une foule de souvenirs lui revenait en mémoire. Elle se revoyait, jeune fille éblouie, dans les fossés du château d'Amboise, assistant à la victoire de Bayard dans un prestigieux tournoi de paume. Elle repensait à ce fameux soir où, dans l'apothicairerie de son père, elle avait osé prendre la main du chevalier dans la sienne et lui laisser entrevoir ses sentiments. Ils avaient été ensuite tous deux emportés dans le tourbillon d'événements qui les dépassaient. La raison d'État les avait séparés durant cinq longues années. Elle s'était crue à tort délaissée, oubliée. Tandis que Bayard combattait en Italie, Anne de Bretagne lui avait confié une mission aussi inattendue que dangereuse, rien moins que déjouer un complot contre la vie du roi. Confrontée à toutes sortes de périls, elle s'était sentie parfois si seule, si terriblement démunie. Et puis il y avait eu cette terrible nuit...

C'était durant l'hiver 1503, à la fin du mois de novembre. Une fausse nouvelle avait traversé les Alpes et cheminé jusqu'à Autun pour la foudroyer. En apprenant la prétendue mort de Bayard, elle avait cru perdre la raison. Un homme s'était trouvé là, à point nommé, pour la raccrocher à la vie. Henri de Comballec, baron de Conches. Elle s'était donnée à lui sans même en avoir conscience. Parce que dans le désespoir qui était alors le sien, la chaleur de ce corps, la douceur des caresses et l'oubli de soi-même et du monde s'étaient imposés comme la seule alternative possible à la folie ou à la mort. Puis, de nouveau, tout avait basculé. Le retour de Bayard, bien vivant, la mort héroïque d'Henri. Elle avait eu la faiblesse de croire que sa faute pouvait ne pas être un obstacle au bonheur retrouvé. Pierre de Terrail et elle s'étaient fiancés dans la petite chapelle du couvent de l'Annonciade, à Bourges. Héloïse se remémorait la scène dans le moindre détail, comme si tout s'était déroulé la veille. Le chant angélique des moniales, la douce clarté des cierges, la bague passée à son doigt, le visage radieux de Bayard.

Durant les six semaines qui avaient suivi, les plus heureuses de son existence, elle avait presque cru toucher au paradis. Jusqu'à la veille du jour fixé pour les noces, où elle avait appris, atterrée, qu'elle était enceinte. En un instant, ses rêves s'étaient brisés comme de fragiles constructions de verre. Elle avait compris qu'elle n'aurait jamais la force d'avouer à son seul et unique amour qu'elle portait l'enfant d'un autre. La fuite lui était apparue comme la seule issue possible. Douze années s'étaient écoulées depuis lors. Et durant tout ce temps, jamais elle n'avait revu Bayard, ni n'était parvenue à l'oublier. Il était et demeurait le seul homme à avoir su trouver le chemin de son cœur.

Héloïse émergea de ses pensées comme d'un songe éveillé. Nicolas la contemplait, attentif, un sourire bienveillant sur les lèvres. Elle lui fut reconnaissante d'avoir respecté, par son attente muette, sa plongée introspective, ce retour vers un passé si chargé d'émotions. Sortilège ou miracle de l'affection, elle ne vit plus tout à coup les moustaches, le duvet sur les joues, les épaules élargies de Nicolas, mais uniquement les taches de rousseur et l'éclat espiègle au fond des yeux de la Ficelle. Et une bouffée de tendresse la saisit. Elle remercia silencieusement le ciel d'avoir retrouvé l'un des rares témoins de son bonheur enfui.

— L'as-tu vu récemment? demanda-t-elle d'une voix étrangement étranglée, comme hésitant entre la joie et les larmes.

Et de nouveau, il fut inutile de préciser qui était visé, tant se devinaient, derrière ces cinq mots, toute la passion et le désespoir de qui sait trop bien de quel prix se paye l'atroce rançon du mal d'amour.

— Nous nous sommes quittés après les fêtes qui ont suivi l'entrée du roi dans Paris. Le chevalier devait se rendre à Metz, auprès du duc de Lorraine. Il allait y prendre le commandement d'une compagnie d'ordonnance comptant une centaine de lances[1].

— Comment va-t-il ?

— Les guerres éprouvent les plus endurcis mais lui n'a guère changé. Plus que jamais sans peur et sans reproche. Il reste fidèle en amitié et généreux dans l'action. Sa bravoure fait l'admiration de tous. Et pourtant...

— Pourtant ?

Nicolas laissa son regard errer parmi les flammes. Il donnait l'impression d'y chercher l'inspiration pour formuler sa pensée de la façon la plus exacte. À moins qu'un accès de pudeur ou la crainte de réveiller chez Héloïse un sentiment de culpabilité ne le retînt sur le bord des confidences. Finalement, il se décida à parler un peu comme on se jette à l'eau, les yeux obstinément fixés sur le foyer.

— Il y a en lui un vieux fond de tristesse, confessa-t-il. Quelque chose qui le mine de l'intérieur et qui le maintient, même au milieu de la foule, à l'écart des autres. Il me fait parfois songer à ces grands chênes solitaires frappés par la foudre. En apparence, rien n'est changé. Ils demeurent

1. Troupe de six cavaliers dont quatre combattants.

dressés sur l'horizon, solides et massifs, mais la mort est déjà à l'œuvre et les ronge sous l'écorce. Ils s'abattent un beau matin sans que personne n'ait rien vu venir.

— N'a-t-il donc point songé à briser sa solitude en se liant à une autre femme ? Le désir de fonder une famille n'a-t-il pas pu l'arracher à ses tourments ?

Nicolas abandonna la contemplation des flammes et reporta son regard sur Héloïse dont les cheveux défaits, dans un flamboiement d'automne, encadraient le visage empreint de tristesse. Il secoua la tête d'un air affligé.

— Jamais. Il y a lieu de croire que le chevalier est de ces âmes, aussi nobles que rares, qui ne peuvent envisager de reprendre la parole donnée.

Châtiments

L'îlot se blottissait entre deux méandres de la Seine, protégé des regards par un double rideau de roseaux et de peupliers. En approchant la rive boueuse, la *Marie Salope* avait fait lever une compagnie de canards sauvages qui avaient traversé le ciel en faisant un raffut de tous les diables. Depuis, le calme était revenu. Vers l'aval, le soleil levant allumait des reflets changeants sur les flots agités par la brise. Des oiseaux pépiaient dans les frondaisons des berges et le ciel semblait comme lavé par les orages de la nuit précédente.

D'une violente poussée dans le dos, Job obligea Étienne à enjamber le bastingage et à s'engager sur la passerelle pour gagner la terre ferme. La grosse Marie se dressait sur son passage, les mains sur les hanches, l'œil réprobateur.

— Comme ça qu'tu nous r'mercies d't'avoir tiré d'la flotte et r'cueillis parmi nous ! lui cracha-t-elle au visage. Un monst' d'ingratitude, v'là c'que t'es !

— T'en fais pas, la mère ! grogna Job en les rejoignant. J'allons lui faire passer l'envie d's'ensauver, à c'te vermisseau !

Et pour appuyer ses dires, il abattit de nouveau son poing énorme entre les omoplates du garçon. Pris par surprise et déséquilibré, celui-ci ne put éviter la chute et s'étala de tout son long dans la vase de la rive. Avant qu'il ait eu le temps, de se relever, la brute se rua en avant et lui enfonça le visage dans le sol fangeux.

— T'mérit'rais que j'te laisse crever là, d'la boue plein la gueule ! Trop bon, qu'on est avec toi ! Si ça t'nait qu'à moué...

— Tout doux, Job ! fit la voix autoritaire de Jacob, le patriarche. Va pas nous l'gâter tout d'bon. Z'avons b'soin d'lui à bord. R'mène donc son cul par ici. J'te promets qu'y s'ra pas près d'courir 'près l'traitement qu'on lui réserv'.

À regret, Job obéit à son père, relâcha son étreinte et attrapa Étienne sans ménagement par le fondement pour le rétablir sur ses deux pieds. Crachant et suffoquant, de la vase plein les narines et les yeux, le malheureux gamin dont les mains étaient liées dans le dos dut frotter son visage contre le haut de ses manches pour tenter de retrouver la vue.

Après sa tentative d'évasion ratée et le coup sur la tête assené par Job, il n'avait repris connaissance qu'au milieu de la nuit. Les mains entravées, il gisait de nouveau dans la soute de la *Marie Salope* dont on avait, par précaution, retiré tout le matériel et rafistolé la porte à l'aide de planches de bois solidement clouées. Tremblant à la fois de peur et de rage, il avait passé de longues heures à s'interroger sur le sort que les quatre affreux lui réservaient. Les seuls moments de répit, trop rares, dont il avait bénéficié étaient les courts instants où ses pensées l'avaient ramené auprès de Mère. Ou bien quand lui était apparu, à travers les brumes de l'insomnie, le visage de Mouette, cette brune sauvageonne dont il ignorait à peu près tout, si ce n'est que, pour elle, il avait peut-être laissé échapper sa seule chance de recouvrer la liberté.

À présent, la seule évocation de ces deux visages féminins n'aurait pas suffi à apaiser les battements désordonnés de son cœur. En dépit de la chaleur déjà perceptible, son corps était parcouru de frissons. Des tambours battaient furieusement sous son crâne. Trop de coups reçus, trop d'émotions, trop de fatigue accumulée. À moitié aveuglé, la vase nauséabonde dégoulinant sur son visage, il titubait sans réaliser où le portaient ses pas ni ce qui l'attendait. Seules les bourrades assenées dans son dos par Job lui permettaient d'avancer à peu près droit.

Ils parvinrent ainsi jusqu'à une petite clairière, au centre de l'îlot, où Jacob et Jonas les avaient devancés. Étienne aperçut deux cordes solidement nouées aux basses branches d'un saule, mais il ne comprit pas tout de suite leur utilité. Ce n'est que lorsqu'il vit le batelier tendre à son fils aîné un fouet à longue lanière de cuir qu'il réalisa le châtiment qu'on lui réservait. Il marqua un temps d'arrêt, terrorisé. Mais déjà, Job, impitoyable, le bousculait pour le contraindre à reprendre sa marche.

Ils lui lièrent les poignets à chacune des cordes et le halèrent de façon à lui étirer les bras au maximum vers le haut. Très vite, il ne reposa plus sur le sol que par la pointe des pieds, dans une position particulièrement inconfortable.

Tandis que Job s'éloignait de quelques pas en faisant claquer son fouet dans l'air, Jonas s'approcha du jeune captif, un sourire sadique au coin des lèvres.

— T'l'auras pas volée, ta raclée, susurra-t-il à son oreille. T'croyais p't êt' sauver ton p'tit cul. Foutaises ! Avant qu'on soye rendu à Rouen, j'y aurais planté mon pieu. 'ssi vrai qu'j'm'appell' Jonas. F'rais mieux d't'faire à l'idée, l'agnelet.

Il tira la chemise d'Étienne par le bas et la déchira en remontant jusqu'au col. Puis il défit le lacet qui lui servait de ceinture et descendit les braies en laine de brebis sur ses chevilles. Le dos et les fesses dénudés, dans l'incapacité de se défendre, Étienne sentit la main du noiraud s'insinuer, caressante, entre ses jambes et lui soupeser les bourses. Il tourna sur lui-même pour échapper à ce contact qui le dégoûtait.

— Què'que tu fous, Jonas ? grommela Jacob dans leur dos. On a pas tout' la journée. D'gage de d'vant qu'on profit' du spectacle, nous aut'.

Contournant Étienne, Jonas s'écarta et vint se planter face au prisonnier. Goguenard. Lorgnant d'un œil égrillard les parties intimes du jeune garçon.

— À toi d'jouer, Job, reprit Jacob. File z'y c'qui mérite. Six coups bien ajustés mais gaff' à pas trop l'abîmer tout d'même.

Le batelier s'était installé avec son énorme femme sur le tronc couché d'un arbre mort. Une outre remplie de vin passait de l'un à l'autre. Entre deux gorgées, ils échangeaient de longs baisers goulus et sonores.

À un moment donné, Jacob s'interrompit pour reprendre souffle et donna de la main le signal du début des réjouissances. Job qui n'attendait que cela se campa aussitôt sur ses deux jambes et abattit son fouet en poussant un grognement sauvage.

La lanière traversa l'air en sifflant et vint cingler Étienne au bas des reins. La sensation de brûlure fut encore plus aiguë qu'il ne le redoutait. Il s'était promis de ne pas crier, mais ses mâchoires crispées laissèrent, malgré lui, échapper un vagissement plaintif qui ressemblait à celui d'un nourrisson.

— Va z'y, Job ! s'enthousiasma Jonas en sautillant de joie. Fais-la gueuler, c'te mauviet'. Qu'elle couine com' un' p'tite truie rose !

Les larmes lui montant aux yeux sous le coup de la douleur, Étienne ferma les paupières et contracta tous les muscles de son corps, dans une tentative dérisoire d'anticiper le coup suivant...

Rien ne vint.

Lorsqu'il rouvrit les yeux, décontenancé, la première chose qu'il aperçut fut le visage interloqué de Jonas. Le temps d'un battement de cils et l'expression d'intense stupeur du cadet de la famille avait cédé la place à un rictus horrifié. Pivotant dans l'axe des cordes, le jeune garçon se retourna pour voir ce qui pouvait provoquer une telle réaction.

Job, son tourmenteur, était tombé à genoux, les bras inertes le long du corps. Le fouet lui avait échappé des mains et gisait sur le sol. La brute écarquillait des yeux ronds et vides et sa bouche happait l'air à la façon d'un poisson hors de l'eau. Un méchant hoquet le secoua tout entier et il se mit à vomir en cascade un sang rouge vif. Sa tête s'inclina alors sur sa poitrine. Il fixa stupidement le manche du poignard qui émergeait de son pourpoint. Puis son corps parut s'alanguir et il bascula lentement sur le côté.

— Corne bouc ! éructa Jacob en se dressant d'un bond. Quoi c'est, cette diablerie ?

Il n'eut pas le loisir de s'interroger davantage. Surgissant d'un bouquet de roseaux, un homme aux habits ruisselants se précipita sur lui en faisant tournoyer autour de sa tête un lourd bâton ferré. De là où il se tenait, Étienne ne put distinguer immédiatement ses traits. Il aperçut juste des cheveux raides, coupés au bol, ainsi qu'un bandeau noir barrant le côté droit du visage.

Avant que Jacob eût pris l'exacte mesure du danger, il était déjà trop tard. Le mystérieux agresseur l'avait rejoint. Manié par une main experte, son imposant gourdin décrivit un orbe élégant et atteignit le batelier chauve en pleine tempe. L'impact, d'une rare violence, s'accompagna d'un craquement bien net, pareil à celui d'une coque de noix que l'on broie. Là où l'instant d'avant se voyait la trogne avinée du chef de famille, il n'y eut plus qu'un magma informe d'esquilles, de chair et de cervelle. Jailli de son orbite, l'œil gauche pendouillait au bout d'un nerf sanguinolent et le maxillaire inférieur faisait un angle improbable avec le reste de la mâchoire.

Foudroyé, Jacob, pareil à un canard décapité, tituba encore sur un ou deux mètres avant de s'écrouler de toute sa masse. Se désintéressant de lui, son meurtrier se retourna aussitôt vers Marie. La grosse femme n'avait pas esquissé le moindre mouvement. Paralysée d'effroi, elle se recroquevillait sur son tronc d'arbre en se cachant la tête sous son châle. On eût dit qu'en dépit de ses impressionnants amas de graisse, elle espérait pouvoir passer inaperçue. Peine perdue ! Sans un mot, l'inconnu lui enfonça l'extrémité de son bâton en plein ventre. Poussant un cri déchirant, la matrone dégueula tout le vin qu'elle venait d'ingurgiter avant de rouler sur le sol et de se tordre de douleur. Une tache humide alla s'élargissant sur ses jupes, tandis qu'une forte odeur de merde et d'urine montait jusqu'aux narines d'Étienne.

Le tueur levait de nouveau son arme redoutable, visant la tête cette fois, lorsque la voix de Jonas retint son geste :

— S'tu touches un ch'veu d'la mère, raclure, glapissait-il, j'te crèv' la panse ! T'entends, dis ? J'te crève. J'te coupe les couilles et j'te les fais bouffer !

Le grand noiraud avait récupéré le couteau sur le corps de son frère. Le couteau mais aussi le fouet qu'il faisait claquer pour donner plus de poids à ses paroles. Mais il fallait être aveugle et sourd pour ne pas s'apercevoir qu'il crevait de peur. Ses jambes flageolaient et sa voix chevrotait en montant dans les aigus.

— Vraiment? réagit d'une voix tranquille l'homme au bâton. Si c'est pas touchant d'entendre ça. Un fils aimant, c'est chose appréciable et si rare de nos jours.

Jonas raffermit le couteau dans son poing.

— Mais j'te r'connais, toi, gronda-t-il. T'étais à la taverne, hier soir. 'vec toi qu'on a joué aux dés, moué et Job. Pour sûr que j'les r'connais, ton œil crevé et ta gueul' d'charogne. 'spèce de saloperie!

— Et futé, avec ça! Pas à toi qu'on peut la faire, hein? J'parie que t'étais le plus malin des trois. Pas vrai, dis?

— Qu'ça peut t'foutre, salop'rie? Pourquoi qu't't'en es pris à nous aut'?

Gardant son bâton levé au-dessus du crâne de Marie, le borgne au bandeau secoua la tête d'un air faussement navré.

— Tssst, tssst, tssst! fit-il. Futé, c'est une chose, mais ce n'est point la politesse qui t'écorche la bouche. Deux fois déjà que tu me donnes du « saloperie ». Mieux vaudrait pour toi et ta chère maman qu'il n'y en ait pas de troisième.

— Què'que tu veux à la fin?

— Disons que la partie d'hier fut malencontreusement interrompue avant que j'aie eu le temps de vous plumer, toi et ton crétin de frérot. C'est des choses qui contrarient, forcément!

Jonas dévisageait l'autre d'un œil à la fois incrédule et horrifié. Il semblait se demander si le borgne parlait sérieusement, ou bien s'il avait perdu la raison. Son regard balaya les corps du père et de Job, les larges flaques de sang qui coagulaient déjà au soleil. Un massacre ! Et tout ça pour une partie de dés écourtée ? C'était pure folie !

De la main tremblante qui tenait le fouet, il essuya la sueur qui ruisselait de son front et menaçait de l'aveugler. Tout absorbé qu'il était à surveiller les moindres gestes du borgne, il ne perçut pas le léger froissement de feuilles sur ses arrières. Un nouvel homme fit alors son apparition dans la clairière. À sa peau brune et aux anneaux d'or de ses oreilles, Étienne reconnut le chanteur tsigane aperçu la nuit précédente, dans la salle de l'auberge. En le contournant, l'homme mit un doigt sur sa bouche pour lui recommander le silence. Puis il se glissa à pas de loup dans le dos de Jonas.

— Dis-moi, mon gars, reprit le borgne. On va pas rester des siècles comme ça à se lorgner le blanc des yeux. Alors voilà ce que je propose : tu laisses gentiment choir tes armes et moi j'évite de réduire en bouillie le minois de ta douce maman. Ensuite, promis, vous pourrez rembarquer sur votre rafiot et filer au diable si ça vous chante.

— 'spèce de foutu batard ! beugla Jonas, la bave aux lèvres. T'crois qu'ça va s'passer com' ça. Et l'père ! Et Job ! T'voudrais qu'j'fasse çui qu'a rien vu ? Pas question ! Va falloir payer pour c'qu't'as fait !

— Si tu veux quitter cette île vivant, je te déconseille de jouer les braves. C'est un habit qui taille bien trop grand pour toi.

— T'vas la fermer, salop'rie ou c'est moué qu'j'allons t'clouer le bec !

Le borgne haussa les épaules et, tout en fixant son œil unique au fond des prunelles de Jonas, il abattit avec force son gourdin en plein dans la figure de Marie, lui écrabouillant les pommettes et le nez, lui défonçant les os du front. Le corps éléphantesque de la femme fut agité de rapides convulsions, avant de se figer définitivement.

— J't'avais prévenu mon gars, dit-il sur un ton glaçant. Maman aurait dû t'apprendre à tourner sept fois ta langue dans ta bouche avant d'insulter les gens. Sûr que ça aurait mieux valu, pour elle comme pour toi !

L'espace de quelques secondes, Jonas demeura sidéré. Il n'arrivait pas à en croire ses yeux. Même pour une canaille comme lui, un tel déferlement de violence, commis avec tant de détachement, presque une sorte d'indifférence, c'était insoutenable. Cela n'avait rien d'humain. C'était de la diablerie. Oui, voilà, il devait avoir affaire à un démon. Sa seule chance d'en réchapper, c'était de prendre les devants et de frapper le premier.

Un rugissement de fauve blessé lui déchira la gorge et il se rassembla pour mieux se projeter sur son adversaire. Ce fut cet instant précis que choisit le bohémien, dans son dos, pour passer à l'action. Tirant un poignard de sa ceinture, il remonta prestement son bras à la hauteur du cou de Jonas.

De là où il se tenait, Étienne entrevit juste un éclair d'acier, puis un geyser vermeil jaillit de la gorge du dernier des bateliers, dont les doigts soudain flasques lâchèrent le couteau et le fouet. Avant que les armes n'eussent touché terre, Jonas était mort.

Persuadé que les deux hommes allaient maintenant s'en prendre à lui, le jeune garçon hurla à son tour. Cependant son cri s'interrompit net lorsqu'il vit Mouette émerger du couvert et s'approcher de lui d'un pas tranquille.

— Pas la peine de t'égosiller ! dit la fille brune en lui adressant un clin d'œil complice. À part les oiseaux et les poissons, j'vois pas bien qui pourrait t'entendre.

— Toi ! Mais comment... Que... Que fais-tu ici ?

— J'te l'avais promis. Toujours la Mouette rembourse ses dettes.

Tout en parlant, elle sortit un couteau à lame courbe de derrière son dos. Instinctivement, Étienne tressaillit. L'adolescente éclata d'un rire moqueur. Elle se rapprocha jusqu'à le toucher et entreprit de couper ses liens.

— N'aie pas peur, lui dit-elle avec une moue coquine, j'ai pas pour habitude d'amocher les jolis garçons. En revanche, tu devrais pas laisser ton petit oiseau à l'air, ça pourrait me donner des idées.

Le rouge au front, le jeune garçon remonta prestement ses braies et les maintint en place en nouant le cordon autour de sa taille. Tout en s'exécutant, il jetait des coups d'œil inquiets aux deux individus qui s'affairaient dans la clairière.

Le borgne s'attardait auprès des cadavres de Jacob et de Marie, tandis que le tsigane, agenouillé, fouillait consciencieusement les vêtements maculés de sang de Jonas. Après avoir empoché une bourse plutôt maigre, le second se tourna en direction de la fille.

— Holà, Mouette, d'mande donc à ton protégé où qu'on doit chercher! Moins on traînera dans le coin, mieux ça vaudra. On sait jamais...

Mouette hocha la tête et désigna du doigt la poitrine d'Étienne.

— Le collier qu't'avais la nuit dernière autour du cou, où qu'il est?

Le garçon se mordit les lèvres. Encore ce fichu médaillon! Mais qu'est-ce qu'ils avaient donc tous avec ça? À croire que la terre entière rêvait de posséder l'étrange bijou. Son hésitation n'échappa pas à Mouette qui le fixa avec une soudaine gravité.

— Fais pas l'idiot, Étienne, souffla-t-elle. T'crois pas que ces deux-là m'ont suivie ici juste pour t'éviter d'prendre une raclée ou pour mes seuls beaux yeux. L'a bien fallu que j'trouve quelque chose pour les convaincre.

Étienne ne répondit pas. Il était résolu à tout faire pour conserver le legs de Sans-Z'oreille. Intuitivement, sans pouvoir s'expliquer la raison d'une telle conviction, il était persuadé que c'était grâce à ce médaillon qu'il pourrait un jour retrouver Mère. Toutefois, il ne parvint pas à demeurer totalement impassible et, malgré lui, ses yeux dérivèrent en direction de Jacob. Ou plutôt de ce qui en restait et qui n'avait plus face humaine.

— Le vieux bonhomme! lança Mouette qui guettait la moindre de ses réactions. Il doit porter la médaille sur lui.

Le bohémien fut le plus prompt. Délaissant la dépouille du fils, il se précipita vers les cadavres des deux parents, une lueur cupide au fond des yeux. Mais son compagnon profita de sa position privilégiée pour le devancer et plongea le premier sur le corps du patriarche.

Quand il se releva, il exhibait l'objet en or au creux de son poing et un cri de triomphe montait de sa poitrine, achevant de disperser les derniers oiseaux qui nichaient sur l'îlot.

Les révélations de messire Babou

Cette nuit-là, Héloïse fit un horrible cauchemar. Elle marchait le long d'une rivière, foulant les herbes folles d'un pré parsemé de coquelicots. Dans son rêve, elle n'était plus une femme solitaire et meurtrie, mais une jeune fille enjouée dont les espérances n'avaient pas encore ranci aux durs vents de la réalité. Des oiseaux chantaient dans les arbres et un chaud soleil allumait des incendies dans ses cheveux jusqu'au creux de ses reins.

Peu à peu, cependant, sa promenade vira à l'épreuve. La fatigue lui tomba dessus d'un coup. Elle courba sa nuque et pesa sur ses épaules. Son pied malformé se mit à la lancer et chaque nouveau pas lui coûta un effort supérieur au précédent. Tombant d'un ciel pourtant sans nuage, une ombre grise vint recouvrir la campagne et éteindre la douce lumière d'été comme on souffle, une à une, les bougies dans une salle enténébrée. La brise gagna en force et se mit à coucher les hautes herbes, pareille à une grande faux invisible. Les uns après les autres, les pétales des fleurs de coquelicot se détachèrent et vinrent la heurter au visage où ils se métamorphosaient en larmes de sang.

Apeurée, ayant réintégré son corps de femme mûre, elle luttait pour continuer à avancer et s'arracher à la pénombre, lorsqu'un appel attira son attention vers la rivière. Là, se débattant vainement au milieu d'un tourbillon, elle aperçut son enfant. Elle voulut se précipiter à son secours, mais ses jambes refusèrent de lui obéir. Elle voulut crier pour le rassurer et l'inciter à lutter contre le courant, mais les mots restèrent bloqués au fond de sa gorge. Étienne se débattit un long moment, les yeux désespérément fixés sur elle. Mais le flot était trop puissant et ses forces s'amenuisaient davantage à chaque instant. À un moment donné, un grand oiseau de mer vint criailler au-dessus de lui. Le jeune garçon leva la main comme pour tenter de l'attraper, mais sa tentative échoua et lui coûta le peu qui lui restait d'énergie. Désemparée, le cœur battant comme un marteau dans sa poitrine, Héloïse vit le flot impétueux le submerger juste avant que de noires ténèbres ne l'engloutissent à son tour.

À son réveil, elle voulut se persuader que ce cauchemar ne constituait pas un funeste présage. Ne dit-on pas que rêver la mort de quelqu'un est paradoxalement un bon signe ? Mais elle ne parvint pas à se départir d'un sentiment de perte et d'abandon. Ses craintes quant au sort d'Étienne, mais aussi les regrets et la culpabilité qu'avaient réveillés en elle ses échanges de la veille au sujet de Bayard, lui faisaient envisager le présent et le proche avenir sous un jour des plus sombres.

L'état lamentable du docteur Geoffroy, victime d'une terrible migraine due à ses excès de la soirée, ne contribua pas à alléger son esprit. Réduite à l'état de garde-malade, elle se mit en devoir de préparer plusieurs médecines susceptibles de remettre son hôte sur pied et passa un long moment à son chevet. Elle commença par lui appliquer sur le front un cataplasme camphré et élabora un bouillon maigre dans lequel elle incorpora de nombreux mondicatifs aux fonctions purificatrices : miel, graines de lupin, câpres, scolopendre et farine de fèves. Enfin, avec les drogues qu'elle trouva dans le coffre du praticien, elle réussit à confectionner une potion cordiale à base d'aromates et d'épices chauds, propre à réjouir et conforter la fragile constitution du médecin.

L'arrivée de la Ficelle, ou plutôt de Nicolas du Pont – il avait l'air de tellement tenir à son nom d'homme fait ! –, vint à point nommé la distraire des lamentations d'un Geoffroy honteux de s'exhiber dans un si piètre état devant sa bonne amie.

La veille, en la quittant, l'ancien valet d'armes de Bayard lui avait laissé entendre qu'il pourrait peut-être lui livrer sous peu quelques éclaircissements sur le drame de l'Hôtel-Dieu. Lorsqu'il se présenta à la porte, elle n'eut pas besoin de lui rappeler sa promesse. D'emblée, il l'informa qu'il était autorisé à la conduire sans délai auprès de personnes ayant d'importantes révélations à lui faire.

Héloïse oublia aussitôt sa morosité ainsi que le malheureux Geoffroy. Elle couvrit ses épaules d'un léger châle en lin et se déclara prête à suivre le jeune homme sur-le-champ. Refusant de répondre à la moindre question, celui-ci la ramena dans le quartier Saint-Antoine où se dressait l'hôtel de la Bourdaisière. Durant la plus grande partie du trajet, Héloïse s'imagina que la demeure de Philibert Babou constituait le but de leur marche. Aussi fut-elle plutôt étonnée de voir Nicolas s'arrêter devant une maison anonyme, située dans une venelle proche de la rue des Juifs. Son guide frappa à l'huis une suite de coups étrangement rythmée.

— Où sommes-nous exactement ?

— Le nom du propriétaire ne vous dirait rien, répondit Nicolas. Sachez seulement que cette maison communique par une galerie en sous-sol avec l'hôtel que vous sembliez si désireuse de visiter cette nuit. Une façon bien commode, vous l'avouerez, de se livrer à de discrets travaux sans attirer l'attention.

Héloïse, que les airs mystérieux de son compagnon commençaient à agacer quelque peu, s'apprêtait à exiger de plus amples explications lorsque la porte s'ouvrit sur un homme habillé en valet, au visage taciturne et à la carrure de lutteur. Sans un mot, comme si tout échange était superflu, l'apparition les conduisit jusqu'à un cabinet situé à l'arrière de la maison.

Deux hommes richement vêtus attendaient là, debout, de part et d'autre d'une table encombrée de livres, de rouleaux de parchemin, d'écritoires et de bâtons de cire à cacheter. À sa mise stricte et à son visage grave, Héloïse reconnut, au premier regard mais non sans étonnement, Jean de la Porte, le lieutenant criminel du Châtelet. Le second occupant de la pièce lui était inconnu et ne possédait pas, loin sans faut, la même prestance. Petit, une peau à l'aspect de vieux papier jauni, quelques cheveux déjà grisonnants, il arborait un fort embonpoint qui tendait l'avant de son pourpoint jusqu'à menacer d'en faire craquer les attaches. Ce fut pourtant vers lui que Nicolas se dirigea en entrant.

— Voici la personne dont je vous ai entretenu, dit-il en saluant l'homme avec déférence, maîtresse Héloïse Sanglar, qui fut apothicaire à Amboise et rendit, jadis, moult éminents services à notre regretté roi Louis le douzième et à feu son épouse, la reine Anne. (Puis se tournant vers sa compagne :) Héloïse, j'ai l'honneur de vous présenter messire Philibert Babou, seigneur de Givray et de la Bourdaisière, mais aussi l'un des agents les plus efficaces de la Couronne.

Le gros homme se porta au-devant de sa visiteuse avec un sourire prévenant aux lèvres. Les pattes-d'oie au coin de ses yeux et la rondeur de ses traits lui conféraient un air débonnaire qui désarma en grande partie la prévention d'Héloïse. Pourtant elle ne parvenait pas à oublier complètement le flot de haine qui l'avait envahie lorsque le docteur Geoffroy lui avait dévoilé le nom du probable ravisseur de son fils.

— Je suis ravi de vous rencontrer, ma chère. Nicolas m'a conté par le menu vos aventures passées et rapporté les trésors d'ingéniosité dont vous aviez dû faire preuve pour déjouer cet odieux complot visant à supprimer notre précédent souverain. Je dois dire que j'en suis encore tout admiratif. En d'autres circonstances, si le loisir nous en était accordé, je serais très désireux d'apprendre de votre propre bouche la façon dont vous êtes parvenue à décrypter tout un long poème codé[1].

— Il faut dire, crut bon d'intervenir Nicolas, que messire Babou est l'un des plus fameux experts en écritures secrètes que l'on connaisse à travers toute l'Europe.

— Passé maître dans l'art de déchiffrer les dépêches des puissances étrangères interceptées par nos espions, surenchérit Jean de la Porte avec une légère inclination du buste pour saluer à son tour Héloïse. Ses talents sont si stupéfiants que l'année dernière, le roi d'Espagne, effaré de voir ses missives les plus confidentielles percées à jour, est allé jusqu'à se plaindre officiellement au pape. Selon lui, nous ne pouvions qu'avoir partie liée avec le diable pour avoir réussi la prouesse de déjouer les astuces de ses plus éminents cryptographes. Il va sans dire que Sa Sainteté n'a donné aucune suite à cette lettre de protestation.

Philibert Babou agita modestement la main comme pour signifier que toutes ces louanges étaient exagérées ou ne valaient pas la peine d'être formulées.

— J'ai bien peur que nos deux amis n'aient le compliment un peu trop facile et, surtout, je pressens que vous n'êtes point ici pour entendre

1. Voir *Le Piège de verre*.

vanter mes modestes mérites. (Tout en parlant, il avança un fauteuil pour permettre à Héloïse de s'asseoir. Lui-même prit place en face d'elle et fit signe aux deux autres de bien vouloir les imiter.) Si j'en crois Nicolas, vous êtes surtout intéressée par la disparition de votre fils et le rapt des cadavres de l'Hôtel-Dieu. Je crains hélas de ne pouvoir vous éclairer sur le premier point, mais il m'est possible de vous fournir d'amples explications sur le second.

— Vous savez qui a volé les corps ?

Ce ne fut pas Philibert Babou qui répondit mais le lieutenant criminel :

— Les cadavres ont été emportés par des hommes à ma solde. Non pas des sergents du Châtelet, mais des auxiliaires auxquels je ne recours que pour des opérations très spéciales. De celles qui nécessitent d'œuvrer dans la plus grande discrétion et en marge des procédures officielles.

— Ainsi, vous m'avez caché vos réelles intentions lorsque vous m'avez interrogée dans votre bureau, remarqua Héloïse avec une pointe de reproche dans la voix. Il me semblait bien que vous en saviez plus sur cette affaire que vous ne souhaitiez le dire.

— N'en voulez pas à notre ami, intervint Philibert Babou. Les enjeux étaient bien trop cruciaux pour commettre la moindre imprudence. Mais puisque Nicolas se porte garant pour vous et que le roi François – Dieu l'ait en Sa sainte garde ! – a donné son accord, nous allons vous mettre dans la confidence. Néanmoins, je tiens à vous prévenir : ce que nous allons vous confier relève de la sécurité du

Royaume. Il n'est pas question que vous en répétiez un mot à quiconque. Ai-je votre parole ?

— Vous l'avez. Soyez rassuré : je sais tenir un secret.

— Je n'en doute pas et, encore une fois, vos actions passées parlent pour vous, reprit le petit homme bedonnant. Vous n'êtes pas sans savoir que notre jeune souverain envisage de reconquérir prochainement le duché de Milan. L'Europe tout entière est hélas au courant ! À cette fin, il s'est employé, depuis son accession au trône, à assurer ses arrières en faisant la paix avec l'Angleterre et avec les Flamands. La chose est assurée depuis ce printemps. Reste à préparer le terrain en Italie.

— Que voulez-vous dire ?

— Le pape Léon X n'est pas plus favorable à François premier qu'il ne l'était au très regretté Louis le douzième. Son ardent désir est de ne plus jamais voir un souverain français fouler le sol italien. Pour parvenir à cette fin, tout en félicitant François pour son avènement, il a remis sur pied son projet de Sainte Ligue. Se sont joints à lui Ferdinand d'Aragon, qui tient toujours le royaume de Naples, Maximilien d'Autriche, Massimiliano Sforza, l'actuel duc de Milan, mais aussi la ville de Florence et les cantons suisses. Officiellement, l'alliance vise à endiguer la progression ottomane en Europe centrale en déclarant la guerre au Grand Turc Sélim. La réalité est tout autre. Cette union des princes chrétiens est un piège tendu à notre bon roi. Elle vise à paralyser son action. De deux choses l'une : soit François accepte de prendre la tête de la

Sainte Ligue et il gaspille l'argent du royaume sans aucun espoir de conquête, soit il passe les Alpes avec son armée pour prendre Milan et l'alliance se retourne contre lui puisqu'il aura agressé l'un de ses membres.

Héloïse remua sur son siège. Non seulement ces considérations diplomatiques la dépassaient, mais elle ne voyait pas en quoi elles pouvaient lui apporter le moindre éclaircissement sur la disparition de son fils. Incapable de prendre son mal en patience, elle marqua une certaine irritation :

— Pardonnez-moi, messire, mais je ne vois pas le rapport entre les événements survenus au sein de l'Hôtel-Dieu et ce subtil jeu politique.

— Patience, ma chère, susurra un Philibert Babou nullement contrarié. Nous allons y venir. Pour déjouer les plans du pontife, François a dû trouver des alliés de l'autre côté des Alpes. L'idée est de présenter un front assez puissant pour tenir la Sainte Ligue en respect et isoler ainsi le duché de Milan de ses possibles soutiens. Pour cela, nous avons négocié avec la république de Gênes, mais aussi et surtout avec la Sérénissime. À nous, toutes les terres allant du Milanais à l'Adda. À Venise, en échange de son aide, les villes de Crema, Bergame, Brescia, Vérone et Flumina. L'accord a été confirmé en mars dernier par deux ambassadeurs extraordinaires dépêchés tout exprès par le doge à Paris.

Jean de la Porte approuva du chef mais crut bon d'intervenir à son tour :

— Sauf que nous avons appris par le passé à nous méfier des volte-face des Vénitiens. Il y a treize ans, s'ils n'avaient pas ravitaillé l'armée espagnole alors que nous nous apprêtions à la chasser de la Capitanate et de la Basilicate, le royaume de Naples serait probablement encore en notre possession.

— Ne revenons pas sur le passé, le gourmanda l'ancien maître d'hôtel du roi. Cependant il faut admettre que le lion vénitien est parfois changeant. C'est pourquoi, afin d'éviter toute mauvaise surprise, nous avons mis en place une surveillance étroite des ambassadeurs vénitiens à Paris. Notre ami que voilà en est d'ailleurs la cheville ouvrière.

Tout en parlant, Philibert Babou s'était tourné en direction de Nicolas du Pont. Le jeune homme baissa modestement les paupières.

— Toi, Nicolas ! s'exclama Héloïse, manifestement surprise. Un espion au service du roi ? Moi qui croyais que tu ne rêvais que d'exploits sur les champs de bataille !

Philibert Babou laissa entrevoir une amorce de sourire malicieux.

— Pietro Pasqualigno, l'un des diplomates auxquels nous faisions allusion, dit-il, possède une fille des plus charmantes prénommée Lucia. Une blondeur de madone, des yeux de braise, un port de princesse. Son père veille sur elle avec la férocité d'un amant jaloux. Bref, une place forte particulièrement bien défendue que seul un cœur vaillant pouvait emporter. C'est cette prouesse que notre jeune ami a su réaliser, supplantant toute une foule de soupirants désappointés. Il possède désormais ses entrées dans la résidence occupée par le cher ange et son ambassadeur de père. Ceci nous a permis d'intercepter une bonne partie de la correspondance chiffrée des Vénitiens. Malheureusement, c'est ici que les choses ont commencé à se compliquer.

Philibert Babou fit rapidement le tour de la pièce du regard, comme s'il voulait s'assurer que nulle oreille indiscrète ne pourrait entendre ses prochaines paroles. Précaution au demeurant bien inutile. Les parois du cabinet couvertes de rayonnages étaient dépourvues de fenêtre et ne laissaient filtrer aucun bruit en provenance de la rue. Avec un faible effort d'imagination, on eût pu se croire dans la bibliothèque d'un monastère isolé en pleine campagne.

— Les codes des Vénitiens nous sont connus depuis des années. Il s'agit de simples chiffres de substitution reposant sur un seul alphabet et quelques diversions cryptographiques. Or, ces derniers temps, les messages interceptés par Nicolas nous sont demeurés hermétiques. Aidé de nombreux assistants, j'y ai moi-même consacré, dans cette maison, des jours et des nuits d'un incessant labeur. Mais tous nos efforts sont restés jusqu'à aujourd'hui peine perdue. Voilà qui ne laisse pas de nous inquiéter. Pourquoi nos prétendus alliés ont-ils brusquement changé leurs habitudes et complexifié leurs opérations de chiffrement ?

— De là à imaginer qu'ils ont quelque chose à cacher, le coupa le lieutenant criminel, il n'y a qu'un pas. Les plus proches conseillers du roi François craignent un retournement d'alliance. Si la chose était avérée, elle pourrait conduire à revoir entièrement notre stratégie en Italie. Car franchir les Alpes dans ces conditions serait courir au désastre. Vous comprenez, Madame, que le décryptage de ces missives revêt dès lors un intérêt vital pour le royaume.

Héloïse acquiesça avec une fausse apparence de docilité. Pour qui la connaissait bien, la lueur qui dansait au fond de ses prunelles et la crispation qui relevait l'extrémité de ses lèvres auraient révélé une irritation grandissante.

— J'entends ce que vous me dites, dit-elle. Cependant, messires, au risque de me répéter, je ne saisis toujours pas en quoi tout ceci concerne le personnel de l'Hôtel-Dieu et peut expliquer le drame qui s'est joué dans nos murs, il y a trois nuits.

— Je comprends votre impatience, fit Babou avec douceur. Et sans doute montrerais-je la même impulsivité si la vie de mon propre enfant était en jeu. Cependant, il nous fallait bien vous instruire de tous les tenants et aboutissants de cette affaire. Sa Majesté elle-même l'a exigé.

— Vous voulez dire : le roi ? Mais pourquoi cela ? Jusqu'à la nuit dernière, il ignorait tout de mon existence !

— Notre souverain se montre particulièrement sensible à la grâce féminine, intervint Nicolas. Vos charmes entraperçus cette nuit n'ont pas manqué de le séduire et il n'a eu de cesse de m'interroger, ce matin, à votre sujet. Il faut croire que vos exploits passés et votre malheur actuel ont su l'émouvoir puisqu'il nous a demandé de vous communiquer tous les détails de cette affaire.

— Revenons précisément à cette dernière, reprit Babou en joignant l'extrémité de ses doigts. Je disais donc que tous nos efforts pour percer à jour les messages vénitiens se sont révélés infructueux. Fort heureusement, nous pouvions toujours compter sur les indiscrétions recueillies par Nicolas auprès de sa belle. C'est ainsi que nous avons fini par apprendre que le nouveau code secret mis au point par les agents de la Sérénissime repose sur l'utilisation d'un étonnant médaillon.

— Comment cela ?

— Nicolas était certain que la chose vous intéresserait. À l'en croire, vous connaissez déjà parfaitement les deux principales méthodes employées pour chiffrer un message. La première, la plus ancienne, consiste en une transposition. Cela revient à conserver l'identité des lettres du texte original, mais à en intervertir les places. En pratique, il s'agit de concevoir une anagramme du message. La seconde, plus sophistiquée, consiste en une substitution. Cette fois, les lettres du message conservent leur position initiale mais sont remplacées par des symboles. On peut utiliser à cette fin des lettres, des chiffres ou n'importe quel autre signe. La principale faiblesse d'un tel chiffre de substitution est que le symbole choisi pour remplacer une lettre donnée présente la même fréquence d'apparition que celle-ci. En comparant les fréquences d'apparition de toutes les lettres de l'alphabet dans la langue employée pour rédiger le message, avec celles des symboles utilisés dans les missives codées, il est possible de retrouver toutes les correspondances lettre-symbole et donc de reconstituer les textes en clair.

En écoutant l'exposé savant de Philibert Babou, Héloïse se crut revenue douze ans en arrière. Elle se revoyait en train de recueillir des informations similaires de la bouche d'Henri de Comballec, l'homme qui l'avait aidée à déjouer un complot contre le précédent roi avant de devenir, presque par accident, son amant et le père de son unique enfant. Et soudain, elle sut pourquoi le nom de Philibert Babou lui avait semblé vaguement familier lorsque le docteur Geoffroy l'avait prononcé pour la première fois. Déjà, à l'époque, Henri lui avait confié qu'il s'agissait d'un éminent expert en écritures secrètes.

Troublée par ce singulier clin d'œil du passé, la jeune femme dut prendre sur elle-même pour ne pas laisser vagabonder ses pensées et parvenir à se concentrer de nouveau sur les propos du cryptanalyste.

— Jusqu'ici, pour renforcer de tels codes basés sur la substitution, les spécialistes avaient uniquement recours à des leurres cryptographiques. Il s'agit de symboles supplémentaires qui visent à perturber l'étude des fréquences. Tel signe signifiera que la lettre suivante est doublée, tel autre que la lettre précédente doit être négligée. Certains symboles seront nuls et n'auront aucune signification. De telles diversions compliquent et retardent le déchiffrement mais ne sont pas des obstacles insurmontables. La raison en est qu'une lettre du texte en clair est toujours représentée par le même symbole et qu'un symbole du texte codé, s'il ne s'agit pas d'un leurre, renvoie toujours à la même lettre. C'est cette double correspondance que les Vénitiens sont parvenus à supprimer de façon remarquablement ingénieuse.

— Je crains de ne plus tout à fait vous suivre.

— La chose est pourtant assez simple. Encore fallait-il y songer ! Il s'agit d'utiliser plusieurs alphabets chiffrés en passant de l'un à l'autre au cours du codage. Le texte crypté qui en résulte n'est plus accessible à l'analyse des fréquences. Pour ce faire, mon homologue, le secrétaire du chiffre vénitien, un certain Giovanni Soro, a mis au point un outil d'une simplicité d'utilisation désarmante mais qui permet d'obtenir un chiffrement d'une résistance inégalée[1]. Il s'agit d'un médaillon comportant deux disques superposés, de diamètre différent, l'un fixe et l'autre mobile. Chacun est divisé en un même nombre de secteurs. Dans chaque secteur du grand disque fixe, se trouve inscrite, en suivant l'ordre alphabétique normal, une lettre majuscule. De la même façon, chaque secteur du petit disque mobile porte une lettre minuscule. Mais, cette fois, les lettres sont disposées dans un ordre totalement aléatoire. Les deux correspondants doivent disposer d'un médaillon avec des

1. Le dispositif décrit ici a été en fait imaginé par un savant humaniste originaire de Gênes : Léon Battista Alberti. Il exposa ses idées dans un traité *De Componendis Cyphris* datant de 1466 ou 1467, mais ne parvint pas à les imposer, si bien que les premiers chiffres polyalphabétiques ne firent leur apparition en Europe qu'à la fin du XVIe siècle.

cadrans identiques et convenir d'une lettre-indice située sur le cercle mobile, par exemple « p ». L'expéditeur place cette lettre en face d'une majuscule située sur le disque fixe et qu'il mentionne au début de la première ligne du message, par exemple « K ». Le destinataire sait donc que, pour effectuer le déchiffrement de la première ligne, il doit placer le disque mobile de son médaillon dans la position où le « p » fait face au « K ». Il n'a plus alors qu'à remplacer chaque lettre du message chiffré par la lettre positionnée au-dessus d'elle sur le grand disque. Pour la deuxième ligne du message, un autre alphabet chiffré sera utilisé. Il suffit pour cela de déplacer la lettre-indice devant une majuscule différente du grand disque. Et ainsi de suite, en variant la disposition des disques à chaque ligne.

— Fascinant ! s'extasia Héloïse. Si je comprends bien, vous ne pourrez déchiffrer les lettres interceptées que si vous parvenez à vous emparer d'un exemplaire du médaillon utilisé par les Vénitiens.

Philibert Babou hocha gravement la tête.

— Précisément. Or, il y a environ un mois, nous avons cru toucher au but. Grâce aux informations fournies par Nicolas, un espion à notre solde est parvenu à s'emparer d'un exemplaire du médaillon, à Venise. Malheureusement, il a été pris en chasse par les agents de Giovanni Soro et nous avons perdu sa trace. Nous désespérions de le retrouver lorsqu'il y a cinq jours, le concierge de l'Hôtel-Dieu, un dénommé Guillaume, m'a contacté pour m'indiquer que son frère était sur le point de rejoindre Paris. Vous l'aurez compris ce frère n'était autre que notre homme, toujours contraint de se dissimuler pour échapper à ses poursuivants, d'autant que son apparence physique était des plus identifiables.

— Vous voulez dire que l'homme aux oreilles coupées...

— ...était notre espion, oui, compléta Babou. Les Vénitiens ont dû retrouver sa piste au dernier moment. Il leur a fallu agir vite et sans s'embarrasser de discrétion. Cela bien évidemment, nous ne l'avons compris que lorsque vous avez été interrogée le lendemain par le lieutenant criminel ici présent. Voilà pourquoi nous avons aussitôt fait enlever les corps. Nous avions encore un infime espoir de trouver le médaillon sur l'un des cadavres mais, de toute façon, il valait mieux faire disparaître toute trace de cette méchante affaire.

— À vous entendre, j'en déduis que vous n'avez rien découvert en examinant les dépouilles.

— C'est malheureusement exact. Le médaillon a disparu.

— Il paraît naturel de penser que les Vénitiens ont réussi à récupérer leur bien.

— C'est probable, concéda Jean de la Porte en quittant son siège pour aller et venir dans la pièce, les mains croisées dans le dos et le front soucieux. Probable, mais pas certain. Un détail ne cesse de nous troubler depuis que j'ai recueilli votre déposition au Châtelet. Il s'agit de la disparition de votre fils...

— La disparition de mon fils ? s'exclama la femme rousse avec des accents de désarroi dans la voix. Que voulez-vous dire ? Quel rapport peut bien avoir Étienne avec votre embrouillamini d'espions et de codes secrets?

— Aucun, précisément. Et c'est bien cela qui nous intrigue.

— Comprenez-nous, reprit Babou en s'emparant des mains d'Héloïse pour les serrer dans les siennes, les Vénitiens ne poursuivaient qu'un seul but : récupérer leur précieux pendentif. Au passage, ils pouvaient supprimer d'éventuels témoins et c'est ce qu'ils ont fait avec notre agent et son frère Guillaume. Mais pas avec votre enfant sinon nous aurions retrouvé son cadavre sur place. Ils n'avaient aucune autre raison de s'en prendre à votre fils et pourtant celui-ci a disparu. Pourquoi? Nous avons beau retourner la question dans tous les sens, aucune réponse logique ne s'impose. À moins que…

Il marqua une courte pause. Les nerfs à vif, Héloïse dégagea ses mains et les joignit comme pour une prière.

— Je vous en conjure, messire, dévoilez-moi tout de bon le fond de votre pensée. Point de demiconfidence ou de digression. Vous avez devant vous une mère rongée par l'angoisse et qui n'a plus trouvé le sommeil depuis trois nuits.

— Nous n'avons bien entendu aucune certitude. Mais si les Vénitiens se sont emparés de votre enfant, c'est peut-être parce qu'ils ont besoin de lui pour atteindre leur but. Qui sait? Notre espion a pu dissimuler le médaillon et confier le secret de cette cachette à votre fils.

— Mais si vous avez de tels soupçons, s'insurgea Héloïse, qu'attendez-vous pour interroger ce coquin d'ambassadeur vénitien ou faire fouiller sa résidence ? Il y va sans doute de la vie de mon seul enfant !

Philibert Babou dodelina de la tête d'un air navré.

— C'est hélas impossible ! Vous oubliez que ces gens sont encore officiellement nos alliés et que le roi compte sur leur appui pour reconquérir Milan. Tant que nous n'aurons pas la preuve certaine que les Vénitiens jouent double jeu, nous devrons les ménager. Mais rien ne nous empêche de continuer à les surveiller de près. Pour cela, nous pouvons toujours compter sur Nicolas... et sur vous, bien entendu.

— Sur moi ? Mais comment cela ?

— Vous êtes la seule à pouvoir identifier votre fils s'il ressurgit dans l'entourage de Pasqualigno. Nous avons donc besoin que vous preniez avec nous, dès demain, la route d'Amboise.

— Amboise ? Pourquoi Amboise ? Je ne vous suis plus.

— Vous ignorez donc la nouvelle ? Notre bon roi François a quitté Paris ce matin même. Il va rejoindre par étapes la ville de Lyon où le connétable a reçu instruction de rassembler l'armée. Sa première halte se fera à Amboise où Leurs Majestés doivent assister au mariage du duc Antoine de Lorraine. Il va de soi que les ambassadeurs vénitiens sont du voyage. S'il nous reste une petite chance de retrouver votre fils vivant, c'est donc là-bas qu'il nous faut être.

— Amboise..., répéta Héloïse d'une voix à la fois songeuse et indécise. Je ne sais que vous répondre. Tout ceci est si soudain, si inattendu... Et si jamais vous faisiez fausse route, si mon fils se trouvait encore à Paris...

Nicolas se leva à son tour et vint se pencher au-dessus de la jolie rousse. Les paroles qu'il prononça alors réussirent le prodige de balayer aussitôt ses réticences et, dans le même temps, de la plonger dans une intense confusion de sentiments.

— Je crains, Héloïse, que vous n'ayez d'autre choix que de nous accompagner. Pas pour nous faire plaisir. Pas non plus parce que tel est le souhait du roi. Mais pour une seule et unique raison. Là où nous allons, se trouve le seul homme qui soit capable, si vous lui demandiez, de descendre jusqu'aux enfers pour retrouver votre fils et de l'en ramener indemne. Voilà deux jours maintenant qu'à la suite du duc de Lorraine, le noble et vaillant Bayard est de retour à Amboise.

Matthäus Schiner

Le grand palefroi gris choppa contre une pierre et fit un brusque écart qui envoya rouler plusieurs cailloux dans la pente en contrebas. Tiré de sa somnolence, son cavalier raccourcit les rênes dans ses poings et obligea sa monture à regagner le milieu du sentier qui serpentait en escaladant la montagne.

L'homme revêtu d'une longue cape de voyage brune se sentait incroyablement vieux et fourbu. Ses muscles étaient tout endoloris, son entrejambe lui cuisait. Il n'en pouvait plus d'avoir chevauché jusqu'aux feux du couchant, tout au long de ce jour désormais en bout de course. Tout l'irritait. Non seulement les écarts de son cheval, mais aussi le cliquetis des pièces d'harnachement, l'odeur forte imprégnant sa couverture de selle, la rudesse du cuir sous ses fesses, la tombée du soir qui glaçait la sueur sur sa peau.

Tout.

Il poussa un long soupir. Ses yeux se détachèrent du chemin pour observer les sentinelles dont les silhouettes se détachaient à contre-jour, sur chaque éminence dominant la passe. Celles-là au moins n'avaient guère d'états d'âme. Heureuses créatures ! On leur demandait juste de se tenir immobiles, sans penser à rien, en attente de la relève. Plus tard, il leur suffirait d'une gourde de vin aigre pour noyer leur ennui et oublier leur peine. Ou bien d'enfouir leur queue dans la fendace vérolée d'une ribaude pour se croire, le temps d'une saillie immonde, les rois de la terre. Le cavalier se prit fugacement à les envier. Comme son existence serait simplifiée s'il avait pour tout désir de se remplir la panse et de lâcher son foutre au cul des femmes !

Un sourire désabusé étira ses lèvres minces. En son être profond, il savait pertinemment qu'il se mentait à lui-même. Malgré la fatigue et les contrariétés, malgré les risques encourus, il n'aurait échangé sa place contre aucune autre. Surtout pas en ces heures fatidiques où il tenait, au creux de ses mains, le destin de bien des royaumes.

Rose, or et mauve, la lumière déclinante miroitait contre les plaques de neige éternelle, tout au long de la ligne de crête. Le soleil avait longtemps dardé ses rayons haut dans le ciel, mais il échouait désormais à pénétrer dans les vallées encaissées du Piémont savoyard. La nuit se pressentait déjà dans les gémissements plaintifs des branches de sapin et dans ces longs doigts d'ombre qui s'effilaient entre les blocs de rocher, des doigts d'étrangleur à coincer dans le gosier du jour les ultimes chants d'oiseau, les menus déplacements de bêtes invisibles au fond des taillis.

L'homme sur son palefroi gris avait perçu les rumeurs du campement bien avant d'entrevoir les premiers gardes postés sur les hauteurs. Elles descendaient à sa rencontre, semblables au ressac d'une mer changeante, tantôt confuse et lointaine, tantôt grondante et têtue. Les bruits se précisèrent lorsque le cavalier dépassa la lisière des arbres et se retrouva au milieu d'un chaos de rocs en suspens. Il distingua alors les hennissements, les clameurs viriles et le fracas de l'acier. Encore quelques toises et son cheval contourna un promontoire qui fermait l'accès à un vaste cirque rocheux. Au fond de celui-ci, profitant des défenses naturelles du site, les Suisses avaient établi leur cantonnement principal. En raison du manque de place, les pavillons de toile semblaient collés les uns aux autres et donnaient la fausse impression d'un regroupement anarchique.

Dans la fumée épaisse de centaines de feux, des hommes allaient et venaient, se croisaient, s'interpellaient dans un désordre indescriptible. Il y avait là des soldats en armes, des garces en maraude distribuant œillades et mauvais vin, des palefreniers menant boire leurs chevaux, des attelages remplis de vivres, des porchers veillant leurs troupeaux. Tout un monde braillard et bigarré. Mais à bien y regarder, rien n'était laissé au hasard et l'on sentait que tous ces gens avaient veillé à leur installation et s'attendaient à demeurer un bon moment sur place. De profondes fosses d'aisances avaient été creusées à proximité d'un petit torrent, tandis que des palissades de troncs taillés en pointe formaient des barbacanes aux différentes entrées du camp. Claquant au vent sur de hauts mâts savamment répartis, les bannières des différents cantons délimitaient l'espace réservé à chaque compagnie.

Le cavalier dédaigna les pavillons de Fribourg, Soleure, Zürich et Bâle pour rejoindre la tente la plus vaste que dominaient des flammes aux armes du canton de Berne. Parvenu là, il se laissa pesamment choir de selle et abandonna, non sans un certain soulagement, sa monture à un valet aux chevilles crottées. Redressant la taille, il épousseta ses épaules, rejeta les pans de sa cape en arrière afin de dégager sa croix pectorale et coiffa une élégante barrette pourpre. Cela fait, il gagna l'entrée du pavillon et ne put s'empêcher d'afficher un sourire un tantinet infatué lorsque l'un des deux gardes, relevant sa hallebarde, s'improvisa héraut pour l'annoncer en n'omettant aucun de ses titres : « Son Éminence le cardinal Matthäus Schiner, prince-évêque de Sion, évêque de Novare, marquis de Vigevano, ancien légat du pape, libérateur de l'Italie et protecteur de l'Église. »

L'intérieur de la tente n'avait rien du luxe clinquant dont s'entourent habituellement les grands seigneurs qui se voient confier le commandement d'une armée en campagne. Point de tapisseries, de mobilier raffiné, de vaisselle en métal précieux, mais un décor à la fois militaire et fonctionnel : des coffres, des râteliers d'armes, des cartes étalées sur des planches posées entre deux tréteaux. Quelques détails toutefois révélaient que l'occupant des lieux n'était pas totalement indifférent à son confort personnel : peaux de bête sur le sol pour se protéger du froid nocturne, barriques de bière et victuailles en quantités suffisantes pour tenir un siège, lit de camp surmonté d'un baldaquin improvisé de plusieurs bannières.

L'homme que le prélat venait rencontrer n'était pas du genre à passer inaperçu. Massif, une chevelure blonde cascadant en boucles indisciplinées sur les épaules, le visage tanné par le grand air, arborant une barbe fournie à deux pointes, il manifestait une exubérance vestimentaire qui tranchait quelque peu avec le cadre sommaire de son installation. Il portait un pourpoint d'un bleu soutenu avec de nombreuses aiguillettes à ferrets et des crevés jaunes aux manches, des hauts-de-chausses ornés de rubans sur les côtés et au niveau de la proéminente braguette, ainsi que des bottes de cavalier d'une couleur fauve éclatante.

Albrecht vom Stein appartenait à l'une des familles nobles les plus importantes de Berne et s'était vu confier non seulement la capitainerie du contingent de sa ville, mais le commandement général d'une armée suisse comprenant 14 000 hommes des cantons et près de 6 000 corps-francs. Cette troupe imposante avait pris la direction du duché de Savoie début juin, au moment où la tension avait atteint son maximum entre la Sainte Ligue et la république de Gênes.

— Quelle joie de vous revoir, Votre Éminence ! s'exclama le capitaine suisse en ouvrant largement les bras en signe de bienvenue. Je dois dire que c'est également une surprise. Je vous imaginais encore auprès de cette poule mouillée de Sforza ou bien de Sa Sainteté, à tenter de redresser ce foutu attelage qu'on baptise du joli nom de ligue mais où chaque bête s'évertue à tirer à hue et à dia.

Le cardinal Schiner, profil d'aigle et regard pétillant d'intelligence, dut reconnaître que la comparaison utilisée par son vis-à-vis ne manquait pas d'à-propos pour qualifier l'actuelle situation diplomatique. C'était plutôt inattendu pour un personnage que l'ecclésiastique se représentait comme un rustaud, bon soldat, bon vivant, mais dépourvu de toute finesse psychologique.

— Dès que j'ai eu connaissance de votre arrivée ici, dit-il sur un ton de reproche, je n'ai eu de cesse que de vous rejoindre au plus tôt. Qu'est-ce qui vous a pris de mener vos hommes directement sur la route des cols ? C'est à Milan que vous devriez être ! Pour faire pression sur Sforza et obliger ainsi Sa Sainteté le pape à prendre parti plus ouvertement !

— Eh bien ! s'esclaffa vom Stein comme s'il n'accordait pas grande importance au fait de se voir tancer comme un gamin. Moi qui m'attendais à des félicitations pour la promptitude avec laquelle j'ai mené mes troupes jusqu'ici ! Voulez-vous bien me dire qui d'autre que nous pourrait désormais barrer la route de l'Italie à ce damné roi de France ?

Abandonnant sa mine sévère, Matthäus Schiner admit en son for intérieur que l'autre n'avait pas tout à fait tort. Les événements les plus récents semblaient même aller pleinement dans son sens. En avril dernier, lorsque avaient été connus les traités de paix signés par le nouveau roi François avec Charles d'Autriche et Henry VIII d'Angleterre mais aussi l'alliance secrète, vite ébruitée, conclue avec la république de Gênes, il avait lui-même été à l'origine d'une première levée de 4 000 Suisses. Financée par le duc de Milan, Massimiliano Sforza, l'opération avait pour but de marcher sur Gênes et d'en chasser le doge Frégoso trop favorable aux Français. Les atermoiements du pape Léon X avaient tout fait capoter. Le souverain pontife redoutait qu'une fois Gênes mise au pas, Sforza n'eût la mauvaise idée de diriger ses mercenaires suisses sur Parme et Plaisance. Ces deux villes rattachées normalement au duché de Milan étaient en fait passées sous la domination du Saint-Siège en 1512, à l'occasion de la reconquête du duché sur les troupes françaises de Louis XII. Or, Léon X n'était pas homme à se laisser dépouiller de ses possessions, quand bien même celles-ci auraient-elles été acquises au mépris du droit le plus élémentaire.

En définitive, désamorçant les tensions, le pape avait affirmé son soutien au doge Frégoso. Depuis lors, il refusait de choisir clairement un camp et jouait une délicate partition où s'entremêlaient pragmatisme et duplicité.

Par les informateurs qu'il entretenait au Vatican, Schiner avait ainsi appris que Léon X avait sollicité le soutien du vice-roi de Naples, Ramón de Cardona, également capitaine général de la Sainte Ligue. Mais dans le même temps ses légats en France négociaient avec le roi François un projet d'accord reposant sur la reconnaissance, par le souverain pontife, des droits du souverain français sur le duché de Milan contre l'abandon par celui-ci de toute revendication sur le royaume de Naples et les villes de Parme et Plaisance.

— Le pape ne devrait songer qu'à unifier la Sainte Ligue pour s'opposer aux ambitions françaises, soupira le cardinal Schiner. Mais ce Médicis est un Florentin jusqu'au bout des ongles. Pour conserver Parme et Plaisance dans son giron, il serait prêt à tout. Y compris à une alliance avec le diable, s'il le jugeait utile.

Bien qu'il n'eût pas pour habitude de laisser transparaître ses sentiments, le prélat suisse ne parvenait pas à masquer l'aversion que lui inspirait l'actuel successeur de Saint-Pierre. Sous le pontificat de Jules II, avec lequel il partageait une haine viscérale des Français, il lui avait été facile de s'imposer comme le soutien le plus ferme des ambitions de l'Église dans la péninsule. Mais depuis que Jean de Médicis avait coiffé la tiare en 1513, sous le nom de Léon X, Schiner peinait à décrypter les louvoiements de la politique pontificale. Là où Jules II péchait par excès d'intransigeance et refus du compromis, Léon X décourageait ses plus fidèles alliés à force de contorsions. Il s'obstinait à ménager Français et Espagnols pour préserver son fragile pouvoir temporel. Cette frilosité horripilait Schiner qui, plus romain que ce pape frileux, rêvait d'une Italie indépendante, unifiée sous la domination de l'Église.

— Il n'empêche, reprit le cardinal en fronçant à nouveau les sourcils, vous n'auriez pas dû boucler les cols si tôt ! La crainte des Français est le meilleur argument dont on puisse user pour contraindre Sa Sainteté, le duc Sforza et les Espagnols à faire front commun. Qu'ils n'aillent surtout pas imaginer qu'il suffit de se reposer sur nous !

Tout en encaissant placidement les reproches du prélat, Albrecht vom Stein saisit un pichet de vin et remplit deux verres à ras bord. Il en poussa un en direction de son contradicteur. Comme celui-ci s'approchait pour le saisir, le capitaine de Berne balaya de sa main la carte étalée devant lui sur la table. Elle représentait les principales voies d'accès à la péninsule à partir du royaume de France.

— Des marchands en provenance d'Avignon nous ont signalé d'importantes concentrations de troupes du côté de Lyon. Si nous n'avions pas pris position sur les cols, ce jeune chien fou de François aurait pu s'imaginer que ses gesticulations suffisaient à nous impressionner. Il ne sera pas dit que nous l'aurons laissé fanfaronner à nos dépens !

Le cardinal Schiner réprima une moue irritée. Devoir composer avec des rustres ou des esprits limités s'avérait encore plus éreintant que de parcourir en tous sens les étroits chemins piémontais. Son regard de feu se fixa au fond des prunelles de vom Stein.

— François Ier ne bougera pas, déclara-t-il, péremptoire. Du moins tant que j'en aurais décidé ainsi. Il a beau gronder et montrer les crocs, j'ai préparé à son intention une muselière infaillible. Le jeune chien fou n'est pas près de ronger l'os qu'il convoite.

II

LA CROISÉE DES CHEMINS

Compains larrons

Ils allaient par les chemins de traverse au rythme cahotant d'une carriole tirée par une vieille mule sournoise.

Sournois, ces deux-là l'étaient tout autant, qui vivaient de larcins et de mauvais coups, l'œil toujours en quête d'un bourgeois à gruger, les doigts en maraude au fond d'une poche ou d'une bourse mal protégée. Le borgne répondait au sobriquet de Colinet le benastru[1] et excellait dans l'art de faire rouler les dés à son profit. Le bohémien se nommait Garridan et n'avait pas son pareil pour endormir de ses notes cristallines, sur la place d'un gros bourg ou devant l'âtre d'une auberge, une assistance encline dès lors à se laisser dépouiller par une Mouette aussi discrète qu'agile.

Les premières nuits passées en compagnie de pareils pendards furent pour le jeune Étienne un supplice. Sans cesse défilaient devant ses yeux les images traumatisantes du meurtre des bateliers.

1. Le chanceux.

Crevant d'angoisse, craignant de subir tôt ou tard le même sort, il s'efforçait en vain de combattre le sommeil. À chaque fois ou presque, il finissait cependant par succomber à la fatigue et se réveillait en sursaut à la pointe de l'aube, le cœur en galopade et le souffle court.

Au tout début, il avait bien songé à s'enfuir, mais la peur l'avait retenu. Abandonnant les berges de la Seine, la carriole des malandrins s'était enfoncée vers le sud à l'écart des routes fréquentées et, dès leur premier bivouac, Étienne n'avait plus la moindre idée du chemin à prendre pour regagner Paris. Il redoutait, s'il parvenait à fausser compagnie à ses inquiétants compagnons, d'errer seul à travers la campagne, pendant des jours et des nuits, et de s'exposer ainsi aux attaques des bêtes sauvages. Et si jamais les deux malandrins parvenaient à le rattraper, il n'osait imaginer le sort qu'ils lui réserveraient.

De son côté, Mouette s'était efforcée de le rassurer. À l'entendre, Colinet et Garridan n'étaient pas les brutes assoiffées de sang que s'imaginait le garçon. Ils avaient bien chacun quelques cadavres sur la conscience mais n'avaient jamais ôté la vie à leur prochain que contraints et forcés. Soit au cours d'une rixe entre mauvais garçons, soit pour échapper à la potence. C'était d'ailleurs pour ne plus avoir à verser le sang que les deux compères évitaient dorénavant de se risquer dans les faubourgs des grandes villes, où il se trouve toujours quelque méchante âme pour jouer les redresseurs de torts, chercher querelle à deux pauvres besogneux de la rapine ou bien les détrousser à leur tour. Comme si ce n'était pas déjà misère que de devoir gagner sa pitance, au jour le jour, en s'en remettant à la crédulité de l'honnête homme !

Lorsque Étienne s'était risqué à faire remarquer que les deux larrons eussent pu se contenter d'estourbir les bateliers, et notamment la grosse Marie, sans se livrer à une sanglante hécatombe, Mouette avait haussé ses épaules nues. Tandis qu'elle enroulait l'une de ses boucles brunes autour de son doigt, elle avait provoqué le jeune garçon de son regard enjôleur. Sa voix gouailleuse l'avait gentiment raillé :

— Môssieur faisait moins le charitable quand il se tortillait attaché à son arbre, les naches[1] à l'air. Si on les avait laissés filer, tes quatre affreux auraient été fichus de rameuter après nous tous les sergents de la prévôté. On n'avait pas vraiment le choix.

La réponse n'avait pas convaincu Étienne, mais il s'était gardé d'insister.

Les jours passant, cependant, ses appréhensions étaient allées en diminuant. Colinet et Garridan ne l'avaient ni brutalisé ni même menacé. La plupart du temps, ils se contentaient de l'ignorer. Durant la journée, les deux hommes menaient le chariot à tour de rôle, tandis qu'Étienne allait le plus souvent à pied en compagnie de Mouette. Le soir, quand le petit groupe faisait halte pour manger et se reposer, peu de mots étaient échangés. Les rôles se trouvaient, entre eux, implicitement répartis. Les deux

1. Les fesses.

enfants s'employaient à ramasser du bois pour le feu. Colinet se chargeait de l'allumer. Quant à Garridan, il disparaissait sous le couvert des halliers et trouvait toujours le moyen de capturer quelque gibier pour mettre à la broche.

Une fois rassasié, chacun s'enroulait dans ses couvertures. Le borgne basculait dans le sommeil comme une pierre au fond d'un puits. Ses ronflements tenaient lieu d'accompagnement discordant aux notes que le bohémien tirait de son luth jusque tard dans la nuit. Étienne et Mouette trouvaient alors refuge entre les roues de la charrette.

Un soir, le garçon s'était laissé aller aux confidences. Il avait évoqué son enfance solitaire, les caves de l'Hôtel-Dieu, la tendresse de Mère, l'absence de son père, cette certitude ancrée au plus profond de lui que son géniteur n'était autre que le célèbre chevalier Bayard. Devant la mine incrédule de sa compagne, il s'était presque fâché, avait bougonné qu'un jour il trouverait le moyen de réunir à nouveau ses deux parents. Mais, au fur et à mesure qu'il parlait, l'émotion l'avait submergé. Des larmes lui étaient montées aux yeux. Au lieu de s'en moquer, Mouette l'avait serré contre elle et bercé jusqu'à ce qu'il s'endorme, le cœur gros et l'esprit en déroute.

Les nuits suivantes, ils apprécièrent encore davantage de se retrouver pelotonnés à l'abri de la charrette. Étienne aimait la façon dont l'adolescente mettait à profit ces moments de tendre complicité pour se confier à son tour à lui. Elle lui narrait les folles mésaventures qu'elle affirmait avoir vécues depuis qu'orpheline, elle s'était enfuie de la maison d'un oncle trop entreprenant. Mouette s'y donnait le beau rôle et les récits semblaient trop extraordinaires pour être vrais, mais là n'était pas l'essentiel. En écoutant la voix de la piquante brunette, Étienne parvenait à oublier, au moins pour un temps, sa crainte de l'avenir et son chagrin d'être irrémédiablement séparé de sa mère. Car à ce sujet-là, Mouette ne lui avait guère laissé d'illusions. La mauvaise réputation de Colinet et Garridan était trop solidement établie dans la Capitale pour que les deux larrons prennent le risque de s'en approcher à moins de quarante lieues. L'un comme l'autre n'était guère pressé de donner son bonjour aux corneilles de Montfaucon et d'accorder aux badauds sa bénédiction par les pieds[1].

Ils voyageaient vers le sud depuis déjà une dizaine de jours, lorsque Étienne commença à désigner à Mouette les plantes médicinales croisées en chemin. C'était sa façon à lui de remercier sa nouvelle amie de l'avoir pris sous son aile. Se remémorant les leçons d'Héloïse, il énumérait les différentes parties des plantes employées en thérapeutique avant d'en détailler les principales propriétés. Il lui montra ainsi successivement les petites fleurs jaunes de l'aneth, qui forment de si belles ombrelles au printemps et s'avèrent propres à combattre hoquets, vomissements et spasmes abdominaux, les feuilles dentées du cerfeuil, réputées pour leur activité purificatrice sur le sang et

1. Se disait alors des pendus qui, en se balançant dans le vent, semblaient « bénir » les passants.

capables d'arrêter la sécrétion lactée des femmes, la rue odorante aux redoutables effets abortifs et toxiques, qui nécessite d'être cueillie avec des gants, l'herbe de la Saint-Jean utilisée pour cicatriser les plaies mais aussi considérée par certains comme une plante magique, apte à chasser les mauvais esprits.

Mouette fut particulièrement étonnée d'apprendre que même le modeste pissenlit possédait des vertus cachées, ayant le pouvoir de stimuler la sécrétion de la bile et de favoriser l'élimination des calculs rénaux. Mais ce qui émerveilla le plus l'adolescente fut l'exposé de la troublante théorie des signatures. Étienne lui expliqua qu'il s'agissait d'une méthode empirique connue depuis la plus haute Antiquité et selon laquelle Dieu, regrettant d'avoir créé les maladies, aurait affecté un signe de reconnaissance aux plantes qui permettent de les soigner. Il lui cita en exemple l'écorce de saule dont la décoction permet de lutter contre la fièvre. Arbre qui se plaît les pieds dans l'eau, le saule n'était-il pas tout désigné pour lutter contre les maladies dues à l'humidité ?

Devant tant de savoir, Mouette abandonna pour la première fois ses airs protecteurs et lui accorda une considération toute neuve. Le jeune garçon crut même lire de l'admiration dans les beaux yeux dorés. Tout au plaisir de briller, il résolut de lui faire découvrir le merveilleux agencement de la création divine et lui expliqua la raison pour laquelle la passiflore est tenue, par les plus savants esprits, pour une véritable panacée. « Les Anciens ont ainsi nommé cette plante car elle porte témoignage, à travers les âges, de la Passion du Christ. Les filaments rougeâtres rappellent la couronne d'épines. L'ovaire porté par un long pédoncule évoque l'éponge trempée dans du vinaigre au bout de la lance d'un légionnaire romain. Les sépales et pétales sont au nombre de dix et figurent les dix apôtres restés fidèles, après le reniement de Pierre et la trahison de Judas. Le pistil représente les trois clous qui ont servi à crucifier Notre Seigneur. Les cinq étamines symbolisent les plaies de Jésus. Quant aux stigmates, ils forment tout simplement le signe de la croix. »

À peine eut-il achevé que Mouette, avec un enthousiasme touchant, s'extasia devant l'étendue de ses connaissances. Elle aurait tant aimé pouvoir, comme lui, posséder les rudiments d'un véritable métier !

Garridan venait de céder les rênes de l'attelage à Colinet lorsqu'il saisit au vol les compliments de l'adolescente. Sautant au bas de son banc, il rejoignit les deux enfants en quelques enjambées. Ses yeux étincelaient avec autant d'intensité que les anneaux de ses oreilles.

— J't'ai entendue, Mouette, dit-il en enlaçant l'adolescente par-derrière et en effleurant son oreille de ses lèvres. Qu'est-ce qui t'arrive ? Tu t'sens pousser une âme de boutiquière ou c'est ce docte avorton qui t'fait divaguer ?

— Laisse-nous, Garridan. Tu vois pas qu'on parle de choses sérieuses ?

— Justement ! Il serait temps que ton p'tit protégé nous montre sérieusement d'quoi il est capable.

On atteindra bientôt Beaumont. A c't'époque de l'année, la foire bat son plein dans le bourg. Certains viennent de loin pour y faire leurs emplettes de l'année. On s'ra pas trop de quatre pour délester tous ces braves gens de leur excédent de bagage. Encore faut-il que l'garçon ait les doigts aussi lestes qu'il a la langue déliée. On va l'mettre tout de suite à l'épreuve.

Quelques instants plus tard, la carriole quittait le chemin creux qu'elle suivait depuis deux jours et faisait halte dans une prairie parsemée de fleurs sauvages. Là, Colinet déclara qu'il allait faire une sieste tandis que le rhapsode entraînait les deux enfants à l'écart, auprès d'un bouquet de noisetiers. L'air embaumait le chèvrefeuille. Un grand silence tiède caressait l'ombre printanière tandis que le soleil jouait à cache-cache avec les troncs.

D'une profonde besace, Garridan tira une guirlande de clochettes tintinnabulantes qu'il entortilla autour des basses branches d'un arbrisseau.

— Le secret, c'est la légèreté, dit-il en se tournant vers Étienne. Ta main doit être une plume, tes doigts le frémissement de cette plume dans la brise. Montre-lui, Mouette.

La jolie brunette s'approcha du noisetier et, se hissant sur la pointe des pieds, entreprit délicatement de décrocher les premières clochettes. Pas une d'entre elles ne fit entendre le moindre tintement.

— Ça suffit, intervint le bohémien Je sais de quoi tu es capable mais c'est c'qu'il peut faire lui qui m'intéresse. À toi, mon garçon.

Étienne s'avança. Il avait les mains moites et les jambes flageolantes. En le croisant, Mouette lui adressa un regard d'encouragement qui le réconforta. Mais à peine eut-il saisi la ficelle que plusieurs cloches firent entendre leur son cristallin.

— Pas comme ça, espèce de lourdaud ! Il ne sert à rien de se pencher sur son ouvrage tel un ouvrier besogneux. Tu dois être un danseur sur son fil. Tout ton corps doit contrebalancer les mouvements de ta main.

Tirant la langue, Étienne fit une seconde tentative. Mais il échoua de nouveau lamentablement.

— C'est trop difficile...

— Ne te crispe pas tant... là, c'est mieux. Le corps bien droit. La main souple. Une plume dans le vent. Ton toucher doit être aussi léger que si tu caressais le sein d'une vierge endormie. Ou le ventre d'une mouette nichée dans ton giron, si la chose te parle davantage.

Désarçonné par l'allusion à peine voilée, Étienne perdit sa concentration. Son bras marqua un imperceptible écart mais suffisant pour qu'une clochette sonnât impitoyablement.

Le bohémien partit d'un grand rire sonore.

— Un conseil, mon garçon : t'avise jamais de tomber en truanderie. T'aurais tôt fait de te balancer au bout d'une corde. Quant à toi Mouette, tu peux toujours ouïr les savantes leçons de ce moucheron pour passer le temps. Mais si tu veux assurer ta pitance, feras aussi bien de pas oublier les conseils de maître Garridan.

La nuit suivante, Étienne fit à nouveau un cauchemar. Cela ne lui était plus arrivé depuis longtemps. Il rêva qu'une foule déchaînée s'emparait de lui après qu'il eut tenté maladroitement de vider le gousset d'un marchand. En vociférant, les gens le traînaient de force jusqu'à un gibet et lui passaient un collier de chanvre autour du cou. Il s'éveilla en sueur au moment précis où le plus costaud des excités s'emparait de la corde pour le hisser haut et court.

Le jeune garçon se dressa sur son séant. D'instinct, il se tourna du côté où aurait dû normalement reposer Mouette. La jeune fille n'était plus là. Sa couverture gisait en boule sous la carriole. En même temps qu'il constatait son absence, son esprit émergeait des dernières brumes de l'inconscience. Il perçut alors de courts jappements semblables à ceux que pousserait une bête malade. Roulant sur lui-même, il se blottit derrière la roue de la charrette et tenta de repérer d'où provenaient les bruits.

La nuit était encore obscure et le feu mourant ne projetait plus qu'une faible clarté sur le campement. Pourtant il distingua la silhouette allongée et immobile de Colinet. Comme à son habitude, le borgne semblait plongé dans un sommeil des plus profonds. Les gémissements s'élevaient d'une autre masse sombre, située sensiblement à l'écart. Étienne crut d'abord qu'il s'agissait de Garridan endormi. Mais ce n'était pas cela. Du moins pas exactement...

Le tas indistinct de vieilles couvertures était parcouru de mouvements saccadés, comme habité d'une existence propre. Étienne le fixa, incertain et de plus en plus inquiet. Un animal sauvage s'était-il glissé sous les couvertures, profitant du sommeil du bohémien pour lui ronger les entrailles ? Comment expliquer autrement ces reptations perfides, entrecoupées de brusques sursauts, et surtout ces plaintes étouffées ?

Sidéré, le jeune garçon se demandait quoi faire, redoutant s'il donnait l'alerte d'attirer sur lui l'attention de la bête. Il hésitait encore lorsque la couverture se dressa soudain en l'air avant de glisser sur le côté. Devant le regard effaré et rempli d'incompréhension d'Étienne, se dévoila le corps nu et gracile de Mouette. L'adolescente lui tournait le dos et se cambrait en arrière dans la lueur des flammes. Belle comme la lune, resplendissante comme le soleil. Sa peau cuivrée luisait de sueur, sa chevelure d'ombres dansait jusqu'au creux de ses reins. On eût dit une amazone chevauchant une cavale rétive ou bien une sorcière surprise en plein sabbat. Cette dernière pensée troubla l'innocent enfant mais moins que la vision de deux mains poilues s'abattant tout à coup sur les fesses rondes de Mouette, les empaumant et semblant dès lors dicter le rythme de cette frénétique bacchanale.

La tête palpitante, sentant confusément qu'il ne comprenait pas tout ce qu'il voyait mais envahi par un sombre ressentiment dont il percevait mal la cause, Étienne se rejeta dans l'ombre du chariot. Il ramena sa couverture sur son crâne et s'efforça de fermer son esprit aux signaux du monde extérieur. Mais les gémissements de souffrance le poursuivaient et l'empêchaient de détacher son attention de la folie qui se déployait là, dans la nuit profonde, à quelques pas de lui.

Soudain, un râle prolongé se fit entendre, suivi d'un épais silence.

Les paupières obstinément closes, le corps tremblant sous le fragile rempart de laine, Étienne se demandait si son âme pourrait sortir indemne de cette nuit chaotique. Il entamait son troisième *Pater Noster* d'affilée lorsqu'un infime mouvement, à proximité immédiate, lui glaça les sangs. Pas loin de croire qu'il s'apprêtait à vivre ses ultimes instants sur cette terre, il ne put résister à la tentation d'écarter le bord de la couverture.

— Tu ne dors pas ?

Les yeux de braise de Mouette le fixaient dans l'obscurité. L'adolescente se tenait à quatre pattes à ses côtés. Elle avait renfilé sa tunique mais l'échancrure ménagée par les lacets défaits dévoilait presque entièrement sa poitrine. Étienne s'efforça de détourner les yeux de cette chair nue, si impudiquement exposée. Cependant, il ne pouvait s'empêcher de sentir la chaleur de ce corps si proche du sien, non plus que de respirer son parfum âcre et lourd de senteurs inconnues de lui.

— Tu ne dors pas ? répéta la jeune fille en s'allongeant sur sa couche.

Étienne secoua la tête d'un air renfrogné. Il ne comprenait rien à ce qui se passait en lui. Mais une sorte de sourde colère croissait dans sa poitrine. Il serrait les dents et les poings, luttant contre l'envie soudaine de frapper quelque chose ou quelqu'un.

— Je t'ai vue tout à l'heure, avec Garridan, finit-il par lâcher comme à contrecœur. Il ne t'a pas blessée au moins ?

— Blessée... Garridan ?

La jolie brune se redressa sur un coude. De nouveau, son regard chercha celui d'Étienne. Ce qu'elle y lut suffit à retenir dans sa gorge le rire qu'elle avait failli laisser s'envoler.

— Tu sais, reprit Étienne plus bas, je ne l'aurais pas laissé faire. S'il t'avait fait du mal, j'aurais été capable de... de...

Comme il bafouillait d'émotion, Mouette acheva pour lui :

— De l'assommer, comme tu as déjà fait avec ce balourd, dans la grange, l'autre nuit. Eh bien, tu aurais fait du joli, mon mignon ! Je t'en prie, à l'avenir, abandonne le dessein de me servir de chevalier servant. La Mouette sait parfaitement se défendre toute seule quand le besoin s'en fait réellement sentir.

Tout en parlant, elle avait tiré de sous sa couverture un mince stylet dont elle fit miroiter la lame devant les yeux effarés d'Étienne. Celui-ci ne trouva rien à répliquer. Il réalisait brusquement que son geste héroïque, cette fameuse nuit à l'auberge, n'avait sans doute été qu'un acte aussi irraisonné qu'inutile. À l'évidence, Mouette aurait très bien pu se passer de lui pour échapper aux vilaines pattes de son agresseur. Elle était autrement plus endurcie que lui. Il y avait entre eux beaucoup plus qu'un écart de trois ou quatre années. Un abîme les séparait, qui le renvoyait douloureusement à l'absence de sa mère, à la tendresse dont celle-ci l'avait entouré tout au long de son enfance.

Mouette dut percevoir le désarroi au fond des yeux de son jeune compagnon. Car elle rangea son arme et lui effleura la joue du bout des doigts.

— Allez, chuchota-t-elle l'instant d'après en lui ouvrant les bras, viens là tout contre. Le jour n'est pas près de se lever. Il faut encore dormir.

Retour à Amboise

Quand elle aperçut de loin les toits d'Amboise, la falaise et les massives tours du château royal, Héloïse crut que sa poitrine allait éclater tant les émotions se bousculaient en elle. Son regard embrassa l'enroulement des vignes sur les coteaux, les saules et les peupliers frissonnants, les sables blonds et le fleuve alangui sous le soleil. Elle contempla un train de bois flottant qui descendait lentement le courant, des paysans qui menaient leurs bêtes sur la rive. Elle avait l'impression d'avoir quitté tout cela la veille, ou même de ne jamais l'avoir réellement quitté tant les paysages et les êtres étaient demeurés, durant toutes ces années d'exil, gravés dans son cœur. Amboise… son enfance, la rue de l'Herberie, l'apothicairerie de son père, la bonne Ermeline son ancienne nourrice, tous les souvenirs d'autrefois, tous les regrets aussi.

Supplantant l'espace d'un instant les paysages familiers et les traits de ses chers disparus, le visage de Bayard s'imposa à son esprit. Il était tel qu'elle l'avait vu la première fois, beau et plein de fougue, avec quelque chose d'irréductible au fond des prunelles. Mais en même temps qu'elle le voyait là devant elle, si tangible qu'elle aurait pu se laisser aller à tendre la main pour l'effleurer, elle savait que cette vision n'était rien d'autre qu'un mirage, qu'une illusion. Ce Bayard-là n'existait plus, sinon dans son souvenir. L'homme qu'elle s'apprêtait à retrouver et dont elle s'était tenue à l'écart durant douze longues années serait tout autre. Un inconnu ou presque.

Tout à coup, son projet lui apparut comme une pure folie. Comment parviendrait-elle à distraire ce soldat de la guerre que son roi s'apprêtait à l'envoyer mener au-delà des Alpes ? Comment pouvait-elle espérer obtenir de l'aide de celui qu'elle avait trahi et si profondément offensé ? Accepterait-il seulement de la voir, de lui parler ?

Préférant chasser ces questions pour l'heure sans réponse, la femme rousse se retourna sur sa mule et se força à adresser un sourire au cavalier qui se tenait auprès d'elle, légèrement en retrait.

— Ainsi nous y sommes, cher Nicolas. Après tant d'années !

Celui qu'on avait appelé jadis la Ficelle hocha la tête et pressa le flanc de son roncin pour remonter à la hauteur de sa compagne.

— La ville n'a pas tellement changé, vous verrez. Je gage qu'au bout de quelques jours, une semaine tout au plus, vous aurez retrouvé la plupart de vos repères.

— Plaise à Dieu qu'il en soit ainsi ! Si nous restions ici tout ce temps, cela signifierait que messire

Babou et toi avez eu raison de me pousser à quitter Paris et que nous sommes sur une piste prometteuse.

Ils étaient arrivés par la route d'Orléans, par les grandes plaines puis les premières avancées de la forêt de Sologne. En route, ils avaient laissé loin derrière eux la litière de Philibert Babou qui avait tenu à emporter dans ses bagages nombre d'ouvrages savants et n'avait pu suivre le rythme rapide de leur chevauchée. De relais en relais, ils s'étaient enquis de la progression du cortège royal, parti trois jours avant eux, et appris que François Ier et sa cour avaient atteint Amboise la veille, en début de soirée. Ils étaient las, emplis d'incertitudes, mais l'espoir les poussait à aller de l'avant. Après un ultime regard panoramique, ils engagèrent leurs montures dans la pente du coteau et, une fois la rive gagnée, les enlevèrent au trot afin de rejoindre les portes de la cité avant la tombée du soir.

Ils en étaient encore éloignés de trois ou quatre lieues lorsqu'ils aperçurent un cavalier qui galopait à leur rencontre. La poussière soulevée les empêchait de voir de qui il s'agissait mais ils distinguèrent un bras dressé qui s'agitait pour les saluer. Bientôt, des appels enjoués leur parvinrent, une voix féminine aux accents chantants.

Une expression de ravissement béat se peignit sur le visage de Nicolas du Pont.

— Lucia ! C'est Lucia qui vient nous accueillir.

L'instant d'après, ils étaient encerclés par la fougue virevoltante d'une blonde cavalière montée en amazone[1] sur une jument alezane. C'était une jolie jeune femme de dix-huit, dix-neuf ans, les cheveux dorés et les yeux noisette, avec des dents éclatantes et une robe moirée dévoilant le haut de ses seins de la façon la plus séduisante qui se pût imaginer. Nicolas descendit de son cheval et tendit les bras pour cueillir sa belle au passage. D'un mouvement tout à la fois gracieux et intrépide, Lucia Pasqualigno ralentit à peine l'allure de sa monture avant de passer la jambe par-dessus sa fourche de selle et de se jeter au cou de son bien-aimé.

Emportés par leur élan, les jeunes gens tournoyèrent sur eux-mêmes, étroitement enlacés et riant aux éclats. Puis Nicolas, ayant tout à coup conscience de se donner en spectacle, se dégagea de l'étreinte de la belle Vénitienne qui couvrait déjà son cou d'une multitude de baisers, et reposa doucement celle-ci à terre. La prenant avec élégance par la main, il la fit pivoter en direction d'Héloïse.

— Très chère amie, je vous présente la signorina Lucia Pasqualigno dont je vous ai tant parlé. N'est-elle pas en tout point ravissante ?

— J'aurais grande peine à te contredire, approuva Héloïse qui s'amusait intérieurement du brusque

1. Jusqu'au Moyen-Âge, les femmes usaient d'une selle spéciale, la sambue, qui permettait de s'asseoir parallèlement à l'axe du cheval. C'est à la Renaissance qu'apparut la monte en amazone rendue possible par l'adjonction de fourches sur la selle. Selon Brantôme, ce fut Catherine de Médicis qui introduisit cette pratique en France. L'origine est probablement plus ancienne comme le suggère le sceau représentant en amazone Marie de Bourgogne, qui devait d'ailleurs décéder d'une chute de cheval en 1482.

émoi colorant les joues de Nicolas. (Elle salua la jeune fille d'une inclination de tête et lui adressa un sourire bienveillant.) Venise est réputée à juste titre pour ses mille et une merveilles mais, à coup sûr, vous en êtes, demoiselle, l'une des plus admirables. Je comprends mieux pourquoi Nicolas brûlait de vous retrouver.

Lucia lui rendit son salut en effectuant une exquise révérence. Sa beauté lumineuse ne tenait pas uniquement à la régularité de ses traits, ni à son corps mince et élancé, mais à l'extrême acuité de son esprit. On devinait d'emblée en elle une vive intelligence doublée, en dépit de son jeune âge, d'une résolution propre à renverser les montagnes. Elle ne devait pas être femme à se laisser aisément dominer ou imposer des choix contraires à sa volonté. Et cela plut à Héloïse, comme lui plurent aussi les mots que sa cadette prononça d'un ton faussement chagriné :

— Votre compliment, Madame, me touche au-delà de ce que je saurais dire et il me serait agréable de vous rendre la pareille tout en respectant les convenances, si seulement le grand dadais que voilà avait cru bon de me faire connaître vos nom et qualité.

Rouge de confusion, Nicolas s'exécuta aussitôt :

— Maîtresse Héloïse Sanglar est originaire d'Amboise où elle s'est acquis, naguère, une grande réputation de sapience et fut, par extraordinaire, autorisée à tenir commerce d'apothicairerie. Elle prit ainsi la relève d'un père honorablement connu de toute sa corporation.

— Vous me voyez ravie de faire votre connaissance, maîtresse Sanglar, dit Lucia. Je m'incline volontiers devant le savoir allié à la beauté épanouie. J'ajoute que ce cachottier de Nicolas m'avait dissimulé qu'il voyageait en si plaisante compagnie. Si je l'avais su, je ne me serais pas contentée de venir à sa rencontre mais je vous aurais rejoints tous deux à Paris afin de pouvoir le surveiller en route.

Héloïse nota que le mot « cachottier » avait assombri de façon fugace le regard de son compagnon. Elle en devina aussitôt la raison. Durant leur voyage depuis Paris, Nicolas s'était confié à elle. Tombé fou amoureux de Lucia, il redoutait désormais que celle-ci ne vînt à apprendre qu'il s'était, dans un premier temps, servi d'elle pour s'emparer des correspondances secrètes de son ambassadeur de père. Héloïse avait eu beau tenter de le rassurer, le jeune homme n'arrivait pas à surmonter son angoisse et semblait persuadé qu'il lui faudrait, tôt ou tard, payer ce qu'il qualifiait lui-même d'horrible trahison. Ce sentiment de culpabilité envers l'être cher ne pouvait que les rapprocher et Héloïse s'était promis à elle-même que si l'occasion lui en était donnée, elle ferait tout pour favoriser les amours de Nicolas et de sa jolie Vénitienne.

Ce fut sans doute ce qui dicta sa réplique suivante :

— Vous n'aviez rien à craindre. Ce bouillant garçon était tellement occupé à vanter vos charmes qu'il eût été bien incapable d'être sensible à la beauté d'une autre. Vénus en personne se fût-elle incarnée devant ses yeux !

— Est-ce bien vrai cela ? demanda Lucia avec coquetterie en se tournant vers Nicolas. C'est donc que je vous manquais déjà.

Le jeune homme adopta une mine de chien battu.

— Comme si vous en doutiez ! Je voudrais pouvoir passer mes jours et mes nuits auprès de vous. Sur ma vie, je vous promets que...

— Allons, Nicolas, l'interrompit Lucia en lui intimant gentiment le silence d'un doigt posé sur les lèvres, oublions les grands serments. Embrassez-moi plutôt, car il me faut rejoindre Père sans tarder davantage.

— Comment ? Déjà !

— Je le dois. Pour tout vous avouer, depuis notre départ de Paris, je m'inquiète fort à son sujet. En mettant en ordre ses affaires la veille de notre voyage, il s'est mis dans la tête que quelqu'un avait fouillé parmi ses papiers les plus confidentiels. Depuis, cette pensée le mine. Il n'est plus le même et j'admets éprouver quelque remords à le laisser seul trop longtemps.

À ces mots, Nicolas blêmit et adressa à Héloïse un regard empreint d'un profond désarroi.

Échauffourée

Le bourg de Beaumont blotti le long des rives de la Sarthe offrait une halte appréciée sur la route du Mans. Une quarantaine d'habitations groupées autour de l'église avec, au sommet d'une butte, un simple logis seigneurial dominant le tout. D'ordinaire, c'était un endroit des plus paisibles mais, en cette dernière semaine de juin, s'y tenait une foire renommée qui attirait de nombreux marchands et des badauds en provenance de tous les hameaux environnants. Les étals se dressaient à proximité d'un moulin à eau, dans une prairie située à l'écart du village proprement dit.

Ce matin-là, jour d'ouverture officielle du marché, se pressait sur cet espace une foule bigarrée mêlant vanniers, confiseurs, fabricants d'onguents miraculeux, vendeurs de draps, d'outils, d'épices, de reliques, mais aussi frères lais prêchant la bonne parole, jongleurs, vielleux, histrions, diseuses de bonne aventure, et autres catins aux charmes exposés comme n'importe quelle autre marchandise. Tout ce petit monde s'affairait ou déambulait dans la fumée bleue des braseros, l'odeur gaufrée des oublies et les relents de porc au cumin.

Arrivés la veille, Étienne et ses nouveaux compagnons, Colinet le benastru, Garridan et Mouette, étaient à pied d'œuvre depuis la première heure. Le jeune garçon avait espéré qu'il ne serait pas séparé de son amie, mais les autres en avaient décidé autrement. Après qu'ils eurent remisé leur carriole à l'abri d'un bosquet, Garridan avait entraîné Mouette en direction du champ de foire, tandis que Colinet contraignait Étienne à l'accompagner à l'auberge du bourg. Ce n'était pas seulement ses piètres talents de tire-laine qui avaient dicté ce choix, mais la crainte des deux larrons que le garçon ne profitât de la cohue pour leur fausser compagnie ou même ne s'en allât les dénoncer aux autorités. Même si Colinet ne se montrait guère loquace, il n'était pas bien difficile de lire de la défiance dans les regards lourds qu'il jetait à Étienne sous ses sourcils broussailleux.

L'auberge de Beaumont n'avait pas grand-chose d'attrayant. C'était une bâtisse malcommode, parcourue de courants d'air, aux murs noircis par la fumée, à l'atmosphère confinée empestant le suif et le graillon. Malgré cela, en cette période faste, elle ne désemplissait pas. Laissant les femmes accomplir leurs emplettes, les hommes des environs s'y retrouvaient pour échanger des nouvelles et de grasses plaisanteries. Nombre de commerçants y concluaient leurs affaires autour d'un pichet de vin tandis que d'autres, moins avisés, y engloutissaient une bonne partie de leurs bénéfices.

— Pas d'raison qu'on n'en prenne pas notre part, avait grogné Colinet en s'installant à une table bien en vue et en sortant aussitôt son cornet et ses dés.

La patronne, une vieille édentée qui sentait la pisse et marmonnait sans cesse tout bas, vint leur apporter d'office un cruchon d'une mauvaise piquette aux reflets violacés. Aussitôt qu'elle eut tourné les talons, une première proie se glissa sur le banc, en face du borgne. C'était un paysan aux épaules carrées, au faciès ahuri, avec des cheveux qui se dressaient sur son crâne comme un bouquet d'épines. Colinet lui laissa gagner les premiers lancers. Les cris de joie poussés par le benêt ne tardèrent pas à rameuter à leur table d'autres clients de l'auberge. Ils furent trois à solliciter la possibilité de se joindre à la partie. Un colporteur qui vendait des couteaux, du fil et des aiguilles et qui se vantait de doubler ses gains en trois jetés de dés. Il ressemblait à un cheval en train de hennir quand il se mettait à rire et malaxait les mots avec un accent traînant et inhabituel dans la région. Et puis il y avait aussi deux hommes taciturnes, vêtus de drap brun, qui semblaient familiers des lieux. Sans doute des artisans auxquels leur maître avait donné congé pour profiter du premier jour de la foire. Colinet enfonça son coude dans les côtes d'Étienne pour lui faire comprendre qu'il devait leur céder la place.

— Laisse-nous un peu d'air, mon garçon. Mais t'éloigne pas d'trop. J'ai p't-être plus qu'un œil, mais l'est encore bon. J'veux toujours t'avoir en vue.

Étienne qui n'avait nulle envie de s'incruster parmi les joueurs ne se le fit pas dire deux fois.

Il quitta la table et trouva à s'installer au bout d'un banc proche des cuisines. Un vieux chien à l'arrière-train affaissé et aux oreilles bizarrement tordues vint se frotter contre ses jambes. Comme il avait une bonne trogne avec ses grands yeux humides et sa truffe frémissante, le jeune garçon se laissa aller à le caresser en songeant, le cœur gros, au rat Gaspard qu'il avait naguère apprivoisé dans les caves de l'Hôtel-Dieu.

Sans qu'il y prît garde, ses pensées durent l'entraîner loin du moment présent car il sursauta, comme tiré brusquement du sommeil, lorsque des éclats de voix retentirent dans l'auberge.

— Sanguienne ! C'est pas Dieu possible une chance pareille !

À la table des joueurs de dés, le colporteur, dépité d'avoir dilapidé en moins d'une demi-heure tout l'argent péniblement récolté les deux semaines précédant la foire, s'était dressé et jetait sur Colinet un regard où la suspicion le disputait à la colère. Celui-ci ne s'inquiétait pas pour si peu et lui renvoyait l'éclat goguenard de son œil unique.

— Malheureux au jeu, heureux en amour ! glousssa-t-il en agitant les dés dans son cornet. J'serais toi, j'irais voir sur le pré si qué'que jolie donzelle m'offrirait pas à grappiller ses plus beaux fruits pour me consoler.

Le paysan qui s'était assis le premier à la table du larron avait lui aussi perdu depuis belle lurette son maigre pécule. Mais il était resté pour suivre la partie des autres d'un œil torve. La proposition du borgne sembla le sortir de son hébétude, car il hocha vigoureusement la tête et claqua ses deux mains sur ses cuisses.

— Voilà qu'est foutrement bien parlé !

Le colporteur n'était pas de cet avis. Ses yeux fiévreux allaient sans cesse du visage de Colinet au tas de pièces empilées devant ce dernier. Les dents serrées, il frappa du poing sur la table et désigna du menton le cornet que l'autre tenait dans sa pogne.

— Eh bien moi, je dis qu'une telle chance, ça n'existe pas ! Et j'voudrais bien voir tes dés d'un peu plus près.

Colinet ne montra pas le moindre signe d'irritation. Il avait beaucoup trop d'expérience en la matière pour laisser ses émotions lui dicter sa conduite. Sans rien en laisser paraître, le temps d'un clignement de paupière, il jaugea la situation et les forces en présence. Trop de monde dans l'auberge et déjà plusieurs clients avaient interrompu leurs propres conversations pour suivre la dispute à distance. Même si le colporteur était un étranger comme lui, il était périlleux de traiter ses accusations par le mépris. Cela risquait de mal tourner et si les choses dégénéraient, il n'était pas dit qu'il aurait le soutien de l'assemblée. Mieux valait composer.

En affichant un air d'innocence offensée, il leva lentement sa main gauche en l'air, paume ouverte, histoire de capter l'attention de tous. Puis d'un geste vif, il retourna habilement le cornet sur la table avant de glisser, l'air de rien, son autre main sous le plateau de la table.

Le colporteur se rua sur le gobelet de cuir, le souleva et commença à examiner les trois dés d'ivoire en les rapprochant de ses yeux comme s'il s'agissait d'évaluer la pureté d'une pierre précieuse. La mine dépitée, il finit pourtant par les reposer en soupirant avec une mine de chien battu :

— Rien ! J'aurais pourtant juré...

— Êtes-vous satisfait? fit Colinet avec désinvolture. Remarquez que je prends la chose avec philosophie. D'autres que moi auraient pu s'offenser de voir leur honnêteté ainsi remise en cause en public. Mais je suis bon garçon et ne vous en veux point. (Il se tourna vers les deux artisans qui avaient assisté à l'altercation en silence, sans prendre parti pour l'un ou l'autre.) Eh bien messieurs, allons-nous laisser un mauvais perdant gâcher notre plaisir ou reprenons-nous notre partie ? Allons, à vous de lancer les dés !

Au moment où il poussait le cornet vers son vis-à-vis, une poigne de fer saisit sa manche droite et ramena de force son bras au-dessus du plateau. Une voix ferme et bien timbrée l'apostropha :

— Lesquels ? Ceux qui sont sur la table ou ceux que vous avez dissimulés dans votre poing ?

Pris par surprise, Colinet pivota sur son siège. L'homme qui se tenait debout à ses côtés, légèrement en arrière, arborait des bottes de cuir noir, une cotte-hardie jaune bordée de fourrure, des brassards et gantelets métalliques. À sa ceinture, pendaient une épée dans un élégant fourreau ainsi qu'un couteau taillant. Tout en lui, à commencer par son allure martiale, désignait un sénéchal ou à tout le moins un officier de justice.

Saisissant le sérieux de la situation, Colinet voulut se dégager tant qu'il en était encore temps. Bandant tous ses muscles, il tenta de se redresser mais deux mains gantées de maille s'abattirent puissamment sur ses épaules et l'immobilisèrent en le maintenant assis sur son banc. Un second soldat s'était glissé dans son dos sans qu'il l'ait entendu venir.

Celui qui tenait sa manche droite accentua sa pression. Son haleine dégageait une envahissante odeur de girofle.

— Ouvre la main et montre-nous ce que tu tiens là, bien au chaud. Allons ne te fais pas prier ! Si tu n'as rien à te reprocher, pourquoi refuses-tu d'obéir ?

— Mais enfin, messire, je ne comprends pas. Je suis un honnête voyageur auquel la bonne fortune a bien voulu sourire. Je vous assure que... Aaaargh !

Le cri déchirant que poussa soudain Colinet vrilla les oreilles d'Étienne. Sans autre avertissement, l'officier venait de lui planter froidement son couteau à travers la main droite. Les doigts ensanglantés laissèrent échapper une paire de dés qui roulèrent en s'entrechoquant pour s'arrêter tous deux sur le six.

— Lestés au plomb, je m'en doutais, grinça l'officier avec un rictus sarcastique. Ton compte est bon, mon gaillard ! Nous n'apprécions guère la truandaille et les rapineurs par ici. Ils finissent comme chair à corneilles, aux branches de nos chênes.

Mais Colinet ne l'écoutait plus. Il se tordait de douleur en fixant sa paume clouée au bois de la table. Son œil unique larmoyait et sa bouche déformée par la souffrance laissait échapper un chapelet d'injures et de malédictions. Voyant cela, Étienne, horrifié, mordit sa main pour étouffer le cri qui lui montait aux lèvres et recula instinctivement sous le porche de la cuisine. Bien lui en prit car à peine eut-il gagné ce recoin ombreux qu'il entendit le colporteur hucher sur un ton suraigu :

— Je l'savais bien, charogne ! Une chance pareille, c'était pas Dieu possible ! Mais cette crevure n'était pas seule. Il y avait un méchant petit drôle avec lui.

Une autre voix intervint qui lui était inconnue :

— Y a pas que ceux-là. Sont arrivés à quatre sur un chariot hier soir. Les deux autres, c'est aussi de la foutue engeance. Un cigain et une bagasse[1] d'une quinzaine d'années. Probable qu'on les trouvera sur le champ de foire.

Le cœur battant, Étienne pivota sur lui-même, en quête d'une issue. Par chance, la cuisine à cet instant était déserte. La vieille qui les avait servis se trouvait accaparée par le service en salle et ses aides avaient dû en profiter pour s'octroyer une pause au-dehors. Ce qui laissait supposer – Étienne ne les ayant pas vus sortir – qu'il existait un moyen de s'esquiver par l'arrière de la bâtisse.

Sans demander son reste, le jeune garçon contourna une rangée de futailles et s'engagea en trombe dans un étroit passage où s'entassaient toutes sortes de victuailles. À l'autre extrémité,

1. Un tsigane et une putain.

une porte basse donnait accès à une courette au sol de terre battue. Lorsqu'il en franchit le seuil, Étienne se heurta à un marmiton chargé de cageots, le culbuta dans une envolée de choux et de navets et, talonné par des imprécations furieuses, effaça d'un bond une palissade en bois pour se retrouver dans une paisible venelle. L'endroit sentait les épluchures et la fiente animale. Une troupe d'oies lui barrait le passage.

Faisant de grands moulinets avec les bras, il les dispersa sans ménagement, ce qui déclencha aussitôt un nouveau vacarme. Sans ralentir pour autant, Étienne chercha à s'orienter. S'il voulait prévenir à temps Mouette et Garridan du danger qui les menaçait, il devait rejoindre le marché dans les plus brefs délais. Dans le même temps, il réalisait qu'il était las de toujours fuir. Depuis qu'il avait échappé aux meurtriers de l'Hôtel-Dieu, c'était la troisième fois qu'il détalait ainsi pour échapper à un danger imminent. Mais là, après tout, c'était différent. Il n'était pas un voleur. Qu'avait-il à craindre? Pourquoi s'était-il enfui comme un coupable? Ces clients dans l'auberge n'étaient ni des brutes ni des assassins. Mais des gens simples et honnêtes, comme lui et sa mère. Et les hommes en armes? Des officiers de justice en charge de faire respecter les lois et de protéger les innocents. Au lieu de céder à la panique, il aurait pu essayer de leur parler, de leur expliquer comment il était arrivé à Beaumont. Qui sait? Ils l'auraient peut-être écouté, voire aidé à rentrer chez lui.

L'espace d'un instant, la tentation de rebrousser chemin s'insinua en lui. Cependant la vision du poignard transperçant la main de Colinet l'en dissuada. Mère lui avait souvent expliqué que la violence appelle la violence et qu'on peut tout redouter d'une foule en colère. Le risque lui semblait trop grand d'être submergé par la fureur collective qu'il avait senti monter dans la salle de l'auberge. Et puis il y avait autre chose. Faire demi-tour, c'était renoncer à alerter Mouette, la condamner à subir la vindicte populaire. Cette pensée lui était tout bonnement insupportable. Ce fut donc avec le visage mutin de l'adolescente présent à son esprit qu'il reprit sa course haletante.

Quand il finit par rejoindre la prairie où se dressaient les nombreux éventaires, les cloches de l'église venaient de sonner l'office de la mi-journée. La foire battait son plein. Dans la cohue des chalands, il craignit de perdre beaucoup de temps à retrouver ses compagnons. Heureusement, la chance pour une fois lui sourit. Au milieu d'un attroupement qui s'était constitué devant une charrette où un tonneau de bière venait d'être mis en perce, il repéra la silhouette furtive de Mouette qui se déplaçait d'une proie à une autre, exerçant avec discrétion ses talents de détrousseuse.

L'adolescente ouvrit de grands yeux étonnés quand il la rejoignit et qu'elle constata qu'il était seul. Comprenant immédiatement que quelque chose de grave était arrivé, elle l'entraîna à l'écart.

— Garridan n'est pas avec toi ? interrogea Étienne, le souffle encore coupé par la rapidité de sa course.

— On n'est jamais trop prudent. Il est parti cacher dans la charrette le fruit de nos premières rapines. Pas vu, pas pris, tu comprends. Mais toi, que fais-tu ici ? Que se passe-t-il ?

En peu de mots, Étienne lui exposa la situation. Mouette l'écouta sans l'interrompre, le front plissé, une moue soucieuse marquant son jolis minois. Lorsqu'il eut achevé son récit, elle ne montra pas la moindre indécision et le jeune garçon ne put qu'être admiratif de son aplomb et de sa rapidité de décision.

— La charrette est de l'autre côté du pré. Ce serait bien trop risqué de tenter de prévenir Garridan. Il saura bien se débrouiller seul. C'est un malin. Dans l'immédiat, ce qu'il faut, c'est trouver un abri sûr. On y avisera de la conduite à tenir. Allons, viens ! Suis-moi !

Lui saisissant la main, elle l'entraîna dans son sillage. Collés l'un à l'autre, ils se frayèrent un passage dans la foule et se laissèrent porter par la pente naturelle du terrain, afin de gagner la rivière en contrebas et le moulin dont la roue en mouvement leur adressait de grands signes de connivence. Ils en étaient encore éloignés d'une trentaine de toises, lorsqu'un brouhaha s'éleva en arrière, vers l'entrée de la foire. Des appels, des grondements, des cliquetis de métal. Les têtes se tournèrent dans cette direction. Tous s'interrogeaient sur les raisons de ce mouvement de foule qu'on distinguait là-bas, au débouché du chemin menant au bourg.

Profitant de ce que personne ne faisait plus attention à eux, Étienne et Mouette se glissèrent derrière une ultime stalle et traversèrent, sans se faire remarquer, l'espace découvert qui séparait le marché des bâtiments du moulin. Sous l'escalier menant aux pièces d'habitation, se découpait la porte d'une resserre. Ils y trouvèrent de nombreux sacs de farine qu'ils empilèrent afin de se ménager une cache, dans un recoin du mur.

Mouette se pencha au-dessus d'Étienne. Dans la pénombre, ses yeux dorés brillaient comme ceux d'un chat. Il sentait son souffle chaud sur son visage. Cela le rassurait.

— Tu vas rester là, bien tranquille. Si tu ne bouges pas, tu ne risques rien. Personne n'aura l'idée de venir te chercher ici.

— Mais toi, Mouette ? Que vas-tu faire ? Je t'en prie, ne me laisse pas seul.

— Je dois aller aux nouvelles. Et puis il faut bien que Garridan soit informé de notre cachette.

— C'est bien trop risqué ! Si jamais ils t'attrapent...

— Allons, allons ! L'est pas encore né celui qui pourra empêcher une mouette d'aller et venir à sa guise. Ne crains rien, j'serai de retour bientôt. En attendant, pour t'donner du courage, j'connais un moyen infaillible.

Ayant prononcé ces mots, elle inclina la tête et l'embrassa tendrement en prenant une de ses mains pour la poser sur son sein. C'était le second baiser qu'elle lui accordait et Étienne aurait souhaité qu'il ne s'interrompît jamais. Il avait l'impression d'être soudain plus âgé qu'en réalité, la tête en révolution, à ne plus savoir ce qu'il désirait ni comment se dépêtrer du chaos de sentiments et d'émotions qui bouillonnait dans sa poitrine.

Le temps qu'il recouvre en partie ses esprits, Mouette s'était déjà éclipsée.

La belle et la bête

La gifle avait sonné clair sous les hautes voûtes fleurdelisées.

Elle croyait l'entendre encore résonner sous son crâne. « J'ai giflé le roi, folle que je suis ! Moi, Héloïse Sanglar, j'ai giflé le roi de France. » Avec le recul, la chose lui paraissait pire que choquante, inconcevable. Postée à une fenêtre, au premier étage du château d'Amboise, elle ne lâchait pas du regard la silhouette vêtue d'un pourpoint de brocart d'argent brodé d'or qui trônait à la tribune d'honneur.

Entre sa mère, Louise de Savoie, et sa sœur Marguerite, François Ier était assis sur un siège protégé par un dais aux couleurs de France. Il plaisantait avec les plus belles dames de la cour qui papillonnaient à ses côtés. En retrait, son épouse la reine Claude affectait de suivre d'un œil attentif les réjouissances qui se déroulaient, en ce jour d'épousailles, dans la cour du royal logis. En réalité elle se morfondait. De toutes les personnes de l'assemblée, Héloïse était la seule à s'en rendre compte. Elle était bien placée aussi pour savoir d'où lui venait cet air discrètement affligé qui ne quitterait plus la souveraine de tout son règne.

À leur arrivée, la veille au soir, il avait été hors de question pour Nicolas et elle de gagner le château. En ces premiers jours de l'été, les cours de France et de Lorraine s'y trouvaient réunies pour célébrer les noces de Renée de Bourbon, la sœur du connétable, et d'Antoine, duc de Lorraine. Il y avait des invités partout et on avait même dû loger certains personnages de moindre rang sous des tentes dressées au milieu des jardins. Fort heureusement, Nicolas avait anticipé la chose et loué à l'avance deux chambres confortables chez la veuve d'un ancien échevin de la ville. Toutefois, en dépit d'un logement des plus agréables, Héloïse n'avait pas fermé l'œil de la nuit. Elle ne cessait de songer au moment de ses proches retrouvailles avec Bayard et l'angoisse de ne pas être à la hauteur la rongeait. Si elle échouait à se faire entendre de son ancien fiancé, ce n'était pas seulement l'amoureuse qui subirait une cruelle déception, mais la mère qui perdrait là son dernier espoir de serrer à nouveau, un jour, son fils dans ses bras. Elle se sentait si lasse, si éprouvée, si peu séduisante et pour tout dire si vieille que, dans la solitude de cette nuit qui n'en finissait pas, elle éprouvait mille tourments à l'idée que l'épreuve qui l'attendait était au-dessus de ses forces.

Au petit matin, à peine sonné l'office de prime, Nicolas s'était présenté à la porte de sa chambre et l'entrain naturel du jeune homme avait en partie dissipé ses craintes. Il était venu lui apporter une magnifique parure, digne d'une dame de la haute noblesse. Comme Héloïse s'en étonnait, il lui avait rappelé qu'en ce jour de cérémonie, elle ne pouvait paraître à la cour dans des habits ordinaires. Le roi lui-même, qui avait été informé de leur arrivée, avait veillé à faire livrer ces vêtements de prix.

N'ayant l'esprit ni à la fête ni à la coquetterie, Héloïse ne songeait guère à son apparence mais, refrénant son impatience, elle s'était cependant préparée avec soin. Quoi qu'il lui en coûtât, elle devait mettre tous les atouts de son côté. Après son habituelle toilette à l'eau claire, elle s'était donc parfumée à l'essence de rose, fardée, puis elle avait soigneusement noué ses longs cheveux en deux tresses ramenées sur le sommet du crâne. Seules quelques boucles auburn folâtraient avec grâce le long de sa nuque.

Au moment de se vêtir, elle avait constaté que le roi s'était montré plus que généreux et qu'elle avait l'embarras du choix. Après une courte hésitation, elle avait opté pour la tenue susceptible de mettre le mieux en valeur ses formes épanouies. Elle avait donc passé une chemise de soie écrue, puis enfilé une magnifique robe de satin vert couvert de cannetille d'or. Le corsage au décolleté rond ne cachait presque rien de sa gorge plantureuse. Les manches ornées de maheutres au niveau des épaules s'interrompaient à la saignée du coude où elles formaient un large retroussis s'évasant par en dessous. Plus bas, le vêtement d'apparat s'ouvrait en pointe, de la taille aux pieds, laissant voir une jupe longue en voile de damas orné de splendides motifs en arabesques. Lorsqu'il l'avait contemplée ainsi vêtue en majesté, Nicolas n'avait pu retenir une exclamation admirative.

Ils avaient pris ensuite ensemble le chemin du château. À mesure qu'ils progressaient le long de la rampe escaladant la falaise, la foule joyeuse s'était faite plus dense. Des familles au grand complet s'étaient massées sur le chemin que le cortège nuptial emprunterait pour descendre du château jusqu'à l'église paroissiale Saint-Denis où le nouveau couple devait se recueillir. De nombreux marchands ambulants se tenaient là aussi, proposant pâtés de viande ou brioches, ainsi que des baladins amusant le public par leurs acrobaties et jongleries.

Sur les terrasses, l'atmosphère était tout aussi enjouée. Grands seigneurs et gentes dames déambulaient entre les parterres fleuris. Dans la cour principale, des jeunes filles avec de larges paniers achevaient de décorer de guirlandes et de fleurs fraîches les tribunes où les invités de la noce prendraient place, en fin de matinée, pour assister aux festivités offertes en l'honneur des mariés.

Devant l'affluence nombreuse qui occupait les espaces découverts ainsi que les principales pièces de réception, Héloïse et Nicolas étaient convenus de se séparer pour augmenter leurs chances de retrouver rapidement le chevalier Bayard. Après de longues recherches infructueuses, la jolie rousse avait fini par déboucher dans un cabinet voûté situé à l'extrémité est du château. Son pied malformé la faisait souffrir et elle se serait volontiers accordé un moment de pause en ce lieu dont la tranquillité contrastait avec l'agitation régnant partout alentour. Cependant, un scrupule l'avait retenue. Elle allait rebrousser chemin lorsqu'un personnage somptueusement vêtu avait fait son apparition dans la pièce.

De haute stature, la taille bien prise, le nouvel arrivant portait un bonnet de velours noir incrusté de perles et de pierreries, un justaucorps aux manches bouillonnées, mi-partie or, mi-partie argent, et un manteau de satin blanc jeté sur ses larges épaules. Son visage avenant, aux lèvres gourmandes, au long nez busqué, exprimait de la malice et de la hardiesse. Mais sur le coup, il paraissait surtout étonné de trouver la petite pièce occupée.

Reconnaissant avec émotion l'homme qui accompagnait Nicolas dans le parc de la propriété de Philibert Babou et réalisant ainsi à qui elle avait affaire, Héloïse s'était inclinée avec déférence avant de se risquer à exécuter une révérence.

— Sire, veuillez accepter les très respectueux hommages de votre humble servante. Que Votre Altesse veuille bien me pardonner si je me suis introduite par mégarde en ce lieu, mais je crains de m'être égarée. Le château est si vaste !

François Ier s'était avancé et lui avait galamment offert sa main pour l'aider à se relever.

— Mais n'est-ce point là cette jolie biche que nous eûmes le bonheur de débusquer dans les taillis de l'hôtel de la Bourdaisière ?

— Si fait, Sire ! Votre Majesté est bien bonne d'en garder souvenance.

— Madame, il me faut vous complimenter. La clarté de la lune m'avait laissé entrevoir la plus délicieuse des sauvageonnes, mais l'astre du jour me révèle la splendeur incarnée.

Héloïse avait baissé modestement les paupières.

— Sire, vous me flattez !

— Non pas ! s'était exclamé François Ier en se rapprochant encore davantage. Je me targue de savoir apprécier ce qui est beau et rare. D'ailleurs, je ne veux autour de moi que les femmes les plus belles et les plus gentilles[1].

Comme si le silence observé par Héloïse lui était apparu une invitation à montrer davantage de hardiesse, le monarque de vingt ans s'était collé à elle et, sans autre forme de procès, avait saisi ses deux seins à pleine main.

— De plus belle et de plus gentille, il n'y en a d'ailleurs point céans. Assurément, Madame, ce me serait grande peine et fort désappointement que de ne pouvoir profiter d'aussi généreux avantages.

Totalement prise au dépourvu, Héloïse n'avait pas réfléchi. Son bras s'était détendu. Elle avait assené une gifle magistrale au butor qui l'assaillait. Celui-ci avait reculé de deux pas et porté la main à sa joue en ouvrant de grands yeux stupéfaits.

Le temps avait alors semblé suspendre son vol.

Effarée, Héloïse commençait seulement à mesurer la portée de son geste, lorsque le roi François s'était mis à rire à gorge déployée.

---

1. La phrase aurait bien été prononcée. Elle est rapportée en tout cas par la plupart des biographes de François Ier.

— Tudieu, la rose possède des épines douloureusement acérées ! avait-il hoqueté entre deux éclats. Ombrageuse et farouche. Je comprends mieux vos anciennes fiançailles avec notre fidèle Bayard. L'union de la glace et du feu. Plût à Dieu qu'elles n'eussent été rompues ! Votre mâle descendance eût fait merveille sous nos bannières.

Sur ces mots, il s'était retiré, toujours riant, sans paraître lui tenir aucunement rancune de sa vive réaction. Héloïse, quant à elle, avait dû se laisser choir sur un tabouret, le temps de se remettre de ses émotions. Plus tard, elle était retournée vers les salles de réception mais la chaleur et le bruit l'indisposaient. Elle était bien trop perturbée pour reprendre ses recherches et l'idée de se retrouver face à Bayard en un moment de si intense bouleversement ne faisait qu'accroître son malaise.

Sans vraiment savoir comment, elle avait fini par atteindre cette salle du premier étage d'où elle pouvait contempler à loisir la tribune d'honneur où paradait son royal agresseur. Ainsi c'était donc là le vrai visage de ce monarque dont tous vantaient la beauté et l'intelligence : un séducteur impénitent qui ne songeait apparemment qu'à son bon plaisir. Pas étonnant qu'à peine installé sur le trône, il n'ait rien trouvé de plus urgent à faire que de préparer une nouvelle guerre pour étancher sa soif de conquêtes !

De son poste d'observation, Héloïse bénéficiait aussi d'une vue plongeante sur la cour principale. C'est ainsi qu'elle remarqua les lices en bois dont on avait entouré celle-ci, la transformant en une sorte d'arène improvisée. Elle s'interrogeait sur la raison de cette étrangeté lorsqu'un frémissement d'excitation parcourut la nombreuse assemblée. Une douzaine de valets venaient d'apparaître et entreprenaient de suspendre des mannequins à des cordes tendues au milieu de la cour. Ces préparatifs achevés, ils introduisirent dans l'espace clos une cage faite de barreaux en chêne bardés de fer. Un sanglier mâle adulte, arraché à sa bauge afin de réjouir la noce, s'y débattait avec force grognements. Sur un signal du souverain, l'animal féroce fut libéré et se mit aussitôt à charger frénétiquement les mannequins de son. Les cris effrayés des femmes et les encouragements des hommes accompagnaient ce spectacle inédit. Quant à François Ier, tout à sa joie puérile d'avoir surpris ses invités, il trépignait littéralement de joie sous les regards ridiculement attendris de sa mère et de sa sœur.

Cependant l'enthousiasme général ne dura pas. À force de ruer en tous sens dans l'arène, le sanglier bavant, le poil hérissé, finit par trouver un point faible dans la lice. Élargissant avec brutalité la brèche, il fonça, défenses pointées en avant, parmi les premiers rangs de spectateurs. Un mouvement de panique s'empara de ces derniers et les exclamations réjouies furent aussitôt remplacées par des hurlements éperdus. Rendu fou par toute cette agitation, le cochon sauvage dévala la galerie basse du château avant de s'engouffrer dans un escalier. Pris au dépourvu, aucun des gardes présents à proximité n'eut le réflexe de s'interposer. Seul, un invité, dégainant sa mince épée d'apparat, enjamba sans hésiter la rambarde d'une tribune et se précipita dans le sillage de la bête furieuse.

De son côté, Héloïse n'avait pas vu le chemin suivi par cette dernière. Elle n'avait donc absolument pas conscience que le danger se rapprochait d'elle. Lorsque le solitaire déboula dans la salle où elle se tenait, sa surprise fut totale. Elle porta les mains à sa bouche et poussa un cri étranglé.

Désorienté par la pénombre qui contrastait avec le plein soleil du dehors, l'animal marqua un temps d'arrêt avant de repartir lentement vers l'avant, la truffe au ras du sol, grondant sourdement et fixant ses yeux noirs sur la seule occupante des lieux.

Héloïse crut sa dernière heure arrivée. Le visage d'Étienne s'imposa alors à elle. Fermant les yeux pour retenir les traits de son enfant, elle ne vit pas surgir sur le seuil le gentilhomme qui s'était élancé dans l'escalier à la poursuite de l'animal. Alerté par son instinct, celui-ci avait délaissé sa proie féminine et s'était retourné pour faire face au nouveau venu. Un court instant, les deux adversaires donnèrent l'impression de se jauger du regard.

L'homme savait que les chances étaient inégales. Sa lame de parade était une arme bien dérisoire en face d'une bête musculeuse, au cuir endurci et aux défenses redoutables. Lors de l'assaut, il n'aurait droit qu'à une seule tentative et ne pouvait espérer vaincre qu'à la condition de viser avec précision le défaut de l'épaule. Cela nécessitait à la fois adresse et sang-froid.

Pourtant il ne se déroba pas. Au contraire, se campant solidement sur les jambes, il pointa son arme à l'horizontale et fit claquer sa langue pour inciter le sanglier à charger. Comme s'il n'attendait que cette invite, celui-ci bondit en avant. Le choc qui s'ensuivit fut si terrible que la lame de l'épée se brisa net.

Tandis que le courageux gentilhomme effectuait une esquive en forme de pirouette, le goret poussa un couinement affreux et, le poumon transpercé, tituba hors de la pièce avant de s'écrouler de toute sa masse sur les premières marches de l'escalier.

Laissant tomber au sol la garde de son épée devenue inutile, le sauveur d'Héloïse, voyant que celle-ci était prête à défaillir, s'élança pour la soutenir. Au moment où elle s'abandonnait contre lui, la belle rousse rouvrit les yeux et reçut le choc de sa vie. Ce visage inquiet incliné au-dessus d'elle, elle le reconnaissait ! En dépit des cheveux grisonnants, des plis aux coins des yeux et des traits ravinés par les nuits de veille et les trop nombreuses campagnes, elle sut immédiatement qu'elle avait retrouvé celui qui n'avait jamais cessé d'occuper la première place en son cœur.

— Pierre ! murmura-t-elle, extasiée. C'est toi, n'est-ce pas ? C'est bien toi ?

Bayard, qui n'était pas moins surpris et s'imaginait victime d'une incompréhensible hallucination, s'apprêtait à répondre lorsqu'un François Ier échevelé franchit à son tour le seuil de la salle. Avisant l'arme abandonnée par le chevalier, il la ramassa machinalement et se dirigea vers le couple.

— Par le sang du Christ ! pérora-t-il. Vous m'avez devancé de peu, chevalier. Je m'apprêtais à occire moi-même cette maudite bête avant qu'elle ne cause quelque irréparable dommage.

Il doit y avoir une providence pour les âmes impulsives car, avant que le chevalier sans peur et sans reproche n'ait prononcé des paroles cinglantes qu'il eût pu regretter ensuite, plusieurs courtisans firent à leur tour leur apparition. Voyant le roi avec un tronçon d'épée sanglant à la main, tous s'empressèrent autour de lui et le louèrent pour son formidable acte de bravoure.

François s'abstint de les détromper[1].

---

1. L'intervention de Bayard mise à part, l'épisode du sanglier est authentique et se trouve rapporté dans toutes les chroniques écrites à la gloire du roi-chevalier.

Un silence de douze ans

Sans se concerter, ils avaient tous les deux ressenti le besoin de se retirer à l'écart de la foule et arpentaient, côte à côte, les splendides jardins d'Amboise plantés à la demande de Charles VIII par le Napolitain Dom Pacello da Mercogliano. L'air imprégné d'une douce chaleur était embaumé par le parfum des agrumes, des iris et des roses. Héloïse n'accordait pourtant pas un regard aux parterres de fleurs ou aux massifs d'arbustes odoriférants. Du coin des yeux, elle ne cessait de scruter le visage de Pierre de Terrail, seigneur de Bayard. Elle le trouvait beau, changé bien sûr, marqué, mais peut-être encore plus séduisant qu'en ses jeunes années. Les grains de sel dans ses cheveux, son faciès tourmenté à l'ossature apparente, ses paupières légèrement tombantes lui conféraient un charme supplémentaire. Son regard, lui, n'avait rien perdu de son acuité et l'on devinait qu'au fond de ces prunelles ardentes s'était réfugié tout le feu d'une âme pour qui le mot renoncement n'existait pas et n'existerait jamais.

Elle avait beaucoup appréhendé ces premiers instants. Durant des années, elle s'était imaginé que si leurs chemins se croisaient de nouveau, elle serait d'emblée rejetée ou qu'elle ne parviendrait pas à formuler tout ce qui lui pesait sur le cœur. Et pourtant, une fois mise en présence de cet homme qu'elle chérissait plus que tout, qui venait de lui sauver une nouvelle fois la vie, les mots lui vinrent tout naturellement. Elle raconta avec franchise, en atténuant par sa douceur de ton ce que ses révélations pouvaient avoir de blessant, la fameuse nuit d'Autun, l'anéantissement à la fausse annonce de sa mort, ces heures sombres où elle n'était plus elle-même et dont Henri de Comballec avait su récolter les fruits. Bayard ne l'interrompit pas une seule fois. Il marchait en silence, raide, blême, indéchiffrable. Seules de légères crispations de la mâchoire, tels des serpents sous la peau, animaient son profil marmoréen.

— Je croyais sincèrement, conclut Héloïse en interrompant sa marche, que tout l'amour que j'avais à t'offrir pourrait, à la longue, effacer ma faute. Mais quand j'ai appris que j'étais grosse, tout s'est écroulé. Je ne pouvais plus prétendre à ton cœur en portant l'enfant d'un autre. C'est pourquoi je suis partie. Je l'ai fait pour toi. Je me disais que même si ma décision devait te faire souffrir, elle te rendrait la liberté. Que tu avais le droit de trouver le bonheur auprès d'une autre qui pourrait s'offrir à toi sans tache et devenir la mère de tes futurs enfants. Je sais qu'espérer aujourd'hui ton pardon serait trop exiger, mais à défaut je souhaiterais que tu comprennes les raisons qui m'ont poussée à agir comme je l'ai fait.

Ne s'étant pas aperçu tout de suite qu'elle s'était arrêtée, il s'était éloigné de quelques pas avant de revenir vers elle. Le doux soleil de cette fin d'après-midi l'éclairait de face. Elle vit que la peau de son visage était tavelée et semblait avoir perdu sa douceur d'autrefois. Une cicatrice provoquée par une brûlure de poudre noire remontait le long de son cou jusqu'à son oreille gauche. Il avait aussi des gestes plus lents, qui marquaient comme une indécision, une hésitation à inscrire son corps dans l'espace.

— Je ne pouvais, ma dame, m'engager auprès d'une autre, puisque je l'étais déjà auprès de vous.

— Tu en aurais pourtant eu le droit, fit-elle en le fixant pour chercher à deviner ses pensées. La façon dont je me suis comportée...

Il ne la laissa pas achever :

— En les choses de l'amour, il ne devrait être question, ma dame, ni de droit ni de devoir, mais uniquement d'inclination. Du moins me suis-je toujours imaginé la chose ainsi. Mais je dois reconnaître que mon expérience dans ce domaine est des plus limitées.

Le ton de sa voix la marqua par son apparente froideur qu'elle prit pour de l'hostilité. Elle crut l'espace d'un instant que tout était perdu, que la rancœur et l'amertume avaient éteint l'amour en lui. En d'autres circonstances, elle se serait résignée et aurait pris sagement ses distances. Mais il était son ultime espoir de retrouver son fils. Elle ne pouvait baisser pavillon sans tout tenter pour le gagner à sa cause. Prudente, elle préféra néanmoins renoncer au tutoiement puisque lui-même n'en usait plus :

— Vous devez me garder bien du ressentiment pour me nommer votre dame à chacune de vos phrases. Jadis, vous m'appeliez plus simplement Héloïse.

Cette dernière remarque parut le déconcerter, comme si elle mettait un certain temps à se frayer un chemin en lui. La vérité était qu'il se trouvait encore sous le choc de leurs retrouvailles inopinées. Ces douze dernières années, pas un jour ne s'était écoulé sans qu'il évoquât son visage et les doux moments partagés à l'époque de leurs accordailles. Au fil du temps, loin de s'atténuer, la douleur et le chagrin étaient devenus ses plus fidèles compagnons. Il se demandait sans cesse ce qu'elle avait bien pu devenir après l'avoir quitté. Était-elle heureuse ? Avait-elle refait sa vie auprès d'un autre ? L'ignorance, plus encore que l'absence de sa promise ou la tristesse d'avoir été délaissé, le mettait à la torture. Et voilà que, tout à coup, sans que rien ne l'eût laissé présager, elle réapparaissait devant lui. Il n'osait pas encore y croire. Il la contemplait comme on s'émerveille d'une exquise apparition au décours d'un songe. Le temps, ces douze longues années de séparation et de silence, n'avaient pas changé les sentiments qu'il éprouvait pour elle, ni ne l'avaient en rien flétrie à ses yeux. C'était tout le contraire. Plus épanouie, les formes plus généreuses, elle ne lui avait jamais paru aussi belle, aussi désirable.

— Pardonnez-moi, Héloïse, si je me montre maladroit, dit-il en tentant un pauvre sourire qui mourut sur ses lèvres à peine esquissé. Depuis que je vous ai perdue, je n'ai fréquenté que champs de bataille et corps de garde. Je n'ai plus souvenance de la façon dont on s'adresse à une jolie femme.

Héloïse s'approcha et leva lentement la main vers son visage. Il n'eut pas un mouvement pour l'arrêter ou se dérober. Quand ses doigts effleurèrent sa tempe, ils furent tout deux frappés du même saisissement. Il la sentit vaciller et lui-même eut l'impression d'être pris de vertige. Pour dissiper leur trouble, il prononça les premiers mots qui lui vinrent à l'esprit.

— Et l'enfant ? Est-ce une fille ou un garçon ?

— Un garçon, répondit-elle en laissant retomber sa main. Il s'appelle Étienne.

Bayard hocha la tête.

— Il doit avoir onze ans aujourd'hui. S'il ressemble à ses parents, ce doit être un beau jouvenceau qui fait la fierté de sa mère. (Un voile de tristesse occulta le regard d'Héloïse, qui n'échappa pas au chevalier.) Mais qu'avez-vous ? Vous êtes tout à coup si pâle !

Elle détourna le visage pour masquer son désarroi. C'était le moment de parler, de solliciter l'aide de Bayard mais elle s'en trouvait comme empêchée. Elle avait eu tort de venir jusqu'ici. Elle le réalisait seulement maintenant qu'elle se trouvait au pied du mur. Sa présence ne faisait que raviver les plaies anciennes et elle ne se sentait pas le droit d'infliger au seul homme qu'elle n'eût jamais aimé de nouvelles souffrances.

Ce fut le chevalier, cette fois, qui passa le revers de ses doigts sur son front, écartant une boucle de ses cheveux. Puis il descendit le long de sa joue, lui remonta le menton avec une infinie douceur et prononça les mots qu'elle n'osait espérer :

— Je vous en prie, Héloïse, dites-moi ce qui vous chagrine et si je puis, d'une quelconque façon, vous aider.

Le pilori

La main droite.

Coupée.

Puis l'exposition au pilori. Durant deux jours et une nuit.

Encore était-ce moindre mal que ces terribles avanies. Garridan aurait à endurer un sort autrement plus funeste que celui de son compagnon, Colinet. Convaincu de meurtrerie, il avait eu droit à un jugement vite expédié par le sénéchal en charge d'assurer la police de la foire et s'était retrouvé aussitôt enfermé dans une geôle du logis seigneurial. Condamné à être roué vif puis étranglé en place publique, on avait dépêché un messager auprès des échevins de la ville du Mans pour solliciter l'envoi d'un bourreau afin de procéder sans délai à l'exécution.

Il faisait déjà nuit noire lorsque Mouette avait rejoint Étienne dans la resserre du moulin. Le jeune garçon était rongé par l'inquiétude. Les tristes nouvelles apportées par l'adolescente n'avaient certes pas contribué à le rassurer. Elle lui avait appris qu'après son arrestation à la taverne, Colinet avait subi, sans autre forme de procès, le sort réservé aux tricheurs pris sur le fait. Après lui avoir sectionné la main par laquelle il avait péché, les sergents de justice l'avaient traîné jusqu'au pilori installé sur la place du village. Tête et avant-bras immobilisés dans un lourd carcan de bois, il y subissait la vindicte populaire qui se manifestait par des crachats et des horions distribués avec largesse. Hommes, femmes et enfants confondus dans le même lâche défoulement.

Garridan, le bohémien, avait, quant à lui, joué de malchance. Il s'apprêtait à rejoindre Mouette lorsque la troupe grondante en provenance du centre du bourg avait fait irruption sur le champ de foire. Avec la vivacité propre à ceux de son sang, il avait aussitôt compris qu'il était de son intérêt de disparaître promptement. Mais il ne voulait pas s'esquiver sans emporter avec lui le butin commun, remisé dans une cachette connue de lui seul. Il avait donc fait demi-tour afin de rejoindre le bosquet où était dissimulée leur carriole.

Hélas pour lui, sa description avait déjà fait le tour du marché. Au moment où il dépassait les derniers étals, trois solides jeunes gens l'avaient pris à partie et encerclé pour lui couper toute possibilité de fuite. Leurs vociférations risquant d'ameuter d'autres villageois, Garridan ne s'était pas embarrassé de manières et avait joué de son poignard avec une redoutable efficacité. Avant de pouvoir comprendre ce qu'il leur arrivait, deux des fiers-à-bras gisaient sur le sol, l'un la gorge tranchée, l'autre la poitrine trouée. Quant au troisième, il n'avait pas trop de ses deux mains pour retenir les entrailles fumantes qui menaçaient de déborder de son ventre pourfendu.

Le cigain avait cependant été empêché de prendre la poudre d'escampette par la promise de l'une de ses victimes. Folle de rage et de douleur, la furie s'était jetée sur lui, toutes griffes dehors, en cherchant d'évidence à lui crever les yeux. Garridan eût pu s'en défaire d'un nouveau coup de lame, mais il lui répugnait de frapper une femme. Ce scrupule lui avait été fatal. Attirés par les hurlements de la harpie, des sergents et des villageois armés de gourdins avaient fondu sur le bohémien. Celui-ci avait résisté avec l'énergie du désespoir mais avait dû céder sous le nombre. Pieds et poings liés, il avait été jeté au cachot où il attendait de subir le dernier supplice.

— Qu'allons-nous faire? demanda Étienne, angoissé, lorsque Mouette eut achevé son récit.

La brune sauvageonne haussa les épaules. Bien que soucieuse, elle ne cédait pas à l'affolement.

— Rien. Y a rien que nous pouvons faire, sinon rester cachés ici au moins deux ou trois jours. On nous a vus en compagnie d'Colinet et d'Garridan. Les gens, là dehors, sont à notre recherche. S'ils nous attrapent, Dieu sait c'qu'ils nous f'ront subir.

— Et après?

— Ils se lasseront. Leur surveillance s'relâchera. Nous attendrons une nuit pour nous esquiver en profitant de l'obscurité.

— Mais où irons-nous? Sans argent, sans rien à manger?

Mouette se mordit la lèvre inférieure.

— J'suis passée à la carriole avant de rev'nir ici. La mule a disparu et tout c'qui avait un peu d'valeur a été volé. Si seulement nous connaissions la cachette du magot !

— Qui te dit qu'il n'a pas été dérobé lui aussi ?

— J'connais mon Garridan. Malin comme un renard. M'étonnerait qu'ces lourdauds d'villageois aient percé son secret. La preuve : même moi, j'ai rien trouvé.

Ce soir-là, réfugiés derrière leur rempart de sacs de farine, les deux enfants traqués firent maigre pitance d'un quignon de pain et d'un morceau de fromage que Mouette avait réussi à glaner au cours de son escapade de l'après-midi. Ils se blottirent ensuite dans les bras l'un de l'autre pour affronter la nuit. Vaincu par la fatigue et un trop-plein d'émotions, le visage enfoui dans les boucles brunes de son amie, Étienne sombra le premier dans l'inconscience.

Mouette garda, quant à elle, longtemps les yeux ouverts. Mettant à profit le peu de clarté lunaire qui parvenait jusqu'à eux, elle contemplait le doux visage pâle du garçon endormi. Ils n'appartenaient pas au même monde. Cela, elle en avait eu conscience dès leur premier regard échangé dans cette grange du bord de Seine. Il y avait dans ces traits réguliers quelque chose qui respirait l'intelligence et la noblesse, dans ce corps encore juvénile, l'esquisse d'une vigueur souple et gracieuse. Même si elle avait feint l'incrédulité, elle n'avait pas été étonnée quand Étienne lui avait confié que son père présomptif était l'un des plus fameux capitaines du roi. Le jeune garçon n'avait que onze ans mais on devinait en lui l'héritage d'un sang fier et intrépide. Onze ans ! Quatre années à peine les séparaient qui étaient un gouffre aujourd'hui mais à peine un souffle demain.

Mouette caressa de sa main légère de tire-laine la joue du dormeur. Comme il était beau et si touchant dans l'abandon du sommeil ! Elle sentait une vague de chaleur irradier de sa poitrine à son ventre. Il eût été si tentant de songer à des folies. Mais une petite voix, tout au fond d'elle-même, lui murmurait qu'il ne servait à rien de rêver, que ceux qui songent à bouleverser l'ordre naturel du monde finissent toujours par se brûler les ailes. Et ce fut sur cette pensée maussade qu'elle s'endormit à son tour en enlaçant tendrement le torse d'Étienne.

Cette nuit-là, le jeune garçon fit de mauvais rêves. Tournant et retournant sur lui-même, il commença par pousser de faibles plaintes avant de laisser échapper des mots sans suite. Il y était question de sang répandu, de médaillon, des paroles d'un mort. Mouette, que l'agitation de son compagnon avait éveillée en sursaut, lui plaça la main sur le front pour tenter de l'apaiser. Étienne cessa de remuer et ses lèvres laissèrent passer de courtes phrases. Toutes n'étaient pas compréhensibles, mais l'adolescente acquit la certitude que le pendentif confisqué par Garridan représentait, aux yeux du garçon, le seul moyen de retrouver non seulement sa mère mais aussi le père qu'il n'avait jamais connu. Troublée, elle se pencha sur son oreille et lui promit qu'elle l'aiderait à retrouver son bien. Comme s'il avait entendu, la respiration haletante d'Étienne devint plus régulière. Un semblant de sourire étira ses lèvres. Puis, un silence profond vint de nouveau recouvrir toutes choses, comme pour tenter d'effacer ce qui n'aurait pas dû être entendu.

Le lendemain, dès l'aube, les jeunes gens furent réveillés par le bruit des marchands, de retour à leurs étals. Ils avalèrent en deux bouchées le reste de leurs maigres provisions, puis attendirent patiemment que la foire s'animât. Quand la populace eut investi les allées du marché, Mouette s'éclipsa à nouveau. Étienne chercha bien à la retenir auprès de lui, mais l'adolescente eut beau jeu de lui faire remarquer qu'elle devait trouver de quoi manger. Il fallait être certain de pouvoir demeurer encore deux ou trois jours dans leur cachette du moulin. Après quoi, ils tenteraient de s'ensauver loin de ce village de malheur.

Lorsqu'elle eut quitté la resserre, Mouette rabattit les pans de son fichu par-dessus sa tête et décrivit un large détour, entre rivière et marché, qui devait lui permettre d'aborder le village par son extrémité la moins fréquentée. Silencieuse et leste, elle se faufila entre des remises et des hangars avant d'atteindre les premières habitations. Fort heureusement, l'heure matinale et l'attrait que représentait la foire annuelle favorisaient ses desseins.

De porche en porche, en prenant bien soin de toujours demeurer dans l'ombre des maisons, elle gagna sans difficulté la place centrale du village. Là, ses yeux de braise embrassèrent la situation en un instant.

Le pilori était installé sur une sorte d'estrade, à deux pas d'un calvaire en pierre. Sous la garde d'un seul sergent, Colinet s'y tenait agenouillé, la tête et les poignets serrés entre deux planches de bois ferré. Son bassin laissait voir un curieux déhanchement qui devait traduire l'inconfort de sa posture et ses vains efforts pour lutter contre les crampes. Après un jour et une nuit, les villageois s'étaient lassés du spectacle. Aux outrages et railleries de la veille avait succédé une morne indifférence. Les rares habitants qui traversaient la place en direction du marché ou pour se rendre à la taverne n'accordaient pas même un regard au condamné. Seul un chien bâtard lui tenait compagnie et s'appliquait à lécher les traces de fruit pourri sur ses habits en loques.

Mouette avait passé la fin de la nuit à réfléchir. Son plan était arrêté. Elle ne perdit donc pas de temps pour agir. Se faufiler par l'arrière dans les communs de la taverne, y dérober un pichet de vin et ressortir ni vu ni connu, fut pour elle un jeu d'enfant. De retour sur la place, elle se dirigea résolument vers les bois de supplice. Elle gravissait déjà les quelques marches menant à la plateforme lorsque le garde qui achevait sa nuit, appuyée sur sa pertuisane, finit par la remarquer.

— Où qu'tu crois aller comme ça, la drôlesse ? Personne qui peut monter sur l'estrade. Ordre du sénéchal !

Sans se démonter, Mouette acheva de gravir l'escalier et s'approcha du soldat qui avait empoigné son arme à deux mains, vaguement sur la défensive.

— Tout doux, mon brave ! fit-elle en brandissant son pichet. Je n'suis pas poularde qu'on embroche. On a pensé qu'une longue veille t'assècherait le gosier et l'on m'a mandée pour étancher ta soif.

Sautant sur l'aubaine, le garde ne chercha pas à savoir qui était ce « on » providentiel. Il abaissa sa pertuisane et saisit la cruche de vin. Comme il l'inclinait aussitôt au-dessus de sa tête pour boire à la régalade, Mouette lui saisit l'avant-bras.

— Pas ici ! Il faudrait pas qu'un jaloux aille jaser que tu t'enivres à ton poste.

— Morbleu ! Tu as pourtant raison, la drôlesse. Mais j'peux point laisser c'bougre là sans surveillance.

— Que crains-tu ? L'oiseau m'a tout l'air d'avoir les ailes foutrement bien rognées. M'étonnerait qu'y puisse s'envoler de sitôt. Et puis, j'suis là, moi. Si y a quoi que ce soit, t'm'entendras gueuler et t'auras qu'à rappliquer.

La trogne d'abruti de la sentinelle s'illumina.

— T'es une bonne fille. Foi de Brisefer, j'l'ai tout de suite vu à ta mine. Pour sûr que la providence te le rendra !

Tout guilleret, le sergent dévala les marches de l'estrade et courut se réfugier à l'ombre de la halle où se tenait d'ordinaire le marché. À peine eut-il quitté des yeux son prisonnier que Mouette s'agenouilla aux côtés de ce dernier et entama avec lui un mystérieux conciliabule.

S'il se fût trouvé un esprit curieux, ce matin-là, en le joli bourg de Beaumont, il n'eût pas manqué d'être étonné par le singulier tableau formé par ces deux personnages si dissemblables : une brute manchote et borgne opinant docilement aux propos d'une frêle adolescente.

La même personne eût pu se croire carrément victime d'hallucinations lorsque, l'instant d'après, elle vit cette même jeune fille sauter à la gorge d'un soldat qui s'en revenait, titubant, vers le pilori. Profitant de l'effet de surprise, l'assaillante fit pleuvoir une grêle de coups sur le malheureux. Toutefois, chose incompréhensible, lorsque celui-ci se reprit et s'employa à maîtriser la diablesse, celle-ci ne chercha aucunement à lui échapper. Sa vivacité et sa hardiesse donnaient pourtant l'impression qu'elle eût pu se dérober sans grande peine aux maladroites tentatives d'immobilisation de son adversaire. Au lieu de cela, elle se débattit sans conviction jusqu'à ce que le remue-ménage attire sur la place un fort attroupement.

Le sénéchal, que la patronne de la taverne s'était empressée d'envoyer quérir, mit fin à ce navrant spectacle. Reconnaissant en cette brunette effrontée la supposée complice des deux larrons arrêtés la veille, il prit les dispositions qui s'imposaient.

Dans l'heure qui suivit, Mouette rejoignit Garridan au fond de son cachot.

Père et fille

Pietro Pasqualigno offrait aux regards un bien piètre aspect.

Plus petit que la moyenne, le teint jaunâtre, affligé d'un ulcère récalcitrant, il semblait aussi lugubre que ces portraits d'ancêtres, dans la galerie poussiéreuse d'une gentilhommière de province. À ceux qui le découvraient pour la première fois, il était difficile d'admettre qu'un aussi triste sire ait pu engendrer une beauté aussi lumineuse que Lucia. Et pourtant, il y avait chez le père comme chez la fille un même feu qui brillait au fond des prunelles. Un éclair de malice qui trahissait une même vivacité d'esprit et une capacité à voir plus loin et plus finement que le commun des mortels.

Pour l'heure, les deux Vénitiens s'entretenaient en privé, dans le boudoir qui unissait leurs deux chambres, dans le logis des sept Vertus du château d'Amboise.

— Allez-vous enfin me confier ce qui vous tracasse tant ? demandait Lucia à son père avec une sollicitude inquiète. Je vois bien que vos pensées moroses ne vous laissent point de repos. Est-ce donc si grave, ce désordre dans vos papiers ? N'êtes-vous point en train de vous mettre martel en tête pour ce qui n'est, somme toute, qu'une vague impression ?

Le soleil entrait à flots par les hautes fenêtres à croisillons. Ses rayons mordorés faisaient danser des reflets de miel sur le bois ciselé des fauteuils et avivaient les couleurs des tapisseries qui représentaient pour la plupart de fameuses scènes antiques : la lutte d'Hercule contre Néré, le départ de Jason et des Argonautes et le combat entre Achille et Hector, sous les murailles de Troie.

— Tu es mignonne, Lucia, fit Pietro Pasqualigno en posant sur son enfant un regard très doux. Mais il est des choses que tu ignores et qui me contraignent à ne rien négliger.

— Mais je veux pouvoir partager vos peines comme vos joies, père. Nous sommes si loin de notre patrie. Auprès de qui d'autre pourriez-vous vous décharger d'une partie de votre fardeau ? Ces choses que j'ignore, peut-être pourriez-vous me les laisser entrevoir. Je vous promets de n'en souffler mot à quiconque.

L'expérimenté ambassadeur hocha la tête. Depuis la disparition, un lustre plus tôt, d'une épouse qu'il vénérait, il n'avait plus personne à qui se confier. Et cette solitude commençait à lui peser. Un sourire enjôleur de Lucia acheva de vaincre ses dernières réticences, qui tenaient à une prudence aiguisée par vingt longues années d'une intense activité diplomatique.

— Comme tu le sais, commença-t-il en baissant la voix et après s'être assuré que nul ne pouvait surprendre leurs échanges, notre république occupe une place à part dans la péninsule. Venise a toujours jalousement veillé sur son indépendance afin de sauvegarder ses intérêts commerciaux. Si nous sommes ici aujourd'hui, c'est parce que l'alliance objective avec le royaume de France nous permettrait de nous prémunir contre les appétits d'un Sforza et de contenir le pouvoir temporel du Saint-Siège.

— Ne m'avez-vous point dit, alors que nous nous trouvions encore à Paris, qu'un accord était sur le point d'être signé avec le roi François ?

— Si fait ! Le traité a d'ailleurs été ratifié hier matin.

— Tout est donc pour le mieux. Je ne comprends toujours pas ce qui peut vous préoccuper au point que vous en perdiez le sommeil et l'appétit.

— Patience, ma douce, j'y arrive. Il y a une quinzaine de jours, le doge m'a fait parvenir un message alarmant. Un espion s'était emparé d'un objet lui permettant de décoder nos missives les plus secrètes. Or cet homme dont nous avons pu retrouver la trace ne s'est pas rendu à Rome ou à Milan. Il est venu ici, en France. Plus précisément à Paris.

— Il serait donc à la solde de François Ier ?

— Nous n'en avons pas la preuve, mais la chose est possible. Si tel était le cas, cela pourrait signifier que le roi de France joue un double jeu avec nous. Toujours est-il que j'ai pu intervenir à temps. Des hommes à ma solde ont éliminé ce misérable espion.

Malheureusement, ils n'ont pu récupérer cet objet qu'il avait dérobé. Notre code secret reste donc fragilisé. C'est comme si nous avions une épée de Damoclès au-dessus de nos têtes. Tu comprends à présent pourquoi cette impression que mes papiers ont été fouillés me tourmente. Quelqu'un a très bien pu les copier et nos ennemis sont peut-être en ce moment même en train de les déchiffrer.

Lucia posa une paume rassurante sur la poitrine de son père.

— Bah, je n'entends pas grand-chose à ces intrigues politiques. Mais je me doute que vos responsabilités sont accablantes. Ce sont elles qui vous conduisent à dramatiser. Nul n'a pu pénétrer dans votre cabinet parisien. À part vous, je suis la seule à savoir où vous en dissimulez la clé.

— Tu as probablement raison, approuva Pietro Pasqualigno en tapotant la main de sa fille adorée. Après tout, il est possible que dans l'affolement des préparatifs du départ, j'aie moi-même négligé de classer scrupuleusement toutes ces missives. Crois-moi, j'ai hâte d'être plus vieux de quelques semaines. La partie sera définitivement engagée et nous pourrons enfin rentrer chez nous. Je me fais fort alors d'obtenir du doge l'autorisation de me retirer paisiblement. Je suis trop usé pour assumer désormais les obligations de ma charge.

Lucia protesta que son père était encore capable d'en remontrer à bien des hommes plus jeunes que lui. Son expérience, reconnue par tous, était au moins aussi précieuse que la plus redoutable escadre de la Sérénissime. Pietro fit semblant de la croire puis, éprouvant quelque scrupule à conserver son enfant auprès de lui par une si belle journée, il l'encouragea à retrouver son galant dans le parc du château. En rougissant comme il sied à une chaste demoiselle, Lucia s'empressa néanmoins de lui obéir.

En quittant le logis des sept Vertus pour rejoindre les jardins jouxtant la tour des Minimes, la ravissante Vénitienne croisa Héloïse Sanglar. Les deux femmes se saluèrent avec amabilité et Lucia interrogea sa nouvelle amie pour savoir si elle avait aperçu Nicolas.

— Nous venons de nous quitter à l'instant ! fit Héloïse qui n'oubliait pas qu'elle s'était fait un devoir de favoriser les amours des deux tourtereaux. À propos de Nicolas justement, me permettez-vous un conseil ? Après tout, j'ai l'âge de pouvoir être votre mère.

— Faites, je vous en prie.

— Ce garçon est l'un des plus nobles cœurs que je connaisse et il est sincèrement épris de vous. Mais ce grand nigaud – allez savoir pourquoi ! – s'est mis dans la tête qu'il n'était pas digne de votre amour. Si comme je le crois, vous tenez à lui, ne tardez point à le rassurer. Le bonheur est chose si prompte à disparaître !

Encadré par deux rangs de boucles blondes qui lui faisaient comme une auréole, le visage de Lucia s'illumina d'une joie à la fois charmante et candide.

— Vous croyez ? Mais si ce n'est que ça, je cours, je vole le rejoindre et m'en vais lui ôter ces mauvaises pensées de l'esprit. Où puis-je le trouver ?

— Dans la chapelle Saint-Hubert. Il doit y brûler un cierge et s'abîmer en prières pour obtenir la grâce de demeurer en votre cœur.

Ayant remercié Héloïse pour sa prévenance et ses bons conseils, Lucia se détourna et traversa l'avant-cour en direction de la partie la plus ancienne du château, rénovée du temps de Charles VIII. Étonnamment, une fois qu'elle eut tourné le dos à son interlocutrice, ses traits angéliques se durcirent et ses prunelles ardentes n'exprimèrent plus qu'une froide détermination.

Une mouette en cage

— M'est avis que tu as perdu la tête, jolie Mouette ! C'est pure folie que de t'être laissé volontairement enfermer. Les grilles d'une prison, on sait jamais quand elles se rouvrent. Tu pourrais bien croupir ici durant des mois entiers avant qu'on daigne te libérer.

Affalé sur son grabat, le dos calé contre la muraille rugueuse, Garridan grattait nonchalamment les cordes de son luth dont on n'avait pas cru devoir le priver. Rien dans son attitude ou son expression ne laissait deviner qu'il n'était plus qu'un mort en sursis. Au contraire, il affichait un détachement surprenant comme si, déjà, les choses de ce monde ne le concernaient plus et qu'il s'était fait à l'idée de disparaître bientôt.

Mouette, quant à elle, était loin de montrer la même tranquillité. Elle ne cessait de s'agiter, tel un oiseau en cage, allant et venant entre son compagnon d'infortune et l'étroit soupirail qui ouvrait sur les fossés du logis seigneurial.

— Qu'est-ce qu'il fiche, mordiable ! Y devrait déjà être là, ce damné brigand !

— Viendra ou viendra pas ? chantonna le bohémien. C'est un foutu pari que t'as pris là, ma belle. Suppose que l'Colinet, une fois libéré de son mignon collier, se soit dit qu'il avait rien à gagner à traîner dans les environs. L'a p't-être déjà taillé la route tout droit, sans d'mander son reste. C'est pour le coup qu'tu t'retrouverais Gros-Jean comme devant !

— T'as pas bientôt fini d'jouer les oiseaux d'mauvais augure ! Faudrait qu'il soit bien sottard pour faire son deuil de not' magot. L'est pas comme toi. C'est pas pour mes beaux yeux ou mon joli cul qu'y rappliquera. C'est par appât du gain.

— C'est bien c'que j'disais : un foutu pari ! répéta Garridan en déposant son instrument sur la paille. Une fois que tu lui auras révélé la cache que j't'ai dit, qu'est-ce qui l'empêchera d'filer en conservant à la fois les jaunets et le pendentif ?

La brune adolescente fronça les sourcils, darda sur le persifleur un regard assassin et cracha au sol d'un air mauvais.

— Il s'y risquera pas. J'l'ai prévenu. Il sait très bien qu's'il lui prenait l'envie de jouer les malpensifs[1], j'le r'trouverais. Dans une semaine, un mois ou un an, j'le retrouverais. Borgne et maintenant manchot, pourrait pas s'fondre dans la masse. J'lui ai bien fait comprendre tantôt. L'aurait plus un instant d'repos. N'importe où, n'importe quand. La nuit, le jour. Seul ou au milieu d'la foule. Il y aurait droit. M'entendrait même pas v'nir dans son dos.

1. Mal intentionnés.

Le cigain laissa entendre un ricanement ironique.

— J't'ai jamais vue dans un état pareil, la mignonne. Faut-il que c'gamin t'ait tourneboulé l'entendement ! Pour sûr qu'j'voudrais savoir comment qu'il s'y est pris. Doit avoir usé d'un charme, pas possible autrement !

— Chut ! l'interrompit Mouette en se précipitant pour se suspendre à la grille du soupirail. T'as rien entendu ?

— Quoi donc ?

— Un hululement, là, tout près !

— C'est dans ta tête que ça hulule, ma pauvre Mouet...

À cet instant précis, l'appel parfaitement audible d'une chouette monta jusqu'à eux.

Cramponnée aux barreaux, l'adolescente écarquilla les paupières pour tenter de discerner même une vague silhouette dans le brouillamini d'ombres engendré par la tombée du jour.

— Colinet ? C'est toi ?

Une voix rauque, à la fois étouffée et proche, lui répondit :

— Qui d'autre, veux-tu ? Ces vieux fossés, ça pue la mort et c'est tout plein de vermine. Faut avoir une sacrée bonne raison pour patauger dans pareille merdasse !

Elle avait beau se hisser à la force des poignets et ouvrir grand les yeux, Mouette ne parvenait pas à apercevoir le fond de la douve, situé en contrebas. Tant pis ! Il fallait faire vite. Le risque était trop grand d'être surpris par les gardes patrouillant à proximité.

— Bon ! On fait comme on a convenu. Tu trouveras c'que tu sais sous l'siège d'la carriole. Du côté droit. Tu verras un clou à demi enfoncé. Suffit d'le tirer à toi. La partie basse du siège s'ra libérée. T'es bien sûr d'avoir compris ?

— J'ai p't-être plus qu'un œil et une main, mais j'suis point encore gâteux. Et l'môme ? Qu'est-ce que j'y dis, s'il m'pose des questions ?

— Contente-toi de répondre ce qui est convenu. De toute façon, moins tu en diras, mieux ce sera. File maint'nant, avant d'ameuter toute la garde !

Colinet se racla la gorge. Il y avait de la gêne dans sa voix quand il reprit la parole :

— Bon, ben, à la revoyure, Mouette, sait-on jamais ! Et c'mécréant de Garridan ? L'est près de toi, peut m'entendre ?

— File ! te dis-je. Là où il s'en va, l'a que faire de tes adieux. D'autant qu'pour des comme nous, ce sont plutôt les feux de l'enfer qui nous attendent à la toute fin.

Des clapotis, suivis d'un furtif froissement de feuillage, succédèrent à ces dernières paroles. Puis un lourd silence s'abattit sur la cellule.

Les mains meurtries, Mouette lâcha les barreaux et se laissa choir sur place. Prostrée. Le regard comme brusquement éteint. Quant à Garridan, il faillit un court instant exiger son dû, réclamer qu'elle lui offre cette dernière chevauchée d'amour promise contre le secret de sa cachette. Mais l'abattement de l'adolescente, finalement, l'en dissuada. Respectant sa peine, le désir en berne, il s'enveloppa dans sa couverture, la tête tournée vers la muraille. Et tous deux s'enfoncèrent en silence dans une nuit dont ils eussent été bien en peine de mesurer l'exacte profondeur.

*

La grisaille de l'aube se glissait dans la resserre par les planches disjointes de la paroi en bois. Étienne dormait d'un sommeil de plomb. La veille, après avoir attendu vainement le retour de Mouette, il avait calmé sa faim en se forçant à avaler une poignée de farine prélevée à même l'un des sacs empilés. La peur d'être pris à partie par la foule l'avait empêché de tenter une sortie pour rechercher son amie. Et puis, quand la nuit était venue, il s'était dit que c'était idiot de quitter son abri. Dans l'obscurité, ses chances de retrouver la trace de l'adolescente étaient dérisoires. Tout ce qu'il risquait, c'était de la manquer si elle finissait malgré tout par revenir au moulin.

En définitive, irrésolu, désemparé à l'idée qu'elle ait pu subir le même sort que Colinet ou Garridan, le jeune garçon avait veillé tant qu'il avait pu en se faisant un mauvais sang de tous les diables. Au fond de lui, quelque chose brûlait de passer à l'action, et quelque chose lui soufflait qu'il en était bien incapable, trop éprouvé par les multiples épreuves subies depuis son réveil dans les entrailles de la *Marie Salope*. Il balançait encore entre les deux options qui s'offraient à lui, quand l'épuisement avait eu raison de sa résistance.

Une secousse au niveau de l'épaule le tira brusquement de l'inconscience.

Encore engourdi de sommeil, il se frotta les paupières et ouvrit les yeux, s'attendant à découvrir le joli minois de Mouette. Au lieu de cela, il se retrouva nez à nez avec la trogne inquiétante de Colinet. Le borgne avait perdu son bandeau et son orbite vide suppurait un vilain suc jaunâtre comme s'il pleurait des larmes de bile.

Instinctivement, Étienne eut un mouvement de recul.

— Une vraie gueule d'épouvantail, j'te l'accorde volontiers, mon gars, grogna le borgne en lui soufflant au visage une haleine pestilentielle. Encore que t'as pas tout vu. C'te vilaine clique m'avait tell'ment à la bonne qu'm'ont gardé la main en souvenir.

Joignant le geste à la parole, le larron lui plaça sous les yeux son moignon enveloppé de linges sanguinolents.

— Co... comment m'avez-vous trouvé? balbutia Étienne sans pouvoir détacher son regard du membre mutilé.

— C'te question! s'exclama Colinet en haussant les épaules. C'est la Mouette qui m'a envoyé vers toi. L'avait un cadeau à t'faire.

Le jeune garçon s'efforçait de reprendre ses esprits, mais il avait la pénible impression d'être encore englué au milieu d'un mauvais songe. Un cadeau? Pour lui? Et d'abord, pourquoi son amie n'accompagnait-elle pas le borgne?

— Où est Mouette?

Le borgne agita son moignon en l'air. On eût dit l'aile d'un noir corbeau battant mollement autour de la tête d'Étienne.

— Partie, la Mouette. Pffuitt! Envolée. Déjà loin. T'imaginais quand même pas qu'elle allait s'embarrasser d'un blanc-bec dans ton genre. L'a juste laissé ça pour toi. Grande dame, t'avoueras. Ç'aurait t'nu qu'à moi...

Colinet ramena de derrière son dos son unique main valide. Une chaîne était enroulée autour de ses doigts, au bout de laquelle se balançait le mystérieux médaillon au double disque gravé. Le malandrin marqua alors une hésitation à peine perceptible. Finalement, il laissa tomber le bijou sur le sol, comme si le remettre en main propre à Étienne était au-dessus de ses forces.

Le garçon fixa l'objet qui brillait à ses pieds sans paraître comprendre. Un chagrin immense le submergeait. En Mouette, il avait cru trouver une amie. La première véritable amie à avoir éclairé sa jeune existence. Découvrir qu'il n'était finalement rien pour elle le laissait anéanti.

Lorsqu'il trouva enfin la force de relever le front, le borgne avait disparu.

Étienne était seul à nouveau. Cet entretien improbable avec Colinet s'était dénoué de façon tellement imprévue qu'il demeurait là abasourdi, les yeux baignés de larmes. Ses pensées désordonnées se mêlaient en une grande confusion. Ses tempes étaient brûlantes. Son cœur, mécontent et meurtri, se racornissait dans sa poitrine. Jamais il ne s'était senti aussi malheureux, ni aussi misérable.

Le Conseil du roi

En cette fin de matinée du vingt-neuvième jour de juin, la foule des courtisans se pressait dans la salle des États du château d'Amboise. Avant de prendre la route de Lyon pour rejoindre son armée, François Ier devait y instituer un gouvernement provisoire chargé d'administrer le royaume en son absence. Pour représenter sa personne, il comptait aussi confier des pouvoirs étendus non pas à son épouse, la discrète Claude, mais à sa mère, Louise de Savoie, qu'il s'apprêtait à honorer du titre de régente. En attendant la proclamation officielle de ces mesures provisoires, le roi tenait un ultime Conseil dans une pièce attenante, tandis que la grande salle bruissait de mille rumeurs.

Sous les voûtes ogivales, entre les élégants piliers décorés de fleurs de lys et de mouchetures d'hermine, tout ce que la cour comptait de grands noms attendait de voir paraître le monarque. Pour tromper leur oisiveté, puissants gentilshommes et nobles dames commentaient les événements du jour ainsi que les dernières nouvelles en provenance de la frontière italienne. Dans ces échanges où se mêlaient demi-vérités, fantasmes et mensonges éhontés, chacun mettait un point d'honneur à paraître mieux informé que le voisin.

Légèrement en retrait de la cohue, stationnant devant l'imposante cheminée ornée d'une épée flamboyante, emblème du défunt roi Charles VIII, Héloïse prenait elle aussi son mal en patience en compagnie de Nicolas du Pont et de Philibert Babou. Ce dernier tranchait par la modestie de sa tenue sur la somptuosité des habits arborés par les autres occupants de la salle. Il portait une courte cape de velours, un pourpoint en drap gris, des hauts-de-chausses bruns et des pantoufles toutes simples. On eût dit un vulgaire tabellion, mais qui, lui, n'avait pas besoin de convoquer son imagination pour instruire sa compagne de la situation du moment.

— Le roi était d'excellente humeur ce matin, lui glissa-t-il à l'oreille. Les dernières nouvelles en provenance de Milan ne pouvaient être plus favorables. Pour financer les contingents suisses, le Sforza a dû se résoudre à lever un nouvel impôt. On parle d'une somme totale de trois cent mille ducats. Cette taxe supplémentaire a provoqué l'ire des Milanais. Il y a environ une semaine des émeutes ont éclaté. Le duc Massimiliano et le cardinal Matthäus Schiner n'ont pas eu d'autre choix que de s'enfermer dans la citadelle, sous la protection de trois mille confédérés. Pour peu que les désordres durent un peu, c'est un ennemi divisé et mal préparé que nos troupes auront à affronter.

— Puisse le ciel vous entendre, messire Babou. Plus une campagne est courte, moins nombreux sont ceux qui ont à en souffrir.

— J'ai ouï dire que l'armée pourrait quitter Lyon avant la fin juillet, sans attendre le renfort des lansquenets des bandes noires qui appartiennent au duc de Gueldre.

Héloïse avait appris à apprécier le petit homme rondouillard depuis l'arrivée de celui-ci à Amboise. Toujours de bonne humeur, ne se haussant jamais du col et ayant pourtant ses entrées partout, c'était par son entremise que Nicolas et elle avaient finalement obtenu des chambres au château, dans l'ancien logis d'Anne de Bretagne. Cependant elle ne put s'empêcher de s'adresser à lui sur le ton du reproche.

— Vous avez connaissance de tellement de choses, fit-elle. Quelle pitié que vous n'ayez rien pu m'apprendre de nouveau au sujet de notre affaire de l'Hôtel-Dieu !

Le cryptanalyste n'eut pas à répliquer. Une porte venait de s'ouvrir. Annoncé par un héraut à la voix claironnante, le roi fit son entrée dans la salle des États.

Magnifique comme à son habitude, paré de drap d'or, de perles et de rubans, François fendait la foule des courtisans en adressant mille grâces aux jeunes femmes qui se bousculaient pour se trouver sur son passage. Dans son sillage immédiat, venait un curieux personnage grave et bedonnant dont le sourire pincé et le manque d'affabilité contrastaient avec la mine radieuse du jeune souverain. La guenon apprivoisée qui se dandinait à ses côtés lui conférait un aspect pour le moins intriguant.

— Qui est-ce? demanda Héloïse en poussant du coude son voisin.

— Le chancelier Antoine Duprat, L'homme de confiance de Louise de Savoie et l'ancien précepteur du roi. Ne vous fiez pas à ses manières parfois déroutantes. Il aime à désarçonner son monde, mais tout cela est très étudié. C'est un juriste habile et redoutable en négociations.

Derrière le roi et son principal ministre, suivaient tous les autres membres du Conseil : les maréchaux Gian Jacopo Trivulzio et Robert d'Aubigny, le premier écuyer Louis de la Trémoille, le secrétaire général des finances Florimont Robertet, puis le grand écuyer et le grand échanson. Seul manquait Charles de Bourbon, le connétable de France, qui se trouvait déjà dans la capitale des Gaules pour superviser le rassemblement de l'armée royale.

Tandis que cette compagnie illustre suivait son maître jusqu'au trône installé à l'extrémité opposée de la salle pour entendre lecture des décisions qui venaient d'être prises, le chancelier Duprat se glissa auprès de Philibert Babou.

— Messire Babou, je suis bien aise de vous voir céans. J'ai une mission d'importance à vous confier. Puis-je vous en entretenir en particulier?

Sans attendre de réponse, le chancelier entraîna son interlocuteur à l'écart, dans l'encoignure d'une fenêtre donnant sur la Loire. Héloïse en profita pour se retourner vers Nicolas.

— As-tu aperçu Pierre dans cette foule ? Il avait promis de me rejoindre ici avant la fin du Conseil pour me tenir au courant des progrès de son enquête à Paris.

— Je ne l'ai pas vu, mais je sais que le cavalier qu'il a dépêché vers la capitale au soir de vos retrouvailles a emporté plusieurs pigeons. Aussitôt qu'il aura appris quelque chose, il pourra nous le faire savoir par message.

— L'attente et l'impuissance me mettent à la torture, soupira Héloïse en se tordant les mains. Je voudrais tant pouvoir faire quelque chose pour Étienne. Avoir au moins l'impression de me rendre utile.

— Ne perdez pas espoir, ma dame. C'est parfois lorsque nous touchons le fond que la providence nous vient en aide. Tenez, moi par exemple ! Je suis arrivé ici plein de doutes, persuadé que Lucia finirait par me repousser. Or, elle ne s'est jamais montrée aussi tendre à mon égard. Et maintenant que Venise est officiellement devenue notre alliée, notre avenir m'apparaît aussi lumineux que les cieux de notre beau Val de Loire.

— J'en suis très heureuse, fit Héloïse en prenant sur elle pour ne pas gâcher le bonheur qui rayonnait sur le visage de l'ancien valet d'armes. Vous formez tous deux un couple magnifique.

Déjà, Philibert Babou revenait vers eux. Sa manière de glisser sur le dallage pour ne pas attirer l'attention prêtait plus à sourire qu'autre chose. Nul ne se souciait en effet de lui. Tous les regards étaient tournés vers le trône et son auguste occupant.

— Je vais devoir vous laisser, chuchota-t-il. On me demande de rédiger plusieurs missives codées pour le duc de Savoie, l'informant que l'armée a l'intention de traverser les Alpes en passant par Suze.

— N'est-ce pas imprudent ? s'inquiéta Nicolas. Le duc affiche certes une neutralité officielle et il est le demi-frère de notre reine mère. Il n'empêche qu'il accorde moult facilités aux détachements suisses qui campent sur ses terres et bloquent tous les passages connus de la chaîne montagneuse.

— Aussi doit-on soupçonner quelque manœuvre de notre rusé chancelier. Il m'a d'ailleurs précisé que le code employé devait être crédible mais ne point trop résister aux tentatives de déchiffrement. Je m'en vais de ce pas m'acquitter de cette tâche pour le moins inhabituelle.

Sur ces mots, le spécialiste ès écritures secrètes se fondit dans la foule. Nicolas profita de ce départ pour prendre à son tour congé d'Héloïse. Lucia lui avait promis une promenade à cheval dans la campagne environnante et il ne voulait pas la faire attendre.

— Bien sûr, je serais prêt à y renoncer si vous en exprimiez le désir, dit-il en ne parvenant pas à masquer tout à fait la crainte de voir sa proposition retenue.

— Veux-tu bien arrêter de dire des sottises et t'en aller sur-le-champ ! le réprimanda gentiment son amie. Espèce de grand nigaud, va !

Le jeune homme sauta presque sur place pour manifester sa joie. Puis, après avoir baisé l'extrémité des doigts de la belle rousse, il s'empressa à son tour de disparaître.

Héloïse le suivit des yeux tandis qu'il se frayait un passage dans la foule. Un gros soupir gonfla sa poitrine. « Au moins, quoi qu'il arrive, ma venue à Amboise n'aura pas été tout à fait inutile. Puissent ces deux-là connaître le bonheur qui nous a été refusé, à Pierre et à moi ! »

Brusquement, elle en eut assez de tout ce monde autour d'elle, de cette assemblée de courtisans qui espéraient tous obtenir les faveurs d'un roi dont chacun vantait les belles manières mais qu'elle avait de bonnes raisons de mépriser. Aspirant au calme, elle préféra s'éloigner de la grande salle, emprunta un escalier en colimaçon et se retrouva au niveau du promenoir situé au rez-de-chaussée du château.

Du haut de cette galerie ouverte, son regard embrassait un large paysage au centre duquel le ruban bleu du fleuve, avec ses scintillements incessants, semblait une parure de fête. La lumière blonde irisait la frange incertaine des futaies, rebondissait d'un coteau à l'autre. Sous le ciel d'été, montait le chant des oiseaux et sonnaient, joyeuses, les cloches des églises et des chapelles. C'était un temps qui parlait de promesses et de renouveau, le début de l'été, une saison qui ramène inévitablement aux délices de l'enfance. La femme songeuse ferma les paupières et laissa monter en elle les parfums d'autrefois, les saveurs de ces jours enfuis où son père l'emmenait, dans les vergers des environs, cueillir les fruits des poiriers, des guigniers et des mûriers blancs.

Toute à ses pensées mélancoliques, elle ne l'entendit pas venir à elle. Elle perçut sa présence à ses côtés à un rien, cette brusque variation de la lumière sur ses paupières, ce souffle léger sur sa nuque. Elle ouvrit les yeux et pivota lentement. Il se tenait derrière elle, la main en avant, comme s'il avait désiré la caresser mais avait suspendu son geste. De nouveau, comme lors de son apparition miraculeuse face au sanglier, elle ressentit dans toute sa chair une sorte de vertige à contempler le contraste entre sa haute silhouette virile, ses traits burinés et cette lueur d'innocence qui s'alliait à la force au fond de ses prunelles.

— Il est vivant, annonça-t-il sans préambule, de sa belle voix grave. Il est vivant. Du moins, il l'était encore après cette terrible nuit où vous avez cru le perdre.

Héloïse tressaillit. Son cœur manqua plusieurs battements. Ainsi son instinct maternel ne l'avait point trompée, qui lui soufflait durant ces dernières semaines que son enfant n'était pas mort. Sa voix altérée jaillit du fond de sa poitrine :

— Étienne, mon petit ! Vivant ! Où est-il ? Est-ce qu'il va bien ? Ah, je vous en prie ! Ne faites pas languir l'âme affligée d'une mère. Dites-moi tout ce que vous avez appris.

Bayard s'approcha et saisit les mains d'Héloïse qui se joignaient en une touchante supplication.

— Le chevaucheur que j'ai envoyé à Paris avait pour mission d'entrer en contact avec un homme que j'espérais capable de nous fournir quelque renseignement. Un homme qui en remontrerait au lieutenant criminel lui-même sur l'état de la capitale.

— Qui pourrait se targuer d'une telle prouesse ?

— Il s'agit d'un ancien sergent de ma compagnie. Il fut à la bataille de Ravenne où le malheureux perdit une jambe. Depuis lors, il a pris, à Paris, le commandement d'une sorte de bande plus ou moins organisée qui rassemble stropiats, aveugles, orphelins et autres mendiants. Ses affidés sont partout. Ils sont ses yeux et ses oreilles. J'ai pensé qu'ils pourraient avoir glané des informations au sujet du drame de l'Hôtel-Dieu. Mais, à vrai dire, je n'espérais pas apprendre tant de choses aussi promptement. La chance nous a souri.

— Pitié ! Assez de préambule, mon ami ! Ne voyez-vous pas que je suis pendue à vos lèvres ?

— La fameuse nuit où votre fils disparut, reprit Bayard, un vagabond avait trouvé refuge sur la berge de Seine, à l'abri du Petit pont. Il vit Étienne plonger dans le fleuve pour échapper à des hommes en armes, puis, alors qu'il semblait en passe de se noyer, deux pêcheurs le recueillir dans leur barque et l'emporter jusqu'à une gabare accostée à la hauteur de l'église Saint-Germain-le-Vieux. Intrigué, notre galapian s'approcha et put déchiffrer le nom du bateau : la *Marie Salope*.

— Il faut retrouver cette gabare au plus vite. Étienne est peut-être toujours à bord !

— Je viens de renvoyer un pigeon avec de nouvelles instructions en ce sens, il y a une heure à peine. Des cavaliers vont descendre le cours de la Seine jusqu'à son embouchure et interroger tous ceux qu'ils croiseront, sur l'eau comme sur terre. Plus de trois semaines se sont écoulées, mais je garde bon espoir. Ce bateau ne peut s'être volatilisé. Je suis certain que nous en apprendrons davantage dans les prochains jours.

Héloïse, qui n'était jusque-là que tension, se sentit brusquement brisée par l'émotion. Les jambes lui manquèrent et elle dut prendre appui sur Bayard pour ne point s'écrouler à ses pieds. Sa joue reposant sur le torse puissant, elle murmura, le tutoyant à nouveau sans même y prendre garde :

— Jamais je n'oublierai, Pierre. Sans toi, je ne sais pas comment j'aurais pu retrouver la trace d'Étienne. Personne ne semblait en mesure de me venir en aide. Toi seul...

Il l'interrompit en posant un doigt sur ses lèvres. Elle releva le front et croisa son regard qui la frappa droit au cœur. Elle vit les rides, les marques sur la peau brune, mais aussi les blessures invisibles, plus profondes, qui se laissaient entrevoir au plus secret de ses prunelles. Elle était celle qui lui avait infligé la plus cruelle d'entre toutes. Mais à cet instant précis, cela ne comptait plus. Cela était pardonné, oublié. Elle le voyait, le ressentait au plus profond de son corps et de son âme. Doucement, elle écarta le doigt de sa bouche et se haussa sur la pointe des pieds.

Il n'eut qu'à incliner la tête pour lui donner le baiser auquel tout son être aspirait.

Corps à cœurs

La chambre était l'une des plus petites du château. Aménagée dans les combles du corps d'habitation prolongeant l'ancien donjon, elle offrait un confort tout relatif, avec son lit à quatre montants rehaussé de courtines blanches, ses quelques meubles en bois sombre et sa lucarne à épaisse plombure. Cependant, pour simple qu'il fût, ce décor leur parut à tous deux le plus bel écrin qu'ils eussent pu espérer pour accueillir leur première étreinte.

Depuis qu'ils s'étaient embrassés dans la galerie ouverte du logis royal, ils n'avaient pas échangé plus d'une dizaine de mots. Les paroles étaient inutiles. Sans avoir à le formuler, ils savaient qu'ils ressentaient le même désir, la même fièvre. Ils avaient à combler un vide de douze années. Et cette seule pensée suffisait à les unir dans la même impatience, la même crainte et la même passion.

La porte à peine refermée, Bayard serra à nouveau Héloïse contre lui.

Tandis qu'il couvrait son visage et son cou de baisers, ils tanguèrent sur place, étroitement enlacés.

Leurs dents s'entrechoquèrent à plusieurs reprises, tant était grande leur frénésie de s'étreindre. Sentir le corps de l'autre si proche, se laisser aller tout entier à cet instant d'égarement, c'était à la fois bouleversant et enivrant. Ils auraient voulu que cette douce folie ne s'interrompît jamais.

Cependant, vint le moment où le chevalier, gagné par la nervosité et un brusque accès de pudeur, ne sut plus comment pousser son avantage. Lui qui n'avait jamais manqué de courage dans les plus furieux assauts, qui avait enlevé moult places réputées imprenables à la tête de sa compagnie, éprouva des suées froides à la pensée qu'il devait se montrer à la hauteur de ses rêves les plus ardents et ne pas décevoir sa compagne. Tous les gestes qu'il envisageait à présent – déshabiller la femme aimée, l'entraîner vers le lit – lui paraissaient tout à coup malséants ou vils. Depuis des années, ses rares expériences en matière de joutes amoureuses s'étaient limitées à de rapides incursions dans des bordeaux dont les pensionnaires avaient de la pratique pour deux et d'où il était toujours ressorti triste et vaguement honteux. Il lui était tout à coup inconcevable de répéter les mêmes gestes avec Héloïse.

Fort heureusement, la belle rousse perçut son trouble et en devina la raison. Elle décida de prendre à son tour l'initiative. Avec douceur, pour ne pas le brusquer, elle commença à le dévêtir. Au fur et à mesure que les vêtements tombaient, elle découvrait les cicatrices qui couvraient son corps étonnamment dur et musclé. Estafilades, brûlures, coups d'arquebuse ou de sabot. La plus impressionnante de toutes était due à un coup de pique reçu, trois ans plus tôt, dans le haut de la cuisse, lors d'un assaut contre la ville de Brescia.

Au lieu de l'effrayer par ce qu'elle révélait d'actions dangereuses et brutales, cette collection de blessures émut Héloïse comme un témoignage des multiples batailles que son Pierre avait livrées pour tenter de l'oublier. Elle y lut de la mélancolie et du désespoir. Et si grande à cet instant était sa culpabilité qu'elle s'appliqua à caresser et embrasser chaque plaie ancienne, comme s'il était en son pouvoir de toutes les effacer, une à une.

Lorsqu'il fut entièrement nu en face d'elle, elle alla ouvrir le lit, l'y allongea et se déshabilla lentement, en se plaçant dans les rayons du soleil pour lui laisser tout loisir de la découvrir sans le moindre artifice. Puis elle s'allongea sur lui, l'enveloppa de ses hanches larges et entremêla ses jambes aux siennes. Dans un premier temps, il se laissa faire sans oser le moindre geste, de crainte de dissiper la perfection de ce moment, puis, cédant à l'excitation de ses sens, il finit par entrer à son tour dans la danse. Pris dans un tourbillon, grisé par le parfum de ses boucles auburn, il referma ses bras sur elle, happa entre ses lèvres avides le bourgeon de ses seins lourds et saisit à pleines paumes la rondeur parfaite de ses fesses. Ils roulèrent alors au milieu des draps en désordre, comme deux amis opposés en un simulacre de lutte, tant il est vrai que les choses de l'amour peuvent parfois mimer les plus sauvages affrontements, alors même que la mort reçue et donnée y est la plus douce et la plus enviable des félicités.

— Jamais je n'aurais pensé connaître, un jour, pareil bonheur, murmura-t-il à son oreille lorsque, blottis dans les bras l'un de l'autre, ils tentèrent de reprendre souffle après ce premier embrasement. Cent fois, j'ai cru mourir avant de t'avoir revue.

— Tu m'as tellement manqué, mon amour. Pas un jour ne s'est écoulé, durant toutes ces années, sans que je cesse un instant de t'appartenir.

Il tourna la tête vers elle et la contempla, s'émerveillant de ce corps épanoui et superbe, de ce visage d'une émouvante beauté. Il lui revint en mémoire ces paroles d'engagement qu'elle avait prononcées à Bourges, dans la chapelle du couvent de l'Annonciade, au temps de leurs accordailles.

— Si tu en as encore le désir, dit-il, une fois que nous aurons retrouvé ton fils, je souhaiterais que tu deviennes mon épouse et que tu me laisses offrir à Étienne une ribambelle de petits frères et de petites sœurs.

— Oh, Pierre ! Ce serait mon souhait le plus cher !

Fou de joie et de reconnaissance, il l'embrassa sur tout le corps, passionnément, l'enveloppant de la tête aux pieds d'une chaleur qui la ravit à elle-même et lui fit tendre le ventre en avant pour encore mieux l'accueillir.

L'instant d'après, ils faisaient à nouveau l'amour. Mais avec moins de rage et plus d'harmonie. Chacun s'appliquant à calquer ses gestes et ses baisers sur les réactions de son partenaire. Comme si apprivoiser l'autre, le combler au-delà de ses propres attentes, c'était remonter le cours du temps, effacer toutes ces années perdues qui leur avaient dérobé leur jeunesse, réconcilier l'homme et la femme qu'ils étaient devenus en les fusionnant dans le creuset d'une extase si parfaite qu'elle semblait une préfiguration du paradis.

Les lansquenets

Étienne avait quitté Beaumont au petit matin, juste après avoir parlé à Colinet. Le cœur gros, désemparé par la disparition de Mouette, il n'avait même pas cherché à s'orienter. Les premières heures mises à part, il voyageait du crépuscule au point du jour afin d'éviter les mauvaises rencontres. Il marchait parmi les bois et les champs, contournant prudemment les villages ou les habitations isolées, n'empruntant que d'étroits sentiers, à l'écart des routes et des chemins trop fréquentés. Il se nourrissait des fruits de sa cueillette et buvait l'eau des ruisseaux.

Une nuit – c'était peut-être la troisième ou la quatrième depuis son départ –, à l'orée d'une forêt, il avait repéré, à travers les arbres, la lueur d'un feu et humé un parfum de viande grillée. Son estomac avait commandé. Il n'avait pu résister. Le campement était celui d'un vendeur ambulant d'onguents miraculeux, qui disait se diriger vers Blois. L'homme était âgé et apparemment bienveillant. Il avait spontanément proposé de partager son dîner avec le jeune vagabond. De sa bouche, Étienne avait appris les préparatifs de guerre et le départ du roi pour Lyon où l'attendait la plus puissante armée qu'on eût jamais vue en le royaume.

Le jeune garçon y avait vu un signe. Les mésaventures qu'il avait vécues ces dernières semaines, la blessure infligée par la perfide Mouette l'avaient métamorphosé. Elles l'avaient endurci et avaient emporté à jamais l'enfant qu'il était encore naguère. Il lui semblait impossible désormais de rentrer simplement chez lui pour retrouver Mère et reprendre sa morne existence solitaire, entre les murs gris de l'Hôtel-Dieu. Sa chère Héloïse ! Dieu sait qu'il l'adorait ! Comme il lui tardait de pouvoir se blottir à nouveau dans ses bras ! Mais il ne pouvait se résoudre à revenir les mains vides et le cœur en écharpe. Puisque le bonheur s'était jusque-là refusé à eux, il se faisait un devoir de forcer cet animal rétif, de le capturer et de le livrer, solidement lié, aux pieds de sa mère si tendrement chérie. Oui, il lui appartenait de ramener le sourire sur cette bouche aimée, la lumière dans ce regard trop souvent voilé. Il savait déjà comment s'y prendre. Il lui fallait retrouver son père, le fameux chevalier Bayard, s'en faire estimer puis aimer, et travailler ainsi à la future union de ses deux parents.

Oui, cette jeune âme, prompte aux plus amères détresses comme aux enthousiasmes les plus délirants, avait forgé cette folie, tandis qu'il profitait de l'hospitalité du colporteur et se chauffait à son feu.

Au matin, sa résolution était prise. Il avait confié au vieil homme un bref message, griffonné au charbon de bois, où il informait Mère de son intention de rejoindre, à Lyon, celui qu'il croyait être son père. Il lui disait aussi deux mots du médaillon qu'il se promettait de remettre au roi. Ainsi prétendait-il gagner la reconnaissance du monarque et l'estime de son géniteur. Le colporteur, qui devait passer par Amboise, avait promis de laisser le billet à l'apothicairerie de la *Vipère Couronnée*. Une suscription indiquait de faire suivre le message à maitresse Héloïse Sanglar, en l'Hôtel-Dieu de Paris.

Au matin, Étienne avait repris sa route mais en se dirigeant, cette fois, vers le sud-est. Il progressait avec un élan nouveau, certain que courage et persévérance lui permettraient d'atteindre son but. Il allait d'un bon pas et n'hésitait plus à emprunter, dans la journée, les voies principales où il lui arrivait de se faire embarquer, au hasard des rencontres, sur la carriole d'un paysan ou dans le chariot d'un marchand.

Le colporteur lui avait indiqué les principales villes qui jalonneraient son parcours : Tours, Châteauroux, Montluçon, Roanne et enfin Lyon. Cela représentait à tout le moins quinze jours de voyage. Cependant, à condition de pouvoir se nourrir à sa faim et de demeurer libre de ses mouvements, il s'en sentait capable. Surtout, il ne voulait pas, ne serait-ce qu'un instant, songer à un possible échec. Sa seule préoccupation était de ne pas trop s'épuiser en vains détours lorsqu'il lui arrivait de couper en pleine campagne ou à travers bois. Il n'avait après tout que la mousse des arbres et la course du soleil dans le ciel pour s'orienter. Pour lui qui, un mois plus tôt, ne s'était jamais éloigné de plus de trois lieues des remparts de Paris, cela représentait un réel défi.

Ce jour-là, il avait précisément délaissé la voie reliant Loches à Issoudun pour piquer plus au sud. La chaleur était accablante et il recherchait l'ombrage des arbres. Depuis qu'il s'était mis en route, il ne s'était jamais senti aussi las. Chaque pas lui coûtait un effort presque insurmontable. Ce n'était pas seulement dû à la fatigue accumulée. Il était malade. Des spasmes lui tordaient le ventre à intervalles rapprochés. La faute à tous ces fruits, pas toujours très mûrs, qu'il avait avalés pour subsister. Peut-être aussi à cette racine qu'il avait cru reconnaître, la veille, comme comestible, mais dont les premières bouchées lui avaient asséché la bouche puis mis la gorge en feu. Même s'il n'osait pas encore se l'avouer, il savait qu'il allait devoir faire halte plus tôt que prévu et qu'il lui fallait se mettre en quête d'un endroit sûr afin de pouvoir se reposer sans avoir à garder un œil ouvert pour assurer sa sécurité. Il avait besoin aussi d'avaler quelque chose de solide, de reconstituer ses forces. C'était ça ou bien alors il allait devoir renoncer à poursuivre son voyage.

En fin d'après-midi, il émergea du couvert et se trouva en présence d'un cours d'eau qui ruisselait au creux d'une prairie en fleurs. Un mur de pierres sèches bordait l'une des rives et entourait un petit verger où se voyaient des rangées de pommiers et de pruniers. Derrière les arbres, Étienne aperçut une bâtisse et quelques dépendances. Des chiens aboyaient et faisaient cliqueter leurs chaînes. Probablement une ferme. À en juger par les modestes dimensions des bâtiments, ce devait être une exploitation familiale. Tant mieux ! C'était dans ce genre d'endroit qu'il avait le plus de probabilités d'obtenir aide et hospitalité sans qu'on lui posât trop de questions. Les gens qui vivent isolés sont rarement très causants.

De toute façon, il n'aurait probablement pas d'autres opportunités avant la tombée du jour et il lui fallait bien tenter sa chance. Sans plus tergiverser, il sauta par-dessus le muret, traversa le verger en se baissant pour ne pas être pris pour un vulgaire voleur de pommes et se glissa à l'arrière d'une grange.

Ce fut alors seulement qu'il entendit le hennissement des chevaux.

Immédiatement sur ses gardes, il se plaqua contre la paroi de torchis et longea le bâtiment pour jeter un œil dans la cour de la ferme.

Il vit d'abord le cavalier. Tout de noir vêtu. Un soldat à en juger par son équipement. À sa ceinture cloutée pendaient épée et poignard. Des rangées d'anneaux d'aciers entrelacés étaient cousues sur sa chemise et protégeaient ses épaules et son torse. De hautes bottes crottées par une longue chevauchée lui montaient au genou et des rubans d'un gris sombre ornaient ses manches et ses chausses. Il montait un lourd destrier de guerre. Des sacs de toile pendaient à l'arrière, de chaque côté de la selle, et trois cadavres de poule étaient accrochés par les pattes au pommeau. Il y avait deux autres chevaux pareillement équipés que l'homme tenait par la bride, mais leurs propriétaires demeuraient invisibles.

Le cavalier n'était pourtant pas seul dans la cour. À l'abri du mur, Étienne ne pouvait embrasser du regard tout l'espace découvert, mais il apercevait malgré tout un autre homme, vêtu comme un paysan et allongé sur le sol de terre battue, la tête baignant dans une flaque de sang. Sur le coup, il crut que le fermier – sans doute le propriétaire des lieux – était mort, mais ce n'était pas le cas. Il vit ses jambes bouger, comme prises d'un soudain spasme, et, lorsque les chiens invisibles cessèrent un temps d'aboyer, il l'entendit geindre faiblement.

Au moment où le jeune garçon s'apprêtait à rebrousser chemin, il y eut du mouvement et une sorte de remue-ménage du côté de la maison. Un second soldat fit son apparition. En habits noirs, lui aussi. Il portait un pourpoint de buffle, une grande épée accrochée dans le dos dont la garde dépassait son épaule gauche, une cape et des cuissardes. Dans le berceau de ses bras, on distinguait deux jambons et plusieurs miches de pain. Une femme apparut sur ses talons. Elle avait l'air affolée et suppliante. Ses cheveux et le haut de ses vêtements étaient en désordre. Quand elle aperçut l'homme gisant à terre, elle cessa de se pendre aux basques de celui qui la précédait, poussa un cri douloureux et se précipita en sanglotant vers le blessé.

Indifférent à ses plaintes, le second soldat enfouit les victuailles dans ses fontes de selle et se hissa sur ses étriers. Dans un éclat de rire, il adressa une bourrade à son compagnon en s'exclamant dans une langue inconnue d'Étienne :

— *Was für ein Jammer dass wir uns nicht länger aufhalten können ! Die Frau ist schön. Ich wäre gern Ihrer Rädelsführer gewesen*[1].

Et les deux hommes s'esclaffèrent de plus belle en lorgnant la croupe de la femme agenouillée auprès de celui qui devait être son mari ou son frère.

Étienne réfléchissait à toute vitesse. Visiblement, les intrus semblaient sur le départ. Il pouvait peut-être prendre le risque d'attendre. Une seule chose le chagrinait : le troisième cheval qui demeurait sans cavalier. Les deux soldats avaient-ils encore un camarade dans l'un des bâtiments ? Étaient-ils venus avec cette troisième monture uniquement pour qu'elle servît d'animal de bât ? À moins que… à moins qu'ils n'eussent posté le troisième soudard quelque part en sentinelle, afin d'éviter toute mauvaise surprise.

Son esprit venait à peine de formuler cette hypothèse, qu'un frôlement dans son dos apprit à Étienne qu'il avait deviné juste. Le jeune garçon n'eut pas le temps d'avoir peur. Comme il pivotait sur ses talons, une violente bourrade l'envoya valser au beau milieu de la cour.

1. Quelle pitié qu'on ne puisse s'attarder. La femme est jolie. Je l'aurais volontiers faite danser.

Étourdi, le ventre pris d'un nouvel accès de colique, Étienne ne dut qu'à son instinct de survie la promptitude avec laquelle il se retourna pour faire face au danger. Un troisième soldat habillé de noir le dévisageait méchamment. Son visage portait les traces d'une ancienne vérole et un rictus mauvais lui tordait les lèvres. Tout en marchant sur l'enfant, il s'adressa à ses compagnons d'une voix éraillée :

— *Dieses Arschloch uns beobachtete*[1] !

Il n'était plus qu'à deux pas lorsque Étienne vit ses traits brusquement se figer. Son regard venait de se fixer sur la poitrine du jeune garçon. Baissant les yeux, celui-ci réalisa que sa chute avait eu pour effet de libérer le médaillon qui était passé par-dessus le col ouvert de sa chemise. Un nouveau coup d'œil vers le haut lui confirma que c'était bien le bijou en or que l'autre lorgnait avec avidité. Sans réfléchir, il poussa sur ses talons et ses coudes pour prendre ses distances. Mais c'était peine perdue. Avec un rugissement bestial, le soldat se précipita et lui arracha la chaîne du cou, avant de lui assener un formidable coup de poing au menton.

Sonné pour de bon, Étienne eut la sensation de basculer dans un épais brouillard rouge. Autour de lui, tout se mit à tourner et une douleur darda dans son crâne comme si celui-ci était traversé de part en part par un trait enflammé. Il entendit alors, plus qu'il ne les vit, les trois cavaliers éperonner

1. Ce trou du cul nous guettait !

leurs montures et s'éloigner au grand galop. Puis ce fut comme si le néant l'engloutissait.

Quand il se réveilla à l'intérieur de la ferme, il était allongé sur une paillasse, dans une chambre aux murs recouverts de chaux. La femme se trouvait assise à son chevet et lui appliquait un cataplasme d'herbes sur le front. En tournant la tête, par la porte restée ouverte, il distingua une partie de la pièce commune, un fourneau et le paysan dont le crâne était enveloppé dans de volumineux bandages.

— Il revient à lui, dit la femme à l'intention de son compagnon.

L'homme vint se caler sur le seuil.

— Pour sûr qu'ils ont pas eu la main légère, ces vermines ! T'ont drôl'ment arrangé l'môme. Presque aussi ben qu'moué !

— Ne bouge pas ! reprit la femme alors qu'il tentait de se redresser. Tu f'ras rien que réveiller la douleur. J'avons d'la soupe sur l'feu. Ça te r'quinquera.

Quand il eut avalé le liquide brûlant qui avait un bon goût de fève et de lard, il se sentit mieux. Il questionna le couple au sujet de leurs agresseurs. Contrairement à ce qu'il pensait, il ne s'agissait pas de bandits de grand chemin. Le paysan qui avait servi dans les armées de Charles VIII avant de s'établir fermier lui expliqua que c'étaient probablement des lansquenets. Des mercenaires allemands, originaires pour la plupart de Souabe et du Tyrol. Louis XII, le premier, avait fait appel à eux lorsque les Suisses avaient tourné le dos à la

France pour combattre au profit des puissances alliées. Depuis lors, ils constituaient les principales troupes supplétives et représentaient, dans toutes les batailles, l'essentiel de l'infanterie royale.

Comme Étienne s'étonnait de voir des soldats rangés sous les bannières à fleurs de lys se comporter comme de vulgaires pillards, le paysan eut un haussement d'épaules fataliste. Les mercenaires ne touchaient leur première solde qu'une fois la campagne engagée. Avant cela, et notamment tant qu'ils n'avaient pas encore rejoint l'armée royale, ils avaient coutume de se nourrir sur la bête et de se procurer leur ravitaillement en razziant les contrées qu'ils traversaient. C'était en quelque sorte un mal nécessaire. De toute façon, le moyen de s'y opposer...

Lorsqu'ils eurent épuisé ce premier sujet, les fermiers voulurent savoir qui était Étienne et ce qu'il faisait, seul, si jeune, sur les routes. Le garçon fut tenté de dire la vérité. À présent qu'on lui avait de nouveau dérobé le pendentif, et cette fois sans aucun espoir de retour, tous ses plans tombaient à l'eau. Il eût été plus simple de s'en remettre à la générosité de ces gens et de solliciter leur aide pour regagner Paris. Mais quelque chose, au dernier instant, le retint. La volonté de ne plus laisser personne décider à sa place de ce qui était bon pour lui ou de la conduite qu'il devait adopter. Après tout, même si ses rêves de briller aux yeux du roi s'étaient évaporés avec le médaillon, il lui restait l'espoir de se faire reconnaître de son père. Cet espoir, aussi minime fût-il, il devait s'y accrocher coûte que coûte.

Il mentit donc. S'inventa un père colporteur brutalement décédé durant sa tournée, une mère habitant du côté de Bourges et qu'il s'efforçait de rejoindre. Le couple parut se satisfaire de ces explications sommaires et lui offrit l'hospitalité pour la nuit. Trop heureux de pouvoir bénéficier d'un repos réparateur, Étienne accepta sans se faire prier.

Bien au chaud sous d'épaisses couvertures, il prêta encore quelque temps l'oreille aux bruits de la maisonnée, mais une douce torpeur ne tarda pas à s'emparer de lui. Une fois les yeux fermés, il glissa dans le sommeil comme dans un océan de plumes. Il rêva de son père. Bien qu'il ne parvînt pas à deviner ses traits sous le heaume étincelant, ce n'était plus tout à fait un inconnu pour lui. Le chevalier Bayard l'avait adopté et pris sous son aile en qualité d'écuyer. Ensemble, ils parcouraient les routes pour venir en aide aux plus faibles. De sa grande épée, le héros pourfendait des compagnies entières de mercenaires vêtus de noir. Et le soir, sous la tente que père et fils partageaient, Étienne prenait plaisir à nettoyer la grande lame sanglante, tandis que le chevalier lui contait ces mêmes histoires très douces dont Mère avait bercé ses premières nuits.

Le matin suivant, il prit congé de ses hôtes au soleil levant. Il avait encore une longue route devant lui et il ne servait à rien de s'attarder. Hissant sur son épaule le baluchon que la femme avait insisté pour remplir avec du fromage et du pain, il suivit leurs instructions pour rejoindre la route de Châteauroux.

Au bout d'une heure de marche, il aborda un bois de hêtres, d'ifs et de bouleaux, dont les fourrés lui apparurent particulièrement touffus et hérissés d'épines. Un mauvais pressentiment le fit hésiter, mais il ne se sentait vraiment pas le courage de rallonger son trajet en contournant l'obstacle. Céder à une vague impression juste parce qu'il avait croisé la veille ces maudits lansquenets lui semblait le comble du ridicule. Il pressa néanmoins l'allure pour laisser derrière lui, le plus vite possible, les épaisses frondaisons.

Il se trouvait environ à mi-parcours lorsqu'un écho de cavalcade s'éleva dans son dos. Son sang se glaça aussitôt dans ses veines. Il n'avait pas besoin de voir qui s'en venait là au triple galop pour avoir la certitude que c'était après lui qu'on en avait. Laissant choir son baluchon au sol, il prit aussitôt ses jambes à son cou. Tout en courant, il fouillait désespérément du regard le couvert des arbres en quête d'une ravine ou d'une sente à gibier où il aurait pu se glisser pour échapper à ses poursuivants. Derrière lui, le martèlement enflait. Il lui semblait même en ressentir les vibrations dans le sol. Il s'efforça d'allonger la foulée mais rien n'y fit. Inexorablement, il perdait du terrain sur ses mystérieux assaillants.

En désespoir de cause, il envisagea de se précipiter, tête la première, dans les buissons épineux qui bordaient le chemin. Là, il ne pourrait plus courir, mais du moins il lui serait loisible de se dissimuler. Il allait s'exécuter lorsqu'il se crut victime d'une hallucination sonore. Le fracas des chevaux ne s'élevait plus seulement derrière lui, mais semblait aussi venir à sa rencontre. Affolé, il se demandait quelle était cette diablerie lorsque les premiers cavaliers apparurent au sommet d'une pente douce qu'il s'apprêtait à gravir. Des soldats en armes et habillés de noir, des pieds à la tête. Le temps qu'il réagisse et fasse demi-tour, la troupe qui le pourchassait survenait à son tour. Toute retraite était coupée.

La poitrine en feu, le souffle coupé, il chancela sur ses jambes tandis que les lansquenets l'entouraient en poussant des cris aigus, tels des chasseurs à la curée. Tout en se resserrant autour de lui, ils bridèrent leurs montures jusqu'à les mettre au pas. Alors, un cavalier brisa le cercle et se rapprocha lentement du jeune fuyard.

Il montait un magnifique coursier à la robe blanche. Lui-même, contrairement aux autres cavaliers, portait de beaux vêtements de couleurs vives, à dominante écarlate. Sous une toque de velours garni de plumes de faisan, son visage n'eût pas manqué d'une certaine beauté virile si une méchante balafre n'en avait irrémédiablement gâché l'harmonie.

Poussant l'encolure de son cheval tout contre un Étienne qui tremblait de tous ses membres, il se pencha vers celui-ci et lui présenta sa main ouverte, au creux de laquelle reposait le médaillon.

— J'ose espérer que nous ne t'avons pas effrayé, mon garçon, dit-il en souriant. Il me semble que ceci t'appartient, n'est-ce pas ?

La chapelle abandonnée

Pour tromper son impatience, dans l'attente de nouvelles en provenance de Paris, Héloïse avait décidé de renouer avec une partie de son passé. Elle avait ainsi rejoint l'ancienne apothicairerie de son père, à l'enseigne de la *Vipère Couronnée*. Là, une déception l'attendait. Contrairement à ce qu'elle avait espéré, ce n'était pas son ancien apprenti, Aurèle Coulon, qui avait repris la boutique mais un inconnu qui se présenta à elle sous le nom de maître Jean Sahuquet. Cela ne lui disait rien. Mais l'homme, au demeurant fort accueillant et qui devait avoir à peu près le même âge qu'elle, prétendait se souvenir parfaitement du père d'Héloïse. À l'entendre, Étienne Sanglar avait même présidé, en sa qualité de garde juré[1], le jury devant lequel il avait présenté son chef-d'œuvre, vingt ans plus tôt, lors de son examen de maîtrise.

1. Il s'agissait des membres élus d'une corporation qui en exerçaient la police durant une période de trois à quatre ans environ.

— Un remarquable façonneur de remèdes doublé d'un véritable savant, décréta-t-il avec une sincère admiration. Ses commentaires des grands Anciens faisaient autorité. Je possède d'ailleurs un des rares exemplaires imprimés de sa traduction du *De Simplicium medicamentorum temperamentis ac facultatibus* que nous devons, comme vous le savez, à l'illustre médecin de Pergame[1].

Tout en écoutant l'homme d'une oreille distraite, Héloïse balayait la boutique du regard, en quête de ses souvenirs déjà lointains. Elle revit ainsi avec plaisir le buste d'Hippocrate qui ornait déjà le mur du fond, du temps de son père, mais déplora l'exubérance qui présidait à la nouvelle décoration intérieure. Les murs, les boiseries et les poutres étaient en effet littéralement couverts de peintures représentant des guirlandes de fleurs, des griffons, des chimères et des formules alchimiques. Certes, cela témoignait de la belle pratique de l'apothicaire et de l'aisance qui va généralement de pair avec celle-ci, mais maître Sanglar aurait sans nul doute désapprouvé cet étalage quelque peu ostentatoire.

Héloïse constata en revanche avec plaisir que le nouveau propriétaire des lieux avait respecté le bel ordonnancement de l'apothicairerie. Derrière les comptoirs en noyer, sur les rayonnages aux colonnettes sculptées, se trouvaient soigneusement rangés les remèdes les plus usuels. La corne conservait les médicaments destinés au traitement

1. Galien.

des maladies d'estomac, l'étain les préparations pour les yeux. Les graines et les pilules se trouvaient enveloppées dans de la peau, elle-même placée dans de petits récipients en faïence. Des vases de plomb ou de fer renfermaient les huiles. Leurs semblables en terre ou en grès servaient pour les onguents et les graisses. Sirops, électuaires et trochisques étaient gardés dans des bouteilles de verre. Enfin, des sacs de cuir et de toile, préservant les plantes sèches, étaient suspendus aux solives du plafond, d'où pendait également une impressionnante tortue de mer empaillée.

Tout heureux des compliments que lui adressa Héloïse, Jean Sahuquet invita celle-ci à visiter le préparatoire. Plus encore que la boutique, cette pièce où elle avait passé de si nombreuses heures à étudier et à perfectionner les tours de main paternels suscita, chez la visiteuse, une bouffée d'heureuse nostalgie. Là, rien n'avait changé. Elle retrouvait les tables de pierre servant pour les cérats et les emplâtres, celle en marbre pour broyer les pierres précieuses. Et aussi tous ces instruments destinés aux distillations qui l'avaient tant impressionnée quand elle n'était encore qu'une enfant; alambic, réfrigératoires, sublimatoires, descendoires, calcinatoires, pellicans, gémini ou circulatoires, four secret des philosophes, œuf des philosophes, cornues, aludel, vaisseau de rencontre, terrines à filtrer, fourneaux équipés de creusets pour réduire les métaux calcinés...

— Savez-vous bien que je conserve encore précieusement de la thériaque préparée par monsieur votre père, déclara l'apothicaire, non sans fierté. Plus de quinze ans d'âge ! Le supérieur de l'abbaye de Saint-Sauveur, l'un de mes plus illustres clients, ne jure que par elle. Moyennant double compte, je lui en ai réservé l'usage exclusif.

— Pour ma part, je considère que les drogues ne se doivent pas conserver trop durablement. À la longue, la corruption ne peut qu'en atténuer les bénéfices et même leur conférer moult effets délétères.

Jean Sahuquet la considéra avec une stupéfaction non feinte.

— Diantre ! Et que voudriez-vous donc que l'on fît de ces remèdes vétustes ? Nous n'allons tout de même pas les jeter !

Héloïse s'apprêtait à répondre en faisant fi de la plus élémentaire diplomatie, lorsque l'apparition de Bayard lui évita de froisser son interlocuteur. Le chevalier était essoufflé. Sans prendre la peine de saluer l'apothicaire, il entraîna son amante à l'écart.

— Te voilà enfin ! souffla-t-il. Je t'ai cherchée dans tout le château avant que la Ficelle ne finisse par me renseigner. Un pigeon vient d'arriver avec un message.

— Étienne ! Il y a du nouveau ?

Bayard hocha la tête d'un air contrarié.

— On a retrouvé le bateau, la *Marie Salope*. Abandonné sur la Seine, près d'un îlot, à la hauteur de Vernon. L'équipage a été massacré. Mais d'Étienne nulle trace.

— Il n'était peut-être déjà plus avec eux.

— Nous sommes certains, au contraire, qu'Étienne était encore sur le bateau au moment où a eu lieu l'attaque. Le propriétaire d'une auberge située un peu en amont a témoigné en ce sens. Les bateliers ont fait halte chez lui et ton fils était avec eux.

Une profonde anxiété se peignit sur le visage d'Héloïse. Ses paupières papillotèrent, occultant la clarté de ses beaux yeux verts.

— Tu crois que les agresseurs de l'équipage sont les mêmes que ceux qui ont commis les meurtres de l'Hôtel-Dieu ?

— Qui d'autre ? Si tel était le cas, cela signifierait que c'est après Étienne qu'ils en ont. Qu'ils continuent de le traquer.

— Que pouvons-nous faire ?

— Je vais me rendre là-bas. Mais pour cela, il faut d'abord que je rejoigne le cortège royal et que j'obtienne la permission du duc de Lorraine dont je commande la compagnie.

— Oh, Pierre ! soupira Héloïse d'une voix éteinte. Tout cela ne finira donc jamais ? Et pourquoi s'en prend-on à Étienne de la sorte ? Lui qui est incapable de commettre la moindre vilenie.

Bayard la serra tendrement dans ses bras.

— Je l'ignore, Héloïse. Mais si ton fils est encore de ce monde, je te promets de le retrouver et de te le ramener vivant.

*

C'était une charmante chapelle abandonnée depuis des lustres, en grande partie enfouie sous le lierre. Elle se blottissait au fond d'un vallon isolé, perpendiculaire à la rive gauche de la Loire, à moins de trois lieues des portes d'Amboise.

« On ne pourrait rêver endroit plus propice à un rendez-vous discret », songea Lucia Pasqualigno en découvrant les vieilles pierres du haut de sa jument alezane. Sans quitter la bâtisse des yeux, elle engagea prudemment sa monture dans la pente qui conduisait au berceau de verdure. Les herbes folles et les tiges des rosiers sauvages lui montaient jusqu'aux genoux. Dissimulé aux regards derrière les branches retombantes d'un hêtre pleureur, un cheval nerveux s'ébrouait en l'entendant venir.

Lucia mit pied à terre, attacha sa jument près d'un palefroi gris aux jambes crottées et se dirigea résolument vers la chapelle en ruine. La porte vétuste pendait hors de ses gonds. Elle l'écarta d'un geste résolu et n'eut pas même un frémissement lorsque s'éleva la plainte lugubre du bois vermoulu.

L'intérieur de l'édifice baignait dans une clarté verdâtre, presque irréelle. Par les trous de la toiture, des rayons lumineux déchiraient la pénombre en biais, telle une pluie de lumière tombant au fond d'un puits aux eaux troubles. Çà et là, gisaient des monticules de plâtre, des bancs démantibulés et des statues aux couleurs délavées. L'autel était un bloc de grès rose sur lequel la poussière accumulée faisait comme une épaisse couche de cendres. À sa hauteur, une porte basse, munie d'un judas grillagé, devait conduire au local ayant servi, jadis, de sacristie.

Lucia esquissa un sourire et se dirigea sans hésiter dans cette direction. Parvenue devant l'huis et son ouverture munie d'un treillis, elle joignit les mains et s'inclina en la posture du pénitent.

— Pardonnez-moi, murmura-t-elle, car j'ai beaucoup péché.

Une voix grave et autoritaire s'éleva de l'autre côté de la porte :

— Je crains malheureusement, ma fille, qu'il ne vous faille pécher encore. Mais telle est la volonté de Notre Seigneur qui se plaît à déjouer nos plus rouées combinaisons pour mieux éprouver nos âmes.

La porte basse pivota, laissant le passage à une longue silhouette enveloppée dans une cape de voyage brune, au capuchon rabattu sur les yeux. Devant cette apparition, Lucia exécuta une rapide révérence et s'exclama avec un enthousiasme non dénué de respect :

— Quelle joie de vous revoir ! Votre Éminence a-t-elle fait bon voyage ?

Une main fine dont l'annulaire s'ornait d'un magnifique rubis rejeta lentement en arrière le chaperon de laine, dévoilant le visage austère de Matthäus Schiner.

— Exécrable ! À peine apaisées les émeutes de Milan, j'ai dû chevaucher jusqu'à vous. Et la seule pensée qu'il me faille repartir tantôt me désespère. Mais enfin ! Le devoir est un maître exigeant qui ne souffre pas les dérobades et il me fallait absolument vous entretenir de mes nouvelles résolutions.

Le cardinal de Sion avisa un banc renversé dont les pieds n'étaient pas brisés. Il le redressa, l'épousseta, s'assit et tapota la place restée libre à ses côtés.

— Vous n'êtes pas sans savoir, très chère, reprit-il, tandis que Lucia s'installait à l'endroit désigné, que mon premier plan a finalement échoué. Pour contraindre François Ier à l'inaction, j'avais imaginé de lui faire communiquer une fausse correspondance censée avoir été échangée entre votre père et le doge de Venise. La teneur de ces lettres falsifiées devait le convaincre que les Vénitiens avaient conclu un accord de neutralité avec la Sainte Ligue. Sans l'assurance de pouvoir compter sur ses meilleurs alliés en Italie, le roi de France, ce stupide va-t-en-guerre, y aurait regardé à deux fois avant de franchir les Alpes. Cela nous donnait le répit nécessaire pour convaincre Sforza de prendre l'initiative en attaquant Gênes et forcer ainsi le pape à sortir de sa passivité pour se joindre à nous.

— J'ai pourtant agi en respectant scrupuleusement vos instructions. Ce grand benêt de Nicolas qu'on avait chargé de me séduire n'y a vu que du feu. Il jubilait quand je lui ai désigné les fameux documents dans le cabinet de mon père. Pas un instant, il n'a soupçonné que je les y avais placés moi-même, moins d'une heure auparavant.

Schiner leva une main apaisante.

— Je ne vous reproche rien. Je sais au contraire que vous avez agi avec toute la discrétion et la détermination nécessaires. Non, si notre supercherie n'a pas porté ses fruits, la faute en revient à l'efficacité des services secrets vénitiens ou à la maladresse de leurs homologues français. Les deux à la fois, peut-être...

La mine contrariée du prélat n'échappa pas à Lucia qui ne put s'empêcher de faire remarquer :

— Était-il vraiment nécessaire de coder ces fausses lettres avec un chiffre aussi résistant ? Philibert Babou lui-même s'y est cassé les dents. Et cette impuissance a rendu toute l'opération finalement inutile.

— C'était indispensable ! trancha le cardinal en laissant retomber sa main, tel un couperet. Pour que nos documents soient crédibles, il fallait qu'ils soient écrits à l'aide de ce fameux code nouveau mis au point par le secrétaire du chiffre vénitien. C'est pourquoi je vous ai demandé de fournir à votre soupirant toutes les indications adéquates pour permettre de dérober, à Venise, un exemplaire du médaillon nécessaire au décryptage. Pouvait-on prévoir que l'espion français chargé de cette tâche serait incapable de la mener à bien jusqu'au bout ?

La question resta en suspens et un court silence se fit.

Juste en face des deux comparses, un crucifix pendait lamentablement de travers sur le mur. L'effigie du Christ avait disparu, comme pour bien marquer l'abandon du lieu et témoigner de l'indifférence de Dieu pour les basses manœuvres des hommes.

Ce fut Lucia qui reprit la première la parole :

— Vous parliez à l'instant de nouvelles résolutions, votre Éminence. J'en déduis que cet échec ne vous laisse pas totalement dépourvu. Parlez, j'exécuterai.

Matthäus Schiner contempla sa créature avec une curiosité amusée, comme s'il la découvrait pour la première fois. Il y avait une lueur d'admiration dans son regard d'ordinaire si froid.

— Voilà ce que j'apprécie en vous, mon enfant : cette absence de doute et cet engagement total de l'être. Vous trahissez votre patrie, votre père, aussi ce galant aveuglé par vos charmes, et je ne lis en vous pas la moindre hésitation, pas le plus petit remords.

— Lutter pour ses convictions, cela n'est point trahir, répondit la jeune femme tandis que ses traits se durcissaient pour atteindre une beauté presque minérale. Vous et moi sommes des visionnaires. Nous rêvons d'une Italie unifiée qui s'affirmerait comme la première puissance en Europe. Pour cela, il nous faut abattre tous ceux qui se complaisent dans la nostalgie d'un passé déjà mort. Je veux bien entendu parler de cet orgueilleux roi de France, mais aussi de mes lamentables compatriotes qui croient encore pouvoir dominer le monde à partir de leurs palais menaçant de tomber en ruine.

L'ecclésiastique applaudit lentement et le bruit de ses mains choquées l'une contre l'autre se répercuta sous les voûtes en ogive. Une corneille probablement dérangée dans son nid s'envola en faisant entendre un cri sinistre.

— Ma chère, je n'aurais pu mieux dire. Mais le temps nous presse. Il me faut vous donner sans tarder vos nouvelles instructions.

— Je vous écoute.

Schiner se leva et se mit à faire les cent pas devant l'antique autel.

— Il se trouve que j'ai beaucoup réfléchi à la nouvelle situation, dit-il. Le traité entre la France et Venise est maintenant signé. Rien n'empêchera plus François Ier de marcher contre Milan. Eh bien, puisque nous ne pouvons plus revenir en arrière, mettons à profit cette nouvelle donne. Cette guerre que je voulais retarder et qui nous est imposée se transformera en déroute pour nos ennemis. Je vais attirer ce roi présomptueux dans le plus subtil des guets-apens. Un piège mortel qui se refermera sur lui au moment précis où nous l'aurons décidé.

— Comment réussir un tel tour de force ?

— En persuadant François qu'il est le plus fameux stratège qu'on ait vu depuis des siècles. L'égal d'un Alexandre le Grand. Son orgueil et sa superficialité sont tels qu'il s'y laissera prendre comme une grive en la glu. Mon plan est le suivant : nous le laissons entrer en Italie, nous mimons la surprise et une retraite forcée de nos compagnies suisses. Il se lance à notre poursuite jusqu'à Milan négligeant de faire reposer ses troupes. Et là, alors qu'il nous croit en position de faiblesse, nous l'incitons à nous attaquer sans attendre ses alliés vénitiens. Ce sera la fin des prétentions françaises dans la péninsule et, pour nous, un complet triomphe.

Mais pour cela, j'ai besoin encore une fois de faire appel à vos remarquables talents.

— Je ferai de mon mieux pour complaire à votre Éminence.

— Votre rôle sera des plus simples. J'ai apporté ici de nouveaux documents codés qu'il vous faudra substituer aux premiers au moment opportun. (Il tira de sous sa cape un pendentif en or constitué d'un double disque gravé.) Et voilà une copie du fameux médaillon. Il va sans dire que celui-ci ne respecte en rien l'ordre des lettres qui figurent sur l'original dont nous ne disposons pas. Mais c'est lui qui a servi de clé pour les lettres que je vous remets aujourd'hui. Faites en sorte qu'il parvienne à cette dupe que François Ier a cru bon de placer à vos côtés. Ce Nicolas qui ne jure que par vous. Vous pourriez prétendre par exemple qu'il s'agit de l'exemplaire personnel de votre père. Ou toute autre fable qu'il vous plaira de conter. En découvrant les révélations contenues dans notre nouvelle prose, faites-moi confiance, les Français se jetteront tête baissée dans notre traquenard.

Le cardinal fit glisser le médaillon dans la main de Lucia et confia également à la jeune femme un étui de cuir renfermant les nouveaux documents falsifiés. Comme celle-ci se dirigeait déjà vers la porte après l'avoir salué, il se hâta de la rattraper.

— Un instant, ma chère, dit-il. Il me semble que vous oubliez quelque chose.

— Pardonnez-moi, votre Éminence, mais je ne vois pas…

Matthäus Schiner sourit avec onctuosité.

— L'absolution, mon enfant. L'absolution, pour tous ces horribles péchés qu'il vous faudra encore commettre.

Et tout en parlant, il traça, dans l'air où voltigeaient lentement d'innombrables grains de poussière, un ample et majestueux signe de croix.

Le village fantôme

— Oh, Bellastre, par le sang de la Vierge, le bel écuyer que tu t'es donné là ! Est-ce sur lui que tu comptes pour tenir la lance contre les hommes du Sforza ?

— Silence, La Hure ! À t'entendre jacasser ainsi, on croirait entendre une vieille pie jalouse.

— Écoutez-le, vous autres ! Notre beau capitaine a faim de chair tendre. Mais il a trop grand appétit pour attendre de pouvoir trousser ces belles Italiennes qu'on prétend fessues à souhait. Il lui faut d'abord tâter du damoiseau.

— Tu t'y mets toi aussi, Pique-Droit ? Méfie-toi ! Encore un mot de trop et c'est toi que je m'en vais caresser du plat de mon épée.

Des rires retentirent dans la quiétude de l'après-midi. Les rayons du soleil jouaient dans les feuillages des arbres et projetaient des éclats changeants sur le chemin. Un parfum agréable de sureau embaumait l'air et parvenait presque à masquer l'odeur fauve des montures en sueur. Ils étaient une grosse centaine d'hommes à progresser en colonne, dont moins d'une dizaine – les officiers – allaient à cheval. Sur leur droite, au sortir du sous-bois, un champ de seigle s'épanouissait dans la lumière blonde et frémissait sous une légère brise de chaleur. On eût dit l'effleurement d'un passage à la surface des épis, comme si une présence invisible eût suivi la petite troupe en gardant prudemment ses distances.

— Capitaine ! Depuis quand on s'embarrasse de torcher les morveux qu'on croise en chemin ? Qu'est-ce qu'il a de si précieux, ce bec-jaune ?

— La paix, vous autres ! Le garçon me conte ses aventures.

Le poing appuyé sur la hanche, le capitaine Bellastre se retourna à demi sur sa selle, présentant à Étienne son profil intact. Un sourire indulgent vint tempérer ce que sa mâchoire carrée, mangée de poils, avait d'un peu trop rude.

— Ne fais pas attention à eux, mon garçon. Ce ne sont pas de mauvais bougres, mais tu les intrigues. Pas tous les jours que je leur impose pareille compagnie.

Installé en croupe, Étienne risqua un coup d'œil en arrière sur la colonne des noirs lansquenets. Trognes de brutes et allures de barbares. Une troupe tout hérissée du fer des piques et où luisaient, dans les rayons obliques du soleil, le métal des épées et les ornements en volutes des sinistres arquebuses.

— Continue, je t'écoute, l'interpella le chef à la cape d'écarlate. Comment as-tu fait pour échapper à ces damnés bateliers ?

Serrant entre les doigts son précieux pendentif, Étienne reprit le fil de son récit que l'autre ponctuait de commentaires tantôt dubitatifs, tantôt approbateurs.

Fils puîné d'un gentilhomme de fortune, Bellastre était bien placé pour savoir que la naissance ne fait pas tout. Son commandement, il l'avait conquis à la pointe de l'épée, dans la basse vallée du Rhin, au service du duc de Gueldre. Il pouvait lui être retiré à la moindre bévue. Se procurer du ravitaillement en pillant les campagnes, même en pays ami, c'était presque la routine. Frotter pour cela les oreilles des récalcitrants, passe encore ! Mais on ne pouvait, sans risque, s'en prendre à des personnes de qualité. Aussi lorsque trois de ses hommes étaient rentrés au campement avec un bijou digne d'un duc ou d'un prince, le sang du capitaine n'avait fait qu'un tour. Il avait interrogé les intéressés et décider d'intercepter le garçon dont ils lui avaient fourni la description.

Une drôle de bête curieuse, ce galapiat ! Vêtu comme un gueux mais se prétendant fils de chevalier et lui servant un récit à dormir debout, digne d'un livre de contes. Bellastre ne s'était pas encore fait sa religion à son sujet. Et puisque le drôle prétendait vouloir rejoindre l'armée royale, il avait décidé de le garder avec eux, du moins tant qu'il n'y verrait pas plus clair.

En fin de journée, alors que la petite troupe venait de gravir une colline boisée et que l'ancienne voie romaine, suivie depuis le matin, redescendait en contournant un escarpement moussu, les cavaliers de tête découvrirent, en contrebas, un joli vallon encaissé. Au fond de celui-ci, cascadait, au sortir de rapides écumeux, la voix joyeuse d'une rivière en mal de confidences. Un nombre incroyable d'oiseaux virevoltaient dans le ciel, mêlant leurs gazouillis au chant de l'eau vive. Dans ce paysage aux apparences idylliques, une dizaine de maisons en torchis, aux toits de chaume circulaires, se pelotonnaient autour d'une modeste église.

— Pique-Droit ! appela Bellastre. Prends deux hommes avec toi et vois s'il y a moyen d'obtenir de la nourriture. On paiera ce qu'il faut. Le soleil va bientôt se coucher et il est trop tard pour se mettre en quête d'une ferme isolée.

Le dénommé Pique-Droit, un vétéran au poil gris, sec comme un coup de trique, branla du chef en signe d'assentiment et s'éloigna sur le chemin en compagnie des lansquenets qu'il venait de désigner. L'un d'entre eux, une fois qu'il fut assuré d'être hors de portée de la colonne demeurée en arrière, maugréa avec mauvaise humeur :

— Il en a de bonnes, notre capitaine ! Pourquoi donc payer lorsqu'on peut se servir sans bourse délier ?

— Qui te parle d'autre chose ? ricana Pique-Droit. On paiera ce qu'il faut, qu'il a dit. L'a pas parlé de cliquaille. Et trois pouces de bon acier dans les tripes, c'est du métal tout pareil !

Et ils continuèrent d'avancer en ricanant bêtement.

Dans l'attente de leur retour, Bellastre mit pied à terre et tendit le bras à Étienne pour l'aider à descendre. Pendant que les autres cavaliers démontaient eux aussi, les hommes de troupe, épuisés par leurs huit heures de marche quotidienne, se laissaient tomber sur place, dans les fossés, de part et d'autre du chemin.

— Et tu prétends être le fils du chevalier Bayard ? interrogea le capitaine qui avait entraîné son jeune protégé à l'écart. C'est drôle. La dernière fois que j'ai guerroyé sous les bannières de France, je n'ai jamais entendu dire que le chevalier avait pris femme. Et encore moins qu'il avait engendré.

Étienne ne se laissa pas démonter pour si peu.

— Mère l'a bien connu autrefois et, tous les soirs, elle me faisait réciter des prières pour appeler la protection de la Vierge sur sa tête. Mais vous disiez que vous avez déjà combattu dans les armées royales. Avez-vous rencontré mon père ? Ressemble-t-il à ce qu'on en dit ?

— Rencontré, non. Jamais. Mais côtoyé dans certaines campagnes, ça oui !

— Quel sorte d'homme est-il ?

— Sans peur et sans reproche. C'est ainsi qu'on est accoutumé à le désigner et ces quatre mots se suffisent à eux-mêmes. Un vaillant soldat, toujours volontaire pour les actions les plus délicates. Mais si tu veux vraiment tout savoir, pas le genre à semer des petits bâtards dans son sillage. Ta mère t'aura raconté de jolies chansons, voilà tout ! Probable que ton vrai père est boucher ou mercier. Ou père abbé, rapport à ce qu'il t'a pas reconnu à la naissance. Ce sont des choses qui arrivent plus souvent qu'à leur tour.

La voix du capitaine se faisait sarcastique et la balafre, sur sa joue gauche, se gonflait de sang comme pour doubler son sourire ironique. Étienne sentit le rouge de la colère lui monter au front.

— Qu'en savez-vous ? gronda-t-il. Vous venez de dire vous-même que vous ne connaissiez pas le chevalier !

— Toujours mieux que toi, l'avorton ! J'étais au siège de Brescia, il y a trois ans, sous les ordres du capitaine Jacob d'Empser. Bayard y reçut un fameux coup de pique dans la cuisse, si rude que le bois se rompit et que le fer demeura dans la blessure. Les médecins le considéraient perdu. La ville une fois prise, il fut installé dans le logis d'un gentilhomme assez lâche pour s'être enfui en laissant sur place sa femme et ses deux filles. Le chevalier y passa de longues semaines de convalescence. Mais alors que dans tout Brescia ce n'étaient que pillages et viols, Bayard, même une fois rétabli, ne toucha pas un cheveu de ses trois hôtesses. Et pourtant, on rapporte que les deux pucelles avaient charmant minois et qu'un désir des plus ardents leur chauffait le cornet à la vue du beau chevalier. Un vrai moine, ton Bayard ! Je répète : pas le genre à semer sa graine au vent !

Exaspéré par le ton péremptoire de son contradicteur, Étienne s'apprêtait à répliquer vertement, mais leur conversation fut interrompue par le retour des éclaireurs.

Ces derniers étaient porteurs d'une singulière nouvelle. En dépit d'une fouille rapide mais scrupuleuse, ils n'avaient pas trouvé âme qui vive dans le bourg. Les maisons étaient en ordre, normalement équipées et tenues. Les enclos et les poulaillers bien garnis. Aucun signe de lutte ou de départ précipité n'était visible. Pourtant, les habitants avaient tous disparu. Pique-Droit jurait ses grands dieux qu'il n'avait jamais traversé pareil village fantôme.

Après une courte hésitation, Bellastre, qui voyait monter les ombres du soir, donna l'ordre d'investir l'endroit. Cette nuit, ses lieutenants et lui coucheraient dans de vrais lits, ce qui ne leur était plus arrivé depuis qu'ils avaient quitté le duché de Gueldre. Et puis, ils tenaient là une occasion unique de refaire le plein de provisions sans avoir à dépenser un denier. Aucun de ces avantages n'était à négliger.

Quand la colonne approcha des portes du bourg, chaque homme de la compagnie fut frappé de constater le trouble que suscitait en lui l'effacement de toute activité humaine. On n'entendait pas un bruit de marteau, pas une rumeur de conversation, pas un rire d'enfant. Le silence pesant n'était troublé que par la musique du vent, les grognements ou caquètements des animaux domestiques et le chant des oiseaux. Humant l'air avec une avidité inquiète, ils ne discernaient aucune odeur de fumée, pas le moindre effluve de soupe ou de ragoût. On eût dit l'effet d'un méchant sortilège et d'aucuns commençaient à soupçonner quelque diablerie là-dessous.

— Ville ouverte, les garçons ! Pille ! Pille ! clama Bellastre, pressé de dissiper le malaise qu'il sentait monter chez ses hommes.

Au signal de leur chef, les lansquenets se répandirent à travers le village, à la manière d'une nuée de sauterelles s'abattant sur des cultures.

Les hommes en noir pénétraient dans les maisons en enfonçant les portes à grands coups de bottes. Ils en ressortaient les bras chargés de nourriture, de bouteilles, de tonneaux, de vêtements, de coffres et, plus généralement, de tout ce qui leur semblait avoir une quelconque valeur. On entendait des rires sonores, de grivoises plaisanteries. Certains soldats étaient déjà ivres. D'autres s'interpellaient, d'un bout à l'autre de la grande place, exhibant qui un poulet, qui une robe et des jupons.

Bellastre et ses lieutenants avaient dressé une longue planche sur des tréteaux, en plein air, à l'abri d'un orme centenaire. Devant eux s'accumulaient peu à peu les victuailles et les flacons propices à un véritable festin. Ils étaient en train de s'attabler pour profiter de l'aubaine, lorsqu'un groupe de quatre lansquenets s'attaqua au portail de l'église. Le double battant ayant résisté à leurs premières tentatives, ils allèrent quérir un banc et s'en servirent comme d'un bélier. Un seul coup suffit. Il y eut un craquement bref, immédiatement suivi d'un cri de triomphe. Les deux soldats les plus proches de la brèche s'élançaient déjà pour investir l'enceinte sacrée, lorsqu'ils se figèrent brutalement sur place. « *Durch das Blut Christi*[1] ! » s'exclama l'un d'eux d'une voix blanche,

1. Par le sang du Christ !

tandis que son camarade se signait plusieurs fois nerveusement.

Ce fut comme si la foudre s'était brutalement abattue au milieu des hommes. Un attroupement silencieux se forma devant les portes brisées. Intrigués, les officiers se rapprochèrent à leur tour. Bellastre avait pris les devants, Étienne sur ses talons. Quand ils les écartèrent pour se frayer un passage au milieu d'eux, les rudes soldats les fixèrent avec des regards inquiets ou frappés de stupeur.

Bellastre franchit les premiers rangs et écarta l'un des battants à moitié arrachés. L'intérieur de l'église était plongé dans une pénombre malodorante. Le capitaine y voyait cependant assez pour distinguer des dizaines de formes humaines. Tapis contre les murs ou allongés dans la nef, il y avait des gens en haillons ou à demi nus, des hommes, des femmes et des enfants, cachant leurs visages dans leurs mains ou tendant des bras suppliants. Tous les habitants du village étaient là, ou plutôt ce qu'il en restait. Visages émaciés, corps amaigris. La puanteur était absolument insoutenable.

Une odeur de merde et de mort.

Une mise à l'épreuve

Sans ménager sa monture, il fallut pas moins de quatre jours à Bayard pour rallier l'escorte royale à Bourges et s'en revenir à Amboise. Son entreprise, du moins, avait été couronnée de succès. L'armée ne devait se mettre en branle pour franchir les Alpes qu'au début du mois d'août et, d'ici là, le duc de Lorraine l'avait autorisé à vaquer à ses propres affaires. Il allait pouvoir rejoindre Paris sans tarder et se mettre sérieusement à la recherche d'Étienne.

Le jour de son retour, son cheval tout juste rentré à l'écurie, il se précipita vers le logis d'Anne de Bretagne pour annoncer la bonne nouvelle à Héloïse.

Cependant, à peine se fut-il annoncé à la porte de sa chère et tendre, que celle-ci se jeta dans ses bras et ne lui laissa pas le loisir de placer un mot, le couvrant de baisers et le saoulant de mots, dans un tourbillon de joie exubérante.

— Étienne est vivant, Pierre ! Vois ! Il a réussi à me faire parvenir un message. (Elle brandissait dans sa main le billet griffonné par Étienne quelques jours plus tôt.) Un colporteur l'a apporté ce matin au successeur de mon père. Tu ne devineras jamais ce que ce petit drôle écrit. J'ignore pourquoi, mais il s'est fourré dans la tête que tu étais son père et a résolu de te retrouver à Lyon, au sein de l'armée du roi. Et il y a mieux encore ! Il est en possession du fameux médaillon dont je t'ai parlé et qui préoccupe tant messire Babou.

— C'est pourtant vrai ! s'exclama un Bayard jusque-là dubitatif, après avoir déchiffré les lettres tracées au charbon de bois. Voilà qui change tout !

— N'est-ce pas merveilleux ? Il ne nous reste plus qu'à gagner Lyon au plus vite. Oh, je voudrais déjà être partie ! Savoir que je vais retrouver mon enfant, pouvoir le serrer dans mes bras... Comme la Vierge est bonne et miséricordieuse d'avoir daigné exaucer mes prières !

— Ne t'emballe pas si vite, mon ange ! la tempéra Bayard. Le marchand itinérant qui s'est chargé de ce message a-t-il précisé où il avait rencontré Étienne ?

— Il prétend qu'ils ont passé une nuit autour du même feu, à environ une demi-journée de marche de Tours. Il y a de cela une semaine. Étienne voyageait seul et à pied.

— A-t-il fourni d'autres renseignements ?

— Pas que je sache. Mais pourquoi ces questions ? Tu n'as pas l'air de te réjouir comme moi de la bonne nouvelle.

Le chevalier enlaça plus étroitement la belle rousse et lui releva le menton de la main. Ses yeux verts brillaient d'un éclat retrouvé. Pour ne pas refroidir son enthousiasme, il prit garde de choisir ses mots avec soin :

— Que vas-tu chercher ? Bien sûr que je suis heureux d'apprendre que ton fils est vivant et en bonne santé. Je me dis juste que Lyon est une destination bien lointaine pour un garçonnet de onze ans et que j'aurais préféré le récupérer avant qu'il ne se lance dans pareil périple. Mais une semaine, c'est bien long... Partir maintenant à sa recherche, au hasard des routes, serait aussi vain que de vouloir retrouver un grain de sable dans le lit d'une rivière.

— Alors c'est dit ? s'exclama une Héloïse vibrante d'émotion. Nous partons ensemble pour Lyon ? Je suis certaine que Notre Dame continuera de veiller sur lui et qu'il finira, tôt ou tard, par s'y montrer.

— Je ne vois pas d'autre moyen, en effet. J'aurais aimé t'épargner la fatigue d'un si long voyage, mais toi seule peux identifier Étienne. Le retrouver ne sera d'ailleurs pas chose si aisée. Et pourrait même se révéler périlleux.

— Et pourquoi cela ?

— Il y aura un monde fou là-bas. Une armée en campagne, ce sont des milliers de gens d'armes, des seigneurs et leur suite, des serviteurs et des valets d'intendance. Mais pas uniquement. Une telle quantité d'hommes déplacée draine derrière elle une faune presque aussi nombreuse de ribaudes, de détrousseurs de cadavres et de pillards en tous genres.

Elle perçut de l'inquiétude dans sa voix.

— Tu te fais du souci pour Étienne ou pour moi ?

— Les deux, ma douce. Lorsque nous serons sur place, je ne pourrai demeurer à tes côtés en permanence. Je devrai aussi remplir les devoirs de ma charge. Pour te mouvoir en toute sécurité à travers le camp, il te faudra une position officielle. Fort heureusement, j'ai mon idée là-dessus. Viens, suis-moi. Il nous faut rencontrer sans tarder quelqu'un susceptible de nous aider.

Ils quittèrent l'aile orientale du château, traversèrent la cour d'honneur, puis l'avant-cour. Longeant alors la massive tour Heurtault, ils dirigèrent leurs pas vers le fond du parc où plusieurs bâtiments formant un hameau se trouvaient accolés au mur d'enceinte.

— Où m'emmènes-tu donc ? demanda Héloïse.

— Je m'en vais te présenter un mien cousin. Il se nomme Symphorien Champier[1]. C'est un médecin doublé d'un humaniste comme tu les apprécies. Il a écrit de nombreux et fort savants ouvrages. Pour l'heure, il achève de s'approvisionner ici en remèdes, avant de rejoindre l'armée qu'il accompagnera en Italie.

— Qu'attends-tu de lui ?

— Je vais lui demander de te prendre comme assistante. S'il accepte, tu auras toutes facilités pour explorer le camp dans une relative sécurité. Mais attention ! Symphorien n'est pas un être facile.

1. Médecin célèbre et homme de cour, deux fois élu consul de Lyon, Champier avait épousé une cousine de Bayard, Marguerite Terrail. Il publia à Lyon, en 1525, le premier ouvrage retraçant la vie du chevalier sans peur et sans reproche : *Les Gestes, ensemble la vie du preulx chevalier Bayard.*

Il se montre même d'une rare exigence pour tout ce qui touche à son art. N'attends aucune faveur de sa part. Tu devras le convaincre que tu pourras le seconder utilement.

Symphorien Champier logeait dans une maison de pierre devant la façade de laquelle stationnait un grand chariot bâché. Bayard et Héloïse trouvèrent le médecin dans la pièce principale, face à une longue table de bois où s'étalait son matériel de chirurgie. Pour un œil non avisé, on eût dit là tout bonnement vil étalage d'instruments de tourmenteur. On distinguait en effet des scies de toutes tailles, des couteaux à lame plus ou moins large, des bistories, sorte de lancettes courbées, des carcans de compression indispensables aux opérations d'amputation, des sondes exploratrices aux formes infiniment variées, des aiguilles à suture, des pinces, des speculums, des trépans et autres tripodes élévatoires capables de relever un enfoncement crânien. Jouxtant ce matériel d'aspect cruel, et non moins impressionnante pour le néophyte, s'alignait aussi toute une panoplie de prothèses : béquilles, mains en bois ou en fer, yeux en verre, oreilles artificielles, nez avec ou sans moustache...

— Je vous salue, mon cousin, dit Bayard sans se laisser impressionner par cet étalage barbare. Nous vous dérangeons en plein inventaire, à ce qu'il me semble.

Champier se retourna. C'était un petit homme d'environ quarante-cinq ans. L'œil vif, le front large et intelligent, il était entièrement vêtu de velours noir et arborait en permanence une expression de sévérité propre à décourager les importuns de toute espèce. Cependant, ses traits s'adoucirent en reconnaissant Bayard et un semblant de sourire vint même étirer ses lèvres fines.

— C'est vous, messire chevalier ? Quel plaisir de vous recevoir en ce modeste logis ! Je vous croyais déjà en route pour Lyon. Mais quelle est cette ravissante personne que je vois à vos côtés ?

Bayard présenta Héloïse et expliqua, sans se perdre en d'inutiles détours, ce qu'il attendait de son parent. Le médecin hocha plusieurs fois la tête, en glissant de rapides coups d'œil circonspects en direction de sa visiteuse. Lorsqu'il reprit la parole, ce fut sans parvenir à masquer tout à fait sa réticence.

— C'est que la place d'une femme, si docte et capable soit-elle, n'est point établie en l'art médical. Y déroger serait aller à l'encontre des règles de la faculté. J'ajouterais que les champs de bataille ne sont pas lieu de promenade et que la chirurgie en temps de guerre est spectacle des plus éprouvants qui peut avoir raison des âmes les mieux trempées.

— J'entends bien mon cousin, répliqua Bayard avec davantage de fermeté, mais vous m'obligeriez en accédant à ma requête. D'ailleurs, il n'est pas dit que maîtresse Sanglar aura à vous accompagner au-delà des Alpes. Il est même fort probable qu'elle n'ira pas plus loin que Lyon. Mais du moins pourra-t-elle, jusque-là, vous seconder dans la préparation des remèdes et veiller à la qualité et à la conservation de vos drogues.

— Adonc, pouvez-vous m'assurer de ses compétences en ce domaine ? demanda Champier, qui ne semblait toujours pas convaincu. L'apothicairerie, même si elle n'est que l'humble servante de la médecine, n'est point non plus d'ordinaire affaire de femme. Or, même pour vous complaire, je ne tiens pas à m'encombrer inutilement.

Héloïse, qui ne supportait guère qu'on parlât d'elle en sa présence comme si elle ne comptait pas, ne put se retenir d'intervenir :

— Je crois pouvoir affirmer que mes connaissances et mon application réussiront bien mieux que la vaine agitation de bien des hommes que leurs préjugés aveuglent.

Ces mots cinglants à peine prononcés, elle les regretta aussitôt. Si le médecin, vexé, les congédiait sans autre forme de procès, Bayard accepterait-il quand même de l'emmener à Lyon avec lui ? La peste soit de sa stupide susceptibilité ! Elle aurait mieux fait de se mordre la langue plutôt que de vouloir rabaisser la morgue de ce médicastre imbu de sa personne.

Pourtant la réaction de Champier ne fut pas celle qu'elle craignait. L'homme en noir donnait, au contraire, l'impression d'être agréablement surpris par la vivacité de sa réaction et la fixait avec davantage d'intérêt que de courroux.

— Je constate ma dame, dit-il d'une voix adoucie, que votre aplomb est au moins aussi grand que votre beauté. Si vous êtes si sûre de votre fait, je gage que vous ne verrez aucun inconvénient à ce que je vous interroge sur l'art médical et la thérapeutique.

— Nullement ! Posez vos questions, je répondrai.

— Holà, si l'on doit discuter entre spécialistes, permettez que je me retire, intervint Bayard. Je ne vous serai plus d'aucune utilité céans et il me faut préparer notre prochain départ. (Il se tourna vers Héloïse et compensa par une œillade discrète ce que son ton pouvait avoir d'impersonnel.) Ma mie, je vous laisse entre les mains de votre examinateur. Ne me décevez pas !

Une fois le chevalier parti, Champier offrit galamment un fauteuil à Héloïse et lui proposa un verre de vin épicé qu'elle refusa. Prenant place face à elle, il posa ses longues mains blanches à plat sur ses cuisses.

— Sanglar, Sanglar, murmura-t-il d'un air songeur. Il me semble avoir lu jadis un exemplaire du *Livre des simples médecines* de Platearius, annoté par un certain Étienne Sanglar.

— C'était mon père. C'est lui qui m'a transmis tout ce que je sais.

— Vous fûtes donc à bonne école. Vérifions cela, voulez-vous ? Pourriez-vous m'entretenir de l'humorisme hippocratique ?

Héloïse réprima un sourire de contentement. Elle imaginait avoir à subir plus rude épreuve. C'était là s'en tenir aux fondamentaux de la médecine du temps. Ce fut donc d'un ton assuré qu'elle répondit à la manière d'un bon élève récitant sa leçon.

— Hippocrate a posé les bases de cette doctrine des humeurs. Celle-ci se fonde sur la conception d'un philosophe grec nommé Empédocle qui a présenté le monde sur un mode quaternaire. À l'image du cosmos qui est constitué des quatre éléments, l'homme voit sa nature gouvernée par quatre humeurs : le sang assimilé à l'air, le flegme à l'eau, la bile jaune au feu et l'atrabile à la terre. Chacune joue un rôle dans l'organisme. Le sang est nourricier, le flegme assouplit les nerfs et les membranes, la bile aide à la coction et l'atrabile sert de soutien aux autres humeurs. La plupart des maladies résultent d'un trouble humoral, d'un déséquilibre provoqué par les passions humaines ou les variations du macrocosme, saisons et climats. L'excès constitue la pléthore et peut se résoudre par la saignée ou les purgatifs. Toute anomalie originelle conduit en définitive à une humeur viciée, à la *materia peccans*.

— Fort bien que tout cela, approuva le médecin gravement. Fort bien, mais vous avez parlé de coction. Pouvez-vous m'en dire un peu plus à ce sujet ?

— Il s'agit d'une transformation des humeurs qui fait appel au feu intérieur et qui apparaît comme le prélude nécessaire à la guérison. Une sorte de cuisson-digestion. Ainsi, l'écoulement clair que l'on observe au début d'un rhume n'est rien d'autre que l'épanchement d'un excès de flegme. D'abord crue, l'humeur mûrit après avoir subi la coction et l'écoulement devient épais et verdâtre. Au contraire, l'insuffisance du phénomène aboutit à la congestion par accumulation de matières nocives. D'une manière générale, la coction entraîne la formation de vapeurs semblables à celles que l'on observe à la surface d'un liquide fortement chauffé. La circulation descendante des humeurs croise dans le corps ces ventosités ascensionnelles dont rots et vents sont les manifestations extérieures.

— Comme cela est juste ! Je n'aurais pas mieux énoncé la chose. À présent, pouvez-vous me dire ce qu'il convient de déduire de cette théorie des humeurs pour ce qui est de la conception des remèdes ?

— Les médicaments se classent sur le même mode quaternaire et selon leur propriété fondamentale. On distingue ainsi, selon les préceptes du grand Galien, les médicaments humides, les secs, les chauds et les froids. À titre d'exemple, l'opium est froid et sec au quatrième degré, tandis que le poivre est chaud et sec au même degré. (En son for intérieur, Héloïse se fit la réflexion que cette approche purement théorique n'avait pas empêché les meilleurs thérapeutes de considérer avant tout l'action des drogues sur les organes, fruit d'une observation empirique précieuse. Les pharmacopées privilégiaient d'ailleurs ce classement fonctionnel, tout en conservant un jargon humoriste de façade. Elle se garda bien toutefois de relever la chose, de peur de froisser son auditeur, et poursuivit son exposé magistral en respectant la plus stricte orthodoxie.) En se référant à l'humorisme, l'on en vient à poser le suprême adage thérapeutique : *contraria contrariis curantur*[1]. Selon les conditions de l'âge, de la saison, de la complexion et de la maladie, le médecin devra recourir au médicament adéquat. Il lui faudra

1. Il s'agit du grand principe de l'allopathie : combattre le mal par son contraire.

guérir le froid par le chaud, le chaud par le froid, l'humide par le sec, le sec par l'humide.

Champier se leva soudainement en applaudissant des deux mains. Ses yeux sombres étincelaient et une admiration sincère avait dissipé l'austérité de ses traits.

— C'est merveilleux ! s'exclama-t-il avec enthousiasme. Pardonnez-moi d'avoir douté un instant de vous, ma chère. Jamais je n'aurais cru qu'une femme pût trouver quelque intérêt à démêler de ces choses savantes. Je serais positivement ravi que vous me teniez compagnie jusqu'à Lyon. Nous pourrons ainsi discuter plus avant et je gage que vous pourrez m'instruire en bien des domaines tenant à la thérapeutique. Il se trouve que je me consacre actuellement à l'écriture d'une somme que je compte nommer l'*Hortus gallicus* et je serais curieux de recueillir votre avis sur certains chapitres.

Héloïse inclina modestement le front.

— C'est moi qui serais honorée d'une telle marque de confiance. Si j'osais, je vous dirais d'ailleurs combien je suis étonnée qu'un savant tel que vous, qui a déjà publié de nombreux ouvrages ainsi que votre cousin m'en a instruite, se hasarde dans une entreprise aussi risquée qu'une campagne militaire.

Le cousin du chevalier Bayard éleva ses deux mains blanches et les fit jouer dans la lumière, un peu à la façon dont certaines mères ont coutume de les agiter pour capter l'attention de leur progéniture. Son ton doctoral venait cependant démentir ce que sa gestuelle pouvait avoir de ludique.

— Ce n'est rien de feuilleter des livres, proclama-t-il, de gazouiller et de caqueter en chaire de la chirurgie, si la main ne met en usage ce que la raison ordonne[1].

Une telle déclaration ne pouvait que plaire à Héloïse, laquelle se fit la réflexion qu'après tout, elle pourrait trouver quelque contentement à côtoyer un temps ce curieux petit homme vêtu de noir.

1. L'affirmation est en fait d'Ambroise Paré.

Miasmes

Un premier lansquenet subit les atteintes du mal deux jours après qu'ils eurent fui en débandade le village contaminé. Au bivouac, il se réveilla fiévreux, les membres parcourus de fourmillements qui évoluèrent dans la journée sous forme de crampes. Par précaution, on le plaça en fin de colonne, avec interdiction stricte d'approcher de trop près ses camarades. Cela n'empêcha pas qu'en fin de journée, trois autres soldats se plaignaient de semblables frissons. Le lendemain, ils étaient quatre de plus à se sentir mal en point et celui qui avait inauguré la série avait vu son état empirer durant la nuit. Il respirait mal et ses extrémités avaient pris une vilaine teinte ardoisée qui augurait fort mal de l'évolution de la maladie.

Face à cette situation inattendue, le capitaine Bellastre avait ordonné de faire halte au milieu de la matinée. Les huit hommes malades avaient été regroupés à part sous le feuillage d'un grand chêne. Ils étaient trop faibles pour manger, mais leurs camarades se relayaient pour les faire boire à intervalles réguliers, non sans avoir pris la précaution au préalable de se masquer le visage d'un épais foulard.

— Vergedieu ! maugréa Bellastre qui avait réuni en urgence ses lieutenants pour discuter de la conduite à suivre. Du diable si je sais ce qu'il convient de faire ! À part placer les malades à l'isolement et attendre de voir comment la chose évolue.

La Hure fit la grimace. C'était un colosse blond, à la tignasse en broussaille qui n'était pas sans évoquer une crinière de lion, aux yeux petits et resserrés. La pelisse d'ours qu'il portait en dépit de la chaleur et la formidable hache à double tranchant dépassant de son dos lui conféraient une allure des plus farouches.

— Comment la chose évolue ? répéta-t-il avec ironie. Tu en as de bonnes, Bellastre ! Rappelle-toi ces maudits paysans réfugiés dans leur église comme des rats au fond de leur trou. Merde et charogne, voilà comment cette saloperie évolue !

— Et nous ne sommes restés qu'à peine deux heures dans ce village du diable ! fit remarquer à son tour Pique-Droit. C'est dire si le mal est pernicieux !

Bellastre se tourna vers le vétéran. Un pli soucieux lui barrait le front, qui lui creusait comme une seconde balafre sur le visage.

— Qu'en penses-tu, Pique-Droit, toi qui as roulé ta bosse sous bien des cieux ? Cela pourrait-il être la peste ?

— Ma foi, pourquoi pas ? Le délai d'apparition des signes pourrait correspondre. Fièvres, douleurs musculaires… Ouais, pourrait très bien être cette saleté !

— Si c'est la mort noire, déclara La Hure, alors y a pas à hésiter. Faut abandonner les gars et tracer la route. J'ai souvenance que mon aïeul, qu'avait connu un épisode de peste jadis en Provence, répétait qu'c'était le seul remède efficace. Partir loin, vite, et revenir tard. Ou pas revenir du tout, encore mieux, ça !

— Les laisser crever seuls, comme des chiens ? répéta Bellastre en se frottant le menton d'un air dubitatif. Je m'y résoudrais si je pensais que ça pouvait vraiment épargner tous les autres. Mais je n'y crois pas. Huit aujourd'hui ! Combien demain ? Quel qu'il soit, le mal s'est déjà répandu parmi nous. Impossible de faire le tri entre les futurs malades et ceux qui sont encore indemnes !

— Que préconises-tu alors ? demanda Pique-Droit qui posa la main sur l'avant-bras de La Hure pour le dissuader de continuer à défendre son point de vue.

— Faudrait pouvoir quérir un médecin dans une ville proche. À défaut de secourir les malades, il saurait peut-être les remèdes pour empêcher la peste de se propager. Seulement, on pourrait pas ensuite le laisser s'en repartir. Il pourrait causer. Les autorités locales seraient tentées de s'opposer à notre passage.

— Ce n'est pas la peste…

Les trois hommes sursautèrent en entendant cette voix fluette qui venait interrompre soudainement leur conciliabule. Bellastre se retourna d'un bloc et ouvrit de grands yeux étonnés en découvrant Étienne qui les avait rejoints derrière le rocher où ils s'étaient retirés à l'écart de la troupe.

— De quoi te mêles-tu, le moucheron? rugit La Hure. File d'ici prestement où je t'écrase entre mes poings !

— Ce n'est pas la peste, répéta Étienne sans se laisser impressionner ni hausser le ton, mais avec le même tranquille aplomb.

— C'est qu'il insiste, l'insolent ! J'm'en vas t'donner la leçon qu'tu mérites, pisseux !

Bellastre s'interposa devant le solide gaillard qui s'était déjà relevé pour se ruer sur le garçon.

— Tout doux, La Hure ! C'est encore moi qui donne les ordres dans cette compagnie. Et je ne t'ai pas demandé de le réduire en bouillie, que je sache ! (Il se retourna vers Étienne et le dévisagea avec circonspection.) Quant à toi, j'aimerais savoir comment tu peux affirmer pareille chose? Et tâche d'être convaincant, car je ne suis pas d'humeur à perdre mon temps à ouïr des fariboles.

Tout en louchant du côté du colosse blond pour s'assurer qu'il obéissait bien à son capitaine, Étienne se rapprocha en traînant les pieds. En son for intérieur, il se demandait s'il avait bien fait de se mêler à leur conversation. Mais il était trop tard pour reculer.

— Je suis allé voir les malades tout à l'heure. Je les ai examinés, je les ai interrogés. Aucun ne se plaint de douleurs au niveau des ganglions et je n'ai détecté ni papule ni bubon. Ce n'est pas la peste.

— Comment peux-tu être aussi affirmatif? demanda Bellastre. Non content d'être fils de chevalier, tu prétendrais aussi t'y connaître en médecine!

— Ma mère a tenu pendant des années commerce d'apothicairerie à Amboise et se trouve toujours en charge de la préparation des remèdes à l'Hôtel-Dieu de Paris. Là-bas, il nous est arrivé d'accueillir des malheureux, victimes de la peste. Elle m'a montré comment reconnaître la maladie.

— Si c'est pas la peste et si t'es si savant, intervint Pique-Droit, dis-nous donc de quoi souffrent nos camarades.

— Je peux me tromper, mais j'ai l'impression qu'il s'agit de la suette anglaise, une sorte de grippe maligne. Tous les signes sont là : fièvre, frissons, contractures, difficultés à respirer, empoisonnement du sang qui bleuit la peau et les muqueuses.

La Hure qui commençait à bouillir balança un grand coup de pied dans une pierre et cracha à terre de dépit. Ses yeux fixés sur Étienne semblaient lancer des éclairs.

— On va quand même pas rester là tranquillement à écouter les divagations d'un morveux. Vous voyez pas qu'il raconte n'importe quoi en croyant se rendre intéressant. Jamais qu'on aurait dû l'prendre avec nous, j'dis! Ça s'trouve, c'est lui qui nous a porté malheur!

— La paix, La Hure! coupa Bellastre, la main sur le pommeau de son épée. Laisse-le donc parler. Je ne le répéterai pas deux fois. (Il revint ensuite à

Étienne.) Cette chose que tu dis là, la suette, on en guérit ?

— Pas toujours. Quand le sang est atteint et que le pouls s'accélère, l'issue est presque toujours fatale. Elle survient en quelques heures, après que le malade a été sujet à des crises de vomissements et de délires. Mais il arrive aussi que le corps prenne le dessus. Dans ce cas, l'épisode aigu se termine par des sueurs profuses.

— Connaîtrais-tu un éventuel traitement ? insista le capitaine.

Étienne approuva du chef.

— J'ai souvenance que Mère recommandait de favoriser la sudation afin d'aider l'organisme à se purger des mauvaises humeurs. On peut obtenir ce résultat en employant diverses drogues végétales. Les plus courantes sont la bourrache, la fleur de coquelicot, la douce-amère, l'écorce d'orme, la reine des prés et la salsepareille.

— Tu saurais trouver de ces plantes dans les environs et les montrer à mes hommes ?

— Pour sûr ! Mère m'a appris à reconnaître des dizaines de drogues. Et aussi quelles parties utiliser, en quelles proportions et comment en faire des tisanes ou des décoctions efficaces.

Bellastre se retourna vers ses deux lieutenants. Un grand sourire aux lèvres.

— Vous l'avez entendu, vous autres ? s'écria-t-il. Allez secouer les hommes et ordonnez-leur de se mettre promptement à la cueillette. Que trois ou quatre d'entre eux rassemblent toutes les outres et s'en aillent faire provision d'eau claire à la rivière. Et que je n'en entende pas un barguigner[1].

On assista, dès lors, dans ce coin de campagne reculé, à un fort singulier spectacle qui n'eut, semble-t-il, aucun précédent ni aucune réplique dans toute l'histoire militaire du royaume des lys : une troupe de terribles lansquenets se muer en jardiniers improvisés, sous les ordres d'un enfant, et se mettre à herboriser à quatre pattes à travers prés et sous-bois.

La compagnie demeura ensuite sur place durant quatre jours entiers. Le premier matin, on eut à déplorer le décès du soldat ayant déclaré la maladie de façon précoce et l'apparition de trois nouveaux cas. Le deuxième jour, il y eut encore trois décès et un nouvel homme atteint, mais quatre autres répondirent favorablement au traitement initié par Étienne et virent leur fièvre décroître. Les deux jours suivants, aucun lansquenet encore indemne ne développa les signes de la maladie et tous ceux qui étaient frappés voyaient leur état nettement s'améliorer.

Le capitaine Bellastre avait retrouvé sa belle humeur et si grand était son contentement que son hideuse balafre tendait même à s'estomper dans les sillons de son large sourire. Il fit venir Étienne à lui et posa les deux mains sur ses épaules.

— Tu disais vouloir rejoindre l'armée royale ? dit-il avec du soleil dans la voix. Eh bien, réjouis-toi, mon garçon. J'ai décidé de te garder avec nous

1. Discutailler, tergiverser.

jusque-là. On ne sait jamais ! Fils de chevalier ou pas, si cette maudite fièvre faisait sa réapparition, nous pourrions encore avoir besoin d'un garçon aussi plein de ressources.

Et ce fut ainsi qu'Étienne Sanglar se retrouva intronisé dans l'une des plus redoutables compagnies de lansquenets des fameuses bandes noires.

Les plans secrets du cardinal

Le 18 juillet 1515, la petite ville piémontaise de Verceil, située dans la plaine du Pô, connut une animation quelque peu inhabituelle. Ce lieu, qui se situait encore dans le duché de Savoie mais marquait la démarcation avec la Lombardie, avait été choisi pour accueillir une première conférence interalliée organisée à l'initiative du cardinal de Sion. Y participaient les principaux membres de la Sainte Ligue qui devaient décider de la stratégie à adopter face à la menace, désormais imminente, de l'invasion française en Italie.

C'est dans la vaste salle circulaire de la *Torre dell'Angelo* qui se dresse sur l'esplanade du vieux marché que se trouvaient réunis les principaux chefs de la coalition ou leurs représentants. À la place d'honneur, au haut bout de la table, siégeait le vice-roi de Naples, Ramón de Cardona. En sa qualité de capitaine général de la Ligue, c'était lui qui était censé diriger les débats. Il arborait une cotte-hardie de broçart pourpre ornée de crevés en losange, un haut-de-chausses écarlate enfoncé dans de splendides bottes de cuir souple et portait sur la poitrine la croix si caractéristique de l'ordre de Saint-Jacques de l'épée. Une ceinture dorée à boucle délicatement ouvragée, à laquelle était suspendue une dague au pommeau serti de pierres fines, complétait cette somptueuse vêture d'apparat.

Sur sa droite, se tenaient le duc de Milan, Massimiliano Sforza, habillé tout aussi fastueusement d'une tunique de damas vert rehaussé d'une guipure en fil d'argent, ainsi que le commandant en chef de ses armées, Prospero Colonna. Au second plan, se trouvait assis le représentant du pape, le cardinal Pietro Bembo. Pour marquer la solennité du moment, le prélat avait revêtu, sur sa soutane, la chape prélatice de soie moirée rouge. En face de ces trois-là et donc à la gauche du vice-roi, étaient installés les délégués du parti suisse, à savoir le capitaine du contingent de Berne, Albrecht vom Stein, toujours aussi massif et rubicond, et le cardinal de Sion, Matthäus Schiner. La mise de ce dernier était sans doute la moins recherchée de tous les participants à la conférence. Contrairement à l'envoyé de Léon X, il avait en effet renoncé à la pompe cardinalice pour adopter un vêtement de voyage de couleur sombre et de courtes bottes. Seules sa barrette rouge et sa croix pectorale rappelaient sa dignité ecclésiastique.

Entre ces six hommes devaient se décider les actions concertées qu'il convenait de mener durant les semaines à venir. Le sort de la péninsule tout entière en dépendait. Cependant, les alliés étaient loin de présenter un front soudé dans l'adversité. Chacun poursuivait ses propres objectifs, affichés ou inavoués, et des dissensions avaient déjà vu le jour les mois précédents. L'atmosphère était suffocante et pas seulement en raison de la lourde chaleur estivale. Chacun épiait son voisin ou son vis-à-vis pour tenter de deviner ses arrière-pensées.

— Si vous en êtes d'accord, entama Ramón de Cardona, je suggère que le cardinal de Sion, qui a souhaité tous nous réunir et qui s'en revient de France, nous fasse un point de la situation en nous instruisant notamment du nombre et des mouvements de nos ennemis.

L'assistance ayant approuvé silencieusement par des hochements de tête, Matthäus Schiner se leva et promena son regard acéré sur chacun.

— Pour ce qui est des Français, dit-il, la situation est des plus limpides. Les forces réunies par François Ier sont tout bonnement impressionnantes. Si mes informateurs ne m'ont point trompé et j'ai quelque assurance sur ce point, elles ne comptent pas moins de quarante-mille combattants. Le cœur de l'armée est composé, pour plus de la moitié des effectifs, de lansquenets. Auxquels viendront s'adjoindre, tôt ou tard, près de six mille Gueldrois des bandes noires. L'infanterie française compte, elle, une dizaine de milliers de fantassins, pour la plupart gascons et navarrais. Il faut y ajouter plus de deux mille pionniers. Viennent ensuite les deux mille lances[1] des compagnies d'ordonnance et une centaine de pièces d'artillerie.

---

1. Une lance était une unité de cavalerie rassemblant six hommes dont quatre combattants : un homme d'armes, un coutillier et deux archers.

Le duc de Milan qui peinait tant à financer ses propres troupes et celles de ses alliés suisses s'agita sur son siège comme pris de démangeaisons subites. Les arêtes de son nez pâlirent de colère et ses lèvres se pincèrent en une moue contrariée.

— C'est ahurissant ! se récria-t-il. La solde d'une telle troupe doit atteindre des montants faramineux[1]. Au minimum, trois cent mille livres tournois par mois. C'est plus de la moitié des revenus annuels de tout mon duché !

— Aussi la France n'est-elle pas Milan et les ressources du royaume des lys sont-elles sans égales dans toute l'Europe. En outre, à peine couronné, François a arrêté de nombreuses mesures afin de lever des sommes colossales pour financer ses ambitions. Hausse de la taille, création de nouveaux offices monnayables, emprunt auprès de particuliers… Je me suis même laissé dire qu'il était allé jusqu'à faire fondre la vaisselle d'or de son prédécesseur, Louis le douzième.

— Laissons de côté pour le moment l'aspect financier, intervint le cardinal Bembo, et revenons plutôt à cette armée colossale. Où se trouve-t-elle pour l'heure ?

— Question fort opportune, Éminence, remarqua Schiner. Un pigeon est arrivé ce matin même avec des nouvelles toutes fraîches et fort préoccupantes. L'avant-garde de l'armée française a quitté

1. Au printemps 1515, ce n'est pas moins d'une demi-tonne d'or fin que les financiers de François Ier devaient trouver chaque mois pour financer les préparatifs de guerre.

Lyon hier pour prendre le chemin de Grenoble. Le connétable de Bourbon la commandait. Il avait avec lui les quatre maréchaux, Jacques de Chabannes, seigneur de la Palice, Odet de Foix, comte de Lautrec, Gian Jacopo Trivulzio et Robert Stuart, seigneur d'Aubigny, ainsi que toute la fine fleur de la noblesse française.

— Voilà qui est pour le moins fâcheux, grommela Ramón de Cardona. Peut-on savoir quelles forces sont susceptibles de leur barrer le passage, s'ils s'avisaient de tenter le franchissement des Alpes dans les prochains jours ?

— Pour les questions d'ordre purement militaire, souffrez que je cède la parole à mon compatriote, le capitaine vom Stein. Il sera infiniment plus compétent que moi pour vous apporter toute information utile et répondre à vos éventuelles questions.

Tandis que le cardinal de Sion se rasseyait, le Bernois se levait à son tour pour prendre la parole. Son teint hâlé, sa barbe bifide et sa tenue exubérante détonnaient au milieu de cette auguste assemblée. Cependant, il semblait se moquer éperdument de ce que tous ces grands personnages pouvaient penser de lui. Là résidait sa force. Et c'était précisément pour cette raison que Matthäus Schiner se l'était adjoint.

— Les contingents suisses sont actuellement divisés en trois corps distincts. Celui que j'ai l'honneur de commander compte environ neuf mille hommes des cantons de Berne, Soleure, Fribourg, Zürich et Bâle. Nous verrouillons le passage des Alpes à Pignerol. Les troupes des autres cantons, en nombre sensiblement égal, stationnent ici même, à Verceil, dans la plaine piémontaise. Il faut y ajouter six mille corps-francs qui occupent, au sud, le marquisat de Saluces réputé favorable aux Français.

— N'est-il point imprudent d'avoir ainsi divisé vos forces alors que l'ennemi est supérieur en nombre? interrogea le duc de Milan. Si celui-ci attaque en masse, comment ferez-vous pour le bloquer?

— Cette dispersion ne doit pas vous inquiéter. Elle n'est qu'apparente. Verceil n'est qu'à trois jours de marche de Pignerol qui elle-même n'est distante que de huit lieues de Saluces. Qui plus est nos troupes sont plus mobiles que les Français qui sont embarrassés par leur lourd train d'artillerie. En cas d'attaque, elles pourront se regrouper à temps et, de Pignerol, contrôler les principaux cols alpins. Je le répète, cette disposition ne doit pas vous inquiéter. En revanche, il y a beaucoup plus préoccupant…

— Que voulez-vous dire? questionna le duc.

— À Saluces, les corps-francs peuvent se ravitailler sans bourse délier en réquisitionnant tout ce qu'il leur faut auprès des habitants, pour parler clair en détroussant paysans et marchands. Contribution de guerre. Leur prince n'avait qu'à pas nourrir si fortes affinités avec la couronne de France. Mais il en va différemment de nos troupes qui stationnent sur les terres du duc de Savoie. Celui-ci tient à sa neutralité et l'accord passé entre la Ligue et lui stipule que nous devons payer chaque denrée que nous prenons à ses gens. Or, nos soldes sont demeurées bien maigres à ce jour. Les hommes grognent, la discipline se relâche, les violences se multiplient. Si rien n'est fait, la situation pourrait vite empirer et devenir impossible à maîtriser.

— Si rien n'est fait..., insista Matthäus Schiner en fixant tour à tour, de façon appuyée, le duc de Milan et l'émissaire du pape.

— Ah non! protesta Massimiliano Sforza en tapant du poing sur la table. Inutile de me regarder comme ça. Je dois déjà financer la guerre de frontière avec Venise, à l'est. La quasi-totalité des recettes ordinaires du duché y est engloutie. Votre Éminence est bien placée pour savoir que les Milanais se refusent à de nouveaux sacrifices. Treize jours, la populace nous a assiégés, vous et moi, dans ma propre citadelle lorsque j'ai voulu lever un nouvel impôt. Moi, leur suzerain, j'ai dû m'abaisser à négocier avec les meneurs. Mes finances sont exsangues. Je ne peux faire plus.

— Sa Sainteté, quant à Elle, vous a fait tenir plusieurs milliers d'écus à la fin juin, fit remarquer plus calmement le cardinal Bembo à son homologue helvétique.

— À peine de quoi distribuer une pièce d'or par homme, répliqua amèrement Schiner.

— Les caisses pontificales doivent aussi financer les propres troupes du Saint-Siège.

Le cardinal de Sion dut faire appel à toute sa maîtrise pour ne pas laisser paraître son agacement. Lors de son dernier passage à Rome, Léon X lui avait promis une armée pour renforcer les troupes de la Sainte Ligue, mais celle-ci, placée sous le commandement de son frère Julien de Médicis, s'acheminait vers le Piémont avec une lenteur savamment calculée. En outre, d'après les renseignements récoltés par Schiner, elle se composait d'à peine un millier de cavaliers et d'une infanterie, certes nombreuse, mais de qualité fort médiocre.

— Loin de moi, dit-il, l'idée de faire grief à Sa Sainteté de ses choix politiques. Mais je me permets simplement de faire remarquer que la défaite s'avère toujours atrocement plus coûteuse que la victoire. Faisons donc en sorte d'obtenir celle-ci plutôt que celle-là. Même au prix de quelques sacrifices.

Prospero Colonna n'avait pas encore pris la parole. Aussi le silence se fit sans qu'il eût à le réclamer aussitôt qu'il se dressa. Ce n'était pas le seul motif. Âgé de soixante-trois ans, ce *condottiere* expérimenté était un vétéran des guerres d'Italie. D'abord rallié à la cause de Charles VIII lors de la première campagne de 1495, il avait vite changé de camp et largement contribué, aux côtés de Gonzalve de Cordoue, à la victoire espagnole sur les Français dans le royaume de Naples. Par la suite, il avait participé à de très nombreuses batailles dont celles de Cerignola et du Garigliano. Capitaine général de l'armée milanaise, c'était sans aucun conteste le militaire le plus chevronné autour de la table.

Le front dégarni, les cheveux ondulés lui descendant plus bas que les épaules, il promenait lentement ses gros yeux de myope sur les visages soudain attentifs autour de lui. Ses doigts fourrageaient dans sa barbiche bouclée au fer, signe chez lui de perplexité et d'inquiétude.

— Capitaine vom Stein, commença-t-il en se penchant vers l'intéressé par-dessus la table, vous disiez tout à l'heure que vos contingents étaient idéalement positionnés pour bloquer les principaux passages à travers la montagne. Mais avez-vous une idée de la voie qu'emprunteront les Français ?

— La route la plus directe, celle par où transitent la plupart des marchandises, passe par le col du Mont-Cenis et par Suse. C'est aussi la plus praticable. Compte tenu du nombre de canons dont dispose le roi François et de l'imposant convoi de l'intendance, il ne fait guère de doutes que ce choix s'imposera tout naturellement. J'ajoute que nous avons récemment intercepté une estafette porteuse d'un message des Français. La teneur de ce courrier chiffré semble confirmer leur intention de se diriger vers Suse.

— La logique est implacable, concéda Colonna. Toutefois, on pourrait objecter que cet itinéraire contraindrait les Français à cheminer par la vallée de la Maurienne, en plein duché de Savoie. Or, ceux-ci ne peuvent ignorer l'accord que nous avons passé avec le duc et ils doivent se douter que nous serions rapidement avertis. Comme vous l'avez dit vous-même, vos mercenaires suisses pourraient prestement se regrouper et bloquer le Mont-Cenis.

— Vous avez une meilleure suggestion à faire ? le défia le vice-roi de Naples qui ne voyait pas d'un très bon œil le *condottiere* capter toute l'attention.

— Meilleure, ce serait beaucoup dire. Mais je vois au moins deux autres trajets envisageables. Le premier consisterait à passer par le col Agnel, près de Saluces. Je vous accorde que la chose s'avérerait assez malaisée, mais elle n'en demeure pas moins parfaitement réalisable. La seconde possibilité serait de gravir le Montgenèvre, en Dauphiné, qui peut être atteint par Embrun et Briançon. Cette voie offre l'avantage de progresser en territoire ami et de ne basculer dans le duché de Savoie qu'une fois les Alpes franchies. J'ajoute que les chemins suivis dans cette deuxième hypothèse pourraient parfaitement être empruntés par les pièces les plus lourdes de l'artillerie.

Albrecht vom Stein haussa ses larges épaules et arbora un sourire confiant.

— Que les Français empruntent l'une ou l'autre de ces trois routes, nous aurons le temps de nous porter au-devant d'eux. Je m'en porte garant.

— Nul ne songe à vous contredire, capitaine, dit Schiner qui, malgré les interventions de tous ses alliés, avait réussi, sans en donner l'impression, à amener les échanges exactement où il le souhaitait. Mais la question qui se pose est la suivante : qu'adviendra-t-il après ?

— À quoi pensez-vous ? l'interrogea le vice-roi de Naples, Ramón de Cardona.

— Nos contingents suisses peuvent sans doute interdire aux Français le passage des cols, mais il ne saurait y avoir de bataille décisive dans les montagnes. François Ier pourrait alors songer à nous tourner par le sud, en faisant appel à ses alliés génois. Nous aurions au mieux gagné quelques semaines de répit. Ce qu'il faut, si nous voulons vaincre ce jeune monarque aussi fougueux qu'ambitieux, c'est masser suffisamment de troupes en Piémont pour l'emporter au cours d'une bataille rangée.

— Que suggérez-vous ?

— Premièrement, il faudrait que l'armée pontificale se hâte de nous rallier, car au rythme où elle progresse ce jour, elle pourrait tout aussi bien rentrer à Rome. Le roi François aura cueilli le fruit milanais avant qu'elle ne soit arrivée sur le théâtre des opérations.

Bembo, le représentant du Saint-Siège, avait résolu de se faire discret depuis que la question du financement de la guerre était venue sur le tapis. En entendant néanmoins le reproche formulé par Schiner, il faillit s'étrangler. Sa pomme d'Adam se mit à tressauter. Le temps d'apaiser l'accès d'indignation qui le suffoquait, il allait répliquer vertement, lorsque le cardinal de Sion lui imposa le silence d'un geste tranchant de la main et d'un regard aussi noir qu'autoritaire.

— Deuxièmement, nos amis espagnols qui représentent la seconde armée la plus importante de la Ligue, après celle de mes compatriotes, pourraient aisément se scinder en deux. La première fraction continuerait de contenir les Vénitiens à Crema ainsi qu'à Vérone. Mais la seconde pourrait venir nous prêter main-forte contre les Français.

Ce fut au tour de Ramón de Cardona de s'insurger. À l'entendre, dans la mesure où le duché de Milan constituait l'enjeu de toute la campagne, c'était aux hommes de Prospero Colonna d'assumer entièrement la défense de l'un des deux fronts, en l'occurrence le moins exposé, autrement dit de s'opposer seuls à l'avancée des Vénitiens. Pour sa part, le vice-roi de Naples refusait de diviser ses forces mais se déclarait prêt à marcher contre les Français si cela s'avérait absolument nécessaire. Ce qu'il se gardait bien de dire mais que Schiner, en fin diplomate, avait immédiatement saisi, c'est qu'une fois scindée en deux, l'armée espagnole aurait perdu toute influence stratégique et ne pourrait plus servir la politique italienne ambitieuse de son maître, Ferdinand d'Aragon.

Face à tant de réticence et de mauvaise foi, Massimiliano Sforza se plaignit d'être bien mal soutenu par ses prétendus alliés et alla même jusqu'à s'interroger à haute voix sur la réelle utilité de la Sainte-Ligue. Ce à quoi vom Stein répliqua que les mauvais payeurs n'étaient peut-être pas les plus autorisés à avoir voix au chapitre. Le cardinal Bembo crut voir, dans l'intervention du capitaine suisse, une nouvelle allusion aux faibles contributions papales. C'était plus qu'il n'en pouvait supporter. Il décida de rompre là toute discussion et de quitter la salle séance tenante, en affectant un air de dignité outragée.

Ce brusque départ entraîna derechef la fin prématurée de la réunion. Chacun des participants quitta la *Torre dell'Angelo* sans qu'aucun plan commun d'action ait pu être arrêté.

En traversant en compagnie d'Albrecht vom Stein la place du vieux marché, à l'heure la plus chaude de la sieste, Matthäus Schiner se frottait allégrement les mains. Son visage reflétait une satisfaction non dissimulée.

— Capitaine, se réjouit-il, je vous félicite. Vous avez tenu votre rôle à la perfection. Votre dernière relance au sujet des mauvais payeurs était une fameuse trouvaille. J'ai bien cru que ce pauvre Bembo allait nous faire une attaque.

Vom Stein considéra son compatriote d'un air interloqué.

— Décidément, vous demeurerez toujours pour moi une énigme, dit-il. Comment pouvez-vous éprouver ne serait-ce qu'un semblant de contentement? La conférence s'est soldée par un véritable désastre. Nous n'avons strictement rien obtenu, ni argent, ni troupe supplémentaire. Jamais les liens entre les membres de la Ligue n'ont paru aussi distendus.

Matthäus Schiner s'immobilisa au beau milieu de la place écrasée de soleil. Il fit face au capitaine jusqu'à se coller pratiquement contre lui.

— Mes plans ont changé, capitaine. Si je n'étais pas absolument certain que personne ne peut nous entendre, jamais je ne vous confierais ce qui va suivre. Mais, ici, je suis tranquille. Aucune oreille indiscrète à redouter. Alors écoutez-moi bien : cette conférence a abouti exactement au résultat que je recherchais. Je suis à présent certain que nos alliés ne bougeront pas et que rien ne s'opposera à l'invasion du Piémont par les Français.

— Que dites-vous là? réagit vom Stein qui douta un instant d'avoir bien compris. Nos contingents suisses ne sont-ils pas censés justement empêcher cela?

— Je vous l'ai dit : j'ai été contraint de revoir toute ma stratégie. Mais ce n'est qu'un mal pour un bien. Ce que je vise dorénavant, c'est l'anéantissement de l'armée royale. Ni plus ni moins !

— Et comment comptez-vous réaliser un tel prodige ? Le rapport de forces, vous l'avez clairement exposé tantôt, est totalement en notre défaveur.

— Je sais de source sûre que François Ier s'apprête à recourir à un itinéraire inédit pour faire traverser les Alpes à ses troupes. Ils passeront par le col de Larche, entre la vallée de l'Ubaye et celle de la *Stura di Demonte*. Cela les conduira à déboucher en Piémont au sud de Saluces, bien en dessous de nos positions. Dans la plaine, compte tenu du *statu quo* obtenu ce jour, ils ne rencontreront que la médiocre opposition de la cavalerie de Colonna.

— Si vous êtes certain que vos informations sont bonnes, il faut rapidement modifier tout le positionnement de nos troupes.

Schiner serra le bras de son vis-à-vis. Celui-ci grimaça. Pour un homme au physique plutôt quelconque, le cardinal ne manquait pas de poigne. Une véritable serre d'aigle !

— Surtout pas, malheureux ! s'insurgea le prélat. Vous feriez tout manquer ! J'entends que vous ne changiez absolument rien à notre dispositif. Ces maudits Français doivent être persuadés que nous nous focalisons sur les principaux cols. Il serait bon aussi qu'ils soient informés du désordre qui règne dans nos rangs. Laissez vos soldats s'ébattre dans la campagne et se livrer à quelques rapines. Qu'ils nous croient désorganisés, affaiblis. Notre retraite ne leur paraîtra que plus crédible.

— Notre retraite ?

— Oui, c'est là le point essentiel. Lorsque les Français vont faire irruption dans le Piémont, nous devons abandonner nos positions alpestres, comme pris de panique, et fuir devant eux. Ils ne doivent rencontrer aucune résistance. François doit s'imaginer revivre la marche triomphale de Charles VIII, au début de son équipée de 1495. Nous le conduirons alors exactement où nous le souhaitons, au fond de la nasse où nous l'anéantirons.

En prononçant ces dernières paroles, Matthäus Schiner avait lâché son compatriote et refermé son poing dans le vide en mimant un étranglement rageur.

*

Cet après-midi du 18 juillet, sensiblement à la même heure, mais à plus de deux cents lieues de Verceil, un chariot quittait la ville d'Amboise par la porte Sainte-Anne. Sur le siège du conducteur, Symphorien Champier et Héloïse Sanglar entamaient une savante controverse sur la place à accorder aux résines aromatiques, telles la térébenthine et la myrrhe, dans le traitement des accès de phtisie. Chevauchant à leur hauteur, le chevalier Bayard se réjouissait de voir la belle complicité qui s'était rapidement nouée entre ces deux admirables esprits érudits. Il songeait que leur entreprise s'annonçait sous les meilleurs auspices et voulait se persuader qu'aucun obstacle ne saurait, cette fois, l'empêcher d'unir sa destinée à celle d'Héloïse.

Ce en quoi, il se trompait lourdement.

III

LE FRACAS DES ARMES

Vaines recherches

Ce fut par une chaude soirée, le dernier jour du mois de juillet, que Bayard et Héloïse rejoignirent l'armée royale, non pas à Lyon mais à Grenoble où les troupes s'apprêtaient à affronter la traversée des Alpes. En compagnie de Symphorien Champier, ils se dirigèrent, aussitôt arrivés, vers un magnifique pavillon de soie où les attendait Nicolas du Pont que le chevalier, au grand dam de l'intéressé, s'obstinait à affubler de son ancien sobriquet.

— Quoi de neuf, la Ficelle ? As-tu respecté les instructions que je t'ai fait parvenir par courrier ?

— Si fait, messire ! Les capitaines ont tous reçu une description sommaire de l'enfant et il a été fait mention également du médaillon. Si le garçon se présente à un poste de garde, je serai aussitôt prévenu. Mais jusqu'ici ces dispositions n'ont point encore porté leurs fruits.

Bien que ni Bayard, ni Héloïse ne se fussent attendus à retrouver Étienne aussitôt atteint le campement royal, cette annonce tempéra les espérances qu'avait fait naître la réception du message de celui-ci. Maintenant qu'ils se trouvaient à pied d'œuvre, Héloïse mesurait mieux la difficulté de la tâche à mener durant les prochains jours. Bayard ne lui avait pas menti quand il l'avait prévenue que repérer le garçon dans un tel grouillement humain ne serait pas chose aisée. En découvrant l'étendue du cantonnement et l'activité fiévreuse qui y régnait, elle songeait que l'épreuve s'annonçait presque aussi ardue que de retrouver une aiguille dans une botte de foin. Cependant, depuis qu'elle pouvait compter sur l'assistance du chevalier, elle ne doutait plus qu'elle parviendrait à ses fins. Jamais depuis la disparition d'Étienne, elle n'avait eu autant confiance en sa bonne étoile. C'est pourquoi, laissant Symphorien Champier veiller à l'entreposage correct des drogues déchargées du chariot, elle résolut dans l'heure qui suivit leur arrivée de se livrer à une première reconnaissance du camp.

L'armée royale s'était installée sur des champs et des pâturages situés au nord d'un des nombreux méandres du Drac. Il s'agissait d'une installation formidable qui donnait le tournis. Une véritable petite ville de toile hérissée de palissades en bois et de bannières déployées dans la brise. Les centaines de feux allumés pour le repas du soir créaient une sorte de brume bleutée qui enveloppait dans une atmosphère irréelle la plus formidable armée d'invasion jamais rassemblée en Europe.

— Ce sont plus de cinquante mille personnes qui s'apprêtent à franchir les montagnes, commenta Nicolas tandis qu'il guidait Héloïse et

Bayard à travers le dédale du camp. Encore ne sommes-nous pas tout à fait au complet. De l'autre côté des Alpes, nous devrions être rejoints par les bandes noires du duc de Gueldre et par nos alliés génois.

Ce qui frappait le plus Héloïse dans cette formidable concentration humaine, c'était la cacophonie qu'elle engendrait, même en cette fin de journée. Aux cliquetis métalliques des armes et des pièces d'équipement répondaient le roulement des tonneaux, le tintement des enclumes dans les forges itinérantes, le raclement des scies de charpentiers et le martèlement des masses maniées par les charrons. Aux éclats de voix mêlant le français, le basque et l'allemand, faisaient écho les hennissements des chevaux et les appels des nombreux animaux – poulets, moutons, vaches – agglutinés dans les enclos réservés au ravitaillement. Ce vacarme tourbillonnant se doublait d'un foisonnement olfactif qui donnait le vertige. Feu de bois, graisse fondue, excréments, viande faisandée, sueur, urine, corne brûlée, cuir, légumes et fruits pourris... l'âcreté de l'air saturé d'odeurs fit tousser plusieurs fois Héloïse.

— Ça ira mieux quand l'armée s'ébranlera pour prendre le chemin des cols, dit Bayard. Ici, dans cette cuvette et par cette chaleur, on se croirait prisonnier d'un four ou égaré dans une des antichambres de l'enfer.

À peine eut-il prononcé ces mots qu'il s'avisa de leur possible effet malencontreux sur Héloïse. Il allait atténuer son propos lorsque la jeune femme, réprimant un nouvel éternuement, lui fit signe de ne pas s'inquiéter pour elle.

— Nous venons de quitter le bivouac des compagnies d'ordonnance, expliquait Nicolas en désignant, derrière eux, des tentes bien alignées dont les rangs les plus lointains touchaient presque aux remparts de Grenoble. Le roi et la fine fleur de sa chevalerie logent en ville. À l'est, se trouvent le parc de l'artillerie et la plupart des chariots. C'est l'endroit le mieux gardé du camp, à l'abri des crues de la rivière. Cela m'étonnerait qu'Étienne ait pu se glisser par là. L'infanterie, quant à elle, se trouve disséminée dans la plaine, tout le long de la rivière. Au nord, les troupes françaises, essentiellement des Gascons et des Basques. Plus au sud, à droite de cette petite dépression, les lansquenets.

Ils venaient d'atteindre le sommet d'une butte qui leur offrait une vue panoramique sur l'ensemble du campement. Héloïse embrassa du regard, sur des lieues et des lieues, l'impressionnant rassemblement qui lui fit penser à une fourmilière. Ou plutôt à une ruche hiérarchisée où des populations différentes se côtoyaient sans vraiment se mélanger. C'était très net si l'on comparaît les magnifiques pavillons de la noblesse, tendus de soie colorée et arborant des bannières éclatantes, aux tentes plus simples des hommes d'armes et des cavaliers ou aux installations carrément sommaires de l'infanterie dont les troupes campaient, pour la plupart, à la belle étoile.

— Il est bien tard pour explorer une si vaste étendue, fit remarquer Bayard. À ton avis, la Ficelle, par où devrions-nous commencer ?

— Sans aucun doute par le bagage. On y trouve la population la plus hétérogène et il est aisé d'y passer inaperçu. Si Étienne est parvenu à s'infiltrer dans le camp, c'est là que nous avons le plus de chances de le dénicher.

— Le bagage ? s'étonna Héloïse. Qu'est-ce donc cela ?

— Ce sont tous ceux qui vont accompagner les troupes dans la péninsule pour la durée de la campagne, répondit Bayard. Pages, vivandiers, lavandières, maréchaux-ferrants, charpentiers, rôtisseurs, barbiers-chirurgiens. Il faut y ajouter les deux mille pionniers chargés des travaux de terrassement et de défrichement, les aventuriers sans solde qui se battront à nos côtés pour le butin glané au fil de nos succès, sans oublier les prostituées et autres mauvaises filles qui ne manquent pas dans le sillage des armées.

Durant l'heure qui suivit, les trois compagnons errèrent au hasard à travers le formidable cloaque formé par les abris rudimentaires des gens du bagage et des parasites gravitant dans les parages de l'armée. C'était une sorte de camp dans le camp. Une excroissance boursouflée qui s'était développée de façon anarchique à travers la plaine. Chemin faisant, ils interrogèrent, au petit bonheur la chance, certaines des personnes croisées, mais aucune d'entre elles ne put leur fournir le moindre renseignement au sujet d'Étienne.

Au sortir de ce périple aussi infructueux qu'affligeant, les belles certitudes d'Héloïse s'étaient évaporées. Elle avait été impressionnée par la crasse et la promiscuité qui conféraient à cette partie du cantonnement un aspect véritablement sordide. La bestialité ou la férocité qui se lisaient sur la trogne de certains routiers n'étaient pas non plus pour la rassurer et elle préférait ne pas songer à ce qu'il pourrait advenir de son enfant s'il finissait par échouer parmi cette faune inquiétante.

Percevant son désarroi, Bayard résolut de lui changer les idées en la conviant à souper en l'hôtel de la Trésorerie, construit entre le rempart romain et l'église Saint-André. C'était là, dans cet édifice médiéval récemment rénové, que le chevalier, en sa toute nouvelle qualité de lieutenant général du Dauphiné, disposait d'appartements sinon somptueux du moins bien plus confortables que les maisons bourgeoises où logeaient une bonne partie des grands seigneurs ayant rejoint l'armée royale.

Héloïse eut le plaisir d'y retrouver Symphorien Champier, mais aussi la jolie Lucia Pasqualigno dont, décidément, Nicolas ne pouvait plus se passer, ainsi que l'attachant Philibert Babou qui avait daigné délaisser ses savants travaux pour jouir de leur compagnie. Dans un salon joliment orné de tapisseries et éclairé par de nombreuses chandelles à la cire d'abeille, ils dînèrent de croûtes aux champignons, suivies d'un chapon mariné aux épices agrémenté d'aubergines en gratin, avant de se régaler de mostacholles parfumées à la coriandre et d'une tarte de Massapan. Le tout accompagné d'un remarquable vin d'Aunis servi dans des gobelets d'argent, qui colora joliment les joues de Lucia et d'Héloïse.

À la fin de cet excellent repas, Philibert Babou s'adressa aux deux femmes qui lui faisaient face :

— J'ignorais, mes dames, que vous comptiez accompagner l'armée par-delà les Alpes. Je ne doute pas que votre plaisante escorte emportera l'adhésion de bien des gentilshommes. Cependant, je ne puis m'empêcher de songer qu'il est des endroits moins exposés pour d'aussi délicates créatures.

— Mon père et moi ne nous joindrons à vous que le temps de traverser les montagnes, dit Lucia. Aussitôt en Italie, nous prendrons la route de Venise et espérons y parvenir avant même que les hostilités n'aient été réellement déclenchées.

— Quant à maîtresse Sanglar, intervint Bayard qui fronçait les sourcils comme si la remarque de l'espion royal se teintait de reproche et le visait personnellement, elle ne m'a suivi à Grenoble que dans l'espoir d'y retrouver son fils. Dès que ce sera chose faite, tous deux pourront s'installer en cet hôtel et attendre en toute sécurité le retour de l'armée.

— En ce cas, il vous faudra faire pour le moins diligence.

— Que voulez-vous dire ?

— Comment ? Vous ne savez pas ? Mais il est vrai que vous venez à peine d'arriver. Le roi a fixé hier le départ de l'avant-garde au matin du 4 août. Il vous reste donc à peine trois jours pour mettre la main sur celui que vous cherchez.

Héloïse tourna vers Bayard un regard inquiet. Le chevalier posa une main apaisante sur son avant-bras et interrogea de nouveau le gros homme au visage débonnaire :

— Êtes-vous certain de la date? Je croyais que nous devions attendre que les trois cents lances confiées à Aymar de Prie, grand maître des arbalétriers, aient rejoint la Ligurie par voie de mer. Leur jonction avec les troupes de nos alliés génois devait contribuer à créer un deuxième front au sud pour désorganiser l'ennemi.

— Tout cela est parfaitement exact, chevalier, approuva Babou. Cependant notre bien-aimé souverain a bousculé ses plans initiaux. Il a été informé d'importantes dissensions au sein des milices confédérées. Les mercenaires suisses souffrent d'être mal ravitaillés et n'ont touché qu'une infime partie de la solde promise. Certains détachements auraient déjà repris le chemin des cantons, tandis que d'autres ont déserté et ravagent la campagne au grand dam de la population locale. Du coup, le roi a décidé de tirer parti sans attendre de cette situation favorable.

— Qu'à cela ne tienne, intervint Héloïse qui avait surmonté l'émoi engendré par l'annonce de ce départ précipité, si nous n'avons pas retrouvé Étienne quand l'armée se mettra en marche, j'aurais le plaisir de seconder messire Champier jusqu'en terre italienne.

— Chère Héloïse, je ne doute pas un instant de votre détermination, reprit Babou, mais ce franchissement du massif alpin risque de se révéler particulièrement éprouvant. Sur les conseils du maréchal Trivulzio, nos troupes vont emprunter une voie inédite afin de surprendre l'ennemi en le prenant à revers.

À cette nouvelle, Bayard médita un moment. Il connaissait bien Gian Jacopo Trivulzio et appréciait grandement ses qualités militaires. Âgé de soixante-quinze ans, ce capitaine milanais avait rallié le parti français dès 1495 et livré Capoue à Charles VIII. Il s'était ensuite couvert de gloire aux batailles d'Agnadel et de Novare. C'était un homme d'honneur, expérimenté et compétent, qui connaissait admirablement bien les régions que l'armée d'invasion s'apprêtait à traverser.

— Quel est l'itinéraire choisi ? demanda-t-il en sortant enfin de son silence songeur.

— Trois cents lances seront envoyées vers le Mont-Cenis et le Montgenèvre pour faire diversion et persuader l'ennemi que nous nous apprêtons à emprunter les passages habituels. Le gros de l'armée, lui, suivra jusqu'au Mont-Dauphin. Mais là, au lieu de continuer au nord par l'itinéraire classique, les troupes descendront plus au sud et franchiront les sommets par le col de Vars puis par le col de Larches, entre la vallée de l'Ubaye et celle de la *Stura di Demonte*. Ainsi nous déboucherons en Piémont à Coni, au sud du marquisat de Saluces.

— Vous laissiez entendre que le passage pourrait s'avérer compliqué, le relança Bayard.

Philibert Babou hocha gravement la tête.

— « Compliqué » est un euphémisme. Ce parcours n'a jamais été emprunté que par des chevriers, quelques chasseurs et autres colporteurs. Il nous faudra suivre plus de douze lieues de mauvais chemins, bordés de précipices vertigineux. Le tout à des hauteurs considérables. Qui plus est, seule la rapidité peut préserver l'effet de surprise indispensable à la réussite de l'entreprise. Ordre a ainsi été donné aux hommes de l'avant-garde de ne partir qu'avec trois jours de vivres. Réussir à ouvrir une voie aussi difficile en aussi peu de temps pour, ensuite, y faire passer la plus formidable armée jamais assemblée, cela tiendrait davantage du miracle que de l'exploit. En réussissant une telle prouesse, notre jeune roi accéderait d'emblée à l'immortelle renommée d'un Hannibal.

À ces mots, Héloïse ne put réprimer un frisson. Si elle échouait à retrouver Étienne dans les trois prochains jours, le jeune garçon, mêlé au commun de cette foule désorganisée qui progresserait à la remorque de l'armée, serait exposé à des périls dont elle ne pouvait se faire une juste représentation mais qu'elle pressentait aussi nombreux que terribles.

— Une gloire immortelle, murmura-t-elle. Oui, peut-être, mais à quel prix?

Marseille

Étienne était loin d'imaginer les tourments qu'Héloïse nourrissait à son sujet. Il pensait que son message lui était parvenu à l'Hôtel-Dieu et voulait se convaincre que, même si elle lui tenait rancœur de son projet déraisonnable, tout serait pardonné quand il ramènerait le chevalier Bayard auprès d'elle.

Pour l'heure, après dix-huit jours d'un voyage au cours duquel ils ne connurent aucune résurgence de l'épidémie de fièvre, les lansquenets touchaient au but. Le capitaine Bellastre venait d'avertir le jeune garçon qu'ils opéreraient leur jonction avec l'armée royale le jour même. Celui-ci manifesta aussitôt un enthousiasme et une impatience qui amusèrent ses rudes compagnons. Il faut dire qu'au cours des deux dernières semaines Étienne était parvenu, grâce à son heureuse nature et à ses nombreuses qualités, à se faire apprécier de la poignée d'officiers parlant français. Rapidement adopté par Bellastre, il avait aussi conquis l'expérimenté Pique-Droit, mais aussi Domingo, un Aragonais de vingt ans au sourire insolent, et Boutefeu, un redoutable manieur d'arquebuse, ainsi dénommé car il ne se séparait jamais de son arme, pas même pour dormir. Jusqu'au massif La Hure qui, passant outre ses préventions initiales, avait fini par élever Étienne au rang de mascotte de la compagnie.

— Sommes-nous encore loin de Lyon ? questionna ce dernier, alors que la petite troupe achevait de gravir une colline plantée de pins parasols, au sol craquelé par la sécheresse.

— Lyon ? répéta La Hure qui chevauchait à sa hauteur. (Et il haussa les sourcils de surprise avant de manquer s'étrangler de rire en s'adressant aux autres cavaliers.) Vous entendez ça, vous autres ? Le mioche demande si nous serons bientôt rendus à Lyon ! À croire qu'il s'attendait à être présenté à Sa Majesté en personne !

Plusieurs gloussements sonores lui firent écho. Désarçonné, Étienne ne comprenait pas ce qui, dans sa question, pouvait être de nature à déclencher une telle hilarité. Il réagit avec agacement :

— Que la malepeste vous étouffe tous ! Je ne vois pas ce qu'il y a de drôle à s'inquiéter de la distance qui nous sépare encore de Lyon. À moins que le soleil ne vous ait brûlé la cervelle !

Bellastre poussa son grand coursier blanc en direction du jeune garçon.

— Ne prends pas la mouche ainsi, Étienne ! Moquerie n'est point toujours offense. Considère plutôt cela comme une manifestation de bonne camaraderie. Si nous rions, c'est simplement qu'il n'a jamais été question que nous allions à Lyon.

— Comment cela ? fit l'interpellé en promenant à la ronde un regard sceptique comme s'il voulait s'assurer auprès des autres officiers que le capitaine n'était pas en train de se moquer de lui. Comment cela nous n'allons pas à Lyon ? Mais vous m'avez toujours affirmé que nous étions en route pour renforcer les troupes du roi !

— Si fait ! Trois compagnies d'ordonnance de cent lances chacune qu'Aymar de Prie, seigneur de Montpoupon, s'en doit mener à Gênes par bateaux. Nous embarquerons à Marseille dans les tout prochains jours.

— Mais cela ne se peut ! C'est l'ost royal que je voulais rejoindre. Il faut que je parle à mon père, Pierre Terrail, seigneur de Bayard.

— Qu'à cela ne tienne ! répliqua Bellastre d'un ton enjoué. Tu le retrouveras en Italie quand nous aurons ensemble botté le cul de ces damnés bouffeurs de fromage ! Et puis ne dit-on pas que les voyages forment la jeunesse ? Je gage que tu n'as encore jamais vu la mer. Et encore moins navigué dessus. Je me trompe ?

Dépité par l'annonce de cette rencontre différée avec le père qu'il s'était octroyé, Étienne ne se donna pas la peine de répondre et affecta un air renfrogné. Pourtant, tout au fond de lui, il ressentait une forme indéniable d'excitation. La mer ! Les voyages aventureux ! Tout ce dont il avait rêvé ces dernières années, perché sur le toit de l'Hôtel-Dieu ! Il lui semblait qu'après avoir connu le plus désespérant des enfermements, il allait enfin pouvoir s'ouvrir au monde, connaître une existence mouvementée et enthousiasmante. Cette perspective mettait comme de la chaleur au fond de son jeune cœur impatient.

La mer, ils la découvrirent après avoir atteint le sommet d'une nouvelle colline brûlée par le soleil. Une vaste étendue miroitante qui se confondait avec le ciel à l'horizon. Pour Étienne, le choc fut de ceux qui vous marquent toute une vie. Il n'en revenait pas d'une telle immensité. La surface de l'eau luisait comme du fer-blanc, lui brûlait les prunelles, éclatait dans sa tête. À mesure que la petite troupe se rapprochait du rivage, il en découvrait les nuances fascinantes. Il percevait sa palpitation sourde et son odeur unique, cette haleine humide qui l'enveloppait et accordait à sa peau l'offrande d'un baiser salé.

Son exaltation ne fit que décupler lorsque les lansquenets atteignirent Marseille en milieu de matinée. Ils arrivèrent par la route d'Aix, défilèrent sous la première arche du majestueux aqueduc desservant la ville et pénétrèrent à l'intérieur des remparts par la porte de la Frache.

Dans la chaleur du plein été, les artères de l'antique cité phocéenne fourmillaient d'animation. Ils y croisèrent une faune onirique et industrieuse qui n'avait pas grand-chose à voir avec les honnêtes commerçants de l'île de la Cité, à Paris. Ici, les marchandages avaient lieu à la sauvette, dans la moindre ruelle où il était loisible d'installer un éventaire. Sur leur passage, on leur proposa des saintes reliques de toute nature, censées les protéger au combat, des armes de provenance plus ou moins douteuse, des alcools mal identifiés, des perroquets et des singes, des prostitués des deux sexes et de tous âges.

À chaque carrefour, des cantines en plein air s'improvisaient autour de modestes braseros. Dans des odeurs de graisse, de cardamone et de curcuma, s'agitant dans la fumée bleue des feux, des cuisiniers improvisés leur tendaient sur des piques en bois une nourriture tantôt appétissante, tantôt carrément repoussante. Au grand étonnement d'Étienne, tous ces hommes affairés offraient au regard une formidable diversité de faciès et de teintes de peau. Yeux plus ou moins bridés, sombres ou clairs, cheveux nattés ou rasés, joues mangées par d'épaisses barbes ou, au contraire, complètement imberbes, tatouages aux dessins tortueux et indéchiffrables. On avait l'impression que toutes les races de la terre s'étaient donné rendez-vous dans la ville, comme si celle-ci prétendait offrir aux hommes une nouvelle version, fantasque et païenne, de l'arche de Noé.

Marseille, depuis la mort du dernier comte de Provence en 1481 et le rattachement de la province au royaume des lys, avait connu un développement rapide. Elle était devenue la porte ouverte de la France sur l'ensemble du bassin méditerranéen. Dans ses entrepôts s'entassaient les riches étoffes, les épices rares, la cire la plus pure, les parfums et l'encens, les minerais et les bois exotiques en provenance de l'Afrique et du Moyen-Orient, ainsi que bien d'autres denrées précieuses arrivant de contrées encore plus lointaines, par terre et par mer, en empruntant notamment la fameuse route de la soie. La plupart des habitants pratiquaient avec une frénésie à peine imaginable le commerce sous toutes ses formes. Spéculations, trocs, trafics, il suffisait d'avoir de l'imagination, peu de scrupules et beaucoup d'entregent pour amasser des fortunes en l'espace de quelques années. Des flots d'argent se déversaient sur la cité, du port à l'arsenal, des hôtels splendides du quai de Rive-Neuve où s'étalait l'opulence des privilégiés aux plus discrètes officines des vieux quartiers où se côtoyaient agioteurs, financiers véreux, contrebandiers et filous de la pire espèce. Tavernes, bordels, salles de jeu proliféraient avec la rapidité d'une épidémie de peste. En ces lieux de perdition, il n'était rien qui ne puisse se vendre ou s'acheter : la protection d'un édile, le cul d'une prétendue vierge, la lame assassine d'un séide de location, l'absolution d'un prélat, la voix d'un juge marchand, le silence complice ou la parole accusatrice. Il suffisait d'y mettre le prix ou de se montrer habile en la négociation. C'était le règne du profit et de la corruption, porté à son plus haut degré de perfection malsaine. À côté de cela, de nombreux pâtés de maisons, parmi les plus insalubres de la ville, abritaient une misère crasse. Dans des conditions d'hygiène déplorables s'y entassaient pêcheurs sans emploi, putains vérolées, infirmes, mendiants et racailles sans foi ni loi, comme si d'inconscients naufrageurs avaient drossé à la côte, en sus de galions chargés d'or, une nef pouilleuse renfermant la lie de l'humanité et que celle-ci avait fait souche, espérant en vain glaner les miettes du fabuleux festin dont s'empiffrait le reste de la ville.

Le soir de leur arrivée, ce fut dans une maison de plaisir située à la frontière entre ces deux mondes que Domingo et La Hure entraînèrent Étienne. À les entendre, il était temps que le jeune garçon se déniaisât quelque peu. L'intéressé se fit d'autant moins prier pour les accompagner qu'il appréciait la verve de l'Aragonais, sa jeunesse flamboyante et son caractère ombrageux. La nuit, au bivouac, c'était lui qui narrait avec force détails les exploits passés de la compagnie et transformait, par la magie de son éloquence, la plus insignifiante escarmouche en une prouesse héroïque, digne d'inspirer chroniques et chansons. Étienne voyait en lui un modèle, mieux, une sorte de grand frère qui ne faisait que le précéder sur le chemin de l'honneur et de la renommée. Il s'imaginait qu'il lui suffirait de ressembler à Domingo pour se faire aimer de son supposé père, ce fameux chevalier Bayard sur lequel Bellastre et tous ses officiers ne tarissaient pas d'éloges.

Toutefois, à peine arrivés sur place, les deux mercenaires s'éclipsèrent en galante compagnie, confiant leur jeune protégé à une escouade de puterelles aux rires cascadants et aux chairs généreusement exposées. Les mignonnes, tout émoustillées par la présence en leurs murs de ce tendron innocent, ne trouvèrent rien de mieux à faire que de le cajoler en lui offrant à profusion confiseries et vin épicé. Si bien qu'Étienne ne tarda pas à sombrer dans un sommeil embrumé de vapeurs d'alcool et qu'il fallut, au petit matin, toute la poigne de La Hure pour l'arracher à sa banquette et le ramener sur son épaule, tantôt ronflant tantôt riant bêtement, jusqu'au cantonnement des lansquenets.

Quand il s'éveilla en fin de matinée, les rêves de gloire du jeune garçon avaient sombré dans un bain de vomi et, en guise d'affrontement épique, il dut se résoudre à mobiliser tout son être pour repousser les assauts incessants d'une implacable migraine.

Ad augusta per angusta

Durant trois jours, ils avaient sillonné le camp en tous sens, interrogé toutes sortes de gens. Sans succès. Si le garçon était là, ils n'avaient pas su le trouver. Philibert Babou n'était pas le moins contrarié par leur échec. Le spécialiste ès écritures secrètes n'était toujours pas parvenu à décoder les correspondances chiffrées du père de Lucia Pasqualigno. C'est pourquoi, depuis qu'il avait appris que le jeune Étienne était en possession du médaillon dérobé par son espion à Venise, il mettait tous ses espoirs dans la découverte de l'enfant. Une fois l'objet récupéré, ce serait un simple jeu de transcrire en clair les fameuses lettres qu'il conservait jalousement sous clé, dans un solide coffret en fer.

Pour mettre toutes les chances de leur côté, il fut décidé que Babou, Nicolas et Lucia demeureraient à Grenoble jusqu'au départ de la bataille[1] et de l'arrière-garde. Cela leur donnerait tout loisir

1. On nommait ainsi le corps principal de l'armée.

de poursuivre leurs investigations parmi les gens du bagage. Héloïse, quant à elle, se joindrait avec Symphorien Champier à l'avant-garde menée par le connétable de Bourbon et quelques prestigieux capitaines dont Bayard. Après tout, Étienne avait très bien pu se faire engager en qualité de valet d'armes ou bien se joindre au corps des pionniers chargés d'ouvrir la voie dans les montagnes. Si tel était le cas, il pouvait compter au nombre de ceux qui auraient à affronter en route les plus grands périls. Cette seule pensée avait décidé Héloïse à ne point demeurer en arrière.

Les premières troupes prirent le chemin des hauteurs au matin du 4 août. Il leur fallut quatre jours de marche pour parvenir à proximité de Mont-Dauphin, en passant par Gap et le lac de Serre-Ponçon. Le camp fut installé au hameau de Guillestre que ses habitants avaient fui, avec bêtes et vivres, par crainte du pillage. Comme à chaque halte, Héloïse se mit aussitôt en quête de son fils. Mais la nécessité de réduire le nombre d'étapes afin de conserver l'avantage de la surprise sur l'ennemi faisait que les journées étaient presque entièrement consacrées à la progression vers les sommets. On levait le camp aux premières lueurs de l'aube et on installait le bivouac en profitant des derniers rayons du soleil. Du coup, le laps de temps qui pouvait être consacré à la recherche de l'enfant se révélait des plus limités. Cette fois encore, la belle rousse fit chou blanc. Des hommes d'armes appartenant au duc de Châtellerault lui signalèrent bien un garçon recruté récemment en qualité de messager et dont la description pouvait correspondre à celle d'Étienne. Mais vérification faite, il s'avéra que l'adolescent était un jeune berger familier des chemins de montagne et qui devait compter au moins trois printemps de plus que son fils.

Ce soir-là, Héloïse n'eut guère le loisir de pousser davantage ses recherches. Une grande nervosité régnait parmi les soldats. Des altercations provoquées par la fatigue et le manque de nourriture émaillèrent l'installation des troupes d'infanterie autour des quelques masures du hameau. Préférant agir avant que les esprits ne s'échauffent et que les accrochages ne dégénèrent en rixes incontrôlables, Charles de Bourbon ordonna à Pedro Navarro, un Navarrais rallié à la couronne, d'emmener ses sapeurs ainsi que les compagnies les plus agitées de l'autre côté de la vallée, le long de la Durance. À la manière d'une bonne saignée pratiquée sur un organisme pléthorique, ce surcroît d'efforts devait suffire à évacuer leur trop-plein d'agressivité et préparer les esprits à affronter, dès le lendemain, la partie la plus éprouvante et la plus hasardeuse du voyage.

Le calcul fut payant. Le calme revint rapidement sur le campement. Mais la nuit était presque tombée et il ne fallait plus compter poursuivre les recherches ou interroger qui que ce soit. Héloïse dut se résoudre à rejoindre Symphorien Champier. Le médecin s'était occupé de dételer et de nourrir les chevaux dont les flancs et la croupe fumaient encore. Comme le froid était tombé rapidement avec la montée des ombres, il avait également allumé un grand feu où craquaient et sifflaient des branches résineuses de sapin. Ils dînèrent tous deux d'un bouillon de fèves et de lard en évoquant les épreuves des jours à venir. Selon Champier, la traversée des Alpes ne se ferait pas sans dégât et il fallait s'attendre à être mis à contribution dès le lendemain. Le risque élevé de chutes, le maniement de charges lourdes et l'encombrement des chariots et des affûts d'artillerie allaient nécessairement engendrer entorses, foulures et écrasement des chairs. Mais il n'y avait pas à s'en inquiéter outre mesure. Ils étaient bien pourvus en bandages et attelles de toutes sortes. Héloïse l'écoutait parler sans oser l'interrompre. Pourtant cet exposé lui était pénible. À chaque évocation des dangers de la route, son cœur de mère se serrait. Son imagination travaillait. Elle voyait son fils gisant au fond d'un ravin, blessé, ensanglanté, levant les bras vers elle en une supplique muette.

Peu après neuf heures de relevée, après avoir surveillé l'installation de ses hommes, Bayard vint les retrouver et mit fin au malaise de son amie. Le chevalier s'assit devant le feu et accueillit la jeune femme entre ses bras. Tous deux se blottirent sous sa large cape. Avec tact, Champier, qui n'ignorait plus rien des vrais liens unissant ses deux compagnons de route, ne tarda pas à annoncer qu'il avait sommeil et qu'il se retirait sous la bâche du chariot.

Le médecin parti, Héloïse se laissa aller contre le torse de Bayard en poussant un profond soupir afin de libérer sa poitrine du poids qui l'opprimait. Chassant ses mauvaises pensées, elle chercha à profiter simplement de la douceur du moment. Les flammes la baignaient d'une aura bienfaisante et accrochaient des reflets dans ses cheveux flottant, libres, sur ses épaules. Elle appréciait cette chaleur que venait doubler, par-derrière, celle émanant du corps de Bayard. La tête renversée, elle s'abandonna à la contemplation silencieuse du firmament. Le ciel nocturne imposait, au-dessus d'eux, une présence phénoménale. Un fourmillement d'étoiles brasillait dans le noir. On eût dit qu'un vertigineux tourbillon de feu rendait brusquement perceptibles les mystères de l'univers. Comme si les âmes du paradis, convoquées par quelque sortilège mystérieux, consentaient à se rendre visibles aux simples mortels et baignaient leurs fronts d'une clarté irréelle. Il émanait de cette voûte habitée d'une infinité de mondes une enivrante sensation de vertige d'où venaient à la fois et l'angoisse et la joie.

L'angoisse, pour Héloïse, c'était d'avoir si peu de prise sur les événements, de ne pouvoir se reposer sur aucune certitude. Quelle assurance avait-elle au fond qu'Étienne était parvenu à rejoindre l'armée royale ? En prenant la route de la péninsule italienne, n'augmentait-elle pas au contraire la distance qui la séparait de son fils ? Et si elle ne faisait pas fausse route, si Étienne était bien là quelque part, perdu au sein de cette formidable armée, arriverait-elle à le retrouver avant les premiers combats, à lui épargner l'horreur de la guerre, la peur et les souffrances ?

La joie venait de ce qu'elle n'était plus seule pour lutter contre l'adversité. Durant les douze dernières années, elle n'avait pu compter que sur elle-même pour avancer dans l'existence. Elle avait dû étouffer son orgueil, accepter bien des humiliations pour protéger Étienne et lui offrir un cadre de vie décent. Ce temps de grande solitude était désormais derrière elle. En retrouvant Bayard, elle avait renoué avec la fougue et l'enthousiasme de sa jeunesse. Il lui avait suffi de croiser à nouveau son regard, de sentir la force irradier son corps de combattant et d'accueillir la douceur de ses caresses pour se trouver régénérée. Comme si quelque chose d'irréductible n'avait cessé de battre en elle, que le chevalier avait revivifié à la manière dont on ravive un grand feu en soufflant à peine sur les braises. Elle était prête à surmonter tous les obstacles, à renverser des montagnes pour atteindre ce bonheur qui était là, juste à portée de main, palpitant dans l'obscurité, petite étoile fragile mais si propre à susciter les rêves les plus beaux.

Pour l'heure, il fallait prendre des forces avant d'affronter les étapes les plus redoutables de leur périple. Cela passait d'abord par une bonne nuit de sommeil.

Tandis que les dernières branches de sapin achevaient de se consumer dans le foyer, Bayard aida Héloïse à se relever et lui offrit son bras pour l'accompagner jusqu'au pavillon qu'il avait fait dresser à leur intention. Il eut l'impression que la jolie rousse frissonnait.

— Tu as froid? demanda-t-il.

— Non. Je m'inquiète juste pour Étienne. J'ai peur qu'il ne lui arrive malheur avant que nous puissions lui venir en aide.

— La peur et l'amour sont deux compagnons inséparables. Ils ne vont jamais l'un sans l'autre, car s'éprendre d'un autre être, c'est se condamner à le perdre un jour. Aimer réclame foi et oubli de soi-même. Nous savons toi et moi que tu possèdes ce don.

— J'aimerais être aussi forte que tu le crois. J'ai tant de crainte en mon cœur ! Qu'arrivera-t-il à Étienne si jamais nous échouons à le retrouver ?

— Il faut garder confiance, Héloïse. Notre Seigneur est amour et miséricorde. S'il a permis que nous nous retrouvions, ce n'est pas pour que nous souffrions d'un même cœur. S'il ne nous guide pas vers l'enfant, c'est l'enfant qui viendra à nous. J'en suis convaincu.

Héloïse leva les yeux vers le visage de son compagnon. De ces traits nobles bien que marqués par le passage des ans, émanaient une force de caractère réconfortante et une tranquille assurance. Il était si tentant de se fier au jugement d'une âme aussi bien trempée. La femme esquissa dans l'obscurité un timide sourire.

— Puisse le ciel t'entendre ! murmura-t-elle d'une voix qu'elle aurait voulue plus assurée.

*

Le lendemain, aux premiers rayons du soleil, le connétable expédia sur la route de Briançon les trois cents lances chargées de faire diversion du côté du Mont-Cenis et de Suse. Le gros de l'avant-garde prit, quant à lui, le chemin diamétralement opposé.

Une escouade de sapeurs et une autre de bûcherons furent dépêchées en avant pour élargir la voie. Tout au long de la route étroite, les premiers, menés par le seigneur de Tallard, étaient chargés de déblayer les pierres et les résidus d'éboulement, tandis que les seconds abattaient des arbres pour faciliter les manœuvres des chars bâchés et des pièces d'artillerie.

Jusqu'au col de Vars, la progression fut assez aisée. Les troupes avançaient d'un pas régulier, semblables à un long mille-pattes brun se tortillant à chaque lacet de la montée. Venaient en tête les formations d'infanterie composées de basques, rudes montagnards habitués à se mouvoir sur des sentiers escarpés. En second, tout de suite après, c'étaient les compagnies d'ordonnance, lances pointées vers le ciel et bannières déployées. Le métal des armures qui resplendissait dans le soleil levant, ainsi que les couleurs chatoyantes des blasons ou des tuniques arborées par les capitaines et quelques-uns des plus grands noms de la noblesse de France, conféraient à cette masse redoutable une vague allure de parade. On eût presque cru un défilé de fête. Les suivaient, dans un vacarme assourdissant dû aux claquements de fouet et aux chocs répétés des roues cerclées de fer contre la roche, les pièces d'artillerie légères et moyennes. Les canons les plus lourds étaient en effet demeurés en arrière, à Grenoble. Si l'audace s'avérait payante, ils rejoindraient l'armée par la route principale, une fois les principaux cols abandonnés par des Suisses pris à revers et contraints de se replier. Venaient ensuite les chariots de l'intendance, puis les mercenaires allemands en grand nombre. Deux compagnies de cavalerie respectivement de quatre-vingts et cinquante lances fermaient enfin la marche, sous le commandement de l'expérimenté François de Théligny, sénéchal du Rouergue.

Placé au milieu de cette interminable colonne, le chariot mené avec adresse par un Symphorien Champier étonnant de ressources tanguait dans la pente comme un frêle esquif ballotté par une mer en colère.

— Tout va bien là derrière? interrogea le médecin en se tournant à demi vers Héloïse qui venait de se livrer à une rapide inspection sous la bâche. Fioles et pots sont-ils correctement arrimés?

— Rien à craindre de ce côté-là. Du moins pour le moment. Je crois tout de même plus prudent de profiter de la prochaine halte pour entourer de paille les récipients les plus fragiles.

— Vous avez raison. On ne prend jamais assez de précaution. D'autant qu'il y a, parmi tous ces produits, quelques potions de mon invention que je souhaiterais soumettre à certains de mes homologues italiens. Savez-vous, très chère – bien qu'il me coûte de l'admettre – que les meilleurs médecins du temps sont probablement natifs de la péninsule?

— Non, je l'ignorais.

— À dire vrai, cela vaut surtout en matière de connaissance du corps humain. L'*Anatomia* de Mondino de Luzzi fait autorité en la matière depuis près de deux siècles. Mais ses successeurs ne manquent pas non plus de talent. Antonio Benivieni de Florence s'est affirmé comme le grand spécialiste des autopsies. Il a consigné ses observations dans un ouvrage dont je vous recommande la lecture, le *De abditis morborum et sanationum causis*. Quant à Alessandro Benedetti, il est le premier à avoir organisé des dissections publiques à Padoue. Dès que nous aurons reconquis Milan, je me propose d'aller le visiter. Éprouver sur le champ de bataille la justesse de certaines de ses vues est d'ailleurs un des motifs de mon engagement dans cette campagne.

L'enthousiasme du petit homme en noir était communicatif. Héloïse se laissa donc bercer par ses savants discours, tout en profitant de la beauté majestueuse du paysage. Progressivement, au-dessus d'eux, le ciel virait de l'indigo au mauve, puis s'irisait de grandes traînées roses qui semblaient naître du moutonnement nuageux accumulé à l'est, là où les hautes montagnes barraient l'horizon. De part et d'autre du chemin, les contours du relief émergeaient peu à peu de l'ombre. Les branches des sapins y gagnaient un beau vert profond et les rochers de splendides teintes brunes. Les forêts, encore denses sur le plateau, se trouaient de grandes diagonales lumineuses qui dissipaient la gangue de fraîcheur nocturne et réveillaient le chant des oiseaux. Dans le lointain, on entendait aussi les échos de vigoureuses cognées. Tout cela conférait au paysage des allures bucoliques qui faisaient presque oublier, pour un temps du moins, le but guerrier de leur expédition.

Passé le hameau de Saint-Paul, lui aussi évacué par ses habitants, les choses sérieuses néanmoins commencèrent. L'armée s'engagea d'abord sur la rive droite de la rivière de l'Ubayette qui avait semblé plus propice à une progression rapide car moins boisée que son homologue gauche. Cependant, il s'avéra vite que le sol était trop meuble pour supporter des charges importantes. En dépit des travaux de remblaiement réalisés à la hâte par les pionniers de Tallard, la terre s'affaissa au passage des premiers affûts de couleuvrine. Faisant fi du trajet déjà accompli, il fallut donc renoncer et rebrousser chemin jusqu'à trouver un gué pour continuer sur l'autre rive.

Dès lors, la marche en avant se poursuivit à un rythme nettement moins soutenu et surtout très irrégulier. Faute de sentier, il fallut bientôt se frayer un passage à travers la forêt, puis à flanc de montagne. À mesure que la pente s'accentuait, l'exercice tenait davantage de la prouesse d'équilibriste que de la simple escalade. Plusieurs milliers d'hommes en armes, leur artillerie et leur train d'équipage se voyaient contraints de défiler sur une étroite corniche, coincés entre un redoutable précipice et une falaise rocheuse aussi abrupte qu'une muraille. Les obstacles en travers de la route se multipliaient. Racines, blocs de pierre, ravines creusées par la fonte des neiges du dernier printemps. Il fallait à chaque fois se résoudre à perdre de longues minutes pour déblayer la voie ou combler les fossés les plus importants par des fagots de branchages préparés spécialement à cet effet depuis Grenoble.

Soudain une roche monumentale les cloua sur place. Compte tenu de ses dimensions imposantes, il était inenvisageable de la contourner. On eut alors recours à la science des explosifs acquise par Pedro Navarro lors de ses nombreuses campagnes au service, d'abord du roi d'Espagne, puis du roi de France. L'ingénieur militaire pouvait se targuer en effet d'une solide expérience en matière de mines terrestres, qui lui avait permis de s'illustrer notamment en 1500 lors du siège de la forteresse de Saint-Georges tenue par des janissaires ou en 1503 lors de la prise du *Castel Nuovo*, à Naples. Son intervention se révéla, cette fois encore, décisive, même s'il fallut plusieurs heures d'un intense labeur, sous un soleil écrasant, pour parvenir à pulvériser le roc.

Les troupes reprirent alors leur progression, pressées par les officiers qui voulaient à tout prix rattraper le temps perdu. On venait d'atteindre un replat placé en épaulement, à mi-hauteur du versant, vaste étendue herbeuse plantée de maigres buissons d'épine noire et de sapins isolés. Héloïse, que le tangage du chariot dans la montée avait durement secouée, avait mis pied à terre et marchait d'un bon pas pour se maintenir à hauteur des deux juments que Symphorien Champier menait d'une main ferme. Bien qu'elle ne possédât pas son habileté de conducteur, elle s'apprêtait à lui proposer de le relayer lorsque des cris venus de l'avant arrêtèrent les attelages. L'ordre de faire halte vola de proche en proche pour que les chevaux ne viennent pas buter du museau au cul des voitures. Un jeune soldat, à peine sorti de l'adolescence, dévala la pente jusqu'au char du médecin et lui fit dire qu'il était mandé plus haut de toute urgence.

— Que se passe-t-il exactement? demanda le praticien.

— Un affût de couleuvrine bâtarde qu'a ripé contre une roche. Y a un servant qu'est resté coincé la jambe dessous. L'entendez point? Gueule pourtant comme un goret. Faut dire que ça pisse le sang. F'riez mieux d'venir avant qu'y trépasse !

Le temps pour le médecin d'attraper sa sacoche et ses instruments et pour Héloïse de fourrer dans un sac divers baumes et décoctions, et le couple emboîta le pas de son guide, sous le regard torve des autres soldats qui profitaient de cette pause inespérée et s'étaient affalés de tout leur long sur l'herbe tendre, de part et d'autre de la colonne de chars.

Une cinquantaine de toises plus avant, ils virent une paire de chevaux qu'on avait dételés et que plusieurs soldats tentaient de maîtriser. L'une des bêtes poussait de longs hennissements douloureux et se cabrait pour échapper à la prise. Du sang ruisselait sur l'une de ses jambes postérieures qu'elle évitait de poser à terre. En travers de l'étroit sentier de muletier, un affût de canon gisait, renversé, le long cylindre de bronze pointé vers le ciel, tel un doigt accusateur. Sous la pesante charge, on distinguait une coulée de sang et le haut d'un corps immobile. Des cris larmoyants leur parvinrent, mais déjà si affaiblis qu'on eût dit ceux d'un enfant apeuré.

— Allez, vite ! ordonna Champier aux soldats qui s'étaient agglutinés autour de l'accident sans pour autant prendre la moindre initiative. Il faut dégager ce malheureux. Vous autres, munissez-vous de perches résistantes pour faire levier. S'agit de bouger cette masse en douceur. Quelques pouces suffiront.

Comme s'ils n'avaient attendu que d'être dirigés, les hommes s'exécutèrent avec zèle. Utilisant les barres à mine dont chaque chariot était pourvu ainsi que leurs longues piques, une douzaine de fantassins parvint à soulever l'affût et le lourd canon de bronze. Symphorien Champier se glissa aussitôt en dessous et, au mépris du danger, prit le temps de poser un solide garrot pour arrêter l'hémorragie au niveau de la jambe broyée. Quand ce fut fait, il se releva et dit :

— Il a une seule jambe touchée et le bassin semble intact. Possible qu'il en réchappe avec l'aide de Dieu mais il y faudra aussi le secours de notre art. En attendant, vous deux, sortez-le de là avec précaution.

Les deux solides gaillards qu'il venait de désigner tirèrent doucement le blessé et l'allongèrent sur une couverture posée à même le sol. Il avait le teint grisâtre et les lèvres bleues. Un râle s'échappait en continu de ses dents serrées. Sa jambe gauche, sous le genou, n'était plus qu'un amas informe de chairs déchiquetées, de caillots sanglants et d'éclats d'os dont la blancheur nacrée paraissait presque incongrue au milieu de l'horrible blessure.

— Impossible de sauver la jambe, diagnostiqua froidement Champier après un rapide examen de la plaie et des fractures. Il va falloir l'amputer sur place. Si on attend trop, avec cette chaleur et toutes ces mouches qui tournent déjà autour, la pourriture va se mettre là-dedans et on ne pourra plus rien pour lui.

Sans perdre davantage de temps, le médecin se mit à l'œuvre, efficacement secondé par une Héloïse désireuse de lui démontrer ses compétences. Avant toute chose, la femme apothicaire imbiba deux éponges végétales d'un mélange de teintures de pavot et de valériane et les glissa dans les narines du blessé. Puis elle lui fit avaler plusieurs gorgées d'un vin médicinal dans lequel macéraient différentes plantes aux vertus calmantes et antidouleur.

Lorsque l'homme fut assommé par l'alcool, Champier glissa plusieurs pierres et une planche de bois sous la jambe inerte afin de surélever celle-ci et de se ménager un plan de travail suffisamment stable. Il ordonna à quatre hommes d'immobiliser les membres du blessé et de maintenir celui-ci plaqué au sol. Assuré ainsi qu'aucun mouvement brusque ne viendrait le déranger dans son travail, il tira de sa besace un instrument à lame courte et courbe, aussi pointu que le couteau à désosser d'un boucher. Il entreprit alors d'inciser la peau à mi-distance entre le garrot et les chairs meurtries, prenant soin de se ménager suffisamment de marge pour pouvoir sceller par la suite le moignon grâce à une habile couture des lambeaux de peau. Puis il entreprit de dégager le haut du tibia et du péroné en découpant, avec des gestes rapides et précis, tendons et muscles. Sous l'action de ces derniers, les chairs eurent tendance à s'écarter et, malgré la lanière de cuir fixée en amont, du sang se remit à couler en abondance.

— Il nous faut cautériser les vaisseaux sinon il va achever de se vider, dit calmement Champier. Placez un fer au feu.

— Attendez ! intervint Héloïse. Nous pouvons d'abord tenter d'arrêter l'hémorragie en ayant recours aux aluns de roche. Il suffit de les appliquer directement en tamponnant la zone avec un linge imprégné.

Le médecin leva sur elle un sourcil interrogateur. La surprise et le doute se lisaient dans son regard.

— De nombreux chirurgiens de l'Hôtel-Dieu ont désormais recours à cette méthode, expliqua-t-elle vivement. Elle est moins traumatisante et facilite la cicatrisation. Si ça ne marche pas, nous pourrons toujours avoir recours au fer rouge.

Héloïse fut étonnée par sa propre audace. Champier n'allait-il pas prendre son intervention en mauvaise part et la désavouer publiquement ? Mais le disciple d'Esculape se contenta de hocher la tête, l'air concentré.

— Faites donc ! Je ne demande qu'à vous voir à l'œuvre.

La femme apothicaire le remercia de sa confiance par une rapide inclination de la tête et s'appliqua à mettre sa préconisation en pratique. Au bout d'une dizaine de minutes, l'écoulement sanguin se tarit. Champier prit alors le relais. Il plaça un linge doublement plié pour protéger chaque face du membre et surtout le haut de la jambe des ressauts possibles de la lame. Puis il entreprit de trancher les os avec une scie parfaitement affûtée dont la longueur d'un pied trois pouces favorisait la maniabilité.

Lorsque la lame atteignit la moelle du tibia, le blessé fut brusquement arraché à sa torpeur. Il hurla et tenta de se dégager d'une furieuse ruade. Les aides accentuèrent aussitôt leur pression sur les membres et au niveau des hanches pour le garder immobile. Une odeur pestilentielle d'urine et de merde leur fit faire la grimace. Les sphincters de l'homme tourmenté venaient de se relâcher sous le coup de la souffrance et de l'émotion.

— Donnez-lui quelque chose à mordre et maintenez-le fermement, intima Champier en essuyant d'un revers de main la sueur qui menaçait de lui couler dans les yeux. J'en ai encore pour un petit moment.

Héloïse glissa le bouchon de liège du flacon de vin entre les dents du gisant. Le calme et la concentration dont Champier faisait montre, en dépit des conditions précaires dans lesquelles il était contraint d'opérer, l'impressionnaient. De nouveau la scie fit entendre son crissement régulier. Comme pour combattre ce bruit irritant, le blessé, contraint à l'immobilité, agitait sa tête de droite et de gauche et roulait de grands yeux effarés. Héloïse lui prit la main et se pencha à son oreille pour murmurer des paroles de réconfort. L'homme cessa bientôt de s'agiter mais laissa entendre une plainte continue, presque aussi lancinante que le grincement de la scie.

Encore quelques minutes d'effort et le médecin en eut terminé avec la partie la plus délicate de son intervention. Son patient étant retombé en léthargie, il prit tout son temps pour confectionner le plus beau moignon possible. Tandis qu'il s'appliquait sur son travail d'aiguille, sa langue pointait entre ses lèvres et le faisait vaguement ressembler à une dentellière frêle et minutieuse. Si les circonstances n'avaient pas été aussi dramatiques, Héloïse en aurait presque souri.

Un peu plus tard, ils redescendirent vers leur chariot non sans avoir recommandé auparavant aux compagnons de l'amputé d'imprégner régulièrement le pansement de leur camarade avec un mélange de térébenthine, d'huile de rosat et de jaune d'œuf pour accélérer la cicatrisation.

Malgré les efforts qu'il venait de déployer, Symphorien Champier semblait presque guilleret. Comme Héloïse s'en étonnait, il répliqua d'un ton léger :

— Et pourquoi en serait-il autrement ? Avec une bonne prothèse, l'homme devrait pouvoir remarcher sous peu et, qui plus est, vous venez de m'apprendre quelque chose de neuf. J'ignorais cet emploi des sels d'alun pour éviter une cautérisation trop brutale. Or il n'y a rien qui me met davantage le cœur en joie que de progresser en l'art médical.

Héloïse ne fit aucun commentaire, mais elle se dit que, décidément, le cousin de Bayard était un être singulièrement attachant. Austère d'apparence, prompt à mettre en avant ses connaissances et à vanter en paroles la noblesse et la suprématie de sa pratique, il se montrait pourtant bien plus curieux et tolérant que la plupart de ses congénères qui n'entendaient pas démordre des stricts préceptes de la Faculté.

Comme s'il avait deviné ses pensées, Champier lui lança une œillade amusée. Puis il dressa son index en l'air et proféra d'un ton exagérément professoral :

— Le médecin ne doit être ni un travesti, ni un imposteur, ni un bourreau, ni un homme léger. Il doit être avant tout un homme bon et véridique[1].

— Si seulement chacun de vos semblables partageait la même philosophie !

— Que voulez-vous, ma chère ? On ne fait pas boire un âne qui n'a pas soif ! Cela dit, pour l'heure, tout ce labeur m'a laissé à moi le gosier sec comme un coup de trique. Que diriez-vous de partager un flacon de bon vin que vous n'auriez pas gâté avec vos plantes et vos sophistications d'apothicaire ? Si ce n'était pour le soulagement des corps et le salut des âmes, on aurait dû vouer aux gémonies le premier des vôtres qui eut la malencontreuse idée de réduire ce breuvage divin en un vulgaire véhicule pour vos méchantes drogues !

1. L'affirmation est, en fait, de Paracelse.

La tempête

Étienne était déjà mort cent fois, ce qui ne l'empêcha pas de succomber à nouveau. Sans le moindre espoir de salut ou de résurrection.

Sur le gaillard d'arrière de *La Sirène*, affalé contre le bastingage, le jeune garçon fut pris d'irrépressibles nausées et se pencha davantage vers les flots en espérant provoquer un vomissement salvateur. À son grand désespoir, seul un filet acide lui remonta du fond des entrailles en lui brûlant au passage l'œsophage. Alors qu'il avait mis le pied sur la galère, la veille dans l'après-midi, il avait déjà rendu depuis longtemps tout le contenu de son estomac et dégueulé tripes et boyaux. Chaque haut-le-cœur lui arrachait à présent des larmes et faisait éclater des dizaines de petits vaisseaux dans le blanc de ses yeux.

Les lansquenets avaient embarqué avec armes et bagages sur deux galères à double banc de rames qui faisaient partie d'une flotte plus importante de seize vaisseaux. En doublant la pointe extrême de l'île d'If, Étienne ne se sentait plus de joie. Il lui semblait qu'il touchait enfin du doigt son rêve de gloire et d'aventure. Cependant il avait dû rapidement déchanter. Dès que *La Sirène* s'était retrouvée exposée à la houle du large, son pont oscillant s'était transformé en un redoutable instrument de torture pour le jeune garçon. Pris de vertiges, la tête serrée dans un étau, il avait résisté autant qu'il avait pu avant de vomir tout son déjeuner sur le pourpoint de buffle du redoutable La Hure. Le colosse qui venait justement de se moquer de lui à cause de son teint verdâtre avait poussé de bruyants cris d'orfraie, ce qui n'avait pas empêché Étienne de récidiver dans l'heure suivante. Un coup de pied furieux expédié dans la partie la plus charnue de son anatomie avait incité l'imprudent à conserver désormais ses distances.

Le balancement sournois des vagues n'était pas la seule cause des tourments éprouvés par Étienne. Celui-ci avait eu la désagréable surprise de constater assez vite que les galères royales n'avaient rien de ces palais flottants que leurs dorures pouvaient suggérer à une âme simple et naïve. La chiourme se composait en effet, pour une première moitié, de volontaires poussés à s'engager par la misère et, pour l'autre moitié, de simples esclaves. Ces derniers – pour l'essentiel des captifs originaires d'Afrique du Nord, de Grèce ou d'Asie Mineure achetés par des agents sur les marchés – étaient regroupés à l'avant du navire et restaient en permanence enchaînés à leur banc. Ils y ramaient à longueur de jour, y dormaient, y mangeaient. Ils s'y soulageaient la vessie et les intestins. Leurs pieds nus recouverts d'une épaisse couche de corne pataugeaient en permanence dans une merdasse nauséabonde. Bien que les postes de nage fussent installés sur des ponts découverts, la puanteur, surtout au plus chaud de l'été, était insoutenable. Dès le premier soir en mer, il était impossible d'y échapper. Tout le navire en était imprégné.

Au dégoût qui s'était vite emparé de lui, Étienne ajoutait l'angoisse incontrôlable de périr noyé. Il avait en souvenance les affres qu'il avait endurées en plongeant dans la Seine pour échapper aux tueurs de l'Hôtel-Dieu. La sensation de l'onde noire l'enserrant comme dans une gangue, l'eau cherchant à s'infiltrer par tous ses orifices, envahissant ses narines et sa bouche, la brûlure dans ses poumons quand l'air avait fini par lui manquer, tout cela lui était revenu en mémoire à mesure que les côtes de France s'étaient éloignées dans le sillage des galères.

À présent, lorsqu'il se penchait au-dessus des flots pour vomir, il préférait fermer les yeux pour ne pas voir cette masse ondulante et redoutable. Comparée à cette immensité liquide, *La Sirène* qui lui était apparue si majestueuse, amarrée devant l'arsenal de Marseille, faisait à présent figure de coque de noix. Il redoutait qu'elle ne fût engloutie au premier coup de vent. Pour se rassurer, il tentait de s'en remettre à la raison. Le temps était au beau fixe. Faute d'une bonne brise, les grandes voiles latines pendouillaient comme du linge mis à sécher sur une corde et les rameurs se voyaient contraints d'adopter une cadence soutenue pour maintenir l'allure. Mais ces considérations ne suffisaient pas à dissiper ses craintes. Plus le temps passait, plus il regardait la mer, cet espace infini dont il avait tant rêvé, comme un milieu inquiétant et hostile.

Un goût de bile et de sel aux lèvres, la figure fouettée d'embruns, le jeune garçon s'arracha à la rambarde et se mit à tituber vers l'abri du pilote où Bellastre se trouvait en grande conversation avec le commandant du navire, un Génois au regard dur comme du silex.

— Ça n'a pas l'air d'aller fort, mon garçon, l'apostropha le capitaine des lansquenets. Tu devrais t'allonger avec un demi-citron sous le nez. Cela t'éviterait de tourner de l'œil en public. Pour un rejeton de chevalier, ça serait du plus mauvais effet !

Étienne préféra ne pas ouvrir la bouche et se contenta de décliner la proposition d'un mouvement de tête. Il n'était pas pressé de rejoindre la cabine inconfortable où s'entassaient les lansquenets, sous le château de poupe. Dans cette atmosphère confinée qui empestait les dents pourries, la sueur, l'urine et les vieux pets, il avait l'impression que son cœur lui remontait dans la gorge. La nuit précédente, malgré la fatigue, il avait cru étouffer et fait d'horribles cauchemars. La moiteur malsaine et les ronflements des soldats avaient fini par avoir raison de son piètre sommeil et l'avaient chassé sur le pont. Là, affalé contre les anneaux d'un filin de chanvre, le fondement irrité par les planches du pont, il avait maudit dieu et diable, tout en désespérant de voir le jour se lever pour mettre un terme à son calvaire.

— F'rait bien d'écouter ton chef, mon gars, et d'te mettre à l'abri, dit le commandant en braquant sur Étienne ses yeux où ne luisait aucune compassion. D'ici peu, z'allons essuyer un fameux grain !

— Vous êtes sûr ? s'étonna Bellastre. Depuis que nous avons quitté Marseille, le ciel est radieux et ce fichu Éole s'obstine à nous bouder.

— Si j'étais vous, messire, j'évit'rais d'm'en prendre aux dieux. C'est pas que je soye superstitieux, mais sait-on jamais ! C'te mer j'la connais mieux qu'ma propre moitié. Y a pas plus sournoise. Quand l'écume moutonne comme ça au loin, c'est mauvais signe. Ceux qu'on point l'pied marin f'raient tout aussi bien d'point traîner sur l'pont.

Comme pour confirmer ses dires, une brève risée fit faseyer les voiles blanches. La brume de chaleur qui avait formé jusque-là une sorte de frange impalpable à l'horizon sembla soudain plus proche. Les contours des galiotes et autres vaisseaux qui voguaient de conserve perdirent de leur netteté et se mirent à trembloter comme au-dessus d'une flamme. Cependant cette première alerte demeura sur le moment sans conséquence. Il fallut attendre que le soleil entamât sa courbe descendante pour que le vent se mît à forcir et que le temps tournât pour de bon.

Cela commença par une accumulation progressive de nuages gris dans le ciel, un souffle tiède qui vint balayer les visages. Tout de suite après, la lumière dorée se voila. Une ombre formidable sembla fondre sur eux pour éteindre, en un instant, les reflets dansant sur les flots. Plusieurs marins se regroupèrent à la proue pour observer, d'un œil anxieux, les nuées que des tourbillons d'altitude tourmentaient et jetaient les unes contre les autres. On eût dit quelques géants s'affrontant en une mêlée furieuse. Étrange lutte, lointaine et silencieuse, dont la violence ne se laissait pourtant encore que deviner.

Décontenancés par la rapidité avec laquelle le paysage marin s'était métamorphosé, les soldats s'étaient regroupés instinctivement autour de Bellastre. La surprise et l'incrédulité se lisaient dans la plupart des regards. Elles s'accompagnaient chez Étienne de la certitude que son extrême faiblesse avait été la manifestation d'un mauvais pressentiment. L'estomac noué, les jambes flageolantes, il suivait des yeux le spectacle offert par le ballet empressé des membres de l'équipage. Tandis que les marins s'employaient pour ramener la toile et la nouer solidement aux vergues des mâts, les rameurs relevaient leurs instruments dans un parfait ensemble et les faisaient glisser d'un banc à l'autre, en travers du pont, pour les remiser à l'abri de vagues de plus en plus formées.

À chaque instant, en effet, le vent gagnait en violence. Une onde sonore, semblable à la vibration de mille trompes, se propagea soudain d'un navire à l'autre. Puis l'on put entendre un roulement de tambour d'une incroyable intensité. Ce n'était rien d'autre que le fracas du tonnerre grondant et ruant dans les hauteurs. Tout de suite après, les premières gouttes de pluie claquèrent sur le pont avec la sauvagerie d'un feu roulant de mousqueterie.

— Il ne sert à rien de rester ici ! hurla Bellastre pour dominer le vacarme des éléments. Tout ce que nous risquons de faire, c'est de gêner les manœuvres !

La douzaine de lansquenets qui était demeurée à ses côtés s'engouffra à sa suite dans l'escalier menant sous la poupe pour se mettre au sec. Comme Étienne demeurait en arrière, se balançant nerveusement en fixant, hagard, les derniers feux du soleil qui disparaissaient derrière l'empilement des nuages, ce fut Domingo qui vint le prendre par l'épaule pour l'arracher à sa fascination morbide.

— Viens te mettre à couvert, Étienne ! Il n'y a rien d'autre à faire que se calfeutrer et attendre que ça passe !

En chancelant à cause du roulis, les deux jeunes gens rejoignirent tant bien que mal le gros de la troupe. Mais le fait d'être à l'abri des paquets de mer ne rendait pas pour autant leur situation plus enviable. Dans la pénombre de la cabine et la promiscuité des corps pressés les uns contre les autres, les sensations se trouvaient décuplées. Le moindre craquement de la carène résonnait dans un fracas d'apocalypse, chaque mouvement désordonné de la coque semblait préluder à une plongée imminente vers d'insondables abysses.

Dehors, le vent ne cessait de hurler, le tonnerre de retentir. Cela dura des heures. Cela dura la nuit entière. Renonçant à mesurer l'écoulement du temps, certains soldats s'étaient enroulés dans leurs couvertures et tournaient sur eux-mêmes en cherchant vainement un sommeil qui s'obstinait à les fuir. D'autres s'étaient fait une raison et, plutôt que de se morfondre en silence, ils tentaient de tromper leur ennui ou de trouver un dérivatif à leur angoisse en jouant aux dés ou en s'enivrant de vin épicé. D'autres encore se réfugiaient dans la prière. Leurs murmures mêlés, boursouflés de mots allemands incompréhensibles, bourdonnaient désagréablement aux oreilles d'Étienne.

Pour sa part, le jeune garçon guettait avec avidité le moindre signe d'accalmie. Parfois il se prenait à espérer. La galère donnait l'impression de se stabiliser. Le vacarme à l'extérieur s'apaisait. Mais ces pauses ne duraient jamais bien longtemps. Elles contribuaient seulement à lui mettre les nerfs à vif lorsque les éléments se déchaînaient à nouveau de plus belle.

À la longue, il finit par perdre tous ses repères. La tempête alors dépassa en furie tout ce qu'il avait pu imaginer. C'était une chose horrible, monstrueuse, une bête formidable et enragée qui rôdait autour du navire, l'enveloppait de son haleine putride. Le fracas du vent malmenant les mâts ou les coups de boutoir des lames écumantes contre le bordage n'étaient plus seulement des vibrations sonores. Ils avaient pris autant de consistance qu'un assaillant cruel et infatigable. Mais cet ennemi, hydre des grands fonds ou Léviathan des origines, le jeune garçon ne pouvait le fuir ou lui tenir tête, car il se ruait à travers ses oreilles jusqu'au fond de son crâne. Il le déchiquetait, le dilacérait de ses griffes acérées. Cette lutte inégale, puisqu'il ne pouvait se défendre, l'éreintait. Son corps, son cerveau étaient ruinés. Sa conscience n'était plus qu'une flamme vacillante. Il avait tout oublié de lui-même, jusqu'aux aspirations impérieuses qui l'avaient mené jusque-là.

Un peu avant l'aube, sans que rien ne l'eût laissé prévoir, l'épine dorsale de la tempête se brisa. Les grondements du tonnerre refluèrent dans les lointains, la bête acharnée dont les assauts avaient ébranlé la coque toute la nuit regagna sa tanière, le vent cessa de mugir. L'un après l'autre, les hommes les moins éprouvés par cette nuit de tourmente titubèrent pour emprunter l'escalier et rejoindre l'air libre.

Étienne, qui n'avait pas fermé l'œil, fut parmi les premiers à regagner la surface. Le spectacle de désolation qui s'offrit alors à ses yeux le frappa de stupéfaction. Le pont de *La Sirène* était ravagé de fond en comble. Ce n'était plus qu'un enchevêtrement indescriptible de toiles, de cordages, d'éclats de bois et de corps inertes. Le tout baignant dans une marinade fétide de sang, de détritus et d'eau de mer. L'un des trois mâts du navire, brisé à mi-hauteur, avait visiblement balayé le pont à la manière d'une grande faux et fracassé le crâne ou les membres de plusieurs marins. Il pendouillait à présent, retenu par tout un fouillis de drisses emmêlées, moitié au-dessus du pont, moitié par-delà le bastingage arraché.

Le jeune garçon n'était pas le seul que cette vision d'apocalypse laissait abasourdi. Plusieurs lansquenets se tenaient plantés sur le gaillard de poupe. Immobiles, le regard incrédule. Ces hommes qui avaient connu maints champs de bataille et des horreurs sans nom n'en revenaient pas de la puissance dévastatrice d'une mer redevenue apparemment si paisible. Car les flots présentaient désormais la même tranquillité que l'avant-veille, lors de leur départ sous un ciel radieux. Éclairée par les rayons encore timides d'un soleil émergeant à peine de la brume matinale, la surface frangée d'écume palpitait doucement et se parait de reflets iridescents. Elle était surtout vierge de toute présence. Des quinze autres vaisseaux qui avaient appareillé à Marseille, nulle trace. Le typhon les avait escamotés. *La Sirène* dévastée était seule, en panne, au beau milieu de nulle part.

Une fois passé le premier moment de désarroi, l'équipage aidé par les troupes de Bellastre se mit en devoir de déblayer le navire et de réparer ce qui pouvait l'être. Le bilan de cette nuit de démence était très lourd. On avait à déplorer la perte de trois matelots emportés par les lames, de cinq autres écrasés par l'extrémité ballante du grand mât, mais aussi de la quasi-totalité des esclaves qui étaient morts noyés, enchaînés à leurs bancs. Les paquets d'eau salée embarqués au paroxysme de la tempête avaient gâté la majeure partie des provisions. Un gréement de fortune avait dû être installé avec les voiles qui n'avaient pas été déchirées par la tourmente. Mais même si les vents s'avéraient favorables dans les prochains jours, compte tenu du nombre réduit de rameurs, la galère allait devoir se traîner lamentablement jusqu'au port le plus proche où il faudrait faire halte un bon moment pour retrouver des conditions de navigation satisfaisantes.

L'annonce de cet allongement inévitable du voyage avait achevé d'assombrir l'humeur de tous à bord. Marins et soldats faisaient grise mine. Et plus la matinée avançait, sous le soleil implacable qui brillait de tous ses feux dans un ciel entièrement lavé, moins les hommes mettaient d'énergie à effectuer les manœuvres. Une sorte de torpeur malsaine s'était emparée d'eux, de ces léthargies trompeuses qui peuvent préluder aux plus terribles débordements de violence.

Peu avant midi, ce fut un cri d'alarme tombé des hunes qui libéra l'excès de tension.

— Navires par tribord arrière ! hurla tout à coup le gabier perché au sommet du mât de misaine. Ils sont deux à voguer !

Le commandant génois, encadré par deux de ses officiers, abandonna son poste favori auprès du timonier et se porta aussitôt à l'arrière du gaillard pour observer les bâtiments dont les voiles venaient d'apparaître au-dessus de la ligne d'horizon. La perspective d'avoir retrouvé une partie de l'escadre dispersée par la tempête pouvait laisser espérer un secours appréciable. Si par la grâce de Dieu, les nouveaux arrivants avaient été moins éprouvés, ils pourraient sans doute leur fournir une grande voile de remplacement et quelques esclaves en renfort.

Bellastre et ses propres lieutenants avaient rejoint les officiers du bord et observaient, eux aussi, non sans une certaine nervosité, les deux bateaux qui se rapprochaient rapidement. On ne distinguait pas encore leurs superstructures, mais les voiles latines se détachaient à présent nettement au-dessus de l'eau, ainsi que de longues bannières colorées au sommet des mâts.

Le commandant génois, au regard aiguisé par une solide expérience en mer, se frotta pensivement le menton.

— Des galiotes de guerre à n'en pas douter, observa-t-il d'un ton soucieux. Elles n'ont pas l'air du tout endommagées. À la vitesse où elles vont, curieux qu'elles nous arrivent par l'arrière.

Juste à cet instant, comme pour faire écho à sa remarque, d'une voix à demi étranglée par la frayeur, l'homme de la vigie cria de nouveau :

— Des pavillons frappés du croissant ! Les Ottomans ! Ce sont des corsaires ottomans !

Le visage du commandant de *La Sirène* devint tout à coup livide. Tandis que tous les marins se tournaient anxieusement vers lui, il échangea avec ses officiers un regard accablé qui disait assez l'ampleur du nouveau malheur sur le point de s'abattre sur eux.

Le nouvel Hannibal

Bayard s'éveilla à la pointe du jour. À travers la toile du pavillon, une clarté timide filtrait jusqu'au lit de campagne auprès duquel un brasero diffusait son agréable chaleur. Du dehors, ne parvenait aucun bruit si ce n'est le chant naissant des oiseaux, quelques rares piaffements de chevaux et le bruissement des feuilles dans les arbres.

Le chevalier bascula avec précaution sur le flanc et envoya sa main à l'aveugle de l'autre côté de la couche. Il rencontra l'arrondi d'une hanche, en suivit le modelé jusqu'au bas du dos. L'extrémité de ses doigts s'attarda plus bas, dans l'affolant sillon séparant les deux globes jumeaux. Héloïse bougea dans son sommeil et poussa une courte plainte. Ses lèvres délicatement ourlées s'entrouvrirent et s'arrondirent comme pour esquisser une moue. Puis la dormeuse retrouva son immobilité première.

Bayard se redressa sur un coude et contempla son amie assoupie. La jolie rousse reposait sur le ventre, les couvertures entortillées entre ses jambes. La masse de ses cheveux défaits lui couvrait les épaules et contrastait joliment avec sa peau laiteuse. Il aimait tant de choses en elle : la finesse de ses attaches, sa taille bien prise, ses fossettes émouvantes au creux des reins, ses hanches larges et ses fesses épanouies. Chacune des nuits qui avaient suivi leur première étreinte à Amboise, il avait goûté ce corps voluptueux avec une avidité toujours plus insatiable. Il lui semblait que jamais il ne pourrait se repaître de cette chair chaude et accueillante. Ils avaient tant de nuits perdues à rattraper ! Tant d'étreintes vécues seulement en songe à réinventer au présent !

Bien que l'aube annonçât la proximité du départ, Bayard se laissa aller à une douce rêverie érotique. Il dut bientôt se tourner à demi pour dégager son sexe durci et qui lui faisait presque mal à force de tension contrariée. Ce simple mouvement suffit à solliciter Héloïse au beau milieu d'un songe et à la ramener au temps présent. La belle se retourna vers lui tout en s'étirant lascivement. Il aima le sourire câlin qu'elle lui adressa aussitôt en croisant son regard. Il apprécia la façon dont ses seins, presque trop volumineux pour son torse menu, s'écartèrent joliment vers l'extérieur pour s'abandonner à une exquise pesanteur. N'y tenant plus, il se coula auprès d'elle et prit appui sur ses deux mains pour plonger ses yeux au fond des iris d'émeraude. Comme à chaque fois, il ressentit un vacillement à l'intérieur de sa poitrine. Il sut qu'il était possible de s'abolir dans tout ce vert, d'y perdre son âme et encore bien plus que cela, et – chose encore plus troublante – de consentir volontiers à cette perte, de n'en concevoir aucune crainte, d'en éprouver même une joie indicible.

La sensation était si intense qu'il en eut le souffle coupé et dut cligner des paupières pour y échapper. Alors, sans dire un mot mais en continuant à le fixer comme si elle voulait graver en elle le moindre détail de son visage, Héloïse noua ses mains derrière sa nuque. Il sentit sa vulve gonflée qui se tendait sous lui en une invite impérieuse. Un téton vint se glisser entre ses lèvres, comme de sa propre initiative. Il aspira le bourgeon délicat, lui infligea une douce morsure. La femme ferma à son tour les yeux, lèvres serrées, et laissa entendre un bref gémissement. Ses cuisses l'enserrèrent, ses jambes se nouèrent dans son dos. Et il n'eut qu'à basculer le bassin en avant pour s'enfoncer loin en elle.

Très vite, elle se mit à trembler sous lui, à s'accrocher à son cou en murmurant de tendres encouragements à son oreille. Pour ne pas exploser trop vite, il se retira, la fit se mettre à quatre pattes et revint en elle par-derrière. Il entreprit de la labourer alors en effectuant lentement d'amples va-et-vient qu'elle accueillait en râlant de plaisir, la croupe cambrée, sa chevelure de feu roulant d'un bord à l'autre de leur couche. À l'instant de répandre sa semence en elle, il réunit ses boucles rousses dans son poing droit, la redressa en arrière et captura de sa main libre l'un de ses seins lourds. Il jouit ainsi, étroitement collé à elle, chacun de ses traits brûlants la crucifiant d'un éclair de lumière. Puis ils se laissèrent retomber d'un même mouvement, incrustés l'un dans l'autre, haletants tels de jeunes chiots joueurs, comblés d'amour et de plaisir.

Au bout d'un certain temps, il se dégagea à regret, se leva et s'approcha, nu, de la tenture obturant l'entrée du pavillon. Il en souleva un coin et regarda discrètement au-dehors. Le camp s'éveillait peu à peu. Des valets commençaient à s'affairer auprès des chevaux ou pour aller puiser de l'eau fraîche au ruisseau tout proche.

— Je vais devoir te laisser, murmura Héloïse qui s'était glissée dans son dos et l'avait enlacé par-derrière. Sinon ta réputation de chasteté et de droiture sera réduite à néant. On ne parlera plus du chevalier sans peur et sans reproche, mais du satyre sans pudeur et sans vergogne.

Il se retourna, enveloppa de sa large paume l'arrière de son crâne et flatta de son autre main sa fesse ferme et rebondie.

— Il me tarde tant de pouvoir de nouveau te présenter comme mienne aux yeux de tous ! lâcha-t-il avec une sorte de rage rentrée.

— Bientôt, je te le promets. Notre amour a résisté à tant d'épreuves qu'il saura bien endurer celle-ci. Dès que nous aurons retrouvé Étienne, je reprendrai la route d'Amboise et t'y attendrai en m'attelant aux préparatifs de notre union.

— Ah, tais-toi donc ! C'est la première fois depuis que je suis en âge de porter les armes qu'une campagne me pèse autant. Je voudrais être plus vieux de quelques semaines pour pouvoir enfin être libre de demeurer auprès de toi.

— Et moi donc ! soupira Héloïse tandis qu'une ombre quasi imperceptible venait ternir l'éclat de ses prunelles. Cela voudrait dire que mes deux amours sont sortis indemnes de cette aventure italienne. Puisse le Ciel nous accorder cette grâce !

Une heure plus tard, une fois les tentes démontées et les feux éteints, le connétable de Bourbon donna le signal du départ. De nouveau, la file interminable de l'avant-garde française s'étira, le long des sentiers de montagne, sur une distance totale d'au moins deux lieues. Chaque homme ressentait en lui à la fois de l'appréhension et de l'excitation. Tous avaient bien conscience que les heures à venir s'annonçaient particulièrement éprouvantes et que nul encore – si ce n'est le grand Hannibal en des temps fort anciens et dans d'autres circonstances – n'avait accompli d'exploit comparable à ce qu'on attendait d'eux.

Les difficultés ne se firent d'ailleurs pas attendre. L'avant-garde s'était ébranlée depuis moins d'une heure lorsque le premier obstacle se dressa en travers du chemin. Il s'agissait d'un torrent impétueux, gonflé d'eau glacée par la fonte des neiges. Quelques cordes tendues d'une rive à l'autre en permettaient la traversée. Du moins à des hommes isolés et n'ayant pas froid aux yeux, mais certainement pas à une troupe en armes et à un convoi de chariots. Les sapeurs dirigés par le seigneur de Tallard firent de nouveau merveille. En un temps record, ils établirent une solide passerelle à l'aide de troncs d'arbre abattus sur place, de planches et de cordages de chanvre.

De l'autre côté du cours d'eau, la progression devint particulièrement difficile. Les montées étaient longues, fort pentues et nécessitaient de prendre des virages serrés, entre falaises et précipices. Seules quelques rares descentes, de plus en plus brèves, venaient interrompre cette laborieuse escalade. Encore étaient-elles si raides que les organismes des hommes et des bêtes ne pouvaient les mettre à profit pour y gagner quelques instants de répit qui n'eussent pourtant pas été superflus. Il fallait sans cesse s'appliquer à freiner les lourds attelages, retenir à l'aide de cordes les affûts de couleuvrine qui, à défaut, auraient menacé de broyer les jambes des chevaux de trait.

— Je ne comprends pas pourquoi l'avant-garde s'est encombrée de tous ces canons, remarqua Héloïse à l'attention de Symphorien Champier, alors que leur propre chariot attendait le passage de l'artillerie et restait bloqué dans un étroit goulet en pente. Nous aurions pu les laisser en arrière et avancer plus rapidement. Je croyais que la vitesse seule nous garantissait l'effet de surprise.

Une voix pleine d'entrain lui répondit.

— Vous n'avez pas tort, Héloïse, mais n'oubliez pas que nous ouvrons la voie pour l'armée royale. À nous de tester ce qui est possible ou pas. Les autres n'en suivront que plus aisément.

Héloïse tourna la tête, en quête de celui qui venait de parler. Elle vit deux cavaliers qui se portaient à la hauteur du chariot. Légèrement en avant chevauchait un Nicolas du Pont radieux, dans une superbe tenue chamarrée. À ses côtés, ayant revêtu des habits d'homme qui lui donnaient une allure d'amazone, venait la splendide Lucia Pasqualigno. Ces deux-là rayonnaient, apparemment ravis de la bonne surprise faite à leur amie.

— Nicolas ! Lucia ! Mais que faites-vous là, tous les deux ? Ne deviez-vous pas attendre à Grenoble et vous joindre au gros de l'armée avec messire Babou ?

— Si fait ! s'exclama l'ancien valet d'armes qui débordait de ferveur juvénile. Mais le seigneur de la Bourdaisière a été victime d'une attaque de goutte et a dû finalement renoncer à franchir les Alpes.

— Profitant de son inactivité forcée, compléta Lucia, il a engagé des hommes sur place pour rechercher votre fils. Ils sont plus d'une dizaine à le traquer à travers tout le cantonnement.

— Nous n'avions plus aucune raison de demeurer en arrière. Et nous pourrons vous être plus utiles ici. En nous y mettant à plusieurs, nous devrions rapidement repérer Étienne s'il se trouve parmi les gens de l'avant-garde.

Lucia fit entendre un rire gentiment moqueur.

— Disons surtout que le jeune étalon que voilà piaffait de frustration de ne pas être aux premières loges ! À l'écouter, en ouvrant un nouveau passage pour tourner l'ennemi, les armées de France sont en passe de réussir un exploit dont on parlera encore dans plusieurs siècles. Il brûlait d'en être !

— Quoi qu'il en soit, conclut Héloïse, je suis bien heureuse de vous revoir. Vous êtes tous les deux magnifiques !

Les deux jeunes gens offraient en effet une riante image de la jeunesse et de la passion. Leur bonheur apparent faisait plaisir à voir. Il faut dire que depuis leur départ de Grenoble, ils jouissaient d'une totale liberté. Le père de la jeune Vénitienne avait préféré demeurer auprès du roi. Il effectuerait la traversée des Alpes en litière, dans le convoi de l'intendance qui suivrait l'avancée de la bataille. Pour les deux jeunes gens, cela représentait une véritable aubaine car, pour la première fois, ils n'avaient pas à se soucier du regard d'un chaperon et pouvaient laisser libre cours au tendre sentiment qu'ils éprouvaient l'un pour l'autre. Du moins, tel était l'état d'esprit de Nicolas qui était loin d'imaginer que sa bien-aimée avait d'autres préoccupations en tête.

Les deux cavaliers patientèrent auprès d'Héloïse en attendant que la voie se libère. Puis lorsque ce fut fait, ils la saluèrent et mirent leurs montures au trot pour remonter jusqu'à la tête de la colonne. Nicolas tenait absolument à observer de près le travail des sapeurs.

— Notre Héloïse ne semblait pas d'aussi bonne humeur qu'elle voulait bien le montrer, observa le jeune homme. Je me demande si ce n'est pas ce Champier qui déteint sur elle. J'avoue que le bonhomme ne me plaît guère. A-t-on idée de revêtir en permanence des habits de deuil ! Cela lui donne un air véritablement lugubre.

— Voilà bien le tranquille égoïsme des jeunes gens ! ironisa Lucia. Tu oublies qu'Héloïse se fait un sang d'encre pour son fils. Non sans raison d'ailleurs. Une armée en campagne n'est pas le milieu le plus approprié pour un enfant d'une douzaine d'années. Étienne s'y trouverait exposé à bien des dangers.

La jolie blonde n'en dit pas davantage, mais, en son for intérieur, elle songeait combien sa tâche se trouverait facilitée s'il pouvait réellement arriver malheur au fils d'Héloïse. Depuis qu'elle avait appris de la bouche de Nicolas que l'enfant était en possession du médaillon original dérobé à Venise, elle redoutait sa réapparition. Celle-ci réduirait à néant le nouveau plan imaginé par le cardinal Schiner. Tant qu'il y avait une possibilité de voir ressurgir le vrai bijou, elle hésitait à substituer au premier jeu de fausses lettres celui que le prélat lui avait confié lors de sa venue en France. De même qu'elle ne pouvait livrer à Nicolas la copie du médaillon, si l'authentique risquait de revenir dans le jeu.

— Moi, égoïste ! s'insurgea le jeune homme. Comment peux-tu me faire pareil reproche ? Tu sais bien que je donnerais n'importe quoi pour que Bayard et Héloïse retrouvent enfin le bonheur. Je dois tout ce que je suis au chevalier !

— Ne prends pas cet air boudeur ! Je te taquinais. Nous souhaitons tous qu'Étienne soit rapidement retrouvé sain et sauf.

Nicolas, que la remarque de sa belle avait tout de même vexé, crut pouvoir se mettre en valeur à bon compte. Prenant un air important et mystérieux, il déclara :

— Tous, c'est possible. Mais moi peut-être plus particulièrement.

— Nicolas, tu me caches quelque chose ! réagit Lucia en adoptant un ton faussement désinvolte.

Le jeune homme se tourna à demi sur sa selle. Il défit une lanière de cuir qui retenait à son troussequin une épaisse couverture pliée. Dessous, se trouvait solidement attaché le coffret en fer de Philibert Babou.

— Messire Babou m'a confié ces fameuses lettres codées que j'ai pu lui obtenir grâce à toi. Cela, au cas où justement nous mettrions la main sur Étienne. Avec le médaillon qu'il détient, nous pourrons les déchiffrer. En haut lieu, on reste persuadé que ces papiers sont de la plus haute importance stratégique.

— Et si on te les dérobait à ton tour ?

— Impossible ! Tu es la seule à savoir qu'elles sont en ma possession. De plus, je garde la clé du coffret en permanence autour du cou. Il faudrait me passer sur le corps pour s'en emparer.

À l'expression interloquée qu'afficha son amie, Nicolas crut avoir atteint son but et rehaussé son prestige auprès d'elle. Après tout, on ne confie pas au premier venu le soin de conserver des secrets d'État et, même si Lucia était d'une totale ingénuité dans ce domaine, elle devait bien se douter à présent que son Nicolas était promis à un bel avenir. Fort de cette conviction, il relança sa monture en avant et ne songea plus qu'à profiter pleinement de cette journée si particulière.

À mesure que les heures passèrent, ladite journée s'avéra d'ailleurs fort riche en péripéties. Il fallut franchir bien d'autres torrents, des ravins aussi, contourner des falaises, faire sauter de nouveaux rochers et combler de nombreuses crevasses.

En fin de matinée, on avait atteint la partie la plus escarpée du parcours. Le sentier serpentait à plus de six-mille pieds[1] d'altitude et bordait des précipices vertigineux. Pour s'y engager, il avait fallu atteler en flèche les chevaux qui tiraient les canons et désassembler la plupart des chariots qui furent portés à dos d'hommes comme leur chargement. Dans les passages les plus périlleux, les cavaliers durent démonter et mener leur palefroi par la bride. On vit ainsi la fine fleur de la noblesse française contrainte d'aller à pied sur plusieurs lieues comme les derniers des fantassins.

En dépit de toutes ces précautions, les accidents se multiplièrent. Le moindre faux pas se révélant fatal, de nombreux chevaux et mulets basculèrent dans l'abîme et allèrent se rompre les os une demi-lieue en contrebas, dans un chaos de rocs et d'éboulis. Quant aux soldats, nombreux furent ceux qui se blessèrent soit en travaillant à l'aplanissement du chemin ou à l'abattage des arbres, soit en portant de lourdes charges. Héloïse et Symphorien Champier furent mis à contribution tout au long du jour. Ils pansèrent toutes sortes de plaies, coupures et contusions, réduisirent plusieurs fractures et durent même recourir au tripode élévatoire pour tenter de sauver un artilleur dont l'arrière du crâne avait été enfoncé lorsqu'il s'était retrouvé bloqué contre un rocher par un affût de couleuvrine. Malheureusement,

1. Environ 2 000 mètres.

malgré leurs soins attentifs et la potion calmante qu'Héloïse lui administra, le soldat succomba en quelques heures, dans d'affreuses souffrances.

Le soir venu, hommes et bêtes étaient perclus de fatigue et s'écroulèrent aussitôt que la halte fut ordonnée. L'avant-garde venait d'atteindre le hameau de la Pommeray, au confluent de l'Ubaye et de l'Ubayette. Non seulement les soldats étaient épuisés, non seulement ils commençaient à souffrir de la faim, compte tenu des faibles quantités de provisions emportées depuis Grenoble, mais, à cette altitude, beaucoup souffraient aussi du froid. C'était le cas en fait de tous ceux qui n'avaient pas le privilège de pouvoir bénéficier de l'abri d'une tente ou de la protection d'épaisses pelisses et qui devaient compter seulement sur la chaleur des feux pour lutter contre la chute des températures nocturnes.

Pourtant, le lendemain, dès l'aube, il fallut repartir. Au début de cette troisième journée, les troupes franchirent le col de Larche et amorcèrent leur descente vers les terres du marquis de Saluces. Conscients que le plus dur était derrière eux, les soldats du connétable de Bourbon retrouvèrent un semblant d'ardeur. En fin de matinée, ils arrivèrent à proximité de la cité d'Argentera. Ils prirent juste le temps de s'y ravitailler et s'engagèrent dans la vallée de la *Stura di Demonte* par un chemin de muletiers. Là, un dernier obstacle les attendait : le franchissement du Barricate, un torrent profond et impétueux qu'il était impossible de contourner. Des palans furent installés pour faire passer l'artillerie et le matériel le plus lourd, tandis que les troupes empruntaient une passerelle élargie et renforcée grâce aux sacrifices de plusieurs pionniers qui périrent noyés, emportés par les flots.

Après plusieurs heures d'efforts rendues encore plus éprouvantes par un brusque orage, les troupes purent poursuivre leur descente sur la petite cité de Rocca Asparvera. Celle-ci fut tentée de leur fermer ses portes, mais quelques coups de canon suffirent à rendre les habitants plus raisonnables. La ville fut pillée et le camp dressé à proximité, au milieu de verts pâturages bordés de vignes et d'arbres fruitiers.

En trois étapes seulement, les soldats français avaient renouvelé l'exploit d'Hannibal et franchi les Alpes par un passage inédit. Alors qu'il avait fallu faire face à bien des adversités et triompher de nombreux périls, la chose avait été accomplie à une vitesse inouïe. L'avant-garde avait en effet parcouru chaque jour la distance moyenne de six lieues. C'était tout bonnement stupéfiant[1] !

Trois ou quatre jours allaient sans doute être nécessaires pour que le reste de l'armée rejoignît les troupes du connétable de Bourbon. Mais François Ier n'attendit même pas d'avoir effectué cette jonction pour dépêcher un courrier à sa mère, afin de se vanter longuement de la prouesse réalisée. L'impétueux monarque était bien loin d'imaginer qu'il s'apprêtait à se jeter, tête baissée, dans le piège tendu par son plus mortel ennemi.

---

1. Six lieues représentent environ dix-huit kilomètres. Or, à l'époque, une étape normale en plaine, pour une armée de beaucoup inférieure en nombre à celle de François Ier, ne dépassait guère vingt-cinq kilomètres par jour.

L'abordage

Condamnée par son allure réduite, *La Sirène* représentait une proie apparemment facile pour les deux galiotes turques. Dès qu'il fut évident que toute tentative de fuite serait vaine, Bellastre se substitua au commandant génois pour prendre la situation en main. Il ordonna tout d'abord qu'on amenât les voiles et qu'on rentrât les avirons, comme si les Français renonçaient à résister et se résignaient à leur sort. Puis, tandis que les navires corsaires continuaient à se rapprocher en s'écartant l'un de l'autre de façon à prendre le vaisseau endommagé en tenaille, le capitaine des lansquenets disposa habilement ses hommes tout du long des deux bordages. Il leur recommanda de rester bien à couvert jusqu'à son signal, de façon à surprendre l'ennemi au tout dernier moment, lorsque celui-ci s'apprêterait à fondre imprudemment sur un adversaire jugé sans défense.

Les ultimes instants qui précédèrent l'abordage s'avérèrent pour tous éprouvants. Singulièrement pour Étienne qui n'avait encore jamais participé à une bataille et qui s'efforçait de se rappeler les récits de Guillaume, l'ancien portier de l'Hôtel-Dieu, pour tenter d'anticiper les événements et ne point faire trop mauvaise figure aux yeux de ses compagnons expérimentés. Mais tout s'embrouillait dans son cerveau qui fonctionnait au ralenti en raison du manque de sommeil et de sa peur grandissante. Il échouait à se remémorer tous ces récits épiques dont il raffolait pourtant naguère.

Domingo se rendit compte du désarroi de l'adolescent. Il se faufila jusqu'à lui et désigna du doigt, près du mât d'artimon, un enroulement de cordages qui formait une sorte de puits.

— Glisse-toi à l'intérieur ! Tu n'en perdras pas une miette et tu ne risqueras pas de prendre un mauvais coup. (Il tira une dague de sa ceinture et la glissa entre les doigts d'Étienne.) Prends ça aussi. Si les choses tournent mal pour nous, un conseil : ne te laisse pas capturer. Mieux vaut trépasser rapidement que de crever esclave en s'escrimant à ramer sur les galères du Sultan.

Ce dernier conseil fit passer un frisson d'effroi le long de la colonne vertébrale du garçon. Il n'en obtempéra pas moins et courut se dissimuler dans la cachette désignée. L'espace libre entre les cordages était tout juste suffisant pour qu'il puisse s'y faufiler et, comme Domingo l'avait prédit, il était possible en collant son visage à un interstice entre deux filins de suivre des yeux ce qui se passait à proximité.

Dans les instants qui suivirent, Étienne concentra son attention sur les lansquenets dissimulés à croupetons derrière le bordage. Les mercenaires allemands tenaient leurs armes prêtes pour le moment fatidique. Certains vérifiaient l'amorce de leur arquebuse, tandis que d'autres soufflaient sur la mèche d'allumage afin de la maintenir rougeoyante. Les marins, quant à eux, s'étaient rassemblés au centre du pont et agitaient une bannière blanche en signe de reddition. Il eût fallu se rapprocher d'eux à les toucher pour remarquer que chacun masquait dans son dos, qui une épée, qui une demi-pique, qui encore un long coutelas d'abordage. Bellastre, épaulé par Pique-Droit et Boutefeu, avait pris position derrière le bastingage situé à tribord, à peu près au centre de la galère, là où *a priori* se concentreraient les attaques turques.

Commença alors une courte mais pénible attente. Au fil des minutes, contrastant avec le silence régnant à bord de *La Sirène*, les bruits émanant des deux galiotes turques allèrent en s'amplifiant. Ce furent d'abord les éclaboussures des rames frappant la surface de la mer au rythme martial des tambours de nage. Puis s'élevèrent des sonneries crispantes de trompe et le chant de centaines de bouches scandant des sourates belliqueuses et remerciant Allah d'avoir ainsi réduit les infidèles à merci.

Recroquevillé dans sa cachette, tel un fœtus attendant de naître à une horreur sans nom, Étienne grelottait de tous ses membres. Rien n'était plus terrifiant que d'entendre enfler la furia ottomane sans pouvoir y associer la moindre image. Il lui semblait que chaque seconde l'enfonçait davantage dans un maelström infernal où les tourbillons sonores cherchaient à le désorienter, à lui faire perdre la raison. Et, malgré sa peur, il lui tardait que le combat ne commençât vraiment pour échapper enfin à cette torture.

Il n'eut guère à patienter davantage pour voir son souhait exaucé. Un formidable ébranlement survint bientôt sur tribord, accompagné d'un long raclement et d'un fracas de bois brisé. *La Sirène* donna de la gîte un court instant puis se redressa lentement. Presque aussitôt, le même phénomène se reproduisit sur bâbord. Les vociférations des assaillants redoublèrent et des cordes munies de grappin s'abattirent contre le bordage et sur le pont de la galère royale.

Bellastre qui avait attendu stoïquement que les trois navires fussent côte à côte, rendant impossible l'utilisation des canons ennemis, se dressa et donna le signal de la contre-attaque. Aussitôt, dans un ensemble parfait, les lansquenets se démasquèrent et déchargèrent leurs arquebuses sur les rangs des corsaires ottomans qui s'étaient massés pour s'emparer sans coup férir de leur proie. Le vacarme fut effroyable, plus assourdissant que le tonnerre, plus meurtrier que la foudre obéissant aux desseins d'un dieu colérique.

Dans un épais nuage de fumée et une odeur âcre de poudre et de silex, Étienne vit les lansquenets abandonner leurs armes à feu devenues inutilisables, faute de temps pour les recharger. Sans communiquer entre eux mais toujours de concert, ces hommes rompus au combat par des années de service dégainèrent épées et dagues et se campèrent solidement sur place dans l'attente d'un choc devenu inéluctable.

À l'instant de la fusillade, les cris et les louanges des Turcs s'étaient brusquement tus, faisant place à des plaintes et des gémissements douloureux. Mais une fois passé l'effet de surprise, la colère et la soif de vengeance décuplèrent la haine meurtrière des hommes du Sultan. De nouveau, les trompes de guerre retentirent et, de toutes parts, braillant des insultes et des malédictions, les corsaires assoiffés de sang investirent *La Sirène*.

Le premier Turc qu'Étienne vit émerger avec horreur du rideau de fumée et de l'enchevêtrement des basses vergues fut un grand diable à la peau brune, le torse entièrement couvert de tatouages, le crâne enveloppé d'un turban beige. Il brandissait deux cimeterres jumeaux et hurlait à s'en déformer le visage. Comme Bellastre se plaçait en travers de son chemin, il leva simultanément les deux bras et les abaissa avec un rugissement de démon. Le capitaine des lansquenets bloqua la première lame avec son épée et prit appui sur son pied arrière pour effacer le tronc et esquiver la seconde. Comme son adversaire le dépassait, emporté par son élan, il lui planta sa dague en travers de la gorge. Un jet de sang jaillit à l'horizontale, tandis que le Turc s'écroulait lourdement sur le pont. Déjà, Bellastre s'était remis en garde et encourageait ses hommes de la voix.

La mêlée fut rapidement impitoyable. Dominés par le nombre, les lansquenets reculaient pied à pied, tout en maintenant leurs rangs serrés afin de ne pas se laisser déborder. Les matelots de *La Sirène* s'étaient placés de part et d'autre pour interdire l'accès des gaillards de proue et de poupe et résistaient avec moins d'habileté mais tout autant de pugnacité. Dans un fracas indescriptible, l'affrontement vira au carnage. Les soldats tout de noir vêtus faisaient payer chèrement le moindre pouce de passerelle cédé à leurs assaillants. La Hure notamment se battait comme un lion. Maniant des deux mains sa hache à double tranchant, le colosse blond effectuait de terribles moulinets et récoltait une sanglante moisson de têtes et de membres ennemis.

Les Turcs comprirent qu'il leur fallait abattre ce mastodonte s'ils voulaient ruiner le moral de leurs adversaires et triompher de leur résistance inattendue. Ils se précipitèrent donc à quatre de front pour parvenir à leurs fins. Le plus redoutable des mercenaires ne se laissa pas impressionner pour autant. Faisant face avec une bravoure frisant l'inconscience, il fit tournoyer son arme qui pourfendit le visage de son adversaire le plus proche, envoyant valser à distance un large fragment de la mâchoire inférieure.

Voyant cela, les trois autres tentèrent de coordonner leurs attaques, mais La Hure déployait une telle frénésie meurtrière qu'ils ne parvenaient pas à devancer ni même à prévoir ses mouvements. En définitive, ce furent eux qui se fatiguèrent avant lui. Moins précis dans leurs gestes, plus lents dans leurs déplacements, ils finirent par s'exposer à ses attaques incessantes. Le plus vulnérable reçut en plein ventre la pointe acérée de trois pouces de long qui terminait le manche de la hache. Comme il tentait d'attraper l'arme à deux mains pour se dégager, La Hure tira celle-ci violemment vers le haut et lui ouvrit l'abdomen en deux. Dans un hurlement paroxystique, le Turc tomba à genoux, tout en cherchant vainement à retenir ses entrailles fumantes qui lui filaient entre les doigts.

Conscient qu'il était vital de préserver sa liberté de mouvement, La Hure fit aussitôt place nette en le projetant au sol d'un coup de botte ajusté en pleine tempe. L'instant d'après, sans même reprendre son souffle il bondissait sur ses deux derniers opposants. Sa double lame montait haut dans le ciel, avant de s'abattre faisant jaillir, dans un geyser écarlate, tout un fatras d'os brisés, de chairs tranchées et de cervelle dispersée.

Écœuré par cette abominable boucherie, Étienne renonça à suivre le reste du combat. Se laissant choir au fond de son puits de cordages, il ferma les yeux et se boucha les oreilles avec les mains. Malgré cela, les échos de l'abordage lui parvenaient encore sous forme d'une sourde rumeur, entrecoupée de cris d'agonie. Et il ne pouvait empêcher ses narines d'être assaillies par l'odeur douceâtre et écœurante du sang, ainsi que par la puanteur émanant des matières et liquides évacués par des dizaines de vessies et d'entrailles travaillées par la peur ou les spasmes de la mort.

Au bout d'un temps qui lui parut affreusement long, ce fut un brusque changement de luminosité qui l'obligea à reprendre pied dans la réalité. Il bascula la tête en arrière et ouvrit les paupières. Instantanément, son sang se figea dans ses veines. Penché au-dessus du nœud de cordages, un Ottoman au nez épaté et aux longues moustaches relevées le regardait, une lueur de stupéfaction au fond des yeux. Trop épouvanté pour réagir, incapable de toute façon d'esquisser le moindre geste pour se défendre, le jeune garçon vit le corsaire saisir la poignée de son sabre à deux mains et l'élever lentement à la hauteur de son front, dans le but manifeste de l'embrocher.

Alors qu'il bandait tous ses muscles dans un réflexe de protection dérisoire, Étienne perçut un vacillement soudain chez son agresseur. Les yeux du Turc se troublèrent. On entendit le raclement d'une lame d'acier contre une côte et, la seconde d'après, une pointe rouge jaillit de la poitrine du moustachu à la hauteur du cœur. L'homme tressauta et fixa d'un air hébété la curieuse excroissance surgie de son propre corps. Avant qu'il ait pu comprendre ce qu'il lui arrivait, il laissa échapper son arme. Sa gorge se révulsa et il vomit une gerbe de bile, de mucus et de sang à la face du jeune garçon. N'ayant pas eu le temps d'esquiver le flux immonde, celui-ci se trouva aux trois quarts aveuglé.

Frappé d'horreur et de dégoût, Étienne s'essuya frénétiquement le visage à l'aide de ses manches de chemise. Ayant recouvré la vue, il s'aperçut que le mahométan avait disparu. À sa place, Pique-Droit lui tendait une main secourable.

— Fichue idée de se fourrer là-dedans, gamin ! grogna le vétéran. Tu as l'air d'un rongeur pris au piège dans sa ratière. Viens ! Colle-toi à moi. Je m'en vais te mettre en sécurité.

En s'extirpant de son amas de filins, le jeune garçon prit garde d'éviter le corps du Turc qui baignait dans une mare de sang. Sur le pont de *La Sirène*, la situation avait évolué. Regroupés sur le gaillard d'avant, les lansquenets de Bellastre et les marins encore debout tenaient à présent la dragée haute aux corsaires dont les assauts, sans cesse repoussés, perdaient peu à peu de leur allant. Profitant de leur position dominante, les mercenaires allemands avaient en effet retrouvé l'usage de leurs arquebuses et se relayaient, sur deux rangées, pour balayer le pont de la galère d'un feu roulant dévastateur.

Dans le dos des Ottomans, Pique-Droit entraîna Étienne vers le gaillard d'arrière.

— Ces maudits mécréants ne tarderont pas à abandonner la partie, commenta-t-il. Ils auraient dû nous submerger sous le nombre. À présent, c'est nous qui avons l'avantage. Ils ne pourront plus nous déloger et, s'ils s'entêtent, ils finiront par crever jusqu'au dernier.

Le vétéran souleva la trappe donnant accès à la cale du navire et fit passer le jeune garçon devant lui.

— Tu vas rester planqué là-dessous, le temps qu'on en ait terminé avec ces chiens galeux. Fils de chevalier ou non, on s'improvise pas combattant du jour au lendemain.

Bien qu'il mourût d'envie de céder aux instances du mercenaire, Étienne se sentit piqué au vif. Sa fierté lui interdisait d'obéir docilement. Hésitant devant l'ouverture béante, il dodelina de la tête.

— Non, finit-il par laisser tomber avec un air buté. Je ne peux pas faire ça. Ce serait contraire à l'honneur.

— Honneur de mon cul, oui ! rétorqua Pique-Droit. Tu sais pas te battre, morveux. Alors de deux choses l'une : ou tu restes à l'abri en attendant sagement qu'on vienne te chercher ou tu recommandes ton âme à Dieu. Parce que si tu restes sur ce pont, tu tarderas pas à voir ton Créateur en face. À toi de choisir, mais fais-le vite. Faut qu'j'aille prêter main-forte aux autres !

Déboussolé par toutes les horreurs auxquelles il venait d'assister, Étienne était incapable de faire preuve de discernement. Partagé entre sa frayeur et son orgueil, il ne parvenait pas à se décider.

Conscient qu'ils risquaient à tout moment d'être repérés par les corsaires qui continuaient d'assaillir le château d'avant, Pique-Droit le saisit par un bras et le secoua vigoureusement. Il s'apprêtait à lui botter les fesses pour lui faire dévaler l'escalier de la cale, lorsqu'un Ottoman le prit pour cible. Il y eut un claquement sec. Le lansquenet aux cheveux gris ne poussa pas un cri. Il se contenta d'un hoquet sanglant, lâcha Étienne, pirouetta sur lui-même, avant de s'écrouler de tout son long, une étrange fleur écarlate entre les deux omoplates.

Atterré d'avoir causé la mort de Pique-Droit par sa stupide hésitation, le jeune garçon tituba en arrière et perdit l'équilibre. Il dévala plusieurs marches. Sa tête heurta quelque chose de dur et il perdit aussitôt conscience.

Combien de temps demeura-t-il ainsi inerte, à fond de cale? Il ne le sut jamais. Quand il retrouva ses esprits, les lansquenets avaient remporté une complète victoire. Contraints de renoncer à leur prise et de battre en retraite, les corsaires du Sultan avaient même dû abandonner un de leurs navires en raison des pertes importantes qu'ils avaient subies. C'était une véritable aubaine dont Bellastre et les siens entendaient bien profiter. Lorsque Étienne émergea par le panneau d'écoutille, ils étaient occupés à transborder sur *La Sirène* tout le matériel nécessaire pour réparer les avaries provoquées par la tempête.

— Te voilà, toi! l'accueillit Bellastre en détournant un instant son attention des opérations de chargement. Domingo se faisait un sang d'encre à ton sujet. Il est en train de retourner le navire en tous sens pour te mettre la main dessus.

Les yeux blessés par la lumière du plein midi, Étienne avança en chancelant. Le pont de la galère était encore maculé de taches de sang et de matières organiques plus ou moins identifiables. Mais on ne voyait plus un seul cadavre.

— Pi... Pique-Droit, balbutia le garçon. Je ne vois pas... Où... où est-il?

— Tous les corps ont été placés sur la galiote des barbaresques. Dès que nous aurons récupéré tout ce qu'il nous faut, nous enverrons celle-ci par le fond. Je peux t'assurer que notre vieux loup gris ne manquera pas de compagnie pour son dernier voyage. Nous lui avons fourni plusieurs dizaines de dépouilles en guise de trophées.

— C'est... c'est ma faute. Il voulait juste... juste me mettre à l'abri et je... je ne l'ai pas écouté.

Le capitaine des lansquenets sembla seulement réaliser le trouble d'Étienne. Un voile obscurcit son visage et une moue compatissante plissa la balafre de sa joue.

— Ne te mets pas martel en tête, mon gars, dit-il en posant sa main sur l'épaule de son jeune interlocuteur. Tu n'y es strictement pour rien. C'est le sort commun d'un soldat que de périr les armes à la main. Pique-Droit était bien placé pour le savoir, lui qui avait vécu tant de campagnes.

— Mais si j'avais obéi...

— Je te le répète : ce n'est pas ta faute. Allons ! Relève un peu la tête ! Le soleil brille, nous sommes vainqueurs et, crois-moi, nous aurons encore de fameux lendemains. Pour l'heure, si tu tiens à rendre hommage à Pique-Droit, tu peux toujours te fendre d'une prière pour lui. Mais ensuite, ôte-toi du crâne toute pensée morbide et savoure ta chance d'être encore vivant. Foi de Bellastre, je gage que ton père ne te tiendrait pas d'autre langage !

À ces mots, Étienne se redressa et s'efforça de faire bonne figure. Mais tout au fond de lui, il ne pouvait se départir d'un douloureux sentiment de culpabilité.

Jeu de dupes

Dans la seconde décade du mois d'août, profitant d'un effet de surprise apparemment total, deux armées d'inégale importance déferlaient sur l'Italie du Nord et s'enfonçaient sans connaître d'opposition véritable en territoire ennemi.

La première était conduite par Aymar de Prie qui avait débarqué à Gênes le 9 août avec ses trois cents lances et avait reçu sur place le renfort de quelques milliers de volontaires génois, piémontais et même milanais, mis à sa disposition par le doge Frégoso. La seconde était constituée par l'avant-garde commandée par le connétable Charles de Bourbon. Après avoir franchi les sommets alpins en moins de quatre jours, cette troupe redoutable, composée pour l'essentiel de compagnies d'ordonnance et menée par quelques-uns des meilleurs capitaines de France, avait fait irruption en Piémont près de Coni, au sud du marquisat de Saluces. Elle avait ainsi contourné les importants contingents suisses censés lui barrer la route et se disposait à remonter vers le nord pour les prendre à revers, alors même qu'on croyait les Français encore cantonnés à proximité de Grenoble.

*

Depuis leurs retrouvailles avec la terre ferme, Étienne n'avait pas quitté Domingo d'une semelle. Le fougueux Aragonais de vingt ans lui paraissait plus accessible que Bellastre et ne le renvoyait pas à cette faiblesse dont il s'était rendu coupable lors de l'abordage de *La Sirène* et qui avait coûté la vie à Pique-Droit. Même si le capitaine des lansquenets ne lui avait fait aucun reproche et avait, au contraire, tenté d'apaiser sa conscience, le jeune garçon avait la désagréable impression d'être jaugé à chaque fois que le regard du balafré s'attardait sur lui. Du coup, il avait tendance à l'éviter et seule la présence de Domingo l'empêchait de s'enfermer dans un isolement morose.

Les derniers événements, au vrai, ne lui avaient guère laissé le loisir de s'apitoyer sur lui-même. Laissant Gênes derrière eux, les hommes d'Aymar de Prie avaient franchi les Apennins et étaient remontés en direction de la vallée du Pô. Ils s'étaient emparés sans grande difficulté d'Asti et de Tortone. Puis ils avaient mis le siège devant Alexandrie, une des cités milanaises les plus au sud du duché. Leur infériorité en nombre et en valeur, ainsi que l'absence de vivres qui rendait vaine toute résistance, avaient convaincu les habitants de rendre les armes au bout de quelques jours. La ville avait connu malgré tout le sort réservé aux cités récalcitrantes et avait été mise à sac, tandis que nombre de ses défenseurs étaient passés par le fil de l'épée.

Durant toutes ces opérations, la troupe des lansquenets avait été maintenue en réserve, si bien qu'Étienne n'avait pas assisté de près aux affrontements. Il n'avait pas revécu les scènes d'horreur que le bref assaut des corsaires turcs avait profondément incrustées dans son esprit. Il n'aurait d'ailleurs pas pu le supporter. Du moins, pas tout de suite, pas tant qu'il ne se serait pas endurci et qu'il ne serait pas parvenu à se forger une cuirasse intérieure lui permettant de se montrer digne de son supposé père.

Cependant même s'il n'avait pas eu à se confronter à nouveau à l'âpreté des combats, l'enfant avait dû apprendre à composer avec tous ces jalons troubles qui marquent la route des armées en campagne : le vol circulaire des charognards signalant de loin l'emplacement des charniers, la danse lente des cendres au-dessus des habitations incendiées, les abois des chiens repus de chair humaine et rendus comme fous par l'odeur de la mort, ce remugle complexe de sanies, de sang caillé et de merde. Il avait beau se dire qu'il avait déjà connu quelque chose d'approchant dans les mouroirs de l'Hôtel-Dieu, il savait bien au fond que cela n'avait rien de commun.

Au cours des derniers jours, il avait découvert que la guerre ne se limitait pas aux cris d'effroi, aux croassements des corbeaux, aux cliquetis des armes, à l'éclat des brasiers, au suintement des plaies, à ces nuages de mouches agglutinées sur tant et tant de carcasses. Elle avait aussi un goût. Cette amertume acide de la bile qui brûlait l'arrière-gorge et poissait la langue. Pas un jour ne s'était écoulé sans que la nausée ne l'assaillît à la vue d'un cadavre éventré ou face à la pestilence des chairs grillées. L'encolure de son pourpoint et ses manches de chemise empestaient le vomi. Seule sa volonté de ne pas fléchir à nouveau le tenait encore debout. Il était allé trop loin à présent pour renoncer. Son rêve un peu fou tournait à l'idée fixe : il lui fallait retrouver son père et, coûte que coûte, s'en faire aimer !

*

Héloïse, pendant ce temps, s'efforçait de retenir dans ses mains les fils d'un destin qu'elle sentait lui échapper inexorablement. D'Étienne, elle n'avait pas trouvé trace et elle était à présent convaincue qu'il ne faisait pas partie de ceux qui avaient franchi les montagnes au sein de l'avant-garde. L'absence de nouvelle en provenance de Grenoble, ce silence persistant de Philibert Babou, jour après jour, avaient éteint ses derniers espoirs de proches retrouvailles. Le jeune garçon demeurait introuvable et n'avait probablement jamais rejoint l'armée royale. Depuis le message expédié à Amboise, il n'avait plus donné signe de vie et Dieu seul savait où il pouvait être. La tentation de rebrousser chemin avait un temps tenaillé sa mère mais elle y avait finalement renoncé. À quoi bon ? Comme le lui avait rappelé Bayard, si l'enfant était sauf, il pouvait se trouver n'importe où entre Tours et Grenoble, voire au-delà s'il était parvenu dans la capitale du Dauphiné après le départ de la bataille et de l'arrière-garde. Ce serait folie, selon le chevalier, que de se mettre en quête au hasard. La sagesse dictait au contraire de demeurer au sein de l'host royal et de prier pour qu'Étienne trouvât le moyen de les y rejoindre.

Bien que sa nature intrépide l'eût plutôt inclinée à l'action, Héloïse avait écouté la voix de la raison et s'était résignée à prendre son mal en patience. Elle ne voulait pas croire qu'il fût arrivé malheur à son fils ou que le sort pût s'obstiner à leur demeurer contraire. Elle ne le pouvait pas, sinon elle aurait été anéantie. Alors, pour tromper son attente et faire taire son angoisse, elle se dépensait sans compter auprès de Symphorien Champier et l'aidait à soulager tous ceux, chaque jour plus nombreux, qui nécessitaient des soins prompts et attentifs. Car à défaut de bataille rangée, Français et alliés de la Sainte-Ligue s'étaient engagés dans une succession d'opérations de harcèlement et de brèves escarmouches meurtrières.

Dès le lendemain de leur arrivée en territoire piémontais, les chevaliers français avaient remporté un premier succès aussi précieux qu'inattendu. Prévenu par des paysans locaux de la présence de Prospero Colonna dans les environs, le maréchal de la Palice, à la tête de quelques centaines de chevau-légers envoyés en mission de reconnaissance, avait poussé jusqu'à la petite cité de Villafranca. Là, ils étaient tombés par surprise, à l'heure du déjeuner, sur le capitaine général de l'armée milanaise. Sous la conduite de Bayard et du seigneur de Humbercourt, les Français avaient fait merveille et vite débordé des adversaires pourtant nettement supérieurs en nombre mais totalement pris à l'improviste. Le bilan de l'opération s'était avéré magnifique : près de cinq cents prisonniers dont plusieurs capitaines desquels il serait loisible de tirer rançon, de l'or, de la vaisselle précieuse, des armes et plusieurs centaines de coursiers espagnols de grande valeur. Surtout, la capture de Colonna décapitait la seule force de cavalerie de la Sainte-Ligue présente en Piémont et susceptible d'appuyer les bataillons de fantassins suisses.

Cette nuit-là, Bayard, échauffé par ce premier affrontement, avait fait l'amour à Héloïse avec une sorte de passion sauvage qu'elle ne lui avait jamais connue. Lui qui s'était toujours montré jusqu'alors prévenant et avait semblé privilégier, au lit, ses sensations à elle plutôt que son propre plaisir, il l'avait possédée dans un élan fiévreux, sombre, à la limite de l'animalité. Et son corps, presque malgré elle, lui avait répondu. Elle avait vibré comme jamais sous ses assauts, ressenti une jouissance trouble, intense, qui l'avait laissée, au petit matin, pantelante et hagarde, comme égarée à l'intérieur d'elle-même.

Quand elle avait émergé de cet état second, Bayard était plongé dans un sommeil épais. Sa respiration soulevait régulièrement sa poitrine velue. Ses narines frémissaient au rythme lent des battements de son cœur. Héloïse s'était soulevée sur un coude pour mieux le contempler. Elle sentait en elle se bousculer toute une turbulence de sentiments. Quelque chose d'obscur la partageait, la déchirait. Elle avait conscience de cette fracture en son être profond, mais sans parvenir à en identifier les causes, ni même à en percevoir la signification. C'était une bouffée d'émotions intenses et confuses qui la submergeait, lui donnait tantôt envie de pleurer, tantôt envie de s'abandonner à nouveau entre les bras de l'homme qu'elle aimait.

Car de cela, au moins, elle était certaine. Son cœur, jamais ne cesserait de battre pour le chevalier. En ses plus intimes déroutes, demeurait cet ultime repère, cette lumière si semblable à celle d'un phare dans la nuit. Mais, pour la première fois depuis qu'ils s'étaient retrouvés, tout en effleurant, songeuse, les cicatrices parsemant le corps musclé de son amant, elle s'était demandé si l'amour suffisait toujours. Et cette interrogation muette était si glaçante, qu'elle avait préféré la refouler et se blottir dans la chaleur de ce corps assoupi qui savait si bien parler au sien.

Ce matin-là, une fois le camp levé, les Français étaient remontés vers Pinerolo, bien décidés à profiter de l'avantage acquis grâce à la capture de Prospero Colonna. Ils étaient loin de se douter que ce premier succès était en fait l'œuvre de Matthäus Schiner. C'était en effet le cardinal de Sion qui avait grassement payé les paysans piémontais leur ayant servi de guides jusqu'à Villafranca. L'objectif poursuivi par le prélat consistait à contraindre à la retraite les cantons suisses les plus bellicistes et les moins enclins à respecter son autorité. La manœuvre avait d'ailleurs parfaitement réussi. À peine connue, l'annonce de la capture du commandant des forces milanaises avait fait l'effet d'un coup de tonnerre.

Renonçant à tenir les cols, les confédérés, privés du soutien de toute cavalerie, avaient résolu de se replier sur Novare. Leurs troupes avaient dévalé en deux jours les vallées du Pô et de la *Dora Ripuaria*, puis traversé le bas Piémont en pratiquant la tactique de la terre brûlée. Cités, hameaux et fermes isolées étaient systématiquement livrés aux flammes. Quant aux habitants de sexe mâle qui avaient le malheur de tomber entre leurs mains, ils étaient réquisitionnés et, faute d'animaux de trait, liés ensemble pour tirer chariots et pièces d'artillerie.

En attendant l'arrivée du roi sur le théâtre des opérations, l'avant-garde de Charles de Bourbon s'était contentée de suivre les bataillons helvètes à distance raisonnable, tout en dépêchant journellement des coureurs pour les harceler et les maintenir sous pression. Le 16 août, à Lagnasco, François Ier opérait enfin la jonction avec son connétable. Persuadé d'avoir presque déjà partie gagnée, l'inexpérimenté et impétueux monarque avait fait diligence pour se porter en avant, laissant derrière lui son artillerie lourde et une grande partie du bagage qui devaient emprunter la route, désormais libre, du Montgenèvre.

Ce même jour, le cardinal Schiner était nommé chef militaire de l'armée de la Sainte-Ligue par le pape. Aussitôt, soucieux de gagner le temps nécessaire pour peaufiner le piège qu'il destinait au roi François, le prélat encourageait en sous-main, tout en la désavouant officiellement, l'ouverture de négociations de paix avec les Français. Convaincu d'avoir la situation bien en main, il prenait ensuite la route de Lodi et Plaisance dans le but de hâter l'avancée des Espagnols de Ramón de Cardona et des troupes papales commandées désormais par Laurent de Médicis. Ce que les alliés avaient refusé trois semaines plus tôt à la conférence de Verceil, à savoir marcher d'un seul front sus aux Français, ils devraient bien dorénavant s'y résoudre devant l'apparente fuite désordonnée des mercenaires suisses.

Car pendant ce temps-là, le capitaine Albrecht vom Stein respectait scrupuleusement les instructions du roué cardinal. Afin de persuader François Ier qu'il pourrait compter sur le soutien sans faille de la population locale, il s'appliquait à commettre les pires exactions. Ainsi, le 19 août, sous prétexte que la belle cité de Chivasso leur avait fermé ses portes, les confédérés prenaient la ville d'assaut et la pillaient avant de la livrer aux flammes. Des centaines d'hommes mais aussi de femmes et d'enfants étaient massacrés à l'arme blanche ou jetés dans l'immense brasier. Mais ce n'était là que l'épisode le plus tragique d'une mise à sac en règle de toute la région. On ne comptait plus le nombre de châteaux et de couvents saccagés, de paysans brûlés avec leurs récoltes, de femmes violées et empalées sur des piques, à la sortie des villages ou le long des routes.

Une semaine plus tard, alors que les Suisses s'étaient retranchés à Novare, vom Stein parachevait ce formidable plan d'intoxication mis au point par son mentor en annonçant aux autres capitaines que les cantons de Berne, Fribourg et Soleure renonçaient à combattre et se retiraient en direction du lac Majeur, afin d'y attendre la conclusion d'une trêve avec les envoyés de François Ier. Face à cette désaffection imprévue, les mercenaires décidés à poursuivre la lutte se voyaient contraints d'évacuer la ville et poursuivaient leur retraite à marche forcée vers Milan. Le soir même, Charles de Bourbon prenait possession, au nom de son royal maître, de la cité devant laquelle Louis XII avait connu un si cruel revers deux ans auparavant[1]. Pour se concilier les bonnes grâces des habitants, il interdisait immédiatement tout pillage et envoyait à la potence les quelques mercenaires allemands qui s'étaient livrés, malgré tout, à des exactions. L'opération s'avérait payante puisque, le lendemain, François Ier pouvait faire son entrée triomphale dans Novare et se voyait offrir les clefs de la ville par une délégation de bourgeois tout heureux de s'en tirer à si bon compte.

En apparence, à la fin de ce mois d'août 1515, le roi de France avait donc toutes les cartes en main pour rafler la mise et reconquérir sans coup férir son duché de Milan. Mais en réalité, il était le jouet d'un esprit bien supérieur au sien. Et lui, l'invétéré séducteur eût été cruellement meurtri s'il avait pu deviner que c'était une femme – et des plus belles ! – qui s'apprêtait à lui porter le coup fatal.

---

1. La défaite de Novare, concédée par les troupes de La Trémoille en 1513, lui avait fait perdre le duché de Milan au profit de Massimiliano Sforza.

La traîtresse

La nuit touchait à sa fin. Le violent orage qui avait éclaté aux heures les plus sombres avait reflué en direction des montagnes. Une pluie fine persistait néanmoins et transformait les rues de Novare en bourbiers.

Émergeant du porche donnant accès au palais Communal, une silhouette furtive se faufila sous les arcades du bâtiment de la Guilde. Elle marqua une courte pause derrière un pilier, le temps de vérifier que l'endroit était désert et que nul ne risquait de la surprendre ou de lui emboîter le pas. Puis, rassurée sur ce point, elle passa sous le porche et s'enfonça résolument dans un lacis compliqué de ruelles qui lui permirent de s'éloigner du centre-ville en toute discrétion.

L'individu qui défiait ainsi le mauvais temps avait relevé le col de son manteau de façon à masquer le bas de son visage et rabattu sur ses yeux le rebord de son chapeau. Sa démarche souple, presque féline, trahissait cependant sa jeunesse et une aptitude à se déplacer sans jamais trahir sa présence.

Progressant dans l'ombre des façades, l'homme marchait rapidement tout en maintenant ses sens en alerte. Nul ne le vit franchir la Piazzetta del Oro, contourner l'église San Martino, et s'éloigner en direction de l'ancien monastère, en partie ruiné, des Dominicains. Lui-même ne croisa âme qui vive, si ce n'est un vieux chien traînant l'arrière-train, en quête probablement d'un abri épargné par la pluie et qui poussa une courte plainte lorsqu'il s'écarta craintivement sur son passage.

Pestant contre les éclaboussures de boue humide qui commençaient à maculer le bas de ses chausses, Nicolas du Pont regretta d'avoir délaissé ses hautes bottes à revers pour des chaussons plus silencieux mais autrement plus perméables. Afin de chasser sa mauvaise humeur, il tenta de se remémorer, au mot près, le message trouvé quelques heures plus tôt, glissé sous la porte de sa chambre : « *Si vous ne voulez pas que le contenu de certain coffret de fer demeurât lettre morte, fiez-vous à un ami qui est en mesure de vous en confier la clé.* » Suivait une série de recommandations et d'instructions précises pour se rendre à un rendez-vous nocturne qui s'annonçait à tout le moins hasardeux. Évidemment, le billet ne portait aucune marque susceptible d'en identifier l'auteur.

À cette pensée, Nicolas posa sa main sur la garde de l'imposante épée qu'il arborait au côté et songea au poignard qu'il avait prudemment glissé dans la manche de son pourpoint. Il avait passé toute la première partie de la nuit à s'interroger sur la meilleure conduite à tenir et sur l'identité de son énigmatique correspondant. Concernant ce second point, il ne possédait aucune certitude. Cependant, la situation en Italie était suffisamment confuse pour autoriser toutes les supputations. Novare, comme la plupart des grandes cités du Nord, devait abriter autant de partisans du duc Sforza que de sympathisants des Français. Et entre les deux, toute une faune d'opportunistes prêts à tout pour s'enrichir en offrant leurs services à l'un ou l'autre parti. Quant aux dangers encourus, ses réflexions l'avaient conduit à les relativiser. Le risque de tomber dans un guet-apens n'était point nul, mais somme toute très limité. Qui aurait eu intérêt à s'en prendre à lui ? À moins qu'on ne cherchât tout simplement à l'éloigner pour pouvoir s'emparer du coffret de Philibert Babou. Si c'était le cas, ceux qui avaient imaginé pareille manœuvre allaient connaître une cruelle désillusion. Avant de se lancer dans son expédition au clair de lune, Nicolas avait pris la précaution de confier le précieux objet à Lucia, tout en lui recommandant de le dissimuler soigneusement jusqu'à son retour. L'ardente Vénitienne avait insisté pour connaître la raison d'une telle demande, mais Nicolas avait tenu bon et lui avait clos les lèvres d'un baiser. Le souvenir de la sensualité avec laquelle la jeune femme avait répondu à son étreinte lui enflammait encore le cerveau. Il avait senti son corps parfait se coller au sien, la pointe de ses seins durcir à son contact. Et la chaleur de sa langue agile lui avait fait naître au creux des reins des désirs de moiteurs encore plus enivrantes. C'était au prix d'un effort quasi surhumain qu'il était parvenu à s'arracher aux bras de sa belle, mais il s'était promis de revenir s'y blottir avant que les cloches de la ville n'eussent sonné matines.

Parvenu au mur d'enceinte du monastère aujourd'hui abandonné, le jeune homme se retourna une dernière fois pour fouiller du regard l'obscurité humide. À une dizaine de toises en arrière, une torche enduite de poix et protégée des intempéries par un auvent projetait sa clarté tremblotante sur les façades des maisons. Aucun renfoncement pour se dissimuler et pas le moindre mouvement suspect. Convaincu de ne pas avoir été suivi, Nicolas retroussa ses lèvres en un sourire satisfait et longea le mur lépreux jusqu'à une porte en bois. Comme on le lui avait assuré, celle-ci céda à la première tentative.

Il se trouvait à présent dans une cour carrée qui communiquait par un étroit passage voûté avec un cloître envahi d'herbes folles et de gravats. Le tambourinement régulier de la pluie sur les ardoises couvrant le déambulatoire empêchait de percevoir tout autre bruit. Ayant perdu un peu de son assurance initiale, Nicolas s'avança, la main de nouveau posée sur le pommeau de son épée, prêt à dégainer promptement. L'endroit ne lui plaisait guère. Isolé, sombre, oublié des hommes, offrant des dizaines de cachettes possibles. C'était un véritable coupe-gorge, le lieu idéal pour attirer son ennemi et l'envoyer discrètement *ad patres*.

Sur la gauche, à peu près au milieu de la première galerie du cloître, il avisa la grille qu'il cherchait. Un bel ouvrage de ferronnerie d'art, avec des arabesques métalliques et une serrure décorée de ciselures. Des coulées de rouille ternissaient quelque peu l'élégance de l'ensemble, mais n'en affectaient en rien la solidité. Nicolas put s'en assurer en s'accrochant des deux mains aux barreaux et en tentant d'ébranler l'obstacle de toutes ses forces. La grille demeura parfaitement immobile dans ses gonds.

De l'autre côté, on distinguait un jardin en friche dont les massifs s'étaient transformés en épaisses broussailles et les rosiers grimpants en un fouillis de branches et d'épines apparemment inextricable. Là encore, pas le moindre signe de vie. Nicolas avança la tête tout contre les barreaux pour apercevoir un bout de ciel et tenter de deviner l'heure qu'il était. Cependant, d'épais nuages masquaient la lune et il dut y renoncer.

— Bah ! fit-il en époussetant de sa main gantée une grosse pierre sur laquelle il s'assit. À quoi bon se mettre martel en tête ? S'il ne m'a pas mené en bateau, l'auteur du billet ne devrait pas tarder à montrer le bout de son nez.

Pour s'occuper à la fois les mains et l'esprit, il tira de son pourpoint un trio de dés et commença à les faire rouler à ses pieds. Il venait par trois fois de tirer consécutivement un triple six – le chiffre de la Bête – et s'inquiétait d'y lire un mauvais présage, lorsqu'un bruit de pas se fit entendre de l'autre côté de la grille.

Rempochant les dés, Nicolas sauta sur ses pieds et s'approcha avec prudence du portillon en fer forgé.

— Ce n'est pas trop tôt, grommela-t-il. Avec toute cette humidité, je commençais à me demander s'il n'allait pas me pousser des nageoires dans le dos. Et puis l'endroit n'est guère chaleureux pour y rencontrer quelqu'un qui se prétend mon ami.

Une voix étouffée lui répondit, probablement déformée par l'écran d'une étoffe placée devant la bouche. Homme ou femme ? Nicolas n'aurait su trancher avec certitude, mais les intonations étaient sans conteste italiennes.

— L'attachement d'un ami véritable ne se mesure ni aux circonstances de la rencontre ni aux paroles échangées. Seuls les actes comptent.

Accompagnant ces mots, des doigts gantés de noir apparurent à travers la grille. Ils tenaient un médaillon qui oscillait tel le pendule d'un mage aux pouvoirs divinatoires.

Fasciné par l'objet et déconcerté par la rapidité avec laquelle les choses se déroulaient, Nicolas s'approcha et put discerner, noyée dans l'ombre, une silhouette enveloppée d'une longue cape mauve, au capuchon rabattu sur un loup de velours que prolongeait une voilette, de sorte que le visage demeurait entièrement masqué. Le jeune Français faillit céder à sa première impulsion en s'emparant du pendentif, mais une once de méfiance le retint au tout dernier instant.

— Je suppose, dit-il, qu'il serait vain de vous demander qui vous êtes et comment ce bijou est entré en votre possession. Toutefois, je me doute que votre intervention n'est pas totalement désintéressée. Qu'attendez-vous en échange ?

Il y eut un court silence, puis la voix mystérieuse s'éleva à nouveau :

— Rien d'immédiat. Mais lorsque votre souverain aura recouvré ses droits légitimes sur le duché de Milan, la personne que je représente ne doute pas qu'elle pourra compter sur sa royale reconnaissance. Elle saura alors se faire reconnaître.

Cédant à sa vive impatience, Nicolas renonça à tergiverser davantage. Il s'empara du médaillon et baissa les yeux, le temps de le glisser sous son pourpoint. Lorsqu'il les releva, la silhouette en mauve avait déjà tourné les talons et se fondait dans l'obscurité du jardin à l'abandon.

*

Écartant les branches sur son passage, Lucia Pasqualigno s'éloigna en resserrant contre ses flancs les pans de son ample cape mauve. Tout s'était déroulé au-delà de ses espérances. Non seulement Nicolas ne semblait pas avoir reconnu sa voix, mais il ne l'avait pas assaillie de questions, s'était contenté de ses explications laconiques et, surtout, n'avait pas cherché à la retenir. Finalement, elle avait eu raison de suivre son instinct et de ne pas se conformer à la fable imaginée par le cardinal Schiner.

Lors de leur entrevue secrète, dans la chapelle des environs d'Amboise, le prélat lui avait suggéré de mentir à Nicolas en prétendant avoir dérobé pour lui l'exemplaire du médaillon qui appartenait à son père. Cette version présentait l'avantage d'être parfaitement crédible et de ne faire naître aucun doute sur l'authenticité du précieux objet censé constituer la clé de déchiffrage des correspondances vénitiennes les plus secrètes. Son principal inconvénient était de compromettre l'avenir, si jamais le vrai médaillon détenu par le fils d'Héloïse faisait sa réapparition. Si la chose se produisait, la fausseté de la nouvelle correspondance imaginée par Schiner éclaterait au grand jour, de même que le double jeu mené par Lucia dans toute cette affaire. Même si Étienne demeurait pour l'heure introuvable, c'était un risque que la comparse du cardinal n'avait pas voulu prendre. Pourquoi brûler ses vaisseaux s'ils peuvent représenter une ultime planche de salut ?

Plongée dans ses pensées, la blonde aventurière acheva de se frayer un passage entre les buissons ruisselants de pluie. Elle quitta le jardin par un escalier de pierre qui lui permit d'atteindre une loggia installée au premier étage de l'ancienne résidence du père abbé. De là, elle emprunta une porte-fenêtre pour gagner l'intérieur du bâtiment et traversa plusieurs pièces en enfilade. Les murs suintaient d'humidité, leur revêtement se détachait par plaques. Des tentures en lambeaux masquant les croisées s'échappait une odeur de moisi qui prenait à la gorge. Aucun meuble, aucune chaleur, juste une atmosphère oppressante de désolation. Un nouvel escalier ramena Lucia au rez-de-chaussée, dans un hall livré aux rats et aux courants d'air. La jeune femme manipula avec précaution la porte d'entrée qui déchira la nuit de sa plainte lugubre. La rue, située à l'opposé de l'endroit par lequel Nicolas avait abordé l'ancien monastère, miroitait sous la clarté lunaire qui venait enfin de percer les nuages. Aussi loin que portait le regard, on ne voyait personne.

Pour la première fois depuis qu'elle avait quitté sa chambre au palais Communal, Lucia se mit à respirer plus librement. Comparé à ce qu'elle venait d'accomplir, la dernière partie de son plan serait une simple formalité et qui pourrait même s'avérer fort agréable. Il lui faudrait se jeter dans les bras de Nicolas lorsque celui-ci reviendrait de son équipée nocturne. Compte tenu du baiser brûlant qu'ils avaient échangé quelques heures auparavant, elle ne doutait pas de l'issue de leur nouvelle étreinte. Elle comptait bien mettre à profit certains de ses talents cachés pour lui pomper ses ultimes forces et le plonger dans une extase si totale, si parfaitement exténuante, qu'il lui faudrait dormir au moins jusqu'au plein midi pour s'en remettre. Il serait aisé alors pour la jeune femme de s'emparer de la clé du coffret en fer. Le remplacement des premières fausses lettres, celles qui auraient dû inciter François Ier à renoncer à ses projets belliqueux, par les nouveaux courriers confiés par Schiner ne lui prendrait que quelques minutes. Ensuite, elle n'aurait plus qu'à regagner la chaleur du lit et se mettre en devoir de ranimer Nicolas. Après tout, l'accomplissement d'une mission délicate n'interdisait nullement de joindre l'utile à l'agréable.

Savourant à l'avance le plaisir qu'elle entendait soutirer à celui qu'elle venait si facilement de duper, la belle Vénitienne commença à s'éloigner d'une démarche légère. Cependant, elle n'avait pas fait dix pas qu'une masse sombre se laissa choir du toit le plus proche de façon à lui barrer la route. Sursautant, Lucia n'eut pas le temps de se remettre de sa surprise que déjà la forme se déployait et qu'elle reconnaissait Nicolas. L'ancien valet d'armes avait mis à profit son extrême souplesse et l'enchevêtrement des bâtiments du monastère pour passer sans difficulté d'un toit à l'autre.

— Pas si vite, l'ami ! claironna-t-il en pointant son épée vers la poitrine de son vis-à-vis. J'avoue avoir été pris de scrupule à la pensée que nous avions passé outre à la formalité des présentations. Il ne sera pas dit qu'un sujet du roi François aura manqué à son devoir de courtoisie. Or çà, je me présente donc : Nicolas du Pont, garde royal dans la compagnie de monseigneur le duc de Longueville. À qui ai-je l'honneur ?

Lucia demeura immobile et muette. Avec tout le sang-froid qui la caractérisait, elle avait déjà évalué la situation. Le constat était sans appel. Aucune échappatoire ne s'offrait à elle. Il lui était impossible d'éviter la confrontation.

— Le plaisir de me revoir t'aurait-il ôté la parole ? l'apostropha encore Nicolas. Qu'à cela ne tienne ! Montre-moi ton visage et ne t'avise pas de me faire trop lanterner. J'ai déjà des fourmis dans ma lame.

Alors, en décomposant ses gestes, Lucia rejeta son capuchon en arrière et entreprit de défaire les attaches de son masque. Elle secoua la tête pour libérer ses boucles dorées et adressa à son amoureux un sourire à la fois provocateur et ironique.

Nicolas écarquilla les yeux.

— Lucia ! Je... je ne comprends pas...

Sans même en avoir conscience, il abaissa son bras et laissa la lame de l'épée reposer contre sa jambe. Il demeura ainsi, pétrifié, incapable de trouver du sens à ce qu'il vivait, voyant la jeune femme avancer de quelques pas.

— Mon pauvre amour ! soupira Lucia d'une voix de gorge envoûtante. Tu as l'air si complètement perdu ! Mais quel besoin avais-tu aussi de me suivre ?

Elle continuait à s'approcher sans qu'il fût en mesure d'esquisser le moindre geste. Il était médusé, comme maintenu sous hypnose par les splendides yeux noisette de la Vénitienne. La jeune femme était maintenant si proche qu'il pouvait humer le parfum de sa peau et sentir l'onde de chaleur émanant de son corps, sous la cape. Elle se dressa sur la pointe des pieds et ses lèvres s'entrouvrirent avec une douce sensualité qui n'appartenait qu'à elle.

N'y tenant plus, renonçant pour l'heure à comprendre, Nicolas s'apprêtait à répondre à cette invite muette, lorsqu'une douleur atroce lui déchira le ventre. Le visage déformé par un affreux rictus, il tituba en arrière et contempla, hébété, le manche du poignard enfoncé dans son estomac.

— Pour... pourquoi cela ? balbutia-t-il en s'affaissant sur le sol, levant les yeux vers le visage de madone incliné au-dessus de lui.

— À quoi bon expliquer? murmura Lucia en continuant à lui sourire. Tu ne comprendrais pas. Le jeu des alliances est bien trop subtil pour ta pauvre petite tête. Même si, je te l'accorde volontiers, elle est plutôt joliment faite.

La jeune femme s'agenouilla et dégagea le col du blessé. Farfouillant sous son pourpoint, elle dégagea le lacet de cuir retenant la clé du coffret de Babou et l'arracha d'un coup sec. Puis, froidement, elle pesa de tout son poids sur l'arme et l'enfonça jusqu'à la garde dans le ventre de son amant.

Avant de se redresser, elle caressa de sa main gantée la joue du mourant.

— Quel dommage! soupira-t-elle. Je commençais à prendre goût à nos étreintes. Je doute que cela puisse te consoler, mais sache tout de même que je te regretterai.

Nicolas tenta de répondre, mais un hoquet l'en empêcha. Le dos appuyé contre la façade du monastère, il toussa et vomit un caillot de sang. Un sifflement pénible se faisait entendre à chacune de ses respirations. Puis même ce bruit finit par s'atténuer. Le menton du jeune homme s'inclina sur sa poitrine et son corps acheva de basculer sur le sol détrempé.

Un hôpital de campagne

Pour pallier le récent incendie de l'hospice de Novare, la grande salle de réunion, au premier étage du palais Communal, avait été réquisitionnée pour abriter un hôpital de campagne. On soignait là non seulement les soldats français tombés au cours des nombreux accrochages qui rythmaient la guerre de harcèlement menée contre les Suisses, mais aussi la population locale, victime des saccages systématiques organisés par ces derniers.

La pluie de la nuit précédente avait lessivé le ciel pour lui conférer une limpidité sans égale et une chaude lumière pénétrait à flots par les fenêtres à meneaux ouvertes sur la cour du Broletto. Elle accrochait des reflets de miel aux montants des quatre rangées de lits qui s'alignaient sur toute la longueur de la pièce. Pourtant, ce doux rayonnement ne parvenait pas à dissiper l'atmosphère lourde qui régnait en ce lieu. Sans doute en raison des gémissements et des prières douloureuses qui montaient en permanence des corps alités. Depuis l'installation des Français dans la ville, la salle ne désemplissait pas. Bien au contraire ! De nouveaux arrivants prenaient chaque jour la place de ceux qu'on parvenait à rétablir et des autres, beaucoup plus nombreux, qui succombaient à leurs blessures et qu'on évacuait discrètement par l'arrière du bâtiment.

Dans un tel contexte, Héloïse ne ménageait pas ses efforts. Elle trouvait dans les soins apportés aux victimes des combats et des pillages le dérivatif dont elle avait tant besoin pour oublier ses propres tourments intérieurs. Elle consacrait ainsi des heures à préparer et à administrer des remèdes complexes, destinés à soulager toutes sortes de souffrance. Ce faisant, elle touchait pour la première fois du doigt les ravages provoqués par la guerre. Certes, elle n'avait jamais été de ces jeunes femmes naïves, éblouies par les chansons de geste ou les poèmes chevaleresques et qui se font des combats une fausse représentation. Même en ses plus tendres années, elle n'avait pas imaginé que ceux-ci pussent ressembler à quelque plaisant tournoi n'ayant pour objet que d'exalter la noblesse et la vaillance des adversaires. Son père, en lui faisant partager son goût pour la pensée humaniste, lui avait inculqué son rejet de la violence et sa détestation de la guerre. Mais jusqu'alors, elle ne possédait en définitive de celle-ci qu'une connaissance théorique, purement livresque. Depuis son arrivée en Italie, elle se trouvait aux premières loges pour constater de visu les blessures horribles provoquées par l'acier, les balles ou le feu. Et elle qui s'était acharnée à combattre toutes sortes de maladies durant ses années passées à l'Hôtel-Dieu, ne pouvait se résoudre à accepter que des hommes singent la nature dans ce qu'elle avait parfois de plus cruel. Elle trouvait intolérable qu'ils pussent infliger à leurs prochains semblables calamités. Aucune conquête, aucun idéal ne pouvait justifier tout ce sang versé. C'était encore plus vrai lorsque les victimes des massacres étaient innocentes, qu'elles appartenaient à la population de bourgades ou de fermes razziées dans le but abject d'affamer l'armée adverse.

Pour l'heure, Héloïse était en train d'achever sa distribution de potions calmantes lorsqu'une des sœurs augustines en charge de la salle vint la quérir à la demande de Symphorien Champier. Dans un local réservé aux opérations délicates, le médecin se tenait au chevet d'un très jeune homme, de constitution apparemment chétive et dont le visage semblait déjà marqué par une lividité cadavérique. Sous le lit, un brasero consumait des herbes aromatiques dont la fumée masquait les odeurs de pus, de sang caillé et de chair brûlée. C'était là une pratique que Champier avait empruntée aux anatomistes de l'école de Padoue, adeptes des dissections de cadavres humains. L'homme en noir prétendait en outre qu'à condition de choisir les plantes adéquates, les fumées contribuaient au relâchement des opérés et participaient de la réussite de toute intervention chirurgicale.

— Je vais avoir besoin de vous, Héloïse, dit le praticien en lui désignant l'adolescent. Ce garçon est le fils aîné du prévôt de Porticello, une petite cité située à quatre lieues d'ici, sur la route de Milan. Son père a eu la maladresse insigne d'afficher ses sympathies françaises alors que des contingents confédérés traînaient encore dans les parages.

Héloïse s'efforça d'arborer une attitude détachée. Cependant, son regard demeurait rivé au visage de l'alité qui devait avoir sensiblement le même âge qu'Étienne. La pensée que son fils aurait très bien pu se trouver allongé là, à la place de cet inconnu, la bouleversait et la renvoyait à son impuissance à protéger sa propre progéniture.

— Que s'est-il passé ?

— Les Suisses ont pris la place d'assaut au petit matin. Ils ont exterminé une bonne partie des habitants. Les autres se sont enfuis pour venir se réfugier ici, sous nos bannières. Celui-ci a été pris pour cible alors qu'il forçait un barrage à cheval. Le carreau d'arbalète a pénétré sous le sein droit. Fort heureusement, le poumon ne paraît pas avoir été atteint.

Tout en parlant, le médecin écarta le drap qui recouvrait le patient. Le trait était encore en place. On en avait seulement brisé l'extrémité comportant l'empennage. Tout autour de la blessure, les téguments apparaissaient boursouflés et malsains. Si on n'extrayait pas rapidement la pointe afin de sonder puis nettoyer la plaie, l'infection risquait de gagner en profondeur et l'issue fatale surviendrait en quelques jours.

Comme Héloïse en faisait la réflexion à voix haute, Symphorien Champier approuva gravement d'un hochement de tête. Tirant la femme apothicaire à l'écart pour ne pas risquer d'effrayer son patient, il chuchota à son oreille :

— La difficulté réside dans le fait que la pointe de flèche est probablement munie d'ardillons. Ils rendent l'extraction périlleuse car ils peuvent déchirer nerfs et vaisseaux au passage. La réussite dépend de la précision des gestes, de la rapidité d'exécution et de l'immobilité complète du patient. C'est là que vous intervenez. J'ai besoin que ce garçon soit aussi insensibilisé à la douleur que possible.

Oubliant ses états d'âme, Héloïse s'employa à satisfaire la demande du médecin. Fort heureusement, leurs réserves d'opium étaient conséquentes et elle y eut recours pour plonger le blessé dans un état semi-comateux qui n'était pas sans danger mais qui s'imposait compte tenu de ce qu'il allait subir.

Champier commença par procéder au parage de la plaie et en retira tous les petits corps étrangers, tels que grains de terre et fibres de tissu. Puis il demanda à Héloïse son aide afin de tourner l'adolescent sur son flanc gauche. Cela fait, il examina et palpa le haut du dos, juste en dessous de l'omoplate droite.

— Tous les traits se retirent soit par l'endroit où ils ont pénétré, soit par celui vers lequel ils tendent à ressortir, commenta le médecin. Dans le premier cas, il s'est frayé lui-même le chemin. Dans le second, il faut pratiquer au bistouri une issue en coupant vis-à-vis de la pointe du trait. Le choix dépend de la longueur du trajet à parcourir mais aussi de la présence de nerfs et de gros vaisseaux sur le passage.

D'un signe de tête, Champier invita Héloïse à reposer le blessé dans sa position initiale. Celui-ci laissa échapper un gémissement, mais ses yeux clos et ses traits relâchés indiquaient qu'il ne souffrait plus. Le petit homme en noir reprit ses explications :

— Ici, le carreau a pénétré peu profondément et sa pointe n'a point perforé de gros vaisseaux. Il n'y a rien de mieux à faire que de le retirer par là où il est entré. Il en serait allé tout autrement s'il avait pénétré jusqu'au milieu d'un membre considérable. La plaie guérit d'ailleurs plus facilement quand on pratique une contre-ouverture, dans la mesure où l'on peut alors introduire des médicaments par les deux bouts en même temps.

Le médecin s'empara d'un bistouri et entreprit avec dextérité de dilater la plaie.

— Ne craignez-vous pas une hémorragie ? s'étonna Héloïse en le voyant faire.

— Nous n'avons pas le choix. L'inflammation qui suivra l'opération serait bien plus forte si le trait déchirait les chairs quand nous le retirerons. Et puis, voyez : je repère les veines et les artères sur le trajet à parcourir et les détourne à l'aide de ce crochet. Là, voilà ! Je crois que nous y sommes.

Champier saisit alors un curieux instrument inconnu d'Héloïse. Il s'agissait d'une lame de cuivre dont une extrémité était munie d'un double crochet et l'autre, échancrée et percée d'une ouverture.

Captant le regard intrigué de son aide, le praticien détailla l'objet :

— Ceci est un cyasthisque de Dioclès, du nom de son inventeur. Mais dans une version nettement améliorée que l'on doit au grand Guy de Chauliac[1]. Il va nous servir de guide pour extraire le carreau sans trop léser les chairs. (Joignant le geste à la parole, il introduisit l'instrument transversalement, le long du trait, puis le fit pivoter de façon à ce que la pointe entre dans l'ouverture.) Et maintenant, n'en déplaise à Galien qui était partisan de la médecine des contraires, nous allons soigner le mal par le mal !

Héloïse se demandait ce qu'il voulait dire par là, lorsque le médecin se dirigea vers un coffre en bois où il rangeait une partie de son matériel. Il se pencha pour farfouiller à l'intérieur et, devant les yeux éberlués de la femme apothicaire, en retira une imposante arbalète.

— Comme je vous le disais il y a un instant, reprit-il avec une lueur malicieuse au fond des yeux en constatant la stupéfaction de son assistante, la réussite de l'opération tient beaucoup à la rapidité avec laquelle on réalise l'extraction. Pour ce faire, on n'a pas encore trouvé mieux que de recourir à cet engin de mort.

Champier revint auprès de son blessé. Il entreprit alors de relier, par son double crochet, le

1. Considéré comme le père de la chirurgie médicale, il fut l'auteur, en 1363, d'un traité de référence en la matière, l'*Inventarium sive chirurgia magna*.

cyasthique à un nouveau carreau d'arbalète. Puis il encocha celui-ci sur l'arme dont il avait, au préalable, remonté le mécanisme.

— Percevez-vous à présent l'ingéniosité de la technique ? Il suffit de déclencher le tir et le carreau en s'envolant extraira le cyasthique et, du même coup, la pointe restée dans la blessure. Aucun chirurgien ne pourrait agir aussi promptement. La cicatrisation s'en trouve d'autant facilitée.

Héloïse faillit applaudir, tant la comblait ce détournement inattendu d'une arme à des fins salvatrices. Elle se contenta toutefois de féliciter le médecin à l'issue de son intervention couronnée de succès.

Ils échangeaient encore sur les spécificités de la chirurgie en temps de guerre, lorsqu'un soldat vint les prévenir que le chevalier Bayard souhaitait les voir de toute urgence. Sans pouvoir leur fournir la moindre explication, l'homme les entraîna dans une ruelle qui longeait l'ancien couvent des Dominicains. Une poignée d'hommes dominés par la haute stature de Bayard piétinaient au milieu de la chaussée, tout en échangeant des propos animés.

En les voyant approcher, Bayard se détacha du groupe et vint à leur rencontre. Il avait les traits creusés et affichait une expression d'extrême affliction.

— C'est affreux, mes amis ! s'exclama-t-il. Il est arrivé un terrible malheur !

Il leur désigna sur le sol des traînées brunâtres qu'ils suivirent jusque dans une courette attenante à la ruelle. Là, recroquevillé contre la margelle d'un puits, gisait un corps inerte. Le cadavre avait la tête renversée en arrière et ses yeux vides donnaient l'impression de vouloir boire l'azur immense. Héloïse reconnut immédiatement Nicolas.

— Le malheureux a été assailli dans la ruelle, dit Bayard d'une voix étranglée par l'émotion. Du moins, si l'on en croit les traces. On l'aura laissé pour mort et il se sera traîné jusqu'ici en puisant dans ses dernières forces.

— Mais pour quelle raison a-t-on fait cela ? demanda une Héloïse atterrée et qui ne parvenait pas à détourner son regard du corps. Qui a pu s'en prendre à lui ?

— Mystère ! En fouillant ses vêtements, j'ai néanmoins trouvé ceci. (Le chevalier exhiba le faux médaillon aux deux disques gravés.) Il était glissé dans la doublure de son pourpoint. J'ignore où il a pu se le procurer, mais c'est probablement pour le lui reprendre qu'on l'a tué. Son meurtrier a dû être dérangé et n'a pas eu le temps de se l'approprier.

— Pauvre Nicolas ! s'apitoya Héloïse. C'était une âme pure. Il ne méritait pas de mourir ainsi.

— Je l'aimais comme un fils, murmura Bayard en écho. Jamais je n'oublierai le courage avec lequel il combattit à mes côtés sur le Garigliano[1]. (Il ferma un instant les yeux comme pour mieux rappeler à lui ces images d'un lointain passé.) Dans ma mémoire, il restera ce jeune chien fou si prompt à s'enflammer mais d'une fidélité à toute épreuve. Puisse le ciel m'accorder la faveur de pouvoir un jour venger sa mort !

1. Voir *Le Piège de verre*.

Pendant qu'ils communiaient ainsi dans une même émotion, Symphorien Champier s'était approché de la dépouille et l'examinait d'un œil dubitatif.

— Avez-vous remarqué l'étrange angle formé par son bras droit ? lâcha-t-il finalement. On dirait qu'il est retombé à terre après avoir cherché à désigner quelque chose.

En effet, le membre était curieusement écarté du corps. Au bout de la main, l'index encore rouge de sang était raidi en position pointée. Les trois regards remontèrent de concert plus haut. À l'aplomb du cadavre, fixée sur la margelle du puits, une plaque de faïence accueillait la tige d'un cadran solaire. Les différents quartiers de la lune et le soleil à son zénith s'y trouvaient grossièrement représentés.

Parfaitement visible, une empreinte de doigt écarlate maculait le dessin de l'astre du jour.

Alea jacta est

— Les scélérats ! Les scélérats ! Ah, mais il ne sera pas dit que pareille félonie demeurera impunie ! Dès que nous aurons reconquis notre duché de Milan, nous courrons sus à ces maudits Vénitiens !

Arpentant à grands pas la salle capitulaire du convent des Cordeliers, François Ier ne décolérait pas. Grâce au médaillon découvert sur le corps de l'infortuné Nicolas alias La Ficelle, les lettres enfermées dans le coffret de fer avaient livré leur secret. Leur décryptage révélait que le doge de Venise avait conclu une alliance secrète avec le pape Léon X. Autrement dit, contrairement à ce qu'il croyait, le roi de France ne pourrait pas compter sur ses supposés alliés lors des batailles à venir. Pire encore ! L'accord ne se limitait pas à un simple pacte de non-agression. Il stipulait qu'une armée vénitienne menée par le général Bartolomeo Alviano se joindrait aux troupes papales et aux Espagnols de Ramón de Cardona pour porter secours à Massimiliano Sforza en cas d'attaque des Français sur Milan.

Devant le péril représenté par ce retournement d'alliance, François Ier avait réuni d'urgence son conseil de guerre. Cependant, sa rage était telle qu'il n'avait pas encore laissé un seul de ses proches prendre la parole. Il fulminait depuis près d'un quart d'heure, vouant aux gémonies les Vénitiens pour leur ignoble fourberie.

— Quand je pense qu'il y a encore deux jours leur ambassadeur mangeait à ma table ! Où est-elle d'ailleurs cette vieille canaille de Pasqualigno ? Je veux qu'on l'arrête sur-le-champ ! Qu'on le soumette à la question ! Qu'on lui fasse reconnaître sa duplicité !

Le chancelier Duprat qui jouissait de la totale confiance du roi mais surtout de sa mère, la redoutable Louise de Savoie, jugea qu'il était temps d'intervenir :

— La chose est doublement impossible, Sire. En premier lieu, Pasqualigno, sa fille et leurs gens ont quitté Novare aux premières lueurs de l'aube. Les gardes des portes ont confirmé la chose. À l'heure qu'il est, leur avance est telle que nous ne saurions les rattraper avant qu'ils aient atteint l'armée des confédérés. En second lieu, si tant est que la chose eût été possible, nous n'aurions pu exercer la moindre représaille à l'encontre de l'ambassadeur qui se trouve protégé par sa qualité même de diplomate.

— La peste soit de ces arguties de juriste ! tempêta le souverain, le visage cramoisi. Envers les traîtres, je ne connais qu'un seul discours qui vaille : celui qui tonne par la bouche des canons et sonne avec la furia d'une charge de chevalerie !

Néanmoins, les arguments du chancelier avaient porté leurs fruits. Refrénant son courroux, François Ier vint s'asseoir sur la cathèdre du père abbé et dévisagea les cinq hommes de guerre qui lui faisaient face.

— Votre conseil, mes bons amis? demanda-t-il d'une voix encore vibrante d'une émotion difficilement contenue. Comment devons-nous désormais mener cette campagne où tout, jusqu'alors, semblait nous sourire?

Gian Jacopo Trivulzio, le plus âgé des maréchaux, avança de quelques pas avec l'autorité que lui conférait sa grande expérience.

— La prudence s'impose, Votre Altesse, déclara-t-il. Poursuivre notre marche sur Milan dans ces conditions pourrait s'avérer périlleux. Nous risquerions d'être pris entre deux feux.

Derrière lui, un murmure réprobateur s'éleva du quatuor de ses compagnons. Il y avait là les trois autres maréchaux de France, La Palice, Lautrec et d'Aubigny, ainsi que le grand écuyer et maître de l'artillerie, Jacques Galiot de Genouillac. Ces hommes qui s'étaient illustrés déjà sur bien des champs de bataille et qui rendaient au moins trente ans à Trivulzio ne semblaient pas partager la retenue du glorieux septuagénaire.

Odet de Foix, vicomte de Lautrec, était le plus fougueux d'entre eux mais aussi le plus jeune puisqu'il venait à peine de passer trente ans. C'était aussi l'un des premiers compagnons d'armes du roi. Il avait participé avec lui, en 1512, à la désastreuse campagne en Guyenne, ordonnée par Louis XII, alors que le jeune François n'était encore que duc de Valois et dauphin du royaume par défaut. Les liens des deux hommes se trouvaient en outre renforcés par le fait que la sœur de Lautrec, Françoise[1], pouvait se targuer d'une rare beauté et avait subjugué le roi au premier regard. Depuis, celui-ci ne cessait de harceler son ami pour qu'il convainquît la belle de rejoindre la cour.

Fort de cette complicité nouée avec le monarque, le vicomte de Lautrec osa contrer l'ancien capitaine milanais. Mais il le fit avec assez de subtilité pour ne pas froisser la susceptibilité du vieux soldat :

— Le maréchal Trivulzio est toujours de bon conseil. Nul ne saurait contester ce point, surtout après qu'il nous a permis de contourner les lignes suisses pour traverser les Alpes. Mais précisément, ce serait grande pitié que de ne pas tirer parti de ce magnifique exploit. Une attitude trop attentiste de notre part permettrait à nos ennemis de se réorganiser. Il convient au contraire de les prendre de vitesse. Courons sus aux confédérés ! Écrasons-les avant qu'ils n'aient rejoint Milan ou du moins opéré la jonction avec leurs alliés. Ensuite, nous pourrons châtier ces maudits Vénitiens.

— Voilà qui est excellemment parlé, Lautrec ! s'exclama François Ier en frappant de sa paume les accoudoirs de sa cathèdre. (Le siège tout entier vibra sous sa poigne de géant.) Il importe de montrer à

1. Il s'agit de Françoise de Foix, sœur du maréchal et épouse du seigneur de Châteaubriant, qui rejoignit effectivement la Cour en 1518 et devint la première favorite de François Ier.

tous ces jean-foutre qu'on ne s'oppose pas impunément au bon droit d'un souverain de France !

— La leçon serait, certes, profitable, commenta placidement La Palice.

Robert Stuart, seigneur d'Aubigny, ne tenait pas à ce qu'on imputât à ses origines écossaises une quelconque frilosité. Il se dépêcha donc d'abonder dans le sens de ses compagnons :

— Si le connétable de Bourbon n'était pas parti en reconnaissance sur la route de Milan, je suis certain qu'il approuverait ce point de vue. Les Suisses sont totalement désorganisés. Certains cantons ont déjà renoncé à la lutte et les autres ont entamé des négociations avec nous. Si nous accentuons notre pression sur eux, ils finiront par accepter nos conditions. Vous verrez que nous n'aurons même pas à livrer bataille.

Trivulzio hocha sa tête chenue. Il avait écouté patiemment tous ces plaidoyers en faveur de la manière forte. Connaissant l'impétuosité de son jeune souverain, il se doutait que celui-ci avait déjà pris sa décision. Cependant, en homme de devoir, il crut bon de délivrer une dernière mise en garde :

— Nous savons de source sûre que la diète de Zürich a ordonné une troisième levée de soldats. C'est une armée d'environ sept mille combattants qui aurait passé les Alpes ces derniers jours par le col du Simplon. De quoi largement compenser les désaffections évoquées par messire d'Aubigny. Je persiste à penser que nous devrions consolider nos positions et attendre le résultat définitif des pourparlers avant de nous engager davantage.

François Ier déploya son imposante carcasse et vint donner une franche accolade au vieux soldat dont l'aspect austère n'invitait pourtant pas à une telle familiarité. Le monarque affichait ce large sourire conquérant, à la fois charmeur et insolent, qui plaisait tant aux personnes du beau sexe mais devait lui valoir, par la suite, quelques ennemis irréductibles parmi les autres têtes couronnées d'Europe.

— Allons, monsieur le Maréchal ! Vous n'allez pas me faire croire que vous craignez quelques bataillons de montagnards en armes. Nos compagnies d'ordonnance auront tôt fait de disperser cette piétaille comme moineaux en les semailles ! Et puis, il me faut une grande victoire pour inaugurer mon règne. Je ne vais pas la refuser alors qu'elle me tend les bras. Allons ! C'est dit, mes seigneurs ! Nous reprenons dès demain notre marche sur Milan !

Et le roi, ayant retrouvé sa bonne humeur naturelle, ponctua d'un éclat de rire tonitruant cette décision par laquelle il donnait tête baissée dans le piège mortel tendu par le cardinal de Sion.

Retrouvailles

Si elle n'avait écouté que son propre désir, Héloïse serait volontiers demeurée à Novare. Il lui semblait qu'elle serait plus utile à soigner la population civile et à maintenir l'activité de l'hôpital du palais Communal plutôt qu'à poursuivre une quête devenue manifestement chimérique. Plus que tout, elle trouvait insupportable de lier son destin au sort des armées du roi, ce colosse vaniteux pour lequel elle n'éprouvait que mépris. La mort brutale de Nicolas avait achevé de briser quelque chose en elle. Cette flamme intérieure que ses retrouvailles avec Bayard avaient réussi à raviver vacillait à nouveau et menaçait de s'éteindre. Il avait fallu toute la persuasion de Symphorien Champier pour la faire changer d'avis. Le médecin avait beaucoup insisté. Il prétendait ne plus pouvoir se passer de son aide et affirmait que le devoir de tout soignant était de se porter là où la souffrance des hommes est la plus vive. « Or, il n'est pire solitude que celle des gisants, le soir venu, sur les champs de bataille », avait-il ajouté, non sans une certaine emphase.

Paradoxalement, c'était cette image affreuse de corps martyrisés, ensevelis sous les carcasses de leurs montures, qui avait incité Héloïse à reprendre la route en compagnie du petit homme en noir.

Quant à Bayard, il avait perçu le trouble de sa bien-aimée, mais n'avait pas voulu peser sur sa décision. Lui-même était affecté par la perte de son ancien valet d'armes et sa soif de vengeance réclamait davantage la violence des combats que la douceur des caresses. Même si en cette femme magnifique il avait trouvé une âme sœur, il pressentait que les batailles à venir représentaient une menace pour leur couple encore fragile. C'était à Héloïse et à elle seule de décider si elle voulait prendre ce risque. Il n'avait donc pas prononcé une seule parole susceptible de l'influencer et l'avait laissée entièrement libre de son choix. Toutefois, lorsqu'elle lui avait finalement annoncé sa résolution d'accompagner l'armée dans sa marche en avant, il avait senti un poids immense s'envoler de sa poitrine.

Contrairement à toutes les prévisions, les premiers jours de septembre ne conduisirent pas à la résolution du conflit. Alors que l'armée royale s'apprêtait à mettre le siège devant Milan où s'était retranché le gros des troupes confédérées, l'annonce de la conclusion imminente d'un traité de paix avait suspendu net toutes les opérations militaires. Les émissaires des deux partis, réunis à Gallarate, bourgade située à quatorze lieues au nord-ouest de Milan, s'étaient finalement accordés sur les termes d'un compromis en apparence équilibré. François Ier consentait à indemniser Massimiliano Sforza pour la perte du Milanais en lui octroyant le duché de Nemours ainsi qu'une confortable rente annuelle. Il dédommageait par ailleurs les Suisses des frais engagés pour la guerre et de la perte des territoires qu'ils acceptaient d'évacuer au nord du duché. En échange, les mercenaires helvètes retiraient leur appui à la Sainte-Ligue, rentraient dans leurs foyers et s'engageaient à apporter leur soutien militaire au royaume de France, si le besoin s'en faisait sentir.

Lorsqu'on lui annonça cet inespéré succès diplomatique, François Ier se rengorgea auprès du chancelier Duprat et de ses proches conseillers. À l'entendre, il fallait voir dans ce renoncement de ses ennemis un effet des grâces divines qui le protégeaient depuis sa naissance et l'avaient déjà porté jusqu'au trône. Sa joie redoubla lorsqu'il apprit, le lendemain, la prise de Pavie par les troupes d'Aymar de Prie. Excité comme un jouvenceau, il s'empressa d'écrire à sa mère et de la remercier pour les prières qu'elle avait dû multiplier afin de hâter son triomphe. Convaincu que les Suisses ne représentaient plus un danger, il ordonna ensuite au connétable de contourner Milan par le sud et de se diriger vers Crémone pour intercepter l'armée vénitienne. Ce faisant, il était loin de se douter qu'il était victime d'une ultime manœuvre du cardinal Schiner.

Le rusé prélat avait convaincu ses compatriotes de faire semblant de pactiser avec les Français dans le seul but de gagner un temps précieux. Il se trouvait en effet toujours à Plaisance où l'armée espagnole avait rejoint celle du pape. Là, il dépensait des trésors d'énergie pour convaincre Ramón de Cardona et Laurent de Médicis d'unir leurs forces et de refermer le piège sur les troupes royales. L'occasion était unique. Aventurés sur la route de Milan à Plaisance, sur un terrain peu propice au déploiement de forces de cavalerie, les Français constituaient une proie facile. Il suffisait de marcher à leur rencontre, tandis que les Suisses les attaqueraient à revers. Pris entre les deux mâchoires d'une tenaille, ils finiraient irrémédiablement broyés.

Cependant, malgré tous les efforts de Schiner, le vice-roi de Naples et le neveu du pape ne parvenaient pas à s'accorder. Pourtant le temps pressait. L'armée vénitienne menée par Bartolomeo Alviano était sur le point de quitter Crémone pour rejoindre Milan. Quand elle y parviendrait, la savante combinaison patiemment élaborée par le cardinal s'écroulerait tel un château de cartes. François Ier découvrirait que ses alliés ne l'avaient pas trahi. Français et Vénitiens feraient cause commune et pourraient s'emparer aisément de Milan en écrasant les fantassins helvètes sous le nombre. Schiner ne pouvait se résoudre à une issue aussi navrante. Pestant contre la pusillanimité des membres de la Sainte-Ligue, il multiplia les entrevues, fournit toutes les assurances possibles, argumenta, tempêta, flatta, menaça. Peine perdue ! L'Espagnol et le Florentin campaient sur leur position et refusaient d'exposer leurs troupes.

Comprenant qu'il ne parviendrait pas à les convaincre à temps, Schiner dut se résoudre à regagner Milan à bride abattue. Même si les atermoiements de ces deux imbéciles compromettaient ses plans, la partie n'était pas encore jouée. Il lui fallait à présent convaincre ses compatriotes de livrer bataille seuls. La victoire devenait, certes, plus hasardeuse mais restait à portée de main. Après tout, les Français étaient convaincus que la signature d'un traité de paix à Gallarate n'était plus qu'une question d'heures. Ils ne se méfieraient pas. À lui simplement de trouver les mots pour galvaniser les capitaines des cantons. Compte tenu du butin escompté, la chose, cette fois, ne serait pas bien difficile. Le prélat était convaincu de réussir.

Pendant ce temps-là, les Français avaient ralenti leur allure et progressaient désormais avec une lenteur d'escargot. Le chancelier Duprat était parvenu à refréner les ardeurs de son maître. Depuis le franchissement des Alpes, les troupes n'avaient guère eu le loisir de souffler. Il fallait les ménager si on voulait engager l'affrontement décisif dans de bonnes conditions. Même le bouillant et brouillon François était capable d'entendre cela. Le 10 septembre, l'armée royale atteignit une petite bourgade blottie au milieu des vignes et entourée d'arbres fruitiers et de terres labourées. La cité se nommait Marignan et ses charmes étaient si évidents que le roi de France consentit à y faire halte pendant deux jours pour laisser ses soldats se reposer avant de poursuivre en direction de Plaisance et Crémone.

Au soir du 12 septembre, après avoir passé une bonne partie de sa journée en compagnie de Symphorien Champier à préparer divers baumes et de la charpie, Héloïse choisit de s'isoler et de rejoindre à pied une butte qui jouxtait le cantonnement. Elle ne s'était jamais sentie aussi indécise, aussi peu sûre de la direction qu'elle souhaitait donner à son existence. Ce vague à l'âme masquait mal l'angoisse qui lui étreignait le cœur à la pensée qu'elle ne reverrait peut-être jamais son fils. Cette perspective l'accablait tellement qu'elle préférait la refouler. Elle s'efforçait de la chasser de son esprit et préférait s'interroger sur ce que pourrait être sa vie future auprès de Bayard, une fois la présente campagne achevée. Mais elle ne parvenait pas à se représenter clairement la chose. Et au fond d'elle-même, elle savait bien que cette ombre qui obscurcissait son avenir tenait à la disparition d'Étienne. Avait-elle le droit de laisser libre cours à ses amours avec Bayard, alors que son enfant souffrait peut-être loin d'elle ? Pourrait-elle jamais être heureuse auprès du chevalier s'ils échouaient à le retrouver ? N'y aurait-il pas toujours entre eux un gouffre infranchissable ?

Toute à ses pensées, la femme traversa un bosquet de grenadiers et de néfliers et déboucha au sommet de la butte. L'air était doux, parfumé des mille senteurs végétales infusées tout au long du jour. Une cloche sonnait dans le lointain. Des étourneaux se poursuivaient en pépiant gaiement. Le ciel vespéral se teintait de mauve et d'indigo. Héloïse contempla un long moment, songeuse, les feux du campement qui brillaient à ses pieds comme autant d'étoiles. Puis ses yeux cherchèrent dans l'immensité ombreuse, au-dessus de sa tête, l'apparition des premières constellations. Elle venait d'isoler le Capricorne lorsqu'une main se posa sur son épaule. « Héloïse ? »

Elle vacilla avant de se retourner pour découvrir Symphorien Champier qui la fixait. Le médecin avait une lueur inquiète au fond de ses yeux pétillant d'intelligence.

— Je vous cherchais partout, dit-il sur un ton où la sollicitude le disputait au reproche. Vous ne devriez pas vous éloigner autant. Il peut y avoir des espions aux abords du camp et la nuit est déjà presque là.

Héloïse lui sourit d'un air absent et agita sa main comme pour signifier que ses inquiétudes étaient sans fondement. Ou bien que la perspective de se retrouver nez à nez avec un ennemi la laissait indifférente et ne valait pas la peine qu'on s'en alarmât. Secouant ses boucles rousses, elle reporta son attention sur la voûte céleste.

— Croyez-vous qu'on puisse lire son destin dans les étoiles, comme le prétendent mages et astrologues ?

Champier leva à son tour les yeux. La nuit était à présent tombée. Une nuit sans lune et qui laissait apparaître un fourmillement d'astres au firmament.

— J'avoue mon ignorance en la matière, dit le petit homme vêtu de noir. Je ne suis pas de ces savants encyclopédistes qui prétendent embrasser toute l'étendue des connaissances humaines. La médecine est le seul prisme par lequel j'entends scruter mes contemporains. Qui veut connaître tout de tout, ne connaîtra rien de rien. Mais celui qui se borne à connaître tout d'une seule chose, se met sur le chemin de comprendre tout.

— Mon défunt père ne croyait pas non plus aux prédictions astrologiques, soupira Héloïse. Dommage ! Ce serait parfois si apaisant de se dire que les choses qui nous adviennent sont déjà inscrites dans les cieux et aussi immuables que la ronde des planètes. On ne s'agiterait plus vainement dans l'espérance folle d'en modifier le cours.

Champier fut étonné d'une telle remarque dans la bouche d'une femme qui l'avait jusque-là impressionné par sa force de caractère et son inébranlable détermination. Cependant il se garda bien de tout commentaire et, passant son bras sous celui d'Héloïse, il entreprit de la ramener en douceur dans le périmètre sécurisé du camp.

Laissant le médecin auprès de leur chariot, Héloïse poursuivit seule jusqu'au pavillon de Bayard. Sur son passage, elle croisa plusieurs feux de bivouac auprès desquels des soldats trompaient leur ennui en jouant aux dés ou en discutant la stratégie de leurs chefs. La lueur dansante des foyers lui permettait seulement de distinguer de vagues silhouettes teintées de rouge. Parfois des rires gras et des soupirs énamourés trahissaient la présence de ribaudes. Il y avait aussi des éructations avinées et des échos de dispute. Héloïse n'y prêtait qu'une attention modérée. Elle était juste frappée par la désinvolture dont faisaient montre ces hommes dont beaucoup mourraient ou souffriraient lors des futures batailles. Était-ce de l'inconscience ou une sorte de sagesse instinctive ? N'avaient-ils pas raison d'accepter de bon cœur un sort qu'ils n'avaient pas, de toute façon, le pouvoir de modifier?

Elle tournait encore cette question dans sa tête lorsqu'elle atteignit le repli de terrain où se dressait la tente de Bayard. Sur le point d'en écarter la portière, elle fut étonnée de surprendre des bribes d'une conversation animée. L'une des voix était celle du chevalier. L'autre, plus haut perchée, lui était également familière. Cependant, elle s'attendait si peu à l'entendre résonner qu'elle mit quelques secondes à la reconnaître. Lorsque la lumière se fit dans son cerveau, elle demeura un instant pétrifiée, le cœur à l'arrêt, la tête prise de vertiges, les jambes flageolantes. Non, ce n'était pas possible! Elle était victime d'une hallucination. Cela ne pouvait pas être lui! Elle leva la main pour ouvrir le lourd rideau. Mais avec une extrême lenteur, comme si elle voulait retarder la confrontation avec une réalité décevante, persuadée de n'être que le jouet de son imagination.

L'obstacle de toile écarté, elle cligna des yeux car l'intérieur du pavillon était éclairé par une débauche de chandelles. Face à elle, se tenait Bayard. Il venait de se retourner et, l'apercevant, lui adressait un sourire radieux. Sa forte carrure masquait à Héloïse l'espace dans son dos. La belle rousse avança de deux pas en titubant, tant ses semelles lui semblaient peser le plomb. La voyant joindre ses mains en une prière muette, Bayard s'effaça et son sourire s'élargit. Derrière lui, attablé devant une montagne de victuailles et tenant encore un os de poulet à demi rongé à la main, Étienne ouvrit de grands yeux émerveillés.

— Mère ! C'est vous… Oh ! Mon Dieu, merci !… Mère, je… Je vous…

Il fut incapable d'achever, sa voix se brisant sous le coup de l'émotion. Basculant sa chaise en arrière, il se précipita dans les bras d'Héloïse qui le pressa de toutes ses forces, au risque de l'étouffer. On aurait dit qu'elle craignait, si elle relâchait un tant soit peu son étreinte, de voir son fils de nouveau disparaître.

— Mon tout petit ! s'exclama-t-elle lorsqu'elle parvint enfin à retrouver ses esprits. Comme tu as changé !

Sans le lâcher, elle avait écarté Étienne afin de le mieux contempler. À la fin de son examen, elle lui ébouriffa les cheveux qui n'avaient jamais été aussi longs, ni aussi sales et emmêlés. Une vraie tignasse de sauvage ! Ce n'était pas la seule modification dans son apparence. En un peu plus de trois mois, son garçon avait aussi grandi et forci. Il paraissait trois ou quatre ans de plus que son âge. L'impression était encore accentuée par le pourpoint de buffle renforcé de plaques d'acier qu'il portait et la courte épée sans fourreau glissée sous sa ceinture. Il y avait aussi quelque chose de changé dans son regard. Une lueur farouche au fond de ses prunelles sombres.

— Je n'arrive pas encore à y croire, dit-elle en se tournant vers Bayard, des larmes au coin des yeux. Comment as-tu fait pour le retrouver ?

— C'est lui qui m'a retrouvé ! Il est arrivé hier de Pavie, en compagnie des hommes d'Aymar de Prie.

Le temps de prendre ses repères et ce gaillard-là a fait irruption dans ma tente, il y a une heure à peine. Je t'aurais bien avertie aussitôt mais nul ne savait où tu étais passée.

Reportant son attention sur son fils, Héloïse lui souleva le menton.

— Comment as-tu fait pour nous localiser aussi vite au milieu de tout ce monde ? En comptant le bagage, nous ne sommes pas moins de cinquante mille cantonnés sur plusieurs lieues.

Étienne se redressa de toute sa hauteur et arbora un sourire triomphant. Ses dents étincelaient dans son visage crasseux.

— Mais il n'y a qu'un seul chevalier sans peur et sans reproche ! proclama-t-il comme s'il en tirait une fierté personnelle. Le premier venu a su me diriger vers son pavillon.

— Le garçon ne manque pas de ressources, intervint un Bayard amusé en posant sa main sur l'épaule d'Étienne. Au moment où tu es arrivée, il avait commencé à me narrer ses aventures. Je dois reconnaître qu'au même âge, je n'aurais probablement pas fait preuve d'autant d'astuce et de courage.

Comblé par un tel compliment formulé par celui qu'il vénérait déjà comme un demi-dieu, Étienne ne put s'empêcher de rougir jusqu'à la racine des cheveux. Afin de masquer sa confusion, il résolut d'adopter une attitude martiale, bombant le torse et plaçant sa main droite sur la garde de son épée.

— Qu'est-ce que je disais ? s'esclaffa Bayard. Un vrai chevalier !

Le tocsin

Quand Héloïse, bien après les événements, chercha à se remémorer les heures qui avaient suivi ses retrouvailles avec son fils, elle ne put se départir d'une sensation d'intense confusion. Tard dans la nuit, elle avait d'abord écouté, en compagnie de Bayard, le récit d'Étienne. À l'évocation des nombreux périls auxquels le garçon s'était trouvé exposé, son cœur de mère avait plus d'une fois manqué un battement, saisi d'une épouvante rétroactive. En son for intérieur, elle n'avait cessé d'adresser à la Vierge des actions de grâces pour avoir protégé et guidé son fils au milieu d'aussi grands dangers.

À la fin de sa narration, Étienne avait détaché de son cou le fameux médaillon qui avait été la cause de tous ses déboires et l'avait confié solennellement au chevalier Bayard. Celui-ci avait aussitôt promis de le remettre au roi en personne, dès le lendemain. Puis, conscient que la mère et le fils pouvaient vouloir se livrer, hors de sa présence, à des démonstrations d'affection que leur pudeur jusque-là retenait, il les avait priés de bien vouloir l'excuser. Dans la perspective de la levée du camp programmée dans la matinée, il souhaitait vérifier l'état des chevaux et s'assurer que tous les préparatifs de départ avaient été correctement exécutés.

Demeurés seuls, Héloïse et Étienne étaient tombés à nouveau dans les bras l'un de l'autre. Sans plus se retenir, ils avaient échangé caresses et baisers jusqu'à en avoir le tournis. Puis, submergés par un trop-plein d'émotions, tous deux s'étaient allongés côte à côte sur l'étroit lit de camp, au confort rudimentaire mais qui leur apparaissait, en ces circonstances, aussi doux qu'un duvet de plumes. Vaincu par la fatigue, Étienne n'avait pas tardé à s'abandonner au sommeil. Toutefois, avant de sombrer, il n'avait pu s'empêcher de confier à sa mère combien il était heureux de voir ses deux parents enfin réunis. Devant l'expression abasourdie d'Héloïse, il avait étouffé un bâillement, arboré un sourire malicieux et s'était vanté d'avoir percé à jour l'identité de son géniteur.

Totalement prise au dépourvu et voyant son fils si fier du sang qu'il s'imaginait être le sien, Héloïse n'avait pas osé le contredire. Après tout, quand ils auraient tous retrouvé leurs esprits, en des lendemains apaisés, il serait toujours temps de révéler la vérité au garçon. Il avait amplement démontré, en surmontant les épreuves des derniers mois, qu'il avait atteint désormais une maturité suffisante pour apprendre les circonstances si singulières de sa conception. Bayard n'était pas son père naturel, mais seul un caprice du destin en avait décidé ainsi. Étienne saurait le comprendre. Du moins, priait-elle pour qu'il en fût ainsi. Et c'était avec cette espérance chevillée au cœur qu'Héloïse avait passé la plus grande partie de la nuit immobile dans le noir, incapable de trouver le repos, le regard rivé au visage de son fils endormi.

Le lendemain, il faisait déjà grand jour lorsqu'elle se réveilla. Il n'y avait personne sur le lit, à ses côtés.

Prise d'une inquiétude irraisonnée, elle se leva et, jetant juste une cape sur son dos, se précipita à l'extérieur du pavillon. Ses craintes s'évanouirent aussitôt. Étienne se tenait torse nu devant une cuvette et un seau d'eau froide. Il était en train de faire ses ablutions et tournait le dos à sa mère. Celle-ci le contempla un moment en silence. Elle n'en revenait toujours pas de sa métamorphose. Les muscles de ses épaules se dessinaient sous la peau et les gouttes d'eau échappant à sa longue chevelure jouaient avec les rayons du soleil pour lui faire comme une auréole. Une sensation d'irréalité envahit Héloïse. C'était à la fois émouvant et déroutant d'avoir retrouvé son enfant au moment précis où elle commençait à perdre confiance et, en même temps, de constater qu'il n'était plus le même, que le petit garçon qu'elle berçait naguère était perdu à jamais.

Elle ressentit brusquement le besoin urgent de le toucher, comme s'il n'était qu'un mirage et qu'un clignement de paupière eût pu suffire à le faire disparaître à nouveau.

— Bonjour Étienne, dit-elle en se précipitant pour l'embrasser sur le front. Tu es levé depuis longtemps ?

— Juste avant l'aube. C'est une habitude que j'ai prise ces dernières semaines. Vous-même sembliez encore si profondément assoupie que je n'ai pas osé vous éveiller.

— Bien dormi ?

— Comme un enfançon ! répondit-il joyeusement. (Puis il désigna les deux récipients remplis d'eau claire.) C'est messire Bayard en personne qui m'a apporté de quoi me débarbouiller !

Il n'aurait pas arboré expression plus radieuse si le roi de France lui-même avait accroché à son cou le collier de l'ordre de Saint-Michel. Héloïse ne releva pas mais se fit la réflexion que les deux hommes de sa vie semblaient bien disposés à rattraper le temps perdu et étaient déjà en voie de devenir les meilleurs amis du monde.

— Une bonne toilette, en tout cas, ne te fera pas de mal ! remarqua-t-elle d'une voix faussement grondeuse. Tu étais sale à faire peur ! Et il faudra songer aussi à se débarrasser de ces affreux oripeaux.

Elle venait de désigner, sur un pliant, le pourpoint de cuir, la ceinture cloutée et l'épée à lame courte.

— Ce ne sont pas des oripeaux ! s'insurgea Étienne. Ce sont des trophées que m'a confiés le capitaine Bellastre au soir de la prise d'Alexandrie. Il les a récupérés tout exprès pour moi sur le cadavre d'un partisan de l'usurpateur Sforza.

— Les affaires d'un mort ! sursauta Héloïse. C'est bien ce que je disais : des oripeaux ! Je vais vite te trouver de quoi te vêtir décemment et tu me feras le plaisir de jeter ces horribles dépouilles.

Bien qu'il lui en coûtât de contredire sa mère, Étienne n'entendait pas en rester là. Il s'apprêtait à répliquer lorsque l'apparition de Bayard vint, fort opportunément, mettre un terme à leurs échanges.

Le chevalier semblait chagriné.

— Je venais voir si vous étiez prêts, dit-il. Nous pouvons être amenés à faire mouvement d'un moment à l'autre.

— Que se passe-t-il ? demanda Héloïse qui devinait, derrière le front plissé de son bien-aimé, de sombres préoccupations. Symphorien Champier m'affirmait hier encore que nous ne devions lever le camp qu'en toute fin de matinée.

Tout en parlant, la belle rousse prit soudainement conscience de la grande agitation qui régnait dans le cantonnement. Les sergents et les fourriers lançaient des ordres et des invectives, et, d'un bivouac à l'autre, on assistait à un ballet incessant de soldats empressés. Dans l'air léger du matin, le choc des chariots qu'on attelait, le tintement métallique des armes, le cliquetis des harnais, les appels fiévreux et les hennissements des montures formaient une onde sonore qui allait et venait, assez semblable au flux et reflux de la marée.

— Je n'ai pas tous les détails, expliqua Bayard. Très tôt ce matin, le bruit a couru que le cardinal Matthäus Schiner avait regagné Milan durant la nuit et que les Suisses avaient fermé les portes de la ville. Un détachement commandé par Louis de la Trémoille serait parti en reconnaissance pour vérifier le bien-fondé de ces rumeurs. En attendant, il est envisagé de faire rebrousser chemin à l'armée tout entière. L'avant-garde du connétable s'est déjà portée à la hauteur de San Giuliano, à seulement trois lieues de Milan.

— Mais je croyais qu'un traité de paix devait être incessamment signé à Gallarate.

— Nous le pensions tous et rien ne dit qu'il n'en sera pas ainsi. Les informations qui nous parviennent sont contradictoires ou changeantes d'heure en heure. Cependant mieux vaut se préparer au pire...

Héloïse frémit de la tête aux pieds. Son regard se posa sur Étienne qui semblait boire les paroles du chevalier. Se pouvait-il qu'un destin malin s'acharnât ainsi sur eux ? Après avoir réfléchi une bonne partie de la nuit, elle avait résolu de quitter au plus vite l'armée pour rentrer en France. Il était hors de question pour elle que son fils se trouvât plus longtemps exposé aux aléas des combats. Et voilà que la guerre les rattrapait avant qu'ils aient pu la fuir ! Elle n'arrivait pas à admettre ce nouveau coup du sort. Quelle cruelle ironie ! Pour un peu, elle en aurait pleuré de rage.

Au fil de la matinée, les nouvelles inquiétantes ne cessèrent de s'accumuler, confirmant les craintes exprimées par Bayard. On apprit ainsi que la Trémoille et ses hommes s'étaient aventurés dans les faubourgs de Milan où ils avaient essuyé une arquebusade. Les Français avaient répliqué, faisant une vingtaine de victimes, puis s'en étaient retournés sans être davantage inquiétés. Cette provocation des confédérés, suivie d'une absence totale de réaction devant la riposte engendrée, était pour le moins étrange. Elle inquiéta suffisamment Charles de Bourbon pour qu'il fît passer l'ordre à ses troupes de camper sur leurs positions et de se tenir prêtes à parer à toute éventualité.

Dans le milieu de la matinée, une estafette se rendit au couvent de Santa Brigida, où François Ier avait ses quartiers, pour annoncer que les abords de la capitale du duché demeuraient calmes et que l'accrochage du matin ne semblait être, somme toute, qu'une fausse alerte. Une heure ne s'était pas écoulée qu'un second cavalier se présentait au même endroit et signalait, cette fois, que le tocsin avait sonné à tous les clochers de Milan et que les trompettes suisses lui avaient fait écho. S'ensuivit une longue période brouillonne et indécise où presque chaque capitaine défendit sa propre interprétation de ces nouvelles contradictoires. Cependant, nul, dans le camp français, n'était en capacité de se faire une juste représentation de la réalité.

Ce que les Français ignoraient, c'était que Matthäus Schiner, à peine rentré de Plaisance, avait décidé de jouer son va-tout. C'était lui qui avait compris immédiatement le profit qu'il pouvait tirer de l'incursion de la Trémoille jusqu'aux portes de la ville. Lui qui avait ordonné les premiers tirs, puis interdit que l'on s'opposât à la retraite du détachement ennemi. Tenant là le prétexte qu'il lui fallait pour forcer la main à ses compatriotes les moins va-t-en-guerre, il avait aussitôt assemblé, au son des cloches, tous les gens d'armes sur la grande place, face au couvent des Cordeliers. Là, déployant ses remarquables talents d'orateur et de manipulateur, il avait soutenu que les offres de paix de François Ier n'étaient qu'un leurre et qu'à la vérité, l'ambitieux tyran s'apprêtait à faire le siège de Milan. L'annonce d'une somme d'un peu plus d'un million de ducats, offerte conjointement par Massimiliano Sforza, le roi d'Aragon et le pape, acheva de convaincre les derniers réticents. Les natifs des cantons de Zürich et de Zoug, qui venaient à peine de rallier les partisans de la paix et s'apprêtaient à plier bagage pour rentrer chez eux, tournèrent casaque et s'armèrent en hâte. Ce mouvement fut aussitôt imité par les troupes des cantons d'Uri, de Lucerne et de Schwiz qui avaient toujours figuré parmi les plus bellicistes et prônaient l'offensive à outrance. Passé midi, plus un Suisse n'envisageait de quitter Milan sans livrer bataille. Matthäus Schiner pouvait exulter. L'apocalypse que l'homme d'Église appelait depuis si longtemps de ses vœux était sur le point d'éclater.

Les Français acquirent la conviction que les confédérés marchaient au combat seulement en début d'après-midi. Mettant fin à l'incertitude des heures précédentes, les sentinelles placées en avant-poste par Bourbon donnèrent l'alarme. Elles avaient repéré la formation d'un formidable nuage de poussière qui grossissait en provenance de Milan et que précédait le son des cornes et des trompettes. Dès qu'il en fut informé, François Ier convoqua ses principaux capitaines afin de dresser ses plans de bataille et s'enferma avec eux sous un pavillon tendu de soie fleurdelisée.

Héloïse, dont l'angoisse s'était trouvée exacerbée par l'interminable attente du matin, insista pour accompagner Bayard à cette réunion. Étienne voulut en faire autant, mais sa mère s'y opposa. D'un ton qui n'admettait aucune réplique, elle lui intima l'ordre de ne pas quitter la tente du chevalier et, quoi qu'il arrivât, d'attendre leur retour sans prendre la moindre initiative malencontreuse. Comprenant qu'il n'arriverait pas à ses fins, Étienne renonça à plaider sa cause, mais adopta une attitude renfrognée, bras croisés et moue boudeuse, pour marquer son désaccord d'être traité comme un gamin.

Lorsque Bayard fit son entrée sous la tente de commandement, une douzaine de gentilshommes s'agglutinaient autour d'un large plateau posé sur des tréteaux et sur lequel plusieurs cartes se trouvaient déroulées. La haute stature du roi dominait ce premier groupe. Plus en retrait, assemblés en petits îlots, par affinités, les capitaines attendaient de recevoir leurs instructions en échangeant des commentaires à voix basse.

— Quel est le rapport des forces en présence? demanda François Ier au grand maître de France, Artus Gouffier de Boisy.

— Sire, nous sommes largement supérieurs en nombre. Je dirais dans un rapport d'environ trois contre deux en notre faveur.

— Pas davantage?

— L'armée que Votre Majesté a menée à travers les Alpes est la plus formidable qu'on ait pu voir à ce jour. Mais nos forces sont aujourd'hui quelque peu dispersées. Le maréchal de Lautrec se trouve à Gallarate avec près de six mille hommes. Il fallait au moins cela pour arracher un accord à ces enragés d'Helvètes. Par ailleurs, nous avons été contraints de laisser des garnisons dans de nombreuses cités : Pavie, Alexandrie, Lodi et Novare. Sans compter qu'il nous a fallu verrouiller certains passages stratégiques, tel le pont de Bufarola, afin de sécuriser un éventuel repli.

— Peu importe cela ! intervint le duc d'Alençon, beau-frère du roi. Les Suisses n'ont quasiment pas d'artillerie et la cavalerie milanaise se trouve réduite à la portion congrue. Nous allons disperser cette vilaine piétaille à la première charge et les faire détaler à travers tout le Piémont. Si m'en croyez, mon frère, vous aurez votre duché pour cadeau d'anniversaire[1].

Fort de son expérience acquise au service successif de Charles VIII et de Louis XII, de Boisy crut bon de tempérer l'impétuosité du jeune duc.

— Malheureusement, le terrain ne nous est guère favorable, dit-il en invitant ses auditeurs à se pencher sur les cartes. Comme vous pouvez le constater, la route qui va de Milan à Plaisance se trouve encadrée par deux larges cours d'eau. La rivière Lambro à l'est et la Vettabbia, un ancien

1. François Ier avait fêté ses vingt et un ans la veille de la bataille, le 12 septembre.

canal agricole, à l'ouest. Alors, certes, entre ces deux obstacles, le terrain est plat, mais il est aussi très compartimenté. On y trouve nombre de fermes, de bourgs et d'abbayes, mais aussi des canaux d'irrigation par dizaines. Toutes les cinquante ou cent toises, il faut franchir de profonds fossés en eau. L'artillerie s'en trouvera très limitée dans ses déplacements et le déploiement de la cavalerie sera presque impossible. Nous ne pourrons pas délivrer de charges massives.

Ce constat pourtant lucide suscita de vives protestations de la part des plus proches compagnons du roi qui étaient aussi les commandants les moins aguerris. Tous mirent un point d'honneur à renchérir sur les propos optimistes du duc d'Alençon. À les entendre, la bataille imminente se présentait comme une simple formalité. Les Suisses seraient balayés en une couple d'heures et François Ier pourrait coucher le soir même dans le château ducal.

Même si certains vétérans des précédentes campagnes tordirent le nez en entendant ces déclarations péremptoires, la perspective d'un rapide triomphe flattait par trop la vanité du roi pour qu'il y demeurât insensible. Coupant court à toute discussion, François Ier annonça qu'il entendait bien livrer bataille le jour même. Un plan d'action fut rapidement arrêté dans une sorte d'enthousiasme aveugle. Il fut décidé que le gros de l'artillerie, les lansquenets et les arbalétriers gascons rejoindraient le connétable de Bourbon et les maréchaux Trivulzio et La Palice à l'avant-garde. François Ier avancerait jusqu'à l'abbaye de Zivido, avec la bataille composée des deux cents gentilshommes de son hôtel et de la majorité des compagnies d'ordonnance. Quant au duc d'Alençon, il demeurerait à Santa Brigida avec l'arrière-garde et le personnel du train.

Tandis qu'étaient arrêtées ces dispositions, Héloïse rongeait son frein en faisant les cent pas sous une chaleur de plus en plus étouffante. Elle avait la désagréable impression qu'un temps infini s'était écoulé depuis que Bayard l'avait laissée devant le pavillon royal pour prendre part au Conseil. Crevant d'envie de savoir ce qui pouvait s'y dire, la belle n'avait jamais autant regretté de ne point appartenir au sexe opposé. Cela lui aurait permis d'éviter cette relégation par trop frustrante.

Lorsqu'enfin les gardes postés devant les portières écartèrent leurs hallebardes pour laisser le passage au roi et à sa suite, elle comprit, avant même d'avoir échangé une parole avec Bayard, que l'affrontement était inévitable. Les grands seigneurs et les capitaines se pressaient autour du roi et une exaltation farouche se lisait sur tous les visages. Le cortège s'éloigna rapidement, chacun rejoignant son poste de commandement afin de mettre en œuvre la stratégie qui venait d'être arrêtée.

— Le Conseil a décidé de livrer bataille, lui confirma Bayard. Nous ne nous déroberons point aux provocations de l'ennemi. Dans une heure tout au plus, notre avant-garde sera engagée.

Il lui expliqua brièvement comment la décision venait d'être prise, en dépit des conseils de prudence du grand maître.

— Qu'en penses-tu, toi ? l'interrogea Héloïse.

— L'après-midi sera rude. Les Suisses sont de redoutables combattants et sur un tel terrain, la confrontation tournera vite au corps-à-corps. Vous seriez plus en sécurité, Étienne et toi, en demeurant à l'arrière avec les gens du bagage.

— Et toi ?

— Ma place est auprès du roi, au sein de la bataille. Plaise à Dieu qu'il me soit permis de m'y comporter avec vaillance et honneur !

Ils s'apprêtaient tous deux à regagner la compagnie du chevalier, lorsqu'un groupe de chevaucheurs lancé au trot enlevé fit halte devant le pavillon royal. Il s'agissait d'un peloton de gardes écossais menés par le chancelier Duprat. Monté sur un genet d'Espagne, le gros ministre ne paraissait guère à son aise en posture de cavalier. Il laissa échapper un soupir de soulagement en mettant pied à terre. Puis, sans prendre le temps de retrouver une certaine contenance, il se précipita à grandes enjambées en direction de Bayard. Ses bajoues tremblotaient et son visage virait à l'apoplexie.

— Dieu merci vous êtes là, chevalier ! s'exclama-t-il, le souffle court. Le roi est-il encore en son Conseil ? Je dois m'entretenir avec lui de toute urgence.

— Vous l'avez manqué de fort peu, messire chancelier. Puis-je vous demander la raison d'un tel empressement ? Vous semblez bouleversé.

Le principal conseiller du roi écarta les bras en signe de désolation. Sa voix chevrotait d'une fureur mal contenue.

— On le serait à moins ! Nous avons été joués ! Le collier que vous avez découvert sur le corps de votre ancien valet était un faux. Fausse également la prétendue correspondance émanant du doge de Venise. Nous avons été mystifiés, je vous dis !

— Mais comment cela ?

Duprat prit le temps de s'expliquer. Le roi lui avait confié, en fin de matinée, le médaillon apporté par Bayard conformément à la promesse que celui-ci avait faite, la veille au soir, au jeune Étienne. Le chancelier avait alors constaté que l'ordonnancement des lettres gravées différait de celui observé sur le pendentif retrouvé en premier sur le cadavre de Nicolas. Troublé, il avait eu l'idée d'utiliser le second médaillon pour déchiffrer des copies de lettres que lui avait remises Philibert Babou, à Grenoble.

— Aucun de ces messages ne fait allusion à un ralliement de Venise à la Sainte-Ligue. Il y est seulement question d'un accord de neutralité. Pourtant ces courriers portent les mêmes dates que ceux décodés grâce au médaillon de Nicolas et qui, eux, évoquent l'appui armé de Venise à nos ennemis. Il ne peut y avoir qu'une seule explication à une telle contradiction...

— Une manipulation ! gronda Bayard. On a voulu nous pousser à combattre les Suisses sans attendre les renforts vénitiens.

— Exactement ! Vous comprenez maintenant pourquoi il me faut parler au roi de toute urgence. S'il est encore temps d'éviter la bataille, il faut absolument agir en ce sens.

Bayard dodelina de la tête.

— Hélas ! Je crains que le cours des événements ne puisse plus être dévié. Les trompettes ont déjà répercuté les ordres de manœuvre et le roi a fait le serment solennel, devant plus de cinquante témoins, de coucher ce soir dans le lit du Sforza. L'honneur lui interdit désormais de reculer.

— S'il en est ainsi, reprit Duprat avec fatalisme, tout en fixant le chevalier droit dans les yeux, c'est à vous les gentilshommes de France qu'il revient désormais d'honorer la parole de notre souverain. Allez, messire Bayard ! Et faites bel ouvrage ! Quant à moi, je m'empresse de rédiger un appel à nos alliés vénitiens.

Le chancelier tourna les talons et, dédaignant les rênes de sa monture que lui tendait l'un des gardes écossais, il se mit à réclamer à cor et à cri qu'on s'en allât lui quérir une litière.

Bayard revint auprès d'Héloïse. Celle-ci n'avait pas perdu une miette des échanges entre les deux hommes. Son visage était encore plus pâle qu'à l'accoutumée et comme frappé de sidération. Le chevalier se méprit sur la cause d'un tel émoi.

— Allons, Héloïse ! Ne sois pas si inquiète, il n'y a aucune raison que les choses tournent mal. Notre supériorité est tout de même écrasante.

La belle rousse tressaillit, comme si les paroles du chevalier l'avaient tirée de ses réflexions. L'iris de ses yeux n'avait jamais brillé d'un vert aussi intense.

— Tu n'y es pas du tout, Pierre. Je viens juste de comprendre le message que ce malheureux Nicolas a voulu nous adresser au moment de sa mort.

— Que veux-tu dire ? De quel message parles-tu ?

— Tu te souviens qu'il avait laissé son empreinte sanglante sur un cadran solaire. Sur le coup, nous n'avons pas saisi le sens de cet ultime geste. En fait, il nous désignait tout bonnement son assassin. La marque de son index sur le soleil signifiait la lumière, autrement dit Lucia[1]. Tout se tient ! C'est elle qui lui a fourni les premières lettres soi-disant dérobées à son père et elle seule était assez proche de lui pour pouvoir accéder au contenu du coffret en fer, sans éveiller sa méfiance. Depuis le début, elle pratiquait un sordide double jeu. Nicolas aura fini par s'en apercevoir et elle n'a pas hésité à le supprimer.

— Lucia… Lucia, marmonna tout bas Bayard, comme si son esprit refusait encore d'admettre la trahison de la jeune femme et qu'il lui fallait répéter son prénom pour s'en convaincre. Qui aurait pu se douter ?

Abasourdis par ce qu'ils venaient de réaliser, ils reprirent en silence la direction du bivouac occupé par les troupes du duc de Lorraine. Autour d'eux, ce n'était qu'un constant va-et-vient de soldats s'équipant en hâte et s'organisant en formations de marche.

Lorsqu'ils atteignirent la tente où Étienne était censé les attendre, Héloïse fut prise d'un mauvais pressentiment. Elle prit les devants et, le cœur battant, écarta la portière de toile.

Il n'y avait plus personne à l'intérieur. Non seulement Étienne était parti, mais il avait emporté avec lui son épée et sa casaque en peau de buffle.

1. Lumière se dit *luce* en italien.

Le souffle de la défaite

Durant les deux premières heures de la bataille, Bayard eut à lutter contre un seul adversaire : la fournaise infernale de l'été lombard. Engoncé dans son harnois blanc[1], il suffoquait et avait la désagréable sensation de cuire à petit feu. Sous ce soleil de plomb, l'inaction lui pesait encore plus qu'à l'accoutumée. S'il n'entrait pas rapidement dans la danse, ses muscles allaient finir par se liquéfier.

Pour l'heure, le chevalier occupait avec sa centaine de lances le flanc gauche de la cavalerie française, maintenue jusqu'alors en réserve. Entre lui et le corps principal massé autour du roi, près de l'abbaye de Zivido, s'interposait la route de Milan à Plaisance. Celle-ci déroulait son ruban étroit sur un talus bordé d'arbres. Elle était de plus longée de chaque côté par deux profonds canaux, de sorte

1. Nom donné à l'armure complète du chevalier au début de la Renaissance. Fruit d'un savoir-faire accumulé sur plusieurs siècles, c'était pour l'époque une petite merveille de technologie, beaucoup plus commode qu'on ne se l'imagine, qui coûtait fort cher (environ un tiers de la solde annuelle d'un homme d'armes).

qu'elle constituait un obstacle difficilement franchissable. De là où il se trouvait, il était impossible à Bayard d'avoir le moindre aperçu de la plaine où se déroulaient les affrontements.

Cependant, point n'était besoin de contempler le champ de bataille pour comprendre que le choc entre les Suisses et les troupes du connétable de Bourbon était d'une violence extrême. Le combat avait débuté par un formidable déchaînement de canonnade et d'arquebusade. Un vacarme d'apocalypse. L'artillerie française et les lansquenets avaient tenté de clouer sur place les bataillons helvètes. Mais ce tonnerre effroyable, accompagné d'un déluge de feu, n'avait pas duré. Les canons s'étaient tus trop rapidement. La première demi-heure passée, on n'entendait déjà plus qu'un grondement lointain et sporadique. Cela ne pouvait signifier qu'une chose : le tir de barrage avait échoué.

La chose fut confirmée peu de temps après par une estafette dépêchée par le maréchal de La Palice. Les confédérés avaient adopté la tactique du hérisson. Organisés en trois corps hérissés de piques, ils avaient chargé avec une rage inouïe et avaient rapidement enfoncé les rangs des mercenaires allemands et des arbalétriers gascons. Plus d'une douzaine de couleuvrines étaient tombées entre leurs mains. Les autres pièces d'artillerie avaient dû être repliées de toute urgence. L'exiguïté du front et les nombreux fossés à franchir rendaient peu probable leur redéploiement en temps utile. Avant même d'avoir pu produire ses effets dévastateurs, l'atout principal des Français se trouvait retiré du jeu.

La nouvelle de cet échec initial n'avait pas vraiment surpris Bayard. Pris au dépourvu par l'attaque ennemie, les Français avaient disposé de moins d'une heure pour renforcer leur avant-garde et organiser leurs premières lignes. C'était beaucoup trop juste. Toutes les batteries n'avaient pu être mises en place et celles qui l'avaient été manquaient cruellement de protection.

Alors, tandis que la chaleur de l'après-midi se faisait de plus en plus oppressante, avait commencé une bien trop longue attente. Avec une question lancinante qui taraudait tous les esprits : l'infanterie française, composée pour l'essentiel de mercenaires allemands et de Gascons, renforcée par des aventuriers et les arquebusiers de Pedro Navarro, allait-elle parvenir à s'opposer à la furia helvète ?

Les chevaliers et les archers des compagnies d'ordonnance avaient obtenu un début de réponse, lorsqu'ils avaient vu de nombreux fantassins abandonner le champ de bataille. Beaucoup avaient choisi de traverser la route pour éviter d'être pris pour cible par l'ennemi. Les premiers à apparaître portaient d'affreuses plaies sanguinolentes et offraient au regard une collection assez complète de tout ce que le plomb et l'acier peuvent perforer, broyer ou trancher. Ils se traînaient lamentablement en prenant appui sur leur arme ou sur l'épaule d'un compagnon moins affligé. Certains étaient si mal en point qu'ils ne parvenaient pas à franchir les fossés, s'y écroulaient et finissaient noyés, foulés aux pieds par ceux qui les suivaient. Cependant, bien vite, d'autres fuyards leur avaient succédé, en plus grand nombre encore. Ceux-là n'étaient pas toujours blessés ou alors légèrement. Mais sous le masque de sueur et de poussière qui maculait leurs visages, dans leurs yeux hallucinés, on lisait la terreur, la folie ou le désarroi d'enfants égarés. Ces soldats étaient visiblement exténués. La plupart avaient jeté leurs armes, s'étaient débarrassés de leurs casques et de leurs cuirasses pour décamper encore plus vite. Quelques-uns allaient même pieds nus et dépenaillés, ayant abandonné vêtements et chaussures aux épines d'un buisson ou à la vase d'un canal.

Bayard s'était fait amener plusieurs d'entre eux pour les interroger. À chacun, il avait demandé s'il savait ce qu'il était advenu des mercenaires des bandes noires. Mais aucun n'avait pu lui répondre. L'un des fuyards, un grand escogriffe au visage couvert de poudre et à qui il manquait une oreille, l'avait même fixé avec incompréhension, les yeux brillant d'une lueur démente. De véritables charbons ardents. Sa bouche s'était tordue en une grimace dédaigneuse. On aurait dit qu'il n'en revenait pas qu'on puisse lui poser pareille question. Comme si de là où il venait, il n'y avait plus ni bandes noires, ni hommes d'armes, ni amis, ni ennemis. Juste une masse indistincte de corps consumés dans les creusets de l'enfer.

Le cœur de Bayard s'était mis à cogner avec force dans sa poitrine. Il songeait au sort d'Étienne, au serment que lui avait arraché Héloïse au moment où il enfourchait son destrier caparaçonné. Il avait promis de ramener le garçon indemne. Sur l'instant, il n'avait pu faire autrement, mais il se le reprochait à présent. Il n'avait aucune prise sur les événements, aucune liberté de mouvement. Tant que le roi ne se décidait pas à lancer la cavalerie dans la mêlée, il ne pouvait rien tenter pour sauver l'enfant. À supposer même que celui-ci fût encore indemne, ce qui était loin d'aller de soi, compte tenu de son inexpérience et de l'apparente âpreté des combats.

Condamné à l'impuissance, privé d'informations précises sur l'évolution de la bataille, le chevalier en était donc réduit à ronger son frein, tout en suppliant le Ciel que l'ordre de porter secours à l'avant-garde n'arrivât point trop tard.

Ses prières finirent par être exaucées sur le coup de cinq heures de relevée. Un cavalier se profila au sommet du talus. Ce ne fut tout d'abord qu'une silhouette dans la lumière déclinante de la fin d'après-midi. L'homme et son coursier longèrent la route, à la recherche d'un passage. Puis, l'ayant enfin repéré, ils s'engagèrent dans la pente avec une lenteur précautionneuse que Bayard jugea insupportable. Ayant franchi le canal d'un bond et retrouvé la terre ferme, le chevaucheur lança sa monture au galop. La poussière qui s'élevait de la terre trop sèche le nimbait de poudre d'or. On eût dit une apparition céleste, tout auréolée de gloire. Sauf que le messager n'apportait pas franchement de bonnes nouvelles.

— Messire Bayard, clama-t-il en tirant sur ses rênes, Sa Majesté exige que vous joigniez vos forces aux siennes et couriez ensemble sus à l'ennemi ! Le sort des armes nous est de présent défavorable.

L'infanterie du duc de Bourbon a été enfoncée, les cent cinquante lances de Florange repoussées. Nous sommes à deux doigts du désastre !

— Quelles sont les consignes ?

— Ordre est donné de charger et de harceler les bataillons suisses. Il faut procurer à nos fantassins le répit nécessaire pour se reformer et contre-attaquer.

Le chevalier poussa un rugissement et se libéra ainsi d'un seul coup de toute sa frustration. Enfin, le roi se décidait à intervenir ! Il se hissa sur ses étriers et, d'un geste impératif du bras, fit déployer les bannières. Des trompettes sonnèrent et la compagnie s'ébranla lourdement, ses lances pointant vers le ciel comme autant de défis à Dieu. Ce Dieu des batailles qui n'avait pas encore choisi son vainqueur.

En atteignant le sommet du talus et la route de Milan, Bayard put enfin embrasser du regard le théâtre des opérations. Face à lui, sur la droite, les compagnies d'ordonnance de la bataille faisaient mouvement. Le chevalier repéra l'étendard royal à peu près au centre du dispositif. Il chercha à distinguer la haute silhouette de François Ier et son armure toute niellée d'or, mais il n'y parvint pas. Il reporta alors son attention à l'ouest, en direction de San Giuliano. Il ne vit d'abord qu'un épais nuage de poussière suspendu entre ciel et terre. Des fumerolles, lentes et noires, s'en détachaient. Aussi des brandons enflammés, soulevés par les tourbillons de chaleur et qui finissaient par retomber en une pluie de cendres grises. On apercevait çà et là de brefs éclairs qui correspondaient au roulement lointain des décharges d'arquebuses. Il y avait aussi des champs qui achevaient de brûler, des fermes aux murs calcinés, des cabanes écroulées. Mais le plus impressionnant restait ce brouillard brunâtre soulevé par les troupes affrontées.

Sur un nouveau signe du chevalier, sa compagnie de cent lances descendit dans la plaine et vint se positionner sur le flanc gauche de la cavalerie. Les lourds chevaux de guerre avançaient au pas. Avant de pouvoir charger, il fallait s'approcher davantage, franchir plusieurs fossés profonds ou les contourner en prenant de petits chemins à la file.

Durant cette pénible progression, Bayard ne quitta pas des yeux l'espèce de maelström terreux qui barrait l'horizon. À mesure que la bataille s'en approchait, il devenait possible de distinguer la multitude des ombres qui l'animaient de courants furieux et de soubresauts imprévisibles. On eût dit des légions de damnés, condamnées à s'affronter jusqu'à la fin des temps, dans un paysage crépusculaire et presque irréel. En dépit des nombreuses campagnes qu'il avait déjà vécues, jamais le chevalier n'avait contemplé spectacle à la fois aussi grandiose et aussi terrifiant.

Enserrée entre la route surélevée, la rivière de Lambro et de nombreux canaux, la cavalerie ne pouvait se déployer que sur un front limité à moins d'un tiers de lieue. Ses neuf mille combattants se voyaient contraints d'avancer sur une vingtaine de rangs. Cette formation inhabituelle n'en était pas moins impressionnante. Lorsque les Suisses prirent conscience de la menace, ils se regroupèrent et abandonnèrent en bon ordre les parcelles gagnées lors de leur premier assaut. Quand les compagnies d'ordonnance atteignirent celles-ci, les nuages de poussière s'effilochèrent et une vision d'effroi s'offrit aux regards de tous.

Le sol était jonché d'arquebuses et de casques abîmés, de piques rompues, de membres arrachés et de cadavres noirs de mouches. Des chevaux avec la selle vide erraient çà et là. D'autres bêtes gisaient, éventrées, leurs jambes s'agitant au milieu de leurs viscères transformés en une bouillie sanglante. Dans leur retraite, les confédérés avaient empilé des cadavres dans les fossés pour en faciliter le franchissement. Il y avait aussi quelques blessés parmi eux, dont on n'apercevait qu'un bras ou même qu'une main émergeant faiblement de l'immonde amas humain. Les cavaliers faisaient mine de les ignorer ou fermaient les yeux à l'instant de pousser leurs pesantes montures à travers ces lugubres charniers. Ils s'efforçaient également de retenir leur respiration chaque fois que la brise leur apportait l'écœurante odeur de merde et de chair brûlée qui planait sur la plaine.

Les compagnies d'ordonnance dépassèrent les derniers groupes de fantassins et les cavaliers de l'avant-garde qui n'avaient pas voulu reculer et avaient tenu leur position jusqu'à l'extrême limite de leurs forces. Ceux-là étaient si éprouvés qu'ils ne parvinrent même pas à saluer l'arrivée des renforts, et seule la vision de l'étendard royal arracha, à ces fantômes hagards, quelques maigres vivats.

Bayard s'efforça de repérer Étienne parmi eux, mais seul un miracle lui eût permis de réussir. De toute façon, le temps lui manquait. Déjà, les trompettes sonnaient la charge.

Compte tenu du terrain très défavorable, il ne fallait pas songer à un assaut frontal. Les compagnies allaient devoir s'élancer par petits groupes, sur les flancs des trois corps reconstitués par les Suisses. L'impossibilité de se disposer en ligne et la courte distance feraient perdre beaucoup de force d'impact à la cavalerie. L'élan des chevaliers et des hommes d'armes, d'ordinaire irrésistible, serait cette fois insuffisant pour disloquer les bataillons ennemis. Sans compter qu'entre chaque assaut, les confédérés auraient tout le temps de resserrer les rangs et d'abaisser leurs piques pour faire front. Bayard avait suffisamment d'expérience pour anticiper tout cela. L'inconséquence du roi allait conduire à un véritable carnage. Il n'avait pas le moindre doute à ce sujet, mais il n'était plus temps de le déplorer. Quel que fût le prix à payer, seule comptait désormais la victoire. Et si cette journée devait malgré tout tourner au désastre, qu'au moins l'honneur fût sauf!

Bayard s'efforça de faire le vide dans sa tête et éperonna son destrier. La bête imposante prit aussitôt le trot. Assurant les rênes dans sa main gauche, le chevalier abaissa la visière de son heaume et vint appuyer sa lance sur l'arrêt de cuirasse[1] pour la

---

1. Piton fixé perpendiculairement au plastron qui permettait au chevalier de coucher sa lance rapidement en servant de point d'appui.

laisser reposer sur sa cuisse. Il aspira l'air à pleines goulées ; le sang battait à ses tempes. Une exaltation qu'il connaissait bien, proche de l'ivresse, montait en lui et il avait l'impression de sentir chaque pore de sa peau se dilater. La sueur ruisselait dans son dos et collait ses cheveux à son front.

Sa monture marqua une légère hésitation devant l'ultime fossé à traverser. Elle dressa les oreilles en encensant. Le chevalier serra les cuisses et affermit les rênes dans sa main. Le destrier agita plusieurs fois la tête et repartit de l'avant, adoptant le même trot enlevé que ses voisins. L'ennemi n'était plus éloigné désormais que d'une quarantaine de toises. À travers les ultimes lambeaux de nuée brune, Bayard distinguait les rangs parfaitement alignés des bataillons helvètes. Les hommes de la première ligne, agenouillés, pointaient vers le haut le fer redoutable de leurs hallebardes, tandis que les deux rangs suivants, debout et bien compacts, brandissaient un véritable mur de piques destiné à briser la première charge.

Plusieurs bannières s'agitèrent au sein de la ligne des cavaliers. À ce signal, tous changèrent d'allure. Le martèlement des sabots s'amplifia à mesure que les montures accéléraient pour atteindre le plein galop. Bayard ressentit jusque dans sa chair le tremblement de la terre secouée par cette formidable masse en mouvement. Trente toises, vingt toises. Le chevalier ne se préoccupait plus des hommes qu'il entraînait à ses côtés. En une fraction de seconde, son univers se réduisit au crépitement de la cavalcade, au souffle de l'air à travers sa visière, à la vision étrécie du carré suisse hérissé de pointes de fer, dont chacune semblait le viser. Quinze toises. Bayard coinça sa lance sous l'aisselle et la coucha à l'horizontale. Son regard se fixa. Il vit un piquier barbu, le torse couvert d'une cotte de mailles, qui ouvrait une bouche édentée pour hurler un ordre. Tout à coup, au milieu du tumulte, parmi la foule des combattants, il n'y eut plus qu'eux deux. Eux deux seuls, face à face. Tandis que son destrier bousculait les premiers adversaires comme des quilles, Bayard pointa sa lance à la hauteur voulue. Le fer dirigé avec une rare précision traversa le front du Suisse et ressortit derrière la nuque, lui ravageant l'échine et faisant gicler un brouet de sang et de cervelle. L'homme saisit à deux mains la hampe qui venait d'éclater en trois morceaux. Mais il était déjà mort, foudroyé, lorsqu'il toucha le sol.

En encaissant le choc, Bayard s'était courbé sur l'encolure de sa monture pour éviter les nombreuses armes qui se tendaient vers lui. Son destrier, dressé pour le combat, cherchait déjà à s'extirper de la mêlée en distribuant généreusement force morsures et ruades féroces. Un hallebardier s'écroula, les reins brisés par un coup de sabot vicieux. Un autre lâcha la jambe du chevalier et porta les mains à son visage en hurlant. De sa bouche ouverte, s'envolèrent un morceau de langue et des dents réduites en miettes. Bayard avait dégainé son épée et assenait de multiples coups de taille pour se dégager. Il y parvint juste avant que le flot des ennemis ne se refermât sur lui et put reprendre sa course hors des lignes ennemies.

Le tintement de l'acier contre l'acier, la clameur sourde des combattants, les cris d'agonie, les hennissements fous des chevaux transpercés par les piques, les yeux qui brûlaient à cause de la sueur, la bouche sèche, la gorge irritée par la poussière, l'odeur de pisse, de merde et de fumée, les flaques de sang… aussitôt après le désengagement, c'était toujours le trop-plein de sensations et l'extrême confusion qui prédominaient. Comme si l'esprit s'ouvrait de nouveau à une monstrueuse réalité qu'il avait, un bref instant, occultée.

Retrouvant peu à peu tous ses sens, Bayard remit son épée au fourreau et s'employa à reprendre le contrôle de sa monture qui galopait à la limite de l'emballement. L'ayant maîtrisée, il la fit pivoter et chercha des yeux sa bannière. Il n'y avait pas de temps à perdre. Il fallait reconstituer au plus vite la ligne d'attaque et repartir à l'assaut.

Jusqu'au soir, les compagnies d'ordonnance multiplièrent ainsi les charges héroïques pour contenir les confédérés, au prix de très lourdes pertes. Pendant ce temps, l'infanterie française cherchait à se regrouper et à se réorganiser. Si la victoire éclair des Suisses avait été évitée de justesse, la situation de l'armée royale n'était pourtant toujours pas fameuse et l'issue de la bataille demeurait des plus incertaines.

Ce fut au cours de la douzième charge qu'il menait d'affilée que Bayard eut son cheval tué sous lui. Le soir tombait mais, d'un bout à l'autre de la plaine, les affrontements demeuraient toujours aussi violents. À ce moment-là, Bayard se trouvait isolé du reste de son escadron, au milieu de sarments de vigne qui jouxtaient une ferme incendiée. C'était en cherchant à déloger des ennemis qui s'étaient réfugiés dans les ruines qu'il avait essuyé plusieurs décharges d'arquebuses. L'une d'elles, lâchée presque à bout portant, avait foudroyé sa monture ainsi que les trois hommes d'armes qui l'accompagnaient.

Rapidement entouré d'une poignée d'ennemis vociférants, ne pouvant compter que sur lui-même pour se sortir de ce mauvais pas, le chevalier sans peur et sans reproche s'était vu contraint de justifier, une fois de plus, son glorieux surnom.

Bien campé sur ses deux jambes, il dispersa d'abord les moins farouches de ses assaillants en effectuant de grands moulinets avec son épée. Puis il fit face aux deux officiers, nettement plus résolus, qui lui fonçaient droit dessus. Le premier d'entre eux, armé d'une demi-pique, tenta une fente directe en visant la gorge du chevalier. Celui-ci dévia la pointe d'une parade haute et, dans le même mouvement, ajusta un coup d'estoc juste sous le sternum. Le cœur éclata et le Suisse vomit une gerbe de bile et de sang. Le saisissant à la volée par son baudrier de cuir, Bayard s'en fit un bouclier pour éviter d'être transpercé par son compagnon qui se précipitait en hurlant tel un démon. L'épée courte qui visait sa poitrine s'enfonça dans le dos du cadavre. Son propriétaire poussa un juron et chercha à la dégager. Cependant, avant qu'il ait pu y parvenir,

Bayard avait déjà lancé sa riposte. Comme l'officier portait une cuirasse de fer, il privilégia une attaque à la tête. Sa lame fendit le crâne du confédéré en deux jusqu'à l'arête du nez. L'homme toupilla sur lui-même et s'écroula lourdement, tel un vulgaire sac de son.

Il était encore secoué de convulsions quand Bayard essuya son épée sur ses chausses et se remit en garde afin d'affronter trois autres soldats qui pensaient pouvoir faire mieux que leurs supérieurs en l'assaillant simultanément. En les regardant approcher, il s'appliqua à contrôler son souffle et à agiter ses membres pour lutter contre la fatigue qui engourdissait, peu à peu, ses muscles. En même temps, il s'efforçait de calculer ses chances. Deux des fantassins étaient armés de hallebardes, le troisième d'une hache à long manche. Ils étaient tête nue, portaient des casaques de cuir mais aucune pièce d'armure. Cette absence de protection lui laissait une mince opportunité de vaincre, mais il n'avait pas droit à la moindre erreur.

Les deux hallebardiers s'élancèrent en même temps. Bayard se plaça de profil pour leur offrir une cible réduite. Esquivant du haut du corps, il réussit à éviter la première pointe et bloqua la seconde avec son épée placée en oblique. Mais l'homme à la hache avait profité de la double attaque de ses compatriotes pour se rapprocher sur le côté. Avant que le chevalier ait pu libérer sa lame, il lui assena un coup violent. Bayard n'eut que le temps de basculer la tête sur le côté. Ce réflexe lui sauva la vie. Au lieu de lui faire éclater le crâne, la lourde hache ripa et lui arracha son casque. Le soldat poussa un cri de rage. Sans lui permettre de renouveler sa tentative, Bayard leva son bras gauche replié et lui écrasa sa coudière d'acier en pleine face. Le cartilage du nez craqua, la mâchoire inférieure se décrocha et l'homme se tordit de douleur en éructant des ruisseaux écarlates. La vision de leur camarade blessé excita la fureur des deux hallebardiers et leur fit perdre toute lucidité. Oubliant de harceler le chevalier en l'attaquant de deux côtés à la fois, ils se ruèrent sur lui de face, en se contentant de viser deux parties différentes de son corps.

Bayard frappa en revers la première hampe qu'il écarta de force pour barrer la route au second assaillant et le faire trébucher. Au passage, il lui expédia une brusque bourrade qui accentua son déséquilibre et l'envoya rouler cul par-dessus tête. Pivotant sur sa jambe arrière, il frappa alors de taille le premier hallebardier. Sa lame pénétra sous l'aisselle et perfora le poumon droit. L'épée était si profondément enfoncée qu'il ne put la retirer tout de suite. Arrachant la redoutable hallebarde des mains du mourant, il la projeta violemment dans le dos de celui qui était en train de se relever. La pointe se planta entre les deux omoplates et sa longue hampe vibrait encore lorsque l'homme s'étala de tout son long dans la poussière.

Bayard dégaina sa courte dague et rejoignit en quelques enjambées l'homme au visage écrabouillé qui se traînait à quatre pattes en geignant, à demi aveuglé par le sang qui ruisselait sur son visage. Il lui redressa la tête en l'attrapant par les cheveux et le poignarda à la racine du cou.

Endolori par le coup reçu à la tête, des papillons noirs voletant devant ses yeux, le chevalier récupéra son épée, mit un genou à terre et s'accorda une pause pour reprendre son souffle.

« Hurenkind[1] ! » hurla une voix derrière lui. Bayard se redressa et pivota. Surgissant de la ferme en ruine, un homme arborant à la taille une écharpe aux couleurs du canton d'Uri se précipitait sur lui. Son nouvel adversaire était un véritable géant, avec des cheveux tressés, noir corbeau, et une masse d'armes qu'il faisait tournoyer comme si elle ne pesait pas plus lourd qu'une plume. Évitant de peu la boule d'acier hérissé de pointes, Bayard feinta une attaque à la tête et, au dernier moment, plongea sur le côté. D'un coup de revers, il balaya l'espace de sa lame. L'acier tranchant coupa net la jambe la plus proche à ras du genou. L'homme bascula au sol en poussant un cri inarticulé. Reprenant sa respiration, Bayard se redressa et se rapprocha du grand corps inerte qui baignait dans le sang. Le soldat aux tresses roulait des yeux effarés et balbutiait des bribes de paroles incompréhensibles. En dépit de sa carrure et du poil ombrant ses joues et ses phalanges, il avait l'air tout à coup d'un petit enfant éploré et tremblant de peur. Tout en se sentant désolé pour lui, Bayard positionna la pointe de son épée contre sa pomme d'Adam et enfonça en pesant de tout son poids. L'homme émit un hoquet affreux,

1. Enfant de putain !

du sang jaillit en un violent geyser. La source, toutefois, se tarit très vite. Et quand Bayard tourna les talons, seul un mince filet continuait d'abreuver la terre craquelée par la sécheresse.

Cette fois, il n'y avait plus un seul ennemi à proximité immédiate. Le chevalier rengaina ses armes et demeura un moment immobile, les bras ballants, le menton reposant sur sa poitrine. Il était hors d'haleine et tous les muscles de son corps le faisaient souffrir. Une soudaine brûlure irradia sa tempe droite. Il passa ses doigts le long de son oreille et les ramena poisseux et teintés de rouge. Il avait dû se faire entailler au moment où la hache lui avait arraché son heaume mais, dans le feu de l'action, il ne s'en était même pas aperçu. Il se pencha davantage en avant et vomit un torrent de bile. Aussitôt après, il ressentit un certain soulagement. Les taches noires cessèrent de danser devant ses yeux.

Se redressant, il essuya sa bouche d'un revers de main et chercha à se repérer. La chose n'était pas aisée. Les ombres bleues du crépuscule envahissaient désormais la plaine. Les charges de cavalerie incessantes avaient soulevé un brouillard encore plus opaque qu'en milieu d'après-midi. S'y ajoutait en effet la fumée âcre et soufrée des canonnades qui avaient repris de plus belle. C'était plutôt bon signe, car cela voulait dire que les couleuvrines avaient pu être repositionnées. Même si Bayard se demandait bien comment, dans cette semi-obscurité, les servants des pièces parvenaient à identifier leurs cibles.

Après avoir hésité sur la direction à prendre, le chevalier décida finalement de se diriger du côté où les tirs semblaient les plus nourris. L'artillerie avait dû être placée à l'abri des colonnes d'attaque suisses. Elle constituait le repère le plus fiable pour rejoindre les lignes françaises.

Il commençait à s'éloigner en titubant, l'épée de nouveau à la main pour parer à toute mauvaise rencontre, lorsqu'il songea à Héloïse. C'était la première fois depuis qu'il l'avait quittée en lui promettant, une fois de plus, de lui ramener son fils. Il avait eu tort. Parce qu'il n'avait pas ce pouvoir et qu'il n'avait pas le droit de lui laisser croire le contraire. La guerre épargnait rarement les faibles. C'était là un des plus sûrs enseignements qu'il avait tirés de ses nombreuses campagnes. La guerre était impitoyable. C'était une bête féroce qui ne lâchait pas ses proies. Quand un homme, fût-il le plus valeureux des combattants, se trouvait pris dans ses griffes, il ne pouvait compter que sur lui-même pour en réchapper.

Et Étienne n'était ni un combattant, ni même un homme. Juste un enfant. À moins qu'il ne fût déjà plus qu'un cadavre glacé, pareil à tous ceux que Bayard croisait sur son chemin sans oser les dévisager.

Au cœur de la nuit

Adossé contre un muret de pierres sèches, Étienne grelottait. Il était à demi assis, en chemise, sa courte épée reposant le long de sa jambe droite. Sur ses cuisses, se trouvait appuyée la tête de Domingo. L'Aragonais était allongé parallèlement au mur, sur la casaque de cuir qu'Étienne avait étalée à son intention. Il geignait doucement, les paupières closes, le visage blafard et contracté. Ses mains étaient crispées sur son bas-ventre qu'un piquier suisse, lors de l'ultime alarme de la journée, avait pourvu d'une boutonnière sanglante. Entre ses doigts recouverts de croûtes brunes, les entrailles nacrées ressemblaient à de fines anguilles grouillantes qui ne demandaient qu'à s'échapper. La Hure, quant à lui, se tenait à genoux, de l'autre côté d'Étienne. Il tenait devant lui sa hache à double tranchant et jetait régulièrement des regards anxieux par-dessus le mur bas.

Les trois compagnons s'étaient réfugiés derrière ce frêle rempart en profitant de l'obscurité. Il devait être alors pas loin de minuit. Après s'être prolongés bien au-delà du déclin du soleil, les combats venaient seulement de s'interrompre. L'annonce de la trêve leur était parvenue grâce aux trompettes et aux clairons français, auxquels étaient venues faire écho, pour les confédérés, les cornes des trois cantons d'Uri, d'Unterwald et de Schwyz. Malgré cela, depuis lors, on entendait retentir par intermittence, tantôt proches tantôt lointains, des coups d'arquebuses ou les cliquetis d'acier d'une échauffourée. Et même quand les armes faisaient silence, montaient dans la nuit, à travers toute la plaine, les plaintes des blessés et les râles des mourants.

Le dos endolori, Étienne se tortilla pour adopter une meilleure position, tout en prenant garde à ne pas secouer Domingo. Puis il frissonna longuement. Un froid vif avait succédé à la chaleur accablante de la journée. Comme La Hure avait refusé catégoriquement de faire du feu, le jeune garçon avait les extrémités glacées. S'il ne claquait pas des dents, c'était au prix d'un suprême effort de volonté. Parce qu'il ne voulait pas que le colosse blond se méprît et s'imaginât que la peur le faisait trembler. Mais Étienne ne souffrait pas seulement de la chute de la température. Il mourait aussi de faim et de soif. Un peu plus tôt dans l'après-midi, il avait bien tenté de se désaltérer en avalant le contenu d'un fossé. Mal lui en avait pris ! L'eau était stagnante et corrompue par les nombreux cadavres. Elle lui avait tordu les boyaux et, faute de pouvoir se soulager au cours de l'affrontement, il s'était chié dessus. La sensation du liquide fétide coulant le long de ses cuisses l'avait accompagné durant tout le reste de la journée. La puanteur était horrible. Elle imprégnait encore ses chausses et il était presque étonné que Domingo ne manifestât pas de désagrément. Le fait que l'Aragonais ne se soit pas plaint montrait qu'il était déjà passé de l'autre côté. De l'autre côté de quoi ? Étienne aurait été bien embarrassé de préciser sa pensée, mais il percevait confusément que cette nuit, peuplée d'ombres et de plaintes, ouvrait sur un territoire insoupçonné. Un lieu d'où suintaient la démence et la mort.

— Que sont devenus tous les autres ? demanda-t-il en chuchotant, plus pour entendre sa propre voix que dans l'attente d'une réponse précise.

La Hure haussa ses épaules musculeuses.

— J'en sais pas plus que toi, mon gars. Possible qu'on soit les derniers. Possible aussi qu'il en reste des comme nous, planqués tels des rats en attendant que le jour se lève. Qui peut savoir ? Pour l'heure, Dieu lui-même ne reconnaîtrait pas les siens.

— Et la victoire ? Est-ce qu'au moins nos troupes ont pris le dessus ?

— Tu veux qu'j'te dise, petit, tu m'agaces avec tes questions. Comment veux-tu qu'je sache qui a pris l'meilleur sur l'autre ? Tout c'qui compte, c'est qu'ces foutus mangeurs de fromage ont pas quitté le champ de bataille. Alors boucle-la ! On sait jamais qui peut rôder dans l'obscurité !

Étienne n'ajouta aucun commentaire et se recroquevilla au plus près du mur, là où il restait encore un peu de chaleur emmagasinée. Au fond, que lui importait désormais le sort de la bataille! Il était épuisé, sans illusion. En l'espace d'une journée, il était passé par tant d'émotions qu'il se sentait vidé, ravagé à l'intérieur. Pourtant, son esprit continuait de fonctionner. Des images ne cessaient de tourner dans sa tête. Il revoyait Bellastre transpercé dès la première heure du combat par une dizaine de piques, alors qu'il tentait de défendre une batterie emportée d'assaut par les Suisses. Le rictus de douleur et les yeux révulsés du capitaine le frappaient encore d'épouvante, à chaque fois qu'il se les représentait en pensée. Il y avait aussi le malheureux Boutefeu haché sur place par un homme d'armes français qui, du haut de son destrier, l'avait confondu avec un arquebusier helvète. Étienne lui-même avait manqué cent fois de se faire tuer. Et il ne comprenait pas comment, ni pourquoi il en avait réchappé. À moins qu'un dieu mauvais, en le préservant, lui, le puceau des batailles, n'ait voulu exercer sa cruelle ironie aux dépens de tous les rudes combattants tombés tantôt, pour gagner ou conserver quelques arpents de terre calcinée. Et si c'était le cas, alors cela voulait dire qu'ils étaient tous maudits. Les vivants et les morts. Les vainqueurs et les vaincus. Cette pensée était si déprimante qu'il voulut la chasser en invoquant le doux visage de sa mère. Mais il n'y parvint pas. Les traits bien-aimés se refusaient à lui, demeuraient flous, comme s'il les voyait à travers un écran de fumée.

Ce fut un froissement de feuilles, en provenance d'un bosquet d'amandiers, par-delà le mur, qui le tira brusquement de ses pensées. Il sursauta, l'oreille aussitôt aux aguets. Pas de doute : des hommes approchaient. Tout un groupe d'hommes, à en juger par les bruits de pas dans les broussailles.

La Hure risqua un rapide coup d'œil derrière les pierres plates.

— Des soldats ! souffla-t-il. Une demi-douzaine. Ils viennent par ici.

Il replia sa grande carcasse et plaqua fermement ses deux mains sur la bouche et le menton de Domingo. La poitrine du blessé se souleva sous l'effet d'un spasme vite étouffé par la poigne du géant barbu. Puis l'Aragonais se figea de nouveau dans une immobilité de pierre.

— Faut l'empêcher de geindre, expliqua La Hure devant la mine interloquée d'Étienne. Ce sont peut-être des ennemis. On peut pas prendre le risque.

Les nouveaux arrivants devaient porter un ou plusieurs flambeaux, car les deux embusqués virent danser une lueur rougeoyante, et des ombres s'allongèrent sur le sol devant eux. Des bribes de conversation à voix basse leur parvinrent, dans une langue qui ressemblait à de l'allemand. Mais cela ne voulait rien dire. Nombre de Suisses et de lansquenets parlaient le même dialecte germanique. Dans le doute, mieux valait ne pas se démasquer.

Les voix s'amplifiaient. Elles étaient à présent toutes proches.

Avec effarement, Étienne comprit que ces soldats inconnus avaient eu la même idée qu'eux.

Ils étaient tout bonnement en train de s'installer pour la nuit, de l'autre côté du mur. Moins de trois pieds les séparaient à présent du trio dissimulé !

La Hure dut lire la panique dans les yeux de son jeune compagnon. Sans relâcher son étreinte sur Domingo, il plissa les paupières et hocha deux fois la tête en silence. Il semblait vouloir signifier qu'il ne servait à rien de s'affoler, qu'il fallait à tout prix garder confiance. Et surtout, surtout ne pas faire de bruit !

S'écoula alors l'heure la plus angoissante qu'Étienne eût jamais vécue. Les soldats invisibles s'étaient mis à leur aise. On avait entendu le tintement des armes regroupées en faisceau, le choc sourd de la buffleterie tombant à terre, les ceinturons qu'on débouclait. Puis des besaces qu'on secouait, des bouteilles qu'on entrechoquait et des bruits de mastication, entrecoupés de rots ou de rires vite étouffés.

Les nerfs d'Étienne étaient à vif. Chaque minute lui paraissait durer un siècle, une éternité. Sans le soutien constant du regard de La Hure, il n'aurait pas tenu. Mais le colosse ne le lâchait pas des yeux. Comme s'il voulait lui insuffler un peu de sa force. Le river à lui par un lien plus solide que toutes les chaînes de la terre.

À un moment donné, un des soldats se leva et lâcha un pet sonore, suscitant protestations et gloussements. L'ombre de l'homme dépassa celle du muret et s'allongea très loin sur le sol. Pris d'un besoin pressant, il s'était rapproché des pierres et avait délacé les aiguillettes en cuir de ses chausses. Un soupir de satisfaction lui échappa lorsque le liquide tiède se mit à couler.

Étienne dut se mordre les lèvres au sang pour ne pas crier ou se rouler à terre lorsqu'il sentit la douche d'urine inonder sa tête et ses épaules. La pensée que le soldat n'avait qu'à se pencher un peu plus par-dessus le muret pour les repérer, l'aida finalement à surmonter son dégoût et à demeurer immobile. Déjà, l'homme se rajustait et tournait les talons pour revenir auprès de ses compagnons.

Ils demeurèrent là, à boire du mauvais vin et à causer à voix basse, jusqu'à ce que la lune fût haute dans le ciel et baignât la plaine de sa clarté lactescente. Puis, comme s'ils avaient attendu d'y voir plus clair pour tenter de regagner leurs lignes, ils reprirent armes et bagages et s'éloignèrent d'un pas traînant, en longeant le parapet de pierres.

Par précaution, La Hure attendit que la nuit les eût totalement engloutis pour libérer sa pression sur le visage de Domingo. Le jeune homme n'eut pas la moindre réaction. Ses lèvres retroussées laissaient voir ses dents et ses gencives. Sa peau revêtait l'apparence d'un parchemin froissé.

Pris d'un doute subit, le colosse blond secoua son compagnon à la hanche. L'autre ne bougea toujours pas. Simplement, ses mains, qui étaient demeurées posées sur la plaie béante de son ventre, glissèrent lentement jusqu'à terre et sa tête s'inclina sur son épaule. Sous le regard épouvanté d'Étienne, La Hure colla alors son oreille sur la maigre poitrine. Lorsqu'il se redressa, ses traits marquaient à la fois de l'incrédulité et un désarroi immense.

— Pute borgne ! murmura-t-il d'une voix blanche. Le pauvre a trépassé. Et c'est moi qui l'ai étouffé !

*

Bayard ne parvint à rejoindre le camp retranché des Français qu'à la nuit tombée. Il avait été contraint d'effectuer de longs détours pour éviter de nombreux détachements helvètes. Il y en avait un peu partout, disséminés à travers la plaine. Jamais au cours de sa déjà longue carrière militaire, le chevalier ne s'était trouvé plongé dans une situation aussi confuse. Le champ de bataille était jonché de cadavres d'hommes et de chevaux. On ne pouvait pas s'y déplacer sans heurter des membres arrachés ou patauger dans des entrailles répandues sur le sol. Mais surtout, lorsque l'obscurité avait interrompu les hostilités, nombre de soldats, harassés et égarés, s'étaient effondrés là où ils avaient cessé de combattre. Entre les deux camps ennemis, il y avait donc une vaste zone où Suisses et Français se côtoyaient dans une dangereuse promiscuité. Par endroits, certains soldats bivouaquaient à moins de vingt pas de ceux avec qui ils s'étripaient deux heures plus tôt.

S'étant fait reconnaître des sentinelles qui gardaient les abords du cantonnement royal, Bayard demanda qu'on lui indiquât l'endroit où il pourrait faire panser sa blessure à la tempe. Les blessés étaient si nombreux qu'on les avait allongés en plein air, sous des toiles tendues entre des arbres fruitiers. Le verger jouxtait l'abbaye de Zivido, ce qui permit au chevalier d'y diriger facilement ses pas.

En découvrant le nombre d'hommes qui gisaient là et en entendant leur concert de gémissements, il eut confirmation que cette première journée de lutte s'était muée en une véritable boucherie. Et il eut la certitude que rien ne pourrait laver cette tache qui inaugurait bien mal le règne du nouveau souverain.

À la lumière des flambeaux, des chirurgiens-barbiers et des prêtres continuaient de se déplacer entre les blessés pour leur apporter le secours de leur art ou, pour les cas les plus désespérés, de la religion. Bayard fut heureux de retrouver Symphorien Champier. Celui-ci s'affairait au chevet d'un homme éventré. Des éponges, probablement imprégnées de suc de pavot ou d'huiles de jusquiame et de mandragore, dépassaient des narines du blessé. L'homme en noir avait lavé les intestins dans une bassine remplie de vin, les avait soigneusement remis en place et achevait de recoudre la paroi intestinale. Bayard patienta jusqu'à ce qu'il eût achevé sa délicate ouvrage avant de se manifester.

— Messire mon cousin ! s'exclama Champier, un large sourire chassant la lassitude de son visage. Dieu merci, vous êtes sauf ! Nous étions tous terriblement inquiets à votre sujet.

— Héloïse ?

— Elle la première, évidemment ! Tant de grands capitaines ont été occis dès cette première journée.

Le duc de Châtellerault, le comte de Sancerre, les seigneurs d'Humbercourt et de Bussy. Bien d'autres encore !

Bayard se laissa choir sur un pliant. Le désastre était encore plus grand qu'il ne l'avait imaginé. Ce roi vaniteux et inconséquent avait envoyé la fine fleur de sa chevalerie à la mort. Mais comment avait-on pu en arriver là ? Comment François Ier avait-il réussi à tout gâcher alors qu'à peine un mois plus tôt, il franchissait les Alpes à la tête d'une armée sans égale, en prenant ses ennemis à revers ?

Voyant que le chevalier accusait le coup et demeurait prostré, Champier crut bon de lui laisser le temps de se reprendre. Il fit signe à un valet muni d'une aiguière et d'un bassin d'approcher et lava avec grand soin ses mains tachées de sang. Puis il se pencha pour examiner la blessure de son cousin.

— Voyons cette méchante plaie. Allons ! Cela ne sera rien. Je vais la nettoyer et me fais fort ensuite de la refermer si joliment que la cicatrice se verra à peine.

Bayard arrêta son geste en lui bloquant le bras.

— A-t-on des nouvelles d'Étienne ?

— Hélas, non ! Héloïse comptait beaucoup sur votre réapparition pour en obtenir.

Le regard du chevalier se voila.

— Où se trouve-t-elle à présent ?

— Je l'ai envoyée prendre un peu de repos, dans une chambre de l'abbaye. Au début, elle ne voulait rien entendre, mais je me suis permis d'insister. Elle s'est dépensée sans compter auprès des blessés, tout au long de l'après-midi et de la soirée. J'ai rarement vu un tel dévouement ni une telle détermination. Beaucoup d'hommes n'en auraient pas fait autant. Mais la pauvre ne tenait plus debout. Elle était complètement épuisée.

— Je vous sais gré, mon cousin, du soin que vous avez pris d'elle.

Le médecin, qui avait commencé de tamponner la tempe de Bayard avec un linge imprégné d'esprit de vin, suspendit son geste. Ses yeux flottèrent un court instant dans le vague, tandis qu'un sourire ineffable s'épanouissait sur ses lèvres.

— Je n'y ai point grand mérite, dit-il très bas, comme s'il se parlait à lui-même. Cette femme a le don de se faire aimer.

Un peu plus tard, Bayard accompagna Champier jusqu'à son chariot. Au fond, il était soulagé de ne pas être forcé de parler à Héloïse. Qu'aurait-il pu lui dire qui n'aurait pas accru son angoisse de mère? Non, décidément, mieux valait la laisser se reposer. Elle serait bien assez tôt fixée sur le sort de son fils.

Les deux hommes partagèrent un jambon, des prunes et un carafon de vin râpeux. Le médecin mit à profit ce moment de pause pour informer son cousin des positions respectives occupées par chacune des deux armées. Il lui confirma que la férocité des Suisses leur avait permis de frôler la victoire jusqu'à l'intervention des compagnies d'ordonnance. Au prix de pertes importantes, celles-ci avaient réussi à ralentir leur avance. Le roi lui-même s'était trouvé maintes fois en grand péril, mais il s'était battu comme un lion et avait multiplié les prouesses.

Interrogé par le chevalier sur l'issue possible de la bataille, Champier se montra résolument optimiste.

— Nos troupes se sont reformées. L'artillerie a pu être installée sur une petite butte et protégée derrière des palisses en bois. De là, elle devrait faire merveille, demain. Les pionniers ont creusé moult tranchées défensives et nos troupes ont pu être ravitaillées par les gens du train. Les colonnes d'assaut des confédérés sont, elles, engluées au cœur de notre dispositif. Elles ne peuvent espérer ni soutien ni renfort. La majorité de nos capitaines est persuadée que nous devrions l'emporter facilement en prenant l'offensive sitôt le jour levé.

— Que dit Trivulzio ?

— Le vieux maréchal ? Il est égal à lui-même et fait preuve de davantage de réserve. Il prétend que le cardinal de Sion sait comme nul autre galvaniser ses compatriotes.

— On le décrit comme un tribun fort habile, concéda Bayard, mais aussi comme un ennemi irréductible du royaume de France. Un homme de guerre autant que d'Église, et des plus redoutables.

— Si m'en croyez, Matthäus Schiner aurait tout intérêt, pour l'heure, à privilégier la prière à l'invective.

— Que voulez-vous dire ?

— Le cardinal a été surpris par la nuit et s'est trouvé coupé de ses troupes. Il se serait réfugié dans une ferme proche du Lambro.

— Comment savez-vous cela ?

— Un capitaine suisse que nos soldats ont ramené ici, avec une balle dans la poitrine. Ils espéraient que je puisse le sauver afin d'en tirer rançon. Le malheureux est passé il y a moins d'une heure. À la fin, il délirait. Il voulait qu'on le laisse partir pour porter secours au cardinal. Il répétait en boucle : « La casine d'agnelli, la casine d'agnelli ». Et il ne cessait de plaindre ce pauvre cardinal et son bel ange blond.

Bayard sursauta. Malgré la fatigue qui l'accablait, son esprit fut tout de suite en éveil.

— Son ange blond ?

— Une splendide amazone qui le suit partout depuis qu'il a regagné la capitale du duché. Les espions que nous avons envoyés là-bas ont confirmé sa présence. Mais sans pouvoir nous en dire davantage. Certains prétendent qu'elle est milanaise, d'autres, vénitienne. Nul à la vérité ne sait d'où elle vient ni quel est son rôle auprès du prélat.

Les yeux de Bayard s'étrécirent. Une sourde colère lui fit fermer les poings. En un instant, il avait oublié sa blessure et sa fatigue. Il se raidit sur son tabouret et, portant la main à la garde de son épée, il gronda entre ses dents

— Moi, je crois savoir qui elle est !

Le châtiment

Après avoir recueilli les révélations de Champier, Bayard avait rapidement arrêté un plan d'action. En dépit des protestations de son cousin, il ne s'était accordé qu'une heure de sommeil puis, farouche et déterminé, s'était de nouveau enfoncé dans la nuit. Il lui avait fallu à peine plus d'une heure pour atteindre son but. Les explications fournies par le prieur des Célestins, à l'abbaye de Zivido, s'étaient avérées à la fois claires et précises. Et le chevalier avait déployé des trésors d'habileté pour exploiter les moindres ressources du terrain afin de se faufiler incognito parmi les groupes de combattants disséminés sur le champ de bataille.

À présent, il se trouvait à pied d'œuvre. Dissimulé derrière des buissons de genêts, il observait la masse sombre de la casine d'agnelli. La petite ferme se dressait sur la rive droite du Lambro. Une grange, un abri pour le bois coupé, une bergerie et un bâtiment bas en torchis. En façade de celui-ci, un double escalier ménageait une arche qui semblait donner accès à un cellier semi-enterré. Les pièces d'habitation devaient se situer à l'étage. D'épais rideaux en occultaient les fenêtres. Un mince filet de fumée s'échappait par la cheminée.

Bayard patienta suffisamment longtemps pour se faire une idée de l'adversité qu'il aurait à affronter. Deux soldats appuyés sur leurs hallebardes montaient la garde devant l'escalier. Il y en avait deux autres qui effectuaient une ronde autour de la ferme. Ils tournaient en sens opposé et se croisaient deux fois, d'abord devant leurs deux congénères puis à l'arrière du bâtiment. Impossible de savoir s'il y avait d'autres hommes armés à l'intérieur. Mais de toute façon le chevalier était déterminé à courir le risque. S'il ne s'était pas trompé, si la femme blonde qui accompagnait Matthäus Schiner était bien Lucia Pasqualigno, le risque valait d'être pris. Justice devait être rendue. C'était à ses yeux non seulement un devoir, mais aussi une dette personnelle. Rien ne l'empêcherait de châtier la meurtrière de son ancien compagnon d'armes.

Sans plus attendre, il se glissa dans un fossé qui jouxtait un pré à l'arrière de la bergerie. Le contact avec l'eau le fit frissonner mais, fort heureusement, le niveau ne dépassait pas ses bottes. En prenant garde d'éviter le moindre clapotis, il progressa en courbant le dos sur une centaine de toises. Le plus délicat fut de s'extraire de ce goulet aux parois malsaines et humides, mais il y parvint en s'accrochant à des racines et des poignées d'herbes folles. Les communs lui offrirent alors une ombre protectrice qui lui permit d'approcher à moins de vingt pas de la ferme proprement dite. Là, plaqué contre un mur de planches, il attendit de voir une des sentinelles apparaître au coin de l'édifice en torchis et commencer à en longer le flanc.

Enveloppé dans une longue cape, sa demi-pique sur l'épaule, le soldat avançait d'un pas lent et ne paraissait pas particulièrement méfiant. Pas un instant, il ne tourna la tête pour inspecter du regard les environs immédiats. Il devait s'ennuyer ferme à tourner ainsi en rond et accomplissait sa tâche avec une coupable négligence.

Bayard laissa l'autre le dépasser. Tenter de se glisser dans son dos pour le réduire au silence était bien trop hasardeux. Il extirpa un poignard de la tige de sa botte, se campa sur ses jambes et visa entre les deux omoplates. Il savait qu'il n'avait pas droit à l'erreur. Si l'homme n'était pas tué sur le coup, il aurait le temps de donner l'alarme et tout pouvait se trouver compromis.

L'arme vola dans l'obscurité et atteignit sa cible exactement à l'endroit voulu. Elle avait été lancée avec une telle violence que la lame pénétra jusqu'à la garde. Le garde exhala un soupir qui sembla sortir d'un soufflet de forge. Puis il s'écroula lourdement sur le sol.

Jaillissant de la pénombre de la grange, Bayard se précipita vers lui. Il n'avait pas un instant à perdre. Tout en égrenant les secondes dans sa tête, il se dépêcha de revêtir la cape et le bonnet du mort, puis se dirigea en rapides foulées jusqu'à l'angle suivant du mur. Il venait à peine de tourner celui-ci et de gagner ainsi l'arrière de la maison qu'il vit venir à lui le second factionnaire. Quelques secondes de plus et celui-ci l'aurait surpris auprès du cadavre.

Essoufflé, le cœur battant, Bayard rabattit son bonnet sur ses yeux, baissa la tête et continua d'avancer en adoptant la démarche trainante de sa première victime. Croyant avoir affaire à son camarade, le Suisse ne montrait pas le moindre signe de méfiance.

Parvenu à quatre pas du chevalier, il secoua les épaules et se frotta les mains l'une contre l'autre. De sous son couvre-chef, Bayard distingua un visage jeune, aux moustaches relevées en crocs.

— *Was eiskalt !Es würde durch das Feuer besser drinnen sein*[1].

Cette fois encore, le chevalier devait frapper à coup sûr. D'un mouvement vif, il rejeta le pan de sa cape en arrière et son poing armé du poignard jaillit à la vitesse de l'éclair. La lame pointée vers le haut s'enfonça sans difficulté dans la gorge de la sentinelle. Bayard sentit l'extrémité riper contre les vertèbres de la nuque. Esquivant le jet de sang d'un pas sur le côté, il posa sa main sur la poitrine du confédéré et tira avec force. Une fois l'acier libéré, l'homme tomba la tête la première. Ses lèvres s'ouvrirent convulsivement, le faisant ressembler à un poisson hors de l'eau, mais aucun son ne put en sortir. Son visage juvénile déformé par la douleur et l'angoisse, il ne tarda pas à s'étrangler dans les gargouillis de son propre sang qui lui emplissait la bouche.

---

1. Quel froid de canard ! On serait mieux à l'intérieur, près du feu.

Par précaution, Bayard tira le cadavre dans la pénombre du mur, puis, comme si de rien n'était, il poursuivit son chemin et acheva de boucler la ronde. Lorsqu'il fut de retour sur le devant de la façade, il constata à son grand soulagement que les deux hallebardiers n'avaient pas bougé. Ils étaient demeurés l'un près de l'autre et tuaient le temps en buvant des rasades de vin à la même gourde.

Comme il approchait d'eux d'un pas tranquille, mais le front toujours baissé, la sentinelle qui lui faisait face l'apostropha :

— *Nichts zu berichten*[1] ?

Le chevalier perçut le ton interrogatif, mais il n'avait pas la moindre idée de ce que l'autre lui demandait. Il lui fallait cependant se rapprocher davantage sans donner l'éveil. Il se contenta donc de dodeliner vaguement de la tête. La voix se fit plus insistante :

— *So ? Haben Sie Ihre Zunge verloren*[2] ?

Le deuxième factionnaire se retourna, reposa la gourde, et avança vers Bayard. Celui-ci retint un juron. Les deux hommes étaient à présent trop distants l'un de l'autre pour qu'il pût espérer faire coup double. Tant pis ! Il n'avait de toute façon plus le choix.

Parvenu à trois pas du chevalier, le garde s'immobilisa. Ses traits se crispèrent, annonçant qu'il avait éventé la ruse.

— *Aber du bist nicht*...

1. Rien à signaler?
2. Alors? Tu as perdu ta langue?

Anticipant sa réaction, Bayard se jeta en avant. Il bloqua de sa main gauche la hampe de la hallebarde que le soldat voulait pointer vers lui et lui enfonça dans les yeux l'index et le majeur de son autre main, tendus en fourchette. Le Suisse poussa un cri de douleur et chercha à se dégager. Mais Bayard s'était collé à lui et, négligeant la hallebarde inutilisable à si courte distance, il l'avait saisi par le col. Tout en l'étranglant, il continua d'exercer une pression croissante sur les globes oculaires et effectua un double mouvement de torsion. La résistance des tissus céda brutalement et ses doigts s'enfouirent dans une bouillie infâme jusqu'au fond des orbites. L'homme hurla tel un dément et tomba à genoux. Deux rigoles sanglantes coulaient de ses yeux crevés. Déjà, Bayard l'avait dépassé et, tirant son épée du fourreau, faisait face à son acolyte qui fonçait sur lui en rugissant.

Rendu furieux par la vue de son camarade blessé, le soldat brandissait sa hallebarde à la manière d'une hache, dans l'intention manifeste de fendre le crâne du chevalier. Comme l'arme s'abattait, ce dernier fit un pas de côté, esquiva du tronc tout en écartant de son épée la lame redoutable. Déséquilibré, son adversaire fut entraîné un peu trop loin. Bayard tournoya sur lui-même et lui décocha un violent coup de pied sur le côté de la jambe droite. La cheville tourna en craquant et l'autre évita de peu la chute. Il ne parvint pas toutefois à se remettre suffisamment vite en position d'attaque. Profitant de ce temps d'avance, Bayard arracha la lourde cape de ses épaules et la projeta sur la hallebarde, ôtant toute possibilité pour son propriétaire d'en retrouver promptement l'usage. Sans lui laisser l'opportunité de se ressaisir, il lui enfonça douze pouces d'acier en pleine poitrine. Il se retourna aussitôt pour regarder l'aveugle. Avec des gémissements de bête blessée, l'homme, à quatre pattes, tâtonnait à la recherche de sa hallebarde. Le chevalier avisa l'arme qui gisait dans son dos. Il la ramassa, saisit la hampe à deux mains et vint se placer au-dessus du soldat. Levant les bras à la verticale, le plus haut possible, il lui transperça le bassin avec une telle violence que la pointe métallique vint se ficher en terre. Le confédéré cracha un mélange de bile et de sang. Ses jambes et ses bras s'agitèrent de façon spasmodique et finirent par se figer dans une position grotesque.

Bayard marqua une courte pause pour reprendre son souffle. Il tendit l'oreille. Rien. Pas un bruit qui eût laissé penser que l'alarme avait été donnée aux occupants de la ferme. Pourtant le cri poussé par le factionnaire lorsqu'il l'avait énucléé avait dû être entendu à une lieue à la ronde. Était-il arrivé trop tard ? Le cardinal Schiner et sa protégée avaient-ils déjà quitté les lieux ? Mais alors à quoi bon continuer à garder la place ? Et qu'en était-il de cette fumée qu'il avait remarquée au-dessus du toit ? À moins qu'il ne s'agisse d'un traquenard...

Perplexe, Bayard traîna les corps de ses deux victimes sous l'arche menant au cellier. Il gravit ensuite l'escalier, l'épée à la main, et fit jouer le loquet de la porte d'entrée. Celle-ci céda à sa première tentative. Il pénétra dans une pièce inoccupée, chichement éclairée par deux chandeliers à trois branches. L'installation en était des plus sommaires. Une cheminée où achevait de se consumer un feu de tourbe, un coffre en bois, quelques chaises dépareillées et une mauvaise table. Sur celle-ci, les reliefs d'un repas. Une carcasse de volaille, un quignon de pain, un carafon à moitié empli d'un liquide vermeil. Deux assiettes, deux verres. Aucun endroit pour se cacher. La maison était engluée dans un silence énorme qui semblait peser sur chaque meuble, sur chaque objet. Un petit monde en suspens.

Le chevalier avisa une autre porte dans la paroi du fond. Avec précaution, il se dirigea vers elle. Ses bottes firent malgré tout gémir douloureusement les lattes du parquet. Son ombre se dessina sur le mur, déformée, et vint recouvrir l'huis tel un gigantesque suaire. À ce moment, il crut percevoir le grincement d'une fenêtre qu'on ouvrait.

Comprenant qu'on tentait de lui échapper, il abandonna toute prudence. D'un coup de pied, il repoussa violemment la porte, le bois craqua, la serrure se rompit. Et Bayard, la lame en avant, semblable à un spectre vengeur, fit irruption dans la seconde pièce.

C'était une chambre avec un grand lit de sangle et une seule croisée devant laquelle se tenait un couple. Un bougeoir posé sur l'appui de la fenêtre éclairait la scène.

L'homme qui était en train de s'escrimer avec les volets se retourna d'un bloc en entendant le vantail voler en éclats. Faisant rempart de son corps, il se plaça aussitôt devant sa compagne dont le visage disparaissait sous une mante de couleur sombre. Il dégaina une rapière – de ces nouvelles armes espagnoles davantage faites pour la parade que pour le combat – et se mit aussitôt en garde. L'écartement insuffisant de ses pieds, la position trop haute de sa lame trahissaient au premier regard son inexpérience des armes.

Bayard fit deux pas dans la pièce. Son regard inspecta rapidement la pénombre, histoire de s'assurer que personne ne s'y dissimulait. Puis il examina l'homme à la rapière. Celui-ci possédait des traits durs et sévères, un nez aquilin, des yeux pleins de vivacité. Il portait de coûteux habits de velours noir et des bottes dont l'élégance se trouvait quelque peu ternie par une couche de poussière. Une ceinture pourpre et une croix pectorale complétaient sa tenue.

— Votre Éminence, commença Bayard, car je suppose que j'ai en face de moi le redouté cardinal de Sion, Matthäus Schiner. Votre Éminence devrait remettre son épée au fourreau. À moins qu'elle ne s'estime de toute première force à ce jeu et, en tout cas, supérieure aux quatre soldats aguerris que j'ai dû occire pour parvenir jusqu'à elle.

— Vous les avez tués ? Tous les quatre, à vous tout seul ? Mais qui êtes-vous donc ? Un simple mortel ou un démon surgi de la nuit ?

Bayard inclina le front et salua de l'épée.

— Je me nomme Pierre Terrail, seigneur de Bayard. Capitaine des armées de France, au service de son Excellence le duc de Lorraine.

À ces mots prononcés avec noblesse et assurance, le cardinal parut réfléchir et lâcha finalement son arme qui rebondit en tintant sur le plancher. Un sourire désabusé se dessina sur ses lèvres minces.

— Votre réputation de bravoure n'est plus à faire, messire Bayard, dit-il. Elle vous devance en tous lieux. Il n'y a donc point de déshonneur à baisser pavillon devant un chevalier si valeureux que même ses ennemis lui décernent les plus hautes louanges.

Le chevalier affecta de ne pas prêter attention à ces compliments formulés par un ennemi.

— En d'autres circonstances, enchaîna-t-il, j'eusse volontiers fait de vous mon prisonnier et vous aurais ramené pieds et poings liés à mon roi. Mais comme vous l'avez fait vous-même remarquer à l'instant, je suis seul. Nous nous trouvons au beau milieu d'un champ de bataille. Et mes chances de pouvoir vous faire traverser discrètement les lignes de vos compatriotes sont nulles. Soyez donc rassuré : aussitôt que j'en aurais fini ici, vous pourrez aller librement.

— Je suis heureux de vous l'entendre dire. Mais si vous n'avez pas l'intention de me capturer, puis-je alors savoir la raison pour laquelle vous vous êtes donné la peine de massacrer mes gardes ?

Bayard lâcha des yeux son interlocuteur et reporta toute son attention sur la silhouette féminine qui demeurait dans l'ombre du cardinal.

— Il y a ici certaine personne que je crois reconnaître. Il me serait plaisant d'en avoir confirmation. Puis-je vous demander, madame, de montrer votre visage ? À moins que vous ne préfériez que je vous ôte moi-même votre voile ?

La jeune femme qui était restée jusque-là silencieuse et immobile derrière le cardinal fit deux pas de côté. Elle rejeta sa mante en arrière et la laissa reposer sur ses épaules, dévoilant le visage faussement angélique de Lucia Pasqualigno.

— Bonsoir, chevalier, fit la jolie Vénitienne avec son sourire le plus enjôleur. Est-ce donc pour moi que vous êtes ici, cette nuit?

Bayard la fixa avec, en apparence, une froide indifférence. Toutefois, un observateur particulièrement attentif eût pu déceler, chez lui, une intense émotion à la crispation de ses mâchoires et au blanchiment de ses phalanges sur la poignée de l'épée.

Quand le chevalier reprit la parole, sa voix était ferme mais son regard semblait flotter dans la pièce, comme s'il traquait une ombre au fond de sa propre mémoire.

— Ni pour vous, ni pour le cardinal. Je suis ici pour un enfant qui combattit naguère à mes côtés et que j'aimais comme un jeune frère turbulent. Il se prénommait Nicolas mais pour moi et pour tous ses compagnons d'armes, il fut et restera la Ficelle. C'était une âme noble et courageuse, un cœur généreux qui eut le tort de battre pour une scélérate. Une femme qui s'employa à le séduire pour mieux le perdre, une misérable qui n'hésita pas à le frapper mortellement pour atteindre ses noirs desseins.

Lucia releva le menton, une lueur de défi au fond de ses prunelles ardentes

— Vous voudriez insinuer que...

— Silence! la coupa sèchement Bayard. Vos mines et vos protestations ne vous seront cette fois d'aucun secours. Avant de mourir, la Ficelle a trouvé la force de vous désigner. Il vous faut à présent payer pour vos crimes.

Lucia tressaillit. Ses joues blêmirent. Jusqu'aux derniers mots prononcés par Bayard, elle avait espéré pouvoir tirer son épingle du jeu. Habituée à jouer de son pouvoir de séduction, elle pensait réussir à le tromper sur les raisons de sa présence auprès de Matthäus Schiner. Mais puisque Nicolas avait parlé, elle se savait perdue. Pour la première fois depuis qu'elle avait épousé la cause du cardinal, elle craignit pour sa vie.

— Je suis sous la protection de Son Éminence, déclara-t-elle en se tournant vers le prélat pour quêter son approbation. Ce que j'ai accompli, le fut sur son ordre et pour le bien de la Sainte-Ligue. Vous ne pouvez m'emmener !

Avant même que le cardinal ait pu réagir, Bayard fit trois pas en avant et attrapa la jeune femme en la tirant à lui. Lucia voulut résister, mais le chevalier lui tordit le bras sans ménagements. La prisonnière poussa un cri de souffrance.

— Qui parle de vous emmener ? dit-il d'un ton glacé. C'est ici et maintenant que vous allez expier votre trahison et le meurtre abject que vous avez commis.

— Vengeance n'est pas justice ! proclama Matthäus Schiner qui crut devoir intervenir en faveur de son âme damnée. Comment ? Vous, chevalier, que l'on dit sans reproche vous iriez vous en prendre à une faible femme sans défense ? Je ne puis le croire !

Mais Bayard ne lâchait pas le poignet de Lucia qui se tordait de douleur et de terreur à ses pieds. Ses traits étaient sans colère mais continuaient d'exprimer une inflexible détermination.

— Nous sommes en guerre, dit-il. Cela nous dispense d'observer les règles des parlements. Mais j'aurai pour cette femme, aussi misérable fût-elle, davantage de miséricorde qu'elle n'en a eu pour ce malheureux la Ficelle.

— Pitié ! Oh oui, pitié, je vous en supplie ! implora la blonde Vénitienne en levant vers le chevalier un visage larmoyant.

— Il n'est point question de grâce, trancha Bayard d'une voix implacable. (Il se tourna vers le cardinal.) Le lâche assassinat d'un homme n'appelle qu'un seul châtiment : la mort. Je vous ai dit tout à l'heure, Votre Éminence, que je vous laisserai aller et je tiendrai parole. Mais pour l'heure, les devoirs de votre charge vous font obligation d'assister cette femme qui s'apprête à paraître, cette nuit, devant son Créateur. Ce n'est donc pas le cardinal que je retiens pour l'heure mais uniquement le prêtre.

Un cri déchirant, où passait tout l'effroi du monde, fit écho à cette terrible déclaration.

La victoire ursupée

Le lendemain matin, les premières lueurs de l'aube pointaient à peine à l'horizon, que les cornes d'Uri, d'Unterwald et de Schwyz retentirent dans le camp des Suisses, appelant à la reprise des combats. Les confédérés s'étaient reformés en trois colonnes d'attaque qui se jetèrent, avec une fougue renouvelée, sur l'armée française. Dès les premières minutes, le choc fut terrible et d'une violence encore plus effroyable que la veille.

L'artillerie installée au cœur du dispositif français cloua sur place, dans un premier temps, le corps central des confédérés et lui occasionna des dommages épouvantables. Puis, peu à peu, avec un acharnement qui dépassait l'entendement, les bataillons suisses parvinrent à bousculer les lansquenets et les contraignirent à reculer d'une cinquantaine de toises. Pendant ce temps-là, à gauche, le long de la route de Milan, les hommes de Pedro Colonna, protégés par des pavois de corde, résistaient plutôt bien en faisant parler leurs arquebuses. Mais là encore, la férocité des confédérés finit par avoir raison du courage de l'infanterie française. Qui plus est, la cadence de tir des arbalètes helvètes l'emportait largement sur celle des armes à feu. Au bout d'une heure, la déroute du flanc gauche fut consommée et cette colonne latérale put venir prêter main-forte à celle qui, au centre, menaçait de déloger à nouveau l'artillerie. Un bataillon de deux mille Suisses parvint même à profiter du désarroi occasionné par l'enfoncement du flanc gauche pour se faufiler jusqu'au camp de Zivido, où il sema la panique parmi les gens du bagage. Il fallut toute l'énergie des troupes du duc d'Alençon pour repousser l'adversaire et éviter ainsi que la panique ne gagnât l'arrière-garde.

Sur la droite du champ de bataille, près de la rivière de Lambro, la cavalerie française, elle, tenait bon. Pourtant, toujours désavantagée par le terrain accidenté, elle ne parvenait pas à disloquer les formations ennemies. Bayard, qui n'avait quasiment pas pris de repos en raison de son expédition nocturne, se démenait comme un beau diable. Il avait déjà eu deux montures tuées sous lui et récolté plusieurs blessures, heureusement sans gravité. À force de charger, frapper, tailler, trancher, il ressentait une brûlure tout le long de son bras droit, et ses muscles endoloris ne répondaient plus qu'à grand-peine. Occupé ainsi à lutter pour sa propre survie, il avait assisté, impuissant, au massacre de plusieurs des siens dont le prince de Talmont. Ce grand seigneur s'était embourbé dans la vase d'un fossé et avait été aussitôt assailli par une meute d'ennemis assoiffés de sang. Avant d'avoir pu se relever pour leur faire face, le prince s'était retrouvé criblé de soixante-deux coups de pique.

Huit heures n'avaient pas encore sonné. Un soleil moins brûlant que la veille surplombait la plaine. Et déjà les espérances de victoire française s'éloignaient. Jamais la confusion sur le champ de bataille n'avait paru aussi intense. Des détonations et des sonneries de trompette fusaient à travers tout le champ de bataille. Les cris des blessés et les commandements hurlés par les capitaines disparaissaient derrière le vacarme des couleuvrines et des arquebuses, tandis que les mouvements des différentes troupes étaient masqués par les tourbillons de poussière et la fumée des incendies. Partout, le désordre, les flammes, la dispersion, la mort et le chaos.

Ce fut au milieu de ce tumulte infernal que le miracle que nul n'attendait plus se produisit. Alertée la veille par le chancelier Duprat, l'armée vénitienne de Bartolomeo Alviano s'était aussitôt mise en marche en direction de Marignan et avait continué de progresser dans l'obscurité, guidée par la rumeur des escarmouches nocturnes. Les premiers à se présenter sur les lieux du combat furent les redoutables cavaliers albanais à la solde de la Sérénissime. Ce corps d'élite joignit immédiatement ses forces à celles des compagnies d'ordonnance menées par le roi de France. Cet apport décisif permit de bloquer l'élan des Suisses et de lancer, dans la foulée, une contre-offensive dévastatrice.

Épuisés, démoralisés par l'apparition des renforts vénitiens, les confédérés perdirent toute cohésion. Leurs bataillons se morcelèrent. Chaque îlot de combattants put alors être encerclé et la lutte pour la domination du terrain situé entre San Giuliano et Zivido tourna au bain de sang. Certains capitaines helvètes cherchèrent bien à rallier leurs troupes, mais sans grand succès. Le cœur n'y était plus. Et si les plus braves de leurs hommes tentèrent encore de tenir tête aux Français et à leurs alliés, c'était avec l'énergie du désespoir. Mais bientôt, même cela ne fut plus suffisant. Et l'on assista à un début de débandade. Les premiers fuyards repassèrent en hâte les fossés qu'ils avaient eu tant de mal à franchir en sens inverse. Leur exemple fut rapidement suivi par d'autres.

Tandis que des combats d'arrière-garde d'une rare sauvagerie se déroulaient à travers toute la largeur de la plaine, de nombreux Suisses s'enfoncèrent dans des zones marécageuses, espérant ainsi échapper à leurs poursuivants. Mal leur en prit. Les Vénitiens et les lansquenets se jetèrent sur leurs traces, les rejoignirent et les massacrèrent jusqu'au dernier.

En fin de matinée, les milices de la Sérénissime, soit près de quinze mille fantassins, furent à leur tour à pied d'œuvre. Elles participèrent avec enthousiasme à la curée. Écrasés par cet afflux de troupes fraîches, les derniers capitaines de confédérés en état de commander crurent pouvoir encore organiser un repli en bon ordre. Tandis que les cornes des cantons sonnaient la retraite, certaines enseignes investirent des cabanes ou des fermes isolées afin de servir de point d'appui. Leurs officiers avaient reçu l'ordre de résister assez longtemps pour permettre à leurs camarades de se réfugier dans Milan. Mais les Français étaient passés trop près de la défaite pour se montrer chevaleresques. Renonçant, même avec l'aide de leurs alliés, à prendre d'assaut ces redoutes improvisées, ils se contentèrent de les incendier. Les confédérés qui ne périrent pas brûlés vifs furent empalés sur une multitude de piques pointées sous les fenêtres. Dès lors, plus rien ne pouvait retarder le désastre et ce fut donc le sauve-qui-peut général.

Bayard choisit de ne pas participer à la traque des vaincus. Il lui répugnait de massacrer des hommes qui avaient, pour la plupart, vaillamment combattu et avaient gagné le droit de se retirer avec les honneurs. Désertant le champ de bataille, il résolut de s'en retourner vers l'abbaye de Zivido en longeant le cours ombragé de Lambro.

Alors qu'il songeait – non sans appréhension puisqu'il avait échoué à retrouver Étienne – à ses retrouvailles avec Héloïse qu'il n'avait pas revue depuis la veille au matin, son attention fut brusquement attirée par des cris en provenance de l'autre rive. Il se dressa sur ses étriers, les mains appuyées sur le pommeau de sa selle, et regarda en arrière. Des hommes s'agitaient sur la berge opposée. Des mercenaires suisses à en juger par leur accoutrement. Ils étaient environ une douzaine, armés de piques et d'arbalètes. Certains d'entre eux semblaient désigner quelque chose à la surface de l'eau. Le chevalier orienta son regard dans cette direction. Il y avait un homme qui nageait dans le milieu de la rivière. Un colosse, autant qu'on en pouvait juger par l'aisance avec laquelle il se jouait du courant, avec une barbe et une longue tignasse blonde. Il n'était pas seul. Il entraînait quelqu'un avec lui, dont la tête était coincée sous son bras gauche et maintenue hors de l'eau.

Lorsque Bayard vit les soldats sur l'autre rive armer leurs arbalètes et décocher une volée de carreaux sur les nageurs, il fut pris d'une vive colère. S'acharner sur des gens dans l'incapacité de se défendre le révulsait. Un cri étranglé retentit. L'homme blond touché deux fois, dans le dos et sous l'aisselle, lâcha son compagnon et coula comme une pierre. Livré à lui-même, l'autre faisait des mouvements désespérés pour se maintenir à la surface. Mais il était évident qu'il ne savait pas nager et que jamais il ne parviendrait, seul, à regagner la berge.

Mû par un terrible pressentiment, Bayard piqua des deux et lança sa monture dans la courte pente qui menait à la rivière. Le voyant surgir au grand galop, les Suisses craignirent d'avoir affaire à tout un parti de cavaliers et s'égaillèrent avant d'avoir pu réaliser qu'il était seul. Le chevalier retint son destrier en tirant brusquement sur les rênes. Son attention avait été distraite par la vision des soldats ennemis qui s'empressaient de déguerpir. Ayant abandonné sa position dominante, il mit quelques secondes à repérer le nageur emporté par le courant. L'autre l'avait dépassé. Il le vit émerger à la surface, à vingt coudées de distance. Son cœur s'emballa. Il venait de reconnaître la casaque en cuir d'Étienne. Le jeune garçon était en perdition. Ses bras s'agitaient en tous sens. Sa tête montait et descendait, tel un bouchon de liège pris dans un tourbillon.

— Tiens, bon, Étienne ! hurla-t-il autant pour expulser sa frayeur que pour se faire entendre de l'enfant. Tiens bon ! J'arrive !

Il éperonna son cheval pour le lancer au galop sur la berge, dépassa Étienne puis, sans prendre le temps de mesurer les risques pour lui-même, il engagea sa monture à entrer dans le lit de la rivière. La bête renâcla, secoua la tête pour manifester son mécontentement, mais obéit au commandement de son cavalier.

Au début, le destrier donna l'impression de déraper sur la boue collante du fond, mais sa puissante musculature lui permit de se rétablir. Bayard le dirigea de façon à couper la trajectoire d'Étienne. Il était temps ! Le jeune garçon avait épuisé ses forces à lutter contre le courant et se trouvait sur le point de sombrer. Bayard dut se pencher sur l'encolure, en une position acrobatique, pour accrocher sa manche au passage. Avec sa lourde armure, il ne pouvait se permettre de perdre l'équilibre sous peine de se noyer lui aussi. Mais il se sortit avec brio de cet exercice de haute voltige. Déjà, son cheval les ramenait, lui et Étienne, vers la rive. Le garçon avait perdu connaissance mais il respirait encore. Des bulles crevaient aux commissures de ses lèvres. Ses narines palpitaient. Dès que ce fut possible, Bayard descendit de selle, saisit le corps inanimé dans ses bras et le porta sur l'herbe.

Il l'étendit sur le dos. Étienne n'eut aucune réaction. Ses yeux demeuraient clos. Ses extrémités étaient froides et raidies. Le chevalier s'agenouilla et posa son oreille sur le torse du garçon. Le cœur battait mais faiblement. Un râle inquiétant s'échappait des lèvres bleuies.

À l'évidence, le garçon éprouvait les pires difficultés à respirer. Il avait dû avaler pas mal d'eau et il fallait absolument lui venir en aide sinon il risquait de s'étouffer. Bayard enleva sa casaque et dégrafa son col. Puis il lui manœuvra les bras comme il avait vu pratiquer Champier avec un pionnier qui avait failli se noyer au passage d'un torrent alpin. Au bout de cinq minutes de cette gymnastique, alors que le chevalier s'inquiétait de n'obtenir aucun résultat, Étienne toussa violemment, manqua s'étrangler et recracha une bonne partie du liquide qui encombrait sa gorge et sa trachée. Soulagé, Bayard accéléra ses mouvements.

— Respire, mon gars, l'encouragea-t-il, des éclats de joie dans la voix. Respire tout ton saoul. Tu n'as plus rien à craindre. Dès que tu te sentiras mieux et que tu auras récupéré un peu de forces, je te ramènerai près de ta mère. Possible qu'elle te frictionne un peu les oreilles pour t'être à nouveau ensauvé, mais je peux t'assurer qu'elle sera heureuse de te récupérer indemne.

Au son de cette voix amie, le garçon souleva une paupière. Lorsqu'il reconnut le mâle visage penché sur lui, il surmonta sa faiblesse pour articuler difficilement :

— Père ? C'est vous ? Je vous vois si mal.

Déconcerté, Bayard n'eut pas le temps de réagir. Un mince sourire étirait les lèvres d'Étienne qui tenta de se redresser sur un coude.

— Mais oui, c'est vous. Je distingue vos traits à présent. Alors tout est bien.

Après avoir prononcé ces mots, le garçon se laissa retomber en arrière et ferma de nouveau les yeux. Bayard contempla ses traits juvéniles et ses longues boucles brunes, non sans une certaine émotion. Plusieurs fibres sensibles avaient vibré en lui quand Étienne l'avait appelé « père ». Il se sentait envahi d'une soudaine tendresse pour ce gamin courageux et attachant qui l'idéalisait. « Après tout, songeait-il, s'il n'est pas mon fils, le temps peut nous permettre de tisser des liens au moins aussi forts que ceux du sang. » Et cette pensée ne le quitta plus jusqu'au cantonnement de Zivido, où l'attendait la confirmation de la déroute des Suisses et de l'éclatante victoire française.

Le soir même, François Ier écrivait une longue lettre à sa mère pour vanter ses propres exploits au cours des combats et lui annoncer la déroute totale des Suisses, en se gardant bien de signaler le rôle essentiel joué dans cette affaire par l'armée vénitienne. Dès le lendemain, plusieurs courriers furent dépêchés vers les principales villes du royaume et les capitales d'Europe pour annoncer la prestigieuse victoire du roi chevalier et de ses bannières. Antoine Duprat chargea par ailleurs tout un bataillon de chroniqueurs de trousser des récits idéalisés de la bataille. Sur l'ordre exprès du souverain, ces dévoués laudateurs passèrent sous silence le fait que l'armée française avait frôlé à plusieurs reprises un complet désastre.

Sur le terrain, Marignan avait été la plus longue, la plus indécise, et surtout la plus meurtrière bataille livrée par le royaume. Mais il importait pour la postérité et la gloire de François Ier qu'elle fût un succès éclatant. Par la plume, le jeune monarque fit donc en sorte de parachever l'œuvre qu'il avait si difficilement ébauchée par l'épée.

Les nuages fuyants de l'automne

Héloïse referma doucement la porte de la cellule. Elle emprunta la galerie qui menait au cloître, traversa celui-ci et poussa la grille donnant accès au jardin de l'abbaye. Une brise parfumée embaumait ce lieu paisible où des générations de moines célestins s'étaient adonnées à la méditation. À cette heure bleue où le calme se répandait partout aux alentours, il était difficile de s'imaginer que le matin même, la bataille faisait encore rage dans la campagne environnante. Héloïse frissonna et resserra les pans de sa coiffe autour de ses épaules. Avec le soir, la fraîcheur s'installait. Les nuages dans le ciel se frangeaient d'une teinte safranée. Quelques feuilles voltigeaient mollement sous les arbres du verger. Des fleurs fanées épandaient leurs pétales au pied des massifs odorants. Tous ces menus signes annonçaient la venue prochaine de l'automne et offraient au regard de la promeneuse solitaire un tableau simple et doux, d'une poignante mélancolie.

Elle le vit de loin, qui l'attendait sous une tonnelle. Examinant une petite pietà de marbre blanc, logée dans une niche rocheuse, il lui tournait le dos et ne l'avait pas entendue approcher. Elle fit halte pour prendre le temps de mieux le contempler. Une pointe douloureuse lui traversa la poitrine. Il était le seul homme qui avait su l'émouvoir. Le seul qui comptât à ses yeux et auquel elle savait pouvoir se fier en toutes circonstances. Il lui avait juré autrefois amour et fidélité et il avait tenu son engagement, malgré l'absence, malgré les années enfuies. Il lui avait promis de ramener Étienne indemne et il l'avait fait. Le regarder lui faisait le même effet que dix-sept ans plus tôt, dans les fossés du château d'Amboise. Son cœur s'affolait, ses mains devenaient moites. Elle perdait le contrôle d'elle-même et n'aspirait plus qu'à se blottir dans ses bras. Ils avaient pourtant vieilli tous les deux, éloignés l'un de l'autre. Rien n'avait altéré le lien qui les unissait. Ses cheveux grisonnaient, mais elle aimait toujours autant y glisser ses doigts. Son corps couturé de cicatrices lui parlait un langage qui la fascinait et par lequel sa propre chair exultait. Ses rides conféraient à son visage une expressivité attendrissante. Elle n'aspirait qu'à vivre auprès de lui le restant de ses jours. Pourtant, elle savait à présent qu'elle devait y renoncer, et cette certitude l'anéantissait.

S'arrachant à sa contemplation, elle reprit sa marche avant que le courage ne vînt à lui manquer et se dirigea droit sur lui. En attendant ses pas dans l'allée, Bayard se retourna. Un pli soucieux se forma juste au-dessus de ses sourcils.

— L'enfant ? Comment va-t-il ?

Elle apprécia que ses premières paroles fussent pour s'inquiéter d'Étienne.

— Les épreuves qu'il a traversées l'ont choqué et épuisé. Je l'ai installé dans une cellule de l'abbaye. Je crois qu'il dort.

— C'est bien. Dans un jour ou deux, il n'y paraîtra déjà plus. À son âge, on récupère rapidement.

Il marqua une pause. Une lueur amusée passa dans son regard.

— C'est un drôle de bonhomme, reprit-il. Aussi intrépide que moi au même âge. Sais-tu qu'il me prend toujours pour son père ? À vrai dire, je ne suis pas loin de l'aimer comme mon propre fils.

Héloïse se mordit les lèvres et détourna la tête pour masquer son émotion.

— Si nous marchions un peu...

Il ne répondit pas mais lui offrit galamment son bras. Tous deux descendirent l'allée de sable blanc. Ils étaient, chacun de leur côté, enfermés dans leurs pensées. Ce fut Bayard qui reprit la parole le premier, comme ils s'asseyaient sur un banc de pierre installé devant une fontaine. Le chevalier leva les yeux et suivit la course des nuages dans le ciel.

— L'automne sera bientôt là, dit-il, songeur. C'est une période que j'apprécie particulièrement. Peut-être parce qu'elle nous offre la possibilité de profiter une dernière fois du soleil avant le long sommeil de l'hiver. C'est la saison des ultimes embrasements.

Héloïse le dévisagea, à la fois surprise et déconcertée. Elle se demandait si sa remarque se limitait au spectacle de la nature ou bien s'il avait cherché à lui faire passer un message. Dans le doute, elle décida qu'elle ne pouvait plus retarder l'instant décisif. Elle devait lui parler ici, maintenant, et clore ainsi le plus beau chapitre de sa propre existence.

— Tout est si calme, ce soir ! La campagne est si belle ! On a du mal à réaliser que la terre s'est abreuvée toute la journée du sang de milliers d'hommes.

— Tu devrais essayer de ne pas y songer.

— Comment faire autrement ? Depuis des semaines, je suis confrontée à l'horreur de la guerre. Mais ce que j'ai vu ces deux derniers jours est pire que tout. Des hommes brisés, défigurés, démembrés. Certains qui appellent leur mère en pleurant comme de petits enfants, d'autres qui prient un Dieu auquel ils ne parviennent plus à croire.

— Imaginais-tu qu'il puisse en être autrement ?

Héloïse ne répondit pas immédiatement. Elle se leva du banc et vint effleurer, de la main, la surface de la fontaine. L'eau se troubla, effaçant le reflet de son visage.

— J'avais la faiblesse de croire qu'une âme pure pouvait traverser n'importe quelle épreuve sans être souillée. Mais je sais à présent que c'était pure déraison. La guerre est une folie qui n'épargne pas même les survivants. Elle abîme tout, corrompt tout. Nul ne peut la côtoyer et demeurer sans peur et sans reproche.

Bayard blêmit. Les paroles d'Héloïse le visaient directement. Deux jours plus tôt, il aurait protesté, invoqué l'honneur et toutes sortes de vieilles lunes auxquelles il croyait encore pour justifier ses actes et ce qu'il était. Mais là, il ne s'en sentait plus capable. Une immense lassitude pesait sur ses épaules et il était en proie à un douloureux sentiment de culpabilité.

Par la pensée, il revit les traits épouvantés de Lucia Pasqualigno, la nuit précédente, lorsqu'il lui avait planté son épée en travers du corps. Quand elle s'était vue perdue, la jeune femme avait paru accepter son sort. Mais ce n'était qu'une feinte. Au tout dernier moment, elle avait cherché à lui glisser entre les doigts. Lorsqu'il l'avait rattrapée, elle s'était débattue avec l'énergie du désespoir et avait essayé de le frapper avec une lame qu'elle dissimulait sous ses vêtements. Sans cette tentative de le poignarder, sans doute ne serait-il pas passé à l'acte. Il n'aurait pas eu le cran de se muer en bourreau et d'exécuter la jolie Vénitienne de sang-froid. Jamais encore il n'avait tué une femme de ses propres mains. Lucia était la première et il savait qu'il n'était pas près d'oublier l'instant où il avait vu la flamme s'éteindre au fond de ses yeux qui chaviraient.

Il se leva à son tour et vint se placer en face d'Héloïse.

— Si tu songes à Lucia, je peux t'assurer que...

La belle rousse l'interrompit d'un doigt posé sur ses lèvres.

— Je ne reproche rien, dit-elle en lui adressant un sourire doux-amer qui exprimait à la fois tout son amour et une tristesse infinie. Ce que je cherche à te faire comprendre, c'est que je ne veux pour rien au monde qu'Étienne ait un jour à faire les mêmes choix que toi. Je veux lui épargner toutes les horreurs de la guerre, qu'il puisse vivre en paix auprès de ceux qui l'aiment. Il faut qu'il renonce à ce rêve insensé de devenir un jour chevalier. Il faut que tu cesses d'être un modèle pour lui. Et pour cela, il faut que ce soit toi qui lui parles.

— Tu souhaites que je lui révèle toute la vérité ?

— Je veux juste qu'il sache que tu n'es pas son père. Le reste me regarde. Il reviendra avec moi à Amboise. Là-bas, je continuerai à lui transmettre tout ce que mon père m'a enseigné. Un jour, il deviendra à son tour maître apothicaire et il épousera une gentille jeune fille qui lui donnera de beaux enfants. Et moi, je pourrai achever de vieillir paisiblement en regardant grandir une nouvelle génération de petits Sanglar.

— C'est vraiment ce que tu désires ?

Héloïse promena le bout de ses doigts sur la joue râpeuse de son ancien promis. Dieu ! Comme il était difficile de refréner en soi les élans du cœur ! Elle mourait d'envie qu'il l'embrassât, brûlait de sentir ses larges mains se poser partout sur son corps. Ne le voyait-il pas ? Ne le sentait-il pas ? Il ne pouvait pas ignorer cette fièvre en elle, cet appel silencieux de tout son être. Alors pourquoi demeurait-il immobile ? Pourquoi l'interrogeait-il sur ses aspirations ou ses désirs ?

— Oui, répondit-elle dans un souffle, c'est là tout ce que je veux.

— Fort bien ! Puisqu'il en est ainsi, je lui parlerai.

— Cela ne suffira pas, hélas ! Pour qu'il renonce à suivre ton exemple, il faut que lui et moi rentrions en France et que nous reprenions notre vie sans toi. Tu es conscient de cela, n'est-ce pas ?

Bayard sembla accuser le coup. Son regard s'assombrit et ses traits se crispèrent. Contre toute logique, Héloïse se prit à espérer une rébellion de sa part. Qu'il la prenne dans ses bras, qu'il lui dise qu'elle était folle et qu'il ne la laisserait pas disparaître à nouveau de son existence. S'il prononçait de telles paroles, elle savait qu'elle n'aurait pas la force d'insister. Elle lui céderait et lierait son sort au sien pour toujours. La passion l'emporterait sur la raison et même sur l'amour qu'elle portait à son propre enfant.

Mais Bayard se contenta de hocher gravement la tête.

— Ton bonheur et celui d'Étienne sont les seules choses qui comptent désormais à mes yeux. Si tu penses que je dois m'effacer pour que vous puissiez vivre heureux, je le ferai sans hésiter.

Héloïse enfonça ses ongles dans ses paumes. Elle réalisait qu'en prononçant ces paroles, il ne pouvait lui donner plus grand gage d'amour mais qu'en même temps, il venait de consentir à la fin de leur histoire commune. Elle se sentit partagée entre une envie insensée de le retenir, de le couvrir de baisers brûlants et une pulsion presque aussi forte de se jeter sur lui, de lui marteler la poitrine de ses deux poings serrés. Mais elle s'abstint de faire l'un ou l'autre et parvint à ne rien montrer de son trouble. Simplement, un frisson la parcourut tout entière et elle eut soudain l'impression d'être beaucoup plus vieille et incroyablement fragile. Ce fut elle, cette fois, qui lui saisit le bras.

— Rentrons, veux-tu? Il commence à faire un peu froid.

Et tous deux reprirent en silence l'allée de sable blanc, abandonnant le jardin aux charmes surannés de l'automne.

Épilogue

D'abord revêtir le gambison[1] *et la jupette de mailles, puis fixer les solerets aux poulaines en s'assurant que le pied conserve sa mobilité.*

Un soleil pâle filtrait à travers la soie et répandait à l'intérieur du pavillon une lumière laiteuse. Les rayons qui traversaient en oblique la portière faisaient danser la poussière et accrochaient des reflets bleutés aux pièces d'armure soigneusement alignées sur la table.

Adapter une grève à chaque jambe en bouclant soigneusement les sangles de cuir latérales. Fixer les cuissards rivés aux genouillères en ajustant les courroies à l'arrière et en nouant leur extrémité haute aux lacets du gambison. À ce point, aucune assistance n'est encore indispensable et il est grandement recommandé de procéder soi-même aux diverses opérations afin d'être assuré d'une parfaite fixation des différentes pièces.

1. Cotte matelassée sur laquelle on fixait, à l'aide de boucles et de lacets en cuir, les différentes parties de l'armure.

Accroché à un râtelier, un écu cabossé témoignait de la violence des récents combats. La surface déformée portait le dessin d'un blason appartenant à une famille du Dauphiné, de petite noblesse mais de souche très ancienne. Parmi les nombreuses armes d'hast suspendues de part et d'autre du bouclier, la présence d'une antique fronde avait de quoi surprendre. Sur le cuir vieilli, une main inconnue avait gravé au couteau ces deux simples mots : « la Ficelle ». L'inscription avait dû être faite des années plus tôt, car elle était à présent à demi effacée.

Positionner la cuirasse et le plastron arrière sur le torse. L'aide de l'écuyer est alors nécessaire pour maintenir les deux pièces en parfaite concordance et faciliter le bouclage des lanières de cuir sur les deux épaules, sous les aisselles et le long des flancs. Enfiler ensuite le tabard par l'encolure et centrer les armoiries sur la poitrine.

Sur un tabouret, reposait un livre à la reliure craquelée et niellée de vieil or. L'identité de l'auteur apparaissait sur la tranche. Il s'agissait d'une femme nommée Christine de Pisan. L'ouvrage était ouvert à la page d'une poésie écrite en vers et qui faisait rimer solitude infinie et mélancolie : « Toute seule je suis et veux être toute seule / Toute seule je suis, sans compagnon ni maître / Toute seule je suis plus qu'aucune égarée / Toute seule je suis, sans ami demeurée ». Une mèche de longs cheveux roux, reliés par un ruban de velours, tenait lieu de marque-page.

Glisser les membres supérieurs à l'intérieur des brassards en prenant garde que les cubitières enveloppent parfaitement l'articulation des coudes sans en gêner les mouvements. De nouveau les courroies doivent être serrées par l'écuyer au plus juste, afin d'être certain que l'ensemble demeure parfaitement en place.

Un brasero placé au centre de la tente diffusait, en lentes volutes, un parfum délicat de lavande et de feuilles de laurier. Les herbes aromatiques en train de se consumer masquaient l'odeur de chair brûlée qui empuantissait les alentours. On en venait à oublier que depuis deux jours pleins, des pionniers parcouraient sans relâche la plaine pour ensevelir les milliers de cadavres des deux armées et dresser des bûchers avec les corps des chevaux tués durant la bataille.

Accrocher les deux épaulières aux lacets situés de part et d'autre du col de la cotte gamboisée. L'extrémité basse doit recouvrir sur quatre à cinq pouces le canon d'arrière-bras. Nouer le gorgerin autour du cou en veillant à le centrer au mieux vis-à-vis de la cuirasse.

De l'extérieur, montaient des clameurs enthousiastes et des sonneries de trompettes qui célébraient la victoire d'un jeune roi et proclamaient sa gloire naissante. Les échos de multiples piétinements et les tintements métalliques des armes et des harnachements signalaient que des troupes en nombre étaient en train de se ranger. Il ne fallait pas être grand clerc pour deviner qu'un événement à la hauteur du succès obtenu par les bannières à fleurs de lys était sur le point de se produire. Parmi les soldats assemblés, les rumeurs allaient bon train. Certains affirmaient que le souverain entendait mettre à l'honneur l'un de ses plus valeureux capitaines. D'autres prétendaient qu'il s'agissait pour François Ier de renouveler ses vœux de chevalerie en faisant procéder à un nouvel adoubement[1]. Tous jouaient des coudes pour se placer aux premiers rangs et ne rien perdre du spectacle.

Boucler la ceinture au-dessus des hanches, y adjoindre les lanières du fourreau en prenant soin de vérifier que la garde de l'épée se loge aisément dans la paume de la main droite. Ajuster en hauteur et jouer sur l'inclinaison de la gaine si besoin. Enfin, enfiler les gantelets articulés.

Ayant achevé de revêtir son armure, le chevalier avait renvoyé son écuyer. Il était seul désormais sous le pavillon de soie. Seul, avec quelques images obsédantes qui tournaient dans sa tête. Une belle jeune fille rousse applaudissant à tout rompre ses prouesses dans les fossés du château d'Amboise. La même, des années plus tard, se blottissant dans ses bras. Ce corps admirable qui s'était offert à ses baisers et à ses caresses, en un si total abandon. Mais il revoyait surtout ces deux frêles silhouettes à cheval qui s'étaient éloignées, le matin même, sur la route de France. Et il lui semblait qu'en perdant Héloïse et son fils, il avait aussi perdu une partie de lui-même.

1. Depuis 1365, à l'instigation de Charles V, les rois de France étaient faits chevaliers lors de leur sacre.

Avant de coiffer son heaume empanaché, l'homme en armure remplit de vin un hanap jusqu'à ras bord, puis en vida le contenu d'un seul trait. Il ne supportait plus aussi bien la boisson que lorsqu'il était jeune, mais cela n'avait pas d'importance. La cérémonie à laquelle il se trouvait contraint de prêter son concours était une mascarade, une vulgaire opération de propagande destinée à rehausser le prestige d'un roi vaniteux. Il se souciait peu d'y jouer convenablement son rôle. Le vin l'aiderait, du moins, à supporter cette affreuse sensation de vide et d'abandon qui l'accablait. Mais il savait, au fond de lui, qu'elle serait désormais sa plus fidèle compagne et que la mort, seule, pourrait l'en délivrer. Espérant qu'il n'aurait pas trop à attendre[1], il reposa sa coupe vide, se couvrit le chef, rabattit sa visière et marcha d'un pas pesant vers l'entrée de la tente.

Quand il franchit la portière de toile, une immense clameur accueillit l'apparition du chevalier sans peur et sans reproche et son entrée dans la pleine lumière.

1. Bayard devait périr des suites d'un coup d'arquebuse reçu dans le dos, le 30 avril 1524, sur la route de Rovasenda à Burondo, lors de la retraite de l'armée royale qui avait échoué à reconquérir le duché de Milan perdu deux ans plus tôt.

Note de l'auteur

Il y a cinq ans, lorsque j'ai commencé à imaginer la geste de la belle Héloïse et du fameux chevalier Bayard, je voulais juste retrouver le plaisir que j'avais éprouvé en tant que lecteur en dévorant les aventures des trois mousquetaires, du chevalier de Lagardère ou du capitaine Fracasse. J'ai donc entrepris de narrer les aventures d'un couple de héros romanesques et flamboyants, en mêlant les personnages de fiction aux figures historiques et en renouant ainsi résolument avec une tradition bien française du roman de cape et d'épée qui va, toutes proportions gardées, de Dumas à Fajardie en passant par Féval, Gautier, Achard ou Zévaco. Mais je me suis aussi efforcé de renouveler le genre en y glissant des éléments plus contemporains relevant du thriller, du roman à énigmes ou encore du roman initiatique. Trois livres plus tard, c'est presque à regret que je mets un point final aux aventures de mes deux héros.

Comme pour les deux précédents épisodes de la trilogie, je me suis fondé sur une solide documentation afin de reconstituer au mieux l'ambiance et les événements de l'époque. Mais je n'ai pas hésité à broder à chaque fois que le silence ou l'imprécision de mes sources m'y autorisaient. On comprendra donc que je ne prétends pas avoir accompli un travail d'historien et que ce livre est d'abord et avant tout une œuvre d'imagination. En matière romanesque, la vérité historique n'est pas l'essentiel et le vraisemblable peut suffire à condition de ne pas dérouter le lecteur éclairé. Tel est le but que je me suis ici assigné. Ainsi, par exemple, l'anecdote de la plainte du roi d'Espagne au pape, rapportée au chapitre « Les révélations de messire Babou », est parfaitement authentique. Elle est simplement plus tardive qu'indiquée dans le roman et ne concerne pas Philibert Babou mais un autre grand briseur de code français : François Viète. Persuadé que son chiffre secret était inviolable et dépité d'apprendre qu'il avait été brisé par Viète, le roi Philippe II d'Espagne réclama au Vatican sa mise en jugement devant un tribunal ecclésiastique pour pratiques démoniaques. Les propres agents du Saint-Siège ayant eux aussi décrypté depuis des années les messages espagnols, la royale requête demeura sans effet. Bien que située en réalité à la fin du XVIe siècle, l'histoire était trop belle pour que je résiste à la tentation de la glisser dans le présent roman.

Je me suis autorisé quelques autres petits écarts avec la vérité historique. Ainsi, ce n'est pas le 29 juin 1515, à Amboise, que François Ier institua un gouvernement provisoire du royaume et honora sa mère du titre de régente, mais à la mi-juillet après son entrée officielle à Lyon. Par ailleurs, pour les besoins du récit, il m'a fallu condenser quelque peu les événements qui se sont déroulés entre l'entrée des Français à Novare le 28 août et le déclenchement de la bataille le 13 septembre. Enfin, la venue secrète de Matthäus Schiner en France, aux alentours du 10 juillet, est peu compatible avec ce que l'on sait de l'activité du cardinal de Sion à cette période. Après le soulèvement des Milanais, du 21 juin au 4 juillet, qui l'avait contraint à se réfugier avec Massimiliano Sforza dans la citadelle de la cité, Schiner s'employa à réunir des fonds pour la solde des Suisses auprès des autres alliés. C'était, à ce moment-là, sa tâche la plus urgente et il y consacra toute son énergie.

En revanche, même si le piège tendu à François Ier par Schiner à travers la manipulation de correspondances secrètes est une pure invention de ma part, il est tout à fait exact que le cardinal fut le plus farouche adversaire des Français durant la campagne de 1515. Il multiplia les initiatives diplomatiques pour amener les puissances de la Sainte Ligue à les combattre. Ayant échoué à rallier les armées du pape et du vice-roi de Naples, ce fut encore lui qui fit échouer les négociations entre Français et Suisses et qui convainquit ces derniers de marcher à la bataille, ce fameux 13 septembre 1515.

La bataille de Marignan, qui contribua grandement au prestige de François Ier et lui valut cette flatteuse réputation de roi chevalier, offre d'ailleurs un parfait exemple d'épisode historique réécrit *a posteriori*. Loin d'être la glorieuse victoire vantée durant des siècles par les manuels scolaires, il s'en fallut en effet de très peu qu'elle ne tournât au complet désastre. Une sorte de Pavie avant l'heure. En fait de triomphe, Marignan fut en effet une véritable boucherie. Entamée au début de l'après-midi du 13, achevée par la retraite des Suisses à la fin de la matinée du 14, la bataille fit pas moins de 16 000 victimes (7 000 à 8 000 côté français, 8 000 à 9 000 côté suisse). Les combats s'étant interrompus aux alentours de minuit et ayant repris alors que le soleil n'était pas encore levé, on peut considérer que ce sont en moyenne 1 000 combattants qui furent tués par heure d'affrontement. Un carnage ! La bataille la plus meurtrière de l'histoire du royaume de France pour l'époque ! Mais surtout, alors que l'armée française était très largement supérieure en nombre (environ 30 000 combattants contre 20 000 dans le camp adverse, si on recoupe les sources les plus fiables), mais aussi et surtout en effectifs de cavalerie et en artillerie, l'issue de la confrontation fut longtemps indécise et les Français évitèrent de très peu la défaite dès la première journée. Le lendemain, seule l'aide des renforts vénitiens arrivés à marche forcée leur permit de prendre nettement le dessus en écrasant leurs adversaires sous le nombre. En définitive, comme l'a notamment bien démontré Didier Le Fur dans son ouvrage de référence sur la fameuse bataille (*cf.* la bibliographie ci-dessous), ce fut donc la propagande royale qui parvint habilement par la suite à travestir la réalité et à faire de Marignan un glorieux fait d'armes à porter à l'entier bénéfice du nouveau roi de France.

La vérité historique est aujourd'hui rétablie et la plupart des historiens partagent le même constat : si François Ier fit preuve de bravoure sur le champ de bataille, il n'en demeure pas moins qu'il se montra, tant dans ses jeunes années que tout au long de son règne, un bien piètre chef de guerre !

S'il se trouve, parmi mes lecteurs, des passionnés d'Histoire désireux d'en apprendre davantage sur la période historique servant de toile de fond à ce roman, ils pourront se plonger avec profit dans les principaux ouvrages qui m'ont accompagné dans son élaboration :

Anonyme, *Journal d'un bourgeois de Paris sous le règne de François Ier, 1515-1536*, édition de 1854 établie par Ludovic Lalanne, Hachette BnF bibliothèque numérique Gallica.

Jean Aubier, *Contribution à l'Histoire des apothicaires de l'Ile-de-France au temps des Corporations*, Éditions Montaigne, 1937.

Jean-Pierre Benézet, *Pharmacie et médicament en Méditerranée occidentale (XIIIe-XVIe siècles)*, Éditions Honoré Champion, 1999.

Simone Bertière, *Les Reines de France au temps des Valois le Beau XVIe siècle*, Éditions de Fallois, 1994.

Maurice Bouvet, *Histoire de la pharmacie en France des origines à nos jours*, Éditions Occitania, 1937.

André Castelot, *François Ier*, Perrin, 1983.

François Chast, Pierre Julien et coll., *Cinq siècles de pharmacie hospitalière*, Éditions Hervas, 1995.

Paul Delaunay, *La Vie médicale aux XVIe, XVIIe et XVIIIe siècles*, Éditions Hippocrate, 1935.

Jean Delumeau, *La Civilisation de la Renaissance*, Arthaud, 1967.

Franck Ferrand, *François Ier, roi de chimères*, Flammarion, 2015.

Sophie Guillier, *Embellir, soigner ou cacher : une histoire de la cosmétologie à la Renaissance*, Th. Dipl. D. pharm., Univ. Lyon 1, 2011.

Jean Jacquard, *Bayard*, Fayard, 1987.

Didier Le Fur, *François Ier*, Perrin, 2015.

Didier Le Fur, *Marignan, 1515*, Perrin tempus, 2014.

Didier Le Fur, *La France de la Renaissance, dictionnaire de curiosités*, Tallandier, 2011.

Cédric Michon, *François Ier, les femmes, le pouvoir et la guerre*, Belin, 2015.

Cédric Michon, *La crosse et le sceptre*, Tallandier, 2008.

Yves Monnier et Lionel François, *Rabelais et l'herbier de Besançon*, Néo Éditions, 2008.

Bernard Quilliet, *La France du beau XVIe siècle*, Fayard, 1998.

Amable Sablon du Corail, *1515 Marignan*, Tallandier, 2015.

Gonzague Saint Bris, *François Ier et la Renaissance*, Éditions Télémaque, 2008.

Alain Segal, *L'instrumentation chirurgicale à l'époque d'Ambroise Paré*, Actes colloque « Ambroise Paré », Laval 25 nov. 1990, p.109.

Simon Singh, *Histoire des codes secrets*, Éditions Jean-Claude Lattès, 1999.

Alfred de Terrebasse, *Histoire de Pierre Terrail, seigneur de Bayart*, Librairie Ladvocat, 1828.

Et les sites Internet : www.renaissance-amboise.com, http://cour-de-france.fr, http://lecostume.canalblog.com et www.biusante.parisdescartes.fr

Table

Prologue.. 11

I. Le médaillon.. 21
Les dames de l'Hôtel-Dieu 23
Étienne... 36
Les tourments d'Héloïse................................. 50
L'homme aux oreilles coupées....................... 59
Mère et fils 71
Le Grand Châtelet 77
Soumise à la question 87
Au bras de gueules et
trois rameaux d'amourettes......................... 94
Pris au piège 106
La victoire de sœur Peruelle........................ 115
Travaux forcés.. 129
La biche et le souverain................................ 135
Une belle sauvageonne 147
Où l'on s'entretient d'amour
et de vieux chagrins 159
Châtiments 169
Les révélations de messire Babou 182
Matthäus Schiner 202

II. La croisée des chemins 211
Compains larrons 213
Retour à Amboise 227
Échauffourée 234
La belle et la bête 247
Un silence de douze ans 258
Le pilori 264
Père et fille 273
Une mouette en cage 279
Le Conseil du roi 286
Corps à cœurs 296
Les lansquenets 301
La chapelle abandonnée 314
Le village fantôme 327
Une mise à l'épreuve 336
Miasmes 348
Les plans secrets du cardinal 356

III. Le fracas des armes 371
Vaines recherches 373
Marseille 383
Ad augusta per angusta 391
La tempête 410
Le nouvel Hannibal 422
L'abordage 435
Jeu de dupes 447
La traîtresse 457
Un hôpital de campagne 469
Alea jacta est 479
Retrouvailles 485
Le tocsin 496
Le souffle de la défaite 512
Au cœur de la nuit 530
Le châtiment 543